Zu diesem Buch

Neil Fellowes will auf seiner Wanderung an einem besonders schönen Platz Rast machen. Als er endlich genau die richtige Stelle entdeckt, macht er einen grausigen Fund: eine sich bereits in Verwesung befindende Leiche.

Als Chief Inspector Banks sich mit dem Fall befaßt, steht er vor großen Schwierigkeiten. Das Gesicht der Leiche ist unkenntlich, nichts in den Taschen des Toten deutet auf seine Identität hin, und auch sonst gibt es keine Anhaltspunkte. Im Dorf und in der Umgebung wird niemand vermißt; der Tote könnte einer der vielen Touristen gewesen sein, die in dieser reizvollen Gegend Englands ihren Urlaub verbringen. Nur eins steht fest: Der Mann ist ermordet worden.

Gegen jede Chance ermittelt Banks weiter und kommt einer alten Geschichte auf die Spur. Vor fünf Jahren war im Dorf ein Privatdetektiv ermordet worden, und zur gleichen Zeit verschwand eine junge Frau. Der Mörder wurde nie ermittelt, die junge Frau nie gefunden. Banks ist sicher, daß es da einen Zusammenhang gibt...

«Peter Robinson hat mit seiner Serie um Chief Inspector Banks ein Musterbeispiel dieser Gattung vorgelegt. Wie Ruth Rendells Chief Inspector Wexford ist Banks ein überforderter Gärtner im Paradies, unfähig, daß drohende Unheil zu verhüten und dennoch ein Meister der Schadensbegrenzung.»

Peter Robinson, 1950 in Castleford/Yorkshire geboren, wanderte 1974 nach Kanada aus. Er lehrt heute Literatur und «creative writing» an der York University von Toronto. – In der Reihe rororo thriller liegen vor: Falle für Peeping Tom (Nr. 3080) und Eine respektable Leiche (Nr. 3113).

Peter Robinson

Verhängnisvolles Schweigen

Deutsch von
Marie Eickhoff

Rowohlt

rororo thriller
Herausgegeben von Bernd Jost

Deutsche Erstausgabe
Veröffentlicht im Rowohlt Taschenbuch Verlag GmbH,
Reinbek bei Hamburg, Dezember 1994

Die Originalausgabe erschien unter dem Titel «The Hanging Valley»
bei Penguin Books Canada Ltd, 1990

Umschlagfoto Fred Dott
Umschlagtypographie Peter Wippermann / Susanne Müller
Satz Aldus (Linotronic 500)
Gesamtherstellung Clausen & Bosse, Leck
Printed in Germany
1290-ISBN 3 499 43134 3

Für Jan

Die Hauptpersonen

Neil Fellowes	findet eine seltene Blume und eine Leiche
Sam Greenock	möchte gerne einer der ganz Großen sein
Kate Greenock	leidet unter ihrer Erziehung
Stephen Collier	kennt sich mit Frauen aus
Nicholas Collier	wäre gern so erfolgreich wie sein Bruder
John Fletcher	trauert seiner Frau nach
Raymond Addison	läßt sich bei einem Auftrag ermorden
Anne Ralston	verschwindet ohne Spuren zu hinterlassen
Bernard Allen	sehnt sich nach seiner alten Heimat
Sergeant Hatchley	liebt Bier, seine Freizeit und Frauen
Superintendent Gristhorpe	hat immer noch einen ungelösten Mordfall
Chief Inspector Alan Banks	läßt sich nicht entmutigen

Teil eins:
Leben im Verwesten

Kapitel eins

I

Es war das großartigste Gefühl der Welt. Die Oberschenkel schmerzten, die Wadenmuskeln zitterten, und sein Atem kam kurz und stoßweise, aber er hatte es geschafft. Er, Neil Fellowes, Lohnbuchhalter aus Pontefract, stand auf dem höchsten Punkt des Swainshead Fell.

Zugegeben, seine Leistung ließ sich kaum mit der von Sir Edmund Hillary vergleichen, schließlich war dieser «Gipfel» nur ungefähr sechshundert Meter hoch, aber er war eben nicht mehr der Jüngste, und die Kollegen in der Werkzeugmaschinenfabrik, in der er arbeitete, hatten ihn ziemlich gemein hochgenommen, als er ihnen erzählte, daß er in den Ferien eine Wanderung über die Fells [Fell – langgestreckter, unbewaldeter Bergrücken. Anm. d. Übers.] der Yorkshire Dales unternehmen wolle.

«Über die Fells – du?» hatte Dick Blatchley, ein notorischer Witzbold, der in der Postverteilung beschäftigt war, gespottet. «Dann paß mal gut auf, daß du nicht gleich *fällst*!» Die Umstehenden hatten hämisch gelacht.

Aber jetzt hier oben in der klaren Luft, während sein Herz noch immer heftig pochte, mit kurzen, harten Schlägen, gar nicht unähnlich den dampfgetriebenen Kolben im Werk, war das alles plötzlich ganz unwichtig. Er schob seine Nickelbrille wieder hoch auf den Nasenrücken und wischte sich den Schweiß vom Gesicht. Dann richtete er die Riemen seines Rucksackes, so daß sie nicht mehr in die Schultern schnitten.

Der Aufstieg hatte gut eine Stunde gedauert und war ganz ungefährlich gewesen, es gab hier keine steil abfallenden Hänge, keine schwierigen Stellen, die eine besondere Ausrüstung verlangt hätten. Das Wandern im Hochmoor der Dales war kein elitärer Sport, einfach nur harte Arbeit. Und das Wetter an diesem Tag war zum Wandern wie geschaffen. In kurzen Abständen tauchte immer wieder die Sonne zwischen den dicken weißen Wolken auf, und ein leichter Wind sorgte dafür, daß es nicht zu warm wurde. Ein typisches Wetter für Ende Mai – wenn man Glück hatte.

Der Boden um ihn her war mit hartem Gras und Heide bedeckt, genau das richtige Futter für ein paar Schafe, die sich bei seinem Erscheinen zunächst erschrocken einige Meter zurückgezogen hatten, ihm jetzt aber den Rücken zukehrten und ruhig weiterfraßen. Er setzte sich auf einen verwitterten Kalksteinfelsen, um das Hochgefühl, das ihn erfaßt hatte, auszukosten, und blickte den Weg hinunter, den er gekommen war.

In einiger Entfernung konnte er gerade noch den nördlichen Rand von Swainshead ausmachen, von wo er heute morgen aufgebrochen war. Jenseits des kleinen Baches, der das Dorf durchzog, leuchtete die weißgetünchte Fassade des *White Rose* zu ihm herüber, und auch das von Flechten überzogene Steindach der Pension von Sam und Katie Greenock war von hier aus deutlich zu erkennen. Er hatte dort übernachtet und nach seiner anstrengenden Wanderung durch das Wharfedale tags zuvor tief und fest geschlafen. Heute morgen dann hatte ihm Katie Greenock ein sehr reichhaltiges Frühstück serviert: Würstchen, Schinken, Blutwurst, dazu warmes Brot, gegrillte Champignons und Tomaten, zwei Spiegeleier und zum Abschluß Toast mit Orangenmarmelade.

Nach ein paar Minuten stand er auf, um das ganze Panorama auf sich wirken zu lassen. Nach Westen hin fiel das Land ab, und eine unendlich scheinende Folge fruchtbarer Hügelketten ließ ihn an ein grünes Meer denken. Nördlich davon erhoben sich die charakteristischen runden Kuppen des Lake District. Er glaubte, Striding Edge, den Bergrücken, der zum Helvellyn hinaufführte, zu erkennen, und einen Augenblick lang, als die Sonne gerade wieder durchbrach, meinte er, in der Ferne Windermere und Ullswater aufblitzen zu sehen. Nach Süden zu erstreckten sich die Berghänge der Pennines, die gewissermaßen Englands Rückgrat bildeten. Sie wirkten grimmig und abweisend. Verwitterter dunkelgrauer Kohlesandstein hatte den freundlich wirkenden hellen Kalkstein verdrängt, und bis hinunter nach Derbyshire gab es nichts als wildes, unwirtliches Hochmoor. Etwas nach Osten lag das Swainsdale, der Talgrund selbst blieb jedoch von hier oben aus verborgen.

Bei seinem Rundblick war Neil ein schmales Tal zu Füßen des östlichen Abhangs geradewegs unter ihm aufgefallen. Es schien ganz in sich abgeschlossen und glich mit dem Bächlein und der Vielzahl von Bäumen inmitten der kargen Umgebung einer fruchtbaren Insel. Sein Führer verzeichnete entlang dieser Route keine besonderen Sehenswürdigkeiten, und deshalb hatte er sie auch ausgewählt, weil er hoffte, so unterwegs auf möglichst wenige Menschen zu treffen. Denn die meisten Leute, das war jedenfalls Neils Erfahrung, zogen doch vor allem los, um etwas Besonderes zu besichtigen, seien es nun Steinkreise, aufgelassene Bleiminen oder historische Gebäude.

Das Tal zeichnete sich jedoch nicht nur durch seine Abgeschlossenheit aus, Neil war auch die ungewöhnliche Färbung des Laubs aufgefallen. Eschen, Erlen und Bergahorn prangten nicht in frischem Maigrün, sondern zeigten sich in leuchtenden Rot- und Gelbtönen, die von Rost über Orange bis hin zu Ocker reichten. Ein verwunschenes Tal, ein Tal wie aus Tolkiens «Herr der Ringe», dachte Neil. Das würde er sich näher ansehen.

Die zwei, drei Kilometer, die er mehr zu laufen hätte, konnte er in Kauf nehmen, aber es kamen natürlich auch noch ein nicht eingeplanter Abstieg und Aufstieg hinzu. Doch die Talwände schienen nicht allzu steil zu sein, und vielleicht ließen sich ja an dem kleinen Bach dort unten ein paar seltene Blumen entdecken. Er rückte seinen Rucksack zurecht und begann hinunterzuklettern.

Schon bald spürte er unter seinen Füßen statt der rauhen, harten Heidebüschel weiches Gras. Unten im Tal stieg ihm sofort der strenge Geruch von wildem Knoblauch in die Nase und machte ihn leicht benommen. Er hörte den Bach, noch ehe er ihn zwischen den Bäumen sehen konnte, es war ein leises Plätschern, heiter und wie sorglos. Auch aus der Nähe betrachtet, verlor das Tal nichts von seinem märchenhaften Zauber. Der Farn schien grüner und üppiger, die Blüten der Büsche verschwenderischer, so als stünde es unter einem besonderen Segen.

Er nahm den Rucksack von den Schultern und legte ihn neben sich auf die Graspolster am Bachufer, dann setzte er die Brille ab. Er würde ein bißchen verweilen und sich ausruhen, vielleicht auch einen Kaffee aus seiner Thermosflasche trinken, bevor er sich wieder auf den Weg machte. Er bettete seinen Kopf auf den Rucksack und schloß die Augen. Die Sorgen des Alltags rückten allmählich in weite Ferne, während er sich ganz den vielfältigen Reizen der Natur überließ. Hingerissen lauschte er dem Gesang der Lerchen, die sich jubilierend höher und höher schraubten, und genoß den sanften Windhauch, der den Duft von wilden Rosen und Geißblatt zu ihm herübertrug.

Nach einer Weile rieb er sich die Augen und setzte sich die Brille wieder auf. Er fühlte sich erfrischt, ja geradezu wie neugeboren. Er erhob sich, und während er um sich blickte, weil er all die Eindrücke dieses paradiesischen Fleckchens Erde noch einmal auf sich wirken lassen wollte, bemerkte er unter den Bäumen am jenseitigen Bachufer eine auffallende Blume. Sie war etwa dreißig Zentimeter hoch, hatte rotbraune Blütenblätter und eine blaßgelbe pantoffelförmige Lippe. Das konnte nur ein Frauenschuh sein! Eine so seltene Orchidee mußte er sich genauer ansehen. Der Bach würde ihn nicht hindern. Er war nicht sehr breit, und es gab genügend Steine, um trockenen Fußes hinüberzukommen.

Drüben fiel ihm sofort ein starker Geruch auf, sehr viel unangenehmer als der des wilden Knoblauchs. Er setzte sich in der Nase fest und schien bis in die Bronchien zu dringen. Neil blickte sich suchend um, doch er konnte nichts Ungewöhnliches entdecken. Vor dem Frauenschuh türmten sich Zweige und Äste, die ihm den Weg versperrten, und er beugte sich nieder, um sie beiseite zu räumen. Kaum hatte er jedoch den ersten Ast weggezogen, da erblickte er mit Entsetzen Kopf und Oberkörper eines Toten. Noch während er sich abwandte, um sich zu übergeben, registrierte er zweierlei: das vollständige Fehlen des Gesichts und eine grausige Belebtheit des Fleisches, das sich, obwohl tot, zu kräuseln schien.

Er wusch sich am Bach das Gesicht und spülte den Mund aus. Den Rucksack ließ er, wo er war, und eilte, so schnell er konnte, zurück nach Swainshead.

II

Ekelhaft, dachte Katie Greenock und verzog angewidert das Gesicht, während sie den Papierkorb von Nummer drei ausleerte. Eigentlich mußte es den Leuten doch peinlich sein, derartige Dinge zurückzulassen, so daß jeder sie finden konnte. Gott sei Dank waren die beiden heute morgen abgereist. Sie waren ihr mit ihrem schamlosen Benehmen ohnehin die ganze Zeit über ein Dorn im Auge gewesen: Beim

Frühstück schienen sie förmlich ineinander kriechen zu wollen, und anschließend waren sie jedesmal eine halbe Ewigkeit verschwunden, ehe sie endlich das Haus verließen. Nachmittags kehrten sie dann immer als erste wieder zurück und konnten gar nicht schnell genug auf ihr Zimmer kommen. Und bestimmt waren sie noch nicht einmal verheiratet gewesen.

Mit einer müden Handbewegung strich sie sich eine Strähne ihres aschblonden Haars zurück und stellte den Papierkorb wieder an seinen Platz. Es war noch nicht einmal Mittag, und doch fühlte sie sich schon erschöpft. Sie stand jeden Tag um sechs Uhr auf, aber sie hatte keine Muße, den ländlichen Morgen zu genießen, dem Vogelgezwitscher zu lauschen und sich am Funkeln des Taus auf Blättern und Gräsern zu erfreuen. Im Gegenteil. Auf sie warteten gleich Hektik und eine Menge harter Arbeit.

Als erstes mußte sie das Frühstück für die Gäste richten. Die Schwierigkeit dabei war, die Zubereitung der verschiedenen Speisen zeitlich so aufeinander abzustimmen, daß etwa die Spiegeleier nicht schon kalt waren, wenn sie den Schinken fertig hatte, und daß immer gleich Tee auf dem Tisch stand, sobald ein Gast herunterkam. Saft, Corn-flakes und Milch nahm sich jeder selber, das brauchte sie morgens bloß bereitzustellen, allerdings auch wieder nicht zu früh, denn die Milch sollte möglichst lange kühl bleiben. Der Toast konnte zum Glück ruhig kalt werden, kalter, harter Toast galt offenbar als traditioneller Bestandteil des englischen Frühstücks und wurde von allen Gästen klaglos akzeptiert. Trotzdem arbeitete Katie immer darauf hin, ihn möglichst noch warm und genau zur richtigen Zeit zu servieren, und freute sich immer, wenn es ihr einmal gelang. Die Gäste schienen es allerdings nie zu bemerken, bedankt hatte sich jedenfalls noch keiner.

Zu ihren Aufgaben gehörte natürlich auch, alles zu servieren und dabei stets freundlich zu lächeln, selbst dann, wenn ein Gast am Essen herummäkelte oder es einem der ach so reizenden Kinder einfiel, seinen Teller auf den Boden zu werfen. Und nicht selten erwarteten die Gäste, daß sie ihnen einen Vorschlag machte, was sie unternehmen könnten. Aber da kam ihr oft Sam zu Hilfe, obwohl er dann notgedrungen seine Ausführungen über die Tagesereignisse unterbrechen mußte, mit denen er die Gäste allmorgendlich zu unterhalten pflegte – ob sie es nun wollten oder nicht.

War das Frühstück beendet, mußten die Tische abgeräumt und das Geschirr gespült werden. Sam hatte vor kurzem endlich eine Spülmaschine angeschafft, und das war eine große Arbeitserleichterung. Sie sparte dadurch so viel Zeit, daß sie jetzt selbst jeden Morgen zu Thetford an der Helmthorpe Road zum Einkaufen ging, um dort unter dem frischen Obst, Gemüse und Fleisch ihre Auswahl zu treffen. Diese Einkäufe waren früher immer von Sam erledigt worden, doch seit die Maschine da war, war diese Aufgabe an ihr hängengeblieben, und Sam widmete seine Zeit jetzt mehr diversen geschäftlichen Dingen, die angeblich immer sehr dringend waren.

Wenn sie dann die verschiedenen Gänge für das Abendessen zusammengestellt hatte, war es schon höchste Zeit, die Zimmer sauberzumachen und die Betten frisch zu beziehen. Eigentlich war es deshalb nur natürlich, daß sie schon zu Mittag müde war. Wenn sie Glück hatte, fand sie nachmittags ein wenig Zeit, im Garten zu arbeiten. Das war jedoch selten genug.

Sie trat ans Fenster, um sich eine kleine Atempause zu gönnen, bevor sie das nächste Zimmer in Angriff nahm. Es war ein herrlicher Spätfrühlingstag in einer der schönsten Gegenden Englands, aber ihr kam diese Landschaft wie eine einzige große Falle vor, in der sie hilflos gefangen saß: die durch ihre spröde Schönheit beeindruckenden kahlen Bergrücken empfand sie wie Mauern ohne Tore, das weite Hochmoor wie eine endlose Wüste, die man nicht durchqueren konnte. Vor kurzem allerdings hatte sich überraschend doch eine Möglichkeit gezeigt, eine neue, ganz ungewohnte Freiheit zu erlangen, aber sie selbst konnte nichts tun, als geduldig abzuwarten, was sich entwikkelte.

Sie blickte hinunter auf die grasbewachsenen Ufer des Swain, der hier noch kaum breiter als ein Bach war. Ein paar Kinder hockten am Rand und hielten selbstgeknüpfte Netze ins Wasser, ein Touristenehepaar hatte sich zu einem Picknick niedergelassen, und auf der kleinen steinernen Brücke standen wie jeden Morgen die alten Männer des Ortes, um miteinander ein Schwätzchen zu halten. Eine Idylle, doch sie konnte sich nicht daran freuen.

Ihrem eigenen Haus fast gegenüber auf der anderen Seite des Swain lag das Gasthaus *White Rose*, gegründet im Jahre 1605, wie auf dem Wirtshausschild zu lesen war. Bestimmt saß Sam auch jetzt wieder drüben in der Schankstube, trank im Verein mit den Collier-Brüdern, den einflußreichsten Leuten im Tal, und bildete sich ein, Dummkopf, der er war, dazuzugehören. Ihr selbst war von vornherein klargewesen, daß sie ihn nie als ihresgleichen akzeptieren würden. Für die Art Leute spielte es keine Rolle, wie lange man sich schon kannte oder was man für sie getan hatte – der gewisse Unterschied blieb immer bestehen. Sie war sich sicher, daß sie hinter seinem Rükken über ihn lachten. Aber Sam schien das nicht zu bemerken, er merkte überhaupt sehr wenig. Oder war ihm doch schon einmal aufgefallen, wie ungehörig Nicholas Collier seine Frau anstarrte, und ahnte oder wußte er vielleicht sogar, daß Nicholas mehr als einmal versucht hatte, sie zu küssen?

Bei dem bloßen Gedanken daran überlief sie ein Schauder. Im selben Moment nahm sie unten auf der Brücke eine plötzliche Unruhe wahr. Sie beugte sich etwas vor, um besser sehen zu können. Die alten Männer, die eben noch schwatzend in einem Grüppchen beisammengestanden hatten, waren nach zwei Seiten auseinandergewichen und bildeten jetzt eine Gasse für die schmale Gestalt, die in höchster Eile zwischen ihnen hindurch zum anderen Ufer hinüberlief. Sprachlos, mit offenem Mund starrten sie hinterher.

Aber den Mann kannte sie doch? Und dann fiel es ihr ein. Natürlich, das war der Gast, der gestern abend noch ziemlich spät eingetroffen war. Ein Angestellter aus Castleford, oder war es Featherstone gewesen? Schüchtern und zurückhaltend, ein angenehmer Mann. Er hatte bei ihnen übernachtet und war heute morgen in aller Herrgottsfrühe aufgebrochen. Aber hatte er nicht gesagt, er wolle zum Pennines-Wanderweg? Wieso war er dann zurückgekommen? Und kreidebleich war er. Jetzt hatte er das Ende der Brücke erreicht, wandte sich nach links und war mit wenigen Schritten am Eingang zum Pub. Er riß die Tür auf und war im nächsten Moment verschwunden.

Katie fühlte, wie sich in ihrer Brust etwas zusammenzog. Was war dem Mann unterwegs widerfahren, daß er derartig aus der Fassung war? Es konnte doch nicht wieder etwas passiert sein! Oder doch?

III

«Nun ja», nahm Sam Greenock das Gespräch wieder auf, das sich schon seit über einer halben Stunde um die Frage drehte, ob Englands Entwicklung in Richtung auf eine multikulturelle Gesellschaft nun zu billigen sei oder nicht. «Zugegeben, sie haben alle so ihre Eigenheiten, aber...»

Er brach ab, denn in diesem Augenblick stürzte Neil Fellowes zur Tür herein und starrte mit wildem Blick hilfesuchend um sich.

Als er Sams ansichtig wurde, der zusammen mit den Collier-Brüdern und John Fletcher an seinem gewohnten Ecktisch saß, entspannten sich seine Züge ein wenig. Er lief auf die Gruppe zu und ließ sich erschöpft auf einen Stuhl fallen.

«Wir müssen sofort etwas unternehmen», stieß er keuchend hervor und wies mit zitternder Hand nach draußen. «Oben auf dem Fell liegt einer! Tot!»

«Nun beruhigen Sie sich doch, Mann», sagte Sam. «Kriegen Sie erst mal wieder Luft, und dann erzählen Sie, was los ist.» Er gab dem Wirt hinter der Theke einen Wink. «Einen Brandy für Mister Fellowes bitte, Freddie, einen doppelten», und als er sah, wie dieser zögerte, «keine Angst, du alter Geizkragen, den zahl ich. Und beeil dich ein bißchen!»

Alle am Tisch schwiegen, während Freddie Metcalfe den Drink servierte. Neil nahm einen großen Schluck und begann sofort zu husten. Ein dünnes Rinnsal Brandy lief ihm das Kinn hinunter.

Sam klopfte ihm den Rücken. «Na, wenigstens ham Se jetzt wieder etwas Farbe im Gesicht», sagte er aufmunternd.

«Es war grauenhaft», begann Neil, nachdem er etwas ruhiger geworden war, und wischte sich den Brandy ab. Er war an Alkohol nicht gewöhnt, hielt ihn aber in Notfällen, wie dies zweifellos einer war, für durchaus angebracht.

«Sein Gesicht war einfach nicht mehr da, völlig weggefressen, und die Haut bewegte sich – so!» Er deutete mit der Hand eine Wellenbewegung an. Dann griff er erneut zum Glas, leerte es auf einen Zug und stellte es hart auf den Tisch. «Wir müssen sofort etwas tun. Die Polizei verständigen.» Er sprang auf und trat an die Theke. «Wo ist hier in Swainshead die Polizei?»

Metcalfe kratzte sich etwas ratlos seinen kahlen Schädel. «Tja, also... hier im Ort selbst ham wir keine. Der nächste Posten iss in Helmthorpe. Sergeant Mullins und der junge Weaver, knapp zwanzig Kilometer von hier.»

Neil bestellte sich noch einen doppelten Brandy. Metcalfe schien, seinem nachdenklich verzogenen Gesicht nach zu urteilen, unschlüssig, ob er Fellowes wirklich weitergeholfen hatte.

«Mullins und Weaver sind dafür nicht die Richtigen, Freddie», rief Sam Greenock denn auch prompt. «Nicht bei so was. Das ist eine Sache für die Kripo.»

«Tja», Metcalfe nickte erleichtert, «da kannste wohl recht ham, Sam. In dem Fall, junger Mann», sagte er zu Neil gewandt, «iss dieser Bursche in Eastvale Ihr Mann. Der, der damals aufgekreuzt iss, als wir diese unangenehme Sache hier hatten. Gristhorpe heißt er, Chief Inspector Gristhorpe. Aber das liegt schon Jahre zurück. Wahrscheinlich iss der schon längst tot. Na, komm' Se, mein Junge, Sie könn' von hier aus telefoniern, iss ja 'n Notfall.»

IV

Gristhorpe war nicht tot und auch nicht mehr Chief Inspector, sondern inzwischen Superintendent. Als der Anruf kam, telefonierte er gerade mit der Firma Redshaw, um eine Ladung Naturstein für eine Trockenmauer zu bestellen. Denn obwohl er sich im letzten Herbst beim Aufschichten der Steine große Mühe gegeben hatte, war im vergangenen Monat während eines überraschenden Frosteinbruchs ein Teil der Mauer eingestürzt, und sie wieder aufzubauen schien ihm jetzt im Frühjahr gerade das richtige Projekt zu sein.

Der Anruf wurde infolgedessen in das Büro von Detective Chief Inspector Alan Banks gelegt, der gerade genüßlich das Feuilleton des *Guardian* studierte und wie immer bei solchen Gelegenheiten tiefe Dankbarkeit empfand, daß das Verbrechen in Eastvale zur Zeit offenbar Flaute hatte. Aber schließlich hatte er sich ja vor zwei Jahren genau aus diesem Grund von London hierher versetzen lassen, nämlich um endlich ein wenig Ruhe und Frieden zu haben. Er liebte seine Arbeit und konnte sich überhaupt nicht vorstellen, jemals etwas anderes zu tun, aber das ständige Gefordertsein – und in der Regel durch unangenehme Situationen – und die in London beinahe täglich spürbarer werdenden Spannungen zwischen den Bürgern und der Polizei hatten ihm schließlich doch sehr zugesetzt. Im Interesse seiner Familie, aber auch, weil er selbst eine Veränderung brauchte, hatte er deshalb den Entschluß gefaßt zu wechseln. Eastvale war dann zwar doch nicht ganz so friedlich und ruhig gewesen, wie er gehofft hatte, aber im Augenblick wenigstens war er nur mit ein paar kleineren Einbrüchen befaßt sowie mit den Folgen einer kolossalen Schlägerei im Gasthaus *The Oak*. Die hatte damit begonnen, daß fünf junge Soldaten aus dem Militärlager Catterick eine Gruppe arbeitsloser Bergleute aus Durham so lange mit höhnischen Bemerkungen traktiert hatten, bis diese sich schließlich zur Wehr setzten. Jetzt befanden sich drei Männer im Krankenhaus, mit unterschiedlichsten Verletzungen, angefangen von einem abgerissenen Ohrläppchen bis hin zu gequetschten Hoden. Die übrigen Beteiligten hatten inzwischen Gelegenheit, sich in einer Zelle abzukühlen, bevor man sie dem Richter vorführen würde.

«Da hat jemand den Super verlangt, Sir», sagte Sergeant Rowe, als Banks den Hörer abnahm. «Aber der spricht gerade.»

«In Ordnung», sagte Banks. «Stellen Sie zu mir durch.»

«Hallo, ist dort Chief Inspector Gristhorpe?» Die Stimme klang atemlos, und die Wörter kamen ein wenig undeutlich.

Banks nannte seinen Namen und forderte den Anrufer auf, der sich als Neil Fellowes vorstellte, zu erzählen, was er auf dem Herzen habe.

«Es ist wegen einer Leiche», begann Fellowes, «oben auf dem Fell. Ich habe sie gefunden.»

«Wo sind Sie jetzt?»

«In einem Gasthaus, dem *White Rose*.»

«Wo?»

«Wie? Ah, ich verstehe, in Swainshead.»

Banks notierte die Angaben in seinem Notizbuch. «Sind Sie sicher, daß es sich wirklich um einen menschlichen Körper handelt?» erkundigte er sich. Er wußte aus Erfahrung, daß immer wieder Irrtümer vorkamen. Die Polizei war in der Vergangenheit mehr als einmal herausgerufen worden, um am Ende vor nichts als einem Haufen alter Säcke zu stehen oder vor einem verendeten Schaf oder auch einem abgestorbenen Baumstumpf.

«Ja. Ja, ich bin mir ganz sicher.»

«Männlich oder weiblich?»

«Ich ... ich habe nicht so genau hingesehen. Es war ...» Das Ende des Satzes war nur mehr ein dumpfes Gemurmel.

«In Ordnung, Mister Fellowes», sagte Banks. «Bleiben Sie, wo Sie sind, wir kommen so schnell wie möglich.»

Gristhorpe hatte gerade den Hörer aufgelegt, als Banks bei ihm anklopfte und eintrat. Er mochte diesen Raum, der mit seinen überquellenden Bücherregalen und der gedämpften Beleuchtung mehr nach einem Studierzimmer als dem Büro eines leitenden Polizeibeamten aussah.

«Ah, Alan, schön, daß Sie kommen», empfing ihn Gristhorpe, «Redshaw hat mir eben gesagt, daß sie die Steine noch vor dem Wochenende liefern, es könnte also am Sonntag wieder losgehen. Hätten Sie Lust?»

Die Arbeit an der Trockenmauer, die nichts sicherte und die nirgendwo hinführte, war für den Superintendent und seinen Chief Inspector im Laufe der Zeit zu einer Art sonntäglichen Rituals geworden. Gristhorpe war Witwer und lebte allein in einem Farmhaus an der nördlichen Talseite oberhalb von Lyndgarth. Banks freute sich jedesmal auf die Sonntagnachmittage dort oben. Gewöhnlich sprachen sie nicht viel, aber die gemeinsame Arbeit schuf eine Vertrautheit, die Banks, der sich in den Dales immer noch als Neuankömmling fühlte, sehr zu schätzen wußte.

«Ja», sagte er lächelnd, «große Lust. Aber da wäre noch etwas anderes. Ich habe gerade einen etwas wirren Anruf bekommen. Ein Mann namens Neil Fellowes. Er sagte, er habe oben auf dem Fell eine Leiche gefunden. Offenbar ganz in der Nähe von Swainshead.»

Gristhorpe holte tief Luft, lehnte sich in seinem Sessel zurück und verschränkte die Arme hinter dem Kopf. «Irgendwelche Einzelheiten?» fragte er stirnrunzelnd.

«Nein. Ich hatte den Eindruck, der Mann war noch ziemlich durcheinander. Soll ich rausfahren?»

«Wir werden beide rausfahren», sagte Gristhorpe entschieden und erhob sich, «es ist nämlich nicht das erste Mal, daß dort oben im ‹Head› eine Leiche gefunden wird.»

«Im ‹Head›?»

«Ja, so nennen die Einheimischen hier die Gegend um das Dorf Swainshead. Es ist das Quellgebiet des Swain, wenn Sie so wollen, eben der ‹Kopf› des Tals.» Er blickte auf die Uhr. «Es sind ungefähr vierzig Kilometer, aber wie ich Freddie Metcalfe kenne, wird der Pub bestimmt noch offen sein.»

Banks wunderte sich. Seit er mit Gristhorpe arbeitete, hatte sich dieser noch nie in eine Untersuchung vor Ort eingeschaltet. Als Leiter der Kriminalpolizei von Eastvale hatte er aber selbstverständlich das Recht dazu. Theoretisch konnte er, wenn er das für richtig hielt, an jeder Suchaktion oder Haus-zu-Haus-Befragung teilnehmen, aber natürlich tat er das nie. Seine Arbeit bestand zum großen Teil in Verwaltungsaufgaben. Gewöhnlich überließ er die Bearbeitung der Fälle seinen Beamten und ließ sich nur Bericht erstatten. Diese Arbeitsteilung entsprach, wie Banks inzwischen festgestellt hatte, sowohl Gristhorpes Neigung als auch seiner natürlichen Begabung: Er war ein Denker und Planer, die Befragung von Zeugen, Verhöre oder auch Polizeieinsätze lagen ihm weniger. Er setzte Vertrauen in seine Untergebenen und ließ ihnen größere Entscheidungsfreiheit als die meisten anderen Superintendents. Doch diesmal wollte er offenbar an Ort und Stelle dabeisein.

Wie sie jetzt nebeneinander auf den Parkplatz zuschritten, wäre jedem, selbst dem nur zufälligen Beobachter, sofort aufgefallen, was für ein ungleiches Paar die beiden waren: Gristhorpe groß, massig, mit einem ungebärdigen Schopf grauer Haare über seinem pockennarbigen Gesicht, mit buschigen Augenbrauen und einem widerspenstigen Schnurrbart, Banks dagegen schmal, mager, mit einem knochigen Gesicht und kurzen, fast stoppeligen schwarzen Haaren.

«Ich vestehe immer noch nicht, warum Sie im Dienst Ihren eigenen Wagen fahren, Alan», brummelte Gristhorpe, während er sich auf dem Beifahrersitz niederließ und wieder einmal mit dem Sicherheitsgurt kämpfte. «Ihr Cortina würde viel länger halten, wenn Sie bei Gelegenheiten wie dieser einen unserer Wagen nähmen.»

«Haben die Kassettendecks?»

«Kassettendecks? Nein, natürlich nicht.»

«Eben.»

«Was, eben?»

«Ich höre, wie Sie wissen, gern Musik, während ich fahre. Es hilft mir beim Nachdenken.»

«Und ich muß mir das jetzt mit anhören», brummte Gristhorpe mißmutig.

Banks schüttelte lächelnd den Kopf. Er war immer wieder erstaunt, wenn er wie jetzt mitbekam, daß ein so gebildeter und ausgesprochen belesener Mann wie Gristhorpe überhaupt keinen Sinn für Musik hatte. Er war völlig unmusikalisch, nicht in der Lage, verschiedene Tonhöhen voneinander zu unterscheiden, und selbst eine überirdisch schöne Mozartarie schien ihm eher Qualen als Genuß zu bereiten.

«Nein, ich verschone Sie natürlich, wenn Sie nicht wollen», sagte er. Aufs Rauchen würde er jetzt auch verzichten müssen. Gristhorpe war Nichtraucher, er hatte sich das Rauchen nach zwanzig Jahren mit einem täglichen Quantum von zwanzig bis dreißig Zigaretten mühsam abgewöhnt und war jetzt, wie das oft bei Konvertiten war, besonders unduldsam.

Banks bog auf den kopfsteingepflasterten Marktplatz ein, wandte sich dann nach links in die North Market Street und fuhr in Richtung auf die Swainsdale Road, die Hauptverbindungsstraße, die parallel zum Fluß im Talgrund verlief.

Gristhorpe gab ein kurzes Knurren von sich und klopfte mit dem Zeigefinger auf das Gerät gleich neben dem Armaturenbrett. «Na, wenigstens haben Sie sich Polizeifunk einbauen lassen.»

Banks überging die Bemerkung. «Was meinten Sie vorhin, als Sie sagten, daß es nicht die erste Leiche in Swainshead sei?»

«Das war vor Ihrer Zeit.»

«Wie die meisten Dinge», erwiderte Banks, keineswegs gekränkt, und lenkte den Wagen in einer scharfen Kurve nach Westen. Kurze Zeit darauf lag die Stadt hinter ihnen, und sie fuhren entlang den Flußauen.

Gristhorpe kurbelte das Fenster herunter und sog die frische Luft ein. «Ein Mann mit einem Schädelbruch», sagte er. «Ohne Zweifel Mord. Wir haben den Fall nie gelöst.»

«Wer hat ihn entdeckt?»

«Eine Gruppe Pfadfinder. Der Mörder hatte die Leiche in einen alten Minenschacht diesseits des Fell geworfen, ein paar Kilometer nördlich des Dorfes. Der Gerichtsmediziner meinte, er hätte ungefähr eine Woche dort gelegen.»

«Und wie lange ist das jetzt her?»

«Ziemlich genau fünf Jahre.»

«Stammte er von hier?»

«Nein. Er war ein Privatdetektiv aus London.»

«Ein Privatdetektiv!» Banks pfiff leise durch die Zähne.

«Ja. Sein Name war Raymond Addison. Er arbeitete allein. Dürfte einer der letzten seiner Art gewesen sein.»

«Hat man herausgefunden, was er hier oben wollte?»

«Nein. Wir haben sein Büro in London durchsucht, aber keine der Akten dort enthielt irgendeinen Hinweis auf Swainshead. Die Leute vom Yard haben sich für uns bei seinen Freunden und Bekannten umgehört – viele waren es nicht –, aber dabei ist auch nichts herausgekommen. Wir haben überlegt, ob er vielleicht einfach nur Ferien gemacht hat, aber Yorkshire im Februar . . . Nicht sehr wahrscheinlich.»

«Wie lange hat er sich im Dorf aufgehalten, bevor es passierte?»

«Nur ein paar Stunden. Offenbar ist er ziemlich bald nach seiner Ankunft ermordet worden. Er war erst am späten Nachmittag eingetroffen und mietete sich ein Zimmer bei Sam und Katie Greenock. Sie betreiben dort oben eine Pension. Wir haben Greenock, nachdem die Leiche entdeckt worden war, gefragt, ob Addison eine Andeutung gemacht hat, warum er hergekommen ist. Aber Greenock hat uns nicht weiterhelfen können. Addison hätte nur ein paar belanglose Bemerkungen über die kalte Witterung gemacht. Unmittelbar nach dem Abendessen habe er dick angezogen das Haus verlassen. Und danach hat ihn dann anscheinend niemand mehr gesehen – bis auf seinen Mörder. Wir haben überall herumgefragt, ohne jedes Ergebnis. Man muß allerdings bedenken, daß es, als er losging, bereits dunkel war, und selbst die Alten, die tagtäglich bei Wind und Wetter auf der Brücke zusammenkommen, waren um diese Zeit natürlich schon längst zu Hause.»

«Sie haben also nicht feststellen können, was Addison nach Swainshead geführt hat, wenn man den Gedanken, daß er im Februar hier oben Ferien gemacht hat, einmal als zu unwahrscheinlich beiseite läßt?»

«Nein. Und wir haben unser möglichstes getan. Entweder wußte wirklich niemand etwas, oder, was wahrscheinlicher ist, man hat uns etwas verschwiegen. Wenn man so gründlich nachforscht, kommt meiner Erfahrung nach normalerweise immer irgend etwas heraus. Wir sind sogar bis weit in Addisons Vergangenheit zurückgegangen. Er war früher bei der Armee, wir haben also ehemalige Kameraden von ihm aufgesucht. Und schließlich haben wir aus lauter Verzweiflung im Dorf noch eine Haus-zu-Haus-Befragung gemacht. Ergebnis gleich Null. Der Fall ist bis heute ungeklärt.»

Banks fuhr langsamer, weil sie jetzt Helmthorpe passierten, eines der größten Dörfer das Tals. Die Gegend, die danach kam, kannte er nicht mehr. Das Tal im ganzen war dank eines besonders gewaltigen Gletschers breiter als andere, doch jetzt, als sie sich seinem oberen Ende näherten, verengte es sich zusehends, und die grasbewachsenen Hänge zu beiden Seiten stiegen deutlich steiler an. Der hellgraue Kalkstein, der im östlichen Teil immer wieder an die Oberfläche trat, war hier ganz verschwunden, die runden Bergkuppen waren von Heide bedeckt.

«Und dann gibt es da noch etwas», begann Gristhorpe nach einem Moment des Schweigens. «Eine Woche bevor Addisons Leiche gefunden wurde, am Tag nach seiner Ermordung, wie der Pathologe meint, ist eine Frau aus dem Ort verschwunden. Sie hieß Anne Ralston. Und sie ist seitdem nirgendwo wieder aufgetaucht.»

«Und Sie glauben, daß es da einen Zusammenhang gibt?»

Gristhorpe wiegte den Kopf. «Kann sein, kann auch nicht sein. Am Tag, als sie verschwand, war die Leiche, wie gesagt, noch nicht entdeckt. Vielleicht war es also ein bloßer Zufall. Außerdem hat der Pathologe eingeräumt, daß er sich beim Todesdatum auch um zwei, drei Tage vertan haben könnte. Es ist, wie Sie wissen, ziemlich schwierig, eine genaue Aussage über den Todeszeitpunkt zu machen, wenn die Leiche erst nach längerer Zeit gefunden wird. Aber diese Anne Ralston scheint merkwürdigerweise wie vom Erdboden verschluckt zu sein. Und Sie müssen zugeben, daß es schon verdammt eigenartig ist, wenn in einem so kleinen Ort wie Swainshead innerhalb von wenigen Tagen erst ein Mord geschieht und dann eine Frau verschwindet. Vielleicht ist sie umgebracht worden, vielleicht hat sie aber auch einfach nur einen Mann kennengelernt und ist mit ihm auf und davon. Leider hatten wir nichts gegen sie in der Hand, das uns erlaubt hätte, zum Beispiel Häfen und Flughäfen überwachen zu lassen. Allerdings konnte sie, als wir auf ihr Verschwinden aufmerksam wurden – und das war ja erst eine Woche später, nämlich nachdem Addison gefunden worden war –, schon längst über alle Berge sein. Und im Grunde wollten wir ihr ja auch nur ein paar Fragen stellen, um Klarheit zu haben. Wie die Dinge lagen, haben wir uns dann in der Gegend noch ein bißchen umgesehen, ob wir vielleicht eine Leiche finden würden – aber nichts.»

«Aber wäre nicht auch vorstellbar, daß Anne Ralston Addison umgebracht hat und anschließend geflohen ist?»

«Das wäre theoretisch möglich, ja. Daran haben wir natürlich auch gedacht. Aber eigentlich glaube ich nicht, daß der Mord von einer Frau begangen wurde. Der Mörder muß nämlich viel Kraft gehabt haben, und Anne Ralston war keine besonders athletische Frau, keine von denen, die täglich Bodybuilding betreiben. Sie war übrigens die Freundin von Stephen Collier. Er stammt aus einer der angesehensten Familien hier und war der Direktor des Betriebs, in dem sie arbeitete. Wir haben ihn ein wenig in die Mangel genommen.»

Banks nickte. «Den Namen Collier habe ich schon gehört. Hat er Schwierigkeiten gemacht?»

«Nein. Er war durchaus bereit, Rede und Antwort zu stehen. Aber er konnte uns nicht viel sagen. Er und Anne Ralston seien in letzter Zeit nicht mehr besonders gut miteinander ausgekommen, und er habe keine Ahnung, wohin sie gegangen sein könnte oder warum. Da wir keinen konkreten Hinweis darauf hatten, daß ihr etwas zugestoßen war, blieb uns nichts anderes übrig als zu akzeptieren, daß sie Swainshead wohl aus eigenem Antrieb verlassen hatte. So etwas kommt schließlich vor. Und Anne Ralston scheint, was wir gehört hatten, auf jeden Fall eine eher leichtlebige junge Frau gewesen zu sein.»

«Trotzdem...»

«Ja, ich weiß.» Gristhorpe seufzte. «Es ist ganz und gar unbefriedigend, nicht wahr? Aber gleichgültig welche Richtung wir auch einschlugen, wir landeten immer in einer Sackgasse.»

Banks schwieg. Es war offensichtlich, daß Gristhorpe der Fehlschlag noch immer zu schaffen machte, das würde den meisten Kriminalbeamten so gehen. Aber dieser Mord an dem Privatdetektiv lag immerhin fünf Jahre zurück. Er durfte sich von Gristhorpes Sicht der Dinge nicht zu stark beeinflussen lassen, sonst verstellte ihm die Vergangenheit möglicherweise den Blick auf die Gegenwart. Aber die Informationen über Addison und Anne Ralston würde er im Hinterkopf behalten – für alle Fälle.

«So, da wären wir», sagte Gristhorpe ein paar Minuten später und deutete auf die Handvoll Häuser vor ihnen. «Dieser Teil des Ortes hier wird von den Leuten ‹Lower Head› genannt.»

«Lohnt sich doch gar nicht, noch in zwei Ortsteile zu unterscheiden – so klein, wie hier alles ist», bemerkte Banks belustigt.

«Das ist keine Frage der Größe, Alan. Lower Head ist der neuere Teil des Dorfes, der erst entstanden ist, seit die Straße häufiger befahren wird. Die Leute halten an, um die Aussicht zu genießen, und bevor sie weiterfahren, trinken sie noch schnell hier im Pub einen Tee oder ein Bier, oder sie bestellen sich eine einfache Mahlzeit. Der andere Ortsteil – ‹Upper Head› genannt – ist der ältere und sehr viel ruhiger. Man könnte auch sagen, vornehmer. Er liegt abgeschieden zwischen zwei Fells in einem eigenen kleinen, von Norden nach Süden verlaufenden Tal. Es gibt von dort aus auch eine Straße nach Norden. Aber gleich nach der Schule, wenn man das Dorf hinter sich hat, wird sie ziemlich unwegsam. Sie führt direkt in den Lake District, die meisten Reisenden ziehen es allerdings vor, über Lancashire zu fahren. – Hier müssen Sie übrigens rechts abbiegen.»

Banks tat, wie ihm geheißen. Parallel zu ihrer Straße verlief die Basis des dreieckig geschnittenen Dorfangers, rechts und links davon gelangte man nach Swainshead. Sie folgten der schmaleren der beiden Straßen, die am Swain entlangführte, und kamen zunächst an einer kleinen steinernen Kirche, dann am Versammlungshaus des Ortes vorbei. In einem gewissen Abstand zum Flußufer sahen sie zwei einander zugewandte Häuserzeilen, zum Teil in Reihenbauweise, aber dazwischen auch ein paar Doppelhäuser. Bei etlichen befanden sich im Erdgeschoß kleine Geschäfte. Die Häuser waren einfach und solide, meistens aus hellgrauem Kalkstein, der hier und da durch Moos und Flechten grünlich verfärbt war. Bei genauerem Hinsehen merkte man, daß die Bewohner versucht hatten, dem eigenen Heim eine individuelle Note zu geben, etwa indem sie den Fenstern Mittelpfosten eingezogen oder den Türen eine farbige Einfassung gegeben hatten. Gleich hinter den Häusern stiegen zu beiden Seiten allmählich die Gemeindewiesen an, längs und quer von Trockenmauern durchzogen. Weiter oben wurden die Hänge steiler, der Boden karger, das saftige Gras wich heidebedecktem Ödland.

Banks parkte den Wagen vor dem Pub. Während sie auf das Haus zuschritten, deutete Gristhorpe auf ein auffallendes Gebäude ein paar hundert Meter die Straße hoch.

«Das Anwesen der Colliers», sagte er. «Der alte Herr war einer der reichsten Farmer und Landbesitzer in dieser Gegend. Und außerdem besaß er genug geschäftlichen Spürsinn, um sein Geld rechtzeitig in eine Nahrungsmittelfabrik, etwas westlich von hier, zu investieren. Inzwischen ist er schon lange tot, sein Sohn Stephen leitet seitdem das Unternehmen. Er und sein Bruder Nicholas leben beide in der väterlichen Villa, allerdings in getrennten Wohnungen. Ein häßlicher Steinklotz, finden Sie nicht?»

Banks schwieg, denn er fand, daß der exzentrische viktorianische Pomp inmitten all der strengen Zweckmäßigkeit ringsumher durchaus seinen Reiz hatte, wenn auch zugegebenermaßen den Reiz der Häßlichkeit: Die Unmenge von Erkern und Türmchen, mit denen die obere Hälfte des Hauses überreich verziert war, schien die beiden unteren Stockwerke beinahe zu erdrücken, und zwei wuchtige Steinportale in der Mitte machten es auch nicht gerade besser. Bestimmt haben sie hinten im Garten noch einen Teepavillon und ein antikes Tempelchen oder etwas Ähnliches, dachte er amüsiert.

«Dort drüben ist Raymond Addison damals abgestiegen», sagte Gristhorpe und deutete auf ein Haus am anderen Ufer des Swain. Man sah ihm an, daß es ursprünglich ein Doppelhaus gewesen war, das man nachträglich umgebaut hatte. Zu beiden Seiten schlossen sich im Abstand von nur wenigen Metern schmale Reihenhäuser an. In dem farbenprächtigen und gepflegten Vorgarten stand ein Schild mit der Aufschrift «Pension Greenock».

«Los, Jungs, ausgetrunken!» rief Freddie Metcalfe, als Gristhorpe und Banks den Gastraum betraten. «Wir kriegen Besuch.»

«Hallo, Freddie», sagte Gristhorpe und ging mit Banks gleich zur Theke, «du bedienst also immer noch über die Sperrstunde hinaus, wie ich sehe?»

«Nur einige wenige Auserwählte», antwortete Metcalfe gemessen. «Was darf ich den Herren geben?» Er streifte Banks mit einem gespielt mißtrauischen Blick. «Er iss doch schon über achtzehn, oder?»

«So gerade», antwortete Gristhorpe.

Freddie brach in heiseres Lachen aus.

«Ich habe gehört, ihr habt hier eine Leiche gefunden», sagte Gristhorpe.

Metcalfe zuckte die Achseln und nickte zu dem Ecktisch hinüber. «Da müss'n Se den Burschen dort drüben fragen. Aber der läuft Ihnen nich' weg. Ich denk, ich zapf Ihnen also erst ma'n Bier, bevor Se ande Arbeit gehn.»

Der Superintendent bestellte ein Bitter, und Banks, der erfreut gesehen hatte, daß es im *White Rose* Marston Bier gab, bestellte ein großes Pedigree.

«Geschmack hat er ja, das muß man ihm lassn», sagte Metcalfe mit widerwilliger Anerkennung. «Villeich' isser ja sogar schon stubenrein.»

Banks hielt es für das klügste, sich völlig herauszuhalten, und sah sich statt dessen im Gastraum um. Die Wände waren bis etwa zur Hüfthöhe dunkel getäfelt, die Fläche darüber war in einem undefinierbaren Braungrau tapeziert. Metcalfe hatte noch eine ganze Anzahl der alten runden Wirtshaustische mit gußeisernen Beinen, in einer Ecke neben der Dartsscheibe und der Musikbox standen jedoch auch schon ein paar der modernen quadratischen.

Banks trank einen Schluck aus seinem Glas und zündete sich dann eine Silk Cut an. Im Wagen hatte er sich mit Rücksicht auf Gristhorpes heftige Abneigung gegen das Rauchen beherrscht, aber ein Pub war schließlich ein öffentlicher Ort. Genüßlich sog er den Rauch ein.

Gristhorpe nahm jetzt sein Glas und ging hinüber zum Ecktisch. Banks folgte ihm.

«Man hat uns verständigt, daß eine Leiche gefunden wurde», sagte er in leicht fragendem Ton und widmete jedem der fünf Männer einen langen Blick aus unschuldigen babyblauen Augen.

Fellowes versuchte vergeblich, seinen Schluckauf zu unterdrücken, und streckte einen Arm in die Luft. «D... das war ich», sagte er und rutschte im nächsten Moment geräuschlos vom Stuhl.

«Ach, verdammt, der ist ja voll wie eine Strandhaubitze», fluchte Banks und starrte Greenock, der direkt daneben saß, wütend an. «Konnten Sie denn nicht aufpassen, daß er nüchtern bleibt, bis wir da sind?»

«Mich trifft keine Schuld», antwortete Sam. «Er hat nur einen Fingerhut voll gehabt, gerade mal so viel, um wieder Farbe ins Gesicht zu kriegen. Was kann ich dafür, daß er nichts verträgt?»

Zwei der Männer am Tisch zogen Fellowes hoch und setzten ihn wieder auf den Stuhl, während Freddie Metcalfe mit einer Flasche Riechsalz herbeieilte, die er für derartige Fälle immer hinter der Theke bereithielt.

Fellowes stöhnte ein wenig und schob Metcalfes Hand mit der Riechsalzflasche beiseite, dann versuchte er sich aufzurichten, sackte jedoch gleich wieder in sich zusammen. Er war offensichtlich nicht in der Verfassung, sie zum Ort des Verbrechens zu führen.

«Iss allens in Or'nung, Inspekter», lallte er, angestrengt bemüht,

Gristhorpes Gesicht zu fixieren, «kleiner Schock fürs System, aber iss schon wieder gut.»

«Können Sie mir vielleicht sagen, wo Sie die Leiche gefunden haben?» Gristhorpe sprach betont langsam und deutlich, wie zu einem Kind.

«Oberhalb Swainshead Fell... Schönes Tal. Herbs'farb'n. Nich schwer ssu findn, genau unterhalb wo der Wanderweg den Gipfel erreicht. Dann grade runter bis ssum Bach... dann rüber, iss ganz einfach. Bei dem Frauenschuh.»

«Frauenschuh?»

«Ja. Die Or... Orchidee. Sehr selten... Leiche iss gleich daneb'n.»

Plötzlich machte er eine halbe Drehung und langte sich mit dem linken Arm auf den Rücken. «Mein Rucksack!» sagte er. «Hab mein Rucksack lieg'nlassen. Also – nich' weit von mein Rucksack... der iss das Sseichn für die Stelle.» Sein Schluckauf machte ihm wieder zu schaffen, und er schloß gequält die Augen.

«Weiß jemand, wo er abgestiegen ist?» fragte Banks und blickte in die Runde.

«Er hat bei uns gewohnt», antwortete Greenock, «aber eigentlich nur für eine Nacht. Heute morgen ist er aufgebrochen.»

«Dann schaffen Sie ihn am besten wieder zu sich zurück, das heißt, wenn Sie noch ein Zimmer frei haben. In dem Zustand kann er aus eigener Kraft nirgendwo mehr hin, und es wäre gut, wenn er in der Nähe untergebracht werden könnte, weil wir noch mit ihm sprechen müssen.»

Sam nickte. «Ich glaube, Nummer fünf ist immer noch frei, es sei denn, es wäre während meiner Abwesenheit ein neuer Gast eingetroffen. Stephen, würden Sie wohl mal...» Er sah den Mann neben sich an, der auch gleich aufstand und ihm half, Fellowes auf die Beine zu stellen.

«Sie sind Stephen Collier, ich erkenne Sie wieder», sagte Gristhorpe und wandte sich an den Mann, der Greenock gegenübergesessen hatte. «Und Sie Nicholas, stimmt's? Erinnern Sie sich noch? Wir haben vor ein paar Jahren einige Male miteinander gesprochen. Wegen des Mordes an dem Privatdetektiv und wegen des mysteriösen Verschwindens von Anne Ralston.»

«Oh, selbstverständlich erinnern wir uns», sagte Nicholas. «Sie kannten auch unseren Vater, wenn ich mich nicht irre?»

«Ja, allerdings nicht besonders gut. Wir haben zwei-, dreimal zusammen ein Bier getrunken. Ein beeindruckender Mann.»

«Ja, das war er», stimmte ihm Nicholas zu.

Gristhorpe und Banks verabschiedeten sich und traten vor die Tür. Greenock und Stephen Collier waren gerade dabei, Fellowes über die Brücke zu schaffen. Die alten Männer schlurften bedächtig beiseite und blickten den dreien schweigend hinterher.

Gristhorpe richtete seinen Blick auf das Fell. «Ich fürchte, wir haben da ein Problem», sagte er zu Banks.

«Wieso?»

«Weil es ein recht langer und mühsamer Aufstieg ist. Wie – verdammt noch mal – sollen Glendenning und die Leute von der Spurensicherung da raufkommen? Und nicht zuletzt: wie soll *ich* da raufkommen? Ich bin schließlich nicht mehr der Jüngste. Und soviel wie Sie rauchen, Banks, klappen Sie doch auch nach den ersten zehn Metern zusammen.»

Banks folgte Gristhorpes Blick und kratzte sich nachdenklich am Kopf. «Na ja», sagte er zweifelnd, «versuchen könnten wir's ja.»

Gristhorpe verzog das Gesicht. «Ich habe befürchtet, daß Sie das sagen würden.»

Kapitel zwei

I

«Gibt es Schwierigkeiten, meine Herren?» erkundigte sich Nicholas, als er den Pub verließ und sah, wie Banks und Gristhorpe mit skeptischen Blicken die steilen Hänge des Swainshead Fell musterten.

«Nein, nein, wie kommen Sie denn darauf?» sagte Gristhorpe ironisch. «Wir bewundern nur den erhabenen Anblick.»

«Wenn Sie erlauben, erkläre ich Ihnen gerne, wie Sie hinaufkommen, ohne daß Ihre Schuhsohlen allzusehr strapaziert werden.»

«Wenn das möglich ist – bitte», sagte Gristhorpe.

«Sehen Sie da oben die schmale Spur, die das Fell diagonal kreuzt?» Nicholas deutete auf den Hang und zog die Linie mit dem Zeigefinger in der Luft nach.

«Ja», sagte Gristhorpe. «Sieht aus wie ein schmaler Weg.»

«Genau das ist es auch. Früher gab es ziemlich weit dort oben am Hang ein Farmhaus. Es gehörte Vater, er hatte es aber seit ewigen Zeiten an Archie Allen verpachtet. Inzwischen ist es ziemlich verfallen, aber den alten Weg hinauf gibt es noch. Er ist natürlich nicht mehr in besonders gutem Zustand und wahrscheinlich etwas zugewachsen, aber ich denke, bis auf ungefähr die halbe Höhe könnten Sie es mit dem Wagen schaffen, falls Ihnen das etwas nützt.»

«Herzlichen Dank, Mister Collier», sagte Gristhorpe. «Bei meiner Figur empfindet man jede Anstrengung, die einem erspart bleibt, als Segen.»

Nicholas lächelte höflich. «Sie müssen ungefähr drei Kilometer die Straße hier hinauffahren bis zur nächsten Brücke, um auf den Weg zu kommen. Sie werden ihn leicht finden, er ist deutlich zu sehen.» Er nickte ihnen zum Abschied kurz zu und machte sich auf den Weg nach Hause.

«Sieht irgendwie eigenartig aus, finden Sie nicht?» bemerkte Banks. «So ganz anders als sein Bruder...»

Während Stephen sich als eleganter, immer etwas gelangweilter Fin-de-siècle-Dekadent inszenierte, hatte Nicholas mit seinem schmalen Schädel, der fahlen Gesichtsfarbe und der langen Nase entschieden etwas Pferdeähnliches. Die einzige Gemeinsamkeit im Aussehen der beiden Brüder waren die ungewöhnlich hellen blauen Augen.

«Nicholas kommt nach seinem Vater», sagte Gristhorpe, «Stephen mehr nach seiner Mutter, sie war mit Abstand eine der hübschesten Frauen hier in der Gegend. Tja, als Walter Collier und Ella Dinsdale heirateten, war das, glaube ich, für so manchen Mann hier ein Anlaß, sich gründlich zu besaufen. Das Glück der beiden war aber nicht von langer Dauer – arme Frau.»

«Was ist denn passiert?»

«Sie bekam Polio. Damals gab es noch keine Schutzimpfung. Kommen Sie, Alan, lassen Sie uns aufbrechen und einen Blick auf die Leiche werfen, bevor sie sich am Ende noch erhebt und uns davonläuft.»

Banks fand die Brücke und den Weg ohne große Schwierigkeiten, und obwohl der Untergrund ziemlich uneben war, langten sie bei dem verfallenen Bauernhaus an, ohne daß der Wagen allzusehr gelitten hatte.

Etwas zur Linken sahen sie den Pfad, den Neil Fellowes genommen hatte, und folgten ihm hangaufwärts. Die Steigung war beträchtlich. Banks merkte bald, wie ihm die Luft knapp wurde, und wünschte wieder einmal, er wäre Nichtraucher. Gristhorpe nämlich stieg ungeachtet seiner vielen Pfunde ziemlich behende, wenn sein Gesicht vor Anstrengung auch purpurrot anlief. Banks tröstete sich mit dem Gedanken, daß dem Super derartige Steigungen eben vertraut waren; schließlich lag sein Haus an einem Berghang.

Endlich standen sie oben, genau an der Stelle, von der aus Fellowes einige Stunden zuvor seinen Rundblick genossen hatte. Beide Männer schwitzten und rangen keuchend nach Luft. Als sich ihr Atem beruhigt hatte, deutete Gristhorpe auf das kleine, in Herbstfarben getönte Tal unter ihnen.

«Es hat einen ganz eigenartigen Zauber, nicht wahr», sagte er und begann langsam hinunterzusteigen. «Ach, sehen Sie mal, Banks, hier liegt schon Fellowes' Rucksack.»

Sie überquerten den Bach und gingen auf den Frauenschuh zu, der sich vor dem grünen Hintergrund deutlich abhob. Bald bemerkten sie süßlich-fauligen Geruch und wechselten einen kurzen Blick. Ihnen beiden war klar, was er bedeutete. Er war unverwechselbar.

«Kein Wunder, daß Fellowes einen Schock bekommen hat», sagte Banks. Der Geruch war jetzt so penetrant, daß er sein Taschentuch herausholte und gegen die Nase preßte. Gristhorpe zog vorsichtig ein paar der aufeinandergeschichteten Zweige beiseite.

«Oh, du meine Güte», sagte er, «da wird Glendenning seine Freude haben.» Er trat einen Schritt zurück. «Sieht so aus, als wäre es ein Mann. Der Blutfleck deutet darauf hin, daß er ermordet worden ist. Mit einem Messer, würde ich denken ...»

Banks nickte. Obwohl sich ganz offenbar eine Anzahl kleiner Tiere über Teile des Körpers hergemacht hatte, markierte die dunkle Färbung auf dem hellen Hemd deutlich die Stelle, an der das Messer links unterhalb der Rippen in den Körper gedrungen war. Beide Männer registrierten wie Fellowes angewidert die Kräuselbewegung der Haut, die das tausendfache unablässige Madengewimmel darunter ahnen ließ.

«Leben im Verwesten», murmelte Gristhorpe leise, fast wie zu sich selbst. Dann besann er sich, wozu er hier war. «Der Tote muß einen Rucksack dabeigehabt haben, ich frage mich, wo der geblieben ist. Seinem Schuhwerk nach zu urteilen, scheint er doch auf einer Wanderung gewesen zu sein.»

Banks beugte sich hinunter, um die lehmverschmierten Stiefel mit der dicken Gummisohle genauer zu betrachten. «Sie sehen neu aus, so gut wie nicht getragen.»

«Er muß einen Rucksack gehabt haben», wiederholte Gristhorpe und kratzte sich nachdenklich am Kinn. «Jeder Wanderer führt irgendeine Art von Notration mit sich, ein paar getrocknete Datteln, ein bißchen Schokolade, etwas zum Trinken und dann natürlich Kompaß, Karte, Taschenlampe, einen dicken Pullover, falls das Wetter umschlägt, Socken zum Wechseln, na und so weiter. Sein Mörder muß die Sachen mitgenommen haben.»

«Oder er hat sie versteckt.»

Gristhorpe nickte.

«Er trägt keinerlei Regenschutz», bemerkte Banks.

«Das deutet darauf hin, daß er Erfahrung hatte. Nur Anfänger tragen die ganze Zeit über ihren Anorak oder so etwas. Wer sich auskennt, der zieht sich für eine Wanderung mehrere Schichten Kleidung übereinander und legt sie dann je nach Witterung auch schichtweise wieder ab. Wenn er zum Zeitpunkt seiner Ermordung nur Hemd und Hose getragen hat, so sollten wir uns unbedingt noch einmal die Wetterberichte der vergangenen Wochen geben lassen. Möglicherweise erlauben sie uns Rückschlüsse auf den Tag seines Todes.»

Banks wiegte zweifelnd den Kopf. «In der letzten Zeit ist es gleichbleibend warm gewesen. Der Frühling hat spät eingesetzt, und jetzt sieht es fast so aus, als ginge er unmittelbar in einen frühen Sommer über.»

Gristhorpe nickte. «Na ja, vielleicht kann uns, was den Todeszeitpunkt angeht, der Gerichtsmediziner weiterhelfen. Aber als erstes sorgen Sie doch bitte jetzt dafür, daß die Leute von der Spurensicherung möglichst schnell hier oben heraufkommen.»

«Auf demselben Weg, den wir genommen haben? Das letzte Stück ist ziemlich steil.»

Gristhorpe dachte einen Moment nach. «Vielleicht gibt es eine andere Möglichkeit», sagte er, «vorausgesetzt, ich kann meiner Ortskenntnis trauen...»

«Ja?»

«Also wenn ich mich nicht täusche, dann fließt dieser Bach zum Rawley Force an der Helmthorpe Road, ungefähr anderthalb Kilometer östlich von Swainshead. Dies hier ist nämlich ein Hängetal.»

«Ein Hängetal?»

«Ja», nickte Gristhorpe bestätigend. «Es ist ein Nebental, das im rechten Winkel zum Swainsdale verläuft. Der Gletscher hier war zu klein, um es genauso tief auszufräsen wie der große Gletscher das Haupttal, und so treffen sie sich nicht auf demselben Niveau, sondern das Nebental hängt nun gewissermaßen über dessen Sohle. Die Bäche dieser Nebentäler erreichen die Flüsse der Haupttäler gewöhnlich über einen Wasserfall, so wie hier Rawley Force. Haben Sie nicht übrigens mal gesagt, Sie wollten sich näher mit den geologischen Gegebenheiten hier beschäftigen?»

«Ich bin noch dabei», murmelte Banks verlegen. In Wahrheit hatte er das Geologiebuch nach zwei Kapiteln beseite gelegt und sich einem gerade neu erschienenen Buch über die Geschichte Yorkshires zugewandt, das ihm seine Tochter Tracy empfohlen hatte. Sein Problem war, daß er sich für vieles interessierte, aber zu wenig Zeit hatte, sich mit einzelnen Dingen gründlicher zu beschäftigen, und so neigte er dazu, von einer Sache schon wieder zur nächsten zu springen, noch ehe er sie wirklich genau erfaßt hatte.

«Soso, na macht nichts», sagte Gristhorpe. «Rawley Force ist nur ungefähr dreißig Meter hoch. Ich möchte, daß Sie sich mit der Bergwacht in Helmthorpe in Verbindung setzen, ob die bereit wären, uns eine Winde aufzubauen – dann bekämen wir die Leute von der Spurensicherung schnell und ohne große Mühe hier oben herauf. Ich kann mir nämlich, ehrlich gesagt, kaum vorstellen, daß Glendenning es schafft, hier zu Fuß hochzukommen. Und dann müssen die Leute ja unter Umständen noch zwei- oder dreimal hin und her. Außerdem bleibt natürlich auch die Leiche hinunterzuschaffen. Mit einer Winde wäre das alles kein Problem. Und ich denke, das läßt sich auch machen. Die Hobby-Höhlenforscher von Bradford und Craven errichten jedes Jahr für ein paar Tage eine bei Gaping Gill, um Touristen einen besonders spektakulären Blick von oben auf den Eingang der Höhle dort zu ermöglichen. Und Gaping Gill fällt aus sehr viel größerer Höhe als Rawley Force.»

«Ja, ja, klingt nicht schlecht», sagte Banks ohne große Begeisterung. Er erinnerte sich nur zu genau, wie er aus schwindelnder Höhe parallel zum Wasserfall hinuntergelassen worden war, um dann, hilflos über einem dunklen Schlund schwebend, in eine schier unendliche Höhle zu starren, in der die Kathedrale von York bequem Platz gefunden hätte. Damals hatte er sich geschworen, sich nie wieder einer Winde anzuvertrauen. «Wir sollten zusehen, daß wir jetzt so schnell wie möglich hier wegkommen», sagte er, «sonst ist es dunkel, bis wir sie alle hier oben haben. Soll Sergeant Hatchley mit dabei sein?»

Gristhorpe nickte.

«Und Detective Constable Richmond auch?»

«Nein, jedenfalls nicht gleich. Ich würde gerne noch etwas genauer Bescheid wissen, womit wir es hier zu tun haben, bevor ich die ganze Truppe einsetze. Richmond soll in Eastvale die Stellung halten. Ich bleibe hier, und Sie gehen zurück zum Wagen und erledigen von dort aus alles per Funk. Und warnen Sie Glendenning vor, daß die Leiche nicht mehr im besten Zustand ist. Vielleicht muß er irgendwelche besonderen Vorkehrungen treffen.»

Banks blickte erst auf die Leiche, dann zu Gristhorpe.

«Sie wollen wirklich hier warten?»

«Von Wollen kann keine Rede sein», sagte Gristhorpe. «Aber ich denke, daß jemand bei ihm bleiben sollte.»

«Aber er hat doch schon längere Zeit allein hier gelegen. Ich glaube nicht, daß eine halbe Stunde mehr oder weniger einen Unterschied macht.»

«Jemand sollte bei ihm bleiben», wiederholte Gristhorpe.

Banks begriff, daß er ihn nicht würde umstimmen können, nickte kurz und machte sich auf den Weg zum Auto. Gristhorpe blickte sich einen Moment um, dann ließ er sich dicht am Bach unter einer Esche nieder. Er sieht aus wie ein Buddha, dachte Banks, als er sich in einiger Entfernung noch einmal nach ihm umdrehte.

II

«Stimmt was nicht mit ihm?» fragte Katie Greenock, als Sam und Stephen, Fellowes zwischen sich, zur Tür hereinkamen.

«Er hat ein bißchen zuviel getrunken, das ist alles», antwortete Sam. «Und jetzt mach Platz, wir müssen hier durch. Ist Nummer fünf noch frei?»

«Ja, aber...»

«Keine Sorge, er wird dir schon nicht auf die kostbaren Laken kotzen. Der schläft sofort ein.»

«Wenn du meinst», sagte Katie und biß sich auf die Lippe. «Dann bringt ihn am besten gleich nach oben.»

Stephen lächelte entschuldigend, als sie sich an ihr vorbeizwängten. Fellowes die Stufen hochzuschleppen war ein ziemliches Stück Arbeit, aber schließlich hatten sie es geschafft. In Nummer fünf legten sie ihn aufs Bett und verließen erleichtert den Raum. Katie, die ihnen gefolgt war, blieb allein mit ihm zurück. Einen Augenblick lang stand sie wie erstarrt. Sie so im Stich zu lassen! Sam wußte doch genau, wie sehr sie Betrunkene verabscheute. Und ausgerechnet Mister Fellowes! Er war ihr so sympathisch gewesen.

Katie hatte nur eine sehr undeutliche Vorstellung von ihrem Vater. Er war zusammen mit ihrer Mutter bei einem Brand ums Leben gekommen, als sie selbst erst vier Jahre alt gewesen war. Verschwommen erinnerte sie sich an einen großen, lauten Mann mit einem furchterregenden Schnurrbart und groben Händen. Nur eins war ihr überdeutlich im Gedächtnis geblieben: Er war ein Trinker gewesen, und sie war fest davon überzeugt, daß ihre heftige Abneigung gegenüber betrunkenen Männern von frühen Erlebnissen mit ihrem alkoholisierten Vater herrührte.

Aber es hatte da auch noch andere verstörende Eindrücke gegeben. So hatte sie sich eines Nachts einmal, unbemerkt von ihren Eltern, an die halboffene Schlafzimmertür geschlichen. Ihr Vater schien ihre Mutter zu quälen, denn diese hatte gestöhnt und sich hilflos unter ihm hin und her geworfen. Entsetzt, aber gleichzeitig auch fasziniert, hatte sie die beiden beobachtet. Katie hatte ihre Mutter noch nie so außer sich erlebt, und der Anblick prägte sich ihr unauslöschlich ein. Als sie älter wurde, war ihr dann natürlich klargeworden, was sie da gesehen hatte, aber das Erschrecken von damals schien offenbar so tief in ihr verwurzelt, daß die nachträgliche Erkenntnis nicht mehr viel dagegen vermochte. Ein anderes Mal war ihr Vater gestürzt, und sie war zu ihm gelaufen, weil sie glaubte, daß er sich verletzt hätte. Doch als sie sich zu ihm hinunterbeugte, hatte er sie so heftig beiseite gestoßen, daß sie ebenfalls hingefallen war, und dann hatte er begonnen, sie wüst zu beschimpfen. Sie wußte noch, daß sie, als sie da neben ihm lag, überlegt hatte, ob er ihr jetzt dasselbe antun würde wie ihrer Mutter. An diesem Punkt angelangt, brach ihre Erinnerung jedoch regelmäßig ab, sooft sie auch in der Vergangenheit versucht hatte, sich diese Szene wieder ins Gedächtnis zu rufen.

Genau wie das Feuer. Auch daran konnte sie sich nicht mehr erinnern, obwohl sie, wie sie von ihrer Großmutter wußte, in der Unglücksnacht nur wenige Meter vom Zimmer ihrer Eltern entfernt in ihrem Bettchen geschlafen hatte und erst in letzter Minute, als die Flammen ihr Zimmer schon fast erreicht hatten, herausgeholt worden war. Ab und zu streifte sie nachts im Schlaf so etwas wie eine Ahnung von dem, was sie erlebt hatte. Dann fuhr sie schweißgebadet hoch, weil wieder einmal der ewiggleiche Alptraum sie heimgesucht hatte: züngelnde Flammen und ein infernalisches Knallen und Krachen, und sie selbst mittendrin – wie gelähmt. Sie sei allein durch die Gnade Gottes gerettet worden, hatte ihre Großmutter gesagt. Und ihr auch erklärt, daß ihre Eltern Opfer der Flammen geworden seien, weil sie gesündigt hätten.

Das Feuer war, wie man herausfand, entstanden, weil ihr Vater im Bett geraucht hatte und dabei offenbar eingeschlafen war. Katie meinte damals deutlich gespürt zu haben, daß gerade diese Mitteilung ihrer Großmutter besondere Genugtuung bereitet hätte, so als betrachte sie es als das Ergebnis einer geschickten göttlichen Regie, daß der Vater selbst das Verhängnis ausgelöst hatte. Denn die ganze Tragödie war in ihren Augen Gottes Wille gewesen, Ausdruck Seiner unendlichen Gerechtigkeit. Und von da an hatte sie dafür gesorgt, daß ihre Enkelin das Leben, das ihr neu geschenkt worden war, ganz Ihm widmete – dankbar und voller Demut.

Katie holte tief Luft, dann rollte sie Fellowes zur Seite, zog die Steppdecke und das Laken unter seinem Körper hervor und deckte ihn damit zu, wobei sie darauf achtete, daß er nicht direkt mit der Decke in Berührung kam – Laken ließen sich wesentlich leichter waschen, falls etwas passierte. Als nächstes zog sie ihm die Wanderstiefel aus und stellte sie unters Bett auf ein Stück Zeitungspapier. Sie waren zwar nicht besonders schmutzig, aber in dem tiefen Profil der Sohle hatte sich doch etwas lose Erde festgesetzt.

«Sauberkeit kommt gleich nach Frömmigkeit» hatte ihre Großmutter ihr stets eingebleut. Und ist soviel leichter zu erreichen, hätte Katie manchmal hinzufügen mögen, wenn sie es gewagt hätte. Abgesehen von einer ungewöhnlich langen Liste von Vorschriften, die mit den Formeln ‹Du sollst nicht› oder ‹Du darfst nicht› begannen und so ziemlich alles umfaßten, was die Leute ringsumher zu genießen schienen, war Frömmigkeit nach Katies Empfinden doch eine schwer zu erreichende Eigenschaft. In letzter Zeit hatte sie wieder häufiger über die Erziehungsmaßnahmen ihrer Großmutter nachgedacht und sich besonders an die harten Tadel und die ‹unumgänglichen› Strafen erinnert: das Auswaschen des Mundes mit Seife, wenn sie gelogen hatte, eine unbestimmte Zeit im dunklen Keller dafür, daß sie sich im Takt einer zufällig aus der Nachbarwohnung herübergewehten Melodie ‹wollüstig› gewiegt hatte. Und alle diese Strafen wurden angekündigt mit dem Satz: «Du darfst mir glauben, es tut mir mehr weh als dir.»

Ein leichtes Stöhnen riß Katie aus ihren Gedanken. Fellowes hatte die Augen geöffnet und griff nach ihrer Hand. Sie spürte an dem heftigen Druck seiner Finger, daß er ängstlich und erregt war.

«Es sieht so belebt aus ... So fürchterlich belebt», murmelte er, dann sank er wieder zurück in seinen betäubungsähnlichen Schlaf.

In seinem rechten Mundwinkel sammelte sich Speichel und rann langsam das Kinn hinunter. Katie wich angeekelt zurück und verließ schnell das Zimmer. Schließlich hatte sie noch eine Menge anderer Pflichten: sie mußte das Abendessen vorbereiten, und im Garten gab es wieder jede Menge Unkraut, das gejätet werden mußte.

III

Banks beugte sich über die Kante von Rawley Force und sah amüsiert zu, wie man Glendenning mit der Winde hochzog. Der massige Gerichtsmediziner bemühte sich angestrengt um eine aufrechte Haltung, als wolle er dem lächerlichen Geschaukeltwerden so etwas wie Würde abtrotzen. Wie üblich hing in seinem linken Mundwinkel eine Zigarette, die braune Arzttasche hielt er eng an den Körper gepreßt.

Zum Glück hatte es in den vergangenen zwei Wochen kaum geregnet, so daß der Wasserfall nur mehr tröpfelte. Die Männer von der Bergwacht in Helmsthorpe waren, als Banks sie darum gebeten hatte, ohne Umstände einverstanden gewesen und sofort aufgebrochen, um die Winde aufzubauen. Jetzt war man dabei, den Pathologen und die Leute von der Spurensicherung hochzuhieven, das ganze Team, Mann für Mann jeden einzeln, und Glendenning war, entsprechend seinem Rang, der erste. Eine Ehre, auf die er, so wie es aussah, wohl gern verzichtet hätte.

Kaum war er oben, befreite er sich schnaufend aus den Gurten, strich sich die Bügelfalten glatt und nickte Banks dann kurz zu, daß er bereit sei. Zusammen stiegen sie in das bewaldete kleine Tal hinunter, wo Gristhorpe noch immer unter der Esche saß und auf sie wartete.

«Danke, daß Sie so schnell gekommen sind», sagte der Superintendent, während er aufstand und sich den Staub von der Hose klopfte. Jeder Beamte im Kriminaldezernat wußte, daß es sich auszahlte, wenn man Glendenning mit besonderer Höflichkeit behandelte. Zwar war er trotzdem meistens knurrig und unfreundlich, manchmal sogar beleidigend, aber er war einer der besten Gerichtsmediziner des Landes, und alle waren froh und dankbar, daß er sich gerade in Eastvale niedergelassen hatte.

«Und wo liegt sie nun, die Leiche?» frage er jetzt gereizt und zündete sich am Stummel seiner Zigarette gleich die nächste an.

Gristhorpe deutete wortlos auf den kleinen Haufen von Ästen und

Zweigen am andern Ufer des Baches. Glendennig stieß einen unterdrückten Fluch aus, dann holte er tief Luft und begann, sich mit tastenden Schritten einen Weg über die Steine zu suchen. Gristhorpe zwinkerte Banks zu und griente. «Sind jetzt alle da, Alan?»

«Sieht so aus.»

Als nächster kam Pater Darby, der Fotograf, eilig den Hang heruntergelaufen und versuchte Glendenning zu überholen, um zu verhindern, daß der Pathologe an die Arbeit ging, bevor er Gelegenheit gehabt hatte, die Leiche zu fotografieren. Banks fand insgeheim, daß Darby viel zu jung und unschuldig aussah für diese Art Tätigkeit, mußte aber anerkennen, daß er noch nie mit der Wimper gezuckt hatte, so grausig der Anblick mancher Leichen auch gewesen war.

Einige Minuten später erschien Sergeant Hatchley. Der kurze Abstieg hatte ihn offenbar schon ziemlich angestrengt, denn er war krebsrot im Gesicht. Wie Gristhorpe war er von massiger Gestalt, allerdings zwanzig Jahre jünger. Doch während jener muskulös war, schleppte Hatchley eine Menge Fett mit sich herum. Und es wurde immer mehr. Vor ein paar Jahren hatte er noch im örtlichen Rugby-Club auf der Position des Außenstürmers gespielt, doch dann hatte er durch Zigaretten und vor allem Alkohol seine Kondition eingebüßt.

Banks informierte den Sergeant über die Einzelheiten des Leichenfundes, während Gristhorpe sich inzwischen mit den Leuten von der Spurensicherung abstimmte.

Glendenning hatte sich neben den Toten gekniet und scheuchte mit ungeduldigen Handbewegungen jeden zurück, der ihm zu nahe herankommen schien. Nach einer Weile sammelte er seine Instrumente wieder ein und warf einen letzten, prüfenden Blick auf die Leiche. Dann erhob er sich und ging mit langsamen Schritten auf den Bach zu. Dort zögerte er kurz, dann gab er sich einen Ruck und trat, mit ausgebreiteten Armen die Balance haltend, vorsichtig von Stein zu Stein, in der einen Hand die Tasche, in der anderen ein Reagenzglas.

«Verdammt seltener Platz für eine Leiche», blaffte er vorwurfsvoll, kaum daß er vor Gristhorpe stand. So wie es klang, hätte man meinen können, der Superintendent hätte sie höchstpersönlich in dieser unwegsamen Gegend abgelegt.

Gristhorpe lächelte nachsichtig. «Ja, ja», entgegnete er betont friedfertig. «Wir können es uns eben nicht aussuchen. Vor der Obduktion läßt sich wohl noch nicht viel sagen, oder?»

Glendenning blinzelte irritiert, weil ihm der Rauch seiner Zigarette in die Augen stieg. «Nein», sagte er kurz angebunden. «Sieht mir nach einer Stichwunde aus. Die Waffe drang vermutlich von unterhalb des Rippenbogens direkt ins Herz.»

«Dann muß der Mörder ja wirklich sehr dicht an ihn herangekommen sein», murmelte Gristhorpe nachdenklich. «Also wahrscheinlich jemand, den er gut kannte und dem er vertraute.»

Glendenning verzog ein wenig verächtlich die Mundwinkel. «Derartige Spekulationen überlasse ich dann doch lieber Ihnen und Ihrer Truppe, wenn Sie nichts dagegen haben. Es dürfte Sie übrigens interessieren, daß ich außer der Stichwunde, die zum Tode geführt hat, Schnittwunden im Gesicht festgestellt habe sowie Verletzungen durch Schläge mit einem stumpfen Gegenstand. Was genau das gewesen sein könnte, kann ich jetzt noch nicht sagen, auch nicht, ob diese Verletzungen ihm vor oder nach Eintritt des Todes zugefügt worden sind. Ich denke, er ist ungefähr zehn Tage tot. Jedenfalls nicht mehr als zwölf.»

«Woher wissen Sie das so genau?» fragte Banks, der mit dem Sergeant gerade herangekommen war.

«Also genau würde ich das nun nicht gerade nennen, junger Mann», sagte Glendenning kühl. «Das ist immerhin ein Spielraum von zwei Tagen! Vielleicht kann ich nach der Obduktion präziser sein, aber versprechen kann ich nichts. Er muß sowieso erst für ein paar Tage ins Lysolbad.» Mit einem hinterhältigen Lächeln streckte er ihnen das Reagenzglas entgegen. «Maden», sagte er, «*Calliphora erythrocephalus.*»

Die drei Beamten betrachteten leicht angeekelt die nackten weißen, sich träge bewegenden Fleischklümpchen und wechselten dann verständnislose Blicke.

Glendenning seufzte tief und sprach langsam und deutlich wie zu geistig behinderten Kindern. «Das ist doch nun wirklich ganz einfach. Schmeißfliegenlarven. Die Schmeißfliege legt ihre Eier bei Tageslicht, vorzugsweise bei Sonnenschein. Wenn das Wetter warm ist wie in den letzten Wochen, dann schlüpft die Brut gleich am ersten Tag. Wir haben nun die Maden in ihrer ersten Erscheinungsform, wie wir das nennen. Nach ungefähr acht bis vierzehn Stunden häuten sie sich, und heraus kommen die Maden in ihrer zweiten Erscheinungsform. Auch diese häuten sich noch einmal, so ungefähr nach zwei bis drei

Tagen. Diese dritte Erscheinungsform soll als Köder sehr beliebt sein, wie ich gehört habe.» Er blickte kurz zu Gristhorpe, der, wie er wußte, ein leidenschaftlicher Angler war. «Die Made in der dritten Erscheinungsform frißt sich fünf oder sechs Tage lang voll und verpuppt sich dann. Und jetzt sehen Sie mal genau her, meine Herren», wieder hielt er ihnen das Glasröhrchen unter die Nase, «hier haben wir ein gutes Dutzend pralle, fette Maden. Satt. Noch nicht verpuppt. Das heißt, die Eier sind erst vor neun oder höchstens zehn Tagen abgelegt worden. Rechnen wir nun noch einen Tag dazu, vielleicht auch zwei, bis die Schmeißfliege sich auf der Leiche gemütlich eingerichtet hat, und wir sind bei zwölf Tagen als dem frühesten Todeszeitpunkt.» Es war die längste, aber vor allem die anschaulichste Rede, die Banks von Glendenning je gehört hatte. Offenbar besaß der schroffe, kettenrauchende Schotte so etwas wie pädagogischen Eros.

Das anerkennende Schweigen seiner Zuhörer schien dem Arzt zu gefallen. Er lächelte befriedigt. «Simpson», sagte er und genoß ihre Verblüffung.

«Wie bitte?» fragte Banks.

«Simpson», wiederholte Glendenning, «Keith Simpson. Er war mein Lehrer. Und eine Art schottischer Sherlock Holmes. Nur daß er im Gegensatz zu Ihrem tatsächlich gelebt hat.»

«Ah, ich verstehe», sagte Banks, der lange genug in Yorkshire gelebt hatte, um die Kunst des Uzens fast so gut zu beherrschen wie die Einheimischen. «Sie meinen so jemand wie Quincy, aber in echt?» Er fühlte, wie Gristhorpe ihm den Ellbogen in die Rippen stieß.

Glendenning preßte grimmig die Lippen zusammen, und ein weiterer Zentimeter Asche fiel auf seine ohnehin stets weißgrau bestäubte Weste. «So etwa», knurrte er und ließ das Reagenzglas in seiner Tasche verschwinden. «Hoffentlich befördert Ihr lächerliches Gestell mich jetzt auch sicher wieder nach unten.»

«Keine Sorge», sagte Gristhorpe beruhigend, «es ist stabiler, als es aussieht. Und vielen Dank für Ihre Auskünfte.»

«Schon gut. Und was das Gestell angeht, jetzt weiß ich wenigstens, was die Redensart bedeutet: ‹den Arsch in der Schlinge haben›.» Er drehte sich um und ging in Richtung auf die Winde.

Banks lachte. Dann trat er ans Ufer des Baches und blickte hinüber auf die andere Seite, um zu sehen, wie weit die Leute von der Spurensicherung mit ihrer Arbeit waren. Peter Darby hatte inzwischen die notwendigen Aufnahmen gemacht, und mehrere Beamte waren dabei, den Boden um die Leiche Zentimeter für Zentimeter abzusuchen.

«Wir müssen die ganze Gegend hier durchforsten», sagte Gristhorpe zu Hatchley. «Könnten Sie das in die Wege leiten, Sergeant?»

«Wird gemacht, Sir», nickte Hatchley und holte Notizbuch und Bleistift hervor. «Ich werde einige zusätzliche Männer aus Helmthorpe und Eastvale anfordern.»

«Gut, und sagen Sie ihnen, sie sollen vor allem auf Spuren achten, die darauf hindeuten, daß etwas verbrannt oder vielleicht auch vergraben worden ist. Der Tote hat mit Sicherheit einen Rucksack bei sich gehabt – vielleicht hat ihn der Mörder beiseite geschafft. Und außerdem suchen wir noch nach der Tatwaffe, es muß eine Art Messer gewesen sein. Ich denke übrigens, Sergeant», fuhr Gristhorpe fort, «daß es ganz gut wäre, wenn wir jetzt auch Detective Constable Richmond in die Ermittlungen einbeziehen würden. Er soll sich vom Zentralcomputer eine Liste der zur Zeit vermißten Männer erstellen lassen.»

Vic Manson, der Experte für Fingerabdrücke, überquerte vorsichtig den Bach und trat auf sie zu. «Das wird eine ziemlich schwierige Angelegenheit, fürchte ich», sagte er. «Wenn wir Glück haben, lassen sich vielleicht von drei oder vier Fingern noch Abdrücke nehmen, aber ich kann nichts versprechen. Ich werde Wachs injizieren, damit die Haut wieder glatt wird, und wenn das nichts nützt, muß ich eben Formaldehyd und Alaun nehmen.»

«Die Hauptschwierigkeit dürfte sein herauszufinden, wer er überhaupt war», bemerkte Banks düster. «Selbst wenn wir Fingerabdrücke von ihm haben, so heißt das doch noch lange nicht, daß sie auch irgendwo registriert sind. Und unser Mörder hat sich ja nun wirklich alle Mühe gegeben, das Gesicht des Toten bis zur Unkenntlichkeit zu entstellen.»

«Na, immerhin haben wir ja noch die Kleidung», bemerkte Gristhorpe. «Und – nicht zu vergessen – seine Zähne. Obwohl ich zugeben muß, daß es mir bisher noch nie gelungen ist, die Identität eines Toten allein anhand seines Gebisses festzustellen.»

«Mir auch nicht», bestätigte Banks. Es amüsierte ihn immer sehr, wenn im Fernsehen Kriminalbeamte gezeigt wurden, die eine unbekannte Leiche mir nichts dir nichts anhand von Zahnarztunterlagen identifizieren konnten. Den Drehbuchschreibern müßte doch eigentlich klar sein, daß es eine halbe Ewigkeit dauert, bis jeder Zahnarzt im Lande jede der Patientenakten in seiner Kartei durchgesehen hat, dachte er dann immer. Das mit der Rückfrage beim Zahnarzt funktionierte doch nur, wenn man bereits eine Vermutung hatte, um wen es sich bei dem Toten handelte. Dann konnte man gezielt einen bestimmten Arzt ansprechen, der die Annahme entweder bestätigte – oder auch nicht.

«Kann auch ein Deutscher sein», bemerkte Hatchley. «Oder ein Amerikaner. Heutzutage laufen hier 'ne Menge ausländische Touristen rum.»

Jenseits des Baches waren zwei Beamte dabei, die Leiche in einen großen Plastiksack mit umlaufendem Reißverschluß zu schieben. Beide Männer trugen Mundschutz und Latexhandschuhe. Banks verzog angeekelt das Gesicht, als er sah, wie sie überall an den Rändern erst die Maden beiseite wischen mußten, ehe sie den Reißverschluß zuziehen konnten.

«Gehen wir», sagte Gristhorpe. «Es ist schon ziemlich spät. Morgen werden wir das Gelände hier gründlich durchkämmen, aber bis dahin können wir nichts mehr tun. Allerdings möchte ich, daß über Nacht ein paar Beamte hier oben sind. Falls der Mörder inzwischen weiß, daß wir die Leiche entdeckt haben, und er tatsächlich den Rucksack hier irgendwo vergraben oder sonstwie versteckt hat, kommt er vielleicht im Schutz der Dunkelheit her, um ihn endgültig verschwinden zu lassen.»

Hatchley nickte.

«Wir schicken ein paar Männer hoch», fuhr Gristhorpe fort. «Bis sie da sind, halten Sie hier oben die Stellung, Sergeant. Und reden Sie der Bergwacht gut zu, daß sie die Winde noch so lange stehen läßt. Sonst müßten unsere Leute denselben Weg nehmen, auf dem Banks und ich hochgekommen sind.»

Banks bemerkte, wie Hatchley verstohlen zu der Stelle hinübersah, wo die Leiche gelegen hatte, und dann unbehaglich die Schultern hochzog. Er verstand ihn gut. In diesem merkwürdig verwunschenen Tal nach Einbruch der Dunkelheit allein zu sein – wem wäre da nicht unheimlich zumute?

IV

Sam schlief mit Katie in dieser Nacht so, wie er es immer tat – fordernd und rücksichtslos. Und wie immer ließ sie es sich widerstandslos gefallen und heuchelte sogar noch, Lust zu empfinden. Wenigstens tat es nicht mehr so weh wie früher. Es gab eben Dinge, die man hinnehmen mußte, und manche Sünden waren nicht zu vermeiden, weil Männer nun einmal so und nicht anders waren und weil eine Frau eben einen Mann brauchte, damit sie versorgt war. Und das Ausschlaggebende, das hatte Katie von ihrer Großmutter gelernt, das allein Ausschlaggebende war schließlich, daß man es nicht etwa auch noch genoß. Beiß die Zähne zusammen, und gib ihnen, was sie verlangen, das ja, betrüge sie ruhig, indem du ihnen vormachst, daß es dir gefällt. Das ist dein gutes Recht, besonders dann, wenn sie dich sonst schlecht behandeln würden. Aber unter keinen Umständen sinke so tief, es zu genießen!

Zum Glück dauerte es nie lange. Das war ein Trost. Auch heute wurde Sams Atem bald schneller, und sie preßte sich noch enger an ihn, stöhnte und murmelte die Wörter und halben Sätze, von denen sie wußte, daß sie ihn erregten. Schließlich gab er eine Art Grunzlaut von sich, und sie spürte, wie er sie naß machte. Sofort rollte er sich auf die Seite, und unmittelbar darauf hörte sie ihn schon schnarchen.

Doch sie selbst fand in dieser Nacht nicht so bald Schlaf. Sie dachte an den Toten in dem abgelegenen Bergtal und zog sich fröstelnd die Decke ans Kinn. Sie hatte das letzte Mal noch gut in Erinnerung. Es war furchtbar gewesen: zuerst der Schock und die Aufregung, und dann, nachdem die Polizei begonnen hatte, den Mord mit dem Verschwinden von Anne Ralston in Verbindung zu bringen, die nicht enden wollenden Fragen. Die Beamten waren von einer zähen Unnachgiebigkeit gewesen, gerade so, als sei Stephen oder einer seiner Freunde verdächtig, diesen Londoner Detektiv und vielleicht sogar auch Anne umgebracht zu haben. Doch alle Spuren waren im Sande verlaufen. Und am Ende schien es fast, als sei Raymond Addison aus dem Nichts gekommen.

Katie hatte Anne kaum gekannt. Sam und sie lebten ja erst kurze Zeit in Swainshead, als damals vor fünf Jahren alles losging. Dabei hatte sie überhaupt nur Annes Bekanntschaft gemacht, weil Sam sich, als sie hergekommen waren, vorgenommen hatte, zu den ‹wichtigen›

Leuten des Dorfes Kontakte anzuknüpfen. So hängte er sich, kaum daß sie angekommen waren, an die Colliers, und Anne war damals Stephen Colliers Freundin gewesen.

Besonders sympathisch hatte Katie sie nicht gefunden, und so war es nie zu einer engeren Beziehung zwischen den beiden Frauen gekommen. Anne hatte sich für ihren Geschmack immer viel zu ungezwungen aufgeführt. Bestimmt war sie nicht tot, sondern bloß mit irgendeinem Mann, den sie zwischendurch kennengelernt hatte, auf und davon gegangen. So einfach ohne ein Wort des Abschieds auf Nimmerwiedersehen zu verschwinden, das sähe ihr ähnlich. Einer wie ihr war es doch völlig egal, ob die Leute sich ihretwegen Gedanken machten.

Katie drehte sich um und tastete auf dem Nachttisch nach den Kleenex-Tüchern. Dabei mußte sie durch ihre Bewegung ein Stück der gemeinsamen Decke zu sich herübergezogen haben, denn Sam wurde wach, knurrte unfreundlich und zerrte dann seine Hälfte wieder zurück. Mit kleinen, vorsichtigen Bewegungen wischte sie sich trocken. Sie verabscheute diese warme, klebrige Nässe zwischen ihren Beinen. Und dieser Abscheu schien von Tag zu Tag zu wachsen, so wie ihr Haß auf das gemeinsame Leben von Tag zu Tag zunahm.

Schon seit Wochen empfand sie alles hier als unerträglich. Doch seit mehr als einem Monat hatte sich dieses Gefühl zu einer schwarzen, lähmenden Depression verdichtet. Sie hatte gelernt, daß es die Aufgabe der Frau sei, ihrem Mann zu gehorchen, ihm beizustehen in guten und in schlechten Zeiten, sich vor allem nachts im Bett seinen Wünschen zu fügen und sich tagsüber im Haus für ihn abzurackern. Aber diese völlige Trostlosigkeit und Öde, das konnte doch unmöglich alles sein. Hatte sie nicht auch ein Recht auf etwas Freude? Und wenn es eine Möglichkeit gäbe, dieser immerwährenden Plackerei und den Vorwürfen und Schlägen zu entfliehen, wäre es denn dann wirklich eine nicht wiedergutzumachende Sünde, sie wahrzunehmen?

Es war nicht immer so schlimm gewesen. Als sie und Sam sich kennengelernt hatten, arbeitete Katie als Zimmermädchen im *Queen's Hotel* in Leeds. Sam machte eine Elektrikerlehre und war eines Tages im Hotel aufgetaucht, weil seine Firma den Auftrag bekommen hatte, die elektrischen Leitungen in dem alten Gebäude zu überprüfen. Es war keine Liebe auf den ersten Blick, jedenfalls nicht nach Katies Definition. Liebe, das war für sie gleichbedeutend mit zitterndem Verlangen und Herzklopfen, so wie man es in den Heftchenromanen las, bei deren Lektüre sie ab und zu verstohlen um sich blickte, um nicht von ihrer Großmutter ertappt zu werden. Aber immerhin, Sam war ein gutaussehender junger Mann. Sein kastanienbraunes, krauses Haar und das offene, jungenhafte Lächeln nahmen sie für ihn ein. Sein selbstbewußtes Auftreten imponierte ihr, auch wenn sie ihn insgeheim immer mit einem jungen, sieggewohnten Bantamhahn verglich. Vor allem aber besaß er beträchtlichen Charme.

Dreimal hatte er sie eingeladen, mit ihm in den Pub zu gehen, und dreimal hatte sie abgelehnt. Sie war ihr ganzes Leben noch nie in einem Wirtshaus gewesen. Den Schilderungen ihrer Großmutter nach zu urteilen, waren sie alle wahre Lasterhöhlen, und Katie, die im Alkohol die Ursache für die Brutalität ihres Vaters und die Leiden ihrer Mutter sah, hatte ihr bereitwillig geglaubt. Ihr war damals nicht klar, daß Sam ihre Ablehnungen als Zurückweisung seiner Person empfinden mußte. Wenn er mich doch nur bitten würde, mit ihm spazierenzugehen oder nach der Arbeit einen Kaffee mit ihm zu trinken oder eine Kleinigkeit zu essen!

Schließlich, sozusagen als letzten Versuch, hatte er ihr vorgeschlagen, einen Ausflug nach Otley zu machen. Obwohl Katie schon volljährig war, gelang es ihr nur mit Mühe, ihrer Großmutter die Einwilligung abzuringen, besonders als diese erfuhr, daß die beiden mit dem Motorrad fahren und Katie hinter ihm auf dem Sozius sitzen sollte. Doch dann hatte sie schließlich ihre Zustimmung gegeben, wenn auch unter düsteren Warnungen vor Wölfen im Schafspelz.

In Otley waren sie dann doch sehr schnell in einem Pub gelandet. Sam hatte sie einfach hinter sich her in den *Red Lion* gezogen. Dort hatte sie es dann nicht länger ausgehalten und ihm gestanden, wieso sie seine früheren Einladungen abgelehnt hatte. Er hatte gelacht und sie sanft um die Schulter gefaßt. Sie trank ein Bitter Lemon und überstand den Abend ohne Schaden. In den Wochen danach gingen sie des öfteren zusammen in einen Pub, sie weigerte sich jedoch nach wie vor, Alkohol zu trinken, und empfand auch jedesmal noch einen Rest von Unbehagen.

Doch das alles lag schon Jahre zurück. Inzwischen war das Leben an seiner Seite unerträglich geworden. Nach ihrer Heirat war Katie, nachdem es ihr gelungen war, Sams sexuelle Bedürfnisse als naturgegeben zu akzeptieren, zuerst noch voller Hoffnung gewesen. Sie hatten bei seinen Eltern in einem kleinen Reihenhaus in einer Arbeitersiedlung in Armley gewohnt, um möglichst viel sparen zu können. Sam träumte seit langem von einer Pension in den Yorkshire Dales, und nach einigen Jahren hatten sie es tatsächlich geschafft. Damals war sie trotz der Überstunden und der beengten Wohnverhältnisse glücklich gewesen, denn sie hatten ein gemeinsames Ziel gehabt. Aber nun, da sie es erreicht hatten, konnte sie sich nicht mehr darüber freuen. Sam hatte sich seit damals zu sehr verändert. Er war anderen gegenüber arrogant, und sie behandelte er mit einer Mischung aus Gleichgültigkeit und Brutalität.

Wie in vielen Nächten zuvor weinte sie auch heute wieder leise vor sich hin, während sie vergeblich versuchte, Sams Schnarchen zu überhören und statt dessen dem leisen Rauschen der Weiden hinten am Bachufer zu lauschen. Allmählich beruhigte sie sich. Sie würde abwarten und schweigen. Und wenn nichts geschah, wenn sich ihre einzige Hoffnung, dem Leben hier zu entkommen, nicht erfüllen sollte, dann würde sie ihr Schicksal selbst in die Hand nehmen und sich eines Nachts aus dem Haus schleichen und nie mehr zurückkehren.

V

In Zimmer fünf kniete Neil Fellowes auf dem Boden neben dem Bett und versuchte sein Nachtgebet zu sprechen.

Er war gegen Abend gerade rechtzeitig aus seinem betäubungsähnlichen Schlaf aufgewacht, um noch das Waschbecken zu erreichen. Nachdem er erbrochen hatte, fühlte er sich sehr viel besser. Jedenfalls gut genug, um nach unten in den Speiseraum zu gehen und die Lammkoteletts mit Minzsauce zu genießen, die Mrs. Greenock so ausgezeichnet zubereitet hatte. Den Rest des Abends hatte er lesend auf seinem Zimmer verbracht.

Aber jetzt, als er versuchte, seine Gedanken und Gefühle in Worte zu fassen, wie er es jeden Abend tat, wenn er betete, merkte er, daß es ihm nicht gelingen wollte. Immer wieder tauchte vor seinem inneren Auge das Bild des Toten auf und verdrängte die Vorstellung von dem gütigen Vatergott, die er sich aus seiner Kindheit bewahrt hatte: ein alter Mann mit einem weißen Bart, der auf einer Wolke saß und ein Hauptbuch auf dem Schoß hielt. Plötzlich glaubte er, jenen widerlichen Gestank wieder in der Nase zu haben, sah vor sich die graue, breiige Masse, blutdurchsetzt und von Maden wimmelnd, die einmal ein Gesicht gewesen war... Und die leichte Kräuselbewegung unter dem weißen Hemd, so als ob der Tote sacht atmete.

Er versuchte, sich wieder auf sein Gebet zu konzentrieren, aber es ging nicht. Der Herr würde ihm verzeihen, dachte er und hoffte, daß ihm die Nacht Trost und Beruhigung bringen würde. Er legte seine Brille auf den Nachttisch und stieg ins Bett.

Er dämmerte dem Einschlafen entgegen, als er unverhofft in einem klaren Moment die Abfolge der Ereignisse auf einmal deutlicher als bisher vor sich sah. Heute vormittag war er zunächst zu entsetzt gewesen, zu verwirrt, als daß ihm irgend etwas aufgefallen wäre. Und anschließend hatte der ungewohnte Alkohol ihm den Rest gegeben. Aber jetzt erinnerte er sich wieder daran, wie er in den Pub gestürzt war und um Hilfe gebeten hatte. Sam Greenock und die anderen Männer am Tisch hatten versucht, ihn zu beruhigen, und ihm Ratschläge gegeben. Aber da war noch etwas anderes gewesen. Er konnte es nicht näher bestimmen, doch sein Gefühl war eindeutig. Irgend etwas war merkwürdig gewesen. Über dem Versuch, sich genauer zu erinnern, schlief er ein.

Kapitel drei

I

«Was soll das sein?» fragte Banks und betrachtete stirnrunzelnd das verblichene Stückchen Papier, das Sergeant Hatchley ihm auf den Schreibtisch gelegt hatte.

«Die Spurensicherung sagt, es sei ein Kassenbon», erklärte Hatchley. «Sie haben ihn in der rechten Hosentasche des Toten entdeckt. So wie er aussieht, ist er bestimmt schon zwei-, dreimal mit in der Waschmaschine gewesen, aber die Leute im Labor haben trotzdem etwas rausbekommen. Die sind ja wirklich oft die reinsten Zauberkünstler.»

Banks nickte. Die Männer von der Spurensicherung waren ausgebuffte Experten, wenn es um Identifizierung oder Beweissicherung ging, das hatte er oft genug erlebt. Ihr Laboratorium befand sich etwas außerhalb von Wetherby, und Gristhorpe mußte ziemlichen Druck gemacht haben, daß sie jetzt schon mit den ersten Ergebnissen ankamen. Die Leiche war ja erst gestern vormittag entdeckt worden und lag immer noch im Lysolbad.

Banks warf noch einen Blick auf den gräulichen kleinen Zettel und begann dann die beiliegende Übertragung zu lesen. Der Zettel selbst war nicht mehr zu entziffern, und so hatten sie ihn im Labor chemisch behandelt und den dabei sichtbar gewordenen «Text» abgeschrieben.

WÄHLE FRISCHE
WÄHLE WENDY'S
* * * * * * * * * * * * Filiale 006308 * * * * * * * * * *

CHEESEB. EINF.		
MIT:		
TOMATE		
SCHINKEN		2,69
POM. FRIT.		0,89
COLA KLEIN		0,85
STEUER		0,35
	ZUS.	4,78
	17,26	04/25

«Wendy's», sagte Banks nachdenklich, «das ist eine Kette von Schnellrestaurants. In London gab es ein paar davon. Aber sehen Sie sich mal die Preise an!»

Hatchley zuckte die Achseln. «In London ist eben alles teurer.»

«Ach, Unsinn! Selbst in London bezahlt man nicht zwei Pfund neunundsechzig Pence für einen einfachen Cheeseburger. Jedenfalls nicht in einem Schnellrestaurant wie Wendy's. Und die Cola kostet auch nicht fünfundachtzig Pence. Wieviel Prozent beträgt die Steuer?»

Hatchley zog seinen Taschenrechner heraus und tippte bedächtig die Zahlen ein. «Acht Prozent», sagte er nach einer Weile.

«Hm. Das ist ja seltsam. Bei uns hier in England werden auf Nahrungsmittel doch nicht acht Prozent erhoben.»

«Ich vermute mal, es handelt sich um eine amerikanische Kette», bemerkte Hatchley vorsichtig, «wenn sie Hamburger verkaufen?»

«Und Sie schließen daraus, der Tote stamme aus Amerika?»

Hatchley nickte. «Oder er ist gerade von einer Ferienreise dorthin zurückgekommen.»

«Das wäre natürlich möglich. Aber dann gleich anschließend eine zweite Reise? Eher unwahrscheinlich. Er könnte natürlich geschäftlich in den USA unterwegs gewesen sein. Was ist mit den Etiketten in seiner Kleidung?»

«Alle herausgerissen», antwortete Hatchley. «Die Spurensicherung hat aber trotzdem herausgefunden, daß Hose und Unterhose bei Marks & Sparks gekauft wurden. Baumwolle mit Polyester – Dutzendware. Dasselbe gilt für sein Hemd. Die Stiefel sind aus dem Army-and-Navy-Shop. Das hilft uns auch nicht viel weiter. Die haben ja im ganzen Land ihre Geschäfte.»

Banks klopfte mit dem Kugelschreiber ein paar schnelle Takte auf die Schreibtischkante. «Es hat sehr den Anschein, als wolle der Mörder um jeden Preis verhindern, daß wir erfahren, wer der Tote ist und woher er stammt.»

«Weil er Angst hat, daß wir ihn sonst womöglich sehr rasch schnappen würden», bemerkte Hatchley ernsthaft.

Banks nickte. «Das heißt, wir müssen alle Anstrengungen daransetzen, so schnell wie möglich herauszubekommen, wer der Tote ist. Der Mörder hat wahrscheinlich damit gerechnet, daß die

Leiche dort oben einige Monate unbemerkt bleiben würde. Dann wären wir wohl tatsächlich nicht mehr in der Lage gewesen, sie zu identifizieren.» Banks nahm einen Schluck aus der Tasse, die vor ihm stand, und verzog angewidert das Gesicht. Der Kaffee war nur noch lauwarm. «Aber wer auch immer die Tat begangen hat, er hat Pech gehabt, und wir haben jetzt eine Spur.» Er wies mit dem Zeigefinger auf den Kassenbon. «Ich möchte so schnell wie möglich wissen, in welchem von Wendy's Schnellrestaurants der hier ausgestellt worden ist. Das herauszubekommen dürfte nicht allzu schwierig sein. Jedes einzelne Restaurant der Kette scheint ja eine eigene Kennummer zu haben.»

«Und was soll ich da machen?» fragte Hatchley ehrlich ratlos.

«Gütiger Himmel!» rief Banks. «Sie sind doch Kriminalbeamter, oder? Das hoffe ich wenigstens. Also tun Sie Ihre Pflicht, und beginnen Sie zu ermitteln. Ich würde vorschlagen, daß Sie als erstes die britische Zentrale von Wendy's anrufen. Es wird sicher noch zwei, drei Tage dauern, ehe wir von Glendenning und Vic Manson hören. Wir sollten also auch jeder noch so kleinen Spur nachgehen. Hat Richmond in der Liste der vermißten Männer jemanden dabei, dessen Beschreibung auf unseren Toten passen würde?»

Hatchley schüttelte den Kopf.

«Dann nimmt man wahrscheinlich an, daß er immer noch Ferien macht, sonst hätte sich doch schon jemand bei der Polizei gemeldet – das heißt, wenn er Brite ist. Wenn nicht, kann es eine Ewigkeit dauern, bis bei uns eine Vermißtenmeldung eingeht. Lassen Sie vorsichtshalber in allen Hotels und Pensionen in der Gegend nachfragen, ob in letzter Zeit ein Amerikaner bei ihnen gewohnt hat. Und falls ja, dann kriegen Sie raus, wo er jetzt steckt.»

Hatchley nickte stumm und verließ das Zimmer. Bestimmt geht er jetzt erst einmal Richmond suchen, dachte Banks, der inzwischen mitbekommen hatte, daß Hatchley es stets einzurichten wußte, den größten Teil seiner Arbeit auf den jungen Detective Constable abzuwälzen. Doch was der Sergeant tat, tat er gründlich – wenn er denn erst einmal in die Gänge gekommen war. Und für Richmond war es eine Gelegenheit zu beweisen, was in ihm steckte.

Seitdem er vor einiger Zeit bei einem Computerlehrgang als einer der Besten abgeschnitten hatte, schien er energisch seine Beförderung anzusteuern. Für Hatchley wäre das ein Schlag, wenn Richmond dann, wie zu erwarten, denselben Rang einnehmen würde wie er, überlegte Banks. Das Schlimme war, daß Hatchley seine Fähigkeiten so maßlos überschätzte. Vor ein paar Jahren hatte er sich allen Ernstes Hoffnungen auf die freiwerdende Chief-Inspector-Stelle gemacht und war tief gekränkt gewesen, als man ihm einen Beamten aus London vorgezogen hatte – eben ihn selbst. Hatchley würde nie über den Rang eines Detective Sergeant hinauskommen, dazu hatte er einfach nicht das Zeug. Bei Richmond war das anders.

Banks war froh, daß es Gristhorpes Aufgabe war, über Beförderungen zu entscheiden. Er blickte auf die Uhr, es wurde Zeit. Er wollte Neil Fellowes nicht länger als nötig warten lassen; der arme Kerl hatte sowieso schon einen Ferientag drangeben müssen.

II

Während er das Tal hochfuhr, wunderte er sich wie schon so oft, wie vertraut ihm die Gegend inzwischen geworden war: der kleine Moränenhügel mit den vier kranken Ulmen, die alle schief nach rechts gewachsen waren und aussahen wie die knorrigen alten Bäume auf chinesischen Aquarellen, die Sandra, seine Frau, so liebte; das stille Dörfchen Fortford mit dem Hügelchen gleich neben dem Anger, auf dem man vor kurzem die Reste eines kleinen römischen Festungswerkes freigelegt hatte; dann die geschäftige Hauptstraße von Helmthorpe, dem größten Ort des Tals, und direkt darüber der langgestreckte Kalkabbruch von Crow Scar, der ihm jetzt in der Mittagssonne schon von weitem hell entgegenleuchtete.

Die Kinks sagen ‹Lola›, und Banks klopfte mit dem Finger auf dem Lenkrad den Takt dazu. Obwohl er Sandra gegenüber daran festhielt, daß er ein Opernfan sei, hatte er zu ihrer großen Genugtuung schon längere Zeit keine seiner alten Klassikplatten mehr aufgelegt. Sein anschließender Flirt mit dem Blues hatte ihren ungeteilten Beifall gefunden, doch inzwischen war er bereits in einer neuen Phase und hörte vor allem wieder die Musik, für die er sich während seines letzten Schuljahrs und im ersten Jahr am Polytechnikum in London begeistert hatte, in jener glücklichen, unbeschwerten Zeit, als er noch nicht gewußt hatte, was er mit seinem Leben anfangen wollte, und ihn dies auch nicht weiter gekümmert hatte.

Es war das Jahr, in dem er Sandra kennengelernt hatte. Mit der Musik kamen auch die Erinnerungen wieder: an die Winterabende mit billigem Rotwein und den Platten von John Martyn oder Nick Drake und wie sie sich auf dem schmalen Bett in seinem zugigen Zimmer in Notting Hill geliebt hatten; an die sommerlichen Bootsausflüge zum Greenwich Park, wo sie zu Füßen von Wrens Observatorium ihr Picknick gemacht und anschließend in der Sonne gelegen und den Blick zur Themse hinunter und auf den Palast genossen hatten. In seinem kleinen Transistorradio hatten sie die Beatles und Donovan gehört, Bob Dylan und die Rolling Stones... Alles längst vorbei inzwischen, oder doch fast. Nachdem die Beatles sich getrennt hatten und seit Anfang der siebziger Jahre die, wie er sie nannte, ‹Glitzerjungs› die Musikbühnen beherrschten, war sein Interesse an der aktuellen Popmusik erloschen, doch die alten Songs verfehlten noch immer nicht ihre Wirkung auf ihn.

Er zündete sich eine Zigarette an und kurbelte das Fenster herunter. Es war angenehm, allein im Auto zu sitzen. Sosehr er Gristhorpe schätzte, war er doch erleichtert, daß der Superintendent zu seinen eigentlichen Aufgaben der Planung und Koordinierung zurückgekehrt war. Auf diese Weise konnte er jetzt beim Autofahren wieder rauchen und Musik hören.

Aber wesentlich wichtiger war ihm, daß er bei der Arbeit wieder sein eigener Herr war und nicht das Gefühl haben mußte, als sehe ihm dauernd jemand über die Schulter. Mit Hatchley und Richmond zusammenzuarbeiten war kein Problem, aber wenn ein Vorgesetzter die Ermittlungen leitete, fiel es ihm schwer, sich nicht ständig unter Beobachtung zu fühlen. Das war auch einer der Gründe gewesen, warum er aus London weggegangen war – zu viele Chefs. Und deswegen hatte er sich nach einem Vorgespräch mit Gristhorpe für Eastvale entschieden. Der Superintendent hatte ihm nämlich zu verstehen gegeben, daß er seinen Untergebenen in der konkreten Polizeiarbeit freie Hand ließe.

Beim Abzweig nach Swainshead wandte sich Banks nach rechts und parkte seinen Wagen auf einem der Stellplätze vor dem *White Rose*. Er stieg aus und ging in Richtung auf die kleine steinerne Brücke. Die Gespräche der alten Männer verstummten, als er sich näherte. Wortlos ließen sie ihn passieren, aber er spürte ihre Blicke im Rücken, während er auf das Gästehaus der Greenocks zuschritt.

Die Haustür stand offen, doch er hielt es für höflicher zu klingeln. Nach kurzer Zeit kam eine junge Frau herbeigelaufen. Sie hatte den schlanken, muskulösen Körper einer Tänzerin, doch waren ihre Bewegungen von einer ungelenken Scheu, die Banks sehr liebenswert fand. Unter seinem forschenden Blick wurde sie über und über rot und trocknete sich verlegen die Hände an der Schürze ab.

«Entschuldigen Sie», sagte sie leise, «ich war gerade dabei, etwas auszuwaschen. Bitte kommen Sie doch herein.»

So wie sie sprach, war ganz eindeutig, daß sie aus Yorkshire stammte, aber Banks fiel auf, daß es eine andere Spielart des Dialekts war als die, die um Swainshead herum gesprochen wurde. Er konnte sie jedoch nicht gleich einordnen.

Ihre Augen waren von einem hellen Braun. Wie wenn Sonnenlicht in ein Glas Bitter fällt, dachte Banks und mußte unwillkürlich lächeln. Offenbar hatte er schon mehr vom Naturell der Leute hier angenommen, als ihm oft bewußt war. Früher, in seinen Londoner Tagen, wäre es ihm jedenfalls nie in den Sinn gekommen, einen so waghalsigen Vergleich anzustellen. Ihr Haar war blond, sie trug es hinten hochgesteckt, doch im Nacken und an den Seiten kamen einige lose Strähnen hervor. Die helle Haut war makellos. Sie trug kein Make-up, auch keinen Lippenstift, ihr Mund war voll und schön geschwungen und von natürlicher Röte. Zwischen ihrer Unterlippe und der Kinnspitze saß ein kleines Grübchen, so daß man nicht wußte, ob sie schmollte oder gleich lächeln würde. Sie erinnerte ihn an jemanden, doch es fiel ihm nicht ein, an wen.

Sie stellte sich vor und führte ihn dann den Flur hinunter bis zum Fuß der Treppe. Neil Fellowes warte schon auf ihn, Zimmer Nummer fünf. Sie wies die Treppe hinauf zum ersten Stock und verschwand mit gesenktem Kopf eilig im rückwärtigen Teil des Hauses. Vermutlich hatten die Greenocks dort ihre Privaträume, dachte Banks.

Es roch angenehm frisch nach Zitronenaroma und Möbelpolitur. Er stieg die Treppe hinauf und schritt den mit einem dicken, roten Teppich ausgelegten Flur entlang bis zu Fellowes' Zimmer und klopfte.

Dieser öffnete sofort, als habe er, den Knauf in der Hand, hinter der Tür gestanden. Er wirkte ausgeruht und gefaßt. Das schüttere, sandfarbene Haar hatte er sorgfältig zur Seite gekämmt, so daß es die beginnende Glatze vorteilhaft verdeckte. Durch seine dicken Brillengläser sah er Banks aufmerksam, aber auch ein wenig ängstlich an.

«Kommen Sie doch bitte herein...»

Banks stellte sich vor.

«Ich habe Sie schon erwartet, Chief Inspector.»

Fellowes gehörte offenbar zu den Menschen, denen Rang oder Titel etwas bedeutete. Die meisten Leute, mit denen Banks zu tun hatte, redeten ihn, ohne viel nachzudenken, mit ‹Inspector› an oder beließen es der Einfachheit halber gleich beim ‹Mister›. Aber davon abgesehen, war er natürlich im Laufe seiner Jahre bei der Polizei auch schon mit sehr viel weniger schönen Anreden bedacht worden.

Er trat ans Fenster und blickte hinunter auf die grünen Wiesen zu beiden Seiten des Swain. Am gegenüberliegenden Ufer erhob sich gleich hinter den Häusern und dem Pub wuchtig ein Berghang. Er gleicht wirklich einem schlafenden Elefanten, dachte er, weil ihm gerade ein Abschnitt aus Wainwrights berühmtem Buch über das Bergwandern eingefallen war. Oder hatte er von einem Wal gesprochen? Er wandte sich zu Fellowes. «Einen herrlichen Ausblick haben Sie hier», sagte er und ließ sich in dem Korbsessel gleich beim Fenster nieder.

Fellowes nickte. «Ja, und es ist ganz egal, auf welcher Seite des Hauses man wohnt. Nach hinten hinaus sieht man auf das Swainshead Fell, und das hier drüben, das ist Adam's Fell.»

«Adam's Fell?» fragte Banks verblüfft.

Fellowes rückte seine Nickelbrille zurecht und räusperte sich etwas verlegen. «Ja. Nach Adam und Eva. Wegen Adams Sünden-*Fall*. Die Dorfbewohner hier haben viel Sinn für Humor – glauben sie jedenfalls.»

«Sind Sie oft hier in der Gegend, Mister Fellowes?»

«Nein, ich bin zum ersten Mal hier oben. Aber ich informiere mich immer gern, ehe ich zu einer Reise aufbreche. Übrigens möchte ich mich noch einmal wegen gestern bei Ihnen entschuldigen, Chief Inspector. Aber es war eben ein ziemlicher Schock, dort oben eine... eine Leiche zu finden. Und ich bin Alkohol nicht gewöhnt; ich trinke nicht – und ich rauche auch nicht, wenn ich das hinzufügen darf. Doch in dieser besonderen Situation erschien mir etwas Brandy, nun, sagen wir, irgendwie angemessen. Von selbst wäre ich wahrscheinlich nicht darauf gekommen, aber Mister Greenock war so freundlich, und ...» Er brach verlegen ab.

Banks hielt es angesichts von Fellowes' erklärtem Bekenntnis zur Enthaltsamkeit für richtiger, die Packung Zigaretten, die er schon halb hervorgeholt hatte, wieder in seiner Jackettasche verschwinden zu lassen. Er zwang sich zu ein paar mitfühlenden Worten und murmelte etwas von ‹furchtbarer Erfahrung›, doch er war nicht wirklich bei der Sache. Ihn beschäftigte der Gedanke, daß nun schon seit geraumer Zeit die Zahl der Nichtraucher ständig zunahm, während er selbst unerlöst bei seinem Laster verharrte. Vielleicht wäre es gar keine schlechte Idee, wenigstens wieder einmal die Marke zu wechseln, dachte er. Er nahm sein Notizbuch heraus und setzte die Befragung fort.

«Was veranlaßte Sie überhaupt, in dieses Seitental hinunterzusteigen?» wollte er wissen.

«Es wirkte eben irgendwie ... verwunschen, und deshalb bekam ich Lust, es mir einmal näher anzusehen.»

«Wußten Sie, als Sie aufbrachen, daß es dieses Tal dort gab?»

«Nein. In meinem Führer stand jedenfalls kein Wort davon.» Fellowes zuckte mit den Achseln. «Die Leute aus der Gegend hier werden es selbstverständlich kennen, nehme ich an. Und es ist natürlich auch auf jeder Karte verzeichnet, allerdings sieht man auf ihnen nicht, daß es sich um etwas Besonderes handelt. Aber im Grunde ist es für jeden zugänglich.»

«Immerhin mußten Sie sich doch von dem Wanderweg, der dort entlangführt, ein Stück weit entfernen.»

«Schon, aber so sehr weit nun auch wieder nicht.»

«Diese Einschätzung zeigt, daß Sie offenbar eine gute Kondition haben», sagte Banks lächelnd. «Wie auch immer – Sie waren jedenfalls der Meinung, daß sich ein Umweg lohnen würde.»

Fellowes nickte. «Ich interessiere mich für wildwachsende Blumen, Chief Inspector. Und ich dachte, daß ich vielleicht dort unten irgendwelche seltenen Pflanzen entdecken würde.»

«Wann sind Sie denn eigentlich in Swainshead angekommen?»

«Vorgestern. Es sollte nur ein Kurzurlaub sein, meine richtigen Ferien will ich mir aufheben für den Herbst, da plane ich eine Fahrradtour durch die Provence.»

«Na, da wünsche ich Ihnen, daß Sie dort angenehmere Erlebnisse haben als hier», sagte Banks. «Ist Ihnen oben im Tal, an der Stelle, wo Sie die Leiche fanden, übrigens irgend etwas aufgefallen?»

«Nein, aber ich habe nach dieser furchtbaren Entdeckung meine Umgebung auch nur noch wie durch einen Nebel wahrgenommen. Da war erst der Frauenschuh, dann auf einmal dieser entsetzliche Gestank und dann... Nein, ich habe sonst nichts gesehen, ich habe mich gleich umgedreht und bin zurückgelaufen... Das heißt, vorher habe ich noch am Bach etwas Wasser ins Gesicht gespritzt... Mir war so übel.»

«Hatten Sie das Gefühl, daß außer Ihnen noch jemand in dem Tal war?»

«Nein, ich habe niemanden bemerkt.»

«Und Sie hatten auch nicht den Eindruck, daß Sie von irgendwoher beobachtet wurden oder Ihnen jemand folgte?»

Fellowes schüttelte den Kopf.

«Haben Sie bei der Leiche etwas gefunden, irgendeine Kleinigkeit, die Sie für unbedeutend hielten und in Ihrem Schrecken eingesteckt haben, ohne weiter darüber nachzudenken?»

«Nein, nein, nichts. Selbst wenn da etwas gelegen hätte, ich hätte es bestimmt nicht angefaßt, geschweige denn eingesteckt... Ich hab mich ja so geekelt...»

«Ja, das verstehe ich. Aber bevor Sie den Toden entdeckten, haben Sie da irgendwo etwas liegen sehen?»

«Was meinen Sie?»

«Wir glauben, daß der Tote einen Rucksack dabeigehabt haben muß, aber der ist verschwunden. Ist Ihnen vielleicht irgendeine Stelle aufgefallen, an der etwas vergraben oder verbrannt worden sein könnte?»

«Es tut mir leid, Chief Inspector, nein, mir ist nichts Derartiges aufgefallen.»

«Haben Sie übrigens eine Ahnung, wer der Tote sein könnte?»

Fellowes riß erstaunt die Augen auf. «Aber wie denn?! Sie müssen doch inzwischen selbst gesehen haben, in welchem Zustand die Leiche... ich meine...»

«Ich weiß, in welchem Zustand der Tote sich befunden hat», sagte Banks ruhig. «Aber vielleicht haben Sie irgendwo etwas gehört, daß jemand verschwunden ist?»

Fellowes schüttelte den Kopf.

Banks schloß das Notizbuch und steckte es wieder in seine Jackett-tasche.

«Also... eine Sache wäre da noch», begann Fellowes zögernd.

«Ja?»

«Ich möchte keinesfalls irgend jemandem etwas anhängen... Es ist auch eigentlich nichts weiter als ein sehr vager Eindruck.»

«Wie wäre es, wenn Sie einfach erzählen?»

«... ich war sicherlich auch nicht im Vollbesitz meiner geistigen Kräfte, ich war verwirrt und durcheinander, aber da war eben dies Gefühl...»

«Ich glaube, ich weiß, wovon Sie sprechen. Polizeibeamte haben diese Art Gefühle häufiger, und wir nehmen sie immer sehr ernst, weil sie uns oft weiterhelfen. Und jetzt schießen Sie los. Was war das für ein Gefühl, das Sie da hatten?»

Fellowes, der zu Beginn ihres Gesprächs auf der Bettkante Platz genommen hatte, beugte sich etwas vor und senkte die Stimme. «Also, es ist mir eigentlich erst letzte Nacht eingefallen, als ich so kurz vor dem Einschlafen war. Ich meinte mich plötzlich an eine kleine Unstimmigkeit erinnern zu können, aber mir fiel nicht ein, wann und wo. Als ich dann heute morgen aufwachte, wußte ich es plötzlich. Es hatte mit der Atmosphäre gestern vormittag im Pub zu tun. Ich bin ziemlich außer mir hineingestürzt und gleich an den Ecktisch gelaufen, weil ich bei den Männern dort Sam Greenock gesehen hatte, und dann habe ich mich hingesetzt und erzählt, daß ich auf dem Fell eine Leiche gefunden habe.»

«Und was geschah dann?»

«Geschehen ist eigentlich gar nichts. Aber ich hatte auf einmal so ein Gefühl, als ob irgend jemand am Tisch nicht besonders überrascht war.»

«Daß Sie eine Leiche gefunden hatten, meinen Sie?»

«Ja.»

«Und das war alles?»

Fellowes nahm die Brille ab und rieb sich mit dem Zeigefinger den Nasenrücken. Ohne die stark vergrößernden Gläser waren seine Augen auffallend klein. «Nein, da war noch etwas», sagte er nach einem Moment des Nachdenkens. «Nachdem ich es ihnen gesagt hatte, waren alle einen Augenblick still. Ich kann mich nicht erinnern, daß ich irgend jemanden angesehen hätte, ich habe wohl eher vor mich hin geblickt, aber ich spürte, daß das Schweigen irgendwie gespannt war, daß dahinter etwas vor sich ging. Ich glaube, sie haben heimlich Blicke getauscht. Einen Moment lang, das weiß ich noch genau, habe ich mich sehr unbehaglich gefühlt, aber das ging vorüber, und es passierte dann so viel anderes, daß ich gar nicht dazu kam, genauer darüber nachzudenken. Aber heute morgen ist es mir dann wieder eingefallen.»

«Wer saß denn alles am Tisch?»

«Genau die Leute, die Sie gesehen haben, als Sie kamen. Sam Greenock, Stephen und Nicholas Collier und John Fletcher. Ich hatte sie am Abend vorher kennengelernt, weil ich mich bei ihnen erkundigt hatte, an welchen Stellen man hier Bergblumen finden kann.»

«Hatten Sie den Eindruck, als ob die vier sich zu einer Art Verschwörung zusammengefunden hätten?»

«Das klingt so, als hielten Sie mich für paranoid, Chief Inspector.»

Banks machte eine abwehrende Handbewegung. «Nein, ganz und gar nicht. Aber Sie waren sehr erregt. Und da reagieren unsere Sinne bisweilen überempfindlich, und das führt dann unter Umständen zu einer verzerrten Wahrnehmung.»

«Sie können annehmen, was Sie wollen. Ich habe nur gedacht, daß es richtig wäre, es Ihnen zu sagen. Und was Ihre Frage betrifft: nein, ich hatte nicht das Gefühl, als ob die vier Männer sich, wie Sie sagten, zu einer Verschwörung zusammengefunden hätten. Ich hatte nur den Eindruck, daß einer von ihnen bereits von dem wußte, was ich entdeckt hatte.»

«Aber Sie sagten auch, daß Blicke getauscht worden seien.»

«Ja, das Gefühl hatte ich.»

«Das heißt, daß mehr als eine Person Bescheid wußte.»

«Ja, das ist zu vermuten. Ich kann nicht sagen, wie viele oder wer, nicht einmal, wie sich dieser Eindruck hergestellt hat, aber genau das denke ich.»

Banks zog sein Notizbuch wieder hervor und schrieb sich die Namen auf, die Fellowes ihm eben genannt hatte.

«Ich möchte noch mal sagen, daß ich wirklich niemanden in Schwierigkeiten bringen will», sagte Fellowes plötzlich. «Theoretisch wäre es natürlich schon möglich, daß ich mich getäuscht habe. Eine überempfindliche Sinnesreaktion, verzerrte Wahrnehmung...»

«Das zu entscheiden, überlassen Sie ruhig uns, Mister Fellowes. Und es verlangt ja auch keiner von Ihnen, daß Sie einen Eid darauf leisten. War das jetzt alles, was Sie mir sagen wollten?»

«Nein, ich habe da noch eine Frage. Kann ich morgen nach Hause zurückfahren? Ich bekomme sonst Ärger mit meiner Firma.»

«Ja, aber dann geben Sie mir am besten gleich Ihre Adresse und Telefonnummer, falls wir doch noch irgendwelche Fragen an Sie haben.»

Banks notierte sich Fellowes' Angaben und verabschiedete sich. Der würde jetzt bei seinen Kollegen der prominente Mittelpunkt sein – wenigstens für ein paar Tage, dachte er beim Hinausgehen. Unter der Haustür blieb er einen Augenblick stehen und genoß die reine, klare Bergluft. Am Flußufer saß mit baumelnden Beinen ein junger Mann, verzehrte genußvoll sein Butterbrot und schmökerte gleichzeitig in einem dicken Taschenbuch. Die alten Männer standen immer noch schwatzend in kleinen Grüppchen auf der anderen Seite der Brücke. Doch vor dem *White Rose* parkten jetzt zwei weitere Wagen. Banks sah auf die Uhr. Zwanzig nach eins. Vielleicht hatte er ja Glück und würde dort drüben dieselben Leute antreffen wie gestern. Er überflog noch einmal die Namen, die Fellowes ihm genannt hatte, und entschied, daß es einen Versuch wert sei.

III

An dem Tisch in der Ecke des Gastraumes saßen drei der vier Männer, die Banks dort gestern mit Fellowes angetroffen hatte. Aber erst einmal muß ich etwas im Magen haben, dachte er. Er bestellte Cumberland-Würstchen, Bohnen und Pommes frites, dazu ein Pedigree und blieb an der Theke stehen, während Metcalfe das Bier zapfte.

«Wie isses? Komm' Se weiter?» erkundigte sich der Wirt, während er mit energischen Bewegungen den Zapfhahn bediente.

«Nun, wir stehen ja erst am Anfang», antwortete Banks vorsichtig.

«Ja, und letztes Mal warnse dann irgendwann am Ende und hatten nischt gefunden.»

«Das kann passieren. Ich war aber damals noch nicht hier.»

«Se mein' wohl, Se wärn besser als der olle Gristhorpe.»

«Das habe ich damit nicht sagen wollen.»

«Aus'm Süden, hm?»

«Ja, aus London.»

«London.» Metcalfe stellte das Bier vor Banks auf die Theke und kratzte sich hinterm Ohr. «War ich auch schon mal. Voller Ausländer, London. Wo man hinguckt, überall nur Araber.»

«Ja, es ist eine sehr weltoffene Stadt», sagte Banks und nahm einen Schluck Bier.

«Hier gib's ja nich viele, ich mein Ausländer. Ham se Se deshalb geholt? Damit die Araber hier gar nich erst auf Ideen komm'?» Er grinste vertraulich. «In Bradford und so da gib's 'ne Menge Pakis, aber in Swainshead hat sich noch kein Nigger blickn lassn. Das heißt, in Eastvale hab ich glaub ich mal ein' gesehn.»

Banks fing an, sich über Metcalfes rassistische Plattheiten zu ärgern, und wollte sich gerade abwenden, da packte ihn der Wirt unsanft am Ellenbogen.

«Woll'n Se mich denn gar nix fragen, Inspector?» fragte er mit einem boshaften Funkeln in den Augen.

Banks unterdrückte die scharfe Zurechtweisung, die ihm auf der Zunge lag, zündete sich statt dessen eine Zigarette an und lehnte sich entspannt an die Theke. Er hatte gerade gesehen, daß die drei Männer am Ecktisch noch fast volle Biergläser vor sich stehen hatten, so blieb ihm also genug Zeit für eine kleine Unterhaltung mit Metcalfe. Wer weiß, vielleicht erhielt er ja die eine oder andere interessante Information.

«Was meinen Sie denn, daß ich Sie fragen sollte?» begann er.

«Nee, nee! Sie sind der Bobby, das müssn Se schon selber wissen.»

«Kehren viele Wanderer bei Ihnen ein?»

«Und ob. Wir machen hier nämlich kein' großen Aufstand wegen Rucksäcken und Stiefeln so wie dieser vornehme Schuppen oben an der Hauptstraße.»

«Ach, und ich dachte, dies hier sei der ‹feine› Teil des Ortes.»

«Schon», Metcalfe lachte, «könnte man durchaus so sagen, auf jeden Fall der ältere. Und die Colliers kommen her, genau wie früher ihr Vater. Also, fein ja, aber eben trotzdem normal und nich so aufgeblasen.» Er wiegte nachdenklich den Kopf. «War schon ein prima Kerl, der Walter Collier.» Der Wirt beugte sich ein wenig vor und flüsterte: «Ganz anders als seine Jungs, wenn Se verstehn. Die könn' doch 'ne Heugabel nich von 'ner Misthacke unterscheiden, keiner von beiden. Dabei sind se mit der Landwirtschaft großgeworn.»

Banks, der berechtigte Zweifel hegte, ob er selbst dazu in der Lage wäre, hielt vorsichtshalber den Mund.

«Aber daran iss nur diese Bildung schuld», sagte Metcalfe mit so giftigem Nachdruck, als habe er damit die Ursache für alle Übel dieser Welt benannt. «Die ganze Studiererei, und natürlich Oxford – was sonss. Die Jungs solln mal 'ne beßre Chance haben als ich, hat er immer gesagt, der Walter. Landwirtschaft bringt eben nich viel, weiß man ja. Aber der Walter war clever. Hat sich ja diese Konservenfabrik angeschafft.» Er blickte zum Ecktisch hinüber und verzog geringschätzig die Mundwinkel. «Und jetz kuckn Se sich die beiden da drüben an. Da könn Se sehn, was Bildung anrichtet.»

«Wie sind sie denn so, der Stephen und der Nicholas?» fragte Banks.

«Zwei nichtsnutzige Burschen, wenn Se mich fragen», sagte Metcalfe und schnaubte verächtlich durch die Nase. Es war ganz offensichtlich, daß er es genoß, einen Vorwand zu haben, um über seine Gäste herziehen zu können. «Jedenfalls Nicholas. Mister Stephen geht. Kommt wohl mehr auf Walter raus. Allerdings 'n bißchen zu sehr hinter den Weibern her. Nich daß der Nicholas andersrum wär – nee, weiß Gott nich.» Metcalfe lachte anzüglich. «Vor'n paar Jahr'n gab's mal Ärger wegen 'nem Hausmädchen. Da war er keine zwanzig und wohnte noch zu Hause. Hat ihr was Kleines angehängt, der Master Nicholas. Tja, dem alten Walter blieb nix übrig, als dem Mädchen Geld zu geben, sicher 'ne ganze Menge. Und der Junge, der hat bestimmt 'ne ziemliche Abreibung verpaßt gekriegt. Aber eigentlich ist Mister Stephen derjenige welcher. Hat eine nach der andern.»

«Wie groß ist denn der Altersunterschied zwischen den beiden?»

«Zwei, drei Jahre. Stephen iss jedenfalls der ältere.»

«Und wer bewirtschaftet das Land?»

«Keiner. 'ne ganze Menge hat Walter ja noch selbst verkauft», antwortete Metcalfe. «Der Rest iss verpachtet. Aber die Colliers sind trotzdem immer noch die größten Grundbesitzer hier in der Gegend. John Fletcher hat allerdings in den letzten Jahren ziemlich aufgeholt, hat Walter 'ne Menge Land abgekauft.» Er machte eine Kopfbewegung zum Ecktisch hin. «Der da neben Stephen, das isser.»

Banks blickte kurz hinüber und registrierte, daß die Biergläser jetzt nur noch zu einem Drittel gefüllt waren. Es wurde Zeit, daß er die drei ansprach.

«Das war'n ja überhaupt keine richtjen Fragen», rief Metcalfe empört, als er merkte, daß sich Banks von der Theke abwandte.

«Später vielleicht», sagte dieser. «Ich möchte mit den Herren dort drüben noch ein paar Worte wechseln, bevor sie gehen.»

«'nen Augenblick mal, Chef», sagte Metcalfe. «Was iss'n mit Ihr'n Essen?»

Als habe es nur auf sein Stichwort gewartet, erschien in diesem Augenblick ein kleines sommersprossiges Mädchen in der Küchentür und rief: «Nummer fünfundsiebzig! Wurst, Pommes und Bohnen.»

Banks schob seinen Bon über den Tresen, nahm den dampfenden Teller entgegen und griff sich im Gehen noch eine Flasche Tomatenketchup.

Als er auf den Ecktisch zutrat, rückten die drei Männer unaufgefordert enger zusammen.

«Ich hoffe, es stört Sie nicht, wenn ich mein Essen hier an Ihrem Tisch einnehme?» erkundigte er sich höflich.

«Aber ganz und gar nicht. Hat Freddie Ihnen sehr zugesetzt, Inspector?» sagte Nicholas Collier lächelnd. Banks sah jetzt, daß er schiefe, etwas vorstehende Zähne hatte, ein unschöner Anblick, vor allem, da sie einen gelbbraunen Nikotinbelag hatten. Nicholas' anerzogenes Public-School-Englisch ließ noch deutlich Spuren des örtlichen Dialekts erkennen.

«Ach, das kann man so nicht sagen», erwiderte Banks und lächelte zurück. «Wir haben uns nur ein wenig unterhalten. Ein Original, der Mann.»

«Da muß ich Ihnen recht geben. Der steht hier schon hinter der Theke, solange ich denken kann.» Nicholas beugte sich ein wenig vor und senkte die Stimme. «Unter uns gesagt, glaube ich, daß er von Stephen und mir nicht besonders viel hält. Na ja, damit können wir leben. Haben Sie übrigens John schon kennengelernt?»

Banks und Fletcher nickten sich höflich zu. «Sind Sie zu uns an den Tisch gekommen, weil Sie Gesellschaft haben wollten, oder haben Sie Fragen an uns?» erkundigte sich Sam Greenock geradeheraus. «Stephen ist wohl geschäftlich unterwegs, wie ich gehört habe, aber wir anderen stehen Ihnen selbstverständlich zur Verfügung.»

«Ich habe im Grunde nur eine Frage», antwortete Banks und stach mit der Gabel in ein Stück Wurst. «Können Sie mir sagen, wer der Tote ist?»

Einen Moment lang herrschte Stille. Dann sagte Nicholas: «Wir haben eine Menge Touristen hier bei uns, Inspector. Besonders, wenn das Frühjahr so mild ist wie diesmal. Im Ort hier wird niemand vermißt, soweit ich weiß. Es kann sich also nur um jemanden von außerhalb handeln. Ihre Leute können da doch sicherlich Näheres herausfinden.»

«Ja, natürlich können sie das», sagte Banks. «Sie können sich von jedem Hotel und jeder Pension das Gästebuch geben lassen und bei jedem in Frage kommenden Mann herauszufinden versuchen, wo er sich jetzt gerade aufhält beziehungsweise ob er vermißt wird. Aber wir bei der Polizei bemühen uns, wenn es irgend geht, Zeit und Personal zu sparen. Das kann Ihnen als Steuerzahler doch eigentlich nur recht sein, oder?»

Collier lachte. «Natürlich. Aber ich muß Sie trotzdem enttäuschen. Ich habe keine Ahnung, um wen es sich bei dem Toten handelt.»

«Und wer sagt denn, daß er überhaupt von Swainshead aus aufgebrochen ist», bemerkte Sam Greenock. «Vielleicht ist er von Süden angereist, von Swaledale oder noch weiter her. Unter Umständen sogar aus dem Lake District. Er könnte auch in Helmthorpe gestartet sein oder in irgendeinem der vielen kleinen Dörfer hier im Tal. Die meisten haben inzwischen drei oder vier Häuser, in denen Übernachtung mit Frühstück angeboten wird.»

«Ich weiß», sagte Banks, «wir haben uns, was das angeht, bereits umfassend informiert.» Er wandte sich an Fletcher. «Ich habe gehört, Sie besäßen eine ganze Menge Land hier in der Gegend.»

«Ja, und?» sagte Fletcher und kniff mißtrauisch die Augen zusammen. «Walter hat mir einiges verkauft, als er die Landwirtschaft aufgab, um in einen Nahrungsmittelbetrieb zu investieren.» Er blickte zu Nicholas hinüber, der bestätigend nickte. «Weder Nick hier noch Stephen hatte Interesse, den Grund und Boden zu bewirtschaften. Walter hätte das auch gar nicht gewollt, er hatte schon länger vor, sein Geld woanders anzulegen. Und ich habe mir gedacht, daß ich's ja mal versuchen könnte.»

«Und – wie läuft es?»

«Ziemlich gut. Ich weiß nicht, ob Sie eine Ahnung haben, was es bedeutet, in den Dales Landwirtschaft zu betreiben, aber Sie können mir glauben, es ist ein hartes Stück Arbeit. Walter hatte einfach genug, und da er Phantasie und Vorstellungskraft besaß – übrigens hier eher seltene Gaben –, ist er umgestiegen und hat es in einer anderen Branche versucht. Um ehrlich zu sein, ich kann jeden Landwirt verstehen, der seinen Söhnen diese Plackerei ersparen möchte. Ich selbst habe ja keine Familie», sagte er, und einen Moment lang trat ein harter Ausdruck in sein Gesicht, «für mich geht das also in Ordnung. Ich habe mein Auskommen – trotz EG und der Nationalparkverwaltung.»

Banks sah Nicholas an. «Und was machen Sie beruflich?»

«Ich unterrichte Englisch in Braughtmore. Das ist die Public School etwas weiter die Straße hinauf. Sie ist klein, aber ich denke, sie steht erst am Anfang.»

«Aber Sie wohnen nicht dort?»

«Nein, das ist auch nicht notwendig. Unser Haus liegt ja ganz in der Nähe. Die Schüler allerdings schon. Wo sollten sie auch sonst hin? In der unmittelbaren Umgebung gibt's ja nichts, wo sie unterkommen könnten. Ihre Beaufsichtigung außerhalb der Schulstunden obliegt, wie in Public Schools üblich, den Housemasters [= Lehrer, die für ein ‹House› im Internat zuständig sind. Anm. d. Übers.] Was meine Kollegen angeht, so haben sie sich unterschiedlich entschieden, einige leben auf dem Schulgelände, etliche andere haben es aber vorgezogen, hier im Dorf zu wohnen. Der Weg zur Schule beträgt ungefähr acht Kilometer. Der Unterricht ist übrigens ausgezeichnet, und das sage ich nicht nur, weil ich selbst dort lehre. Haben Sie Kinder, Inspector?»

«Ja. Einen Jungen und ein Mädchen.»

«Und welche Schule besuchen die?»

«Die Gesamtschule in Eastvale.»

«Ah so.» Colliers Mundwinkel zuckten ein wenig, so als unterdrücke er nur mit Mühe ein geringschätziges Grinsen.

Banks spürte einen Anflug von Ärger und versuchte, das Thema zu wechseln. «Dann wird, wenn ich es recht verstehe, das Unternehmen also von Ihrem Bruder geleitet?»

«Ja. Er ist der geschäftsführende Direktor von *Collier Food Enterprises.* Die Fabrik liegt gleich hinter der Grenze zu Lancashire, ungefähr fünfzehn Kilometer westlich von hier, unweit der großen Verbindungsstraße. Diese Regelung – er der Chef des Familienbetriebs und ich in dem Beruf, den ich liebe – ist für uns beide ideal. Stephen hatte nie viel akademischen Ehrgeiz, obwohl er dank seiner wirklich sehr guten Ausbildung alle Möglichkeiten gehabt hätte. Aber er hat es vorgezogen, seinen Verstand für eine andere wichtige Sache einzusetzen, nämlich Geld zu verdienen. Im nachhinein muß man sagen, daß es wirklich eine von Vaters klügsten Entscheidungen gewesen ist, damals die alte Fabrik aufzukaufen und dort ein Nahrungsmittelunternehmen einzurichten. Und was mich angeht, so bin ich restlos zufrieden, wenn ich nur Bücher um mich habe und ein paar junge Leute, die noch formbar sind, in die Grundlagen akademischer Bildung einführen kann.» Er lächelte, und wieder sah man seine häßlichen Zähne.

Sie hatten jetzt alle ihre Gläser geleert, und Banks überlegte, wie er das Gespräch möglichst beiläufig wieder auf den Mord bringen könnte, als Fletcher sich unvermittelt erhob, kurz nickte und den Gastraum verließ. Sofort sahen auch Greenock und Collier auf ihre Uhren und verkündeten, daß sie gehen müßten, weil dringende Pflichten auf sie warteten.

«Oder haben Sie weitere Fragen, Inspector?» fragte Nicholas.

«Nein», sagte Banks. Und nach einer kleinen Pause: «Im Moment nicht.»

Freddie Metcalfe kam gemütlich von der Theke herbeigeschlendert, um Banks' Teller und die leeren Biergläser abzuräumen.

«Na, was rausgekriegt?» erkundigte er sich.

«Nein», sagte Banks, drückte seine Zigarette aus und stand auf. «Nichts.»

«Iss klar – stehn erst am Anfang, nich?»

Sein tiefes, gurgelndes Lachen verfolgte Banks bis auf die Straße.

IV

Auf der Polizeiwache in Eastvale war alles ruhig. Banks bediente sich an der Kaffeemaschine und ging dann hinauf in den ersten Stock in sein Büro. Es war ein einfacher Raum, nur spärlich möbliert mit einem Stahlschreibtisch, einem ziemlich alten Bürostuhl und zwei Aktenschränken. An der Wand hing ein Kalender mit Landschaftsfotografien aus der Gegend. Das Blatt für Mai zeigte den Wharfe, wie er, gesäumt von grünen Wiesen, das Langstrothdale durchfloß. Vor einiger Zeit hatte Banks eine weitere Dekoration daneben gehängt: eine zerbrochene Pfeife, die er gerade in der hintersten Ecke einer Schublade wiederentdeckt hatte. Sie stellte den vergeblichen Versuch dar, ihm ein ländliches Aussehen zu verleihen und gleichzeitig von den Zigaretten loszukommen, aber er hatte ständig über sie geflucht und sie schließlich, aus Frustration über den Steadman-Fall vor einem Jahr, gegen die gelbe Wand geschleudert. Jetzt hing sie dort als Kunstgegenstand, um ihn daran zu erinnern, daß es unsinnig war, zu versuchen, anders zu sein, als man ist.

Draußen auf dem Kopfsteinpflaster des Marktplatzes parkten jede Menge Autos, und etliche Touristen drängten in die kleine normannische Kirche und die vielen winzigen Läden, die sich dicht an die Kirchenmauern anschlossen. Die goldfarbenen Zeiger der blauen Wanduhr zeigten auf halb vier. Banks betrachtete wie so oft das geschäftige Treiben, eine Zigarette in der Hand und neben sich eine Tasse Kaffee. Die Polizeiwache lag in der Market Street, einer engen, belebten Straße, die direkt auf den Marktplatz führte. Gleich gegenüber gab es einen Pub mit Namen *Queen's Arms*, dessen Räumlichkeiten sich bis um die nächste Ecke erstreckten, so daß einer seiner beiden Eingänge sich unmittelbar gegenüber der Kirche befand. Wenn er nach rechts blickte, konnte er die Straße hinunter Cafés, Boutiquen und die verschiedensten Fachgeschäfte sehen, nach links zu den Marktplatz mit der National Westminster Bank, dem Restaurant *El Toro* und Joplin, dem Zeitschriftenhändler.

Ein Klopfen an der Tür riß ihn aus seinen Betrachtungen. Es war Sergeant Hatchley. Banks sah ihm sofort an, daß er einen Erfolg gehabt hatte; dann bewegte er sich nämlich jedesmal sehr viel flinker als gewöhnlich und schien keinen Augenblick stillstehen zu können.

«Ich habe herausgefunden, woher es stammt», platzte er denn auch gleich heraus.

Banks blickte ihn fragend an.

«Das kleine Stück Papier in seiner Jackettasche! Der Bon!»

Banks forderte ihn mit einer Handbewegung auf, sich zu setzen.

«Na, dann schießen Sie mal los.»

«Also, ich habe, wie Sie mir geraten haben, gleich als erstes bei der Zentrale angerufen. Die ist übrigens in London. Dort sagten sie mir, sie würden nachsehen und mich dann zurückrufen. Tja, und das haben sie dann auch getan. Unser Schnellrestaurant ist gar nicht hier, es ist in Kanada.»

Banks pfiff leise durch die Zähne. «Der Tote ist also Kanadier?»

«Sieht so aus, Sir. Es sei denn, er hat, wie ich gleich zu Anfang vermutet habe, drüben nur Urlaub gemacht.»

Banks runzelte nachdenklich die Stirn. «Sonst noch was?»

«Ja. Als der Typ in der Zentrale erst mal rausgefunden hatte, daß der Bon aus einer Filiale in Kanada stammte, wurde er plötzlich sehr hilfsbereit.»

Banks nickte. Er kannte diese Art Hilfsbereitschaft und hatte dafür sogar einen eigenen Begriff geprägt: Amateur-Detektiv-Syndrom.

«Also, dieses spezielle Restaurant, das liegt in Toronto, Yonge, Ecke Dundas Street, falls Ihnen das was sagt.»

Banks schüttelte den Kopf. «Nein, gar nichts. Ich bin noch nie drüben gewesen. Sie schon mal?»

Hatchley gab einen unbestimmten Knurrlaut von sich. «Ich doch nicht! Ich war noch nie weiter westlich als Blackpool. Na, auf jeden Fall grenzt es unsere Ermittlungen ein, oder?»

«Völlig richtig», stimmte Banks zu. «Trotzdem wissen wir leider immer noch nicht, wer er war.»

«Ich habe dann noch bei der diplomatischen Vertretung Kanadas angerufen und nachgefragt, ob bei ihnen ein Mann aus Toronto als vermißt gemeldet worden ist. War aber nicht.»

«Dafür ist es wohl noch zu früh. Wenn er tatsächlich aus Toronto stammt und hier in England Ferien gemacht hat, dann denken seine Freunde und Verwandten drüben doch wahrscheinlich, daß er noch unterwegs ist.»

«Schon, aber irgendwann müssen sie es doch mal merken.»

«Ja sicher, das werden sie auch. Aber darauf können wir nicht warten. Wer weiß, vielleicht war er Student und hat zu Hause angekündigt, daß er den ganzen Sommer über hierbleiben würde. – Wie kommt denn Richmond so voran?»

«Er hat bereits einige Orte abgehakt – Lyndgarth, Relton, Helmthorpe, Gratly.»

«Jetzt, wo wir wissen, daß es sich bei dem Toten wahrscheinlich um einen Kanadier handelt, dürfte seine Aufgabe erheblich leichter sein.»

«Das sagen Sie so», bemerkte Hatchley. «Sie glauben ja gar nicht, wie viele Kanadier es nach England und gerade auch in den Lake District und in die Dales zieht. Die Namen herauszufinden ist mit den Gästelisten kein Problem, aber in Erfahrung zu bringen, wo sie nach ihrer Abreise hinwollten, das ist oft wirklich verdammt schwer. Kaum einer hinterläßt ja eine Nachsendeadresse, und die Pensionswirtinnen und die Angestellten in den Hotels erinnern sich oft nur sehr vage – falls die Gäste ihnen überhaupt erzählt haben, was sie als nächstes vorhaben.»

«Also, ich denke, die Zahl der alleinreisenden Männer aus Toronto dürfte überschaubar sein», erwiderte Banks. «Ich nehme jedenfalls an, daß er alleine war, sonst hätte man ihn inzwischen schon längst als vermißt gemeldet. Bleiben Sie beide also dran. Hat Glendenning sich schon gemeldet?»

«Der Super hat ihn vor einer Weile angerufen und nachgefragt. Aber die Maden sind wohl noch nicht alle tot, die Leiche liegt immer noch im Desinfektionsbad. Glendenning hat gesagt, er könne frühestens morgen mit der Obduktion anfangen.»

Banks seufzte. «Na schön. Dann gehen Sie jetzt am besten und unterstützen Richmond. Und noch einmal vielen Dank, Sergeant. Mit dem Kassenbon, das war wirklich gute Arbeit.»

Hatchley nickte und verließ das Büro. Jetzt arbeiteten sie nun schon zwei Jahre zusammen, dachte Banks, aber er konnte sich einfach nicht dazu überwinden, den Sergeant mit seinem Vornamen anzusprechen. Er zündete sich eine Zigarette an, trat wieder ans Fenster und betrachtete das Hin und Her auf dem Marktplatz, aber es vermochte ihn nicht abzulenken. Nervös trommelte er mit den Fingern der linken Hand auf das Fensterbrett. Warten erwies sich auch diesmal wieder als schwierige Übung.

V

«Sam ist nicht da», sagte Katie, als es gegen Abend hinten an der Küchentür klopfte und Stephen Collier vor ihr stand. «Er will sich in Leeds mit ein paar alten Freunden treffen.»

«Darf ich trotzdem hereinkommen? Nur auf eine Tasse Tee?»

«Na gut.» Sie trat zur Seite und ließ ihn herein.

«Aber nur fünf Minuten. Ich habe noch eine Menge zu tun.» Sie spürte, wie sie über und über rot wurde, und war deshalb froh, daß sie sich abwenden konnte, um das Teewasser aufzusetzen. Es gehörte sich nicht, mit einem anderen als dem eigenen Mann allein zu sein, selbst wenn er so höflich und zuvorkommend war wie Stephen. Vielleicht war das ja sogar gerade besonders gefährlich. Er hatte im ganzen Tal einen Ruf als Schürzenjäger. Hoffentlich hatte ihn niemand hereinkommen sehen.

«Nick hat mir gesagt, daß die Polizei heute bei Ihnen war», begann Stephen.

Katie warf ihm über die Schulter einen überraschten Blick zu. «Das war doch zu erwarten, nachdem einer unserer Gäste eine Leiche gefunden hat, oder?»

«Ist der Mann noch da?»

«Nein. Er ist heute mittag abgereist.»

«Nun», sagte Stephen, «ich wollte eigentlich nur mal vorbeischauen, um zu sehen, ob bei Ihnen alles in Ordnung ist. Das muß doch sicher ein ziemlicher Schock für Sie gewesen sein, ein Toter so fast vor der Haustür – ich meine, bildlich gesprochen. Hat die Polizei viele Fragen gestellt?»

«Mir nicht. Warum sollte sie auch?»

«Ach, ich dachte nur. Und wie geht es Ihnen jetzt so?»

«Ganz gut, würde ich sagen», antwortete Katie. Obwohl sie ihn nun schon mehr als fünf Jahre kannte und ihn sehr viel sympathischer fand als seinen Bruder, hatte sie kaum näheren Kontakt zu ihm gehabt. Eigentlich waren sie sich immer nur bei gesellschaftlichen Anlässen begegnet; bei dem sommerlichen Gartenfest zum Beispiel, zu dem die Brüder Collier traditionell jedes Jahr einluden, oder bei irgendwelchen größeren Abendessen. Und ab und zu natürlich im Pub. Sie mochte Stephen. Er schien aufmerksam und rücksichtsvoll zu sein. In der Vergangenheit hatte sie ihn des öfteren dabei überrascht, wie er sie mit einem Blick von merkwürdiger Intensität angesehen hatte. Aber nicht so wie Nicholas, ganz und gar anders. Es war ein Blick, den sie nicht deuten konnte. Sie hielt ihm nie lange stand und hatte noch jedesmal im Bruchteil einer Sekunde die Augen gesenkt. Jetzt, allein mit ihm, fühlte sie sich unsicher und verlegen. Sie wußte nicht, wie sie sich ihm gegenüber verhalten sollte. Das Wasser kochte. Sie goß den Tee auf, brachte die Kanne an den Tisch und öffnete eine Dose mit Keksen.

«Ach, kommen Sie, Katie», sagte Stephen fast ein wenig vorwurfsvoll, «das klingt aber nicht gerade überzeugend. Fühlen Sie sich sehr schlecht?»

«Ich weiß nicht, wie Sie darauf kommen.»

«Das wissen Sie sehr wohl. Zwischen uns beiden besteht eine Art innere Verbindung, das habe ich gleich beim erstenmal, als wir uns begegneten, gespürt. Ich habe mir in den letzten Monaten Sorgen um Sie gemacht.»

«Sorgen? Wieso?»

«Weil Sie ganz offensichtlich nicht glücklich sind.»

«Natürlich bin ich glücklich. Was für ein Unsinn!»

Stephen seufzte. «Ich kann Sie nicht dazu zwingen, mir gegenüber offen zu sein. Aber wenn Sie möchten, können Sie jederzeit mit mir reden, falls Sie es brauchen. Jeder Mensch hat ab und zu das Bedürfnis, sich auszusprechen, das ist nur natürlich.»

Katie biß sich auf die Unterlippe und schwieg. Sie konnte nicht mit ihm reden. Unmöglich. Niemand durfte erfahren, was in ihrem Inneren vorging, die sündigen Dinge, die ihre Phantasie beschäftigten, die tiefe Verzweiflung, die sie oft ergriff. Und erst recht nicht, daß es vielleicht doch eine Möglichkeit für sie gab, diesem elenden Leben zu entkommen. Wenn sie es schaffte, ihrer Schuldgefühle Herr zu werden...

«Wie Sie wollen», fuhr Stephen fort und griff nach einem Keks. «Ich wollte Sie eigentlich auch nur wissen lassen, daß ich wahrscheinlich nicht mehr lange hier sein werde.»

«Was meinen Sie damit?»

«Ich habe von dem allen hier genug, Katie. Von der Fabrik, von dem Haus, dem Dorf. Guter Gott, ich bin bald dreißig. Es wird langsam Zeit, daß ich endlich herauskomme und mich ein wenig in der Welt umsehe.»

«A... aber, das können Sie nicht machen», sagte Katie erschrokken. «Sie können doch hier nicht alles einfach stehen- und liegenlassen. Denken Sie doch nur mal an...»

Stephen schlug so heftig mit der flachen Hand auf den Tisch, daß sie erschrocken zurückfuhr. «Und warum nicht? Etwa wegen der sogenannten Verantwortung, die ich trage? Ach, zum Teufel damit! Es gibt genug andere, die willens und fähig wären, die Firma zu leiten. Ich habe vor, ein paar Monate Ferien zu machen und dann etwas anderes anzufangen.»

«Und warum erzählen Sie mir das alles?» fragte sie.

Stephen blickte sie beinahe flehend an, und auf einmal bemerkte sie, daß er alt und müde aussah, jedenfalls viel älter als seine achtundzwanzig Jahre.

Er fuhr sich mit der Hand durch das kurze braune Haar. «Ich weiß auch nicht so genau», sagte er. «Vielleicht, weil ich glaube, daß zwischen Ihnen und mir eine Art Seelenverwandtschaft besteht. Sie sind jedenfalls die einzige, der ich von meinen Plänen erzählt habe. Es gibt ja auch sonst niemanden, mit dem ich darüber sprechen könnte.»

«Und was ist mit Ihrem Bruder?»

«Nickie? Der versteht mich nicht. Der lebt in seiner eigenen Welt. Ich habe übrigens von Anfang an mitbekommen, wie er Sie immer anstarrt. Sam scheint das ja seltsamerweise nicht zu merken... Und obwohl Nickie mein Bruder ist... Ich kann Ihnen nur dringend raten, sich von ihm fernzuhalten.»

«Aber das tue ich doch sowieso. Wieso sollte ich mich auch näher mit ihm einlassen?»

«Oh, weil Nickie, wenn er will, sehr überzeugend sein kann.»

«Und was ist mit John?» fragte Katie. «Und mit Sam? Warum reden Sie nicht mit denen?»

Stephen lachte. Es klang bitter. «Ach, Katie», sagte er, «sehen Sie, John, Sam und ich, wir reden über alles mögliche, über Wirtschaft, über Politik... aber persönliche Dinge, die kommen zwischen uns so gut wie nie zur Sprache. Es geht irgendwie nicht.»

«Und warum denken Sie, daß es mit mir ginge?»

«Weil ich das Gefühl habe, daß es Ihnen ähnlich geht wie mir. Ich glaube, daß Sie unglücklich sind, so wie Sie leben, und daß Sie niemanden haben, mit dem Sie darüber sprechen können. Deshalb schließen Sie alles in Ihrem Innern ein. Aber mir könnten Sie vertrauen. Oder mögen Sie mich nicht?»

Katie malte mit ihrem Zeigefinger kleine Kreise auf die Tischplatte. «Nein, nein, damit hat es nichts zu tun», sagte sie heftig. «Es ist einfach – es geht mir gut, wissen Sie.»

«Warum verstecken Sie Ihre Gefühle?» fragte er drängend.

«Aber ich verstecke nichts», erwiderte sie gequält.

«Doch.»

«Weil... Es gehört sich nicht», sagte sie plötzlich trotzig.

«Das also ist der Grund! Ach, Katie, was haben Sie bloß für strenge moralische Maßstäbe.» Er stand auf. «Aber vielleicht gibt Ihnen das ja auch Kraft, wer weiß. Nein, schon gut», sagte er schnell, als er sah, daß sie ihn hinausbegleiten wollte, «ich finde den Weg auch allein.»

Katie wollte ihm etwas Versöhnliches nachrufen, aber die Stimme versagte ihr. Es war, als ob sich in ihrem Innern eine dunkle Kraft zu rühren begonnen hätte, die immer noch zunahm und mit aller Macht nach außen drängte. Der Schweiß brach ihr aus. Sie mußte diese unheimliche Gewalt in sich unter allen Umständen zurückdrängen, versuchen, sie unter Kontrolle zu halten... Ihr Platz war an der Seite von Sam. Sie war seine Frau, und es war ihre Pflicht, dies ihr zugedachte Leben ein für allemal zu akzeptieren und klaglos zu ertragen. Schweigend. Das Reden darüber brachte nur alles in Aufruhr. Und davon abgesehen, was hätte sie Stephen Collier sagen können? Oder er ihr? Wieso war er überhaupt gekommen? Was hatte er von ihr gewollt? «Das, was alle Männer wollen», sagte eine harte, unbarmherzige Stimme in ihrem Innern. «Dasselbe, was sein Bruder will, was sonst. Laß dich durch schöne Worte wie Seelenverwandtschaft nicht hinters Licht führen. Der Teufel führt geschickte Reden.»

«Aber er ist doch bloß auf dich zugegangen und hat dir seine Freundschaft angeboten», sagte eine andere, sanftere Stimme. «Warum hast du nicht angenommen?»

Ihr wurde eng in der Brust, und ihre Hände zitterten, so daß sie nur mit Mühe die Teetasse zum Mund führen konnte. «Ich bin verloren», dachte sie voller Panik. «Ich weiß nicht, was ich tun soll. Ich weiß nicht mehr, was richtig ist und was falsch. Wenn mir doch bloß jemand helfen würde...» Die Tasse glitt ihr aus der Hand und zersprang auf dem Küchenboden in unzählige kleine Stücke. Sie ließ den Kopf auf die Arme sinken und begann zu weinen.

Kapitel vier

I

Zwei Tage später begannen die ersten Ergebnisse der gerichtsmedizinischen Untersuchung einzutreffen. Richmond und Hatchley war es inzwischen gelungen, mit Ausnahme von zwei Männern alle Kanadier, die frühestens vor dreizehn und spätestens vor zehn Tagen ihr Hotel oder ihre Pension in einem der kleinen Orte der Yorkshire Dales verlassen hatten, ausfindig zu machen.

Sie hatten gute Arbeit geleistet, doch Banks ging trotzdem noch alles viel zu langsam. Die meisten Spuren fand man, wie er aus Erfahrung wußte, innerhalb der ersten vierundzwanzig Stunden nach der Tat oder gar nicht. Aber dieser Tote hatte ja schon an die zehn Tage dort oben in dem versteckten Tal gelegen, bevor er überhaupt entdeckt worden war. Kein Wunder, daß sie kaum Anhaltspunkte hatten, in welche Richtung sie weiter ermitteln sollten. Um so begieriger stürzte sich Banks deshalb jetzt auf den Bericht des Pathologen, nicht unähnlich einem Verdurstenden in der Wüste, dem man unverhofft eine Wasserflasche hinhält.

Dr. Glendenning hatte zweifelsfrei festgestellt, daß der Tod infolge einer Stichverletzung vermittels einer einschneidigen Klinge eingetreten war, vermutlich einem feststehenden Messer, ungefähr sechzehn Zentimeter lang. Der nach oben gerichtete Stoß hatte unterhalb der Rippen das Herz durchbohrt. Der Tod war sofort eingetreten. Der Mörder hatte anschließend das Gesicht des Opfers mit langen Schnitten zerfetzt und dann, um es vollends unkenntlich zu machen, durch wuchtige Schläge mit einem größeren Stein buchstäblich zu Brei gehauen. Das Opfer war weiß, Anfang Dreißig, knapp 1,80 Meter groß, 77 Kilo schwer und, wie Glendenning befand, ‹in guter körperlicher Verfassung›. Banks ärgerte sich wie jedesmal über die gedankenlose Formel: Wie konnte eine Leiche ‹in guter körperlicher Verfassung› sein. Und diese schon gar nicht.

Vic Manson war es gelungen, von den Fingern des Toten etwas Haut abzunehmen und auf diese Weise, nachdem er sie mit Glyzerin präpariert hatte, drei deutliche Fingerabdrücke zu gewinnen. Er hatte sie gleich beim zentralen Polizeicomputer checken lassen, aber feststellen müssen, daß sie dort nicht gespeichert waren. So weit, und gar nicht gut, dachte Banks erbittert. Eine beigelegte Notiz informierte ihn darüber, daß der hinzugezogene Zahnmediziner noch damit beschäftigt sei, aus den erhaltenen Fragmenten das Gebiß zu rekonstruieren.

Na schön, dachte er, also weiter warten. Er blickte auf die Uhr. Zeit für das zweite Frühstück. Auf dem Weg nach draußen klopfte er bei Hatchley an und bat den Sergeant mitzukommen. Er wollte die gerade eingetroffenen Ergebnisse bei einer Tasse Kaffee in aller Ruhe mit ihm besprechen.

Sie schlängelten sich mühsam durch den Strom von Menschen, der sich auf den schmalen Trottoirs entlangwälzte. Es waren vor allem Touristen, aber auch Hausfrauen aus der Umgebung, die in Eastvale ihre Einkäufe erledigten. Im *Golden Grill* fand sich noch ein Tisch gleich am Fenster. Banks bestellte bei Peggy, der pummeligen Bedienung mit dem strahlenden Lächeln und dem Grübchen in der rechten Wange, Kaffee und warme Teekuchen. Als sie gegangen war, betrachtete er einen Augenblick nachdenklich die Fachwerkfassade der Polizeistation gleich gegenüber. Schwarz und weiß, so klar getrennt, ich wollte, das wäre im Leben auch so eindeutig zu unterscheiden, dachte er beinahe melancholisch.

Nachdem der Kaffee serviert worden war, unternahmen Banks und Hatchley den Versuch, eine Bilanz der bisherigen Ergebnisse zu ziehen. Viel hatten sie bisher nicht vorzuweisen: eine ungefähr zehn Tage alte Leiche, weiß, männlich, vermutlich Kanadier, erstochen aufgefunden in einem einsam gelegenen sogenannten Hängetal. Aber wenigstens stand jetzt die Todesursache eindeutig fest, und das bedeutete, da es Mord war, daß beim Coroner's Inquest [Anm. d. Übers.: gerichtliches Verfahren zur Feststellung der Todesursache] weitere Untersuchungen angeordnet werden würden.

«Wir sind bisher beinahe wie selbstverständlich davon ausgegangen, daß unser Unbekannter allein unterwegs war», sagte Banks, nachdem sie eine Weile geschwiegen hatten. «Aber das muß ja gar nicht stimmen. Und es könnte bedeuten, daß möglicherweise sein

Begleiter ihn umgebracht hat. Das würde auch erklären, warum das Gesicht des Toten unkenntlich gemacht wurde – der Mörder wollte Zeit gewinnen, um möglichst schon wieder zu Hause in Kanada zu sein, bevor wir hier die Leiche entdecken und herausfinden würden, um wen es sich handelt.»

«Wenn Täter und Opfer Kanadier wären, dann wäre doch die kanadische Polizei zuständig, oder nicht?» bemerkte Hatchley hoffnungsvoll.

«Der Mord ist hier passiert, also ist es unser Fall – jedenfalls so lange, bis wir von oben was anderes hören.»

«Vielleicht ist er ja dort oben in dem Tal aus Versehen in eine Art Hexensabbat hineingeraten», sagte Hatchley halb im Ernst.

Banks lachte. «Die einzigen, die heutzutage Orgien feiern, sind gelangweilte Buchhalter und frustrierte Hausfrauen. Und ich bezweifle doch sehr, daß die, wenn man sie überraschte, den Eindringling gleich töten würden. Haben übrigens die Nachfragen wegen der beiden Kanadier, über deren Verbleib noch Unklarheit herrschte, inzwischen irgend etwas ergeben?» fragte er und blickte sich dabei suchend nach der Bedienung um, weil er zahlen wollte.

Hatchley holte statt einer Antwort erst einmal eine Packung Zigaretten aus seiner Jackettasche; vielleicht ließ sich ja der Aufenthalt im Café doch noch etwas verlängern. «Nein», sagte er, nachdem er sich umständlich eine angezündet hatte, «bisher noch nicht. Ich fühle mich allmählich schon wie dieser Bursche, der Tag für Tag immer wieder denselben Stein den Berg hinaufrollen mußte.»

«Sie meinen Sisyphus? Also ich komme mir mitunter eher vor wie Prometheus. Den haben sie im Kaukasus an eine Säule gekettet, und jeden Tag kam ein Geier und hat ihm ein Stück aus der Leber gehackt. Aber ich glaube, es wird langsam Zeit, daß wir zurückgehen.» Er stand auf. Peggy trat an den Tisch, und Banks beglich die Rechnung. Hörbar seufzend erhob sich Hatchley ebenfalls und folgte Banks hinaus.

Auf der Polizeistation erwartete Banks eine Nachricht. «Eben hat sich ein Dr. Passmore vom gerichtsmedizinischen Labor hier gemeldet. Sie möchten ihn bitte zurückrufen. Er sagte, er sei der Odonto … Odolto …, also der, der zuständig ist für die Zähne», sagte der wachhabende Sergeant etwas verlegen.

Banks lächelte und bedankte sich. Oben in seinem Büro wählte er gleich die Nummer des Labors.

«Ah, Chief Inspector, schön, daß Sie so schnell wieder zurück sind», begrüßte ihn Passmore. «Wir haben uns, glaube ich, bisher noch nicht kennengelernt. Dr. Glendenning hat mich hinzugezogen. Ein interessanter Fall.»

«Haben Sie etwas herausgefunden?» fragte Banks gespannt.

«Ja, aber es ist ein bißchen kompliziert. Könnten Sie es einrichten hierherzukommen?»

«Natürlich.» Banks sah auf die Uhr. «Wenn ich jetzt gleich losfahre, kann ich in ungefähr einer Stunde bei Ihnen sein. Aber könnten Sie mir nicht schon jetzt eine Andeutung machen, um was es überhaupt geht?»

«Also, ich denke, daß wir über kurz oder lang die Identität des Toten werden feststellen können», sagte Dr. Passmore. «Sein Zahnarzt wird uns weiterhelfen. Der lebt übrigens, wenn ich mich nicht täusche, nicht allzuweit von hier entfernt.»

«Ich will keineswegs Ihre Fähigkeiten in Zweifel ziehen, Doktor, aber ich glaube, daß Sie sich da irren müssen. Wir sind uns nämlich ziemlich sicher, daß der Tote Kanadier ist.»

«Kann schon sein», sagte Passmore. «Aber sein Zahnersatz, der ist so englisch wie Ihrer oder meiner.»

«So?!» sagte Banks überrascht. «Na, ich bin schon unterwegs.»

Als er im Wagen saß, legte er erst einmal eine Kassette mit Donovan-Songs ein und manövrierte den Cortina dann behutsam aus der engen Parklücke. Er fuhr langsam, hier und da Fußgängern ausweichend, die offenbar der Meinung waren, daß die Market Street ihnen allein gehöre.

Er erreichte die noch im Bau befindliche Wohnsiedlung am südlichen Ende der Stadt, und sobald er die letzten Häuser hinter sich hatte, trat er aufs Gas. Schon bald öffnete sich das Tal zu einer weiten Ebene, und er fuhr durch eine idyllische, kleinteilig gegliederte Landschaft, in der sich grüne Weiden mit strahlend gelb leuchtenden Rapsfeldern abwechselten, die durch Weißdornhecken begrenzt wurden. Auf den grasbewachsenen Banketten rechts und links der Fahrbahn blühten Glockenblumen und Hahnenfuß, die einzigen wildwachsenden Blumen, die Banks mit Namen kannte. Unversehens schoß plötzlich eine aufgeschreckte Grasmücke quer vor ihm über die Straße, so tief, daß sie, wenn er nicht mit dem Lenkrad eine schnelle Ausweichbewegung gemacht hätte, gegen den Kühler geprallt wäre.

Das gerichtsmedizinische Labor, ein nüchterner, dreistöckiger

Backsteinbau, lag etwas nördlich von Wetherby. Banks wies sich beim Pförtner aus und stieg dann in den zweiten Stock zum Büro von Dr. Passmore. Oben angekommen, klopfte er an die Tür, und eine volle, angenehm tiefe Stimme bat ihn herein. Obwohl Banks sich keine Vorstellung davon gemacht hatte, wie der Arzt wohl aussehen mochte, war er jetzt doch überrascht. Mit seinem kahlen, glänzenden Schädel, den nach oben spitz zulaufenden Augenbrauen, einer lächerlich kleinen Nase und einem winzigen Mund hätte Dr. Passmore gleich so, wie er war, in jedem Science-fiction-Film als Extraterrestrischer mitspielen können.

Der Arzt lächelte ihm freundlich zu und wies mit einer Handbewegung auf einen freien Sessel. Banks nahm Platz und sah sich verstohlen um. Auf mehreren Stühlen und selbst noch auf dem Boden waren unordentliche Haufen von Fachzeitschriften gestapelt, und der verglaste Bücherschrank war bis oben hin vollgestopft. Die beiden Aktenschränke quollen beinahe über und waren wohl schon jetzt nicht mehr zu schließen. Auf dem Schreibtisch türmten sich die Papiere, nur eine einzige Ecke war frei gelassen worden; dort stand verloren ein zahnloser Schädel.

«Gut, daß Sie so schnell hier sein konnten, Chief Inspector», sagte Passmore. «Es tut mir wirklich leid, daß ich Sie bitten mußte, extra hier herauszukommen, aber ich hoffe, daß ich Ihnen weiterhelfen kann und Ihr Besuch hier bei uns sich für Sie am Ende gelohnt hat.»

Banks nickte höflich und blickte sich unauffällig nach einem Aschenbecher um, konnte jedoch nirgendwo einen entdecken. Er sog prüfend die Luft ein, doch auch hier Fehlanzeige – nicht eine Spur von Zigarettenrauch. Verdammt! Da war er also allem Anschein nach schon wieder an einen Nichtraucher geraten.

«Die Zähne des Opfers waren stark in Mitleidenschaft gezogen», fuhr Passmore fort, «was Dr. Glendenning darauf zurückführt, daß man ihm nach Eintritt des Todes mit einem stumpfen Gegenstand den Schädel zertrümmert hat. Ich stimme dieser Einschätzung zu.»

Banks nickte. «Man hat die Leiche dicht an einem Bachufer gefunden. Da gab es eine Menge Steine in jeder Größe.»

«So, na, das paßt dann ja», bemerkte Passmore und legte, wie um sich besser konzentrieren zu können, die Fingerspitzen beider Hände gegeneinander. «Aber wie auch immer, es ist mir jedenfalls gelungen, das Gebiß des Toten teilweise zu rekonstruieren.» Er schob einen braunen Umschlag über den Schreibtisch. «Ich glaube allerdings nicht, daß Ihnen das viel nützen wird. Sie müßten ja praktisch alle Zahnärzte im Land auffordern, die Karteikarten sämtlicher männlichen Patienten bis etwa fünfunddreißig durchzugehen, und das würde ja vermutlich eine halbe Ewigkeit dauern, bis Sie da ein Ergebnis hätten.»

Banks fing an, sich zu ärgern. War das alles, was dieser Passmore ihm zu sagen hatte? Doch in diesem Augenblick sprang der Arzt überraschend auf und eilte behende zu einem kleinen Schränkchen gleich neben der Tür. «Aber ich denke, das alles wird gar nicht nötig sein, weil ich Ihnen auch so weiterhelfen kann.» Mit einem triumphierenden Lächeln holte er ein kleines Glasschälchen hervor und präsentierte es Banks wie ein Geschenk. Dieser starrte etwas ratlos auf einen Zahn mit etwas rosa Plastik darum herum. «Und was ist das?» fragte er.

«Eine Zahnbrücke», erklärte Passmore. «Oberer rechter Bikuspidat, um genau zu sein.»

«Und die stammt aus dem Mund des Toten?»

Passmore nickte. «Als ich sie bekam, bestand sie nur noch aus vielen kleinen Splittern, die ich dann wieder zusammengefügt habe. Das ist so ähnlich, als wenn Sie zu Hause eine zersprungene Teetasse kitten.»

«Aha. Und was läßt sich jetzt damit anfangen?»

«Nun, zunächst einmal», begann Passmore, «verrät uns diese Brücke, daß der Tote sehr wahrscheinlich Brite ist und nicht, wie Sie annehmen, Kanadier.»

«Wieso denn das?» fragte Banks verblüfft.

Passmore runzelte die Stirn, so als stelle Banks mit Absicht dumme Fragen. «Anders als in der Öffentlichkeit hier allgemein angenommen, sind britische Zahnärzte ihren Kollegen in Kanada und den USA durchaus ebenbürtig, was die Behandlungsmethoden angeht. Na ja, manchmal führen sie drüben gewisse Änderungen etwas früher ein als wir hier, aber das liegt nur daran, daß sie bei der Behandlung nicht so sehr auf die Kosten achten müssen. Die Patienten bezahlen nämlich privat, und meistens wird es ganz schön teuer für sie. Ansonsten bestehen zwischen den USA beziehungsweise Kanada und uns keine wirklich gravierenden Unterschiede. Dagegen bloß mal angenommen, der Tote wäre Russe gewesen, da wäre sofort alles klar gewesen, die nehmen da nämlich rostfreien Stahl für Füllungen. In dem vorliegenden Fall jedoch hätte ich unter normalen Umständen nur mehr oder weniger raten können – wenn ich da nicht einen sehr konkreten Anhaltspunkt gehabt hätte. Und genau das möchte ich Ihnen jetzt näher erklären.»

Nun mach schon, dachte Banks ungeduldig und betastete sehnsüchtig die Packung Zigaretten in seiner Tasche, komm endlich zur Sache! Aber er wußte aus Erfahrung, daß kaum einer der wissenschaftlichen Experten sich umstandslos von seinen Ergebnissen trennen mochte. Die meisten neigten wie Passmore zu weitschweifigen Erläuterungen und legten sogar häufig, bevor sie endlich herausrückten mit ihrer Weisheit, um der dramatischen Wirkung willen, sogar noch eine Kunstpause ein. Er beschloß, sich mit Geduld zu wappnen.

«Allein die Tatsache, daß der Tote überhaupt eine Brücke hatte, deutet darauf hin, daß er Europäer war und nicht Amerikaner oder Kanadier», fuhr der Arzt fort. «In Amerika ist es nämlich üblich, die vorhandenen Zähne, wenn irgend möglich, zu erhalten. Sie fertigen deshalb dort auch so gut wie keine Brücken an.»

«Ach wirklich, sehr interessant», sagte Banks. «Aber sagten Sie vorhin nicht etwas davon, daß Sie mir weiterhelfen könnten?»

Passmore nickte. «Dies hier», sagte er und hielt die Brücke vorsichtig zwischen Daumen und Zeigefinger in die Höhe, «dies hier ist keine gewöhnliche Brücke. Das heißt, an sich natürlich schon – mit einem Unterschied. Es ist eine gekennzeichnete Brücke.»

«Und was heißt das?»

«Nun, eine Reihe von Zahnärzten und Zahntechnikern sind dazu übergegangen, ihre Arbeiten sozusagen zu signieren, sehen Sie hier.»

Passmore tippte mit einem unangenehm spitz aussehenden Instrument, das bei Banks jedesmal, wenn er es sah, eine milde Form von Übelkeit auslöste, an das Stückchen rosa Plastik, in das der künstliche Zahn eingebettet war. «Erkennen Sie hier die Buchstaben und Zahlen?»

Banks nickte.

«Das ist eine Art Code», erläuterte Passmore. «Die Buchstaben- und Zahlenkombination wird in besonders kleinen Typen auf ein Stück Nylon geprägt, das zwischen die Innenseite der Gußform und die Plastikmasse gelegt wird. Bei dem anschließenden Erwärmungsprozeß verschmilzt das kleine Nylonrechteck mit der Plastikmasse, und hinterher ist der Code im durchsichtigen Material der Brücke gut lesbar.»

«Und warum das alles?» wollte Banks wissen.

Passmore zuckte mit den Achseln. «In der Regel wohl, um den Besitzer identifizieren zu können, falls die Brücke mal irgendwie verlorengeht.»

«Und was erfahren wir durch den Code?»

Passmore schürzte die Lippen zu einem selbstzufriedenen kleinen Lächeln. «Genau das, was wir wissen wollen, Chief Inspector. Hier, sehen Sie mal genau hin.»

Banks ergriff die dargereichte Pinzette, um die Brücke aufzunehmen, und betrachtete die Zeichenfolge: 5493BKJLS.

«Die letzten beiden Buchstaben stehen für die Stadt, die davor sind die Initialen des Arztes, und die Zahlen dienen dazu, den Patienten zu identifizieren.»

«Erstaunlich», sagte Banks und legte die Brücke vorsichtig zurück auf den Schreibtisch, «das heißt also, daß wir anhand des Codes sehr schnell herausbekommen können, wer der Tote ist.»

Passmore nickte. «Zuerst müssen wir wissen, wer sein Zahnarzt war.»

«Und was muß ich dazu tun?»

«Sie sehen im Ärzteverzeichnis nach. Wir haben eins in der Bibliothek. Ich habe allerdings auch selbst eins und habe mir deshalb erlaubt, Ihnen ein wenig Arbeit abzunehmen und den Namen für Sie nachzuschlagen.»

«Und?»

Passmore lächelte wieder und hielt mahnend einen Zeigefinger in die Höhe, als spreche er mit einem Kind. «Geduld, Chief Inspector, Geduld! Als erstes müssen wir die Stadt identifizieren, in der er praktiziert. Kennen Sie sich mit den Postcodes aus?»

Banks nickte. «Ja. LS ist Leeds.»

«Genau. Jetzt wissen wir also, daß unser Zahnarzt in Leeds praktiziert. Nun zu seinen Initialen. BKJ. Ich hab im Ärzteverzeichnis nachgesehen und zwei Möglichkeiten gefunden: Brian K. Jarrett und B. K. James.»

«Ich werde sofort bei den beiden nachfragen», sagte Banks mit kaum verhüllter Erregung. «Darf ich Ihr Telefon benutzen?» Er streckte die Hand nach dem Hörer aus.

Passmore schüttelte bedächtig den Kopf. «Ich... äh, ich habe das schon für Sie erledigt, Chief Inspector. B. K. James benutzt laut Auskunft seiner Sprechstundenhilfe überhaupt keine Codes, also habe ich gleich bei Brian K. Jarrett angerufen.»

«Und?»

Passmore grinste auf einmal spitzbübisch. «Der Name des Patienten ist Bernard Allen.»

«Bestimmt?»

Passmore nickte. «Ja, Dr. Jarrett hat mir bestätigt, daß er ihm rechts oben eine Brücke angefertigt hat. Vor vier Jahren. Ich habe ihn natürlich gebeten, mir zur Sicherheit noch eine Kopie der Patientenakte zuzuschicken, aber die Daten, soweit wir sie telefonisch verglichen haben, stimmten alle überein.»

«Hat Dr. Jarrett auch seine Adresse?»

Passmore schüttelte den Kopf. «Allen wohnte offenbar gar nicht in Leeds. Er hat die Anschrift seiner Schwester angegeben. Ihr Name ist Esther Haines. Hilft Ihnen das weiter?»

«Und ob!» Banks notierte sich Namen und Adresse. Der erste brauchbare Hinweis! Er stand auf und schüttelte dem Arzt die Hand. «Sie haben wirklich großartige Arbeit geleistet, Dr. Passmore. Wir sind Ihnen sehr dankbar.»

Passmore legte den Kopf auf die Seite und lächelte geschmeichelt. «Aber gern. Und falls Sie wieder einmal Hilfe brauchen...»

II

Katie ging an diesem Tag später als sonst zum Einkaufen. Auf ihrer Seite des Baches gab es nur einen schmalen Pfad, der zwischen den Häusern und dem grasbewachsenen Ufer entlanglief. Dort, wo er auf die große Straße nach Helmthorpe stieß und der Swain einen scharfen Knick nach links in das eigentliche Tal machte, gab es eine kleine weißgestrichene Holzbrücke. Gleich dahinter lag der Dorfanger, der mit seinen schattenspendenden Bäumen und ein paar Bänken zum Verweilen einlud. Der Pfad führte daran vorbei zu einer Reihe kleiner Läden direkt hinter der Kirche.

Als Katie sich der Straße näherte, kam von links ein grauer Jaguar heran. Stephen Collier saß am Steuer. Vor der Kreuzung verlangsamte er seine Geschwindigkeit, und Katie wurde einen Moment lang ganz kopfscheu. Sie hob die Hand, um zu grüßen, ließ sie jedoch sofort wieder sinken. Stephen gab mit keiner Miene zu verstehen, daß er sie wahrgenommen hatte, er schien geradewegs durch sie hindurchzusehen. Im ersten Augenblick versuchte sie sich einzureden, er habe sie nicht bemerkt. Vielleicht war er mit seinen Gedanken ganz woanders und blind für seine Umgebung. Sie selbst lief ja auch oft wie in Trance herum. Aber eigentlich wußte sie genau, daß das für Stephen so nicht zutraf. Er hatte sie bewußt übersehen. Das Blut schoß ihr in die Wangen, während sie eilig die Straße überquerte.

«Guten Tag, Katie, meine Liebe», begrüßte sie Mrs. Thetford. «Sie sind heute später dran als sonst, nicht wahr? Ich habe Ihnen Rosenkohl aufgehoben, der war besonders schön heute.»

Katie dankte und bezahlte, mit ihren Gedanken immer noch bei Stephen Collier. Warum war er gestern abend gekommen, wo er doch gewußt hatte, daß Sam nicht da sein würde? Sie verstand einfach nicht, was ihn dazu trieb, plötzlich mit ihr über seine Probleme sprechen zu wollen. Und wieso war er so besorgt um sie?

Gedankenversunken ging sie zur Tür.

«Ihr Wechselgeld, Liebes!» rief ihr Mrs. Thetford nach.

Katie eilte zum Tresen zurück und hielt lächelnd die Hand auf. «Ich würde selbst noch meinen Kopf verlieren, wenn er nicht angewachsen wäre.»

Gleich nebenan war der Schlachter, und sie kaufte Schweineschnitzel. Vom Lendenstück, die waren immer am zartesten. Dann machte sie sich auf den Heimweg. Stephen hatte wirklich geklungen, als brauche er dringend jemanden, mit dem er sich einmal aussprechen könnte. Er hatte müde ausgesehen, überlastet. Es tat ihr leid, daß sie sich ihm gegenüber so abweisend verhalten hatte, aber was hätte sie tun sollen? Sie konnte nicht mit ihm befreundet sein, sie wußte ganz einfach nicht, wie. Außerdem gehörte es sich nicht.

Sie bemerkte den heranflitzenden Mini erst im letzten Moment. Erschrocken sprang sie einen Schritt zurück und überquerte die Straße erst, als sie sich nach beiden Seiten umgesehen hatte. Ein wenig aufmerksamer geworden für ihre Umgebung, bemerkte sie jetzt, als sie über den Anger ging, die leichte Brise, die das hellgrüne Laub der Bäume zum Rauschen brachte. Ein paar alte Frauen saßen im Schatten auf den Bänken, ihre Taschen zwischen sich, um ein

Schwätzchen zu halten, bevor sie die Einkäufe nach Hause trugen. Doch Katies Gedanken waren schon bald wieder bei Stephen. Es stimmte, was er gesagt hatte – sie war tatsächlich unglücklich. Aber war es so offensichtlich, daß jeder es sehen konnte, oder gab es tatsächlich eine Art innere Verbindung zwischen ihnen, wie er behauptet hatte? Und hatte sie ihn richtig verstanden, war er trotz seines beruflichen Erfolges und des vielen Geldes, das er besaß, wirklich unglücklich?

Sie versuchte sich zu erinnern, wann zuletzt sie sich wenigstens als zufrieden hätte bezeichnen können. In den ersten Wochen in Swainshead, dachte sie. Sie hatten ziemlich schuften müssen, um das Haus bewohnbar zu machen, aber sie hatten es geschafft. Zusammen. Danach, als alles fertig war, hatte Sam dann ziemlich schnell die ganze Arbeit ihr überlassen. So als habe er sein Lebenswerk vollbracht und genieße nun einen, wenn auch etwas frühen, so doch wohlverdienten Ruhestand.

«Der will hoch hinaus, höher als ihm zukommt», hatte ihre Großmutter immer gesagt, wenn die Rede auf Sam kam. Und tatsächlich, kaum waren sie hergezogen, ging er täglich ins *White Rose* mit der erklärten Absicht, die Einwohner von Swainshead für sich einzunehmen. Sehr schnell begriff er, daß die Colliers, denen das große Haus am oberen Ende des Ortes gehörte, im Tal den Ton angaben, und fortan bemühte er sich ganz gezielt um ihre Bekanntschaft. Aber immerhin, eins mußte man ihm lassen, er hatte nie gekatzbuckelt oder sich irgendwie erniedrigt. Wenn er mit ihnen zusammen war, so verhielt er sich, als sei dieser Umgang für ihn selbstverständlich, als habe er nun endlich den ihm zustehenden Platz in der Gesellschaft. Wieso die Colliers ihn akzeptierten, falls sie es denn taten, war ihr allerdings ein Rätsel.

Wenn sie recht überlegte, hatte sie selbst für Sam im Grunde nur zweierlei Funktion: im täglichen Leben als das Mädchen für alles in seiner Pension und bei festlichen Gelegenheiten als seine schöne Begleiterin, mit der er Ehre einlegen konnte. Ein Leben wie Aschenputtel, nur daß die am Ende einen Prinzen bekam. Und ganz im Gegensatz zu Aschenputtel waren ihr Feste verhaßt. In eleganten Kleidern kam sie sich, so paradox das war, unweigerlich billig vor. Und sündhaft. Einmal hatte ihr eine Kollegin von einem Paris-Urlaub einen grünen Seidenschal mitgebracht. Ihre Großmutter hatte, kaum daß sie ihn sah, zur Schere gegriffen und ihn in viele kleine Stücke zerschnitten, die sie anschließend verbrannte.

Vielleicht, dachte sie auf einmal, lagen die guten Zeiten sogar noch länger zurück. Damals, als ihre Großmutter gestorben war und sie ein großes Aufatmen empfunden hatte. Kein schöner Gedanke, aber sie wollte der Wahrheit ins Gesicht sehen. Sie und Sam hatten, nachdem sie zu seinen Eltern nach Armley gezogen waren, die alte Frau nur noch sehr selten besucht. Aber als sie dann mit Darmkrebs im Krankenhaus lag und absehbar war, daß sie sterben würde, waren sie natürlich zu ihr gefahren. Sie konnte kaum noch den Kopf heben, so schwach war sie geworden, doch dessenungeachtet setzte sie den Schmerzen und Peinlichkeiten denselben störrischen Trotz entgegen, den sie zeitlebens gegenüber allen Widrigkeiten an den Tag gelegt hatte. So weigerte sie sich nun auch standhaft, irgendwelchen palliativen Maßnahmen zuzustimmen, da sie alles, was ihr jetzt geschah, als Ausdruck göttlichen Willens begriff. Fast schien es, als zöge sie Befriedigung aus dem vergeblichen Aufbegehren des Fleisches, das sich in jeder Zelle ihres Körpers manifestierte, so als ob sie in diesem langsamen, qualvollen Sterben den letzten, endgültigen Beweis sah für ihre Überzeugung, daß das irdische Leben nichts weiter sei als ein Tal der Tränen.

Doch wahrscheinlich hatte sie sich, was diese Befriedigung anging, getäuscht, dachte Katie. Dies Gefühl, das ihre Großmutter im Leben nie gekannt hatte, war ihr wohl auch im Sterben nicht beschieden gewesen.

Bei der Beerdigung war Katie ohnmächtig geworden, und der Brandy, den der besorgte Geistliche ihr einzuflößen versuchte, hatte ihr Brechreiz verursacht. Das einzige Erbstück, das sie an ihre Großmutter erinnerte, war ein großes Holzkreuz, das seitdem im Wohnzimmer auf dem Kaminsims stand. Es war schlicht, dunkel gebeizt und ohne den Gekreuzigten, dessen figürliche Darstellung die Großmutter immer als papistischen Götzendienst abgelehnt hatte. Das karge Kreuz symbolisierte in Katies Augen aufs vollkommenste das armselige, freudlose Leben, das sie mit ihrer Großmutter geführt hatte. Aus diesem Grunde haßte sie es auch, aber eine beinahe abergläubische Furcht hinderte sie, es einfach herunterzunehmen und wegzuwerfen. Ein so gotteslästerlicher Akt würde bestimmt furchtbare Strafe nach sich ziehen: Krankheit, Unfruchtbarkeit, Elend.

So hatte Stephen Collier im Grunde doch recht, dachte sie – sie war wirklich unglücklich. Aber sie konnte nichts dagegen tun, es sei denn... Doch das war nicht mehr sehr wahrscheinlich, oder? Sie hatte, was ihre Zukunft anging, in den letzten Tagen beklemmende Angstvorstellungen, daß der Ausweg, auf den sie seit einiger Zeit gehofft hatte, nun auf einmal für sie versperrt war. Sie konnte sich nicht genau erklären, woher dieses Gefühl rührte, aber irgendwie schienen sie sich alle wieder so merkwürdig zu benehmen – Stephen, Sam und John Fletcher. Und war es wirklich Zufall, daß der Name Anne Ralston plötzlich wieder erwähnt worden war und daß man kurz darauf wieder einen Toten gefunden hatte – ermordet?

Plötzlich fröstelte sie, als habe sie eine Todesahnung angeweht. Sie eilte schneller den Pfad entlang, um möglichst rasch wieder im Haus zu sein. Die alltägliche Arbeit bedeutete manchmal auch Trost und Ablenkung.

III

Nachdem er das Laboratorium verlassen hatte, fuhr Banks zunächst nach Wetherby und kaufte dort einen Stadtplan von Leeds. Die Innenstadt kannte er zwar einigermaßen, aber in Armley, wo Bernard Allens Schwester lebte, war er noch nie gewesen. In einem kleinen Pub, abseits der belebten Hauptstraße, kehrte er ein, um Mittag zu essen und seine Fahrtroute zu planen. Die Lasagne, die er bestellt hatte, erwies sich als Enttäuschung, aber das Bier, Samuel Smith's Old Brewery Bitter, war vorzüglich.

Während der Fahrt lauschte er einer Kassette mit Musik von Donovan. Die alten Songs riefen immer viele Erinnerungen in ihm wach. Warum bloß, dachte er zum wiederholten Male, erschien die Vergangenheit stets in einem so verklärten Licht? Lag es daran, daß sie damals naiver gewesen waren und erwartungsvoller? Oder waren in jenen Jugendjahren die Sommer tatsächlich heiterer und sonniger gewesen? Er glaubte es nicht. Bestimmt hatte es damals auch schon die langen, grauen Regenperioden gegeben, die einem diese Jahreszeit so oft verleideten. Ach, was soll's, dachte er und summte ein paar Takte von ‹Teen Angel› mit – heute war ein strahlender Frühlingstag, und er würde ihn solange wie möglich genießen. Aber er mußte sich überlegen, was er Bernard Allens Schwester sagen wollte.

Er zündete sich eine Zigarette an und bog auf die durch eine Reihe von Tunneln geführte Ringstraße ein, die die Innenstadt von Leeds umschloß. In unregelmäßigen Abständen entließ sie die Autofahrer für kurze Momente ins Freie, und Banks nahm im Vorüberfahren Kirchtürme, Hochhausblocks und endlos scheinende Straßenzüge mit dunklen Reihenhäusern wahr. Die Luft war immer noch warm, aber die Sonne ließ sich hinter dem grauen Dunstschleier nurmehr als verschwommene weißlichgelbe Scheibe sehen.

Er verließ die Ringstraße, gelangte in Höhe der Hauptpost auf die Wellington Road, passierte erst die Brücke über den Aire und gleich darauf eine zweite über den Leeds-Liverpool-Kanal. In den vergangenen Jahren sollten in der Gegend einige Investitionen getätigt worden sein, und tatsächlich entdeckte er am Flußufer vertäut zwei rot-gold angestrichene Flußkähne. Doch sonst bot sich ihm das gewohnte Bild von Öde und Vernachlässigung. Der Kanal war trübe und schmutzig, seine Ufer waren unkrautüberwuchert und von Abfällen bedeckt.

Die riesigen Lagerhäuser, deren roter Backstein in hundert oder noch mehr Jahren durch Industrieabgase schwarz geworden war, standen noch, doch durch die undichten Dächer drang der Regen, und der Wind pfiff ungehindert in die leeren Fensterhöhlen. So hatte es auch an der Themse ausgesehen, ehe man begonnen hatte, die alten Werften und Lagerhäuser, das ganze dem Verfall preisgegebene Hafenlabyrinth, teils abzureißen, teils umzubauen und neuen Raum zu schaffen für Luxusappartements, großzügige Künstlerateliers und elegante Büros. Doch Leeds war nicht London und lag zudem im wirtschaftlich schwachen und, wie es schien, ohnehin schon beinahe abgeschriebenen Norden des Landes, so daß der Erholungsprozeß hier sehr viel länger dauern würde, wenn er denn überhaupt je richtig einsetzte.

Er wechselte geschickt zwischen den Spuren, passierte einen Kreisverkehr und kam schließlich auf die Armley Road. Kurz hinter der Einmündung der Town Street, dort, wo die Straße nach rechts abbog und vorbei an einem Park weiter nach Bramley und Stanningley führte, wandte er sich nach links in die Crab Lane, eine schmale, gewundene Einbahnstraße, die in eine kleine, etwas schäbige Wohnsiedlung führte. Er parkte den Wagen vor einer Bücherei.

Das Haus von Esther Haines war leicht zu finden. Die blaue Eingangstür sah aus wie frisch gestrichen, im schmalen Vorgarten lag ein umgestürztes Plastikdreirad, grün mit dicken gelben Rädern.

Banks drückte auf die Klingel, und kurz darauf erschien eine junge Frau an der Tür. Sie war vielleicht Ende Zwanzig, doch sie wirkte müde und verbraucht. Dem Lärm nach zu urteilen, der bis an die Tür drang, hatte sie kleine Kinder, das mochte ihre Erschöpfung erklären. Sie sah ihn mißtrauisch an, und er zeigte ihr seinen Dienstausweis. Im ersten Moment schien sie nicht zu begreifen, dann wurde sie blaß und bat ihn herein. In Siedlungen wie dieser, dachte Banks, waren die Bewohner bei dem Besuch eines Polizisten gleich auf schlechte Nachrichten gefaßt. Er spürte, wie sich sein Magen zusammenzog.

Im Wohnzimmer lagen überall Spielsachen herum. Mrs. Haines hatte sich gleich hingesetzt, aber nur so eben, auf die Sofakante, die Hände hielt sie im Schoß gefaltet. Aus der Küche trat ein dunkelhaariger Mann, den sie Banks als Les vorstellte, ihren Ehemann. Er war in Unterhemd und Trainingshosen, auf seinem rechten Oberarm hatte er einen Schmetterling eintätowiert.

«Wir wollten gerade essen», sagte Esther Haines. «Les arbeitet Nachtschicht. Er ist in der Hefefabrik.»

«Genau!» sagte ihr Mann, zog sich einen Stuhl heran und streckte angriffslustig den Kopf vor. «Also, worum geht's?»

Ein kleines Kind mit blassem Gesicht, den Mund marmeladenverschmiert, krabbelte hinter der angelehnten Küchentür hervor ins Zimmer, blieb dann aber, als ob es die angespannte Stimmung spürte, in der Ecke hocken und begann, an seinem kleinen flauschigen Stoffhund herumzureißen.

«Es tut mir leid», begann Banks, «ich fürchte, ich muß Ihnen eine traurige Mitteilung machen...»

Esther Haines reagierte wie die meisten Menschen, die sich aus heiterem Himmel mit einer Todesnachricht konfrontiert sehen: Sie war zuerst ungläubig, dann fassungslos und abwehrend, am Ende nur noch wie betäubt. Banks war froh, daß sich Les Haines wie in einem Reflex gleich eine Zigarette ansteckte, das erlaubte ihm selbst auch zu rauchen. Esther schluchzte, ein Taschentuch vors Gesicht gepreßt, leise vor sich hin. Ihr Mann schien ratlos, was zu tun sei, schließlich stand er auf und ging in die Küche. Das Kind nahm er mit. Banks hörte, wie ein Wasserkessel gefüllt und auf die Gasflamme gesetzt wurde.

Nach einer Weile kam Haines wieder herein und stellte schweigend eine Kanne Tee und zwei Tassen auf den Tisch. Esther hatte zu weinen aufgehört und saß mit gesenktem Kopf abwartend da.

Banks beugte sich vor und sagte leise: «Ich muß Ihnen leider ein paar Fragen stellen, Mrs. Haines.»

Sie nickte. «Sind Sie denn ganz sicher?» fragte sie. «Ist es wirklich unser Bernie?»

«So sicher, wie man in solchen Fällen sein kann», antwortete er ausweichend. Er wollte es nach Möglichkeit vermeiden, ihr den Zustand der Leiche zu beschreiben. Das hätte sie nur noch mehr belastet. «Ihre Antworten werden uns da bestimmt ein gutes Stück weiterhelfen. Wann haben Sie Ihren Bruder zuletzt gesehen?»

«Vor etwas mehr als zwei Wochen, glaube ich. Er hat ein paar Tage bei uns gewohnt.»

«Können Sie sich noch erinnern, wann genau er wieder abgereist ist? Das wäre sehr wichtig.»

Les Haines stand auf, ging zu einem Wandkalender, der Fotografien kanadischer Landschaften zeigte, und fuhr mit dem Zeigefinger bedächtig eine Reihe von Kästchen nach, die für die einzelnen Tage standen. «Am dreizehnten», sagte er schließlich und blickte zu Esther hinüber. «Weißt du nicht mehr, da ist er doch morgens noch beim Zahnarzt gewesen, weil er eine neue Füllung brauchte.»

Mrs. Haines nickte. «Ja, stimmt», sagte sie leise.

«Und nachdem er beim Zahnarzt war, ist er gleich aufgebrochen?» wollte Banks wissen.

«Ja», sagte Les. «Seine Sachen hatte er schon vorher gepackt, er konnte sofort los. Er wollte in die Dales, und sein Zug ging kurz vor Mittag, ich glaube, er hatte sich eine Verbindung über Settle ausgesucht. Gegen elf mußte er hier weg.»

«Und das war also das letzte Mal, daß Sie ihn gesehen haben – am dreizehnten Mai gegen elf Uhr vormittags?» fragte Banks zur Sicherheit noch einmal nach.

Beide nickten.

«Wissen Sie, ob er dort in den Dales in einen bestimmten Ort wollte?»

«Ja, natürlich», sagte Esther. «Er wollte wieder einmal zurück nach Swainshead.»

«Wieso zurück?» fragte Banks verblüfft. «Soll das heißen, er war früher schon einmal da?»

«Ja, sicher», sie lächelte traurig, «er ist doch in Swainshead aufgewachsen. Unsere Familie stammt von dort.» In diesem Augenblick erinnerte sich Banks plötzlich wieder, daß er den Namen Allen nicht erst von Passmore gehört hatte. Nicholas Collier hatte ihn genannt, als er Gristhorpe und ihm jenen fast zugewachsenen Weg zum Fell hinauf gezeigt hatte, den Weg, der zu einem inzwischen verfallenen Farmhaus führte, das früher einmal verpachtet gewesen war – an einen Mann namens Archie Allen.

«Heißt Ihr Vater vielleicht Archie Allen?» fragte er.

Sie sah ihn erstaunt an und nickte.

«Und Ihre Familie lebte auf einer kleinen Farm oben auf dem Fell?»

Sie nickte wieder.

«Bis die große Pleite kam», warf Les Haines ungefragt dazwischen.

«Kommen Sie auch aus der Gegend?» erkundigte sich Banks.

«Ich? Nein, um Himmels willen. Ich bin in Leeds geboren und großgeworden.»

«Wann wurde der Hof aufgegeben, Mrs. Haines?» fragte Banks so behutsam wie möglich, weil er sah, daß Esther wieder angefangen hatte zu weinen.

«Vor zehn Jahren», sagte sie schluchzend.

«Und Sie und Ihre Familie zogen dann hierher nach Armley?»

Sie nickte. «Ja, in das Viertel an der Tong Road. Das ist gleich um die Ecke. Eine Arbeitersiedlung. Vater hatte eine Stelle gefunden bei Blakey, das ist die große Gießerei. Ein paar Jahre später, als er in Rente ging, sind er und Mutter dann nach Melbourne gezogen zu meinem Bruder Denny... O Gott, wie soll ich es ihnen bloß beibringen?»

Ihr Mann tätschelte ihr beruhigend den Arm. «Darüber mach dir mal jetzt keine Gedanken. Das hat ja noch etwas Zeit.»

«Soweit wir bisher herausgefunden haben, hatte Ihr Bruder Verbindungen nach Kanada, nach Toronto, um genau zu sein», sagte Banks, als er merkte, daß Esther allmählich wieder ruhiger wurde. «Können Sie uns dazu etwas sagen?»

Sie nickte. «Ja, er fand hier ja keine Arbeit. Dabei war er ein so kluger Mensch, unser Bernie. Er hat studiert und auch das Examen gemacht. Aber es gab keine Stellen. Deshalb ist er nach Kanada ausgewandert, das ist jetzt acht Jahre her.»

«Was für eine Arbeit hatte er in Toronto?»

«Er war Lehrer an einem College. Englischlehrer. Ich glaube, das Unterrichten hat ihm gefallen. Nächstes Jahr wollten wir rüberfahren und ihn besuchen.» Wieder stiegen ihr die Tränen in die Augen.

Banks zündete sich eine neue Zigarette an, während Esther sich die Nase putzte und die Tränen wegwischte.

«Können Sie mir seine Adresse dort geben?»

Sie nickte. «Les, sei doch mal so gut...» Ihr Mann stand auf, ging zu einem schmalen Tischchen gleich neben der Tür und holte ein kleines, schon sehr zerfleddertes Adressenbuch.

«Wie oft kam Ihr Bruder eigentlich nach England?» wollte Banks wissen, während er sich die Anschrift notierte.

«Sooft er konnte. Dies war jetzt sein dritter Besuch, aber davor war er vier Jahre nicht hier. Er war richtig krank vor Heimweh.»

«Und warum ist er dann drüben geblieben und nicht einfach zurückgekommen?»

Sie zuckte mit den Achseln. «Wegen des Geldes. Es gab doch hier keine Arbeit für ihn. Und es hätte auch in nächster Zukunft keine gegeben, nicht solange die Thatcher hier das Sagen hat.»

«Worüber hat er mit Ihnen gesprochen, während er hier war?» fragte Banks und sah Esther Haines an.

«Über das Übliche, familiäre Dinge vor allem.»

«Hat er dann vielleicht zu Ihnen etwas gesagt, das Ihnen aufgefallen ist, Mr. Haines? Hat er irgendeine ungewöhnliche Bemerkung fallenlassen?»

Haines schüttelte den Kopf. «Nein. Aber wir haben auch nicht viel miteinander geredet. Wir sind zu verschieden. Bernie liebte Bücher und hat unheimlich viel gelesen, während ich Lesen langweilig finde, das war schon in der Schule so. Einmal, fällt mir gerade ein, haben wir uns über Biersorten unterhalten. Und über die verschiedenen Trinkgewohnheiten drüben in Kanada und hier. Er hat mir erzählt, daß er in Toronto einen gemütlichen Pub entdeckt hätte, wo es John Smith und Tartan vom Faß gebe.»

«Mehr nicht?»

Haines schüttelte den Kopf. «Nein. Wie ich schon sagte, wir haben nicht sehr viel miteinander geredet.»

Banks wandte sich wieder zu Mrs. Haines. «Wie war denn so seine Stimmung? Erschien er Ihnen niedergedrückt oder vielleicht irgendwie beunruhigt?»

Sie dachte einen Moment nach. «Seine Ehe war vor einem Jahr geschieden worden», sagte sie schließlich, «und das hat ihm wohl noch ziemlich zu schaffen gemacht. Ich glaube, das war auch der

Grund für sein Heimweh. Aber daß er niedergedrückt gewesen wäre, kann ich eigentlich nicht sagen. Eher nachdenklich. Er machte sich anscheinend Hoffnungen, daß er vielleicht schon bald zurückkommen und wieder hier in England leben könnte.»

«Hat er gesagt, wo er dann arbeiten wollte?»

«Nein.»

«Aber wenn er seine Rückkehr ins Auge faßte, mußte er doch irgendeine Arbeit in Aussicht haben.»

Esther zuckte hilflos die Achseln. «Das weiß ich nicht. Darüber hat er nicht gesprochen. Er hat das mit seiner möglichen Rückkehr auch nur mal kurz angedeutet. Vielleicht war es einfach Wunschdenken, weil er sich drüben einsam fühlte, seitdem Barbara nicht mehr bei ihm war.»

«Barbara war seine Frau, nehme ich an?»

Sie nickte.

«Weswegen haben sich die beiden getrennt?»

«Sie hatte einen anderen Mann kennengelernt», sagte sie lapidar.

«Ist Ihr Bruder nach seiner Ankunft direkt zu Ihnen gekommen?»

«Nein.» Esther holte tief Luft und wischte sich ein paar Tränen aus den Augenwinkeln. «Er war zuerst eine Woche bei Freunden in London und Bristol. Alles in allem wollte er etwas mehr als einen Monat bleiben, morgen hätte er wieder zurückfliegen müssen...»

«Können Sie uns unter Umständen dabei helfen, zu diesen Freunden Verbindung herzustellen?» fragte Banks.

Sie schüttelte den Kopf. «Nein, es tut mir leid, aber ich habe keine Ahnung, wer das ist. Ich weiß nur, daß es Studienfreunde von Bernie waren.»

«Wo hat er denn studiert?»

«In York. Aber eigentlich müßten die Adressen, die Sie interessieren, doch in seinem Notizbuch stehen. Er hat immer eins dabeigehabt und alles Wichtige darin festgehalten, Anschriften, Telefonnummern, Verabredungen...»

Banks seufzte. «Leider haben wir sein Notizbuch nicht finden können. Aber wir werden die Namen schon irgendwie in Erfahrung bringen, denke ich.» Die Universität würde vermutlich in der Lage sein, ihnen Auskunft zu geben, wer mit Bernard Allen zur selben Zeit studiert hatte. «Hat er Ihnen gesagt, was er nach seinem Besuch in Swainshead vorhatte?»

«Er wollte noch rauf nach Edinburgh, zu jemandem, den er dort kannte, und anschließend dann von Prestwick aus zurückfliegen. Mit der Wardair ginge das, hat er mir erklärt – in London ankommen, und dann von irgendeinem anderen Flughafen aus zurückfliegen.»

«Sie wissen nicht zufällig, zu wem er da in Edinburgh wollte?»

Wieder schüttelte sie den Kopf.

«Fassen wir also zusammen», begann Banks, drückte seine Zigarette aus und griff nach der Teetasse. «Bernard fuhr hier am dreizehnten Mai ab, um ein paar Tage Wanderurlaub zu machen, und anschließend ...»

Mrs. Haines unterbrach ihn. «Nein, nein, das haben Sie falsch verstanden. Er ist nicht in erster Linie nach Swainshead gefahren, um dort zu wandern.»

«Aber wozu denn dann? Wollte er Kindheits- oder Jugenderinnerungen auffrischen?»

«Zum Teil schon, glaube ich», antwortete sie. «Aber vor allem wollte er Freunde besuchen.»

«Was für Freunde?»

«Sam und Katie Greenock. Sie haben eine Pension dort. Er sollte bei ihnen wohnen.»

Es kostete Banks einige Mühe, seine Überraschung zu verbergen. Betont ruhig erkundigte er sich, wie Bernard Sam und Katie denn kennengelernt hätte. Mrs. Haines hatte wieder angefangen, leise vor sich hin zu weinen, und es bedurfte einigen geduldigen Zuredens, ehe sie sich gefaßt hatte und zu erzählen begann.

«Sie haben sich hier in Armley getroffen, gleich nachdem wir damals hergekommen sind. Sams Eltern wohnten in der Siedlung gleich neben uns, und Sam und Katie hatten damals gerade geheiratet und lebten bei ihnen. Bernie hat den beiden immer vorgeschwärmt von Swainshead, und wie großartig die Landschaft dort wäre. Eines Tages ist Sam auf die Idee gekommen, daß er und Katie dort eine Pension aufmachen könnten. Und dann haben sie beide angefangen zu sparen, haben jeden Pfennig zweimal umgedreht, und irgendwann hatten sie es schließlich geschafft.»

«Hatte Ihr Bruder noch andere Freunde in Swainshead?»

«Inzwischen nicht mehr», sagte Esther Haines. «Alle, mit denen er während seiner Schulzeit und in der ersten Zeit danach noch befreundet war, sind längst weggegangen. Es gibt dort ja keine Arbeit.»

«Wie war denn das Verhältnis zwischen ihm und den jungen Colliers?»

«Na ja, sie haben sich gegrüßt und ab und zu ein paar Worte miteinander gewechselt, aber das war's auch schon, glaube ich. Das Land, das wir bewirtschafteten, gehörte ihrem Vater, wir waren mehr oder weniger von ihm abhängig, und das schafft einfach Abstand.»

Banks nickte. «Ja, vermutlich haben Sie recht. Hegte Ihre Familie eigentlich Groll gegenüber den Colliers, als Sie damals die Farm aufgeben mußten?»

«Groll?» Sie sah ihn erstaunt an. «Nein, warum? Es traf ja niemanden eine Schuld. Wir waren einfach nur sehr traurig. Das Land taugte zu nichts anderem als zur Schafhaltung, und als die Tiere plötzlich alle krank wurden und eingingen...»

«Wie hat der alte Mr. Collier sich denn damals Ihnen gegenüber verhalten?»

«Sie meinen Mister Walter?»

«Ja.»

«Wir haben ihm leid getan, glaube ich. Er hat auch noch versucht, uns zu helfen, aber es hatte keinen Zweck. Außerdem war er damals damit beschäftigt, seinen Grund und Boden an John Fletcher zu verkaufen. Er wollte mit der Landwirtschaft nichts mehr zu tun haben.»

«Welche Konsequenzen hatten denn diese Pläne für Sie und Ihre Familie?»

«Ich verstehe Ihre Frage nicht.»

«Ich meine, ob die Tatsache, daß Walter Collier die Landwirtschaft aufgab, irgendwelche Auswirkungen hatte für Ihre Familie. Berührte seine Entscheidung vielleicht den Pachtvertrag zwischen ihm und Ihrem Vater?»

«Ach so, darauf wollen Sie hinaus! Nein, nein. Mister Walter hatte Vater extra zugesagt, daß es in dem Kaufvertrag eine Klausel geben würde, daß wir auf der Farm bleiben könnten. John Fletcher war damit auch einverstanden. Vater und er sind immer gut miteinander ausgekommen.»

«Zwischen Ihrer Familie und den Colliers gab es also keine Verstimmung?» hakte Banks noch einmal nach.

«Nein, Verstimmung wäre das falsche Wort. Aber es herrschte auch keine große Sympathie. Ich jedenfalls konnte Stephen und Nicholas noch nie leiden.»

«Ach?»

Sie zerknüllte nervös ihr Taschentuch. «Na ja, ich fand eben, daß sie ziemlich eingebildete Schnösel waren, aber das habe ich ihnen natürlich nie gesagt. Außerdem haben die beiden ein sehr merkwürdiges Verhältnis zu Frauen. Stephen hält sich für geradezu unwiderstehlich, und Nicholas ist in meinen Augen einfach nicht ganz zurechnungsfähig.»

«Könnten Sie das etwas näher erläutern?»

«Haben Sie ihn schon mal getroffen?»

Banks nickte.

«Und da ist er Ihnen sicher ganz vernünftig vorgekommen, oder? Man merkt es nämlich eigentlich erst, wenn er getrunken hat. Dann führt er sich auf wie ein Kind, das dringend ins Bett gehört. Er ist aufgedreht und eigensinnig und klammert sich an jedem fest, der in seine Nähe kommt. Am schlimmsten ist er bei Frauen, da läßt er einfach nicht wieder los. Mir ist er auch mal so gekommen, aber ich habe ihm eine gründliche Abfuhr verpaßt. Die hat er bestimmt nicht so schnell vergessen.» Sie zog unbehaglich die Schultern hoch. «Was ich nicht verstehe, ist, wieso er an seiner Schule mit diesem Verhalten noch nie Anstoß erregt hat. Aber vielleicht sehen die ja einfach darüber hinweg.»

«Und Stephen?»

Esther zuckte die Achseln. «Nach außen hin ist er sehr höflich, er kann sogar richtig liebenswürdig sein, wenn er will. Auf jeden Fall hat er sehr viel bessere Umgangsformen als sein Bruder. Aber er ist unberechenbar.»

«Wie äußert sich das?»

«Nun, einen Tag ist er superfreundlich, und am nächsten tut er, als würde er einen nicht kennen. Aber jemandem wie ihm und seinesgleichen läßt man ein solches Verhalten eben durchgehen.»

«Wen meinen Sie mit seinesgleichen?»

«Na, die Reichen eben. Gewöhnliche Leute wie Sie und ich dagegen müssen sich doch immer an ganz bestimmte Regeln halten.»

Banks nickte. «Ja, da haben Sie wohl recht. Menschen mit sehr viel Geld gehorchen oft einem eigenen Verhaltenskodex», sagte er und überlegte, ob er sich jetzt gekränkt fühlen müsse, weil sie ihn zu den ‹gewöhnlichen Leuten› gerechnet hatte. Nein, entschied er, sie hatte ja recht. «Ist Stephen Ihnen auch einmal zu nahe getreten?»

Sie mußte beinahe lachen. «Stephen? Nein, nein. Er war zwar hinter den Mädchen her, aber er hat dabei immer die Form gewahrt, das muß man ihm lassen.»

Einige Augenblicke lang war sie so in Erinnerungen verloren gewesen, daß sie ihren Schmerz fast vergessen hatte, aber als jetzt alle plötzlich schwiegen, begann sie wieder zu weinen. Ihr Mann legte ihr tröstend den Arm um die Schulter. Aus der Küche drang auf einmal lautes Klirren, als sei ein Glas auf den Boden gefallen, und das Kind mit dem marmeladenverschmierten Mund kam laut heulend herbeigelaufen und vergrub sein Gesicht in Esther Haines' Schoß.

Banks stand auf. «Es tut mir leid, daß ich Ihnen eine so traurige Nachricht überbringen mußte. Aber Sie haben mir jetzt sehr geholfen, dafür möchte ich Ihnen danken.»

Esther nickte mit gesenktem Kopf und preßte sich das Taschentuch vor den Mund. Les Haines begleitete ihn zur Tür. «Was geschieht denn jetzt mit der... Sie wissen schon...»

«Mit seinen sterblichen Überresten?» fragte Banks.

«Ja.»

«Wir werden uns mit Ihnen in Verbindung setzen, machen Sie sich darüber keine Gedanken.»

In einem Zimmer im Stockwerk über ihnen begann ein Baby zu schreien.

Draußen sah sich Banks nach einer Telefonzelle um, weil er seiner Frau Bescheid sagen wollte, wann sie mit ihm rechnen könne. Sein Vorhaben erwies sich jedoch als ungeahnt schwierig. Die ersten drei Zellen, die er betrat, waren verwüstet und außer Betrieb, und er mußte fast zehn Minuten fahren, ehe er endlich einen intakten Apparat fand.

Auf dem Rückweg fuhr er durch Harrogate und Ripon und legte eine Kassette mit «North Country Sketches» von Delius ein, die genau zu seiner etwas gedeckten Stimmung paßte. In Gedanken versuchte er, die unterschiedlichen Informationen, die er im Laufe des Tages erhalten hatte, in einen geschlossenen Zusammenhang zu bringen. Und wie immer er das Ganze drehte und wendete, die Spur führte zurück nach Swainshead zu den Greenocks, den Colliers und zu John Fletcher.

Kapitel fünf

I

Nur das leise Glucksen des Baches hinter dem Haus war zu hören und von ferne der Schrei eines Brachvogels.

In die Stille hinein sagte Sam Greenock mit gepreßter Stimme: «Bernie tot? Das kann nicht sein, Sie müssen sich irren!»

«Leider nicht», sagte Banks. Es war das zweite Mal innerhalb von vierundzwanzig Stunden, daß er die Nachricht von Bernard Allens Tod zu überbringen hatte, doch heute war es ihm leichter gefallen als gestern bei Esther Haines. Die Ermittlungen waren endlich in Gang gekommen, und Sam Greenocks echter oder gespielter Schrecken berührte ihn nur wenig. Sie saßen im Wohnzimmer, das im rückwärtigen Teil des Hauses lag: die Greenocks, Banks und Hatchley, der mitgekommen war, um die Aussagen schriftlich festzuhalten. Katie Greenock vermittelte den Eindruck, als ginge sie das Ganze nichts an. Sie starrte abwechselnd aus dem Fenster und auf das große Holzkreuz auf dem Kaminsims und hatte bisher mit keiner Geste und keinem Wort zu erkennen gegeben, daß Banks' Mitteilung sie erreicht hatte.

«Allen hat hier bei Ihnen gewohnt, das ist doch richtig?» fragte der Chief Inspector und blickte zu Sam hinüber.

Sam nickte. «Ja.»

«Warum stand dann sein Name nicht in Ihrem Gästebuch? Unsere Beamten haben sämtliche Pensionen und Hotels hier in der Gegend überprüft, aber wenn die Listen nicht richtig geführt werden, können sie natürlich lange suchen.»

«Sie haben kein Recht, mir das vorzuwerfen, Inspector», antwortete Sam heftig, «er war doch nicht als Gast bei uns, sondern als Freund. Außerdem wissen Sie so gut wie ich, daß die Gästebücher nicht zwingend vorgeschrieben sind, im Grunde liegen sie doch nur aus, um den Leuten eine Möglichkeit zu geben, sich vor ihrer Abfahrt darin zu verewigen.»

«Aber der Beamte, der sich das Gästebuch hat zeigen lassen, hat doch bestimmt auch danach gefragt, ob in letzter Zeit bei Ihnen ein Kanadier abgestiegen sei, warum haben Sie da Bernard Allen nicht erwähnt?»

«Ihr Beamter hat nichts dergleichen gefragt. Er hat nur das Gästebuch durchgeblättert. Außerdem war Bernie in meinen Augen kein Kanadier. Ja, ich weiß, er hat drüben gelebt, aber das allein reicht ja wohl noch nicht, oder? Ich hab einen Freund, der seit einem Jahr für eine Ölgesellschaft in Saudi-Arabien arbeitet, aber trotzdem würde es mir nicht im Traum einfallen, ihn als Saudi zu bezeichnen.»

«Reden Sie keinen Unsinn, Greenock! Bernard Allen ist vor acht Jahren nach Kanada ausgewandert, und sein letzter Besuch hier liegt schon vier Jahre zurück. Insgesamt ist er überhaupt nur dreimal wieder in seiner alten Heimat gewesen.»

«Trotzdem...»

«Vielleicht hatten Sie ja einen triftigen Grund, uns über Allens Anwesenheit im unklaren zu lassen...»

«Nein, das stimmt nicht. Wie ich schon sagte...»

«Falls dem so wäre, könnten wir Sie belangen. Das Verschweigen von Informationen, die geeignet sind, zur Aufklärung einer Straftat beizutragen, ist strafbar. Dafür kriegen Sie, wenn Sie Pech haben, bis zu zwei Jahre.»

Sam beugte sich erregt vor. «Jetzt glauben Sie mir doch endlich! Der Beamte, der hier vorbeikam, hat mit keinem Wort erwähnt, wonach er gesucht hat.»

«Das läßt sich ja leicht überprüfen», sagte Banks.

«Nur zu, überprüfen Sie's! Dann kapieren Sie endlich, daß ich nicht lüge!»

An den Namen des betreffenden Beamten konnte Greenock sich nicht mehr erinnern, deshalb bat Banks den Sergeant, sich eine entsprechende Notiz zu machen. Es dürfte nicht allzu schwer sein, herauszufinden, wer die Greenocks aufgesucht und ob er ihnen Fragen gestellt hatte oder nicht, dachte Banks. Er traute Greenock einfach nicht über den Weg – so oder so.

«Wir werden das klären», sagte er, «aber jetzt zurück zum Thema. In welchem Zimmer hat Bernard Allen gewohnt, als er hier bei Ihnen war?»

Sam blickte zu Katie. Doch die starrte mit unbewegtem Gesicht an ihm vorbei aus dem Fenster, und er mußte sie erst anstoßen und die Frage wiederholen, ehe sie reagierte. «In Nummer fünf», sagte sie ausdruckslos.

«Wir müssen uns den Raum ansehen», erklärte Banks.

«Aber es ist doch schon fast zwei Wochen her, daß er dort gewohnt hat», rief Greenock. «In der Zwischenzeit haben eine Menge anderer Leute dort übernachtet. Fellowes zum Beispiel.»

«Wir werden uns trotzdem umsehen», sagte Banks bestimmt.

«Glauben Sie, daß er einen Zettel mit einer Nachricht hinterlassen hat? Vielleicht an die Unterseite seiner Nachttischschublade geklebt – das soll ja ein sehr beliebtes und bewährtes Versteck sein», fragte Greenock bissig.

«Sie lesen zu viele Spionageromane, Mr. Greenock. Aber ich an Ihrer Stelle würde mir diesen ironischen Ton lieber verkneifen. Sonst beginne ich mich womöglich zu fragen, ob Sie verhindern wollen, daß wir uns das Zimmer ansehen – und warum. Und da wir schon einmal dabei sind, offen miteinander zu reden: Bernard Allen ist ja nicht der erste, der ermordet wurde, nachdem er hier bei Ihnen übernachtet hat, nicht wahr?»

«Nun machen Sie aber mal halblang, Inspector, Sie wollen doch wohl nicht andeuten ...»

Banks hob gebieterisch die Hand. «Ich will gar nichts andeuten. Hoffen wir, daß es keinen dritten Toten gibt ...»

Sam legte den Kopf in die Hände und stöhnte auf. «Es tut mir leid», sagte er nach einer Weile, «wirklich, es tut mir leid. Diese Nachricht eben war ein Schock. Und jetzt die Fragen ...»

Banks nickte. «Versetzen Sie sich doch mal für einen Augenblick in meine Lage, Mr. Greenock», sagte er. «Bernard Allen wurde umgebracht, nachdem er Ihre Pension verlassen hatte. Der Mord dürfte jetzt so ungefähr zwei Wochen zurückliegen. In diesen zwei Wochen hat der Mörder reichlich Zeit gehabt, seine Spuren zu verwischen. Er hat England vielleicht gleich nach der Tat verlassen und sich, wo immer er zu Hause ist, ein Alibi besorgt. Ich brauche, um ihn zu stellen, Fakten, Fakten, Fakten – so viele wie möglich und so schnell wie möglich. Und dann stoße ich auf jemanden wie Sie, der sich alle Informationen einzeln aus der Nase ziehen läßt, möglicherweise sogar sein Wissen zurückhält und obendrein noch den Komiker spielt und sich über unsere Arbeit lustig macht.»

«Ich habe doch schon gesagt, daß es mir leid tut», beklagte sich Greenock. «Wie wär's, wenn Sie jetzt einen Schlußstrich zögen?»

«Einverstanden, dann machen wir jetzt weiter mit den Fragen. Wann ist Bernard Allen von hier aufgebrochen?»

«Vor ungefähr zwei Wochen, würde ich sagen», antwortete Greenock.

«Genauer bitte!»

«Katie, kannst du dich noch daran erinnern?»

Katie Greenock wandte ihm langsam den Blick zu, so als sei sie mit ihren Gedanken und Gefühlen ganz weit weg gewesen. «Ja?»

«Der Inspector möchte wissen, an welchem Tag genau Bernie von hier aufgebrochen ist.»

«Das war an einem Freitag», sagte sie, ohne zu zögern.

Hatchley blätterte in seinem Kalender. «Das müßte dann der siebzehnte gewesen sein. Freitag, der 17. Mai.»

«Und um welche Zeit?» wollte Banks wissen.

«Gleich nach dem Frühstück, so gegen halb zehn. Er sagte, er wolle nicht zu spät weg», antwortete Sam Greenock.

«Wohin wollte er?»

«Den Pennines-Wanderweg entlang hinauf ins Swaledale.»

«Wissen Sie, wo er vorhatte zu übernachten?»

Sam schüttelte den Kopf. «Nein, das wußte er selbst noch nicht. Er wollte sich unterwegs irgendwo etwas suchen. Es gibt in der Gegend genügend Unterkünfte, das wäre kein Problem gewesen.»

«Hat er Ihnen etwas davon gesagt, daß er einen Abstecher ins Hängetal machen wollte?»

«Nein. Aber es wundert mich nicht. Er hat mir immer davon erzählt, wie gern er als Junge dort oben gespielt hat.»

«Was haben Sie an dem Vormittag gemacht, nachdem Allen aufgebrochen war?»

«Ich werde nach Eastvale gefahren sein. Jeden Freitagmorgen erledige ich dort Einkäufe.»

«In welchen Geschäften waren Sie?»

«Was soll denn das? Ist das jetzt ein Verhör? Werde ich von Ihnen beschuldigt, meinen Freund umgebracht zu haben?»

«Beantworten Sie einfach meine Fragen, Mr. Greenock», sagte Banks scharf.

«Schon gut, Inspector, kein Grund...»

«Chief Inspector, wenn ich bitten darf.» Banks bestand gewöhnlich nicht auf seinem korrekten Rang, aber Greenocks Widerspenstigkeit reizte ihn.

«Schön, dann eben Chief Inspector. Also, in welchen Geschäften war ich . . . ? Richtig, bei Carter. Ein Gartenfachgeschäft. Ich habe Torfsoden, Dünger und Samen gekauft. Katie will hinten im Garten ein Gemüsebeet anlegen, das wird uns eine Menge Geld sparen.»

«Um welche Zeit waren Sie dort?»

«So gegen zehn Uhr, würde ich sagen.»

«Und waren Sie noch woanders?»

«Ja. Aber bei Carter werden sie sich am ehesten an mich erinnern, da kennen sie mich schon seit Jahren. Ich bin danach noch zu dem Zeitungshändler in der King Street gegangen und habe ein paar Zeitschriften geholt. Der Laden liegt direkt gegenüber . . .»

«Ich kenne das Geschäft», unterbrach ihn Banks.

«Vielleicht wissen die sogar auch noch, daß ich da war. Ich bin ein regelmäßiger Kunde.»

«Das werden wir ja feststellen. Was für ein Auto fahren Sie übrigens?»

«Einen Landrover. Er steht in der Garage.»

Banks wandte sich an Katie. «Und Sie, Mrs. Greenock, was haben Sie an jenem Freitagvormittag gemacht?»

«Ich? Ich habe die Zimmer aufgeräumt und saubergemacht – was sonst?»

Banks nickte. «Mr. Greenock, ich habe gehört, daß Sie und Bernard Allen sich vor ungefähr zehn Jahren in Leeds kennengelernt haben, ist das richtig?»

«Ja. In Armley. Wir haben in der großen Siedlung an der Tong Road gewohnt, und die Allens sind damals ins Nachbarhaus gezogen. Bernie und ich waren ungefähr im selben Alter, und wir haben uns gleich gut verstanden.»

«Was hat er damals gemacht?»

«Er steckte gerade im Examen. Er hat in York studiert, also ziemlich in der Nähe, und so konnte er jedes Wochenende nach Hause kommen. Samstags sind wir immer zusammen losgezogen, einen trinken.»

«Wie ist die Familie Allen mit den geänderten Verhältnissen zurechtgekommen?»

Sam zuckte die Achseln. «Sie haben so gut es ging versucht, sich hineinzufinden. In den ersten Monaten lief der alte Mister Allen wie betäubt herum, so als könne er das alles noch gar nicht fassen. Es muß ihn auch wirklich sehr hart angekommen sein, statt auf der Farm, wo er doch ziemlich sein eigener Herr war, plötzlich in einer Fabrik zu arbeiten. Ich denke, es hat vor allem seinen Stolz getroffen.»

«Hat er darüber gesprochen?»

«Nein. Aber man hat es ihm angesehen. Doch er war ein zäher alter Bursche, und irgendwie hat er es eben durchgestanden.»

«Und Bernard?»

«Na ja, der hat versucht, das Beste draus zu machen. Aber Sie wissen ja, wie das ist. Irgendwann hatte er dann zwar seinen Abschluß, aber er fand einfach keine passende Stelle. Er hat zu Hause bei seinen Eltern gewohnt und alle möglichen Jobs angenommen: Champignons pflücken, Aushilfe am Fließband, Fabrikhöfe fegen... Alles schlecht bezahlte, stumpfsinnige Arbeit.»

«Und deshalb hat er eines Tages beschlossen, nach Kanada auszuwandern?»

«Ja, so nach ungefähr einem Jahr. Er hatte einfach die Nase voll. Irgend jemand, der mit ihm zusammen studiert hatte, war schon früher rübergegangen und hatte ihm geschrieben, daß viele Colleges dort Lehrer suchten und er gute Chancen hätte, eingestellt zu werden. Und sie würden auch ganz anständig zahlen.»

«Wissen Sie zufällig, wie dieser ehemalige Studienkollege heißt?»

«Bob Morgan. Bernie kam sogar durch einen glücklichen Zufall am selben College unter wie er – am Toronto Community College.»

«Hatten Sie den Eindruck, daß Bernard trotzdem unter Heimweh litt?»

«Also zu Anfang bestimmt. Aber das ist ja auch nur natürlich, jeder hängt doch an dem Ort, wo er geboren und aufgewachsen ist, oder? Aber er hat sich wohl irgendwie durchgebissen. Und so allmählich hat er sich dann, glaube ich, eingewöhnt, hat Freunde gefunden und geheiratet. Die Ehe wurde allerdings vor einem Jahr geschieden.»

«Wie fühlte er sich denn, als er hier war, was würden Sie sagen?»

«Gut, glaube ich. Unternehmungslustig und vor allem froh, wieder einmal zu Hause zu sein.»

«Hat er davon gesprochen, daß er vorhabe, für immer zurückzukehren?»

Sam schüttelte energisch den Kopf. «Wie kommen Sie denn darauf? Da wäre er ja schön blöd gewesen. Er wußte doch genau, daß er hier keine Stelle finden würde.»

«Fassen wir also zusammen», sagte Banks. «Bernard Allen war in Ihren Augen guter Stimmung und unternehmungslustig und hat auch nichts davon gesagt, er sei krank vor Heimweh und plane zurückzukehren, ist das richtig?»

Greenock nickte. «Genau», sagte er im Brustton der Überzeugung.

Banks zündete sich eine Zigarette an, lehnte sich zurück und betrachtete verstohlen Katies Profil. Sie wirkte völlig in sich verschlossen, fern und entrückt, und nichts in Haltung und Miene verriet, was sie wohl denken mochte.

«Wie lange leben Sie und Ihre Frau eigentlich schon in Swainshead?» fragte er und wandte sich wieder Sam Greenock zu.

«Sechs Jahre.»

«Und – sind Sie zufrieden?»

Sam nickte. «Ich kann nicht klagen. Man kann hier keine großen Reichtümer erwerben, aber wir haben unser Auskommen. Und das Leben hier draußen in der Natur sagt uns zu.»

«Sehen Sie das auch so, Mrs. Greenock?»

Katie wandte verwirrt den Kopf um und schien sich einen Moment lang erinnern zu müssen, wer er war. «Ja», sagte sie schließlich, «es ist jedenfalls immer noch besser, als im *Queen's Hotel* Zimmer zu putzen.»

«Hatte Bernard außer Ihnen noch andere Freunde hier im Ort?»

«Nein, inzwischen nicht mehr. Die Jungen, mit denen zusammen er großgeworden ist, sind inzwischen alle weggezogen. Das ist ja ein Trend, der sich sogar immer noch verstärkt. Die jungen Leute kriegen im Fernsehen das gute Leben vorgeführt – schnelle Autos, teure Klamotten, na und da stehen sie schon in den Startlöchern, und wenn sie mit der Schule fertig sind, dann nichts wie weg, das große Geld machen. Glauben sie wenigstens. Danny, das ist Bernies Bruder, war auch einer von denen. Kaum hatte er die Schule hinter sich, weg war er. Jetzt lebt er schon seit Jahren in Australien.»

«Wie stand Bernard mit den jungen Colliers? Waren sie miteinander befreundet?» fragte Banks. Esther Haines hatte das Verhältnis zwischen Bernard und den beiden Brüdern zwar als eher distanziert beschrieben, aber möglicherweise war diese Einschätzung von ihrer negativen Einstellung gegenüber den beiden Männern beeinflußt gewesen.

Doch Greenock bestätigte Esthers Ansicht. «Nein», sagte er, «daß sie Freunde waren, kann man nicht sagen, eher Bekannte. Zwei-, dreimal haben wir im *White Rose* zufällig zusammengesessen, aber man merkte Bernie an, daß er sich in ihrer Gesellschaft unbehaglich fühlte. Na ja, die beiden waren ja auch mal so was ähnliches wie seine Pachtherren, da wußte er eben nicht so genau, wie er sich ihnen gegenüber jetzt benehmen sollte.»

Banks nickte. «Können Sie sich vorstellen, daß irgend jemand hier im Ort einen Grund gehabt haben könnte, Bernard umzubringen?»

«Ihn umzubringen? Nein, wirklich nicht», sagte Sam und schüttelte energisch den Kopf.

«Er hatte also keine Feinde hier?»

«Nein, nicht daß ich wüßte.»

«Und in Leeds?»

«Dort, soviel ich weiß, auch nicht. Aber ich halte es für möglich, daß ihm jemand aus Kanada hierher nachgereist ist. Kann doch gut sein, daß er dort jemandem auf die Füße getreten ist.»

Banks wandte sich zu Katie. «Mrs. Greenock, kennen Sie jemanden, der einen Grund gehabt haben könnte, Bernard Allen aus dem Weg zu schaffen?»

Katie zögerte einen Moment. «Nein», sagte sie dann, «ich glaube nicht. Er war ein umgänglicher und freundlicher Mann. Ich glaube nicht, daß ihm jemand etwas Böses antun wollte, warum auch?»

Banks verkniff sich zu bemerken, daß genau dies ja offenbar passiert war. Statt dessen fragte er: «Was hat er eigentlich bei sich gehabt, als er von hier aufbrach?»

«Was soll er denn bei sich gehabt haben?» fragte Sam Greenock überrascht. «Ach so, ich verstehe, Sie meinen seine Sachen, Kleidung und so.» Er dachte einen Augenblick nach. «Einen großen blauen Rucksack mit einigen Kleidungsstücken, Hemden, eine Hose zum Wechseln, einen Pullover und dann seinen Paß, etwas Geld und natürlich ein paar Bücher. Bernie hatte immer Bücher dabei.»

«Und was hat er angehabt, als er loszog?»

«Oh, darauf habe ich nicht geachtet. Weißt du das vielleicht, Katie?»

Sie schüttelte den Kopf. «Nicht genau. Aber es war ein warmer Tag, daran kann ich mich noch erinnern. Ich glaube, er hatte ein weißes Hemd an und irgendeine Stoffhose, jedenfalls keine Jeans. Nur unerfahrene Wanderer tragen Jeans.»

«Der Stoff ist nämlich zu schwer», erläuterte Sam ungefragt, «besonders wenn er naß wird und sich vollsaugt. Ich habe mich da etwas sachkundig gemacht, weil ich versuche, ein Auge darauf zu haben, daß unsere Gäste richtig ausgerüstet sind, bevor sie aufbrechen. Das gehört gewissermaßen zum Service. Ich lasse mir auch immer von ihnen sagen, welche Route sie nehmen wollen. Falls sie abends nicht zurück sind, kann ich dann sofort die Bergwacht informieren und der auch gleich sagen, wo sie suchen müssen.»

Banks nickte. «Sehr umsichtig, wirklich lobenswert. Haben Sie übrigens zur Zeit freie Zimmer?»

«Ich denke schon», sagte Sam vage.

«Sechs und acht», antwortete Katie.

«Gut, die nehmen wir.»

«Sie wollen hier übernachten?» fragte Sam überrascht.

Banks nickte. «Wir müssen hier in Swainshead noch eine Menge Fragen stellen», antwortete er, «und nach Eastvale sind es hin und zurück fast achtzig Kilometer. Also schlafen wir lieber hier. Wenigstens heute.»

«Das eine ist ein Einzel-, das andere ein Doppelzimmer», sagte Katie.

Banks lächelte ihr zu. «Das Einzelzimmer nimmt der Sergeant.» Die Entscheidung war unfair, das war Banks wohl bewußt. Hatchley war etliche Pfunde schwerer als er und dazu gut zehn Zentimeter größer, in einem Einzelbett würde er nicht viel Platz haben. Aber ab und zu sollte man auch mal die Privilegien eines höheren Ranges genießen dürfen, dachte Banks.

«Nun blicken Sie mal nicht so mürrisch drein, Sergeant», sagte er, während sie zum Wagen gingen, um ihre Reisetaschen zu holen. «Mein Zimmer ist vielleicht größer und das Bett breiter, aber vielleicht liegt es ja gleich neben dem Klo. Was halten Sie übrigens von Mrs. Greenock?»

«Na ja, ganz hübsch, wenn man diesen spillerigen Typ Frau mag», antwortete Hatchley. «Ich selbst habe es ja lieber, wenn sie etwas mehr auf den Rippen haben.»

«Ich hatte nicht gemeint, daß Sie ihr Aussehen bewerten sollen, sondern wollte Ihre Meinung hören über ihr Verhalten.»

«Na ja, hat nicht viel gesagt, oder? Schien irgendwie ein bißchen weggetreten. Glauben Sie, daß da etwas dahintersteckt?»

Banks nickte. «Ja. Ich habe deutlich den Eindruck, daß sie sehr viel mehr weiß, als sie uns gesagt hat.»

II

An diesem Tag saßen die Greenocks schweigend beim Mittagessen. Sam stand auf, kaum daß er fertig war, und rannte hinaus, während Katie, die nur abwesend auf ihrem Teller herumgestochert und so gut wie gar nichts zu sich genommen hatte, schon dabei war, das schmutzige Geschirr in die Spülmaschine zu räumen. Sie hatte noch einige Einkäufe zu erledigen und mußte sich dann um das Abendbrot kümmern, aber wenn sie sich beeilte, blieben ihr vielleicht ein paar Minuten Zeit, sich zu entspannen.

Während sie sich auf das Sofa legte und zum Fenster hinaus auf das unmittelbar hinter dem Garten steil ansteigende Swainshead Fell blickte, dachte sie zurück an die Tage mit Bernie: Wie er ihr jedesmal nach den Mahlzeiten geholfen hatte, die Tische abzuräumen; wie sie sich zusammen im Fernsehen das Cricketmatch angesehen und er ihr anschließend von Toronto erzählt hatte. Sie dachte an die vielen kleinen Geschenke, die er bei jedem Besuch mitgebracht hatte, ein Glas mit Akazienhonig und eine Kiste Zigarren oder eine Flasche Scotch für Sam, *Chanel Nr. 5* oder *Opium* für sie selbst. Und natürlich hatte er das alles in letzter Minute am Flughafen erstanden, so wie sie ihn kannte. Sie lächelte wehmütig. Sie hatte es nie übers Herz gebracht, ihm zu sagen, daß sie grundsätzlich nie Parfum benutzte und sie sich das einzige Mal, als sie der Versuchung nachgegeben und es doch ausprobiert hatte, wie eine Hure vorgekommen war. Dabei war es ein frischer und unschuldig riechender Duft gewesen, mit dem Namen *White Linen.* Doch kaum hatte sie sich ein paar Tropfen auf die Haut aufgetragen, hatte sie sie auch schon gleich schuldbewußt wieder weggewischt. Drei Flacons hatte er ihr mitgebracht, bei jedem Besuch einen, und alle drei lagen noch unberührt hinten in ihrer Wäscheschublade.

Ab und zu hatte Bernie ihr sogar bei der Gartenarbeit geholfen. Er war zwar nicht gerade der geborene Gärtner, mit Hacke und Pflanzkelle konnte er jedoch ganz geschickt umgehen. Aber das war ja im Grunde auch völlig egal gewesen, das für sie wirklich Wichtige war, daß sie Bernie gern um sich gehabt hatte, weil er immer freundlich und aufmerksam war. Doch unvermittelt begannen wieder dunkle Angstbilder in ihr aufzusteigen, und sie versuchte mit aller Macht an etwas anderes zu denken: an ein unendlich scheinendes Meer von goldenem Weizen, über das der Wind hinstrich, an das Klatschen der Wellen, die sich an der zerklüfteten Felsküste brachen, und an die dichten Redwood-Wälder landeinwärts, deren Bäume in den Himmel zu wachsen schienen. Bernie hatte ihr immerzu von Kanada erzählt und ihr alle die Orte geschildert, an denen er gewesen war. Gemeinsam hatten sie sich ausgemalt, wie es sein würde, einmal zusammen dort zu sein. Doch diese Hoffnung, das begriff sie nun allmählich, würde sich nie mehr erfüllen, denn Bernie war tot.

Fellowes' Worte kamen ihr in den Sinn. «So belebt, so fürchterlich belebt...» hatte er gemurmelt, als er noch einmal für einen Moment aus seinem Rausch aufgewacht war und nach ihrer Hand gegriffen hatte. Sie hatte nicht gewußt, was er meinte. Doch jetzt verstand sie, wovon er gesprochen hatte. Wenn Bernie zwei Wochen tot dort oben im Tal gelegen hatte, dann hatte er am Ende genauso ausgesehen wie der Schafskadaver, an dem sie letztes Jahr bei einer Wanderung auf Adam's Fell vorbeigekommen waren. Ihr schauderte bei der Vorstellung.

Den beiden Polizeibeamten war ihr Verhalten vorhin bestimmt merkwürdig vorgekommen, dachte sie. Aber sie hatte es nicht ändern können, die Nachricht von Bernies Tod hatte sie zu tief getroffen. Der schmale Dunkle, der so aussah, als sei er eigentlich ein paar Zentimeter zu klein für den Polizeidienst, würde bestimmt noch einmal mit ihr sprechen wollen, das war ihr klar. Wenn es ihr doch bloß gelänge, ihr Geheimnis zu bewahren! Sie spürte eine Welle von Angst. Wie so oft, meinte sie auch jetzt wieder die Stimme ihrer Großmutter zu hören: «Bei jedem Geheimnis, Mädchen, hat der Teufel seine Hand im Spiel. Gott liebt nur die mit reinem und offenem Herzen.» Sie stöhnte auf wie unter einer schweren Last. Trotzdem – sie würde alles daransetzen, nichts von dem zu verraten, was Bernie ihr anvertraut hatte. Sie hatte es ihm versprochen.

Ihr schien, es gab so viele Dinge, die man nicht umhin konnte zu tun, obwohl man damit gegen Gottes Gebote verstieß. War es überhaupt möglich zu leben, ohne zu sündigen? Sie selbst hatte manchmal das Gefühl, gar nicht mehr zu wissen, was nun eigentlich richtig war und was falsch; bisweilen hatte sie den Eindruck, als sei schon allein das Atemholen eine Sünde. Und mußte man nicht in der heutigen Welt sowieso immer wieder das, was Gott von einem forderte, hintansetzen, um überhaupt leben zu können? Es war unrecht, Geheimnisse zu haben und zu lügen, aber war es nicht auch unrecht, ein Versprechen zu brechen? Und wenn man das einmal getan hatte, aus einem ganz bestimmten Grund, war es dann nicht ein noch größeres Unrecht, es noch ein zweites Mal zu tun? Müde stand sie auf, sie mußte nach Lower Head zum Einkaufen. Fast war sie froh über die alltäglichen Pflichten, sie waren das einzig Sichere in ihrem Leben. Alles andere, ihre Hoffnungen und Träume hatten sich als Illusionen erwiesen, als Täuschungen, um derentwillen sie beinahe einen Verrat begangen hätte. Die einzige Möglichkeit für sie, zu leben, würde sein, fortan jede Hoffnung auf Freude und Glück fahren zu lassen. Sie verzog das Gesicht wie früher, wenn ihre Großmutter ihr zur Strafe den Mund mit Seife ausgewaschen hatte, und griff nach der Einkaufstasche. Es wurde Zeit, daß sie sich auf den Weg machte.

III

Nachdem Banks und Hatchley die Reisetaschen auf ihre Zimmer gebracht hatten, gingen sie über die Brücke, um auf der anderen Seite im *White Rose* Mittag zu essen. Die Gaststube war voll von Touristen, die offenbar die Neugierde hierher geführt hatte, von den Stammgästen dagegen war keiner zu sehen. Banks registrierte erleichtert, daß Freddie Metcalfe viel zu beschäftigt war, um ihn in ein Gespräch verwickeln zu können. Die beiden Männer bestellten warmen Pökelschinken mit Pommes frites und gingen, jeder mit einem Glas Bier in der Hand, zum Ecktisch hinüber. «Ich möchte, daß Sie sich nach dem Essen mit Richmond in Verbindung setzen», sagte Banks. «Er soll versuchen herauszubringen, ob irgendwer in Swainshead Verbindungen nach Kanada hat, insbesondere nach Toronto. Das klingt, als sei es eine Heidenarbeit, aber bestellen Sie ihm gleich, daß er zunächst bei den Leuten anfangen soll, mit denen wir bisher zu tun hatten, also den Greenocks, den Colliers und Fletcher. Außerdem», fügte er hinzu und senkte die Stimme, «kann es nicht schaden, auch einmal Metcalfe hier unter die Lupe zu nehmen. Und natürlich Fellowes.»

«Fellowes? Warum sollte der denn den Allen umgebracht haben? Der hat doch hier nur kurz Ferien gemacht, eigentlich stammt er aus Pontefract.»

«Das soll uns nicht kümmern. Wissen Sie noch, wie wir erst davon ausgegangen sind, der Tote sei Kanadier, und plötzlich erfahren wir, er ist in Swainshead geboren und aufgewachsen und dann nach Leeds gezogen. Apropos Leeds: Les Haines, den Schwager, sollten wir auch überprüfen. Ich will vor allem wissen, ob er in den letzten Wochen vielleicht zufällig einmal hier oben aufgetaucht ist. Richten Sie Richmond aus, daß er versuchen soll, über jeden der Verdächtigen soviel Hintergrundinformationen wie möglich zu besorgen. Der Super wird sicher bereit sein, ein paar Leute abzuordnen, die Richmond helfen können. Einer von ihnen soll dann gleich zu diesem Gartenbedarfsgeschäft gehen und ein anderer zu dem Zeitschriftenhändler, um festzustellen, ob Greenocks Angaben stimmen. Die beiden sollen sich bemühen, daß sie möglichst genaue Zeitangaben bekommen.»

«Denken Sie denn, daß Greenock lügt?» fragte Hatchley überrascht.

Banks zuckte die Achseln. «Weiß ich nicht. Vielleicht sagt er auch die Wahrheit. Aber genausogut kann er an dem Freitag die Hauptstraße hinuntergefahren sein, an einer versteckten Stelle seinen Wagen geparkt haben und dann von der anderen Seite her ins Hängetal hinaufgestiegen sein.»

Das kleine sommersprossige Mädchen brachte ihnen ihre dampfenden Teller, und sie begannen schweigend zu essen. Freddie Metcalfe begeisterte am Tresen eine Gruppe gespannt lauschender Gäste mit Anekdoten, die wohl den typischen Yorkshire-Humor dokumentieren sollten und vermutlich irgendwann im *Dalesman* gestanden hatten, und am Nebentisch unterhielten sich zwei Frauen in mittleren Jahren, die, ihrem Dialekt nach zu urteilen, aus Lancashire stammten, über Bier und seine Wirkung auf jüngere Männer. «Nach ein paar Glas halten sie sich für Superman und trauen sich einfach alles zu ...»

Als sie mit dem Essen fertig waren, schickte Banks den Sergeant los, um per Funk Richmond zu kontaktieren. Er selbst stellte sich noch einen Moment unter die Tür des Pubs und genoß die frische Luft. Heute war der erste Juni, und wieder strahlte die Sonne von einem wolkenlos blauen Himmel. Eine so lange Schönwetterperiode war selten hier, und womit die Dales sie verdient hatten, war unklar. Die Leistungen der Yorkshire-Kricketmannschaft konnten jedenfalls kaum der Grund sein, sie war in Somerset, wie Banks aus einem Transistorradio erfuhr, das gerade vorbeigetragen wurde, bei einem Spielstand von 74 : 6 offenbar gerade dabei, kräftig zu verlieren.

Banks hatte vor, an diesem Nachmittag mit den Colliers zu sprechen, doch zunächst kehrte er in die Pension zurück, um sein Hemd zu wechseln. Als er anschließend wieder herunterkam, sah er für einen flüchtigen Moment Katie Greenocks Gestalt im halbdunklen Flur, doch sie hatte ihn offenbar gehört und war schon im hinteren Teil des Hauses verschwunden, bevor er den Fuß der Treppe erreicht hatte. Er mußte unwillkürlich lächeln. Natürlich hätte er ihr folgen und sie an Ort und Stelle mit seinem Verdacht konfrontieren können, aber sollte sie doch ruhig noch ein wenig Maus spielen, die Katze würde sie, wenn sie dann müde war, nur um so leichter fangen.

An diesem Nachmittag hatte es viele Menschen hinaus ins Freie gezogen, und Banks sah, daß sich auf beiden Seiten des Swain Grüppchen von Leuten niedergelassen hatten. Unterhalb der Brücke hielten drei Kinder ernsthaft und geduldig ihre Kescher ins Wasser, wohl in der Hoffnung, Elritzen, Stichlinge oder Pillepoppen zu fangen, während ihre Eltern es sich weiter oben in Liegestühlen bequem gemacht hatten; Dad, den Kopf zum Schutz gegen die Sonne mit einem geknoteten Taschentuch bedeckt, war in die *Daily Mail* vertieft, während Mom, eifrig strickend, ab und zu einen kurzen Blick zu ihren Sprößlingen hinüberwarf, um festzustellen, ob sie auch alle drei noch da waren.

Die Dales zogen allmählich dasselbe Publikum an wie bestimmte Seebäder, dachte Banks, als er ein Stück flußabwärts nach Lower Head zu einer Gruppe Jugendlicher sah, alle wie uniformiert in den gleichen abgeschnittenen Jeanswesten, die auf dem Rücken in Tinte den Namen von Punkbands trugen. Zwei der jungen Leute – doch wohl ein Junge und ein Mädchen, oder? – wälzten sich engumschlungen auf dem Gras, während aus einem Kofferradio in voller Lautstärke monotone Rhythmen dröhnten. Wohl die meisten seiner Kollegen wären an seiner Stelle jetzt zu der Gruppe hinübergegangen, hätten gedroht, sie wegen Ruhestörung zu belangen, hätten sich nach Drogen umgesehen und sie schließlich unmißverständlich aufgefordert, sich zu trollen. Doch Banks hatte es sich ungeachtet seiner persönlichen Abneigung gegenüber dem Auftreten mancher Jugendlicher und vor allem ihrer Musik zur Regel gemacht, seine Machtbefugnisse als Polizeibeamter nicht dazu zu benutzen, in der Öffentlichkeit seine Vorstellungen und seinen Geschmack durchzusetzen. Schließlich waren die da unten alle noch sehr jung, was sie da taten, machte ihnen offenbar Spaß, und abgesehen von dem Lärm richteten sie ja auch weiter keinen Schaden an.

Banks warf einen Blick zu den alten Männern auf der Brücke, die die Musik allem Anschein nach gar nicht wahrnahmen. Sie schienen jeden Tag hier zu stehen, die Brücke würde ganz fremd wirken ohne sie, dachte er und nahm sich vor, sie möglichst bald einmal anzusprechen. Vielleicht hatten sie ja etwas beobachtet.

Hatchley saß schon im Wagen, und sie konnten gleich losfahren.

«Ist Ihnen eigentlich aufgefallen», fragte Banks, «daß Allen offensichtlich verschiedenen Leuten auch verschiedene Geschichten präsentiert hat? Einmal sagt er, daß er wieder zurückkommen wolle, das andere Mal erweckt er den Eindruck, daß er vorhabe, auf jeden Fall in Kanada zu bleiben.»

Hatchley kratzte sich nachdenklich am Kopf. «Vielleicht gibt es in Wahrheit nur eine Geschichte, und irgend jemand hier hat ein Interesse daran, uns eine etwas frisierte Version zu erzählen.»

Banks warf dem Sergeant einen anerkennenden Blick zu. Für gewöhnlich besaß Hatchley nicht besonders viel Phantasie und Vorstellungsvermögen, aber hin und wieder überraschte er dann doch durch kluge Schlußfolgerungen.

«Ein guter Gedanke», sagte Banks. «Ich bin mal gespannt, was für eine Variante uns die Colliers auftischen werden.»

Gristhorpe hatte recht, dachte er, als er vor dem Anwesen hielt, das Gebäude war wirklich ein besonders scheußliches Beispiel viktorianischer Architektur. Doch irgendwie besaß es auch einen gewissen bizarren Charme, man brauchte sich doch bloß einmal das verrückte Pflaster der Auffahrt anzusehen ... Die meisten Herrenhäuser in den Dales waren unter dem Gesichtspunkt der Zweckmäßigkeit gebaut, Repräsentation war zweitrangig. Diese Villa dagegen sollte den Betrachter beeindrucken. Der Urgroßvater mußte sie erbaut haben, und wie es aussah, hatte er von der Bedeutung seiner Familie eine hohe Meinung gehabt.

Banks drückte auf die Klingel gleich rechts neben der schweren eichenen Kassettentür. Stephen öffnete und runzelte unwillig die Stirn, als er die beiden Beamten erblickte, führte sie dann jedoch widerspruchslos durch einen breiten Korridor in ein Wohnzimmer an der Rückseite des Hauses. Eine große Glastür öffnete sich auf einen mit Bäumen und Blumenrabatten gesäumten Innenhof. In der Mitte der großen, gepflegten Rasenfläche befand sich ein kunstvoller steinerner Springbrunnen, auf dessen Rand sich elegante Delphine und pausbäkkige kleine Engel tummelten.

Der Raum selbst hob sich wohltuend ab von seiner überladenen Umgebung. Das nur leicht abgetönte Weiß der Wände vermittelte einen Eindruck von Helligkeit und Weite, in die sich ein paar ausgewählte hypermoderne schwedische Möbel aus Chrom und Glas sowie ein schmales helles Ledersofa harmonisch einfügten. Über dem lichtblau gekachelten Kamin hing ein abstraktes Gemälde, dessen kühne, fast aggressive Farbgebung Banks an die Bilder von Jackson Pollock erinnerte, die er sich auf Sandras Drängen in einer Londoner Galerie einmal angesehen hatte.

Stephen ging ihnen voran in den Innenhof und lud sie ein, in den Korbstühlen vor einem kleinen Tischchen Platz zu nehmen. Bestimmt erscheint gleich der Butler und serviert auf einem Silbertablett Margaritas oder Mint Juleps, dachte Banks. Doch er irrte sich, Collier schickte sich an, selbst für die Getränke zu sorgen. Da es sehr warm war, entschieden sich beide Männer dankbar für ein gekühltes Bier.

Ehe er ging, um die Flaschen zu holen, klopfte Stephen an eine zweite Glastür direkt neben seiner eigenen und bedeutete Nicholas, zu ihnen herauszukommen. Banks hätte es vorgezogen, mit jedem der Brüder einzeln zu reden, aber es machte beim gegenwärtigen Stand der Ermittlungen kaum einen Unterschied, und so erhob er keine Einwände. Stattdessen streckte er sich wie beiläufig, stand, als Nicholas aus seiner Tür trat, rasch auf, um ihm ein paar Schritte entgegenzugehen, und konnte so einen Moment lang einen Blick ins Innere des dahinterliegenden Raumes tun. Eichengetäfelt, mit hohen Bücherregalen und einigen dunklen Ölgemälden, vermutlich den Porträts irgendwelcher Vorfahren, wirkte er sehr viel düsterer als das Wohnzimmer von Stephen.

Nicholas lächelte sein gelbzähniges Pferdelächeln und reichte ihm zur Begrüßung die Hand. «Interessantes Ambiente», bemerkte Banks.

«Ja. Wir haben es einfach nicht fertiggebracht, uns von dem Haus zu trennen, obwohl es von außen ziemlich häßlich aussieht. Aber unsere Familie lebt hier seit Generationen. Der Himmel weiß, was meinen Ur-Urgroßvater geritten hat, eine solche Monstrosität hier hinzusetzen – vermutlich wollte er seinen Reichtum zur Schau stellen und die herausragende Stellung der Familie demonstrieren. Aber die Villa paßt wirklich überhaupt nicht in die Gegend.»

Ungeachtet der etwas abschätzigen Worte ließ Nicholas' Ton doch deutlich erkennen, wie stolz er auf dieses Anwesen und den Rang seiner Familie war.

«Sie wohnen hier also beide gemeinsam?» fragte Banks, zu Nicholas gewandt, nachdem sie beide Platz genommen hatten.

«Ja, aber sozusagen in getrennten Sphären. Wir haben das Haus in zwei Hälften geteilt. Zuerst dachten wir, daß es am praktischsten sei, wenn der eine ins Obergeschoß zöge und der andere die Parterreräume nähme, aber dann haben wir uns dafür entschieden, die Trennlinie vertikal zu ziehen. So haben wir jetzt im Grunde zwei komplette, voneinander getrennte Häuser. Stephen und ich haben einen sehr unterschiedlichen Geschmack, und unsere beiden Hälften bilden einen wirklich sehenswerten Kontrast. Sie müssen mal zu mir herüberkommen, dann führe ich Sie herum.»

Stephen kam mit dem Bier zurück. Leicht gebräunt und ganz in Weiß gekleidet, wie er war, hätte man ihn für einen Cricketspieler halten können, der gerade eine Pause einlegte. Nicholas dagegen, mit seiner leicht vornübergebeugten Haltung und der blassen Hautfarbe, ließ Banks an einen ältlichen Schiedsrichter denken. Es war schon kaum vorstellbar, daß diese beiden Männer Brüder waren, aber noch weniger, daß Stephen der ältere von beiden sein sollte.

Banks hielt jetzt den Augenblick für gekommen, den beiden ganz offiziell die Nachricht von Bernard Allens Tod mitzuteilen. Die Brüder reagierten mit einer Mischung aus Betroffenheit und Überraschung, doch zumindest letztere war sicher gespielt, denn sie waren bestimmt von Greenock umgehend in Kenntnis gesetzt worden. Banks lehnte sich etwas zurück und zündete sich eine Zigarette an. «Haben Sie und Allen sich eigentlich ab und zu getroffen, als er hier in Swainshead zu Besuch war?» fragte er beinahe im Plauderton.

Stephen zuckte die Achseln. «Wir sind ihm ein paarmal begegnet, wenn er mit Sam zusammen in den Pub kam, und dann haben wir uns natürlich auch miteinander unterhalten, aber wir haben uns nicht eigens mit ihm verabredet.»

«Und worüber haben Sie sich unterhalten?»

«Ach, so über dies und das, was man eben beim Bier so redet. Ab und zu haben wir von Kanada gesprochen, an welchen Orten wir schon waren, wo wir es am schönsten fanden, na und so weiter.»

«Sie waren also schon einmal in Kanada?»

Stephen nickte gleichmütig. «Ja, natürlich. Ich reise ziemlich viel, das bringt mein Beruf mit sich. Sie denken vermutlich, so ein kleiner Hersteller von Tiefkühlkost, der krepelt bestimmt nur hier in Nordengland herum, aber das stimmt nicht. Wir importieren Rohstoffe, und wir exportieren fertige Produkte, das ergibt ein ganzes Netz von Verbindungen nicht nur innerhalb von Europa, sondern auch bis hinüber nach Nordamerika; und so bin ich eben auch schon etliche Male geschäftlich drüben in Kanada gewesen.»

«In Toronto?»

«Nein, in Montreal.»

«Haben Sie Bernard Allen drüben getroffen?»

Stephen lächelte ironisch. «Ach, Chief Inspector, wissen Sie, Kanada ist ein ziemlich großes Land...»

Banks zwang sich zur Ruhe. «Hatten Sie den Eindruck, daß Allen während seines Besuchs hier über irgend etwas beunruhigt war?»

Stephen schüttelte den Kopf. «Ist mir nicht aufgefallen.»

«Dann vielleicht Ihnen?» fragte Banks, zu Nicholas gewandt.

«Nein, ich habe nichts dergleichen bemerkt. Aber ich habe mich auch, ehrlich gesagt, nicht besonders für sein Seelenleben interessiert, ich fand es nämlich immer ein bißchen anstrengend, mit ihm zu reden, ich spürte einfach sein Ressentiment.»

«Was meinen Sie damit?»

«Aber ich bitte Sie, Chief Inspector, muß ich das wirklich erklären?» sagte Nicholas, und ein anmaßendes kleines Lächeln spielte um seine Lippen. «Bernard Allens Vater bewirtschaftete sein ganzes Leben lang gepachtetes Land, und mein Vater war der Pachtgeber. Die ganzen Jahre sind sie finanziell gerade immer so eben über die Runden gekommen, und wenn sie oben auf der Farm aus dem Fenster gesehen haben, dann fiel ihr Blick, ob sie nun wollten oder nicht, auf dieses Haus hier. Da ist doch ganz klar, daß Bernard Allen sicher so manches Mal gedacht hat, wie ungerecht das doch sei: sie so arm, und wir so reich, besonders nachdem abzusehen war, daß sein Vater die Farm nicht würde halten können.»

«Ich habe Bernard Allen nicht gekannt», sagte Banks und pulte geduldig die Silberfolie vom Hals der Beck's-Bierflasche, weil er es nach Möglichkeit vermied, Bier aus dem Glas zu trinken, «aber es scheint, als könnten Sie mir einiges über ihn erzählen.»

«Na ja, also richtig gekannt habe ich ihn ja auch nicht, das will ich gar nicht behaupten, aber so viel habe ich doch immerhin mitbekommen, daß er ziemlich weit links stand, sehr weit links sogar, würde ich sagen. Alle Macht der Arbeiterklasse und so weiter...» Nicholas lächelte verächtlich, und seine Augen glänzten vor verhaltener Erregung.

«Wollen Sie damit andeuten, daß er Kommunist war?»

«Ob er nun tatsächlich der Partei angehörte, weiß ich nicht», sagte Nicholas in gelangweiltem Ton, «aber den Parolen nach zu urteilen, die er unentwegt ausgespuckt hat, würde ich es nicht ganz ausschließen.»

«War das auch Ihr Eindruck?» fragte Banks und sah Stephen an.

«Nur begrenzt. Mein Bruder übertreibt wieder einmal, er neigt generell dazu. Allen und wir vertraten politisch in der Regel unterschiedliche Ansichten, und Allens Meinungen waren sicher eher irgendwo links einzuordnen, das stimmt schon. Aber das kann man ihm schließlich nicht vorwerfen. Und er gebärdete sich weder als Eiferer, noch erschien er mir übertrieben dogmatisch.»

«Man kann also Ihrer Meinung nach nicht davon sprechen, daß er extreme politische Ansichten hatte?»

Stephen schüttelte den Kopf. «Es gab einen Grundtenor in allem, was er sagte, und der lautete, daß Thatcher und ihre Politik schuld daran seien, daß er das Land habe verlassen müssen. Und in gewisser Weise hat er damit ja sogar recht, die Konsolidierung der Wirtschaft ging ja tatsächlich einher mit Einsparungen im Bildungssystem und mit Arbeitsplatzabbau. Er wäre eben lieber hiergeblieben, und wer will es ihm da verübeln...»

«Er hat ständig nur gejammert», unterbrach ihn Nicholas. «Eigentlich war er nämlich der Ansicht, daß gefälligst der Staat für ihn zu sorgen habe und daß er selbst keinen Finger krumm zu machen brauche. Aber das wollen sie ja im Grunde alle, diese linken Spinner – egal ob Sozialisten oder Kommunisten.»

«Wie Sie sehen, Chief Inspector», sagte Stephen mit gequältem Lächeln, «ist mein Bruder jung und rückständig – eine eher seltene Kombination, würde ich denken. Ich hoffe nur, seine erklärte Abneigung gegenüber Allens politischen Ansichten konstituiert in Ihren Augen kein Mordmotiv.»

«Nein, natürlich nicht», erwiderte Banks. «Sie brauchen keine Sorge zu haben, daß ich aus Ihren Äußerungen voreilige Schlußfolgerungen ziehe. Ich bin Ihrem Bruder und Ihnen sehr dankbar für Ihre Offenheit, ich brauche nämlich so viele Informationen wie nur irgend möglich über den Toten. Und da würde mich jetzt vor allem interessieren, ob Sie irgendwann mal den Eindruck hatten, daß Bernard Allen Ihnen gegenüber seit damals Groll hegte.»

«Sie meinen, weil er uns dafür verantwortlich machte, daß sein Vater die Farm verlassen mußte?» Banks nickte.

«So einer wie der sucht immer die Schuld bei anderen, nur nicht bei sich selbst oder seiner Familie», fuhr Nicholas dazwischen.

Stephen sah ihn ärgerlich an. «Halt endlich den Mund, Nicky! Dein Benehmen ist ziemlich unpassend, finde ich.»

«Sie haben mir noch nicht geantwortet», sagte Banks. «Hatten Sie den Eindruck, daß er Ihnen grollte?»

«Wenn ja, dann habe ich es jedenfalls nicht bemerkt», antwortete Stephen. «Uns war ja auch wirklich kein Vorwurf zu machen. Vater ist zwar aus der Landwirtschaft ausgestiegen, aber das bedeutete nicht, daß Archie Allen die Farm hätte verlassen müssen. Er hätte bleiben können, solange er wollte, das war mit John Fletcher eigens vereinbart. Aber der karge Boden da oben hat eben nicht mehr genug abgeworfen. Die ökonomische Situation aller Landwirte hat sich in den letzten zwanzig Jahren drastisch verschlechtert, viele mußten da aufgeben, nicht nur Archie Allen. Falls Bernard wirklich uns die Schuld daran geben sollte, daß sie die Farm verlassen mußten, so wäre dieser Vorwurf höchst ungerecht und sehr unvernünftig. Deshalb glaube ich auch, ehrlich gesagt, nicht, daß Bernard so etwas gedacht hat, denn er schien mir immer ein ausgeglichener und sehr überlegter Mann zu sein. Ist Ihre Frage damit beantwortet?»

«Ja, vielen Dank», sagte Banks und sah zu Nicholas hinüber. «Ich habe gehört, Sie und Bernard Allens Schwester hätten sich gekannt?»

Nicholas streckte aggressiv den Kopf vor. «Wer hat so etwas behauptet?»

«Das spielt jetzt keine Rolle. Mich interessiert vor allem, ob es stimmt.»

«Aber unsere ganze Familie hat sie gekannt, wir alle», warf Stephen eilig ein, «ich meine, hier im Tal kennt doch sowieso jeder jeden.»

«Ich glaube, es ist besser, wir lassen Ihren Bruder antworten», sagte Banks, «ich habe den Eindruck, er hat sehr wohl verstanden, was ich meine.»

«Machen Sie sich nicht lächerlich», fauchte dieser wütend. «Wollen Sie etwa andeuten, daß ich mit dieser Pächterstochter etwas gehabt hätte?»

Banks nickte. «Nun, hatten Sie?»

«Selbstverständlich nicht!»

«Wieso selbstverständlich? Fanden Sie Esther Allen nicht attraktiv?»

«Das spielt in diesem Fall gar keine Rolle, sie kam einfach nicht für mich in Betracht.»

«Weil sie Ihnen gesellschaftlich nicht ebenbürtig war?»

Nicholas entblößte seine nikotinverfärbten Zähne zu einem unangenehmen Grinsen. «So könnte man es ausdrücken, ja.»

«Ach, dann haben Sie offenbar Ihre frühere Einstellung inzwischen geändert. Denn vor einigen Jahren hatten Sie doch, wie ich gehört habe, eine recht intensive Beziehung zu einem Dienstmädchen, das im Haus Ihrer Eltern arbeitete, oder bin ich da falsch informiert worden?»

«Sie gehen entschieden zu weit, Chief Inspector», rief Stephen Collier erregt, «ich sehe nicht, daß diese Fragen für die Klärung Ihres Falles irgendwie von Bedeutung wären. Ich darf Sie vielleicht daran erinnern, daß der Deputy Chief Constable ein guter Freund unserer Familie ist.»

«Das freut mich zu hören», sagte Banks unbeeindruckt; im Gegenteil, das deutliche Unbehagen der Brüder an diesem Punkt bereitete ihm eher eine gewisse Genugtuung. «Ich muß nur noch ein paar Punkte mit Ihnen klären, dann werden Sie mich los. Vor allem möchte ich eines wissen: Wann haben Sie beide Bernard Allen zum letztenmal gesehen?»

Nicholas schwieg, er spielte offenbar den Beleidigten. Stephen besann sich einen Moment und antwortete dann in beherrschtem Ton: «An seinem letzten Abend hier. Im *White Rose*. Es war ein Donnerstag, glaube ich. Ich habe ihm, soweit ich mich erinnere, vom Tan Hill im Swaledale erzählt.»

«Wollte er dorthin?»

Stephen zuckte die Achseln. «Es lag jedenfalls an seinem Weg.»

«Hat er Ihnen gegenüber an diesem Abend das Hängetal erwähnt?»

«Nein, daran kann ich mich nicht erinnern.»

«An dem Morgen, als er aufbrach, haben Sie ihn also nicht noch einmal gesehen?» fragte Banks.

Beide Colliers schüttelten den Kopf. «Ich bin gewöhnlich jeden Morgen schon lange vor neun in meinem Büro», sagte Stephen, «und Nicholas in Braughtmore.»

«Donnerstag abend war also das letzte Mal, daß Sie ihn gesehen haben», versicherte Banks sich noch einmal.

Beide nickten.

«Na schön. Würden Sie mir dann bitte sagen, wo John Fletcher wohnt?»

«Sie wollen zu John?» fragte Stephen. «Der lebt ein paar Kilometer nördlich von Swainshead auf einer Farm am Osthang des Fell. Sie können sie nicht verfehlen, es gibt keine anderen Häuser in der Gegend dort.»

«Dann werden wir uns jetzt von Ihnen verabschieden», sagte Banks, stand auf und bedeutete Hatchley durch eine Kopfbewegung, sich ihm anzuschließen.

Stephen ging ihnen voraus, und Nicholas folgte mit deutlich zur Schau getragenem Unwillen, er nahm offenbar noch immer übel. Kaum waren Banks und Hatchley draußen, hörten sie, wie die Brüder hinter der Tür anfingen, sich lautstark zu zanken.

Hatchley schnaufte verächtlich. «Blöde Wichser!»

«Sehr treffend bemerkt, Sergeant», sagte Banks, «aber ärgern Sie sich nicht zu sehr, wir haben eine Menge erfahren.»

«Und das wäre?»

«Nun, ich hatte mit keinem Wort erwähnt, um welche Zeit Allen von Swainshead aufgebrochen ist, warum also gab Stephen sich solche Mühe zu betonen, daß er und Nicholas spätestens ab neun Uhr jeder an seinem Arbeitsplatz war? Das klingt doch verdammt, als ob er gewußt hätte, daß Allen gegen halb zehn die Pension verlassen hat. Merkwürdig, finden Sie nicht?»

«Tja», sagte Hatchley bedächtig, «ich weiß nicht so recht. Vielleicht ist er auch einfach nur davon ausgegangen, daß Allen wohl kurz nach dem Frühstück aufbrechen würde, und hat sich die ungefähre Zeit ausgerechnet. Oder aber Allen hat am Abend vorher erwähnt, wann er los wollte.»

«Das wäre natürlich möglich», erwiderte Banks. «Im übrigen kann er die Zeit natürlich auch von Sam Greenock erfahren haben. Übrigens hat mich Nicholas' Reaktion, als ich vorhin Esther Haines erwähnte, doch ziemlich überrascht. Er ist ja richtig wütend geworden. Vielleicht war sie nicht ganz offen zu uns, und da war doch mehr zwischen ihnen.»

«Also ich fand, ehrlich gesagt, daß Sie ihn an diesem Punkt ein bißchen zu sehr unter Druck gesetzt haben», sagte Hatchley zögernd, «ich meine, weil doch der Super extra gesagt hat, daß wir bei ihnen behutsam vorgehen sollten. Die haben Einfluß.»

Banks zuckte die Achseln. «Na, und wenn schon. Unser eigentliches Problem, Sergeant, ist, daß diese ganze Angelegenheit hier so paradox ist.»

«Was meinen Sie denn damit?»

«Nun, nach dem, was wir bis jetzt wissen, wäre es durchaus vorstellbar, daß Nicholas Collier sich an Allens Schwester herangemacht hat oder aber daß Allen darüber verbittert war, daß seine Familie die Farm aufgeben und er selbst England verlassen mußte. Beides wäre unter Umständen durchaus ein Motiv für einen Mord. Aber eigentlich müßte dann Allen der Täter sein und nicht das Opfer. Schon merkwürdig, finden Sie nicht?»

«Na ja, wenn man's so sieht...» sagte Hatchley etwas verwirrt.

«Versuchen Sie doch mal, Richmond zu erreichen, und fragen Sie ihn, ob er schon etwas erfahren hat. Ich werde mich inzwischen mal mit den dreien da drüben unterhalten.»

Hatchley ging zum Wagen, während Banks auf die Brücke zuschritt. Die drei Alten, zwei von ihnen auf Stöcke gestützt, sahen ihm schweigend entgegen. Ihre faltigen, wettergegerbten Gesichter zeigten weder Unruhe noch Interesse, sondern nur einen unbeweglichen Gleichmut. Banks lehnte sich an die warme Mauer und stellte sich vor, dann erkundigte er sich, ob sie in den letzten Wochen auch schon immer gegen neun Uhr früh auf der Brücke gewesen seien.

Zunächst sprach keiner ein Wort, dann räusperte sich einer der drei, eine merkwürdig verwachsene Gestalt, als wolle er etwas sagen. In seiner dunkelbraunen Kleidung erinnerte er Banks an eine dürre, knorrige Wurzel, die sich aus dem Boden losgerissen hatte und auf Wanderschaft unter die Menschen gegangen war.

«Kann sein», antwortete er knapp.

«Kannten Sie Bernard Allen?»

«Archies Jungen? 'türlich!»

«Haben Sie ihn an dem Morgen, als er von hier aufbrach, gesehen?»

Der Wurzelmann schwieg, kniff die Augen zusammen und schien ganz in die Betrachtung von Adam's Fell versunken. Banks holte eine Schachtel Zigaretten aus der Tasche und reichte sie herum. Der Wurzelmann und der Alte neben ihm lehnten ab, der dritte, der sich vor allem durch eine bemerkenswerte blaurote Knollennase auszeichnete, griff dagegen zu und bedankte sich mit einem breiten, zahnlosen Lächeln. Mit einer geübten Bewegung schnipste er den Filter ab und schob sich das andere Ende befriedigt zwischen die Lippen.

Der Wurzelmann sah aus, als sei er inzwischen zu einer Entscheidung gekommen.

«Nun?» fragte Banks.

«Ja.»

«Von wo kam er?»

Die braune Gestalt wies wortlos auf die Pension der Greenocks.

«Ist er unterwegs irgendwo stehengeblieben?»

Der Wurzelmann schüttelte den Kopf.

«Wohin ging er?»

«Da rauf.» Der Alte wies mit seinem Stock auf den Fußpfad, der zum Swainshead Fell hinaufführte.

«Und das war das letzte Mal, daß Sie ihn gesehen haben?»

«Ja.»

«Was hat er angehabt?»

«Nee, junger Mann, also da fragen Se mich nu wirklich zuviel. Er hat 'n Rucksack getragen, das weiß ich noch. Und er war in Hemdsärmeln, trug kein Jackett, glaub ich.»

«Haben Sie bemerkt, daß ihm jemand nachgegangen ist?»

«Iss ihm keiner nachgegangen.»

«Könnte ihm denn jemand gefolgt sein, ohne daß Sie das gesehen hätten?»

«Schon. Gibt ja noch andere Wege da rauf.»

«Wir wissen, daß er zum Hängetal jenseits des Grats gewandert ist», sagte Banks. «Welche anderen Wege gibt es denn noch dorthin?»

«Zwei. Einer geht von der Hauptstraße ab, gut einen Kilometer hinter Rawley Force, und ein zweiter beginnt weiter oben im Tal.»

«Und wie konnte jemand wissen, wohin er wollte? Was meinen Sie?»

Der Alte schüttelte den Kopf. «Keine Ahnung. Aber das iss ja nu wohl wirklich Ihre Sache, das rauszukriegen, oder nich'?»

Banks nickte, der Alte hatte recht. Aber es würde keine ganz einfache Aufgabe sein, denn jedem, der ein Interesse daran hatte, wäre es ein leichtes gewesen, sich an einer den Blicken entzogenen Stelle zu postieren und zu beobachten, welche Richtung Allen einschlagen würde, um ihm dann von irgendeinem anderen Punkt aus nachzusteigen und den Weg abzuschneiden. Sam Greenock hatte außerdem sinngemäß gesagt, daß er nicht erstaunt sei, daß Allen einen Abstecher ins Hängetal gemacht habe; er hätte doch immer davon erzählt, wie gern er als Junge dort oben gespielt habe. Wenn Greenock das wußte, dann vielleicht auch andere Leute. Und einer von ihnen konnte an dem Morgen vor Allen aufgebrochen sein und ihn dort oben erwartet haben.

Banks seufzte. Ein Fall wurde immer, je mehr Informationen man bekam, zunächst verwirrender. Wie es aussah, würde man in Swainshead eine Haus-zu-Haus-Befragung durchführen müssen und sich bei allen, die einen freien Blick nach Osten hatten, erkundigen, ob sie an dem fraglichen Morgen etwas beobachtet hatten. Und außerdem sollte man versuchen herauszufinden, ob vielleicht irgend jemand an der Helmthorpe Road, dort, wo der zweite Weg nach oben abzweigte, früh an jenem siebzehnten Mai einen Wagen hatte parken sehen. Das Problem war nur, daß dieser Morgen inzwischen über zwei Wochen zurücklag und sich vermutlich niemand mehr erinnern würde.

Und das alles waren erst die naheliegenden Möglichkeiten. Jemand, der unbedingt wollte, hätte praktisch von allen Seiten her ins Hängetal gelangen können; und vielleicht war der Täter sogar schon am Abend vorher dort oben hinaufgestiegen und hatte dann die Nacht über auf Allen gewartet. Der entscheidende Schritt zur Aufklärung der Tat – wenn sie sie denn überhaupt aufklärten – würde also wohl nicht darin bestehen herauszufinden, wer die Möglichkeit, sondern wer ein Motiv gehabt hatte, Allen zu ermorden.

Banks nickte den drei Alten zum Abschied freundlich zu und schritt dann nachdenklich über die Brücke in Richtung auf die Pension.

Kapitel sechs

I

Hatchley hatte am nächsten Morgen schlechte Laune. Am Frühstückstisch beklagte er sich bei Banks über sein zu schmales Bett und darüber, daß das Geräusch der Wasserspülung im Klo gleich nebenan ihn die ganze Nacht über wach gehalten habe.

«Da war so ein Kerl, der ist alle fünf Minuten pissen gegangen. Und dann hat er auch noch jedesmal abgezogen, und diese verdammte Spülung hat immer mindestens zehn Minuten lang gerauscht, ehe sie sich wieder beruhigt hat.»

Banks hatte ganz im Gegensatz zu seinem Sergeant wunderbar geschlafen und unterließ es deshalb großzügig, Hatchley darauf aufmerksam zu machen, daß seine Rechnung nicht ganz stimmen könne. «Denken Sie nicht mehr daran», sagte er fast ein wenig mitleidig, «mit ein bißchen Glück können Sie heute abend wieder gemütlich in Ihrem eigenen Bett schlafen.»

«Nur wenn ich muß», grummelte Hatchley.

«Ah! Carol Ellis – habe ich recht?»

Hatchley nickte.

«Wie lange sind Sie jetzt eigentlich schon zusammen?»

«Mehr als anderthalb Jahre.»

«Na, dann läuten wohl bald die Hochzeitsglocken?»

Hatchley sagte nichts, aber er wurde über und über rot, und Banks nahm an, daß er mit seiner Vermutung ins Schwarze getroffen hatte.

«Wie auch immer», sagte er, «es tut mir leid, daß Sie gestern auf ihre angenehme Gesellschaft verzichten mußten, aber ich denke, daß wir beide heute hier fertig werden, es sei denn, Richmond hat noch irgend etwas ausgegraben.»

Hatchley hatte Richmond gestern noch per Funk gesprochen, doch der Detective Constable hatte keine wichtigen Neuigkeiten für sie gehabt. Sam Greenocks Alibi war fürs erste nicht angreifbar, er war tatsächlich an dem Freitag morgen im Gartenfachgeschäft und beim Zeitschriftenhändler gewesen, wie er angegeben hatte, doch hatte nicht geklärt werden können, um welche Zeit genau. Greenock kam somit als Täter immer noch in Frage.

Richmond hatte sich außerdem mit Police Constable Weaver unterhalten. Das war der Beamte, der bei den Greenocks gewesen war. Weaver gab an, daß er sich überall, so auch bei den Greenocks nicht nur das Gästebuch habe zeigen lassen, sondern jedesmal noch extra nach männlichen Gästen aus Kanada gefragt habe. In diesem Punkt hatte Greenock demnach anscheinend die Unwahrheit gesagt. Natürlich war theoretisch denkbar, daß Weaver log, um sich Ärger zu ersparen, aber Banks kannte ihn seit längerem als zuverlässigen Beamten und neigte deshalb dazu, ihm Glauben zu schenken.

Am Abend zuvor waren der Chief Inspector und Hatchley noch zu John Fletchers Farm hinausgefahren, aber er war nicht dagewesen. Auf dem Rückweg hatten sie sich im *White Rose* jeder ein Bier genehmigt und waren dann früh schlafen gegangen. Mrs. Greenock hatten sie nicht mehr zu Gesicht bekommen, sie verstand es offenbar sehr geschickt, ihnen aus dem Weg zu gehen.

Kaum hatte er zu essen begonnen, schien sich Hatchleys Stimmung schlagartig zu bessern. Katie bediente sie, und beinahe wären ihr die Teller aus der Hand geglitten, so eilig hatte sie es, sie hinzustellen und gleich wieder fortzukommen. Das Frühstück war gut und reichhaltig, der erste Gang bestand aus Corn-flakes mit Milch und dazu einem Glas Grapefruitsaft, danach kam sozusagen das Hauptgericht, zwei Spiegeleier auf dicken Scheiben Yorkshire-Schinken mit Cumberland Sauce, gegrillten Tomaten und Champignons sowie zwei Scheiben warmen Brots zum Auftitschen. Den Abschluß bildeten Orangenmarmelade und Toast. Der war tatsächlich noch heiß und knusprig und sorgte dafür, daß Hatchley auch den letzten Rest seines Grolls vergaß und mit sich und der Welt wieder in Einklang war.

«Was steht denn an, wenn wir den Besuch bei Fletcher hinter uns haben?» erkundigte er sich.

«Nun», sagte Banks, «wir müssen die einzelnen Aussagen zusammenhängend darstellen, aufschreiben, was wir sonst noch erfahren haben, und am Ende so eine Art Bilanz ziehen. Ich bin zum Mittagessen mit dem Super verabredet, meinetwegen können Sie den Rest des Tages freinehmen, wenn Sie dafür morgen früh gleich wieder da sind.»

Hatchley strahlte ihn an.

«Ich kann Sie bei sich zu Hause vorbeibringen», sagte Banks, «ich muß nämlich sowieso vorher noch nach Eastvale, um Sandra und die Kinder abzuholen.»

Sie tranken ihren Tee aus und überließen das Frühstückszimmer dem schweigsamen belgischen Ehepaar am Fenster und dem verliebten jungen Mann und seiner Freundin am Tisch hinten in der Ecke, die nur füreinander Augen zu haben schienen. Sam und Katie Greenock blieben unsichtbar.

Draußen auf der Brücke standen wieder die drei Alten, mit denen Banks sich gestern unterhalten hatte. Der Knorrige, der als Wortführer agiert hatte, nickte Banks, als er ihn sah, widerwillig zu.

Hatchley staunte. «Gewöhnlich dauert es mindestens zwei Generationen, bis die Einheimischen einem Fremden zu erkennen geben, daß sie wissen, wer er ist. Was haben Sie mit ihnen angestellt? Vielleicht mit 'nem Zehner nachgeholfen?»

Banks griente. «Nein, das muß an meinem südenglischen Charme liegen, Sergeant», sagte er, «oder der Alte hatte heute besonders gute Laune.»

Ungefähr drei Kilometer talaufwärts überquerten sie eine niedrige Brücke und folgten dann einem schmalen, unebenen Weg, der sich zum Fell hinaufwand. Fletchers Farmhaus war ein massiver, aus dunklen Quadern gefertigter Bau und wirkte so schroff und klobig, als sei er ein Brocken Urgestein aus diesem Boden. Gleich hinter dem Haus sahen sie eine Reihe Einzäunungen und Gräben, wo die Schafe geschoren und ins Desinfektionsbad getaucht wurden. Sie hatten Glück, diesmal war John Fletcher zu Hause.

«Es tut mir leid, daß Sie gestern umsonst gekommen sind», sagte er, als Banks erwähnte, daß sie heute das zweite Mal da seien. «Ich mußte geschäftlich nach Hawes. Aber kommen Sie doch bitte herein.»

Er ging ihnen voran ins Wohnzimmer, einen schmucklosen Raum mit kahlen, verputzten Wänden, der nur spärlich mit ein paar hohen Stühlen und einem schweren Holztisch möbliert war. Auf dem Tisch stand nichts als ein altes Radiogerät. Falls Fletcher vermögend war, so verwandte er das Geld jedenfalls nicht auf die Einrichtung seines Hauses. Zwei schmale Fenster gestatteten jedoch einen weiten Blick über das Tal. Mit einer solchen Aussicht, dachte Banks, konnte man wahrscheinlich auf so manches wie zum Beispiel Bilder an den Wänden und Fernsehen verzichten.

Während er sich weiter umsah, entdeckte er auf dem Kaminsims einen Messingrahmen mit dem Foto einer Frau. Er spürte Neugierde, weil es der einzige Gegenstand war, der in der männlich-kargen Ausstattung dieses Raumes auffiel; und als Fletcher in die Küche ging, um Tee zu kochen, sah er es sich genauer an. Die Frau auf dem Foto war auffallend schön und schien mit ihren sorgfältig gezupften Augenbrauen, dem langen rotbraunen Haar und dem strahlenden Lächeln ganz und gar nicht in die derbe, bäuerliche Welt dieses Mannes zu passen. Banks konnte sie sich an vielen Orten und bei mancherlei Gelegenheiten vorstellen: mit einem ausgefallenen Hut auf dem Kopf in Ascot, bei einem vornehmen Cocktail-Empfang oder einer eleganten Mode-Gala, aber nicht auf diesem gottverlassenen Berg an der Seite eines wortkargen untersetzten Farmers und Schafzüchters mit wettergegerbter Haut.

Als Fletcher wieder ins Zimmer trat, deutete Banks auf die Fotografie. «Darf ich fragen, wer das ist?»

«Meine Frau», antwortete Fletcher. «Aber seit zwei Jahren lebe ich allein hier oben.» In seinem Ton lag eine Kälte und Schärfe, die zu der abweisenden Atmosphäre paßte, die das Haus verströmte.

Eigentlich scheute Banks sich, die Frage auszusprechen, aber dann trieb ihn sein Interesse, es doch zu tun. «Ist Ihre Frau gestorben?»

Fletcher sah ihn kühl an. «Nein, sie ist nicht gestorben. Sie hat mich verlassen, wenn Sie es genau wissen wollen.»

Und du liebst sie noch immer, dachte Banks plötzlich voller Mitgefühl. Das also war es, was der Mann mit sich herumschleppte – unerwiderte Liebe.

«Wir sind wegen des Mordes an Bernard Allen hier», sagte Banks und nahm einen Schluck Tee. «Ich nehme an, Sie haben davon gehört.»

Fletcher nickte. «Armer Teufel.»

«Kannten Sie ihn gut?»

«Nein, das würde ich nicht sagen, aber wenn er von drüben hier zu Besuch war, ist er immer zwei, drei Abende im *White Rose* gewesen und hat dann bei uns am Tisch gesessen.»

«Und was war, bevor er nach Kanada ging?»

«Da sind wir uns nur selten begegnet, meistens bei Walter Collier. Ich hatte damals häufig mit Walter zu tun, und Archie Allen, der Vater von Bernard, war dann auch des öfteren da, er war ja Walters Pächter. Bernard begleitete seinen Vater manchmal.»

«Das Land, das Archie Allen als Pächter bewirtschaftete, wurde doch damals gerade an Sie verkauft. Was hatten Sie damit vor?»

Fletcher zuckte die Achseln. «Also, ich wollte sie jedenfalls auf keinen Fall von der Farm vertreiben, falls Sie das meinen. Es gab da ja auch extra einen Passus im Kaufvertrag, der Allen das Recht zusicherte zu bleiben, wenn er das wollte. Für mich war das kein Problem, ich war damit völlig einverstanden.»

«Aber Allen kam finanziell nicht über die Runden?»

Fletcher nickte. «Schafzucht ist ein hartes Geschäft, das habe ich Ihnen ja neulich schon mal erklärt. Archie Allen tat mir leid, aber ich wußte nicht, wie ich ihm hätte helfen können.»

«Sie lernten also Bernard durch seinen Vater kennen?»

«Ja. Er war gerade von zu Hause ausgezogen und hatte angefangen zu studieren. Sein Bruder war kurz vorher nach Australien ausgewandert, so daß nur noch die Schwester bei den Eltern auf der Farm lebte.»

«Esther?»

Fletcher nickte. «Haben Sie schon mit ihr gesprochen? Wie geht es ihr denn jetzt?»

«Ja, wir waren vor zwei Tagen bei ihr», sagte Banks. «Es geht ihr gut, glaube ich. Sie ist verheiratet und lebt in Leeds. Ist Ihnen übrigens mal etwas zu Ohren gekommen, daß Nicholas Collier versucht hätte, sich an sie heranzumachen?»

Fletcher überlegte einen Moment. «Nein, gehört habe ich nichts», sagte er dann, «aber zutrauen würde ich es Nicholas. Sie war ein ausgesprochen hübsches und lebhaftes junges Mädchen. Ich habe oft gedacht, daß vielleicht alles ganz anders gekommen wäre, wenn die beiden Brüder zu Hause geblieben wären, ich meine, wenn die Familie eben zusammengehalten hätte.»

«Sie meinen, daß Archie Allens Schwierigkeiten daher rührten, daß seine Söhne die Farm verließen?»

«Einige seiner Schwierigkeiten, ja, sicher nicht alle. Fremde Leute für sich arbeiten zu lassen kostet Geld. Wenn dagegen die Familie mit anpackt, hat man zwar ein paar Mäuler mehr zu stopfen, aber eben auch mehr Hände, die zugreifen.»

«Kannten Sie Bernard tatsächlich nur über seinen Vater, oder gab es vielleicht auch gemeinsame Bekannte? Sie und er müssen doch so ungefähr im gleichen Alter sein.»

«Nein, da täuschen Sie sich, Chief Inspector. Bernard Allen war etliche Jahre jünger als ich», er lächelte überraschend spitzbübisch, «ich bin nämlich ein gutes Stück älter, als ich aussehe. Und wie ich schon sagte, wir haben, wenn er zu Besuch war, ab und zu im *White Rose* gesessen, ein paar Biere miteinander getrunken und uns ein wenig unterhalten. Früher war meistens noch seine Freundin mit dabei.»

«Eine Freundin?» fragte Banks überrascht. «Und wer war das?»

«Die junge Frau, die dann vor ein paar Jahren plötzlich verschwunden ist. Sie hieß Anne Ralston.»

Banks spürte ein Kribbeln in der Magengrube. «Anne Ralston war Bernard Allens Freundin?»

Fletcher wiegte nachdenklich den Kopf. «Ja, aber eher im Sinn von Jugendfreundin. Sie kannten sich von Kindheit an, sind mehr oder weniger zusammen aufgewachsen und haben immer zusammengesteckt. Als Teenager waren sie, glaube ich, auch eine Zeitlang mal richtig ineinander verliebt. Aber ich hatte nicht den Eindruck, daß sie, als sie dann älter wurden, tatsächlich eine ernsthafte Beziehung miteinander hatten, sonst wäre es ja auch kaum vorstellbar, daß Bernard nach Kanada ging, ohne sie mitzunehmen. Aber sie haben sich gut verstanden, die beiden, das sah man, und waren sehr vertraut miteinander – aber eher so wie Bruder und Schwester.»

«Und nachdem Bernard weggegangen war, begann sie dann, sich mit Stephen Collier zu treffen?»

«Ja. Sie hatte irgendwann angefangen, bei *Collier Foods* als Sekretärin zu arbeiten. Und da hat sich dann offenbar ziemlich schnell etwas angebahnt... Stephen Collier hat ja eine ganze Menge Charme und weiß Frauen zu nehmen.»

«Hat Bernard Allen bei einem seiner Besuche später mal etwas dazu gesagt?»

«Also mir gegenüber nicht. Denken Sie, daß er vielleicht eifersüchtig war?»

«Könnte doch sein, oder?»

«Aber in *der* Geschichte hätte er der Täter und nicht das Opfer sein müssen», gab Fletcher zu bedenken.

Banks seufzte. «Sie haben recht, irgendwie scheinen bei diesem Fall die Dinge auf dem Kopf zu stehen. Ich will ganz offen sein, Mr. Fletcher. Wir haben bis jetzt noch nicht die leiseste Idee, warum Bernard Allen ermordet worden ist. Im Augenblick tue ich deshalb nichts anderes, als so viele Informationen wie nur irgend möglich zu sammeln. Ich weiß natürlich, daß das meiste, was ich höre, unwichtig ist, aber das ist nun einmal so und läßt sich auch nicht ändern. Man weiß immer erst nachher, was nun von Bedeutung war und was nicht. Aber vielleicht haben Sie ja eine Idee, warum irgend jemand in Swainshead Bernard Allen aus dem Weg haben wollte?»

Fletcher versuchte angestrengt nachzudenken und zog dabei die Stirn in Falten, so daß seine Augenbrauen eine durchgehende schwarze Linie bildeten. Doch schließlich schüttelte er den Kopf. «Nein», sagte er, «ich weiß es nicht. Mit dem Verlust der Farm damals kann es nichts zu tun haben, denke ich, zwischen den Allens und mir gab es keine Spannungen, und ich glaube, ihr Verhältnis zu den Colliers war auch in Ordnung, aber das kann ich natürlich nicht beschwören. Im übrigen wäre dann ja aber auch Bernard derjenige gewesen, der einen Groll hätte haben können, und dann hätte *er* wieder der Täter sein müssen, nicht das Opfer. Ich weiß, daß er sich manchmal einen Spaß daraus machte, die Colliers zu provozieren, indem er anfing, die Praxis der sogenannten kapitalistischen Ausbeutung anzuprangern, na, Sie verstehen schon. Besonders Nicholas wurde dann immer richtig wütend, aber daß sie ihn deswegen gleich ein für allemal hätten mundtot machen wollen, scheint mir doch eher unwahrscheinlich.»

«Was hatten Sie für einen Eindruck von Bernard Allen? Was für ein Mensch war er?» wollte Banks wissen.

«Ich mochte ihn», antwortete Fletcher. «Wie ich schon sagte, ich habe ihn nicht gut gekannt, und ich war auch politisch ganz und gar nicht seiner Meinung. Wenn er und Nicholas beide gleichzeitig mit am Tisch saßen, dann wußte ich schon immer im voraus, aus einem friedlichen Abend wird nichts; aber davon abgesehen, war Bernard ein intelligenter, nachdenklicher Mann – und er hing sehr an der Gegend hier. Er wußte, daß er zum Farmer nicht das Zeug hatte, das haben übrigens nur die wenigsten, aber er liebte den ‹Head›.»

«Wann haben Sie ihn zuletzt gesehen?»

«Am Abend vor seinem Aufbruch. Wir saßen alle zusammen im *White Rose*. Bernard war ziemlich trübsinniger Stimmung und hat immer wieder davon angefangen, wie gerne er zurückkommen würde. Er sagte, wenn er nur irgendeinen Job in der Gegend bekäme, selbst einen, der schlechter bezahlt wäre als seine jetzige Stelle, er wäre sofort wieder da. Und dann begann er auch noch, sich auszumalen, wie es wäre, wenn er regelmäßig jeden Monat von irgendwoher private Einnahmen hätte, und daß er dann endlich zurückkommen könnte. Für Nicholas war das natürlich das gefundene Fressen: ein Sozialist, der sich eine private Geldquelle wünscht. Sie können sich gar nicht vorstellen, wie er über den armen Bernard hergefallen ist.»

«Sind die beiden wirklich ernsthaft aneinandergeraten?» fragte Banks.

«Nein, ich hatte den Eindruck, daß sie ihren Streit auch durchaus genossen haben. Das einzige, was mich etwas bedenklich gestimmt hat, war, wie Bernard immer wieder zu seinem ursprünglichen Thema zurückgekehrt ist. Seine mögliche Rückkehr hierher schien fast so etwas wie eine fixe Idee bei ihm zu sein. Aber er hatte natürlich im Laufe des Abends auch ganz schön getrunken. Sam mußte ihn richtiggehend abschleppen, als sie aufbrachen. Tja, mehr kann ich Ihnen nun auch nicht sagen, Mr. Banks, so leid es mir tut. Ich selbst hätte keinen Grund gehabt, Bernard umzubringen, und die anderen, soweit ich das sehe, auch nicht. Das Motiv des Täters liegt für mich also genauso im dunkeln wie für Sie.»

«Hat Bernard mal über seine Scheidung gesprochen?»

«O ja, natürlich», sagte Fletcher. «Und ich kann ihm alles, was er dazu gesagt hat, wirklich tief nachfühlen.»

«Die Sache hat ihn also immer noch beschäftigt?»

«Ja, sicher. Seine Frau ist schließlich mit einem anderen Mann durchgebrannt, da geht man doch nicht einfach zur Tagesordnung über. Ich glaube, daß das auch der wesentliche Grund war, warum er wieder hierher zurückkommen wollte. Durch seine Ehe hatte er eine Bindung an Kanada, doch als ihn seine Frau dann verließ, wußte er auf einmal nicht mehr, was er dort eigentlich sollte.»

«Hat Mr. Allen eigentlich Ihre Frau gekannt?»

Fletchers Züge schienen zu versteinern. «Gekannt? Was wollen Sie damit andeuten? Etwa, daß die beiden ein Verhältnis miteinander hatten und ich in einem plötzlichen Anfall von Eifersucht auf Allen losgegangen bin?»

«Aber nein, ganz und gar nicht», sagte Banks in beruhigendem Ton, «ich versuche lediglich, das Beziehungsgeflecht zwischen den Leuten hier zu begreifen.»

Fletcher blickte weiter mißtrauisch, er schien nicht ganz überzeugt. «Sie haben sich gegrüßt, wenn sie sich begegnet sind», sagte er schließlich, «aber das war auch schon alles. Wenn Sie das unter ‹kennen› verstehen...»

«Wo ist Ihre Frau jetzt?»

Fletchers Blick wanderte unwillkürlich zum Foto auf dem Kamin. «In Paris», antwortete er mit einem leichten Zittern in der Stimme, das von Schmerz herrühren mochte oder auch von Zorn. «Zusammen mit diesem Kerl...» Er brach ab und verbarg das Gesicht in den Händen.

Banks hatte das Gefühl, ihm nicht noch mit weiteren Fragen zusetzen zu sollen. Er gab Hatchley einen Wink, und die beiden Beamten standen auf. «Es tut mir aufrichtig leid, Mr. Fletcher. Wenn ich bei Ihnen an eine Wunde gerührt haben sollte, so lag das nicht in meiner Absicht, glauben Sie mir, aber so eine Morduntersuchung...»

Fletcher stieß einen Seufzer aus und hob den Kopf. «Ja, ich weiß, Sie müssen solche Dinge fragen, das gehört zu Ihrem Beruf. Sie brauchen sich keine Sorgen zu machen, ich nehme Ihnen das nicht übel.» Er stand auf und streckte Banks seine breite, schwielige Hand entgegen.

Auf dem Weg zurück ins Tal hingen Banks und Hatchley ihren Gedanken nach. Banks war von Fletcher beeindruckt. Er schien ein Mann mit festen Überzeugungen zu sein, von großer Integrität und Entschiedenheit. Aber gerade ein Mann von seinem charakterlichen Zuschnitt konnte, wenn man ihn zu sehr reizte, zum Mörder werden. Jemand wie er, der die Dinge ernst nahm, geriet viel eher in Bedrängnis als ein leichtfertiger Mensch, der sich ohnehin für nichts verantwortlich fühlte. Er hielt Fletcher für ehrlich und war geneigt, ihm zu glauben, wenn er sagte, daß er keinen Grund gehabt habe, Bernard Allen umzubringen, aber er war jemand, dem eine heftige Reaktion durchaus zuzutrauen war, und das würde er bei seinen weiteren Ermittlungen im Auge behalten müssen.

«Die Farm liegt ideal, nicht?» sagte Hatchley und blickte sich, als sie über die Brücke fuhren, noch einmal um.

«Ja, schon», antwortete Banks, «aber mir wäre es dort oben ein bißchen zu einsam und unwirtlich.»

«Aber das habe ich doch gar nicht gemeint, Sir», sagte Hatchley und blickte ihn erstaunt an. «Mir ist nur aufgefallen, daß man von dort oben aus völlig unbeobachtet ins Hängetal gelangen kann.»

An einer Biegung kam ihnen Sam Greenocks Landrover entgegen, und Banks fuhr langsamer, um ihn vorbeizulassen. Sam winkte ihnen kurz zu, hielt aber nicht an.

«Ja, da haben Sie wirklich recht», sagte Banks mechanisch. «Ich würde übrigens gern noch mal bei den Greenocks reinschauen, bevor wir nach Eastvale zurückfahren. Sie können inzwischen versuchen, über Funk Richmond zu erreichen. Vielleicht hat er ja etwas herausgefunden.»

II

Katie zuckte erschrocken zusammen und wich unwillkürlich einen Schritt zurück, als sie Banks so unvermutet im Türrahmen stehen sah. Sie war gerade beim Saubermachen und hatte ihn nicht kommen hören.

«Keine Angst, Mrs. Greenock», sagte er in freundlichem Ton, um sie zu beruhigen, «es ist alles in Ordnung, ich tue Ihnen nichts. Ich möchte mich nur ein wenig mit Ihnen unterhalten.»

«Sam ist nicht da», antwortete sie und preßte das Staubtuch vor die Brust, wie um sich zu schützen.

«Ich weiß. Wir sind uns unterwegs begegnet. Aber ich will ja auch mit Ihnen sprechen. Sie haben es die ganze Zeit geschafft, so gut wie unsichtbar zu bleiben. Doch mit diesem Spiel muß jetzt Schluß sein. Was ist los? Wovor fürchten Sie sich?»

«Ich weiß nicht, wovon Sie sprechen», sagte sie mit tonloser Stimme.

Banks seufzte. «Doch, das wissen Sie sehr genau.» Er setzte sich demonstrativ auf die Bettkante. «Ich habe Zeit, ich werde warten, bis Sie sich entschlossen haben, endlich zu reden.»

Wie sie da am Fenster stand, so verzweifelt und voll unterdrückter

Panik, erinnerte sie Banks plötzlich an die Gestalt der Tess of the D'Urbervilles aus Hardys gleichnamigem Roman, so wie Nastassja Kinski sie in der Verfilmung verkörpert hatte. Katie glich der Schauspielerin schon rein physisch, vor allem aber hatte sie in Banks' Augen etwas vom Wesen der Tess, die von Hardy als eine junge Frau geschildert wird, die sich ihrer Schönheit und erotischen Ausstrahlung noch nicht bewußt ist und auch ihre Wirkung auf Männer nur erst ahnt. Sie ist nicht mehr völlig unschuldig wie ein Kind – aber doch noch fast, ihre eigene Sinnlichkeit ist ihr noch fremd. Banks beschloß, zu Hause noch einmal genau nachzulesen, wie Hardy seine Tess beschrieben hatte.

Katie hatte sich nicht von der Stelle gerührt und schwieg.

Banks nahm einen neuen Anlauf. «Sehen Sie, Mrs. Greenock, alles liegt ganz allein an Ihnen. Wir können *hier* miteinander reden – wir können aber auch zur Polizeistation in Eastvale fahren. Sie treffen die Entscheidung, mir ist beides recht.»

«Das dürfen Sie gar nicht», sagte sie beinahe trotzig, «es ist nicht erlaubt, jemanden einfach so mitzunehmen. Ich habe nichts Unrechtes getan, und ich muß noch eine Menge Arbeit erledigen.»

«Genau das muß ich auch. Sie halten Informationen zurück, Mrs. Greenock, die unter Umständen zur Aufklärung eines Mordes beitragen können. Das ist eine strafbare Handlung.»

«Das stimmt nicht», stieß sie leise hervor.

«Wie Sie meinen.» Banks stand betont langsam auf. «Dann fahren wir also zusammen nach Eastvale.»

Katie trat noch einen Schritt zurück, so daß sie jetzt direkt an der Wand stand. «Nein, bitte nicht! Wenn Sie mich mit nach Eastvale nehmen, dann wird Sam ...»

«Nun kommen Sie schon, Mrs. Greenock», sagte Banks in freundlicherem Ton, «sträuben Sie sich doch nicht so.» Er deutete auf einen Stuhl. «Jetzt setzen Sie sich erst einmal hin, und dann erzählen Sie mir alles.»

Katie ließ sich auf den Stuhl sinken und blickte vor sich auf den Boden. «Da gibt es nichts zu erzählen», murmelte sie.

«Vielleicht kann ich Ihnen ja den Anfang ein wenig leichter machen», sagte Banks. «Sie haben sich gestern, als der Sergeant und ich mit Ihnen und Ihrem Mann über den Tod von Bernard Allen sprachen, nun, sagen wir mal, etwas merkwürdig benommen, und das brachte mich auf die Vermutung, daß Sie und Bernard sich vielleicht, während er hier war, nähergekommen waren. Vermutlich denken Sie, das ginge nur Sie allein etwas an und außerdem hätten Sie mit seinem Tod gar nichts zu tun, aber das zu beurteilen müssen Sie schon mir überlassen, verstehen Sie?»

Katie sagte nichts, sie starrte nur blicklos vor sich hin.

«Sie kannten ihn schon ziemlich lange, nicht wahr?»

«Seit er damals nach Leeds kam. Wir haben gleich nebenan gewohnt», sagte sie kaum hörbar.

«Wir – das heißt, Sie und Sam?»

Sie nickte. «Ja, und Sams Eltern.»

«Und Ihre Eltern?»

«Sie sind gestorben, als ich noch sehr klein war. Ich bin bei meiner Großmutter aufgewachsen.» Sie senkte den Blick und begann, an dem Staubtuch herumzuzupfen, das sie immer noch in den Händen hielt.

«Sind Sie und Bernard abends mal miteinander ausgegangen?»

Sie blickte erschrocken hoch, als habe er sie bei einem Unrecht ertappt, und wurde über und über rot. «Wie können Sie so etwas fragen? Ich bin eine verheiratete Frau!»

Banks nickte. «Ich weiß. Aber irgend etwas war da zwischen Ihnen und Bernard. Warum wollen Sie es mir nicht sagen?»

«Weil es nichts zu sagen gibt», antwortete sie, und ihre Stimme klang erschöpft. «Bernard und ich waren Freunde, das ist alles.» Nervös knüllte sie das Staubtuch in ihrem Schoß zusammen. «Ich habe Durst.»

Banks stand auf und ließ ihr am Waschbecken ein Glas Wasser einlaufen. Er reichte es ihr hinüber.

«Waren Sie seine Geliebte, Katie?» fragte er. «Haben Sie mit Bernard Allen geschlafen, als er hier bei Ihnen wohnte?»

«Nein, habe ich nicht!» rief sie verzweifelt.

Banks sah, daß sie den Tränen nahe war. «Schon gut», er hob besänftigend die Hand. «Wahrscheinlich ist es sowieso nicht weiter wichtig, und außerdem glaube ich, daß Sie die Wahrheit sagen.» Letzteres stimmte nicht, aber er hatte oft die Erfahrung gemacht, daß es sich auszahlte, wenn er zunächst vorgab, einer Aussage Glauben zu schenken. Sein Gegenüber war dann fast immer sehr erleichtert und aus einer Art Dankbarkeit darüber plötzlich bereit, ihm die wesentlichen Dinge zu erzählen. Und Katie Greenock wußte etwas Wesentliches, da war er ziemlich sicher.

«Aber Sie haben ab und zu etwas Zeit miteinander verbracht, oder? Ich meine, er und Sie alleine, wie das bei Freunden so üblich ist.»

Katie nickte.

«Da haben Sie sich doch dann sicher unterhalten. Worum drehten sich Ihre Gespräche?»

Katie zuckte die Achseln. «Um nichts Bestimmtes. Um sein Leben, mein Leben. Um das Leben an sich.»

«Das ist mir ein bißchen zu allgemein, Mrs. Greenock. Könnten Sie nicht etwas genauer werden?»

Sie kaute nervös auf ihrer Unterlippe, und Banks spürte, daß sie kurz davor war zu reden. Er mußte jetzt sehr behutsam sein, damit er sie nicht wieder verschreckte.

«Sehen Sie, Mrs. Greenock, alles, was Sie wissen, könnte unter Umständen wichtig sein», sagte er. «Und wenn Bernard Ihr Freund war, dann wollen Sie doch sicher, daß sein Mörder ausfindig gemacht wird, oder?»

Katie blickte ihn überrascht an; dieser Gedanke war ihr offensichtlich bisher noch nicht gekommen. «Ja, natürlich», sagte sie. «Natürlich will ich das.»

«Dann helfen Sie mir also?»

Sie nickte zögernd. «Er hat viel über Kanada erzählt und besonders über das Leben in Toronto.»

«Und?» fragte er drängend.

«Es muß wunderbar sein dort – wunderbar und aufregend», sagte sie sehnsüchtig.

Am liebsten hätte er sie geschüttelt. Sie kam ihm vor wie ein verstocktes kleines Mädchen, dem man jedes Wort einzeln entlocken mußte. «Aber das war doch nicht alles, oder? Er hat Ihnen doch nicht nur vom Leben in Toronto vorgeschwärmt. Bestimmt hat er noch irgend etwas anderes gesagt, etwas Wichtiges, etwas, das Sie die ganze Zeit über vor mir zu verbergen suchen, das spüre ich doch.»

«Er hat es mir im Vertrauen erzählt», sagte sie plötzlich heftig. «Ich mußte ihm versprechen, niemandem sonst etwas davon zu sagen.»

«Aber Mrs. Greenock! Bernard lebt nicht mehr, man hat ihn ermordet. Sein Tod entbindet Sie von Ihrem Versprechen.»

«Das Leben endet nicht mit dem irdischen Tod.»

«Mag sein. Aber vielleicht kann das, was er Ihnen gesagt hat, uns helfen, seinen Mörder zu finden. Wollen Sie diese Chance einfach vertun?»

Er schwieg und sah, wie sie mit sich kämpfte. In raschem Wechsel zeichneten sich die verschiedensten Regungen auf ihrem Gesicht ab – Zweifel, Ratlosigkeit, zuletzt dann so etwas wie Entschlossenheit.

«Er hat Annie drüben wiedergetroffen», sagte sie. «Das war's, was ich keinem Menschen erzählen sollte. Annie lebt in Toronto.»

«Annie?» wiederholte Banks verständnislos.

«Ja. Anne Ralston. Sie und Bernard waren seit ihrer Kindheit miteinander befreundet. Vor fünf Jahren, damals, als sie diesen Detektiv aus London hier tot aufgefunden haben und das ganze Dorf in Aufruhr war, da ist sie auf einmal von einem Tag auf den anderen verschwunden.»

Banks nickte. «Ich habe davon gehört», bemerkte er. «Was genau hat Bernard gesagt?»

«Nicht viel, nur, daß sie sich vor ungefähr drei Jahren plötzlich überraschend bei ihm gemeldet habe, daß sie danach telefonisch in Kontakt geblieben seien und daß sie dann vor ein paar Monaten nach Toronto gezogen sei.»

«Und das war alles? Überlegen Sie noch einmal in Ruhe, hat er vielleicht sonst noch etwas gesagt?»

Katie sah ihn ein wenig ratlos an. «Nein... das heißt, ja, doch, er hat noch erwähnt, daß Annie auf keinen Fall wollte, daß irgend jemand hier in Swainshead erführe, wo sie jetzt lebt.»

«Das hat Bernard Ihnen genau so gesagt?» fragte Banks eindringlich.

Katie nickte.

«Warum, glauben Sie, hat er es Ihnen gesagt, wenn doch Anne Ralston ihn eigens gebeten hatte, es für sich zu behalten?»

«Ich... also, das weiß ich eigentlich auch nicht», stammelte sie verlegen. «Er vertraute, glaube ich, darauf, daß ich es nicht weitersagen würde. Wir hatten uns vorher gerade über Menschen unterhalten, die ihr altes Leben aufgeben und versuchen, etwas Neues anzufangen. Annie war ein Beispiel dafür, daß so etwas gelingen kann.»

«Ein neues Leben anzufangen, das ist auch Ihr eigener Wunsch, nicht wahr, Mrs. Greenock? Sind Sie deshalb auf dieses Thema gekommen?»

«Ich weiß nicht, wovon Sie sprechen», sagte sie, aber es klang nicht sehr überzeugend.

Banks nahm an, daß er ins Schwarze getroffen hatte. Vermutlich hatte sie Bernard in einem schwachen Moment anvertraut, daß sie von Swainshead weg wollte. Den genauen Grund dafür wußte er nicht, aber wenn er sich Sam ansah, dann konnte er sich gut vorstellen, daß sie unter ihm litt.

«Das spielt jetzt auch im Grunde keine Rolle», fuhr er fort, «aber was ich gerne wissen möchte, ist, ob Bernard geäußert hat, daß er wieder hierher zurückkommen wolle – für immer.»

Sie sah ihn überrascht an, offenbar hörte sie das zum ersten Mal. «Nein. Und warum sollte er auch? Er hatte doch drüben ein wundervolles Leben, das hat er mir selbst gesagt.»

«Wann hat Ihnen Bernard eigentlich von Anne Ralston erzählt?» fragte Banks. «Erst unmittelbar bevor er aufbrach oder schon früher?»

«Schon früher, ziemlich bald nach seiner Ankunft.»

«Und jetzt nach Bernards Tod sind Sie die einzige, die weiß, wo Anne Ralston lebt?»

«Ja... ich... ich glaube schon...»

«Das klingt ja so zögernd, Mrs. Greenock, wieso?»

Sie wurde wieder rot. «Das liegt daran, daß ich solche Fragen nicht gewöhnt bin, Sie bringen mich damit ganz durcheinander.»

«Sie sind also die einzige, die weiß, daß Anne Ralston in Toronto lebt, es sei denn, Sie hätten es trotz Ihres Versprechens an Bernard jemandem weitererzählt.»

«Das habe ich nicht!» rief sie erregt.

«Mrs. Greenock, ich glaube, Sie lügen», sagte Banks ernst.

«Ich lüge nicht, ich...»

«Wem haben Sie es gesagt? Sam?»

Katie zog so heftig an dem Staubtuch, daß es in zwei Stücke zerriß. «Ja, gut, ich gebe es zu. Ich habe Sam davon erzählt. Aber was wollen Sie? Er ist schließlich mein Ehemann, und eine Frau darf vor ihrem Mann keine Geheimnisse haben, oder?»

«Was hat Sam gesagt, als er es erfuhr?»

«Nichts. Er schien sehr überrascht zu sein.»

«Kannte er Anne Ralston?»

«Ja, aber nicht besonders gut. Sie ist ja dann so plötzlich verschwunden, da waren wir noch keine zwölf Monate hier. Ich weiß noch, daß sie ein paarmal dabei war, wenn wir uns mit Bernie trafen. Der machte in dem Jahr nämlich zum ersten Mal Urlaub in England. Annie war damals schon seit längerem mit Stephen Collier befreundet, Sam kannte ihn zu der Zeit aber noch kaum, das hat sich dann allerdings schon im Laufe des nächsten Frühjahrs geändert. Da fing er dann an, mit ihm und den beiden anderen im *White Rose* dauernd zusammenzuhocken.»

«Und Sie haben es wirklich nur Sam erzählt, niemandem sonst?»

«Niemandem», flüsterte sie. «Das schwöre ich.»

Diesmal glaubte er ihr.

Sam Greenock, dachte Banks, war bestimmt sofort losgelaufen, um seinen Stammtischbrüdern die Neuigkeit brühwarm weiterzuerzählen. Eine solche Gelegenheit, endlich einmal wichtig zu sein, hatte er sich garantiert nicht entgehen lassen, denn bestimmt litt er darunter, daß er den anderen gesellschaftlich nicht ebenbürtig war. Die Colliers gehörten zu der Handvoll Leute, die in der Gegend den Ton angaben, und auch John Fletcher war wegen seines Grundbesitzes ein angesehener Mann. Banks dachte nach. Anne Ralston war einen Tag, nachdem Raymond Addison ermordet worden war, verschwunden; zu diesem Zeitpunkt war sie schon seit längerem die Freundin von Stephen Collier. Was, wenn sie nun England verlassen hätte, weil sie wußte, daß Stephen mit dem Mord an Addison zu tun hatte, und fürchtete, selbst umgebracht zu werden? Und gesetzt den Fall, sie hätte das alles Bernard Allen anvertraut, dann hätte Stephen, vorausgesetzt, Greenock hätte ihm tatsächlich berichtet, daß Anne und Bernard sich in Kanada getroffen hatten, allen Grund gehabt, Bernard zu töten. Und falls seine Überlegungen stimmten, ergab sich die Frage, wieweit Greenock in das Ganze verwickelt war. Zum ersten Mal hatte Banks das Gefühl, daß die Morde an Raymond Addison und Bernard Allen vielleicht doch miteinander in Verbindung stünden. Das wird Gristhorpe interessieren, da bin ich mir sicher, dachte er, möglicherweise würde sich der Superintendent sogar wieder in die laufenden Ermittlungen einschalten.

Er stand auf. «Vielen Dank, Mrs. Greenock», sagte er und ging zur Tür, «Sie haben mir sehr geholfen. Und halten Sie uns bitte die Zimmer frei. Ich denke, wir werden heute wieder hier übernachten.»

Katie nickte müde. Sie saß in sich zusammengesunken auf dem Stuhl, so als sei sie mit ihrer Kraft am Ende.

III

«Anne Ralston», wiederholte Gristhorpe ungläubig, «nach all diesen Jahren!»

Er und Banks knieten neben einem großen Haufen Steine. Für gewöhnlich schwiegen sie, wenn sie an der Trockenmauer arbeiteten, aber heute waren sie durch die Ereignisse abgelenkt und versuchten, sich über die nächsten Ermittlungsschritte klarzuwerden. Sandra war mit Brian und Tracy gleich im Anschluß an das Mittagessen nach Lyndgarth hinuntergefahren, um dort mit ihnen eine Ausstellung von Kunsthandwerkern aus der Gegend anzusehen, so daß die beiden Männer allein oben auf der Farm waren und nur der jubilierende Gesang einer Lerche dann und wann die Stille durchbrach.

«Daß Anne und Bernard sich in Kanada wiedergetroffen haben und das in Swainshead bekanntgeworden ist, läßt den Mordfall plötzlich in einem ganz anderen Licht erscheinen», bemerkte Banks.

«Ja, vielleicht», antwortete Gristhorpe vorsichtig.

«Wieso nur vielleicht? Wir stehen doch auf einmal vor ganz neuen Gegebenheiten.»

«Aber wir wissen doch gar nicht, ob Anne Ralstons Verschwinden tatsächlich mit dem Mord an Addison in Zusammenhang stand, das ist doch nur eine Vermutung», gab Gristhorpe zu bedenken.

«Aber natürlich tat es das, was denn sonst?» rief Banks erregt. «Da wird hier bei Swainshead ein Privatdetektiv getötet, und zur selben Zeit verschwindet aus dem Ort eine junge Frau, und die beiden Ereignisse sollen nichts miteinander zu tun haben? Wenn das in London passiert wäre oder meinetwegen selbst noch in Eastvale, dann würde ich es für ein zufälliges zeitliches Zusammentreffen halten, aber in so einem kleinen Dorf wie Swainshead, wo sonst jahrzehntelang überhaupt nichts passiert?»

«Ja, ich verstehe», bemerkte Gristhorpe, «aber wir brauchen Beweise. Nein, den nicht, der ist viel zu flach», sagte er und legte den Stein, den Banks ihm zugereicht hatte, beiseite.

«Entschuldigung.» Banks bückte sich und versuchte, ein kompakteres Exemplar zu finden. «Lassen Sie uns doch – nur so als Gedankenspiel – einmal von der Annahme ausgehen, Anne Ralston hätte tatsächlich irgend etwas über den Mord an Raymond Addison gewußt, einverstanden?»

Gristhorpe nickte. «Einverstanden. Betrachten wir das, was Sie eben sagten, als Arbeitshypothese – wie geht es dann Ihrer Meinung nach weiter?»

«Nun, wenn sie etwas wußte und deshalb heimlich verschwand, dann kann das eigentlich nur zweierlei bedeuten: entweder sie hat Geld dafür bekommen, daß sie schweigt und weggeht, oder aber sie hatte Angst, daß ihr selbst etwas passieren könnte.»

Gristhorpe wiegte nachdenklich den Kopf. «Oder sie wollte jemanden schützen», ergänzte er.

«Aber dann läuft man doch nicht davon», entgegnete Banks erstaunt.

«Vielleicht hat sie befürchtet, daß man sie wegen Mordes vernehmen würde und sie dann dem Druck nicht standhalten könnte. Wer weiß? Aber fahren Sie fort.»

«Fünf Jahre lang gilt sie also als verschollen, und dann taucht plötzlich Bernard Allen in Swainshead auf und erzählt Katie Greenock, daß er Anne in Kanada wiedergesehen hat. Ein paar Tage später wird er ermordet. Mrs. Greenock hat mir gesagt, daß Anne Ralston Bernard gebeten habe, niemandem zu sagen, daß er sie in Kanada wiedergetroffen habe. Die Frage ist, hat sie das getan, um ihn zu schützen oder sich selbst oder vielleicht sie beide? Das ist im Moment nicht zu entscheiden. Wir können lediglich feststellen, daß sie offenbar nicht wollte, daß ihr Aufenthaltsort bekannt wurde. Aber Allen hielt nicht dicht, sondern erzählte es Mrs. Greenock, und die wiederum berichtete es ihrem Ehemann. So wie ich Sam Greenock einschätze, dürfen wir, glaube ich, ruhig davon ausgehen, daß er die Neuigkeit unverzüglich an die Colliers und Fletcher weitergegeben hat. Damit gab es jetzt also auf einmal mehrere Leute, die wußten, daß Bernard Allen und Anne Ralston miteinander Kontakt gehabt hatten. Und für einen von ihnen – das ist meine Theorie – war Bernard Allen damit zur Gefahr geworden, weil er nicht wissen konnte, ob nicht vielleicht Anne Bernard anvertraut hatte, was sie über den Mord an Addison wußte. Stephen Collier ist jetzt natürlich einer unserer Hauptverdächtigen, er war mit Anne damals befreundet, und das würde erklären – wenn er tatsächlich der Mörder ist –, wieso sie etwas herausgefunden oder auch nur geahnt hat. Aber er ist nicht der einzige, der als Täter in Betracht kommt. Im Grunde könnte es jeder gewesen sein: Fletcher, Nicholas Collier, Sam Greenock, selbst Mrs. Greenock – sie alle hätten theoretisch die Möglichkeit gehabt, Bernard Allen umzubringen, und sie alle lebten auch schon damals, als Addison umkam, im Ort. Wenn wir wüßten, warum Addison vor fünf Jahren hier oben auftauchte, hinter wem er her war – dann wüßten wir auch, wer ihn umgebracht hat.»

«Wer konnte denn überhaupt eine Ahnung haben, wo Allen unterwegs zu erwischen war?» wollte Gristhorpe wissen.

«Praktisch jeder von denen, die ich eben nannte», antwortete Banks. «Alle, die ihn kannten, wußten, welchen Weg er nehmen wollte, an seinem letzten Abend im *White Rose* hat er auch noch einmal darüber gesprochen. Und es war auch allgemein bekannt, daß das Hängetal seit seiner Kindheit ein ganz besonderer Ort für ihn war. Der Mörder konnte sich also ausrechnen, daß er einen Abstecher dorthin machen würde. Er brauchte dann nur ein paar Minuten vor ihm dort oben zu sein und konnte dann in aller Ruhe, hinter Bäumen versteckt, auf ihn warten.»

«Schön», sagte Gristhorpe und drehte einen der Steine so, daß er gut anschloß, «wie sieht es denn mit den Alibis für die mutmaßliche Tatzeit aus?»

«Von Fletcher haben wir nur sein Wort, daß er an dem fraglichen Vormittag die ganze Zeit über zu Hause gewesen sei. Aber theoretisch hätte er von seiner Farm aus unbeobachtet zum Hängetal kommen können. Sie liegt nur ein Stück weit nördlich, er wohnt dort allein, und es gibt keine unmittelbaren Nachbarn. Was die Colliers angeht, so hat Stephen behauptet, er sei schon vor neun Uhr in seinem Büro gewesen und Nicholas in der Schule. Aber falls Nicholas nicht tatsächlich, sagen wir zwischen halb zehn und elf, vor einer Klasse gestanden hat und Stephen nicht eine längere Besprechung hatte oder so etwas, dann könnte jeder der beiden im Laufe des Vormittags durchaus eine Zeitlang verschwunden sein, ohne daß es jemandem aufgefallen wäre. Nicholas hätte von Norden her eine Möglichkeit gehabt, in das Tal zu gelangen, und Stephen hätte den Weg nehmen können, der etwa einen knappen Kilometer hinter Rawley Force nach oben führt. Es ist kein besonders steiler Aufstieg, und seinen Wagen hätte er unten an der Straße nach Helmthorpe leicht auf einem der Seitenwege verstecken können.»

«Was ist mit den Greenocks?»

«Für Sam Greenock hätte sich derselbe Weg angeboten, den ich eben für Stephen beschrieb. Er gibt an, er sei an dem fraglichen Morgen in zwei Geschäften in Eastvale zum Einkaufen gewesen, aber in keinem der beiden Läden konnte man sagen, wann genau er da war. Der Inhaber des Zeitungsgeschäftes hat allerdings gemeint, daß Greenock gewöhnlich so gegen elf Uhr bei ihnen hereinschaue. Wenn das am Freitag, dem siebzehnten Mai auch der Fall war, dann hätte Greenock genügend Zeit gehabt, vorher den Mord zu begehen. Außerdem hätte er, mal abgesehen von der Anne-Ralston-Sache, noch einen weiteren Grund, Allen aus dem Weg schaffen zu wollen.»

Gristhorpe hob fragend die Augenbrauen. «Ja?»

«Sie bestreitet es vehement, aber ich hatte den Eindruck, daß da zwischen Mrs. Greenock und Bernard Allen etwas war.»

«Und Sie meinen, daß Sam dahintergekommen wäre und deshalb...»

Banks nickte.

«Wie sieht es mit ihrem Alibi aus?»

«Sie sagt, sie habe an dem Morgen wie immer die Zimmer saubergemacht, aber dafür gibt es keine Zeugen, weil die Gäste gleich nach dem Frühstück das Haus verlassen.»

«Die Alibis der Colliers sind noch nicht überprüft, sagten Sie?»

«Nein, Hatchley soll sich morgen früh gleich darum kümmern. In der Fabrik ist ja heute, am Sonntag, niemand zu erreichen, und für die Schule gilt dasselbe.»

«Vielleicht sehen wir danach ja ein bißchen klarer, ich hoffe es jedenfalls», bemerkte Gristhorpe.

«Ich habe mich entschlossen, heute noch einmal in Swainshead zu übernachten, ich möchte unter anderem noch einmal mit Stephen Collier reden», sagte Banks.

Gristhorpe nickte. «Das würde ich an Ihrer Stelle auch tun, Allen, aber lassen Sie es sachte angehen. Nach Ihrem Besuch dort vor zwei Tagen habe ich gleich einen Anruf vom Deputy Chief Constable bekommen. Er hat sich beschwert, Sie hätten die Colliers unzulässig unter Druck gesetzt.»

«Na, das nenne ich eine prompte Reaktion», sagte Banks sarkastisch. «Ich verspreche, daß ich mich bemühen werde, so höflich wie möglich zu sein. Aber was ich jetzt gern von Ihnen wissen würde – wie war das eigentlich vor fünf Jahren, als Addison ermordet wurde und Anne Ralston verschwand, mit den Alibis der Verdächtigen?»

Gristhorpe legte den Stein, den er gerade abwägend in der Hand hielt, beiseite, und Banks zündete sich eine Zigarette an. Im Freien war das Rauchen hier immerhin erlaubt. Er blickte zum Himmel und sah, daß es sich bezog. Es roch nach Regen.

«Nun», begann Gristhorpe bedächtig, «alle, die uns damals als mögliche Täter in Betracht zu kommen schienen, erklärten, zur fraglichen Zeit zu Hause gewesen zu sein. Die Tat wurde an einem dunklen, kalten Februarabend begangen, wo niemand freiwillig vor die Tür geht, und so fanden wir keine Zeugen, mit deren Hilfe wir einem von ihnen das Gegenteil hätten beweisen können. Wir konzentrierten uns damals natürlich vor allem auf Stephen Collier, weil er mit Anne Ralston befreundet gewesen war – wir haben ihn ziemlich in die Zange genommen –, aber für den Tag ihres Verschwindens konnte er ein einwandfreies Alibi nachweisen: Er war bei Geschäftsfreunden in Carlisle.»

«Lebte Walter Collier damals eigentlich noch?»

«Nein, er war schon ein paar Jahre tot.»

«Wie war er eigentlich so?»

«Oh, er war ein sehr beeindruckender Mann. Allerdings widersprüchlich. Er hatte eine Menge Macht und Einfluß hier im Tal, ein Teil davon ist noch auf seine Söhne übergegangen, wie Sie ja selbst haben feststellen können. Nun, Sie wissen ja, daß ich, was Privilegien angeht, sehr empfindlich bin. Aber Walter verdiente in dieser Hinsicht wirklich Respekt – er hat nie versucht, seine gesellschaftliche Stellung auszunutzen, um irgendeine Sonderbehandlung zu bekommen. Er war ein stolzer Mann, vor allem die wirtschaftliche Leistung seiner Familie erfüllte ihn, glaube ich, mit großer Genugtuung. Aber er war gleichzeitig sehr umgänglich und rücksichtsvoll und keineswegs herablassend. Ich denke, er war auf seine Art sogar ein religiöser Mensch, jedenfalls ging er regelmäßig jeden Sonntag zur Kirche, was ihn aber nicht daran hinderte, ziemlich viele Frauengeschichten zu haben. Und er trank auch eine ganze Menge, allerdings vertrug er auch recht viel. Ich habe mich oft gefragt, wie er mit diesen gegensätzlichen Impulsen in sich wohl klarkam. Sein hervorstechendstes Merkmal, würde ich sagen, war sein Weitblick. Es ist für einen Grundbesitzer hier in der Gegend, vor allem wenn er aus einer so alteingesessenen Familie stammt wie Walter, absolut ungewöhnlich, sein Land zu verkaufen, aber er sah eben sehr realistisch, daß die

Landwirtschaft zunehmend mehr in die Krise geriet, und so stieg er rechtzeitig um und investierte sein Geld in einen Betrieb für die Produktion von Tiefkühlkost. Und seine Söhne ließ er studieren, statt sie die Ausbildung auf einer Farm machen zu lassen.»

«Was glauben Sie, wie war er als Vater?»

«Ich könnte mir vorstellen, daß er ein ziemlicher Tyrann war», sagte Gristhorpe, «aber ich weiß es nicht genau. Auf alle Fälle war er gewohnt, daß man ihm gehorchte und tat, was er wollte. Vermutlich werden sie als Jungen so manches Mal von ihm ein paar hinter die Ohren bekommen haben.»

Banks streckte die Hand aus und stellte fest, daß es zu nieseln begonnen hatte. «Als Anne Ralston verschwand, gab es da nichts, was darauf hinwies, daß sie vorhatte, woanders ein neues Leben zu beginnen – ich meine, was war zum Beispiel mit ihren Sachen, Bücher, Schallplatten, na, was man eben so besitzt?»

«Es fehlten nur ein paar Kleidungsstücke, alles andere war noch da.»

«Und was war mit ihrem Bankkonto? Sie hatte doch bestimmt ihr ganzes Geld abgehoben.»

«Sie besaß gar kein Bankkonto. Sie bekam alle zwei Wochen ihr Geld in bar. Was sie damit gemacht hat, haben wir nicht herausbekommen. Vielleicht hat sie alles immer gleich ausgegeben, vielleicht hatte sie auch unter ihrer Matratze einen Sparstrumpf.»

«Aber in ihrer Wohnung haben Sie kein Geld mehr gefunden?»

«Nein, nicht einen Penny.»

«Dann hat sie offenbar nur das Notwendigste zusammengepackt und gemacht, daß sie wegkam.»

«Ja, so sieht es aus. Und bis heute hatten wir keine Ahnung, was aus ihr geworden war.» Gristhorpe streckte seinen Rücken und blickte mißmutig zum regenverhangenen Himmel hoch. Ein Schwarm Krähen zog in langsamen kreisförmigen Bewegungen unter lautem Krächzen über das Fell hinweg. «Ich glaube, wir sollten besser hineingehen», sagte er.

Als sie um die Hausecke bogen, sahen sie Sandra und die Kinder, die Mäntel über die Köpfe gezogen, eilig die Auffahrt hinauflaufen. Banks winkte ihnen zu.

«Jemand müßte sich mit Anne Ralston unterhalten», sagte er, «das würde ganz sicher einiges klären.»

Gristhorpe musterte ihn mit zusammengekniffenen Augen. «Das würde es zweifellos, aber ich glaube nicht, daß die Finanzabteilung uns die Kosten für eine Reise nach Kanada bewilligen würde.»

«Aber...»

«Ich werde sehen, was ich tun kann», sagte Gristhorpe. In diesem Moment stürzten auch schon Sandra, Brian und Tracy herein.

Kapitel sieben

I

Als Banks gegangen war, setzte Katie ihre Arbeit fort, aber sie war wie betäubt und hätte fast vergessen, den Braten rechtzeitig in den Ofen zu schieben. Sam hatte vor einiger Zeit die Idee gehabt, regelmäßig sonntags um zwei Uhr für die Pensionsgäste, aber auch für Tagesbesucher, ein traditionelles Menü anzubieten. Zum Glück war er jetzt nicht da, sondern saß wahrscheinlich noch bei seinem üblichen Sonntagmorgen-Frühschoppen im *White Rose* und genoß die prominente Gesellschaft.

Vielleicht brauchte er ja gar nicht zu erfahren, daß der Chief Inspector mit ihr gesprochen hatte, dachte sie und schöpfte etwas Hoffnung. Doch im nächsten Augenblick erfaßte sie wieder die Angst, denn eigentlich war klar, daß man auch Sam befragen und ihm vorhalten würde, warum er nicht gesagt habe, daß Anne Ralston wieder aufgetaucht und zu Bernard Kontakt gehabt hatte. Sam würde natürlich sofort wissen, woher der Inspector seine Information hatte, und er würde ihr Vorwürfe machen, daß sie ihn verraten hätte.

Plötzlich durchzuckte sie wie ein feiner Schmerz die Erkenntnis, daß sie sich ja in Nummer fünf befand, dem Zimmer, in dem am zweiten Morgen nach seiner Ankunft zwischen ihr und Bernie jene folgenschwere Begegnung stattgefunden hatte. Eine Flut von Bildern drang auf sie ein und drohte sie zu überschwemmen. Gewaltsam zwang sie sich zur Ruhe und ging alle Einzelheiten in Gedanken der Reihe nach noch einmal durch. Hatte sie wirklich an jenem Morgen eine nicht wiedergutzumachende Sünde begangen? Doch, ja, das konnte sie nicht leugnen, sogar eine zweifache Sünde, denn schließlich war sie verheiratet. Aber in jener Vormittagsstunde war es trotzdem geschehen – zum erstenmal, und nun ließ es sich nicht mehr aus der Welt schaffen.

Sie hatte wie immer um diese Zeit die Zimmer aufgeräumt und

saubergemacht, als Bernie überraschend noch einmal zurückgekommen war, um, wie er sagte, nun doch seine Bergstiefel anzuziehen. Der Himmel habe sich aufgeklärt, und er wolle die Wetterbesserung ausnutzen, um eine längere Wanderung zu unternehmen. Sie hatten sich ein paar Minuten unterhalten, dann hatte sie gesagt, daß sie wieder an die Arbeit gehen müsse. Doch er war nicht gegangen, sondern hatte sich aufs Bett gesetzt und ihr zugesehen, wie sie die Fenster putzte. Die ganze Zeit über war sie sich seiner Blicke bewußt gewesen, und dann plötzlich hatte er hinter ihr gestanden und ihr die Arme um die Taille gelegt. Zuerst war sie wie gelähmt gewesen, dann hatte sie protestiert. Doch er ließ sie nicht los, sondern begann, ihren Nacken mit Küssen zu bedecken. Sie versuchte, seine Arme beiseite zu drükken, aber er hielt sie fest, und seine Hände umfaßten zärtlich ihre Brüste. Das Fensterleder glitt ihr aus der Hand und fiel klatschend in den Wassereimer, daß die Tropfen nach allen Seiten spritzten.

Warum hatte sie zugelassen, daß er den nächsten Schritt tat und den übernächsten? Sie hatte ihn immer gemocht, aber warum hatte sie nicht energischer Widerstand geleistet, als er mit ihr tat, was sie am meisten verabscheute? Vielleicht, weil er behutsamer war als Sam? Sein Mund glitt über ihre Schulter, seine Hände streichelten ihren Bauch und ihre Schenkel. Sie hatte einfach nicht die Kraft gehabt, sich aus seiner Umarmung zu befreien. Und wenn sie keinen Gefallen daran fand, hatte sie die ganze Zeit über gedacht, dann war es doch auch nur halb so schlimm, oder?

Und dann hatte Bernard auf einmal aus heiterem Himmel gesagt, daß er sie liebe, daß er sich immer schon nach ihr gesehnt habe, und dabei hatte er ihr den Rock abgestreift. Sie hatte den Kopf geschüttelt und ihm bedeutet aufzuhören, doch ihre Ablehnung war nur halbherzig gewesen, und so drängte er sie zum Bett und zog sie aus. Sie hatte gezittert, doch daran sah man nur, wie doppeldeutig die Signale des Körpers sein konnten, denn Bernie hatte auch gezittert. Als er sich auf sie legte, umklammerte sie mit beiden Händen die Bettpfosten, doch sie wußte im selben Augenblick, daß er ihr Stöhnen für ein Zeichen von Erregung halten würde.

Er liebkoste ihre Brüste und sagte, daß er sie mit nach Kanada nehmen werde, und plötzlich erschien ihr das wie die Lösung all ihrer Probleme. Sie wollte ja ohnehin weg, schon lange. Sie hielt es hier ja kaum mehr aus, der Ort und Sam erstickten sie.

Sie lag ganz still da. Bernard erzählte von der endlosen Weite des Himmels über der Prairie und von riesigen Seen, groß wie Meere, und streichelte sie dabei unablässig. Ja, wiederholte er, er werde sie zu sich holen. Er preßte sie an sich und drang in sie ein. Sie biß sich vor Scham und Widerwillen auf die Lippen, während er ihr lächelnd in die Augen sah. Ihre kleinen erstickten Schreie hielt er für Lust.

Als sie sich wieder ankleideten, hatte Katie versucht, ihre Nacktheit vor seinen Augen zu verbergen, doch er hatte nur gelacht und gesagt, er finde ihre Sittsamkeit sehr anrührend. Sie hatte ihm gesagt, daß er jetzt gehen müsse, Sam könne jeden Augenblick zurück sein, und da war er noch einmal auf Kanada zu sprechen gekommen.

«Ich lasse dich nachkommen, sobald ich wieder drüben bin», hatte er gesagt. «Ich suche uns eine Wohnung, und dann kommst du zu mir. Und wenn du mir versprichst, daß du mit niemandem darüber redest, dann werde ich dir ein Geheimnis anvertrauen.» Sie hatte genickt.

«Du wirst Annie wiedertreffen», hatte er gesagt, «sie ist auch in Toronto. Das ist eine Überraschung, nicht wahr? Sie wollte ein anderes Leben, genau wie du. Und sie ist sehr froh, daß sie es damals geschafft hat, hier wegzukommen.»

Sie hatte ihn gedrängt, endlich zu gehen, weil sie Angst hatte, daß Sam auftauchen könnte. Er hatte sie noch einmal geküßt, und dann hatte er sie endlich allein gelassen.

Nach diesem Morgen waren sie stets nur noch für kurze Augenblicke allein miteinander gewesen, zum einen, weil Sam zu Hause war, zum andern, weil sie versuchte, Bernard auszuweichen. Doch immer, wenn er sich unbeobachtet glaubte, hatte er ihr bedeutungsvolle Blicke zugeworfen. Er schien es tatsächlich ernst zu meinen mit seinem Versprechen, sie nachkommen zu lassen.

Doch sein Versprechen und ihre Hoffnung – das war nun alles nichtig. Das einzige, was ihr geblieben war, war die Schuld. «Wie du säest, so wirst du ernten», hatte ihre Großmutter ihr immer wieder vorgehalten. Sie hatte sich gehenlassen, war zügellos gewesen, genau wie damals, als sie sich im Takt der zufällig hereingewehten Melodie gewiegt hatte. Es spielte keine Rolle, daß sie es nicht genossen hatte, sie war durch diesen Fehltritt in eine Art Mahlstrom geraten, der sie zu verschlingen drohte. Aber sie bekam nur, was sie verdiente.

II

Stephen Collier saß im Wohnzimmer und war in einen ledergebundenen Finanzbericht vertieft, als Banks und Hatchley überraschend bei ihm vorsprachen. Die Flügeltüren zur Terrasse standen weit offen, und nur das leise Plätschern des Springbrunnens war zu hören. Ein kurzer, heftiger Regen hatte die Luft gereinigt, und das sanfte Licht der Abendsonne ließ die Rosen im Garten noch einmal aufglühen. In einiger Entfernung auf dem Fell schimmerte der hier und da zutage tretende Kalkstein wie Marmor.

Stephen schien nicht erfreut, zum zweitenmal in so kurzer Zeit Besuch von der Polizei zu bekommen, aber er faßte sich schnell, forderte sie auf einzutreten und bot ihnen zu trinken an.

«Ich hätte gern einen Scotch», sagte Banks.

«Und Sie, Sergeant?»

«Mir dasselbe, bitte», sagte Hatchley, nachdem ihm Banks durch einen Blick Einverständnis signalisiert hatte.

Hatchley nahm seinen Drink entgegen und setzte sich unauffällig in einen etwas entfernter stehenden Sessel. Dann holte er sein Notizbuch heraus und wartete ab.

«Was kann ich diesmal für Sie tun, Chief Inspector?» erkundigte sich Stephen nicht ohne einen Anflug von Ironie. «Möchten Sie vielleicht, daß ich auch meinen Bruder noch dazuhole?»

«Nein, das ist jetzt im Moment nicht nötig», antwortete Banks ruhig. «Ich möchte mit *Ihnen* sprechen – über Anne Ralston.»

Collier runzelte die Stirn. «Über Anne Ralston? Wieso denn das? Die ganze leidige Geschichte liegt doch jetzt schon Jahre zurück.»

«Ich möchte wissen, was sich Ihrer Meinung nach damals abgespielt hat.»

«Darf ich fragen, wieso?»

«Es wäre schön, wenn Sie sich einfach dazu verstehen könnten, meine Fragen zu beantworten», sagte Banks höflich, aber bestimmt.

«Na schön», antwortete Collier achselzuckend.

«Soweit ich weiß», begann Banks, «verschwand Anne Ralston einen Tag, nachdem Raymond Addison ermordet worden war, ist das richtig?»

«Woher soll ich wissen, wann Addison umgebracht worden ist?» fuhr Collier auf, doch dann besann er sich. «Das heißt – ich glaube,

Superintendent Gristhorpe hat mir gegenüber den Zeitpunkt damals erwähnt, die Obduktion hatte wohl ziemlich genaue Rückschlüsse ermöglicht.»

«Aber Sie erinnern sich wahrscheinlich, daß Anne Ralstons Verschwinden jedenfalls so ungefähr in die Zeit fiel, in der Addison umgekommen sein muß?»

Collier nickte.

«Miss Ralston war als Sekretärin bei Ihnen angestellt?» erkundigte sich Banks.

«Ja. Aber das steht doch alles schon in Ihren Akten. Kommen Sie doch endlich zu dem wahren Grund Ihres Besuchs hier, Chief Inspector», sagte Collier und trommelte ungeduldig mit den Fingern auf dem ledergebundenen Bericht in seinem Schoß. «Ich muß diese Seiten hier bis morgen früh für eine Besprechung durchgearbeitet haben.»

«Wir werden Sie nicht lange aufhalten, Sir», sagte Banks, «und je schneller Sie unsere Fragen beantworten, um so schneller sind wir hier auch wieder weg. Sie waren mit Miss Ralston zum Zeitpunkt ihres Verschwindens befreundet?»

«Ja, aber das ist doch auch längst bekannt. Ich verstehe nicht...»

Banks hob die Hand, um deutlich zu machen, daß es ihm ernst war. «Lassen Sie mich jetzt bitte meine Fragen stellen, Mr. Collier! Hatten Sie damals beziehungsweise haben Sie heute eine Erklärung für ihr Verschwinden?»

Collier schüttelte den Kopf.

«Aber Sie haben sich doch vermutlich Gedanken darüber gemacht, was passiert sein könnte?»

Collier ging zu einem Barschränkchen neben der Tür und goß sich noch einen Whisky ein. Dann bot er Banks und Hatchley aus einem Kästchen Zigaretten an.

«Ich dachte», sagte er, nachdem er eine Weile überlegt hatte, «sie hätte sich vielleicht endlich ihren Wunschtraum erfüllt und wäre zu einer großen Reise aufgebrochen. Sie hat oft davon gesprochen, daß sie das eines Tages tun würde.»

«Aber hätte man nicht erwarten können, daß sie sich verabschiedet? So haben Sie sich doch vermutlich Sorgen gemacht, oder?»

Stephen nickte. «Na ja, ich muß zugeben, daß ich ab und zu schon Momente hatte, wo ich dachte, daß ihr vielleicht etwas zugestoßen sei, es laufen ja genug Psychopathen frei in der Gegend herum. Besonders, nachdem man die Leiche von Addison gefunden hatte, war ich natürlich einige Tage in Sorge. Aber irgendwie habe ich mich dann damit beruhigt, daß so ein spontaner Entschluß, alle Zelte gewissermaßen über Nacht hinter sich abzubrechen, genau zu Anne paßte.»

«Aber hatten Sie nicht damit gerechnet, daß sie sich irgendwann einmal mit Ihnen in Verbindung setzen würde? Oder hat sie das vielleicht getan?!»

Collier lächelte. «Nein, Chief Inspector, das hat sie nicht. Und es stimmt, ich habe eigentlich schon erwartet, daß sie sich nach einer Zeit mal bei mir meldet, und es war auch, das gebe ich zu, eine gewisse Kränkung, als ich dann gar nichts mehr von ihr hörte. Aber ich habe mich inzwischen damit abgefunden. Schließlich waren wir nicht verlobt und haben noch nicht einmal zusammengelebt.»

«Mir ist aufgefallen», sagte Banks, «daß Sie selbst gerade eben das Verschwinden von Anne Ralston mit dem Mord an Addison in Verbindung brachten – ich meine, was Sie da eben sagten von den überall frei in der Gegend herumlaufenden Psychopathen. Es klingt möglicherweise etwas abwegig, aber vielleicht bestand ja in Ihren Augen noch eine andere Verbindung zwischen Miss Ralstons Verschwinden und dem Mord an Addison?»

«Ich verstehe nicht, worauf Sie hinauswollen», sagte Collier.

«Nun, ist Ihnen einmal in den Sinn gekommen, daß womöglich Anne Ralston der Grund war, warum Addison ausgerechnet im Februar hier in Swainshead auftauchte? Wir dürfen nicht vergessen – er war Privatdetektiv.»

«Ich weiß», sagte Collier ungeduldig. «Aber ich muß Sie leider enttäuschen, es ist mir nicht in den Sinn gekommen, daß sein Auftauchen hier etwas mit ihr zu tun haben könnte. Weder ich noch irgend jemand sonst hier hat auch nur die geringste Ahnung, was er hier suchte. Und wenn sein Erscheinen hier tatsächlich mit Anne zusammengehangen haben sollte, dann hat sie mir jedenfalls davon nichts gesagt. Aber wer weiß, vielleicht hat er ja auch nur Ferien hier gemacht. Auch Privatdetektive müssen doch bestimmt ab und zu mal ausspannen.»

«Aber nur mal angenommen, er wäre wirklich ihretwegen hier gewesen – hätte sie sich Ihnen dann anvertraut, was meinen Sie?»

«Dazu kann ich nichts sagen, das weiß ich nicht. Allerdings gehe ich davon aus, daß sie mir nicht alles über sich erzählt hat. Dazu bestand aber auch keine Veranlassung. Unsere Beziehung war eher unverbindlich. Ich habe nicht von ihr verlangt, daß sie mir ihre Seele bloßlegt.»

«Sind Sie sicher, daß bei ihr nicht doch tiefere Gefühle im Spiel waren?»

«Nein, das schließe ich eigentlich aus. Anne tat sich in der Männerwelt um, das gefiel ihr, und eine Zeitlang hat sie eben mir den Vorzug gegeben, aber mehr auch nicht.»

«Und Sie?»

Stephen lächelte. «Nun, sagen wir einmal, es kam meinen Wünschen entgegen. Möchten Sie noch einen Drink?»

Hatchley reichte ihm sein Glas, und auch Banks ließ sich noch einen Whisky eingießen. Er lehnte sich zurück, zündete sich eine Zigarette an und blickte hinaus auf den Innenhof. Auf dem Rand des Springbrunnens saßen, heftig tschilpend, zwei Spatzen. Offenbar wollten sie beide ein Bad nehmen, doch obwohl rechts und links von ihnen alles frei war, stritten sie um den Platz und schlugen so heftig mit den Flügeln, daß das Wasser hoch aufspritzte. In dem Augenblick fiel ein Schatten über den Eingang, und Nicholas steckte seinen Kopf um die Türecke. «Hallo», sagte er und wollte eintreten, «hab ich doch richtig gehört, du hast Besuch.»

«Wenn Sie bitte dort bleiben würden, wo Sie sind, Sir...» sagte Hatchley und stellte sich ihm direkt in den Weg. Mit seiner massigen Gestalt ist er wirklich ein Hindernis, dachte Banks belustigt.

Nicholas legte den Kopf in den Nacken und musterte den Sergeant von oben herab. «Darf ich fragen, was hier vorgeht?»

«Ihr Bruder und ich haben gerade eine kleine Unterhaltung, Mr. Collier», sagte Banks aus dem Hintergrund. «Sie können gerne bleiben, aber dann muß ich Sie dringend bitten, uns nicht zu unterbrechen.»

Nicholas verzog verächtlich die Mundwinkel. Es war deutlich zu sehen, daß er es nicht gewöhnt war, Verhaltensmaßregeln zu bekommen. Einen Moment lang flammte Wut in seinen Augen auf, und es schien, als wolle er widersprechen, doch dann nickte er nur und ließ sich in der Nähe des Fensters in einem Sessel nieder.

«Hören Sie, Chief Inspector», sagte Stephen und streifte seinen Bruder mit einem ungehaltenen Blick, während er Banks und Hatchley die frischen Getränke reichte, «worauf wollen Sie eigentlich hinaus? Die Sache mit Anne Ralston ist doch nun wirklich schon Geschichte. Ich habe fünf Jahre lang nichts von ihr gehört und gesehen, und ich hoffe doch sehr, daß das Ganze jetzt nicht noch einmal aufgewärmt wird. Es war, offen gestanden, ziemlich peinlich, als damals während der Ermittlungen laufend Zeitungsberichte über mich und Anne in den lokalen Blättern hier erschienen. Ich würde das ungern noch einmal durchmachen müssen.»

«Soll das heißen, Sie wüßten es nicht?» fragte Banks und nahm einen Schluck Scotch.

«Was weiß ich nicht?»

«Na, das mit Anne Ralston.»

«Ist das hier ein neues Spiel, Chief Inspector, oder was?» fragte Stephen gereizt.

Tat er nur so, oder wußte er wirklich nichts? Banks war sich nicht sicher. Es war eine Frage, die Sam Greenock würde beantworten können – vorausgesetzt, man brachte ihn zum Reden. «Anne ist wieder aufgetaucht.»

«Was? Und woher...?»

«Bernard Allen wußte seit einiger Zeit, wo sie war. Er hat es dann, als er hierherkam, den Greenocks erzählt, und ich nahm eigentlich an, daß Sam es Ihnen gleich gesagt hätte.»

«Nein, nein. Ich hatte keine Ahnung. Können Sie mir sagen, was damals geschehen ist? Und wie geht es ihr jetzt?»

Banks schüttelte den Kopf. «Mit Einzelheiten kann ich Ihnen nicht dienen», sagte er. «Alles, was ich weiß, ist, daß sie jetzt in Kanada lebt. Und Sie bleiben also dabei, daß Greenock Ihnen gegenüber Stillschweigen bewahrt hat?»

Stephen nickte. «Ihre Mitteilung kommt für mich völlig überraschend, jedenfalls, was den jetzigen Zeitpunkt angeht. Ich hatte natürlich die ganze Zeit über angenommen, daß sie irgendwo wieder auftaucht – eines Tages.» Er stand auf und ging zum Barschrank, um sich noch einen Drink einzugießen. Banks sah, daß seine Hände zitterten. Nicholas dagegen saß unbewegt in seinem Sessel, als ginge ihn das Ganze nichts an. Ob das, was er eben gehört hatte, für ihn irgendwie von Bedeutung war oder nicht, Banks vermochte es nicht zu sagen.

Er trank seinen Scotch aus und stand auf, und Hatchley erhob sich ebenfalls.

«Es tut mir leid, daß Sie es durch uns erfahren haben und dazu so unvermittelt», sagte er und sah Stephen die ganze Zeit über an, «wir dachten nur, daß Sie es wissen sollten...»

«Ja, natürlich. Ich bin Ihnen auch sehr dankbar, Chief Inspector», sagte Stephen lächelnd. «Falls Sie noch mehr erfahren sollten...»

«... werden wir es Sie wissen lassen», ergänzte Banks.

«Ach übrigens, eine Sache wäre da noch», sagte Stephen, als sie schon an der Tür standen. «Was hat das alles mit Bernard Allens Tod zu tun? Ihrer Meinung nach besteht doch da offenbar ein Zusammenhang, sonst wären Sie doch nicht heute schon wieder hier.»

«Ich weiß es nicht, Mr. Collier», antwortete Banks. «Wirklich – ich weiß es nicht. Es mutet allerdings schon etwas merkwürdig an: Annes Verschwinden einen Tag, nachdem Addison ermordet wird, dann ihr Wiederauftauchen und bald darauf der Mord an Bernard Allen. Also ich finde, da kann man schon ins Grübeln kommen, oder?»

Auf dem Rückweg passierten sie wieder die Brücke. Beim Anblick der drei Alten, die im sinkenden Licht nur noch als schwarze Schatten wahrzunehmen waren, hatte Banks plötzlich eine Idee. Er bat Hatchley vorauszugehen und trat auf die drei zu. «Können Sie sich vielleicht noch an Anne Ralston erinnern?» sprach er den knorrigen Alten an, der beim letztenmal das Wort ergriffen hatte.

Der Wurzelgnom spuckte wie immer erst einmal in den Fluß, dann sagte er: «Ja, die ist ja ein und aus gegangen.» Er wies mit einer Kopfbewegung auf das Anwesen der Colliers.

«Haben Sie sie in den letzten Jahren irgendwann wieder einmal gesehen?»

«Nää, die iss doch abgehaun.»

«Und nie wieder zurückgekommen?»

Der Alte schüttelte den Kopf.

«Haben Sie zufällig heute nachmittag Mr. oder Mrs. Greenock zu den Colliers gehen sehen?»

«Ja», der Wurzelmann nickte, «Sam Greenock ist gegen drei rüber.»

«Wollte er zu Stephen oder zu Nicholas?»

«Also angeklopft hat er bei Mr. Stephen.»

«Und der hat auch aufgemacht?»

Der Alte sah ihn an, als wäre er nicht bei Trost. «'türlich.»

«Wie lange ist er denn geblieben?»

«'ne Viertelstunde oder so.»

«Ich danke Ihnen», sagte Banks herzlich, «Sie haben mir sehr geholfen.» Im Weggehen bekam er noch mit, wie der Wurzelgnom nach einem kurzen Räuspern ausspuckte und die beiden anderen Alten begannen, ihn mit gemurmelten Fragen zu bedrängen.

III

Katie Greenock wollte, kaum daß sie Banks gesehen hatte, gleich wieder zurück in ihre Privaträume flüchten, doch er hatte sie schon bemerkt und auch registriert, daß es sie offenbar große Anstrengung kostete, sich zu bewegen. «Mrs. Greenock, so warten Sie doch», rief er hinter ihr her, lief ihr den Korridor hinunter nach und packte sie am Ellenbogen.

Sie fuhr herum, und ihm fiel auf, wie blaß und angespannt ihr Gesicht aussah, so als hätte sie Schmerzen. Die rechte Hand hielt sie auf den Magen gepreßt. «Was wollen Sie von mir?» stieß sie hervor, «haben Sie mir nicht schon genug Schwierigkeiten gemacht?»

«Und ich fürchte, es wird noch mehr geben, bis alles aufgeklärt ist, Mrs. Greenock», sagte er ernst. «Ich bedaure das, aber es liegt nicht in meiner Macht, daran etwas zu ändern. Und im übrigen müssen Sie ohnehin endlich lernen, sich der Realität zu stellen. Aber letztlich ist es natürlich Ihre eigene Angelegenheit, und deswegen bin ich auch nicht hier. Sie sehen übrigens elend aus. Stimmt irgend etwas nicht?»

«Es ist alles in Ordnung», sagte sie steif.

«Aber Sie sind blaß wie ein Geist. Und was ist mit Ihrem Magen? Haben Sie Schmerzen?»

«Als ob Sie das interessieren würde», sagte sie trotzig und entzog ihm ihren Arm.

«War das Sam? Hat er Sie geschlagen?»

«Ich weiß nicht, wovon Sie sprechen. Ich habe etwas Bauchschmerzen, das ist alles.»

«Haben Sie Sam erzählt, daß Sie mir von Ihrem Gespräch mit Bernard berichtet haben?»

«Das mußte ich ja wohl, oder? Er hat sowieso gleich gemerkt, daß etwas nicht stimmte, ich bin nicht besonders geschickt, wenn es darum geht, etwas zu verheimlichen.»

«Und danach ist er handgreiflich geworden?»

«Ich habe Ihnen doch schon gesagt, daß ich Bauchschmerzen habe, sonst nichts. So lassen Sie mich endlich in Ruhe! Sie sehen doch, daß ich mich nicht wohl fühle.»

«Wo ist Sam?»

Sie deutete mit einer Kopfbewegung hinter sich. «In unserer Wohnung.»

«Würden Sie bitte ein paar Minuten hier warten, Mrs. Greenock? Ich möchte mit Ihrem Mann alleine reden», sagte Banks.

Katie nickte und drückte sich eilig an ihm vorbei ins Frühstückszimmer.

Banks ging den Korridor hinunter und klopfte an die Tür. Sam öffnete und ließ ihn eintreten.

«Oh, Chief Inspector», rief er mit gespielter Herzlichkeit, «welch eine Überraschung! Ich hoffe, es ist alles in Ordnung?»

«Hat Ihre Frau Ihnen erzählt, daß sie und ich uns heute vormittag ein wenig unterhalten haben?»

Greenock setzte sich. «Ja, natürlich. Und das war ja nur recht und billig, sie ist schließlich meine Frau.»

«Warum haben Sie gestern bei Ihrer Vernehmung nicht erwähnt, was Sie von Ihrer Frau erfahren hatten? Ich meine, daß Bernard Allen Anne Ralston in Kanada wiedergetroffen hatte. Das ist jetzt schon das zweitemal, daß ich Sie dabei erwische, wie Sie versuchen, die Ermittlungen zu behindern. Ich überlege allmählich ernsthaft, ob ich Sie nicht einfach mitnehmen und einsperren lassen sollte.»

«Also, Moment mal», Sam stand auf und reckte sich zu seiner vollen Größe, «Sie können doch hier nicht so einfach in meine Wohnung hereinspazieren und derartige Anschuldigungen gegen mich vorbringen.»

«Ihre Frau hatte Ihnen gesagt, daß Bernard ihr erzählt habe, er hätte in Kanada Anne Ralston wiedergetroffen, richtig?»

Sam nickte. «Na und?»

«Und das hätten Sie mir mitteilen müssen.»

«Sie haben nicht danach gefragt», erwiderte Sam patzig.

Banks sah ihn wütend an.

«Ich habe es einfach nicht für so wichtig gehalten. Verdammt, Chief Inspector, ihr Verschwinden liegt jetzt über fünf Jahre zurück.»

«Ach, erzählen Sie doch keinen Unsinn, Greenock», sagte Banks.

«Sie wissen sehr genau, wie wichtig diese Information ist, und jedenfalls wichtig genug, daß Sie gleich heute nachmittag zu Stephen hinübergelaufen sind, um ihm zu berichten, daß ich von Ihrer Frau erfahren habe, was Bernard ihr anvertraute. Was geht hier eigentlich vor, Sam? Und vor allem, welche Rolle spielen Sie dabei?»

«Nichts geht hier vor», sagte Sam, «gar nichts. Ich weiß überhaupt nicht, wovon Sie reden.»

«Aber Sie bestreiten nicht, daß Sie heute nachmittag bei Stephen Collier gewesen sind?»

«Na und? Ich bin mit ihm befreundet und habe eben Lust gehabt, auf einen Drink bei ihm vorbeizuschauen.»

«Und vor vier Wochen? Haben Sie da auch mal kurz bei ihm vorbeigeschaut und ihm erzählt, was Sie gerade von Ihrer Frau erfahren hatten, daß nämlich Bernard in Kanada Kontakt zu Anne Ralston hatte?»

«Davon habe ich niemandem etwas gesagt», sagte Greenock.

«O doch, das haben Sie! Genauso wie Sie Collier heute morgen gleich berichtet haben, daß Ihre Frau mir weitererzählt hat, was ihr von Bernard Allen anvertraut worden war. Oder wollen Sie das etwa abstreiten?»

«Ich habe nichts dergleichen getan, und beweisen können Sie mir schon gar nichts.»

«Ich werde es Ihnen beweisen, Mr. Greenock, glauben Sie mir. Und wenn es soweit ist, dann wird Ihnen Hören und Sehen vergehen, das verspreche ich Ihnen.»

«Ich habe vor Ihnen keine Angst», sagte Greenock großspurig.

Banks machte einen Schritt nach vorn, so daß er dicht vor ihm stand und Sam unwillkürlich nach hinten zurückwich. Beide Männer waren ungefähr gleich groß, allerdings war Sam schwerer.

«Wirklich nicht?» fragte Banks. «Das sollten Sie aber. Wo ich herkomme, machen wir nicht alles nach Vorschrift. Muß ich deutlicher werden?» Jetzt führe ich mich schon genauso auf wie Hatchley, dachte Banks, aber immerhin war Greenock kein verängstigter Jugendlicher, sondern ein hartgesottener Lügner und ein Gauner.

Banks' Worte hatten offenbar ihre Wirkung nicht verfehlt, denn Sam wich doch noch ein Stück weiter zurück, bis seine Schultern die Wand berührten.

«Lassen Sie mich in Ruhe», rief er, und in seiner Stimme schwang

Panik mit. «Ich werde mich über Sie beschweren, darauf können Sie sich verlassen!»

Banks schnaubte verächtlich. «Das können Sie gern versuchen!» Er trat einen Schritt zurück. «Kommen Sie mir besser nicht mehr unter die Augen, Greenock», sagte er. «Wenn ich Sie brauche, weiß ich schon, welchen Stein ich umdrehen muß, um Sie zu finden. Und wenn ich irgend etwas sehe oder höre, was auch nur andeutungsweise darauf hinweist, daß Sie Ihre Frau wieder geschlagen haben, dann werde ich Ihnen so zusetzen, daß Sie noch bedauern werden, überhaupt geboren worden zu sein.»

IV

«Haben Sie noch einen Wunsch?» fragte die Kellnerin, als sie den leeren Teller abräumte.

«Wie? Oh, ja. Ja, bitte noch eine Tasse Tee», antwortete Katie nach einem kurzen Moment des Zögern. Sie mußte sich erst besinnen, wo sie war. Das war jetzt schon die dritte Tasse, dachte sie. Aber warum eigentlich nicht? Es war eben ein Teil ihrer kleinen Rebellion.

Sie saß im *Golden Grill* in Eastvale, an einem Tisch dicht beim Fenster. Das Restaurant gefiel ihr. Es war sauber und gepflegt, die rotkarierte Tischdecke vor ihr war fleckenlos.

Draußen auf der engen Straße drängten sich die Menschen, obwohl es nieselte. Ihr Blick fiel auf das Fachwerkhaus direkt gegenüber. Ein modernes weißes Schild, das so gar nicht mit dem imitierten Tudorstil des Gebäudes harmonierte, trug den blauen Schriftzug: POLIZEI.

Es war früh am Nachmittag, und eigentlich wußte sie gar nicht, was sie überhaupt hier wollte. Schon regten sich auch die ersten Schuldgefühle. Es ist doch nur eine kleine Geste des Aufbegehrens, versuchte sie sich zu beruhigen, aber vor ihrem unduldsamen Gewissen wuchs sich ihr kleiner Ausflug gleich zu einer Revolte aus.

Heute vormittag, als sie wie immer ein Gästezimmer nach dem andern aufgeräumt und saubergemacht hatte, war sie sich plötzlich so eingesperrt vorgekommen, so abgeschnitten von allem Leben, daß sie das Gefühl gehabt hatte, unbedingt für ein paar Stunden aus allem heraus zu müssen. Sie war ziellos die Hauptstraße entlanggewandert, als Beryl Vickers, eine Nachbarin, mit der sie sich ab und zu über

Gartenfragen austauschte, mit dem Auto neben ihr gehalten und ihr angeboten hatte, sie nach Eastvale mitzunehmen. Beryl wollte dort ihre Schwester besuchen, so daß Katie ein paar Stunden Zeit hatte, zu tun, was ihr gefiel. Sie hatte zuerst in einem Marktcenter Lammkoteletts und Broccoli für das Abendessen eingekauft, dann hatte sie den *Golden Grill* entdeckt und beschlossen, sich hier ein wenig auszuruhen.

Sie saß kaum mehr als eine Viertelstunde an ihrem Tisch, als sie drei Männer nebenan aus dem Pub kommen sah. Mit Schrecken erkannte sie in dem schmalen Dunklen den Chief Inspector, der blonde untersetzte Mann links neben ihm war der Sergeant. Der dritte Mann fiel ihr durch seinen federnden Gang auf. Er hatte eine athletische Figur und trug einen Schnurrbart, der entfernt an einen Seehund denken ließ. Einen Moment lang war sie fest überzeugt, daß Hatchley oder Banks sich umdrehen und sie hier hinter der Scheibe entdecken würde, und so hielt sie sich in einer instinktiven Geste die Hand vors Gesicht. Doch es war alles nur ihre Einbildung gewesen, wie sie gleich darauf erleichtert feststellte, als die drei eilig in der Polizeistation verschwanden.

Der Anblick von Banks hatte in ihr unwillkürlich wieder die Erinnerung an Sams Gewalttätigkeit wachgerufen. Sie wußte, daß der Inspector keineswegs schuld daran war – im Gegenteil, er schien sogar ein rücksichtsvoller Mann zu sein –, aber die Assoziation drängte sich ihr einfach auf, genauso wie sie immer wenn sie das Zimmer Nummer fünf betrat, daran denken mußte, was sie Bernard dort zu tun gestattet hatte.

«Stimmt was nicht mit dir?» hatte Sam am Sonntag mittag gefragt, kaum daß er zur Tür hereingekommen war.

Katie hatte den Blick gesenkt, um ihre rotgeränderten Augen vor ihm zu verbergen. Aber er hatte mit geübtem Griff ihr Kinn zwischen Daumen und Zeigefinger genommen und sie gezwungen, ihn anzusehen. Dann hatte er seine Frage wiederholt. So Auge in Auge mit ihm hatte sie ihn nicht anlügen können und hatte ihm berichtet, daß der Chief Inspector dagewesen sei und sie mit seinen Fragen derart in die Enge getrieben habe, daß sie alles habe erzählen müssen.

Sam war förmlich explodiert.

«Aber so wichtig ist es doch nun auch wieder nicht», hatte sie vorsichtig eingewandt. «Wieso regst du dich nur so auf?»

«Du hast doch keine Ahnung», hatte er sie angeschrien und verzweifelt die Arme ausgebreitet, «du dußlige Kuh, weißt du überhaupt, welchen Schaden du damit vielleicht angerichtet hast?»

Sie hatte zwar Angst vor ihm, aber gleichzeitig regte sich auch ihr Trotz. «Wieso Schaden?» fragte sie und spürte, wie ihre Unterlippe vor Aufregung zitterte. «Und wenn – dann für wen?»

«Für uns alle.»

Sie hatte bitter gelacht. «Wohl doch eher für deine von dir so verehrten Colliers», hatte sie sarkastisch bemerkt, aber dabei eigentlich mehr Nicholas als Stephen vor Augen gehabt.

In diesem Augenblick hatte Sam ausgeholt und ihr einen kurzen, scharfen Schlag in den Magen versetzt. Sie hatte sich vor Schmerzen zusammengekrümmt. Doch kaum war sie wieder zu sich gekommen und hatte sich aufgerichtet, stieß er ihr mit voller Wucht die Faust gegen die linke Brust. Im ersten Moment schien der Schmerz unerträglich. Mühsam schleppte sie sich zum Sofa. Sam folgte ihr und beugte sich in drohender Haltung über sie. Sein Gesicht war zorngerötet, er atmete heftig und in kurzen Stößen. «Wenn wir hier irgendwann einmal zu etwas kommen», brüllte er, «dann haben wir das am allerwenigsten dir zu verdanken!»

Er schlug kein drittesmal mehr zu. Instinktiv wußte er immer, wann er aufhören mußte. Aber nachts im Bett griff er grob nach ihrer schmerzenden Brust und legte sich auf sie, ohne daß sie etwas dagegen hätte tun können. Ein Ekelschauer überlief sie, als sie jetzt wieder daran dachte.

«Darf ich Ihnen noch etwas bringen?» sagte die Bedienung und sah sie fragend an. Katie hatte gar nicht bemerkt, daß sie an den Tisch getreten war.

«Oh, nein, nein vielen Dank. Ich möchte zahlen.» Ein wenig unbeholfen ging sie zur Tür. Ihre Brust schmerzte noch immer, und die Schwarzwälder Kirschtorte schien ihr nicht recht bekommen zu sein, ihr Magen war nach dem Schlag wohl noch immer sehr empfindlich. Um halb drei war sie mit Beryl nahe dem Busbahnhof verabredet, sie hatte also noch eine gute Stunde Zeit, um in Eastvale ein wenig herumzulaufen. Dann würde sie heimfahren und Sam erneut gegenübertreten müssen.

V

Banks hatte an diesem Montag Hatchley und Richmond aufgefordert, mit ihm im *Queen's Arms* zu Mittag zu essen, um sich in aller Ruhe mit ihnen über den Stand der Ermittlungen zu unterhalten. Aber das Ergebnis ihres Gesprächs war deprimierend. Sie steckten offenbar in einer Sackgasse. Nachdem er wieder ins Büro zurückgekehrt war, bat Banks um eine Tasse Kaffee, legte die Füße hoch und nahm sich vor, noch einmal gründlich in alle Richtungen nachzudenken. Als Police Constable Craig hereinkam – er sah übrigens ziemlich verbiestert aus, fand Banks, weil Susan Gay ihn gegen seinen Willen dazu verdonnert hatte, den Kaffee hochzubringen –, zündete sich Banks eine *Silk Cut* an und versuchte, Bilanz zu ziehen.

Richmond hatte herausgefunden, daß Les Haines, Bernard Allens Schwager, nachdem er bei dem Versuch erwischt worden war, zwei Kartons mit gestohlenen Videokassetten der Marke Sony zu verkaufen, für ein paar Monate wegen Hehlerei im Gefängnis gesessen hatte. Es war bereits seine zweite Straftat, ein knappes Jahr zuvor war er wegen schwerer Körperverletzung angeklagt gewesen, weil er vor einem Bierkeller in Leeds einen Mann zusammengeschlagen hatte. Aber am Freitag, dem siebzehnten, dem Tag, an dem Allen ermordet worden war, war er auf seiner Arbeitsstelle gewesen – dafür gab es Zeugen –, und die Möglichkeit, daß er sich unbemerkt für einige Stunden von dort entfernt und in dieser Zeit nach Swainshead hin- und zurückgefahren war, schien so gut wie ausgeschlossen. Man brauchte also gar nicht erst nach irgendeinem dunklen, in schwierigen Familienverhältnissen wurzelnden Motiv zu suchen. Außerdem, das wußte Banks aus Erfahrung, war ein Gelegenheitsdieb und kleiner Hehler noch lange kein Mörder. Bernards Schwester war am Tag der Tat wie üblich zu Hause bei ihren kleinen Kindern gewesen. Dafür gab es zwar keine Zeugen, aber Banks konnte sich einfach nicht vorstellen, daß sie, den Säugling auf dem Arm, das Dreijährige im Schlepptau, zum Hängetal hochgestiegen war, um dort ihren Bruder umzubringen.

Das Alibi der Colliers, oder besser gesagt, dessen Nichtvorhandensein, gab dagegen Anlaß zum Nachdenken. Nicholas hatte freitags keinen Unterricht, erschien aber für gewöhnlich trotzdem zur üblichen Zeit in der Schule, um Klausuren zu korrigieren und allerhand andere Schreibarbeit zu erledigen. Am fraglichen Freitag war er jedoch, wie sich die Stellvertreterin des Direktors erinnerte, später als sonst aufgetaucht – erst gegen elf Uhr. Das war auch früher ab und zu vorgekommen und an sich nichts Besonderes, doch in diesem Fall bedeutete es, daß er für die Tatzeit kein Alibi hatte.

Bei Stephen sah es nicht besser aus. Er hatte am Freitag morgen keine Besprechung gehabt, wiederum an sich nichts Ungewöhnliches, aber da niemand mehr sagen konnte, ob er nun an jenem fraglichen Freitag morgen die ganze Zeit über im Büro gewesen war oder nicht, hatte auch er kein Alibi. Seine etwas unlustig wirkende Sekretärin hatte Hatchley auf Nachfrage erklärt, daß die Arbeitstage sich in ihrem Ablauf alle so ähnlich seien, daß man unmöglich von ihr verlangen könne, sich an einen speziellen Vormittag zu erinnern. Mr. Collier sei im übrigen ohnehin nur relativ selten im Haus, die meiste Zeit sei er unterwegs zu Lieferanten oder Kunden.

Irgendwann zwischendurch schaute Police Constable Weaver, den man aus Helmthorpe abgeordnet hatte, herein, um zu melden, daß seine Tür-zu-Tür-Befragung in Swainshead, ob vielleicht jemand Bernard Allen an jenem Freitag morgen gesehen und überdies vielleicht sogar bemerkt habe, daß ihm jemand folgte, ergebnislos verlaufen sei.

Gegen zwei Uhr steckte Richmond den Kopf durch die Tür. Er hatte per Computer verschiedene Zollämter und Export-Import-Agenturen gecheckt, ob irgend jemand mit der Adresse in Swainshead Verbindungen nach Kanada pflegte, aber es schien, als sei Stephen Collier, der eine Geschäftsbeziehung mit einer Gesellschaft zur Herstellung von Lebensmittel-Produkten in Montreal unterhielt, der einzige.

«Und was, bitte sehr, ist ein Lebensmittel-Produkt?» fragte Banks Richmond.

«Keine Ahnung, Sir. Aber ich finde, es klingt irgendwie unappetitlich. Wahrscheinlich stellen sie mit viel Chemie künstlich was her, was dann nach echten Lebensmitteln aussehen soll.»

«Und ich dachte, Collier führte Wensleydale Käse aus und im Gegenzug Ahornsirup ein. Apropos Ahornsirup: Wie spät ist es eigentlich jetzt in Toronto?»

Richmond blickte auf seine Uhr und überlegte kurz. «So gegen neun, würde ich sagen.»

«Dann werde ich jetzt mal versuchen, die Mounties anzurufen.»

«Äh... also in Toronto, wenn Sie mir die Bemerkung gestatten, Sir, da gibt es keine Mounties», sagte Richmond und strich sich verlegen den Schnurrbart.

«Oh, wen oder was denn dann?»

«Die *Toronto Metropolitan Police*, Sir, eine städtische Behörde. Die *Royal Canadian Mounted Police* ist dagegen eine Bundespolizei. Sie wird heute hauptsächlich in entlegeneren Gebieten wie zum Beispiel den Nationalparks eingesetzt, oder aber auch bei verdeckten Ermittlungen.»

Banks grinste. «Sieh mal an, man lernt doch jeden Tag noch etwas dazu.»

Nachdem Richmond gegangen war, zündete er sich eine Zigarette an und griff zum Telefonhörer. Zunächst gab es eine Menge Hin und Her mit der Zentrale, aber nach ein paar Minuten, in denen er fasziniert dem Klicken und Summen in der Leitung lauschte, hörte er das Rufzeichen am anderen Ende. Es war nicht der harte, insistierende Ton des englischen Telefons, die Signale und ebenso die dazwischenliegenden Intervalle waren drüben länger.

Als schließlich jenseits des Atlantik abgehoben wurde, dauerte es eine Weile bis Banks begreiflich machen konnte, wer er war und was er wollte. Nach weiterem Klicken und Summen landete er dann doch endlich beim zuständigen Mann.

«Chief Inspector Banks, hallo! Staff Sergeant Gregson am Apparat. Wie geht's denn so in der alten Heimat?»

«Gut, danke», sagte Banks etwas verdattert.

«Mein Vater war Engländer», fuhr Gregson fort, «er stammte aus Derbyshire. Wissen Sie zufällig, wo das liegt?»

«O ja, doch, natürlich», beeilte sich Banks zu versichern. «Das ist hier gleich um die Ecke.»

«Ein kleines Land – England», bemerkte Gregson.

«Da haben Sie recht.»

Gregson räusperte sich, und Banks hörte über eine Entfernung von fünftausend Kilometern ein leises Rascheln. Offenbar blätterte Gregson in einem Ordner. «Ich schaue gerade noch einmal nach, aber ich habe leider keine Informationen für Sie», sagte Gregson bedauernd. «Wir haben uns selbstverständlich in Allens Wohnung umgesehen, aber konnten dort nichts Ungewöhnliches entdecken.»

«Haben Sie vielleicht ein kleines Büchlein mit Adressen dort gefunden?»

«Ein Büchlein mit Adressen... Lassen Sie mich nachsehen...» Wieder raschelte Papier. «Nein», sagte Gregson nach einer Weile, «es wurden weder ein Büchlein mit Adressen noch ein Taschenkalender noch sonst irgendwelche anderen persönlichen Aufzeichnungen gefunden.»

«Verdammt, dann hat er also das Adreßbuch wahrscheinlich bei sich gehabt.»

«Das wäre ja auch nur naheliegend, nicht?» bemerkte Gregson. «Wenn er nach England auf Urlaub gefahren ist, dann wollte er doch bestimmt seinen Freunden hier in Kanada ein paar hübsche Ansichtskarten schicken.»

«Was ist denn eigentlich mit seinen Freunden? Oder mit seinen Kollegen – haben Sie mit ihnen gesprochen?»

«Wir haben nur zwei von seinen Kollegen noch erreicht, die anderen waren nicht mehr greifbar. In den Colleges hier beginnen Anfang Mai die Ferien, und den Sommer über hält sich kaum ein Lehrer hier in der Stadt auf. Scheint ein wirklich angenehmer Job zu sein, das Unterrichten, aber wahrscheinlich kommt man nur schwer dran. Tja, die meisten von Allens Kollegen tummeln sich jetzt vermutlich in irgendeinem See, oder sie liegen auf der Veranda ihres Sommerhauses in Muskoka und lassen sich die Sonne auf den Bauch scheinen.»

«Muß man sich dies Sommerhaus so ähnlich vorstellen wie eine Ferienvilla auf Mallorca?»

«Wie bitte?»

«Ach nichts. Was haben seine Kollegen denn über ihn erzählt?»

«Sie fanden, er sei ziemlich reserviert und unnahbar aufgetreten. Aber das ist für die hier lebenden Engländer eigentlich nur typisch. Die meisten von ihnen haben noch nicht so ganz begriffen, daß wir nicht mehr Teil des Empire sind, und halten sich, da sie sich einbilden, aus dem sogenannten Mutterland zu kommen, für etwas Besseres.»

«Haben Sie seine Exfrau ausfindig machen können?»

«Ja. Sie hat allerdings nachweislich das letzte halbe Jahr über in Calgary verbracht und dürfte daher für die Tat kaum in Frage kommen.»

«Sie hatte doch aber einen Liebhaber», sagte Banks. «Ein Kollege von Allen. Er war der Grund, warum sie sich haben scheiden lassen.»

«Wissen Sie seinen Namen?»

«Nein, tut mir leid.»

Gregson seufzte. «Ich würde Ihnen wirklich gerne helfen, Chief Inspector, das müssen Sie mir glauben. Aber ich kann es mir nicht leisten, einen meiner Männer nur dafür abzustellen herauszubekommen, wo der Bursche, mit dem Allens Frau durchgebrannt ist, jetzt wohl stecken mag. Wir haben für so etwas einfach nicht genug Leute.»

«Nein, natürlich nicht.»

«Außerdem, warum sollte jemand, der einem anderen Mann erfolgreich die Frau ausgespannt hat, ihn dann auch noch umbringen wollen?»

«Vielleicht weil er ihnen irgendwie Schwierigkeiten gemacht hat, wer weiß. Aber Sie haben schon recht, es ist eher unwahrscheinlich. Hatte Allen übrigens eine Freundin?»

«Nein, wie ich schon sagte, nach Aussagen seiner Kollegen war er wohl eher ein zurückhaltender, vielleicht auch etwas arroganter Mann. Einer hat angedeutet, daß er ihn für schwul hält. Aber darauf würde ich nicht allzuviel geben. Durch die Wortbetonung und Satzmelodie und die vielen anderen Eigentümlichkeiten und Ticks erwekken selbst ganz normale Engländer bei Nordamerikanern, die damit nicht vertraut sind, leicht einen falschen Eindruck.»

«Ja», sagte Banks und ballte die Faust in der Tasche, «ich glaube, mir reicht, was ich erfahren habe. Ich kann jetzt auch viel besser nachvollziehen, warum Ihre Polizei den Ruf hat, bei der Verbrechensbekämpfung besonders erfolgreich zu sein.» Er hängte ein, ohne sich zu verabschieden. Wieder ein Fehlschlag. Und die Hoffnung auf Hilfe von jenseits des Atlantik konnte er jetzt wohl auch begraben.

Der Ärger über Gregsons wenig schmeichelhafte Beurteilung englischer Männer war noch zu frisch, als daß er gleich wieder hätte an die Arbeit gehen können. So zündete er sich eine Zigarette an und trat ans Fenster. Das Nieseln hatte sich zu einem richtigen Landregen verdichtet, und eine Vielzahl bunter Schirme gab dem Marktplatz unter ihm eine fast heitere Note. Während er sich noch an dem farbigen Bild erfreute, blieb sein Blick plötzlich an der Gestalt einer einzelnen Frau hängen. Sie bewegte sich wie in Trance, so als nähme sie ihre Umgebung, vielleicht auch sich selbst, gar nicht wahr. Sie war bis auf die Haut durchnäßt, die Haare lagen ihr wie angeklatscht am Kopf, und unter der dünnen weißen Bluse, die an ihrem Körper zu kleben schien, zeichnete sich der BH ab. Es dauerte einen Moment, ehe Banks erkannte, daß die Frau da unten Katie Greenock war.

Er griff sich seinen Regenmantel und wollte hinunterlaufen, um zu sehen, ob sie vielleicht Hilfe brauchte, aber als er einen Augenblick später noch einmal hinuntersah, um festzustellen, in welche Richtung sie jetzt ging, war sie verschwunden. Es war, als sei sie vom Erdboden verschluckt worden. Eine Suchaktion zu starten, wagte er nicht, schließlich gab es kein Gesetz, das verbot, ohne Schirm im Regen herumzulaufen. Aber irgendwie hatte ihn der Anblick ihrer einsamen Gestalt doch eigenartig berührt, fast verstört. Er machte sich Sorgen um sie. Den ganzen Nachmittag über verfolgte ihn ihr Bild, wie sie da zerbrechlich und gleichzeitig doch auch so verführerisch durch den Regen lief.

Teil zwei:
Die Tausend-Dollar-Kur

Kapitel acht

I

Die mächtigen Düsentriebwerke heulten auf, und Banks spürte, wie der Schub ihn gegen die Rückenlehne drückte. Er flog zum erstenmal in einem Jumbo. Die Maschine rumpelte über die Startbahn des Manchester International Airport, und alle beweglichen und unbeweglichen Einrichtungsgegenstände bebten und klapperten, als wollten sie in letzter Minute den naiven Glauben, daß ein Flugzeug dieses Umfangs sich in die Luft erheben könnte, Lügen strafen. Doch genau das tat es. Die Felder und Wiesen Lancashires lagen wie ein Schachbrett unter ihnen, bis sie über Wolkenhöhe stiegen und nur noch auf wattiges Weiß hinunterblickten. Das Leuchtzeichen mit der Schrift RAUCHEN VERBOTEN erlosch, und Banks zündete sich eine Zigarette an.

Ein paar Minuten später tauchte eine Stewardeß neben ihm auf – dieselbe, die gerade eben mit soviel Verve das korrekte Anlegen der Schwimmweste vorgeführt hatte – und bot ihm, die in grellem Rosa geschminkten Lippen zu einem routinierten Lächeln verzogen, in Plastik eingeschweißte Kopfhörer an. Banks nahm sie dankend entgegen, da er wußte, daß später ein Film gezeigt werden würde, doch vorerst zog er es vor, statt Muzak Musik aus seinem Walkman zu hören. Überraschend schnell waren sie über Irland, und wenn ein Loch in der Wolkendecke es gestattete, blickte er hinunter auf leuchtend sattgrüne Weiden. Die Beatles spielten ‹Dear Prudence›, und Banks genoß das seltene Gefühl, mit der Welt in Einklang zu sein.

Als der Getränkewagen vorbeigerollt wurde, bestellte er sich einen Scotch mit Eis. Die Miniaturflasche *Johnny Walker Red* hatte er schnell geleert. Er schloß die Augen und lehnte sich zurück, um noch einmal in aller Ruhe die Ereignisse Revue passieren zu lassen, die dazu geführt hatten, daß er sich jetzt hier befand – ungefähr zehntausend Meter über dem Atlantischen Ozean und mit einer ungefähren

Geschwindigkeit von fast tausend Kilometer pro Stunde auf einen ihm unbekannten Kontinent zurasend.

Es war Sonntag, der dritte Juli, und im Fall Allen hatte sich seit einem Monat nichts mehr bewegt. Banks war noch zweimal in Swainshead gewesen und hatte dort alles unverändert gefunden. Stephen und Nicholas waren ihm beide Male in ihrer spezifischen Mischung aus Höflichkeit und Arroganz begegnet, Sam Greenock hatte wie immer versucht, den dicken Max zu markieren, seine Frau wirkte wie stets zerquält und irgendwie abwesend, und John Fletcher hatte ausgesprochen, was Banks schon die ganze Zeit über vermutet hatte, daß nämlich die ganze Fragerei ihn allmählich ziemlich langweile.

Es war ganz deutlich, daß man einen toten Punkt erreicht hatte. Die Ermittlungen hatten weder neue Zeugen noch bei irgendeinem der Verdächtigen ein bisher verborgen gebliebenes Motiv zutage gefördert. Eine Reihe von Leuten hätte theoretisch zwar die Möglichkeit gehabt, Bernard Allen umzubringen, aber so wie es aussah, hätte man bei keinem einen nachvollziehbaren Grund für diese Tat nennen können. Solange sie also bei ihren früher gemachten Aussagen blieben, war eine Aufklärung des Falles nicht zu erwarten, denn irgendwelche Beweise, mittels derer man einen von ihnen hätte überführen können, gab es nicht. Nach Banks' Ansicht bestand danach der einzige Ausweg darin, daß er nach Kanada flog, um dort Anne Ralston zu suchen, denn sie konnte mit großer Wahrscheinlichkeit bestimmte Hintergrundinformationen liefern, die dann hoffentlich endlich Aufschluß darüber geben würden, was den Fall Addison mit dem Fall Allen verband. Doch zuerst mußte er Gristhorpe davon überzeugen, daß er überhaupt eine Chance hatte, sie innerhalb einer Woche ausfindig zu machen.

«Aber wie wollen Sie das anstellen?» hatte der Super ihn skeptisch gefragt. «Toronto ist eine Millionenstadt, und Sie sind noch nie dagewesen und kennen sich dort überhaupt nicht aus.»

«Wo würden Sie sich hinwenden, wenn Sie als Engländer für einige Zeit in einer Großstadt im Ausland leben müßten?»

Gristhorpe verzog nachdenklich die Stirn. «Ich nehme an, ich würde Anschluß an die englische Kolonie suchen und ihren ‹Club› frequentieren, um nicht völlig auf den vertrauten Umgang verzichten zu müssen.»

«Genau. Nun stammte aber Allen eher aus einfachen Verhältnissen, so daß wir, denke ich, entsprechend davon ausgehen können, daß er sich in Toronto eine Kneipe gesucht haben wird, die ihn in möglichst vielen Details an einen guten alten englischen Pub erinnert. Sein Schwager sagte mir, daß Allen gerne Ale trank und ihm erzählt habe, er sei froh, eine Kneipe ausfindig gemacht zu haben, wo man echtes englisches Importbier ausschenkt. Ich nehme an, mehr als eine Handvoll wird es davon in Toronto wohl nicht geben.»

Gristhorpe nickte. «Aber Sie suchen ja nicht nach Allen, sondern nach Anne Ralston», bemerkte er.

«Ich weiß. Aber Allens Kollegen haben ihn als ziemlich zurückhaltend und reserviert beschrieben, sie sind offenbar nie so richtig mit ihm warm geworden, und deshalb nehme ich an, daß er in seiner Freizeit vor allem mit Engländern zusammen gewesen ist, die wie er nach Kanada ausgewandert sind. Und da ist es doch sehr gut möglich, daß es da irgendeine pubähnliche Kneipe gab, in der sie sich regelmäßig getroffen haben, um genau wie zu Hause gemeinsam an der Theke zu stehen und ihre Pints hinunterzustürzen. Ich könnte mir vorstellen, daß Allen ab und zu im Kreis dieser Leute mal über Anne Ralston gesprochen hat und sich irgend jemand noch an Einzelheiten erinnert und uns vielleicht einen Hinweis geben kann, wo ich sie finden kann.»

«Sie wollen also in Toronto die Pubs abklappern?»

«Ja, so stelle ich mir das vor.»

«Das lassen Sie aber besser nicht Jim Hatchley hören, der ist sonst so neidisch, daß er einen Monat oder länger kein Wort mit Ihnen spricht. Aber eigentlich verstehe ich nicht ganz, warum wir nicht die Kollegen in Toronto bitten, Anne Ralston für uns zu suchen.»

«Also erstens hatte ich neulich am Telefon den Eindruck, daß sie nicht die Leute haben, uns zu helfen, vielleicht auch kein besonders großes Interesse, oder beides. Und zweitens – selbst wenn sie sie ausfindig machten, dann wüßten sie doch immer noch nicht, worauf es bei einer Befragung ankäme. Man müßte sie erst einmal über die vorläufigen Ergebnisse von zwei Morduntersuchungen in Kenntnis setzen, ihnen dann die soziale Hierarchie in einem Yorkshire-Dorf begreiflich zu machen suchen, dann die Geschichte ...»

Gristhorpe winkte ab. «Schon gut, schon gut, ich habe verstanden, worauf Sie hinauswollen.»

«Und außerdem würde eine offizielle Suche, wenn die Ralston das mitbekäme, sie möglicherweise kopfscheu machen, so daß sie erneut verschwinden würde. Sie ist sich ja offenbar im klaren darüber, daß sie etwas weiß, was ihr gefährlich werden könnte. Nicht umsonst hat sie Allen gebeten, niemandem zu sagen, daß er sie wiedergetroffen hat. Wenn sie also mitbekommen würde, daß nach ihr gesucht wird, halte ich es gut für möglich, daß sie uns endgültig durch die Lappen geht.»

«Haben Sie daran gedacht, daß sie sich möglicherweise einen anderen Namen zugelegt hat?»

«Ja, natürlich. Aber in unserer Vermißtenkartei gab es noch ein Foto von ihr. Es ist natürlich schon ein paar Jahre alt, aber ich hoffe, daß sie sich in der Zwischenzeit nicht allzu sehr verändert hat und noch zu erkennen ist. Ich setze auch ganz einfach auf die Hilfsbereitschaft von Bernard Allens Kumpeln – schließlich bin ich ihr Landsmann. So – finden Sie nun meine Überlegungen einigermaßen plausibel?»

«Ja, im großen und ganzen schon. Wenn es Ihnen tatsächlich gelingt, Allens Kneipenfreunde ausfindig zu machen, haben Sie meiner Ansicht nach eine gute Chance, auch etwas über Anne Ralston herauszubekommen. Wer weiß, vielleicht braucht sie ja genau wie Allen ab und zu den Kontakt zu anderen Engländern und ist sogar selbst manchmal Gast in seiner Stammkneipe gewesen.»

«Sie werden mir also helfen, nach Kanada zu kommen?»

Gristhorpe nickte. «Ja, mal seh'n, was ich da machen kann.» Eine Woche später, an einem Donnerstag morgen, hatte Gristhorpe Banks ausrichten lassen, er möge doch bei ihm hereinschauen. Banks drückte seine Zigarette aus, nahm seinen noch vollen Kaffeebecher und ging langsam, um nichts zu verschütten, den Korridor hinunter. Gristhorpes Tür war wie meistens nur angelehnt. Banks schob sie mit der linken Schulter auf und trat ein. Er setzte sich in seinen gewohnten Sessel vor dem Schreibtisch, stellte seinen Kaffee ab und sah Gristhorpe erwartungsvoll an.

Der Superintendent schob ihm einen länglichen Briefumschlag hinüber.

«Sie haben es also geschafft?» fragte Banks.

Gristhorpe nickte. «Machen Sie ihn auf.»

Der Umschlag enthielt ein Rückflugticket für einen Charterflug von Manchester nach Toronto.

«Nächste Woche findet in London in der Provinz Ontario eine sehr wichtige internationale Konferenz zu Fragen der Verbrechensbekämpfung in den Innenstädten der großen Metropolen statt. Ich fand, Sie sollten unbedingt daran teilnehmen», sagte Gristhorpe in neutralem Ton.

«Aber der Flugschein hier gilt für Toronto.»

«Ja, in London landen keine Transatlantikflüge.»

«Und Eastvale hat keine Innenstadt.»

Gristhorpe kratzte sich an der Nase. «Was nicht ist, kann ja noch werden. Vor ein paar Monaten hatten wir schon fast so etwas ähnliches wie eine Straßenschlacht. In kleinerem Maßstab natürlich. Erinnern Sie sich? Und jedenfalls sollte man immer auf alles vorbereitet sein.»

«Möchten Sie einen schriftlichen Bericht haben?»

«Ach nein, ich denke, ein mündliches Resümee wird genügen.» Banks grinste.

«Allerdings – die Sache hat noch einen Haken», sagte Gristhorpe.

«So?»

«Geld», sagte Gristhorpe lapidar. «Ich konnte das mit dem Ticket arrangieren, und außerdem habe ich noch ein paar Dollar Spesen für die Mahlzeiten herausschinden können. Aber alles andere müssen Sie aus Ihrer eigenen Tasche finanzieren.»

«Das ist schon in Ordnung. Was da sonst noch an Kosten anfallen wird, werde ich schon bezahlen können. Das einzige Problem ist jetzt nur noch die Unterkunft.»

«Dafür habe ich gesorgt. Sie können bei meinem Neffen wohnen – das heißt, er stellt Ihnen sein Apartment zur Verfügung. Er selbst hat nämlich vor, den Sommer in einem Ort namens Banff zu verbringen. Gestern abend habe ich mit ihm telefoniert, und er hat gesagt, es wäre ihm eine Freude, Sie vom Flughafen abzuholen. Ich habe ihm eine Beschreibung von Ihnen gegeben, Sie brauchen also nach Ihrer Ankunft nichts weiter zu tun, als einfach nur etwas verloren dazustehen und zu warten. Er ist übrigens ein großer, schlaksiger Bursche, seine Haare sind meistens ein bißchen zu lang, wenn ich mich recht erinnere, und außerdem trägt er eine von diesen lächerlichen Nickelbrillen mit kreisrunden Gläsern. Eigentlich ist er ein netter Kerl, er studiert Organische Chemie oder so etwas ähnliches. Er sagt, seine Wohnung liege direkt in der Innenstadt, das wäre natürlich sehr günstig für Sie. Ach, noch eins, Alan – Sie haben mir gesagt, Sie schafften es in einer Woche. Ich verlasse mich auf Sie!»

«Ich werde mein Bestes tun», versprach Banks und steckte das Tikket ein.

«Finden Sie Anne Ralston, und bekommen Sie heraus, was sie weiß», sagte Gristhorpe. «Wie Sie das anstellen, ist mir ziemlich egal, Folter ausgenommen. Und noch etwas: Lassen Sie sich nicht von der Polizei dort erwischen. Ich könnte mir vorstellen, die wären nicht gerade besonders erfreut, wenn sie mitbekämen, daß da jemand in ihrem Revier wildert. Offiziell sind Sie als Tourist eingereist, daran sollten Sie immer denken.»

«Ich hätte da noch eine Frage, Sir», sagte Banks. «Sie sind doch persönlich sehr stark an dem Fall interessiert, besonders wegen seiner Verbindung zum Mord an Addison damals. Warum fliegen Sie also nicht selbst rüber?»

«Das würde ich schon sehr gern», sagte Gristhorpe langsam, «das dürfen Sie mir glauben.» Er wandte den Blick zum offenen Fenster. «Ich habe meinen Militärdienst bei der Royal Airforce abgeleistet. Freiwillig. Ich bin während des Krieges großgeworden und hegte als kleiner Junge eine maßlose Bewunderung für die Kampfflieger. Vermutlich war das der Grund für meine spätere Entscheidung, mich zu den Luftstreitkräften zu melden. Ich habe wohl gedacht, größenwahnsinnig wie junge Männer nun manchmal sind, ich könne es ihnen gleichtun. Als ich das erstemal mit oben war, geriet einer der Motoren in Brand, und es war wohl nur der Erfahrung und dem Geschick des Piloten zu verdanken, daß wir heil wieder herunterkamen. Ich war zwar gerettet, aber dennoch... Seitdem habe ich kein Flugzeug mehr bestiegen.»

«Das kann ich gut verstehen», sagte Banks leise. «Ich verspreche Ihnen, ich werde sie finden, machen Sie sich keine Sorgen. Zumindest habe ich ja schon eine Idee, wo ich mit der Suche anfangen könnte.»

Damit war ihr Gespräch beendet gewesen. Sandra und die Kinder hatten sich für ihn gefreut, waren aber natürlich auch etwas enttäuscht gewesen, daß sie nicht mitkommen konnten. Hatchley hatte sich erwartungsgemäß so benommen, als seien Banks ein paar Tage Extraurlaub gewährt worden, die er überdies noch an einem reichlich ungewöhnlichen Ort zu verbringen gedachte – und das alles auf Kosten des Steuerzahlers. Doch dies lag jetzt hinter ihm. Und er saß jetzt wirklich und wahrhaftig im Flugzeug, unter sich den Atlantik und auf dem Weg nach Kanada. In diesem Augenblick beugte sich die Stewardeß über ihn und reichte ihm das Tablett mit dem eingeschweißten Mittagessen.

Banks zog sich die Stöpsel seines Walkmans aus den Ohren und betrachtete, was man ihm vorgesetzt hatte. Der Hauptgang bestand aus einer auffallend kleinen, ziemlich verschrumpelten Hühnerkeule mit blasser, faltiger Haut, dazu gab es drei winzige Kartoffeln und ein paar Möhren, die in einer fetten braunen Sauce schwammen. Gleich beim ersten Bissen stellte Banks fest, daß die eine Hälfte der Mahlzeit kochendheiß war, die andere dagegen noch fast gefroren. Er rief nach der Stewardeß, die sich wortreich entschuldigte und alles sogleich mitnahm. Als sie es wiederbrachte, war die gefrorene Hälfte inzwischen lauwarm, die andere völlig zerkocht. Banks versuchte seinen Widerwillen zu überwinden und zwang sich, ein paar Bissen zu essen, gab es dann aber doch sehr bald wieder auf. Auch die welken, öltriefenden Radicchioblätter, die wohl den Salat darstellen sollten, und der kleine Geleehügel mit dem Sahnehäubchen obendrauf sahen nicht besonders appetitanregend aus. Blieben also nur noch Käse und Crakker. Da beides in Cellophan verpackt war, war es immerhin frisch. Zum Abschluß dieser wirklich überwältigenden Mahlzeit goß er sich aus der kleinen Plastikflasche ein Glas Rotwein ein, der ihn aber auch enttäuschte, weil er viel zu sauer war.

Banks merkte, daß er Sodbrennen bekam, und verzichtete deshalb auf Kaffee. Statt dessen zündete er sich eine Zigarette an. Kaum waren die Tabletts fortgeräumt, bot man erneut Drinks an. Mit Alkohol war man an Bord wirklich großzügig, dachte Banks und stellte sich vor, welche Verheerungen ein paar randalierende Betrunkene im Innern eines Flugzeugs anzurichten vermochten – besonders wenn man ihren Zerstörungsdrang anstachelte, indem man ihnen weiteren Nachschub verwehrte. Aber vermutlich würde man das nicht tun. Ihm bot eine freundliche Stewardeß, kaum hatte er seine zweite Miniaturflasche *Johnny Walker Red* geleert, gleich die nächste an – vielleicht betrachtete man Alkohol an Bord als eine Art Tranquilizer, der half, nervöse und leicht erregbare Passagiere ruhig und bei Laune zu halten. Nach einiger Zeit kam die Aufforderung, die Rollos an den Fenstern hinunterzuziehen, da man mit der Vorführung des Films beginnen wollte. Es war ein Thriller, der sich als furchtbar öde erwies.

Banks war der Autojagden und Schießereien bald müde. Er nahm seinen Kopfhörer ab, schloß die Augen und überlegte, was er Anne Ralston fragen würde, wenn er sie denn tatsächlich fände. Die Düsentriebwerke brummten beruhigend eintönig vor sich hin, der Scotch wärmte seine Adern, und bald fiel er in einen tiefen Schlaf. Das letzte, was er noch mitbekam, war die durch Knistern und Knacken entstellte Stimme des Piloten, der den Passagieren mitteilte, daß sie nun in Kürze die Spitze Neufundlands überfliegen und dann dem Sankt-Lorenz-Strom folgen würden.

II

Während Banks irgendwo hoch über Quebec sanft schlummerte, hockte Detective Superintendent Gristhorpe mit hochgezogenen Schultern im *Queen's Arms* vor einem Bier und wartete auf seinen Sergeant.

Stirnrunzelnd sah er auf die Uhr. Er hatte Hatchley extra eingeschärft, spätestens um halb acht da zu sein. Gristhorpe blickte aus dem Fenster auf den Marktplatz, aber Hatchleys massige Gestalt war nirgends zu entdecken. Es regnete immer noch. Schon am Morgen hatten sich dicke Wolken über dem Tal zusammengezogen, sie hatten das frische Grün der Wiesen in ein fahles Graubraun verwandelt und den majestätischen Anblick der Berggipfel dem Blick entzogen.

Es war schon fast acht Uhr, als Hatchley in den Pub stürmte. Durch den Regen lag sein Haar wie angeklebt am Kopf, so daß dessen Kugelform deutlicher denn je hervortrat, sein beigefarbener Trenchcoat war vor allem auf der Schulter und am Rücken dunkel vor Nässe.

Einen Augenblick lang sah er sich unruhig um, dann entdeckte er Gristhorpe und eilte auf seinen Tisch zu. «Es tut mir leid, Sir», sagte er, während er ihm gegenüber Platz nahm, «aber bei dem verdammten Wetter kann man nur im Schneckentempo fahren.»

Gristhorpe roch sofort, daß er eine Fahne hatte, und schloß daraus, daß der Sergeant unterwegs irgendwo erst einmal kurz auf ein Bier eingekehrt war, vielleicht hatte er sogar den kleinen Umweg über Relton gemacht – der Wirt des *Black Sheep* war in der ganzen Gegend berühmt für sein selbstgebrautes Bier, mit dem er schon viele Preise gewonnen hatte. Gristhorpe hätte nicht übel Lust gehabt, Hatchley zur Rede zu stellen, doch er verzichtete darauf. Da Banks zur Zeit unterwegs war, war er auf Hatchley und Richmond angewiesen, und es lag nicht in seinem Interesse, den Sergeant gegen sich aufzubringen, noch weniger gerade jetzt, wo er einen ganz bestimmten Plan in die Tat umsetzen wollte.

Er nahm Hatchleys Einladung zu einem zweiten Bier an und lehnte sich, als Hatchley sich die unvermeidliche Zigarette anzündete, nur kaum merklich in seinem Sessel zurück, um dem Rauch zu entgehen.

«Und – haben Sie's ihnen gesagt?» erkundigte er sich mit kaum unterdrückter Erregung.

«Ja. Ich hatte Glück, sie saßen alle zusammen im *White Rose*.»

«Ich hoffe, Sie sind nicht gleich mit der Tür ins Haus gefallen?»

Hatchley sah ihn gekränkt an. «Ich habe es genau so gemacht, wie Sie mir's sagten, Sir. Als Freddie Metcalfe anfing herumzubohren, warum ich denn schon wieder da sei, hab ich ihm bloß gesagt, daß es eben noch ein paar ungeklärte Fragen gebe, um die ich mich kümmern müsse.»

«Und wie ging es dann weiter?»

«Tja, dann hat Greenock mich aufgefordert, mich doch zu ihnen an den Tisch zu setzen. Sie waren alle sehr freundlich und umgänglich, wir haben über den Preisverfall für landwirtschaftliche Erzeugnisse und über Kricket geredet, ganz als wären wir gute alte Bekannte. Und irgendwann hat Sam Greenock dann wissen wollen, wo denn eigentlich mein Chef sei.»

«Und was haben Sie da geantwortet?»

«Genau was Sie mir gesagt haben, Sir, daß er nach Toronto geflogen sei, um mit Anne Ralston zu reden.»

«Und?»

«Und was, Sir?»

«Was geschah dann? Wie haben sie reagiert? Spannen Sie mich doch nicht so auf die Folter, Mann!»

Hatchley nahm einen tiefen Schluck aus seinem Glas und wischte sich mit dem Handrücken über die Lippen. «Na ja, sie haben sich angesehen. Sie waren etwas überrascht, glaube ich.»

«Könnten Sie vielleicht versuchen, das Ganze mit etwas mehr Einzelheiten zu schildern, Sergeant? Fangen wir mit Sam Greenock an. Hat er denn gar nichts gesagt?»

«Nein, gesagt hat er eigentlich nichts. Obwohl – man merkte ihm schon an, daß ihm die Neuigkeit nicht ganz gleichgültig war. Irgendwie hatte ich den Eindruck, daß er ziemlich wütend war. Stephen Collier war plötzlich etwas blaß um die Nase, das ist mir aufgefallen, während sein eingebildeter Bruder nur so verächtlich vor sich hin grinste und mich zwischendurch einmal so ansah, als sei ich für ihn der letzte Dreck.»

«Wer war sonst da?»

«Nur noch John Fletcher.»

«Und wie hat er die Nachricht aufgenommen?»

Hatchley kratzte sich am Ohr. «Er bekam auf einmal so schmale Lippen und schien dann irgendwie wegzutauchen und seinen eigenen Gedanken nachzuhängen. Er wirkte irgendwie nachdenklich und zugleich beunruhigt.»

Gristhorpe nickte langsam und ließ sich alles, was Hatchley gesagt hatte, noch einmal durch den Kopf gehen. «Das haben Sie sehr gut gemacht, Hatchley», sagte er schließlich.

Hatchley lächelte befriedigt und begann wie beiläufig, sein leeres Bierglas auf dem Tisch hin und her zu schieben. «Und wie geht's nun weiter, Sir?» wollte er wissen.

«Wir behalten sie alle im Auge. Morgen quartiert sich Richmond bei den Greenocks ein. Ich gehe davon aus, daß man sein Gesicht in Swainshead nicht kennt.» Er beugte sich ein wenig vor, um etwas naserümpfend Hatchleys Zigarette auszudrücken, die im Aschenbecher vor sich hin glöste. «Also, wie gesagt, wir werden sie im Auge behalten», wiederholte er, «dann werden wir ja sehen, ob sich jemand rührt.» Er beobachtete einen Moment lang Hatchleys Spiel mit dem leeren Bierglas, dann sagte er: «Schon gut, Hatchley. Sie können das Glas jetzt in Ruhe lassen. Ich weiß, daß ich an der Reihe bin. Wieder das gleiche?»

III

Irgendwo schrillte mit unbarmherziger Regelmäßigkeit eine Glocke. Banks rieb sich die Augen und sah, daß das Zeichen, das zum Anlegen der Sicherheitsgurte aufforderte, leuchtete. Das Rauchen war jedoch noch erlaubt, und so zündete er sich rasch eine Zigarette an, um einen klaren Kopf zu bekommen. Ein Blick aus dem Fenster zeigte ihm, daß sie sich über einem ausgedehnten städtischen Gebiet befanden. Sie flogen zu hoch, als daß er einzelne Häuser hätte erkennen können, aber er konnte das Straßennetz ausmachen und rasch sich bewegende, blitzende Lichtpunkte, die Autos sein mußten.

Eine Stewardeß kündigte über Lautsprecher den Landeanflug an und bat alle Passagiere, das Rauchen einzustellen. Banks spürte einen Druck in den Ohren und begann abwechselnd zu schlucken und so zu tun, als ob er gähnte, um ihn loszuwerden. Wirklich drang auch gleich darauf das Dröhnen der Triebwerke wieder ganz ungefiltert an sein Ohr, doch bis sie schließlich unten waren, mußte er die Prozedur alle paar Sekunden wiederholen.

Die Maschine legte sich jetzt in eine Linkskurve, und nun erkannte man schon die Umrisse einzelner Gebäude. Nach einer langen Schleife kam rechts eine große Wasserfläche in Sicht, die von einer Gruppe Hochhäuser flankiert war. Sie verloren nun schnell an Höhe, und innerhalb weniger Augenblicke setzten sie sanft auf. Die Schubumkehr wurde eingeschaltet, und es fühlte sich an, als sei die Maschine an einem kurzen Seil festgebunden, das sie energisch nach hinten zog. Sie kamen zum Stehen. Ein paar der Passagiere klatschten Beifall, offenbar waren sie erleichtert, heil wieder am Boden zu sein.

Nach kurzer Zeit öffneten sich die Kabinentüren, und sie konnten vorbei an einer Reihe mechanisch lächelnder Stewards und Stewardessen die Maschine verlassen. Banks folgte dem Strom der anderen Passagiere über Treppen und lange Korridore, bis er sich schließlich in einer Schlange vor einem Schalter mit der Aufschrift ‹EINREISE› wiederfand. Die Abfertigung dort verlief problemlos, und er ging zum Laufband mit dem Fluggepäck, wo er erneut warten mußte, bis endlich sein Koffer auftauchte. Den Koffer und den Beutel mit zollfreiem Scotch und Zigaretten in der Hand, passierte er unbehelligt den Zoll und kam in die Eingangshalle, wo sich gerade die ersten lauten Begrüßungsszenen abspielten. Er stellte sich, wie Gristhorpe ihm geraten hatte, in eine ruhige Ecke und versuchte, verloren auszusehen.

Nach wenigen Minuten bemerkte er einen hoch aufgeschossenen jungen Mann mit langer brauner Mähne und einem tennisballgroßen Adamsapfel, der sich direkt auf ihn zu einen Weg durch die Menge bahnte. Banks sah, daß er tatsächlich eine dieser komischen Nickelbrillen trug, und hob die Hand, um zu winken.

Der junge Mann winkte zurück und stand gleich darauf vor ihm. «Gerry Webb», sagte er und streckte die Hand aus. «Und Sie sind Chief Inspector Banks, nehme ich an.»

«Ja. Aber nennen Sie mich bitte Alan. Ich bin ja privat hier.»

«Ah, privat, ich verstehe», sagte Gerry und griente ein wenig. «Kommen Sie, sehen wir zu, daß wir hier rauskommen.»

Sie drängten sich durch die Menge und fuhren mit dem Aufzug zum Parkdeck, wo Gerrys Wagen stand. «Das ist er», sagte er und deutete auf einen safrangelben VW-Käfer. «Ich habe ihn ‹*Schnieferchen*› getauft, weil er im Vergleich zu den anderen Autos hier so ein Zwerg ist und morgens immer so seltsame Geräusche macht, bevor er anspringt, besonders im Winter. Aber er hat mich bisher noch immer ans Ziel gebracht.» Er gab dem Kofferraumdeckel vorn einen liebevollen Klaps, bevor er ihn öffnete, um Banks' Gepäck zu verstauen. Banks ging derweil wie selbstverständlich zur linken Wagentür, um einzusteigen, dann erst bemerkte er, daß dort der Fahrersitz war, und ging um den Wagen herum zur Beifahrertür.

«Das passiert allen, die aus England zu Besuch kommen», sagte Gerry und lachte. «Unweigerlich. Das Überqueren der Straße ist die nächste Überraschung, die auf Sie wartet.»

Zwei Dinge fielen Banks besonders auf, während Gerry das Auto über die Schnellstraße steuerte: die Größe der anderen Wagen und die drückende Hitze. Er zog sein Jackett aus und warf es auf die Rückbank. In kurzer Zeit klebte ihm das Hemd am Körper, und die Luft, die durch die offenen Fenster drang, war heiß und feucht und brachte so gut wie keine Abkühlung.

«Ich fürchte, Sie sind mitten in eine unserer Hitzewellen hineingeraten», erklärte Gerry. «Wir haben in den letzten drei Tagen zwischen dreiunddreißig und sechsunddreißig Grad gehabt, und das bei über neunzig Prozent Luftfeuchtigkeit.»

«Wie fühlen sich denn hundert Prozent an?» wollte Banks wissen.

«Das kann ich Ihnen nicht sagen», antwortete Gerry, «komischerweise wird dieser Wert nie erreicht, nicht mal während eines Gewitters. Aber der Sommer hier kann wirklich höllisch sein. Toronto ist, was das Klima angeht, eine Stadt der Extreme. Im Winter haben wir hier klirrenden Frost, und im Sommer ist es so heiß und feucht, daß man es kaum aushält, wie Sie ja inzwischen selbst festgestellt haben. Und die Smogwerte steigen auch immer dramatisch an.»

«Ist denn dann wenigstens der Frühling angenehm?»

Gerry schüttelte den Kopf. «Einen Frühling so wie in England kennen wir hier gar nicht, hier ist das eine Jahreszeit mit starken Niederschlägen und dann wieder sehr viel Sonne. Der Herbst ist schön – September, Oktober. Angenehm warm, die Tage nicht zu heiß, und die Abende kühl und frisch.» Er sah Banks von der Seite an. «Ich wette, Sie haben Schnee und Eiszapfen erwartet, stimmt's?» fragte er.

«Nicht ganz», antwortete Banks, «aber mit einer solchen Hitze habe ich nicht gerechnet, das gebe ich gern zu.»

«Also, am schärfsten sind ja die Amerikaner», sagte Gerry, «ich habe eine Zeitlang, während ich an meiner Magisterarbeit schrieb, in Windsor gewohnt und in den Sommerferien beim Zoll gearbeitet. Da habe ich mit meinen eigenen Augen gesehen, wie die Amerikaner Mitte Juli von Detroit hochkamen – mit Pelzmänteln auf dem Rücksitz und Skiern auf dem Dach. Meine Kollegen und ich haben uns jedesmal halb totgelacht. Unsere Nachbarn im Süden haben wirklich keine Ahnung von diesem Land hier.»

«Also ich weiß auch nicht gerade besonders gut Bescheid über Kanada», gestand Banks.

«Ach, keine Sorge, das wird sich schnell ändern», sagte Gerry. «Halten Sie Augen und Ohren offen, dann werden Sie schon bald mitkriegen, wie es hier zugeht.»

Banks mußte unwillkürlich lächeln. Gerry hatte zwar den typischen singenden Tonfall der Kanadier angenommen, doch hörte man bei ihm auch noch deutlich Spuren seines ursprünglichen Yorkshire-Dialekts heraus.

Sie bogen nach Osten ab und fuhren jetzt parallel zum Ufer einer weiten Bucht. Einen Moment lang verspürte Banks einen Anflug von Panik, weil er dachte, sie seien auf der falschen Straßenseite, doch im nächsten Moment erinnerte er sich wieder, wo er war, und atmete erleichtert auf.

Die Bucht zu ihrer Rechten öffnete sich zum Ontariosee, auf dessen gekräuselter blauer Oberfläche die Sonne Tausende strahlende Lichtpunkte tanzen ließ. Die weißen Segel der Yachten blähten sich in einer sanften Brise, und Banks beneidete die reichen Nichtstuer da draußen, die es sich leisten konnten, vor der Hitze der Stadt auf das Wasser zu fliehen.

«Da drüben sehen Sie die sogenannten ‹Inseln›», sagte Gerry und deutete auf eine nur schemenhaft erkennbare grünblaue Linie am Horizont. «Eigentlich handelt es sich um eine langgestreckte Sandbank, aber das will hier niemand so genau wissen. Auf den entfernteren dieser ‹Inseln›, Ward's und Algonquin, wohnen sogar Leute, aber seit einiger Zeit versucht die kommunale Bürokratie Druck auszuüben, daß sie verschwinden, damit man dort einen Helikopterstützpunkt oder einen Minigolfplatz bauen kann.»

«Diese Art Planung kommt mir sehr bekannt vor», sagte Banks und dachte dabei an die gerade wieder aktuelle Diskussion über die Errichtung eines Safariparks in den Dales.

«Die Pläne haben eine Menge böses Blut gemacht», fuhr Gerry fort, «anfangs haben die Bewohner sogar eine Art Bürgerwehr gebildet. Sie waren fest entschlossen, jeder gewaltsamen Räumung zu trotzen.»

«Und wie sieht's im Moment aus?»

«Es ist alles offen, würde ich sagen. Zwar gibt es inzwischen jede Menge kluger Vorschläge, wie man den Konflikt zum Beispiel durch langfristige Pachtverträge lösen könnte, aber das setzt eben viel guten Willen voraus. Und ich denke, bei dem Ganzen ist viel Neid im Spiel. Die Bewohner da draußen sind vor allem Intellektuelle und Künstler, und viele Leute, die selbst gezwungen sind, in der Stadt zu leben, gönnen ihnen das freiere Leben dort einfach nicht. Vermutlich sind sie der Ansicht, daß nur die wirklich Reichen ein Recht haben, in so einer schönen Umgebung zu wohnen.»

«Und wie ist Ihre Meinung?»

«Ich denke, daß es nicht nur die reine Idylle ist. Die Winter müssen in den barackenähnlichen Behausungen, die sie sich errichtet haben, ziemlich ungemütlich sein. Aber sehen Sie mal da drüben!»

Vor ihnen erhob sich eine Gruppe Wolkenkratzer, manche schwarz, andere weiß, und wieder andere hatten Aluminiumfassaden, die im Licht der Sonne golden glänzten. Dicht am See und sie alle überragend, stand ein sich nach oben verjüngender Turm, gekrönt von einer ausladenden Kugel, aus der eine nadeldünne Spitze aufragte. Es war ein Phallussymbol von solch gigantischem Ausmaß, daß der Londoner Post Office Tower daneben richtig mickrig aussah, dachte Banks.

«Das ist der CN Tower», erklärte Gerry. «Torontos ganzer Stolz. Das höchste freistehende Bauwerk der Welt – jedenfalls im Moment.

Irgendwann werden die Japaner bestimmt versuchen, einen noch höheren Turm zu bauen. Sehen Sie die Fahrstühle, die außen an dem Gebäude hochfahren?»

Banks nickte. Schon bei der bloßen Vorstellung, in einem von ihnen Hunderte von Metern nach oben zu sausen, wurde ihm schwindlig. Aus diesem Grund konnte er auch sich drehenden Restaurants auf den Spitzen von Fernsehtürmen nicht das geringste abgewinnen.

«Und wozu dient das Ganze?» wollte er wissen.

«Eine gute Frage. Vor allem um anzugeben, würde ich sagen.»

«Und was befindet sich da oben in dieser Kugel?»

«Ein Drehrestaurant, was sonst? Und natürlich eine Disco. Die darf doch in einem der bedeutendsten Bauwerke der westlichen Zivilisation nicht fehlen.»

«Eine Disco?» fragte Banks ungläubig.

«Ja, ernsthaft! Vielleicht sollte ich ehrlicherweise noch hinzufügen, daß auf dem Turm außerdem noch Sendeantennen für UKW und Fernsehen montiert sind. Aber dafür hätten sie nicht dieses Riesending hier hinsetzen müssen. Ich glaube, im Grunde ging es darum, aller Welt zu beweisen, daß man der Größte ist – buchstäblich.»

Die Schnellstraße verlief jetzt auf einer erhöhten Rampe und führte an der Rückseite von Lagerhäusern und Reihen von Plakatwänden vorbei. «Unsere Innenstadt von hinten gesehen», kommentierte Gerry lakonisch. Da die Gebäude so dicht an die Straße grenzten, empfand Banks die Geschwindigkeit plötzlich als viel schneller und kam sich beinahe vor wie auf einer rasenden Achterbahnfahrt.

Schließlich bogen sie ab und fuhren durch ein tristes Industriegebiet mit heruntergekommenen Fabriken, bis sie nach einiger Zeit auf eine belebte Geschäftsstraße gelangten. Die meisten Häuser hier wirkten alt und schäbig, und Banks fiel auf, daß er über fast allen Läden chinesische Schriftzeichen sah. In den Schaufenstern zahlreicher Imbißstuben und kleiner Restaurants hingen mit dem Hals nach unten rot marinierte Pekingenten, und auf dem Bürgersteig vor den großen Lebensmittelmärkten waren Obst- und Gemüsestände aufgebaut, um deren farbenprächtige Waren die Kunden sich nur so drängten. Über einem der Läden, an denen sie vorbeifuhren, entdeckte Banks amüsiert ein handgeschriebenes Schild, das in origineller Zusammenstellung LEBENDE KREBSE & VIDEOS anbot. Alle schienen es eilig zu haben, stießen und schoben, um einen guten Kauf zu machen. Mit der stickigen, heißen Luft drang von draußen ein leicht fauliger Geruch wie von in der Hitze verdorbenen Lebensmitteln ins Auto, seltsam vermischt mit dem Duft exotischer Gewürze. Neben ihnen ratterte eilig eine in Rot und gelblichem Weiß lackierte Straßenbahn.

«Der östliche Teil von Chinatown», kommentierte Gerry. «Jetzt sind wir gleich da.»

Sie passierten ein Gefängnis und ein Krankenhaus. Zu ihrer Linken tauchte plötzlich ein grünes Tal auf, dessen grasbewachsener Hang in einen weiten Talgrund auslief, der von einer Schnellstraßentrasse und einem trübe glänzenden Fluß durchzogen wurde. Auf der anderen Seite konnte Banks oberhalb der Bäume für einen Augenblick im Mittagsdunst die verschwommene Silhouette einiger Hochhäuser ausmachen. Gerry bog nach rechts in eine baumgesäumte Straße ein und hielt in der Auffahrt zu einem kleinen Backsteinhaus mit einer grün-weiß gestrichenen Eingangstür. «Da wären wir», verkündete er. «Ich wohne im Erdgeschoß, im Stockwerk über mir lebt ein junges Pärchen. Sie brauchen aber keine Angst zu haben, daß Sie gestört werden könnten, die beiden sind ziemlich ruhig.» Er schloß die Haustür auf. «Treten Sie ein», sagte er. «Ich könnte jetzt sofort ein kaltes Bier gebrauchen, und wie steht's mit Ihnen?»

Die Wohnung war klein und nur spärlich möbliert – offenbar mit alten Möbeln vom Trödler –, aber sauber und gemütlich. In hohen Wandregalen und auf allen verfügbaren Flächen stapelten sich Bücher, anscheinend lag die Bibliophilie bei den Gristhorpes in der Familie.

Gerry ging ihm voran in die handtuchschmale Küche und holte zwei Budweiser aus dem Eisschrank. Banks riß die Dose gierig auf und ließ sich das gekühlte, leicht malzig schmeckende Bier die Kehle hinunterlaufen. Gerry tat es ihm gleich.

«Ah, das tat gut», sagte er befriedigt, während er sich mit dem Handrücken die Lippen abwischte. «Es tut mir leid, daß es hier drin auch noch so heiß ist, aber ich kann mir eine Klimaanlage einfach nicht leisten. Übrigens habe ich schon in schlimmeren Wohnungen gelebt, was die Hitze angeht. Hier kann ich wenigstens Durchzug machen, und nachts gehen die Temperaturen dadurch schon deutlich zurück.»

«Wie heißt die Gegend hier eigentlich?» wollte Banks wissen.

«Riverdale. Das Viertel ist in den letzten Jahren allmählich immer schicker geworden, die Grundstückspreise haben dementsprechend inzwischen astronomische Höhen erreicht. Früher gab es hier überall kleine griechische Cafés, griechische Restaurants und Obst- und Gemüsestände, die Tag und Nacht geöffnet hatten. Jetzt haben wir statt dessen sogenannte Bioläden, Buchhandlungen, in denen man bis Mitternacht bedient wird, und sogenannte Bistros mit korallenroten Tischdecken und langstieligen Weingläsern. Aber es gibt ja Leute, die so etwas sehr schätzen.»

«Sie wohl nicht?»

Gerry schüttelte den Kopf. «Nein, aber zum Glück sind auch noch ein paar ganz normale Restaurants und Kneipen übriggeblieben. Im *Black Swan* kann man nach wie vor jeden Samstagnachmittag richtig guten Blues hören, und *Quinn's*, das ist sozusagen meine Stammkneipe, ist auch ziemlich unverändert. Und außerdem hat erstaunlicherweise eine Handvoll der griechischen Restaurants irgendwie überlebt, was mich sehr freut, obwohl ich griechisches Essen nicht besonders mag, irgendwie besteht die griechische Küche hier in Toronto aus nichts anderem als fettem Lammfleisch, Auberginen und klebrig-süßen Desserts.»

Sie setzten sich auf das ausladende Sofa, ein rötlichbraunes Ungetüm aus den fünfziger Jahren mit Armlehnen, die wie riesige Flügel aussahen, und tranken ihr Bier aus.

«Ihr Onkel sagte mir, daß Sie zu irgendeiner Konferenz reisen müßten», sagte Banks. «Ich hoffe, daß das stimmt und nicht mein Besuch Sie von hier vertreibt.»

«Nein, keine Sorge. Die Konferenz findet tatsächlich statt; allerdings ist sie nicht der Hauptgrund, daß ich dorthin fahre», sagte Gerry. «Banff ist eben ein ganz besonders großartiger Ort, er liegt direkt am Fuß der Rockies. Ich freue mich schon auf die Wanderungen dort.»

«Wie kommen Sie hin?»

«Mit Schnieferchen.»

«Wie weit ist es denn?»

«Ein paar tausend Kilometer. Aber man gewöhnt sich sehr schnell daran, große Entfernungen zurückzulegen, wenn man hier lebt. Schnieferchen kennt die Strecke auch schon, und lange Strecken scheinen ihm zu liegen. Ich nehme mein Zelt mit, damit ich unterwegs problemlos übernachten kann. Falls Sie übrigens hier einen Wagen brauchen sollten ...»

Banks schüttelte den Kopf. «Nein, auf gar keinen Fall, ich trau mich einfach nicht, auf der falschen Straßenseite zu fahren», fügte er grienend hinzu. «Wie sieht es denn mit den öffentlichen Verkehrsmitteln aus?»

«Oh, da können wir nicht klagen. Wir haben die Wahl zwischen U-Bahn, Bussen und, wie Sie ja schon gesehen haben, der Straßenbahn.»

«Ja, ich muß sagen, ich war einigermaßen überrascht, daß es die hier noch gibt. Ich glaube, ich bin als Kind zuletzt in einer gefahren.»

«Na, dann können Sie ja jetzt etwas nachholen. Ich benutze sie eigentlich fast immer, wenn ich in der Stadt zu tun habe, das erspart mir die ermüdende Suche nach einem Parkplatz, und außerdem darf ich mir dann gestatten, etwas zu trinken. Wenn ich mit dem Auto unterwegs bin, halte ich mich immer sehr zurück, die Bullen hier können nämlich bei alkoholisierten Fahrern verdammt stinkig werden. «Oh, Entschuldigung», er sah Banks verlegen an, «ich habe ganz vergessen, daß Sie ja auch ...»

Banks winkte lachend ab.

Gerry stand auf, kramte ein Weilchen in einer Schublade und kam schließlich mit einem Stapel Karten und Stadtplänen zurück. «Hier ist erst mal ein Stadtplan», sagte er, «man kann sich in Toronto eigentlich gar nicht verlaufen, weil alle Straßen rechtwinklig entweder in Ost-West- oder in Nord-Süd-Richtung verlaufen. Die U-Bahn hier ist übrigens sehr viel übersichtlicher als in London, da werden Sie sich bestimmt sofort zurechtfinden.»

Während Gerry fortfuhr, ihn über Touristentickets, Umsteigemöglichkeiten von einem Verkehrsmittel auf das andere und die günstigsten Verbindungen zu den wichtigsten Sehenswürdigkeiten zu informieren, spürte Banks, wie ihm immer wieder die Augen zufielen. Er konnte nichts dagegen tun, die lange Reise und die Hitze forderten ihren Tribut.

Endlich hielt Gerry inne. «Oh, ich glaube, es wird jetzt ein bißchen zuviel auf einmal, oder? Haben Sie überhaupt noch alles mitbekommen?»

«Nicht so ganz», sagte Banks mit schwacher Stimme.

«Möchten Sie sich vielleicht ein wenig hinlegen?»

Banks nickte. «Ich glaube, etwas Schlaf würde mir schon guttun.»

Gerry zeigte ihm das Schlafzimmer.

«Aber ich will Ihnen doch nicht Ihr Bett wegnehmen. Hier schlafen Sie doch», sagte Banks.

«Das geht schon in Ordnung. Ich mache es mir heute nacht auf der Couch bequem.»

«Aber da kann ich doch...»

Gerry winkte ab. «Nein, kommt gar nicht in Frage. Ich muß morgen schon sehr früh aufstehen, da würde ich Sie sonst nur stören. Und außerdem ist das ab jetzt eine Woche lang Ihre Wohnung.»

Banks war viel zu müde, um lange zu argumentieren, und insgeheim war er auch froh, in ein richtiges Bett zu kommen. Er zog sich aus, legte sich hin und war im selben Augenblick schon eingeschlafen.

Als er aufwachte, war er zunächst verwirrt darüber, sich in einem fremden Bett wiederzufinden, und brauchte einen Moment, ehe er sich erinnerte, wo er war. Draußen war es dunkel, aber die Hitze hatte kaum nachgelassen, die Bettücher waren feucht von Schweiß. Aus dem Nebenzimmer hörte er Geräusche. Er zog seine Hose an und ging hinüber. Gerry war gerade dabei, einen Stapel Kleidung und Wäsche in einen großen Rucksack zu verstauen. Einen kurzen, irritierenden Augenblick lang glaubte Banks, Bernard Allen vor sich zu sehen, wie er an seinem letzten Morgen in Swainshead seine Sachen zusammengepackt haben mußte.

«Hallo», sagte Gerry, «ich hatte gar nicht damit gerechnet, daß Sie heute noch einmal aufstehen.»

«Wie spät ist es?»

«Zehn Uhr Ortszeit, drüben in England drei Uhr früh.»

«Ich bin plötzlich aufgewacht, ich weiß auch nicht, warum.»

«Die Zeitverschiebung bei Langstreckenflügen bringt eben den Biorhythmus durcheinander. Wenn man in der Gegenrichtung fliegt, ist es noch viel schlimmer.»

«Tröstliche Aussicht», sagte Banks sarkastisch.

Gerry nickte. «Ein Bier?»

«Wenn ich vielleicht einen Tee haben könnte?»

«Aber natürlich.»

Gerry stellte den Fernseher an und ging in die Küche. Banks ließ sich auf das Sofa sinken und legte die Füße hoch. Offenbar lief gerade eine Nachrichtensendung. Eine hübsche junge Frau berichtete engagiert von einer Unterhausdebatte, und Banks spürte wieder fast schmerzhaft, daß er in einem fremden Land war – der Akzent war ein anderer, und die Namen der Politiker hatte er noch nie gehört.

Gerry brachte den Tee und setzte sich neben ihn.

«Ich hätte gern noch ein paar Auskünfte von Ihnen, wenn es Ihnen nichts ausmacht», sagte Banks.

«Nur zu.»

«Wo befindet sich das Toronto Community College?»

«Das ist ganz leicht zu finden, am besten Sie nehmen die U-Bahn.» Gerry erklärte ihm, wie er zu Fuß oder mit der Straßenbahn zur U-Bahnstation *Broad View* kam, wo er umsteigen und an welcher Station er den Zug verlassen mußte.

«Gut, dann wäre da noch eine Sache. Können Sie mir die Kneipen hier nennen, die im Stil eines englischen Pubs eingerichtet sind und auch englisches Bier ausschenken?»

Gerry lachte. «Also, wenn Sie die alle besuchen wollen, dann haben Sie sich aber was vorgenommen. Es gibt Dutzende davon, da wird eine Woche kaum ausreichen. Da wäre *The Madison, The Sticky Wicket, Paupers, The Hop and Grape, The Artful Dodger, The Jack Rusell, The Spotted Dick, The Feathers, Quigley's,* und dann natürlich eine gane Reihe von ‹Herzögen›, das sind ganze Dynastien. Ich werde Ihnen eine Liste machen. Aber können Sie mir verraten, wozu Sie das wissen wollen – oder ist das streng geheim?»

«Ich suche nach einer Frau. Ihr Name ist Anne Ralston.»

«Was hat sie denn ausgefressen?»

«Nichts, soweit ich weiß.»

«Das hört sich ja sehr mysteriös an. Sie sind fast so schlimm wie Onkel Eb.»

«Wie wer?»

«Onkel Eb – Eb Gristhorpe. Soll das heißen, Sie kennen seinen Vornamen nicht?»

Banks schüttelte den Kopf. Gristhorpe hatte ihn nie erwähnt, und seine Unterschrift war völlig unleserlich. «Eb? Also das würde mich jetzt schon interessieren, wofür das steht.» Er sah Gerry fragend an.

Der wiegte bedenklich den Kopf. «Ich weiß nicht, ob ich es Ihnen verraten darf, wenn er es Ihnen nicht selbst gesagt hat. Wie ich Onkel Eb kenne, würde er mir das ziemlich übelnehmen.»

«Er wird nie erfahren, daß ich ihn weiß – Ehrenwort!»

«Nun, Eb steht für Ebenezer, ist doch klar», sagte Gerry.

Banks stieß einen leisen Pfiff aus. «Also den Namen würde ich, glaube ich, auch lieber geheimhalten.»

Gerry grinste. «Sie kennen ja erst die halbe Wahrheit. Er hat nämlich noch einen zweiten Vornamen. Sein Vater war ein großer Streiter für die Rechte der Arbeiter, besonders der Landarbeiter, deshalb nannte er seinen ältesten Sohn Ebenezer Elliott, nach dem Dichter der ‹Korngesetz-Verse› und leidenschaftlichen Kämpfer gegen soziale Mißstände.»

Banks hatte den Namen Ebenezer Elliott noch nie gehört und nahm sich vor, ihn zu Hause nachzuschlagen, er war immer daran interessiert, etwas dazuzulernen.

«Ebenezer Elliott Gristhorpe», murmelte er vor sich hin. «Da soll mich doch der Teufel holen...»

«Ich habe mir gedacht, daß Sie das beeindrucken würde», sagte Gerry grinsend. «Der Name hat einen gewissen Charme, finden Sie nicht? Meine arme Mutter, Onkel Ebs Schwester, hat es noch schlimmer erwischt, ihr haben sie den Namen Mory Wollstonecraft angehängt. Großvater war eben sehr fortschrittlich, und so lagen ihm auch die Rechte der Frauen am Herzen. Mein eigener Vater heißt zum Glück nur ganz schlicht und einfach George Webb und hatte Gott sei Dank auch keine ausgefallenen Interessen, die ihn dazu hätten verleiten können, seinen Kindern irgendwelche merkwürdigen Namen zu geben.»

Auf dem Fernsehschirm erschienen jetzt Bilder aus Belfast: Kinder und Jugendliche schleuderten Steine und Molotowcocktails gegen Polizisten in Kampfuniform. Es war Nacht, und überall längs der Straßen flackerten orangerote Flammen, aus brennenden Autoreifen stieg dunkler Rauch. Die Welt war nichts als ein riesiges Dorf, dachte Banks und spürte, wie seine Müdigkeit zurückkehrte. Er gähnte und stellte seine Teetasse ab.

«Jetzt habe ich aber auch noch eine Frage an Sie», sagte Gerry. «Woher stammt die Narbe da?»

Banks betastete die gezackte weiße Linie neben seinem rechten Auge. «Das da? Oh, da bin ich einmal vor Müdigkeit einfach umgefallen und dabei mit dem Kopf auf die Tischkante geschlagen.»

Gerry lachte. «Schon verstanden. Sie wollen wieder zurück ins Bett.»

Banks nickte. «Ich glaube, ich könnte sogar im Stehen einschlafen. Sehen wir uns morgen früh noch?»

«Wahrscheinlich nicht», erwiderte Gerry. «Ich habe eine lange Fahrt vor mir und werde deshalb gleich bei Morgengrauen aufbrechen. Kaffee und Zucker finden Sie in dem Schrank über der Spüle, Milch und was Sie sonst noch fürs Frühstück brauchen, im Kühlschrank. Ach, und hier haben Sie die Schlüssel. Fühlen Sie sich bitte ganz wie zu Hause.»

Banks schüttelte ihm die Hand. «Vielen Dank», sagte er, «das wird mir, glaube ich, nicht schwerfallen. Und falls Sie mal nach England kommen sollten ...»

«... werde ich in Eastvale vorbeischauen», ergänzte Gerry. «Aber das tue ich sowieso immer, wenn ich mal drüben bin. Gute Nacht.»

Banks ging zurück ins Schlafzimmer. Ein leichter Wind schien die Schwüle etwas zu mildern, aber die Temperaturen waren noch immer viel zu hoch, um angenehm zu sein. Ermattet ließ er sich auf das schweißfeuchte Bett sinken. Draußen, gar nicht weit entfernt, hörte er das vertraute Rattern und dachte daran, wie er als kleiner Junge in jeder Stadt, die sie besucht hatten, immer darauf bestanden hatte, mit der Straßenbahn zu fahren. Er war schon fast eingeschlafen, als vor seinem inneren Auge plötzlich der Marktplatz von Eastvale auftauchte mit seinem Kopfsteinpflaster und dem Pub an der Ecke. Alles sehr weit weg, dachte er, und wenn er tatsächlich in einer Woche zurück sein wollte, würde er sich ganz schön ins Zeug legen müssen.

Kapitel neun

I

Es war Sonntag morgen, und die Bewohner von Swainshead waren auf dem Weg zur Kirche. Die Frauen trugen leichte, bunte Sommerkleider und große Hüte und grüßten gutgelaunt lächelnd nach rechts und links, während man den Männern ansah, daß sie sich in Anzug und Krawatte eher unwohl fühlten.

Jeden Sonntagmorgen trat Katie wie unter einem Zwang ans Fenster und blickte, hinter der Gardine verborgen, nach draußen. Und jedesmal spürte sie einen Stich, weil sie wußte, daß sie eigentlich auch da unten sein sollte und Sam an ihrer Seite; hinterher könnte er ja eine Stunde in den Pub gehen, während sie selbst das Mittagessen kochte, dachte sie dann oft. Doch Sam ging lieber gleich in den Pub, und sie kochte das aufwendige Sonntagsessen, ohne vorher in der Kirche gewesen zu sein. Manchmal schien ihr, daß diese Unterlassung von Sonntag zu Sonntag immer unerträglicher würde.

Ihre ganze Kindheit hindurch war Katie gezwungen worden, ihre Großmutter sonntags in die Kirche zu begleiten, und die zur Schau gestellte eifernde Frömmigkeit der Gemeinde hatte sie jedesmal verstört und eingeschüchtert. Da sang man selbst Choräle zum Lobe Gottes nur mit gedämpfter Stimme, weil man den Eindruck fürchtete, daß das Singen einem Freude mache. Mit den Bibeltexten und ihrer Auslegung hatte sie nicht viel anzufangen gewußt, aber der drohende Unterton, mit dem sie vorgetragen wurden, der war bei ihr angekommen und hatte sich ihr zusammen mit dem Anblick der vor Erregung verzerrten Münder und dem glasigen Ausdruck der Augen unauslöschlich eingeprägt. Als sie älter wurde, brauchte es keine Predigt mehr, um sie in Angst und Schrecken zu versetzen. Sobald sie die Kirche betrat, konnte buchstäblich alles und jedes Angst in ihr auslösen: der feucht-kühle Modergeruch, der von den Steinplatten des Bodens aufstieg, das Knarren einer Kirchenbank, wenn ein gelangweiltes Kind unruhig auf ihr hin und her rutschte, die hölzernen Tafeln, auf denen die Nummern der zu singenden Kirchenlieder angezeigt wurden, die Glasfenster, deren düstere Farben ihr von Tod und Gericht kündeten. Innerhalb kürzester Zeit schien sie ganz und gar von Panik erfüllt und hatte das Gefühl, keine Luft mehr zu bekommen.

Trotzdem spürte sie immer noch die Verpflichtung, am Gottesdienst teilzunehmen. Die Kirche war schließlich das Haus Gottes auf Erden, und nie würde sie dem Jammertal hier entkommen, wenn sie sich nicht ganz unter Seinen Willen stellte. Doch wie an allen Sonntagen zuvor war sie auch heute wieder nur Zuschauerin. Sie wartete ab, bis die letzten Kirchgänger ihren Blicken entschwanden, dann holte sie sich ihr kleines Transistorradio hervor und setzte zum Klang von Chorälen ihre Arbeit fort, und ab und zu summte sie sogar leise mit. ER würde es ihr doch sicher anrechnen, daß sie hier ihre Pflicht tat. Es war zwar Sonntag, und den Sonntag sollte man heiligen, aber schließlich konnte sie die Gäste doch nicht einfach sich selbst überlassen, und insgeheim hatte sie tief in ihrem Innern ohnehin den Verdacht, daß das Gebot der Sonntagsruhe nur für Männer galt. Sicher würde ER ihre Anstrengungen sehen und sie ihr zugute halten. Doch waren nicht auch diese Überlegungen schon wieder Sünde? War es nicht verboten, um Seine Gunst zu werben, sich zu brüsten und zu sagen, sieh, was ich getan habe, HERR? Ja, das war Hoffart, so wenigstens hatte man es ihr beigebracht. Sie wußte allerdings nicht mehr, wer ihr das gesagt hatte, und auch nicht, ob es nun wirklich ein Rechtgläubiger gewesen war oder nicht – es gab so unendlich viele Ihm nicht wohlgefällige Abweichungen, so unendlich viele Fallen für den, dessen Geist und Körper unrein waren. Glaube, Werke, Erwählung – die Begriffe wirbelten in ihren Gedanken umeinander, ohne daß sie ihnen eine Richtung zu geben vermochte.

Nun, dachte sie resigniert, wenn es denn falsch war, am Sonntag zu arbeiten, dann würde sich die Last ihrer Sünden eben noch weiter erhöhen. Sie nahm den schwarzen Müllsack auf. Drei Zimmer waren noch sauberzumachen, und anschließend mußte sie sich um das Essen kümmern. Wann würde diese Tretmühle endlich einmal stillstehen?

Sie ging nach unten, um den Braten in den Backofen zu schieben, und sah, daß gerade ein neuer Gast eingetroffen war. Im Vorübergehen hörte sie, wie er sich Sam als Philip Richmond vorstellte. Er komme aus Bolton in Lancashire und wolle ein paar Tage hier ausspannen. Als er den Kopf wandte, stutzte sie einen Moment, dann erkannte sie ihn wieder. Der hängende Schnurrbart und die athletische Figur – das war der Mann, den sie vor ein paar Tagen in Begleitung des Chief Inspector und seines Sergeant in Eastvale gesehen hatte.

Sein unvermutetes Auftauchen hier brachte ihr den Tag wieder in Erinnerung. Der kleine Ausbruchsversuch hatte ihr am Ende nichts weiter eingebracht als eine Erkältung. Die liegengebliebene Hausarbeit hatte sie gleich nach ihrer Rückkehr erledigt, wenn auch später als gewöhnlich. Sam war ihr Verschwinden gar nicht aufgefallen, und so entging sie seiner Strafe. Und auch das göttliche Gericht hatte auf sich warten lassen, weder war sie vom Blitz getroffen noch von Geschwüren überzogen worden, wie ihre Großmutter es ihr prophezeit hatte, falls sie vom rechten Weg abwiche.

Der rechte Weg... Sie mußte ihn irgendwann verloren haben. Sie hatte sich verirrt, das war, bildlich gesprochen, das einzige, was sie mit Sicherheit über sich sagen konnte. Die vielen einander widerstreitenden Stimmen in ihrem Innern waren inzwischen zu einem einzigen großen unverständlichen Geraune verschmolzen, und immer häufiger hatte sie das Gefühl, als hätte sie ihre Gedanken oder auch ihr Handeln nicht mehr vollständig in der Gewalt.

Dazwischen gab es mitunter jedoch auch wieder sehr klare Momente. So wie jetzt. Draußen hatte der Regen der letzten Tage endlich aufgehört, die Wiesen dampften noch vor Feuchtigkeit und strahlten in frischem Grün. Und hier, in der Eingangshalle ihrer Pension, stand ein Mann, von dem sie wußte, daß er zur Polizei gehörte.

War dann Sams Aufregung gestern abend vielleicht doch berechtigt gewesen? Gleich als er zur Tür hereingekommen war, hatte sie gewußt, daß irgend etwas ihn aufgebracht hatte.

«Er ist rübergeflogen, um sie zu suchen», hatte er gebrüllt, «die ganze lange Reise bis nach Kanada, bloß um mit ihr zu reden.»

«Wer will mit wem reden?» hatte sie ruhig gefragt und hatte sich bemüht, möglichst furchtlos zu erscheinen; denn wenn er in dieser Stimmung war, das wußte sie aus Erfahrung, reichte oft eine Kleinigkeit, und er schlug zu. Sie hatte vom letztenmal noch immer Schmerzen in der linken Brust.

«Dieser Banks mit Anne Ralston, du dumme Kuh! Er ist ihr nachgereist, um sie in Toronto zu suchen.»

«Na und?» hatte sie gesagt. «Vielleicht hat sie damals diesen Detektiv getötet, und dafür stecken sie sie jetzt ins Gefängnis, das ist doch in Ordnung.»

«Du kapierst auch gar nichts, wirklich überhaupt nichts», hatte er sie angeschrien. Er hatte ausgeholt, um sie zu schlagen, aber statt dessen das Kreuz vom Kaminsims gerissen.

«Laß das!» hatte er geknurrt, als sie sich gebückt hatte, um es aufzuheben. «Kannst du denn an gar nichts anderes denken als daran, Ordnung zu schaffen?»

«Aber ich habe immer geglaubt, du wolltest...»

«Halt doch die Klappe! Du blickst wirklich überhaupt nicht durch.»

«Dann klär mich auf», hatte sie geantwortet und allen Mut zusammengenommen. «Wieso regst du dich auf, wenn jemand nach Kanada reist, um mit Anne Ralston zu sprechen. Du kennst sie doch kaum. Das alles betrifft uns doch gar nicht, oder?»

«Uns nicht, aber vielleicht Stephen Collier. Sie könnte ihn in Schwierigkeiten bringen», hatte er geantwortet.

«Aber er hat doch nichts getan! Was kann sie ihm schon anhaben?»

«Sie war seine Freundin, oder? Dann ist sie einfach abgehauen und hat ihn sitzenlassen. Sie könnte sonstwas über ihn erzählen, über sein Geschäft, über – ach, was weiß ich... Das einzige, was feststeht, ist, daß das alles einzig und allein deine Schuld ist.»

Katie schwieg. Sams erste Wut war verraucht, das spürte sie, und sie wußte, daß ihr vorerst nichts passieren würde, wenn sie sich klug verhielt und ihn nicht reizte. Das war allerdings die reinste Gratwanderung, weil sie seinem Geifern und Wüten auch nicht einfach nur stumm zusehen durfte, denn Passivität reizte ihn genauso wie Widerstand.

Sam ließ sich schwer auf das Sofa sinken und stellte den Fernseher an. Es lief gerade ein alter Gangsterfilm, noch in Schwarzweiß. James Cagney zog die Pistole, schoß auf Humphrey Bogart und ergriff dann die Flucht.

«Bring mir ein Bier», sagte er.

Katie holte ihm eine Dose *Long Life* aus dem Kühlschrank. Sie hatte gelernt, daß es zwecklos war, ihm zu sagen, daß er doch längst genug hätte, außerdem – wenn er sehr betrunken war, schlief er ein, sobald er im Bett lag, und das bedeutete, daß sie Ruhe vor ihm hatte.

«Und denk daran, daß wir nächste Woche bei den Colliers eingeladen sind», sagte er und riß die Lasche der Bierdose ab. «Und mach dich hübsch.»

Katie hatte die Gartenparty völlig vergessen. Die Colliers gaben jedes Jahr zwei, drei Feste, zu denen Sam und sie regelmäßig eingeladen wurden. Sie haßte es, dort zu erscheinen.

Am nächsten Morgen wachte Sam mit einem Brummschädel auf und schien sich kaum mehr an den vergangenen Abend zu erinnern. Nach dem Frühstück lief er mißgelaunt und ziellos hin und her, rang sich noch eine halbwegs freundliche Begrüßung für den gestern eingetroffenen Gast ab und setzte sich dann in seinen Landrover und verschwand. Katie begann mit ihrer üblichen Runde durch die Zimmer.

Während sie aufräumte, staubsaugte und Waschbecken putzte, überlegte sie, warum man einen Polizeibeamten bei ihnen einquartiert hatte und es dazu noch geheimhielt. Oder ob sie sich irrte? Vielleicht machte er ja nur Ferien, schließlich brauchte jeder Mensch einmal Erholung – auch Polizisten. Aber wenn er in Eastvale arbeitete, würde er doch seinen Jahresurlaub nicht in einem zwar idyllischen, aber doch auch langweiligen Dorf verbringen, das nur vierzig Kilometer entfernt lag. Heutzutage hatten die Leute doch ganz andere Ansprüche. Da fuhr man an die englische Südküste nach Torquay oder sogar nach Spanien – an die Costa del Sol zum Beispiel. Sie wußte nicht, wieviel ein Polizist verdiente, aber sicherlich konnte er sich etwas Besseres leisten als einen Urlaub in Swainshead. Das bedeutete, daß er dienstlich da war – um sie zu beobachten. Offenbar gingen er und seine Vorgesetzten davon aus, daß niemand hier ihn kannte, so daß er unbemerkt ein Auge auf sie haben konnte, während der Chief Inspector in Toronto war.

Doch Katie wußte, wer er war, und jetzt stellte sich die Frage, was sie mit diesem Wissen anfangen sollte. Der nächstliegende Gedanke war, Sam einzuweihen. Er würde es sicherlich gleich den Colliers und Fletcher weitererzählen, und vielleicht wäre er ihr ja sogar dankbar. Allerdings hatte ihr seine Dankbarkeit bei früheren Anlässen keine besonderen Wohltaten eingebracht, warum also sollte sie sich in ihrem Verhalten von dieser Überlegung leiten lassen? Und falls Sam sich doch irgendwie schuldig gemacht hatte – was sie nicht ausschließen konnte –, dann bekam dieser Richmond es vielleicht heraus, und Sam würde ins Gefängnis wandern. Und das hieß, das sie ihn los wäre. Endlich frei ... Es war lieblos und gemein, so etwas zu denken, und sie empfand auch Gewissensbisse, trotzdem – die Aussicht war sehr verlockend.

Sie trat ans Fenster und blickte nachdenklich hinaus auf Swainshead Fell, dessen mächtige Silhouette allmählich hinter den sich auflösenden Nebelschleiern hervortrat. Es war eine schwere Entscheidung, die sie da zu treffen hatte, und sie durfte nichts übereilen. Sie würde noch einmal gründlich nachdenken müssen.

II

«Ich fürchte, es wird kaum jemand da sein, mit dem Sie sprechen könnten, Mr. ... äh, wie war doch gleich ...?»

«Banks. Alan Banks.»

«Ja, also die einzige, die Ihnen vielleicht weiterhelfen könnte, ist Marilyn Rosenberg.»

Tom Jordan, Leiter des Fachbereichs Kommunikationswissenschaft am Toronto Community College sah auf die Uhr. «Zur Zeit gibt sie noch Unterricht, aber in zwanzig Minuten ist Schluß. Wenn Sie so lange warten wollen?»

«Ja, natürlich.»

Jordan führte ihn in einen kleinen Raum, offenbar das Pausenzimmer der Dozenten. Er war ziemlich achtlos mit ein paar Stühlen und einem niedrigen Kaffeetisch möbliert, der unter einem Berg von Fachzeitschriften und allen möglichen anderen Papieren fast verschwand. In einer Ecke stand ein Kühlschrank, auf einem wackligen Schreibtisch daneben sah Banks eine Mikrowelle und eine Kaffeemaschine. Jordan bot ihm an, sich zu bedienen, und Banks nahm dankbar an, obwohl er ein kühles Bier oder einen Gin Tonic bei der Hitze vorgezogen hätte. Immerhin war der Kaffee so, wie er ihn mochte – bitter und stark.

Es war Montag morgen. Am Sonntag hatte Banks lange geschlafen und war dann die Danforth Avenue entlanggeschlendert. Man sah auf Schritt und Tritt, daß sie, wie Gerry gesagt hatte, mit viel Geld in eine Nobelstraße verwandelt worden war, doch Banks hatte Glück und entdeckte ein etwas versteckt liegendes griechisches Restaurant, wo man ihm ein herzhaftes Moussaka servierte. Anders als Gerry war Banks ein Freund der griechischen Küche.

Anschließend hatte er sich auf den Weg gemacht zu Gerrys Stammkneipe, *Quinn's*. Nach dem ersten Glas Bier hatte er den Mann hinter der Bar und auch die Serviererin auf Bernard Allen angesprochen und auch ein Foto von Anne Ralston herumgereicht. Aber niemand konnte sich erinnern, sie hier gesehen zu haben. Nun ja, es wäre auch ein großer Zufall, wenn es anders gewesen wäre, hatte er gedacht und war nicht allzu enttäuscht gewesen. Er hatte zurück nicht denselben Weg nehmen wollen, und deshalb war er durch die Wohnstraßen südlich der Danforth Avenue gegangen. Unterwegs war ihm aufgefallen, daß Gerrys Haus mit den roten Backsteinmauern und seiner grün-weißen Eingangstür offenbar für Toronto charakteristisch war.

Er war zu müde gewesen, um am Abend noch einmal auszugehen, so war er in der Wohnung geblieben und hatte ferngesehen. Auf einem der nichtkommerziellen Kanäle lief ausgerechnet ein alter historischer Mehrteiler der BBC, den er schon beim erstenmal öde und langweilig gefunden hatte, daran anschließend zeigte man jedoch zu seiner Freude eine der Sherlock-Holmes-Geschichten von Jeremy Brett. Die Privatsender wären auch keine wirkliche Alternative gewesen, im Programm standen die üblichen amerikanischen Polizeiserien, die ihm daheim in England so oft das Fernsehen verleideten.

Heute morgen war er gegen neun Uhr aufgewacht, noch immer ein wenig benommen von der langen Reise, aber auch von den vielen fremden Eindrücken. Er hatte geduscht und schnell gefrühstückt, ein paar Toasts und ein Glas Orangensaft hatten ihm gereicht, dann war er bereit zum Aufbruch. Er steckte sich eine Kassette mit Titeln von *Cream, Traffic* und den *Rolling Stones* in den Walkman und griff sich Thomas Hardys «Tess of the D'Urbervilles», das einzige Buch, das er mitgenommen hatte.

Mit seinem leichten Baumwolljackett über der Schulter trat er auf die Straße. Getreu Gerrys Anweisungen nahm er zuerst die Straßenbahn. Die Fahrt führte wieder an dem grünen Tal vorbei, das ihm schon am Samstag aufgefallen war, jetzt am Vormittag eines ganz gewöhnlichen Wochentages sah er überall Jogger. Die Skyline der City-Hochhäuser war in der hitzeflirrenden Luft nur verschwommen zu erkennen. Er gelangte zur U-Bahnstation *Broad View* und fand problemlos den Bahnsteig für die Züge in Richtung Westen, das Umsteigen auf der Station Yonge war dagegen schon schwieriger. In St. Clair mußte er aussteigen und brauchte einige Zeit, ehe er endlich den Weg auf die Straße fand, die meisten Ausgänge schienen nur in ein Gewirr von unterirdischen Einkaufspassagen zu führen – natürlich klimatisiert.

Die St. Clair Avenue hatte er, nachdem er zunächst aus Versehen in einen Supermarkt geraten war, im zweiten Anlauf dann doch glücklich gefunden, und das College lag nur wenige hundert Meter die Straße hinauf.

Jetzt war er hier im siebten Stock und hoffte auf eine Auskunft über Bernard Allen. Er trat ans Fenster, blickte auf die Straße und sah eine Weile den Trambahnen zu, wie sie dort dreißig Meter unter ihm eilig hin und her fuhren. Dann setzte er sich hin und begann, in einer Pädagogik-Zeitschrift zu blättern.

Er hatte gerade einen Artikel über «Erziehung zum kritischen Denken» begonnen, als er draußen auf dem Korridor gedämpfte Stimmen hörte. Gleich darauf betrat eine junge Frau den Raum. Sie hatte eine Unmenge brauner Locken und ein rundes Gesicht mit einem kleinen, vollen Mund. Etwas ratlos lächelte sie ihm zu, und er sah, daß sie kleine, sehr regelmäßige weiße Zähne hatte. Sie trug eine graue Cordhose und ein kariertes Männerhemd und hielt eine prallgefüllte, schon ziemlich schäbig aussehende Aktentasche unter dem Arm.

Sie streckte ihm ihre Hand entgegen. «Ich bin Marilyn Rosenberg. Mr. Jordan sagte mir, Sie seien ein Freund von Bernard Allen und wollten mich sprechen?»

Banks nickte und fragte, ob er ihr einen Kaffee holen dürfe.

«Nein, vielen Dank», sagte sie, «bei dieser Hitze trinke ich lieber etwas Kaltes.» Sie ging zum Kühlschrank, nahm eine Dose Diät-Cola heraus und setzte sich zu ihm an den niedrigen, kleinen Tisch. «Eigentlich müßten sie uns hier eine Klimaanlage einbauen, finden Sie nicht?» Sie riß die Dose auf, und man hörte es zischen, als die Kohlensäure entwich. «Sie wollen also mit mir über Bernard sprechen?»

Banks nickte.

Sie zuckte hilflos die Achseln. «Eigentlich habe ich der Polizei schon alles gesagt, was ich wußte. Viel war es ohnehin nicht.»

«Was haben sie Sie gefragt?»

«Ob ich mir vorstellen könne, daß irgend jemand einen Grund gehabt hätte, Bernard umzubringen. Ob ich wüßte, wo meine Kollegen sich in den ersten Ferienwochen aufgehalten hätten, ob sie hiergeblieben oder vielleicht nach Europa gereist seien – na und so weiter...»

«Haben sie Sie auch gefragt, wie Bernard Allen hier gelebt hat?»

«Nein, nur was für eine Art Mensch er war.»

«Und?»

«Ich sagte ihnen, er sei ein bißchen einzelgängerisch gewesen, das war alles. Aber sie haben natürlich außer mir auch noch andere gefragt.»

«Nur daß von denen im Moment keiner mehr hier zu sein scheint, Sie sind die einzige, die noch da ist», sagte Banks.

«Da haben Sie leider recht», sagte sie und seufzte ein wenig.

«Wenn ich richtig verstanden habe, so hatte Bernard zu seinen Kollegen hier nicht viel Kontakt. Gab es dann irgendwelche anderen Leute, vielleicht außerhalb des College, mit denen er befreundet war?»

«Also, das kann ich Ihnen nicht sagen. So gut kannte ich ihn nun auch wieder nicht...» Sie hielt inne und schien zu überlegen. Dann sagte sie: «Es geht Sie zwar eigentlich nichts an, aber wenn ich ehrlich bin, muß ich zugeben, daß ich Bernie schon sehr gern etwas besser kennengelernt hätte. Ich glaube, wir waren uns im Laufe der Zeit auch nähergekommen. Aber nur sehr langsam. Es war schwer, an ihn heranzukommen und zu wissen, was er fühlte. Er war immer sehr auf Haltung bedacht. Vielleicht lag das ja daran, daß er Engländer war. Ich selbst bin aus Montreal und habe irisch-jüdische Vorfahren. Ich bin ziemlich einfach gestrickt, würde ich sagen – offen und spontan.» Sie breitete die Arme aus. «Was soll's, ich mochte ihn. Wir haben ein paarmal hier oben zusammen Mittag gegessen, und ich dachte, daß er mich vielleicht irgendwann einmal fragen würde, ob wir zusammen abends ausgehen könnten, aber...»

«Das hat er nie getan?»

«Nein. Er brauchte einfach immer sehr, sehr lange, bis er sich zu irgend etwas entschloß. Und noch mehr entgegenkommen konnte ich ihm nun wirklich nicht, wenn ich mir nicht das Kleid vom Leibe reißen und mich auf ihn stürzen wollte. Und selbst dafür wäre es jetzt zu spät...»

«Wie war denn so seine Stimmung, bevor er nach England aufbrach?»

Marilyn überlegte einen Moment. «Also ich glaube, er hatte seine Scheidung noch immer nicht ganz verwunden, und vielleicht war er auch deshalb so besonders zurückhaltend, ich meine zurückhaltender als sonst – besonders gegenüber Frauen.»

«Kannten Sie seine frühere Frau?»

«Nein, ich habe sie bloß ein paarmal flüchtig gesehen.»

«Und ihren Liebhaber?»

«O ja, und ob. Der hat ja hier im Fachbereich gearbeitet. Ein richtiger Mistkerl, wenn Sie mich fragen?»

«In welcher Hinsicht?»

«In jeder», sagte sie entschieden. «Eitel und aufgeblasen, dazu egoistisch und rücksichtslos. Und auf so jemanden ist Bernies Frau reingefallen!» Sie schüttelte den Kopf. «Ich kann gut verstehen, daß Bernie sich mies gefühlt hat, als er es erfuhr. Aber eigentlich, denke ich, hätte er Grund gehabt, sich zu freuen, daß er sie los war. Mit der Zeit wäre er auch bestimmt über die ganze Geschichte hinweggekommen, da bin ich mir ziemlich sicher.»

«Aber vor ein paar Wochen war er Ihrer Meinung nach noch immer ziemlich mitgenommen davon?»

«Ja. Manchmal hatte man den Eindruck, daß er gar nicht richtig da war. Ich dachte dann immer, wahrscheinlich grübelt er jetzt wieder über seine Ehe nach.»

«Wie kam er mit seinen Studenten klar?»

«Eigentlich erstaunlich gut, wenn man es recht bedenkt.»

«Wenn man was bedenkt?»

«Nun, für Bernie war Literatur sehr wichtig und lag ihm wirklich am Herzen, aber unseren Studenten sind James Joyce oder George Orwell in der Regel ziemlich gleichgültig. Sie kommen hierher, weil sie sich mit betriebswirtschaftlichen Fragen oder Informatik oder Elektrotechnik beschäftigen wollen, den sogenannten nützlichen Dingen eben, um sich anschließend möglichst schnell die hochbezahlten Topjobs zu angeln. Wenn sie hier als Neuankömmlinge erfahren, daß Englisch für alle Pflichtfach ist, sind sie erst einmal ziemlich sauer. Das macht die Arbeit für die Dozenten in diesem Fachbereich nicht gerade einfacher. Und natürlich muß man unter diesen Umständen auch seine Erwartungen, was die Leistungen angeht, ziemlich runterschrauben. Manche Kollegen schaffen das relativ leicht, andere tun sich da schwerer.»

«Bernie zum Beispiel?»

Sie nickte. «Ja. Er beklagte sich oft, wie ungebildet seine Studenten seien, die Hälfte von ihnen wüßte nicht einmal, wann der Zweite Weltkrieg stattgefunden hätte oder wer Hitler war. Aber was noch schlimmer wäre, es sei ihnen auch völlig egal. Er konnte das überhaupt nicht verstehen. Einmal hat er mir völlig fassungslos von einem Studenten erzählt, der dachte, Shakespeare sei der Name einer Kleinstadt in Saskatchewan. Das hat ihn richtig entsetzt.»

«Was ich nicht verstehe», sagte Banks, «ist, wie es so jemand überhaupt schafft, in einem College aufgenommen zu werden.»

«Wir lassen so gut wie alle zu», sagte Marilyn. «Der gesamte Bildungsbereich hier ist nach demokratischen Prinzipien organisiert, das heißt, der Zugang zu den verschiedenen Institutionen steht allen offen. Wir halten nichts von diesem elitären Unsinn, der da drüben bei Ihnen in England praktiziert wird. Teure Privatinternate, wo die Kinder gezwungen werden, Latein zu lernen und kalt zu duschen – na, diese ganze Jane-Eyre-Atmosphäre eben.»

Banks, der wie die Mehrzahl aller englischen Schüler eine öffentliche Tagesschule besucht hatte, schüttelte verwirrt den Kopf. Er verstand nicht ganz, wie diese Regelung funktionieren konnte. «Aber da werden doch sicher eine Menge Schüler früher oder später scheitern? Ist das Ganze nicht eine riesige Verschwendung von Zeit und Geld?»

«Wir tun alles in unserer Kraft Stehende, damit es nicht dazu kommt», erklärte Marilyn. «Schließlich bedeutet jedes Versagen potentiell eine Gefährdung des positiven Selbstbildes eines Schülers.»

«Mit anderen Worten, sie müssen nicht viel wissen, um aufgenommen zu werden, und kaum mehr, um ein Abgangszeugnis zu erhalten», faßte Banks zusammen.

Marilyn schüttelte den Kopf und lächelte mit der routinierten Nachsicht einer Krankenschwester, die einen störrischen Patienten vor sich hat.

«Was hat Bernie denn von dieser Art Ausbildung gehalten?» wollte Banks wissen.

Sie seufzte ein wenig. «Na ja, irgendwie mochte er seine Studenten, aber was ihre Intelligenz anging, so hatte er keine besondere Hochachtung vor ihnen.»

«Es scheint ja auch, als ob sie in ihrer Mehrzahl nicht gerade viel davon besäßen», bemerkte Banks.

«Das ist wieder einmal so eine typisch britische Bemerkung, genauso hat Bernie auch immer geredet. Warum müssen alle Engländer immer gleich so unangenehm sarkastisch werden?»

«Aber Sie haben ihn gemocht?»

«Ja. Wir waren zwar in manchem verschiedener Ansicht, aber ich fand ihn trotzdem sehr anziehend. Ich war ja immer schon ganz hin und weg, wenn ich bloß diesen süßen Akzent hörte.» Sie hielt einen Moment inne. «Tja, was gäbe es sonst noch zu sagen? Er war einfach ein netter Kerl, jedenfalls, soweit ich das beurteilen kann. Ich meine, er hielt seine Studenten nun wirklich nicht für besonders klug, aber er hat sie das nie spüren lassen und sich auch immer bemüht, sie vielleicht ein wenig neugieriger zu machen. Er war ein guter Lehrer. Aber wieso interessiert Sie das alles eigentlich? Glauben Sie, daß einer seiner Studenten ihn umgebracht hat? Vielleicht aus Ärger über eine schlechte Note?»

«Das ist etwas unwahrscheinlich, finde ich», sagte Banks.

«Nicht so unwahrscheinlich, wie Sie denken», entgegnete Marilyn. «Vor ein paar Jahren ist einer der Studenten mit einer Schrotflinte hinter seinem Englischlehrer her. Zum Glück konnten die Leute vom Sicherheitsdienst ihn gerade noch rechtzeitig schnappen. Allerdings glaube ich kaum», fuhr sie fort, «daß ein Student, selbst wenn er noch so erbost sein sollte, sich die Mühe machen würde, Bernie über Tausende von Kilometern nachzureisen, um ihn dann in England umzubringen.»

Banks nickte zustimmend. «Was hat Bernie eigentlich gemacht, wenn er hier im College Schluß hatte? Hat er Ihnen gegenüber mal irgendeine Kneipe erwähnt, die er häufig aufsuchte?»

Marilyn schüttelte den Kopf. «Nein. Ich erinnere mich nur, daß er irgendwann einmal gesagt hat, er habe gestern abend im Pub ein paar Gläser zuviel gehabt.»

«Sprach er tatsächlich von ‹Pub›?»

«Ja.»

«Aber den Namen dieses Pubs hat er nicht genannt?»

«Nein, er sagte nur, er hätte sechs Gläser getrunken, obwohl er doch inzwischen eigentlich gelernt haben müßte, daß er nur fünf vertrüge. Warum wollen Sie das eigentlich alles so genau wissen? Was wollen Sie denn bloß herausfinden?» Sie sah ihn plötzlich mißtrauisch an. «Sind Sie vielleicht ein Privatdetektiv?»

Banks lachte. «Nein, ich bin ein Freund von Bernie, sonst nichts. Wir kennen uns aus dem Swainsdale in Yorkshire, wo er aufgewachsen ist. Ich möchte einfach soviel wie möglich über ihn erfahren, damit seine Freunde zu Hause in England sich ein Bild davon machen können, wie er hier gelebt hat. Es gibt nämlich eine Menge Leute drüben bei uns, die sein Tod getroffen und, so merkwürdig es klingt, auch sehr überrascht hat.»

Sie nickte langsam. «Ja, das kann ich verstehen, das ging mir genauso. Er wirkte ganz und gar nicht wie jemand, der sich so einfach umbringen läßt – verstehen Sie, was ich meine?»

Banks nickte.

«Sie sind also auch aus Swainshead?» fragte sie. «Bernie hat ständig davon erzählt, so gut wie jedesmal, wenn wir uns unterhalten haben. Er schilderte es, als sei es eine Art Paradies. Vor allem nach seiner Scheidung hatte er, glaube ich, ziemlich Heimweh. Er fühlte sich hier plötzlich sehr einsam und wohl auch irgendwie fehl am Platz. So etwas kommt übrigens häufiger vor. Bernie hat sich dann wie viele andere auch dazu entschlossen, die Tausend-Dollar-Kur zu machen.»

Banks blickte sie verständnislos an. «Die – was?»

«Die Tausend-Dollar-Kur. So nennen wir das, wenn die hier lebenden Engländer einen Heimflug antreten, um sich wieder einmal ihrer Wurzeln zu vergewissern. Die tausend Dollar werden wohl inzwischen nicht mehr stimmen, die Inflation dürfte den Preis um etliches erhöht haben, aber die Sache selbst ist geblieben.»

«Hat er irgendwann einmal davon gesprochen, für immer nach Swainshead zurückzukehren?»

«Ja, häufiger. Er sagte immer, daß er schon längst von hier verschwunden wäre, wenn er ein privates Einkommen oder einen Job dort hätte. Nach der Trennung von Barbara wisse er nicht mehr, was er hier eigentlich solle. Der arme Teufel! Wie ich vorhin schon sagte, wirkte er oft gedankenverloren. Ich glaube, er hing irgendwelchen Erinnerungen nach.»

«Sonst gibt es nichts mehr, was Sie mir sagen könnten?»

Marilyn schüttelte den Kopf.

«Und Sie können sich wirklich nicht entsinnen, daß er Ihnen gegenüber mal einen bestimmten Pub oder irgendeine andere Kneipe genannt hat, die er des öfteren aufsuchte?»

«Nein, da bin ich mir ganz sicher.» Sie lächelte spitzbübisch. «Ich würde mich bestimmt daran erinnern, denn dann wäre ich garantiert eines Abends dort aufgetaucht – natürlich rein zufällig, Sie verstehen schon.»

Banks nickte. «Ich glaube ja. Vielen Dank für ihre Auskünfte, aber jetzt möchte ich nicht noch mehr von Ihrer kostbaren Zeit in Anspruch nehmen.»

«Keine Sorge, das habe ich gern getan», erwiderte sie und zielte mit der leeren Coladose auf den Papierkorb. «Und übrigens», rief sie ihm nach, als er schon fast an der Tür war, «Ihren Akzent finde ich auch süß!»

Doch Banks blieb keine Zeit, sich an dem Kompliment zu freuen, denn draußen auf dem Flur kamen ihm zwei riesige Polizeibeamte entgegen. «Mr. Banks?» fragte der ältere der beiden.

«Ja.»

«Wir möchten Sie bitten, uns zu folgen.»

«Wieso?»

«Wir haben ein paar Fragen an Sie. Hier entlang, bitte.»

Der Flur war eigentlich zu schmal, als daß drei Männer nebeneinander gehen konnten, aber irgendwie quetschten sie sich durch. Schlimmer als eine Sardine in der Büchse, dachte Banks. Als sie um die Ecke bogen, sah er aus dem Augenwinkel den Leiter des Fachbereichs Kommunikationswissenschaft Jordan, der vor seiner Tür stand und die Hände rang.

Im Fahrstuhl versuchte Banks aus den beiden Beamten herauszubekommen, weswegen man ihn mitnahm, aber die beiden schwiegen beharrlich, und plötzlich verspürte er eine ganz irrationale Angst. In was für eine Situation war er da bloß geraten, dachte er. Allein in einem fremden Land, in der Gewalt zweier hünenhafter uniformierter Polizeibeamter, die keine Anstalten machten, ihm mitzuteilen, warum sie ihn abführten. Kurz darauf fand er sich auf dem Rücksitz ihres gelben Polizeiwagens wieder. Die heißen Kunststoffpolster verströmten einen widerlichen Geruch, der ihm fast den Atem verschlug, aber viel schlimmer waren der Maschendraht vor ihm, der den Fond von den Vordersitzen trennte, und die klinkenlosen Türen. Er fühlte sich wie ein gefangenes Tier.

III

«Was schreibn Se denn da so?» erkundigte sich Freddie Metcalfe neugierig, während er mit geübtem Griff ein Marston's Pedigree Bitter zapfte.

«Science-fiction», erklärte Detective Constable Philip Richmond unerschrocken. Sich als Schriftsteller auszugeben, war ihm naheliegend erschienen. In seinem karierten Flanellhemd und der braunen Cordhose sah er, wie er fand, auch ohne Verkleidung bereits ganz echt aus, und niemand würde sich darüber wundern, wenn er stundenlang im Pub saß oder auf seinem Zimmer hockte und nur ab und zu einen kleinen Verdauungsspaziergang unternahm.

«Ich kannte mal einen, der hat auch Bücher geschrieben, genau wie Sie», sagte Freddie und stellte ein schaumgekröntes Bier vor Richmond hin. «Handelten von den Dales, und es war'n jede Menge Bilder drin. Der Bursche lebte eine Zeitlang in Lower Head.» Der Kripobeamte schob das passende Kleingeld über den Tresen, griff nach dem Glas und nahm einen tiefen Zug. «Aber eig'ntlich müßte hier jetz' 'n Krimischreiber sitz'n», fuhr Metcalfe fort, «für den wär das doch das gefundene Fressen.»

«Warum?»

Freddie beugte sich vor, warf ihm einen Verschwörerblick zu und sagte mit gesenkter Stimme: «Weil hier ein Mörder frei rumläuft, darum.» Er lachte keckernd und begann, Gläser abzutrocknen. «Die Polizei weiß natürlich wieder mal gar nichts. 'n paarmal ist so'n Bursche aus'm Süden hier aufgetaucht, ziemlich klein für 'n Bullen, fand ich, und hat die Pferde scheu gemacht, aber rausbekommen hat der gar nix. Und der Alte, der Gristhorpe, na der traut sich doch seit dem letztenmal sowieso nich' mehr, sich hier zu zeigen.»

«Und was ist da passiert – letztesmal?»

«Ein Mord, meine Güte! Ein Mord. Was glaub'n Se denn, wovon ich rede – vom Schafeficken?»

«Äh, nein ... Natürlich nicht, tut mir leid.»

«Schon gut. Ich hab momentan nich' dran gedacht, daß Sie nich' von hier sind. Ich tipp auf Yorkshire, bißchen aufpoliert, aber Yorkshire, richtig?»

«Lancashire», antwortete Richmond, ohne rot zu werden, «aus Bolton, um genau zu sein.»

«So? Na ja, Irren iss menschlich. Und wie ich schon sagte, was die Polizei angeht – ha'm nix als die Pferde scheu gemacht.»

Ein ungeduldiger Gast unterbrach Metcalfes Monolog, und Richmond nützte die Gelegenheit, um einen Schluck Bier zu trinken und sich im Raum umzusehen. Für einen Montagabend war der Pub gut besucht, dachte er.

«Halten Sie die Augen offen», hatte Sergeant Hatchley ihm noch eingeschärft, bevor er losfuhr. «Achten Sie darauf, ob Sie jemanden entdecken können, der so aussieht, als ob er abhauen wollte.» Ein reichlich unbestimmter Auftrag, fand Richmond. Woran war zu erkennen, ob jemand Fluchtpläne hatte? Oder erwartete man von ihm etwa, daß er die ganze Nacht auf der Lauer lag, ob der Mörder sich vielleicht heimlich davonstehlen würde, all seine Habe in einem Bündel an einem Stock über der Schulter, gefolgt von einer treuen Katze? Richmond war ratlos. Sicher war nur, daß alle Verdächtigen inzwischen über Banks' Kanadareise Bescheid wußten und daß Gristhorpe mit irgendeiner Reaktion rechnete.

Die einzige konkrete Anweisung, die er mitbekommen hatte, lautete, sich nicht als Polizeibeamter zu verraten und so unauffällig wie möglich aufzutreten. Mit anderen Worten, er durfte niemanden befragen, wie beiläufig auch immer. So blieb ihm nur, aufmerksam zuzuhören und darauf zu hoffen, daß vielleicht Sam Greenock eine unüberlegte Bemerkung entschlüpfte oder er im *White Rose* irgend etwas aufschnappte, was weiterhalf. Heute abend jedoch würde er erst einmal ein paar Gläser von diesem wundervollen Marston's Pedigree Bitter trinken und sich vielleicht sogar eine Zigarre dazu leisten.

«Wo war ich steh'ngeblieb'n?» fragte Freddie Metcalfe, als er zurückkehrte.

«Mord», antwortete Richmond lakonisch.

«Ja, richtig, Mord», wiederholte Metcalfe und machte eine verstohlene kleine Kopfbewegung in Richtung auf den Tisch, der in der entferntesten Ecke stand. «Da drüben, da sitzen die Verdächtigen.»

«Und wieso sind sie verdächtig?» wollte Richmond wissen und hoffte nur, daß er mit dieser Frage nicht schon seine Befugnisse überschritt.

«Woher soll ich'n das wiss'n? Ich hab nur mitbekomm'n, daß die Polizei 'ne Menge Zeit mit ihn'n verbracht hat», sagte Metcalfe mürrisch. «Und seit gestern seh'nse plötzlich alle aus, als wär ihn' die

Petersilie verhagelt. Sollte man nich' mein'n, dasse diese Woche noch 'ne große Party steig'n lass'n woll'n, oder?»

Die Gruppe am Ecktisch sah wirklich nicht besonders fröhlich oder erwartungsvoll aus. John Fletcher kaute mit grimmigem Gesichtsausdruck auf dem Mundstück seiner Pfeife herum, Sam Greenock starrte blicklos ins Leere und schob unablässig sein Bierglas hin und her, Stephen Collier schließlich redete die ganze Zeit erregt auf Nicholas ein, der sich jedoch immer wieder gelangweilt abwandte. Nicholas war überhaupt der einzige, der halbwegs entspannt wirkte. Er grüßte jeden eintretenden Gast mit einem Lächeln und hatte für jeden, der ging, ein launiges Abschiedswort, während die anderen ihre Umgebung gar nicht wahrzunehmen schienen.

Richmond wünschte sich, er könne näher an sie herankommen, um zu hören, was sie so miteinander redeten, aber die benachbarten Tische waren alle besetzt, und er konnte sich schließlich nicht einfach hinter sie stellen, das wäre wohl selbst ihnen aufgefallen.

Er bestellte sich ein zweites Glas Bier. «Und geben Sie mir auch eine Panatela», fügte er hinzu. Heute abend würde er sich ein seltenes Vergnügen gestatten: eine Zigarre zum Bier. «Und was für eine Party soll das sein?» knüpfte er das Gespräch wieder an.

«Na, eine von diesen Collier-Veranstaltungen. Sie geben meistens so zwei, drei Feste, die gehör'n hier praktisch zum Sommer dazu.»

«Und da darf dann jeder hingehen?»

«Soll das 'n Witz sein?»

Richmond zuckte die Achseln und lächelte, um zu zeigen, daß es sich in der Tat nur um einen Scherz gehandelt hatte. «Was denken Sie denn, was ist mit denen da drüben los?» fragte er und machte eine Kopfbewegung in Richtung auf den Ecktisch. «Sie haben recht, die sehen wirklich nicht aus wie Leute, die sich auf ein Gelage freuen.»

Metcalfe kratzte sich mit der rechten Hand seine Koteletten. «Also genau weiß ich's nich', aber ich glaube, es hat damit zu tun, daß dieser kleine Polizist, der aus'm Süden, rüber iss nach Kanada. Die hätt'n Se mal seh'n soll'n, als se's gehört ha'm. Blaß wär gar kein Ausdruck, richtig grau sind se geword'n. Aber ich sag Ihn' was, dem Geschäft hat's nur gutgetan. Mehrere Runden doppelter Brandys – unter Mordverdacht steh'n muß wohl Durst machen.»

Richmond zog an seiner Zigarre und blickte zum Ecktisch hinüber. Wenn nicht doch irgendein Mr. X aus Toronto Allen hierhergefolgt war, dann war aller Wahrscheinlichkeit nach einer der vier Männer dort drüben sein Mörder. Nun komm schon, Bürschchen, dachte er, rühr dich, damit wir dich endlich schnappen können.

IV

«Ich weiß ja nicht, wie das drüben bei Ihnen in England so Sitte ist, aber hier bei uns erwartet man, daß ein Polizeibeamter sich meldet, ehe er fremdes Territorium betritt.»

Banks hörte schweigend zu. Was hätte er auch sagen sollen, man hatte ihn ja gewissermaßen auf frischer Tat ertappt. Es schien, als käme Staff Sergeant Gregson von der Torontoer Mordkommission mit seiner Standpauke nun allmählich zum Ende, es wurde aber auch Zeit. Das einzig Gute war, daß ihm gestattet worden war zu rauchen.

Es war schon ein merkwürdiges Gefühl, nach so langer Zeit plötzlich wieder zusammengestaucht zu werden. Früher in der Schule war ihm das natürlich öfter passiert, und sogar in seinen ersten Jahren bei der Londoner Polizei hatten ihn zwei-, dreimal Vorgesetzte zu sich zitiert. Obwohl er damals schon erwachsen gewesen war, hatte er sich angesichts der Manifestation von staatlicher Autorität und Machtvollkommenheit plötzlich wieder genauso hilflos und ohnmächtig gefühlt wie damals in Peterborough, wenn er, der Junge aus der Arbeiterfamilie wegen irgendeines kleinen Vergehens vor seinem Direktor erscheinen mußte. Vielleicht war es sogar mehr als alles andere diese diffuse Angst vor staatlich sanktionierter Gewalt gewesen, die ihn dazu bewogen hatte, Polizeibeamter zu werden. Aber nicht, das wußte er inzwischen, weil es ihm Befriedigung bereitet hätte, diese Angst jetzt bei anderen hervorzurufen, sondern um sie in sich selbst zu überwinden.

Und nun saß er hier, als sei er stumm, und vermochte kein einziges Wort zu seiner Verteidigung vorzubringen, doch innerlich kochte er vor Wut über diesen Gregson, der ihn einer derartig demütigenden Situation aussetzte.

«Sie haben hier, wie Ihnen sicherlich bekannt sein dürfte, keinerlei hoheitliche Befugnis», sagte Gregson gerade.

In diesem Moment fand Banks seine Sprache wieder. Bemüht, seinen Ärger zu zügeln, sagte er mit erzwungener Ruhe: «Es war mir nicht bewußt, daß man hier in Kanada eine besondere Befugnis benötigt, um sich mit den Leuten zu unterhalten.»

«Jetzt werden Sie bloß nicht noch sarkastisch», bemerkte Gregson, und ein leichtes Lächeln huschte um seinen Mund.

Er war ein rundlicher Mann mit einem quadratischen Schädel. Seine grauen Haare trug er kurz gestutzt genau wie den kleinen rechteckigen Schnurrbart, dessen Borsten über den Lippen nikotingelb verfärbt waren. Seine Nase sah aus, als hätte er irgendwann einmal kräftig eins draufbekommen, und seine Haut hatte einen rötlichen Glanz, der Banks an einen zum Platzen gefüllten Luftballon denken ließ. Was würde wohl passieren, spekulierte er ein wenig gehässig, wenn man den Staff Sergeant anpikste – würde er explodieren, oder würde die Luft zischend entweichen, so daß seine Gesichtszüge zusammenschnurrten?

«Haben Sie was gegen Sarkasmus, Sergeant?» erkundigte sich Banks mit gespieltem Interesse und überlegte, ob sein Ärger vielleicht auch darin begründet lag, daß es ausgerechnet ein Beamter im Rang eines Sergeant war, der ihn hier abkanzelte.

«Sie wissen sicher, daß Sarkasmus allgemein als die niedrigste Spielart von Witz gilt», bemerkte Gregson.

«Immer noch besser eine niedrige Spielart als gar kein Witz.»

«Ich habe Sie eigentlich nicht hierherbringen lassen, um mich mit Ihnen zu streiten.»

«Sieht aber fast so aus.»

Banks zündete sich eine neue Zigarette an und blickte aus dem Fenster, doch die öden Betonbauten mit ihren eintönigen Glasfassaden boten keine Ablenkung. Sein Hemd war schweißnaß und klebte an der Rückenlehne des Plastiksessels. Sie befanden sich offenbar irgendwo direkt in der City, und obwohl das Gebäude von außen ziemlich futuristisch wirkte und sogar eine Klimaanlage besaß, herrschte auch hier der behördentypische Geruch nach Bohnerwachs und abgestandenem Rauch. Banks stellte fest, daß seine Wut sich verflüchtigt hatte, er spürte nur noch Müdigkeit und Überdruß.

«Was haben Sie also jetzt mit mir vor?» fragte er. «Wollen Sie mich festnehmen?»

Gregson schüttelte den Kopf. «Nein, wieso? Sie haben ja nichts Gesetzwidriges getan.»

Banks beugte sich vor. «Und warum haben Sie dann diese beiden

Riesen auf mich angesetzt und mich gegen meinen Willen hierherverfrachten lassen?»

«Nun regen Sie sich doch bloß nicht so auf», antwortete Gregson. «Der Leiter des Fachbereichs Kommunikationswissenschaft, Mr. Jordan, hat bei uns angerufen und gesagt, daß ein ziemlich merkwürdiger Engländer bei ihm aufgetaucht sei, der über Bernard Allen Fragen stelle. Was hätten Sie denn da an meiner Stelle getan? Dann entdeckten wir, nicht gerade zu unserer Freude, daß dieser Engländer verdammt noch mal ein Polizeibeamter ist, der auf eigene Faust Nachforschungen anstellt und es offenbar nicht für nötig befunden hat, sich bei uns zu melden. Ich finde das, ehrlich gesagt, nicht gerade die feine englische Art. Und Ihre ironische Bemerkung am Telefon, daß Sie jetzt viel besser nachvollziehen könnten, warum unsere Polizei den Ruf hat, bei der Verbrechensbekämpfung besonders erfolgreich zu sein, die hätten Sie sich auch sparen können.»

«Also, falls ich Ihnen Unannehmlichkeiten bereitet haben sollte, so entschuldige ich mich hiermit», sagte Banks und stand auf. «Wenn Sie erlauben, möchte ich jetzt den Rest meines Urlaubs in Ruhe und Frieden verbringen, dagegen gibt es doch keine Einwände, oder?»

«Aber bitte», entgegnete Gregson und machte keine Anstalten, ihn zurückzuhalten, «ich habe keine Einwände, aber vielleicht sollten Sie sich doch noch einmal ein paar Dinge vor Augen halten, ehe Sie jetzt gleich wieder nach draußen stürmen.»

«Und das wäre?»

«Erstens, was ich Ihnen am Telefon gesagt habe, stimmt: Wir haben wirklich nicht genug Leute, um jeder noch so geringen Spur in diesem Fall nachgehen zu können. Zweitens, natürlich steht es Ihnen frei, sich mit den Leuten hier zu unterhalten, vorausgesetzt, die sind einverstanden. Und drittens, Sie hätten um unser Einverständnis nachsuchen sollen, ehe Sie sich in den Jet setzten, um hier rüberzudüsen. Was ist, wenn sich der Mörder vielleicht doch hier aufhält und Sie ihn bei Ihren Nachforschungen ausfindig machen? Was wollen Sie dann mit ihm anstellen? Ihn vielleicht heimlich außer Landes schaffen? Sie könnten sich bei dieser Geschichte sehr schnell in einer juristisch ziemlich prekären Situation befinden, wenn Sie nicht aufpassen.» Gregson rieb sich mit dem Fingerknöchel den Schnurrbart. «Alles, was ich sagen will, ist, daß Sie ohne unsere Unterstützung ziemlich aufgeschmissen sind.»

«Nur leider haben Sie eben nicht genug Leute, ich weiß. Sie haben es mir zweimal deutlich genug gesagt. Deshalb bin ich selbst herübergekommen, und wenn Sie gestatten, dann werde ich mich jetzt...»

«Warten Sie!» Gregson war aufgesprungen und griff nach seinem Jackett.

«Worauf?»

Der Staff Sergeant eilte, ohne zu antworten, an ihm vorbei durch die Tür. «Kommen Sie», sagte er und drehte sich kurz zu Banks um, «folgen Sie mir.»

«Wohin?»

«Warten Sie's ab.»

«Und wieso...?»

«Um Sie vor sich selbst zu schützen», knurrte Gregson.

Banks seufzte und ging hinter dem Sergeant den Flur hinunter zum Lift, der sie auf das Parkdeck brachte.

Die Vordersitze von Gregsons Wagen hätten leicht Platz geboten für eine ganze Fußballmannschaft. Durch die offenen Fenster drang ungehindert heiße, feuchte Luft ins Innere des Autos. Gregson fuhr die Yonge Street hinauf und bog am Hudson's Bay Building nach links ab. Es war eine belebte Ecke. Straßenhändler boten Eiscreme, T-Shirts und billigen Schmuck feil, und ein Pflastermaler zeichnete, umlagert von einer Schar bewundernder Zuschauer, mit bunter Kreide ein Porträt auf den Bürgersteig.

Etwas später erkannte Banks plötzlich die Danforth Avenue, und zwar genau das Stück, das er gestern entlanggeschlendert war. An einer Kreuzung mit dem Schild «Coxwell» wandte sich Gregson nach links und hielt ein paar Blöcke weiter vor einem dreistöckigen Apartmenthaus. Auf dem gepflegten Rasen vor dem Eingang drehte sich ein Rasensprenger und verteilte zischend feinen Sprühregen. Banks war sehr in Versuchung, sich unter diese Brause zu stellen, folgte dann aber doch Gregson ins Haus. Sie stiegen in den dritten Stock und gingen einen teppichbelegten Flur hinunter zur Wohnung mit der Nummer 312.

«Hier hat er gewohnt», erklärte der Staff Sergeant.

«Warum sind Sie mir denn jetzt auf einmal behilflich?» wollte Banks wissen, als Gregson aufschloß. «Wieso haben Sie mich hierhergefahren? Sie erklären mir doch die ganze Zeit, daß Sie sich nicht um den Fall kümmern könnten?»

«Ja», bestätigte Gregson, «das ist leider so. Wir sind zur Zeit mit allen verfügbaren Kräften auf der Suche nach dem Kerl, der ein zwölfjähriges Mädchen erst mißbraucht und ihr dann die Kehle durchgeschnitten hat. Ihre Leiche hat er dann anschließend in den High Park gebracht. Seit ungefähr zwei Monaten versuchen wir nun schon, ihn zu finden. Zwanzig Mann sind mit dem Fall beschäftigt, aber bis jetzt sind wir ohne Ergebnis. Das hier mit Ihnen, das verbuche ich unter Freizeit. Ich mag es nämlich nicht, wenn ein Mitbürger ermordet wird. Deshalb zeige ich Ihnen jetzt seine Wohnung. Das ist weiter keine große Sache. Außerdem, wie ich eben schon sagte, versuche ich nach besten Kräften, Sie vor sich selbst zu schützen. Wie ich Sie einschätze, hätten Sie doch glatt versucht, hier einzubrechen, und dann hätte ich Sie festnehmen lassen müssen. Und das wäre vermutlich für alle Beteiligten eine ziemlich peinliche Angelegenheit geworden.»

«Vielen Dank», sagte Banks etwas kleinlaut.

Sie betraten die Wohnung.

«Der Hausbesitzer setzt uns seit Wochen zu, daß wir die Wohnung endlich freigeben sollen, damit er sie neu vermieten kann. Es gibt eine riesige Nachfrage in Toronto, und da wittert er natürlich sein Geschäft. Aber wir haben ihn hingehalten. Allen mußte zwei Monate Kaution hinterlegen, als er einzog, dem Vermieter ist also bisher noch kein Nachteil entstanden. Aber um die Wahrheit zu sagen, wir wissen einfach nicht, wem wir seine Sachen zukommen lassen sollen.»

Viel hatte Allen nicht besessen: ein paar Bücher, einige schwedische Kiefernholzmöbel, die der Kunde zu Hause selber zusammenbauen mußte, Töpfe und Pfannen, etliche inzwischen welke Zimmerpflanzen, einen großen alten Schreibtisch und eine Schreibmaschine. An seine Wohnungseinrichtung hatte er offenbar keine großen Ansprüche gestellt.

Der Raum war heiß, und es roch muffig, deshalb ging Banks zum Fenster und öffnete es, doch machte das, wie er wenig später feststellte, kaum einen Unterschied.

«Wie gründlich haben Ihre Männer die Wohnung eigentlich durchsucht?» fragte er Gregson.

«Nur routinemäßig, und das heißt ziemlich oberflächlich. Wir haben uns nicht jedes Buch und jeden Brief einzeln angesehen. Allen scheint allerdings nur sehr wenige Papiere hinterlassen zu haben. Alles was er hatte, befindet sich in dem Schreibtisch da.»

Banks öffnete die große Mittelschublade und zog ein paar Briefe und einen Haufen Rechnungen hervor. Die letzteren legte er gleich beiseite, Allens Privatpost interessierte ihn mehr. Die Briefe waren, wie er schnell sah, alle innerhalb des letzten halben Jahres geschrieben worden. Allen hatte wohl die Angewohnheit gehabt, sie nach einer gewissen Zeit wegzuwerfen, und nicht wie viele andere Leute, sie über Jahre und Jahrzehnte aufzuheben. Die Mehrzahl der Briefe war aus Australien von seinen Eltern, ein kurzes Schreiben stammte von seiner Schwester, die ihm mitteilte, daß sie sich auf sein Kommen freue. Banks las alles sorgfältig durch, konnte aber nichts Aufregendes entdecken.

Dann stieß er auf eine Postkarte aus Vancouver. Sie war ungefähr zwei Wochen, bevor Allen nach England aufbrach, dort aufgegeben worden. Der Text lautete:

Lieber Bernie,
ich habe hier alles soweit gut zum Abschluß gebracht. Das Wetter ist super, und so gehe ich jeden Tag ein paar Stunden an den Strand von Kitsilano zum Sonnenbaden. Es wird noch einige Wochen dauern, bis ich wieder zurück bin, wir werden uns also vorher nicht mehr sehen. Ich wünsche Dir eine gute Reise, und grüße alle Bekannte in Swineshead! (Soll nur ein Scherz sein – bitte sag wirklich niemandem, daß Du mich hier getroffen hast, Du weißt schon!) Wenn Du wieder zurückkommst, treffen wir uns wie immer im Pub, einverstanden?

Alles Liebe,
Julie

Oberflächlich betrachtet, war es ein ganz normaler Gruß einer Freundin, und so war es verständlich, daß Gregsons Leuten nichts aufgefallen war. Banks aber begriff sofort, daß die Karte von Anne Ralston stammte. Jetzt wußte er also immerhin, daß sie hier den Vornamen Julie trug.

«Sie sehen aus, als hätten Sie etwas entdeckt», bemerkte Gregson und sah Banks über die Schulter.

Der nickte. «Ja, die Karte hier ist von der Frau, nach der ich suche. Ich glaube, daß ich von ihr erfahren könnte, wer Allen umgebracht hat und warum.»

«Ist sie eine Kriminelle?» wollte Gregson wissen. «Har sie irgendeine Straftat begangen?»

Banks schüttelte den Kopf. «Nein», sagte er, doch ganz sicher war er sich nicht. Anne Ralston hätte durchaus die Zeit und vermutlich auch die Gelegenheit gehabt, Raymond Addison umzubringen, und vielleicht war ja doch das der Grund gewesen, daß sie so plötzlich bei Nacht und Nebel das Land verlassen hatte. Aber das wollte er Gregson lieber nicht sagen, denn wenn sie merkte, daß die kanadische Polizei hinter ihr her war, würde sie sicher versuchen zu verschwinden, und er hätte dann gar keine Chance mehr, sie irgendwo ausfindig zu machen und mit ihr zu sprechen.

«Nein», wiederholte er und verspürte dabei leichte Gewissensbisse, «sie und Allen kannten sich seit ihrer Kindheit, sie sind beide in Swainshead aufgewachsen. Das ist alles.»

«Und jetzt haben sie sich hier in Kanada wiedergetroffen?»

«Ja.»

«Und?»

Banks erzählte ihm von dem Mord an Addison und Anne Ralstons plötzlichem Verschwinden, wobei er betonte, daß es keinerlei Hinweise darauf gebe, daß sie mit der Tat direkt in Verbindung stünde.

«Sie denken also, daß sie damals vielleicht mitbekommen hat, wer der Täter war, und es Allen erzählt hat? Und daß ihn dieses Wissen, als er nach Swainshead zurückkehrte, das Leben kostete?»

Banks nickte. «Es wäre immerhin möglich. Sie schreibt auf der Karte hier ausdrücklich, daß er über ihr Wiedersehen Stillschweigen bewahren soll, aber wir wissen, daß er sich nicht an ihre Bitte gehalten hat.»

«Und wem hat er davon erzählt?»

«Das genau ist das Problem. Er hat mit einer jungen Frau darüber gesprochen, die pflichtschuldigst ihrem Ehemann davon berichtet hat, der wiederum es als seine Aufgabe ansieht, die wichtigen Leute in der Gegend über alles informiert zu halten.»

«Es wird nicht leicht sein.»

«Was?»

Gregson tippte mit dem Zeigefinger auf die Postkarte. «Die Absenderin ausfindig zu machen. Sie haben keine Adresse, keine Telefonnummer – gar nichts.»

Banks seufzte. «Wem sagen Sie das? Ich kenne nicht mal den Nachnamen, den sie hier benutzt. Meine einzige Hoffnung ist, daß ich den Pub, den sie hier erwähnt, ausfindig machen kann und daß sie dort auch wirklich auftaucht, solange ich noch hier bin.»

«Haben Sie eine Ahnung, wieviel pubähnliche Kneipen wir hier in Toronto haben?»

«Verraten Sie's mir lieber nicht, ich will es gar nicht so genau wissen, es würde mich nur entmutigen. Ich denke schon seit gestern, daß ich vielleicht lieber meinen Sergeant hätte schicken sollen, den hätte diese Aufgabe vermutlich gereizt», und er erzählte Gregson von Hatchleys leidenschaftlicher Liebe zum Bier, und wie der es immer wieder schaffte, im Laufe des Tages schnell mal eben ein Pint hinunterzustürzen. Gregson lachte.

«Gestatten Sie, daß ich mich hier jetzt etwas gründlicher umsehe?» fragte Banks.

«Nur zu. Ich warte unten im Wagen auf Sie. Und schließen Sie bitte hinter sich ab.» Er gab Banks die Wohnungsschlüssel.

Nachdem der Staff Sergeant gegangen war, blieb Banks einen Moment gedankenverloren an der Tür stehen und dachte über ihn nach. Er fing tatsächlich an, den Mann sympathisch zu finden, und hatte das Gefühl, als ob ihm die Kanadier allgemein, und ganz besonders die britischer Abstammung nicht mehr ganz so fremd seien. Die meisten Leute hier begegneten ihm als Engländer mit einer zunächst etwas irritierenden Mischung aus Hochachtung und Herablassung, aber vielleicht lag das daran, daß man ihnen in der Schule so oft vom britischen Mutterland erzählt hatte, daß sie es einfach nicht mehr hören konnten und sich erst einmal gegen alles Englische wehren mußten, um irgendwann ihr eigenes Verhältnis zum Mutterland zu finden. Ebensogut war es aber auch möglich, daß der Gedanke an das englische Erbe gar keine große Rolle mehr spielte, weil die englischen Neueinwanderer in dem Strom von Koreanern, Vietnamesen und Indern, die ins Land kamen, nur noch eine kleine Minderheit bildeten.

Banks beschloß, sich zunächst den Schreibtisch anzusehen, und entdeckte in einem Seitenfach ein Fotoalbum, das offenbar aus Allens Universitätszeit stammte. Es gab mehrere Bilder von seinen Eltern, seiner Schwester und den Greenocks, wie sie alle zusammen in Armley vor einem der in diesem Viertel üblichen Reihenhäuser standen. Am interessantesten jedoch fand Banks ein Foto, das Allen zusammen mit einer jungen Frau vor dem *White Rose* in Swainshead zeigte. Darunter stand in weißen Druckbuchstaben: ‹Anne und ich – Sommer 1980›. Die Aufnahme war nicht ganz scharf, man sah, daß sie von einem Amateur aufgenommen und mit einem billigen Apparat gemacht worden war, doch war Anne hier immer noch besser zu erkennen als auf dem Bild, das ihm aus der Vermißtenakte zur Verfügung gestellt worden war. Sie war eine attraktive junge Frau. In dem herzförmigen Gesicht, das von langen, braunen Haaren umrahmt wurde, fielen vor allem die ungewöhnlich schöne Stirn und die großen, dunklen Augen auf. Ihr großzügig geschnittener Mund schien dem Fotografen schelmisch zuzulächeln. Offenbar war es ein warmer Tag gewesen, denn sie trug nur ein ärmelloses, ausgeschnittenes T-Shirt und einen weiten Sommerrock. Die Aufnahme war vor zehn Jahren gemacht worden, wie mochte sie jetzt aussehen? Er zog das Foto vorsichtig heraus und steckte es ein.

Als nächstes machte er sich daran, den Rest der Wohnung gründlich zu durchforsten. Besonders die Bücher nahm er sich sorgfältig vor. Er blätterte jedes einzeln durch, ohne jedoch etwas zu finden. Die Postkarte mit der Unterschrift ‹Julie› und das alte Foto blieben seine einzige Ausbeute. Als er nach gut einer Stunde fertig war, klebte ihm das Hemd wieder am Leibe.

Gregson wartete wie versprochen unten im Wagen. Er rauchte eine Zigarette und schien sich trotz der Hitze ganz wohl zu fühlen.

«Na, haben Sie noch was gefunden?»

«Nur ein altes Foto. Es wird mir wahrscheinlich nicht sehr viel nützen. Wie spät ist es eigentlich?»

«Zehn nach vier.»

«Dann mache ich mich jetzt am besten auf den Heimweg.»

«Wo wohnen Sie?»

«In Riverdale.»

«Das ist ja ganz hier in der Nähe. Wie wäre es noch mit einem Bier?»

«Gerne.» Der Gedanke an ein kühles Bitter erschien ihm außerordentlich verlockend.

Gregson fuhr zurück in die Innenstadt und hielt auf einem Parkplatz hinter einem schmutziggrauen Löschbetongebäude mit einer Satellitenschüssel auf dem Dach.

Drinnen war es angenehm kühl, aber ziemlich dunkel, und Banks brauchte einen Moment, ehe sich seine Augen daran gewöhnt hatten. Der Raum war riesig wie eine Scheune und sehr hoch. Es hätte ihn nicht überrascht, wenn auf dem Boden Sägemehl gestreut gewesen wäre. Rechterhand war die Bar, vom Eingang aus war sie nur in einiger Entfernung als leuchtendes Rechteck erkennbar, linkerhand gab es eine Bühne, auf der eine Anzahl Verstärker und Lautsprecher standen. Eine flachbrüstige junge Frau in ziemlich spärlicher Bekleidung tanzte im Licht eines Spotlights zu «Jumpin' Jack Flash» von den Rolling Stones. Die Lautstärke war zu stark aufgedreht, und man konnte sich nur schreiend verständigen. An der Rückseite des Raumes befand sich eine gigantische Fernsehprojektionsfläche, auf der gerade ein Baseballspiel übertragen wurde.

Eine Kellnerin, die Blusenzipfel unter der üppigen Brust verknotet, so daß man ihren Bauchnabel bewundern konnte, tänzelte herbei und nahm mit leicht genervtem Lächeln Gregsons Bestellung auf, die sie dann allerdings sehr prompt ausführte. Als Banks sich umblickte, nahm er plötzlich überall schattenhafte Umrisse wahr, es war viel voller, als er zunächst gesehen hatte. Aber was immer auch dies für eine Kneipe sein mochte, sie war jedenfalls keiner der Pubs im englischen Stil, in denen Bernard Allen seine Pints getrunken hatte. Hier servierte man das Faßbier merkwürdigerweise in lächerlich kleinen Gläsern mit dicken Stielen. Wohl deshalb hatte Gregson auch gleich für jeden zwei bestellt.

«Zum Wohl!» Gregson stieß mit ihm an und leerte sein Glas fast in einem Zug.

«Wenn alle Gäste hier gleich immer zwei Biere bestellen», brüllte Banks gegen die Musik an, «warum schaffen sie dann nicht gleich größere Gläser an?»

Gregson zuckte die Achseln und leckte sich mit der Zungenspitze einen Rest Schaum aus dem Schnurrbart. «Ich nehme an, weil die kleinen Gläser hier Tradition sind. Es gab sie schon, als ich zum erstenmal hierherkam.» Er bot Banks eine Zigarette an. Der griff dankend zu und stellte fest, daß sie wesentlich stärker war als seine gewöhnliche *Silk Cut*.

Die Musik endete, und die Tänzerin verließ die Bühne. An einigen Tischen wurde höflich geklatscht.

Gregson deutete mit dem Kopf zum Fernsehbild. «Gibt es bei Ihnen zu Hause auch Baseball?»

Banks nickte. «Inzwischen ja. Mein Sohn ist ein großer Fan, aber ich selbst bevorzuge Kricket.»

«Ich habe nie begriffen, worum es dabei geht», bekannte Gregson.

«Mir geht es mit Baseball so ähnlich», sagte Banks. Er winkte der Kellnerin und bestellte zwei Flaschen Carlsberg. Sie hörte ihn lächelnd an und bat ihn dann, die Bestellung noch einmal zu wiederholen.

«Die hat Sie gleich beim erstenmal richtig verstanden», bemerkte Gregson, als sie gegangen war, «aber sie mochte anscheinend Ihren Akzent. Ich glaube, wenn Sie interessiert sind – bei der könnten Sie landen.»

«Ich bin verheiratet.»

«So? Aber schließlich sind Sie hier in einem fremden Land, und England ist weit. Und Gelegenheit macht Diebe, sagt man.»

Banks lachte. «Ich bin zwar weit weg von zu Hause, aber das Problem ist, ich bleibe trotzdem immer derselbe.»

Gregson nickte langsam. «Ich weiß, was Sie meinen. Einigen Sachen kann man nicht entfliehen.» Er klopfte sich mit den Knöcheln der rechten Hand gegen seinen breiten Schädel. «Ich trage da in meiner Erinnerung ein paar Bilder mit mir herum, die ich nur allzu gerne loswürde, wenn das ginge. Das dürfen Sie mir glauben.» Er blickte zum Fernsehprojektor hinüber. «Baseball», sagte er beinahe andächtig, «Baseball ist für mich das größte Spiel der Welt.»

Banks nickte. «Das will ich Ihnen gerne abnehmen.»

«Hören Sie», sagte Gregson plötzlich, «falls Sie noch ein wenig Zeit haben sollten... Was hielten Sie davon, wenn Sie nächsten Sonnabend mitkämen. Die Jays spielen hier zu Hause gegen die Yankees.»

«Ja, gern», sagte Banks, «aber – und jetzt verstehen Sie mich bitte nicht falsch – vor einigen Stunden hatte ich noch den Eindruck, daß Sie die Nase ziemlich voll hatten von mir, und nun bitten Sie mich, Sie zu einem Baseballspiel zu begleiten. Wie vereinbart sich denn das?»

«Oh, das ist nicht schwer», erklärte Gregson. «Sie hatten die Spielregeln verletzt, und deshalb habe ich Sie zur Ordnung gerufen, aber jetzt habe ich frei, und irgend jemand muß Ihnen ja schließlich zeigen, daß wir hier in Kanada mehr haben als nur Schnee, Ahorn, Biber und die Mounties.»

Banks lachte. «Sie haben die Eskimos vergessen.»

«Die heißen bei uns jetzt ‹Inuit›.»

Banks leerte sein Glas, und Gregson bestellte eine neue Runde. Die Scheinwerfer gingen wieder an, und eine attraktive junge Frau mit langen schwarzen Haaren und bräunlicher Haut betrat die Bühne.

Gregson bemerkte, wie fasziniert Banks sie anstarrte. «Sie ist hübsch, was? Eine Indianerin. Ihr Name ist Wanda Morningstar.»

Sie war nicht nur hübsch, sondern ausgesprochen schön, und sie bewegte sich auf eine so unschuldige und ungekünstelte Weise, daß Banks sich ernsthaft fragte, wie ein solches Mädchen bloß dazu kam, sich an einem sonnigen Nachmittag vor einem paar Dutzend lüsterner alter Kerle auszuziehen. Aber wenn man es recht überlegte, wie kam er denn überhaupt selbst dazu, an dieser Veranstaltung teilzunehmen? Nun, fand er, das war allein Gregsons Schuld. Der Gedanke beruhigte ihn.

Nach Wanda Morningstar kam noch eine Reihe anderer Mädchen auf die Bühne, aber keine besaß auch nur im entferntesten ihren Zauber. Es war schon fast zehn Uhr, als die beiden Männer schließlich aufbrachen. Banks stellte überrascht fest, daß er offenbar etwas beschwipst war. Da man das Bier eisgekühlt serviert hatte, hatte es kaum Geschmack gehabt, und er hatte daraus geschlossen, daß es ziemlich schwach sei. Ein Irrtum, wie sich jetzt herausstellte, tatsächlich war das kanadische Bier sogar sehr viel stärker als das daheim. Leicht schwankend folgte er Gregson zum Wagen.

Der Staff Sergeant hatte den Schlüssel schon ins Schloß gesteckt, als er plötzlich innehielt. «Nein», sagte er mehr zu sich selbst als zu Banks, «es ist besser, wir nehmen ein Taxi.» Und zu Banks gewandt, fuhr er fort: «Sie haben mich vom Pfad der Tugend abgebracht, Alan. Es wäre doch verdammt peinlich, wenn ich in meiner eigenen Stadt wegen Trunkenheit am Steuer in den Knast müßte, was?»

Sie gingen hinaus auf die Straße. Es war noch eine Menge Leute unterwegs, und viele Geschäfte hatten geöffnet – Lebensmittelläden, die damit warben, daß man bei ihnen die ganze Nacht einkaufen konnte, und natürlich auch eine Filiale des allgegenwärtigen *Mac's Milk*. In Eastvale durften nur die Spirituosengeschäfte länger als bis halb sechs geöffnet haben, aber selbst die schlossen spätestens um Mitternacht, dachte Banks.

Gregson trat an den Straßenrand und winkte, und nach kurzer Zeit hielt ein Taxi. Die beiden Männer ließen sich in die Rücksitze fallen.

Der Fahrer, ein offenbar etwas mundfauler Westinder, nickte nur, als Gregson ihm die Richtung nannte. Banks stieg als erster aus, Gregson fuhr weiter und winkte ihm noch eine Weile aus dem Rückfenster zu.

Banks betrat das stickig heiße Wohnzimmer und setzte sich gleich vor den Fernseher. Es lief die Wiederholung einer alten Perry-Mason-Folge. Nach einer Weile merkte Banks, wie ihm die Augen zufielen, und außerdem war ihm schwindlig. So ging er ins Schlafzimmer und legte sich aufs Bett. Die Ereignisse des Tages tauchten in wirrer, unzusammenhängender Folge vor seinem inneren Auge auf, doch das letzte Bild vor dem Einschlafen war klar und deutlich: Wanda Morningstar, wie sie sich im Takt einer stummen Melodie wiegte, aber nicht in einem heruntergekommenen Barschuppen, sondern auf einer Lichtung inmitten einer grünen Wildnis, die nackte bronzene Haut angestrahlt von einem Feuer.

In seinem Traum dann verwandelte sich Wanda alsbald in Anne Ralston, die in ihrem weiten Sommerrock vor ihm davonlief. Und wie so oft in seinen Träumen – alle seine Anstrengungen, sie einzuholen, nützten nichts, seine Füße schienen am Boden festgeklebt. Ab und zu blieb Anne stehen, blickte sich um und winkte ihm, ihr zu folgen. Für seine vergeblichen Versuche hatte sie nur ein mitleidiges Lächeln. Gegen fünf Uhr morgens wachte er schweißgebadet auf. Draußen sangen die Vögel, und die ersten Straßenbahnen ratterten vorbei. Er stand auf und holte sich aus dem Badezimmer zwei Aspirin. Dann legte er sich noch einmal hin, um weiterzuschlafen.

Kapitel zehn

I

Gerade war die Sonne hinter Adam's Fell untergegangen und seine schroffe Silhouette zeichnete sich dunkel und beinahe drohend vor dem blutrot gefärbten Himmel ab. Der große Garten der Colliers war festlich erleuchtet, überall standen kleine Grüppchen von Leuten, die sich zwanglos unterhielten. Man hatte die Terrassentüren zu beiden Teilen des Hauses geöffnet, um den Gästen ungehinderten Zutritt zu den Getränken und zum kalten Büffet zu erlauben, das reichhaltig war wie immer. Es gab mehrere Sorten Käse, verschiedene Pasteten, geräucherten Lachs und Berge frischer Früchte. Aus den Lautsprechern von Stephens Stereoanlage drang leise Musik. Im Moment war es Mozart, aber davor hatte er alte Motown-Platten aufgelegt und modernen Pop. Die Gäste waren alle Anfang bis Mitte Dreißig, mit Ausnahme von zwei, drei älteren Grundbesitzern und ein paar anderen Leuten, die schon seit Jahrzehnten mit der Familie befreundet waren. Eine Handvoll gescheiter junger Lehrer, Kollegen von Nicholas aus Braughtmore, war gekommen, und Stephen hatte alle seine leitenden Mitarbeiter eingeladen und außerdem eine Reihe Unternehmer von überall her aus dem Tal, darunter manche mit politischen Ambitionen. Die Sommerfeste in der Collier-Villa waren inzwischen zu einer Art Tradition geworden, sie festigten das Ansehen der Brüder und boten vermögenden und einflußreichen Leuten und solchen, die es werden wollten, eine erste unverbindliche Gelegenheit, miteinander in Kontakt zu kommen.

Katie stand mit einem Glas Wein in der Hand allein beim Brunnen. Sie hielt es schon so lange, daß es sich inzwischen ganz warm anfühlte. Ab und zu näherte sich ihr einer der elegant gekleideten jungen Männer und versuchte, sie in ein Gespräch zu ziehen, doch da sie nicht den Blick hob und nur einsilbig antwortete, murmelte jeder nach kurzer Zeit eine Entschuldigung und zog sich wieder zurück.

Sie haßte die Collierschen Gartenfeste, aber Sam hatte wie jedes Jahr darauf bestanden, daß sie mitkam.

«Glaubst du vielleicht, ich habe dir diese ganzen verdammt teuren Kleider umsonst gekauft?» hatte er geknurrt, als sie ihm in letzter Minute gesagt hatte, daß sie zu Hause bleiben wolle.

«Ich habe dich nicht darum gebeten», hatte sie ruhig geantwortet. «Du weißt, daß ich sie gar nicht haben will.» Das stimmte. Sie fühlte sich in teurer Garderobe immer unwohl, weil sie das Gefühl hatte, daß dadurch ihr Stolz und ihre Eitelkeit angestachelt würden.

«Du kommst mit», hatte er gebrüllt, «es sind ein paar sehr wichtige Leute eingeladen, und ich möchte, daß du bei dem Fest dabei bist, damit sie dich kennenlernen und du ihnen Eindruck machst.»

«Ach, Sam», hatte sie gebettelt, «laß mich hierbleiben. Du weißt doch, daß ich bei diesen Festen immer nur stumm herumstehe. So viele Leute auf einmal – das schüchtert mich ein, ich kann dann einfach nichts sagen.»

«Dann trink zur Abwechslung doch mal ein Glas Wein. Das macht dich gleich entspannter. Verdammt, kannst du nicht wenigstens mal versuchen, ein bißchen ungezwungen zu sein wie alle anderen auch?»

Sie war den Tränen nahe gewesen und hatte sich abgewandt.

Doch Sam packte sie am Arm. «Jetzt hör mir mal gut zu», hatte er gesagt, «du kommst mit, und dabei bleibt's. Und wenn es dir solche Schwierigkeiten macht, mit den Leuten zu reden, dann stehst du eben einfach nur da und siehst schön aus. Das ist ja nicht zuviel verlangt. Jedenfalls fest steht, du kommst – kapiert?»

Sie hatte genickt, und Sam hatte ihren Arm losgelassen. Morgen würde sie dort wieder einen blauen Fleck haben, das wußte sie. Sie war nach oben gegangen, um sich ein Kleid auszusuchen. Das bedruckte Baumwollkleid mit der gerafften Taille und dem tiefen Rükkenausschnitt, das sie vor ein paar Wochen in Eastvale gekauft hatte, erschien ihr für den Abend gerade richtig. Und ihre Wollstola würde sie mitnehmen, manchmal konnten selbst im Juli die Abende empfindlich kühl sein. Als sie heruntergekommen war, hatte Sam sie eingehend gemustert, ihr befohlen, noch etwas mehr Lidschatten aufzutragen, und dann waren sie aufgebrochen.

Von dort, wo sie stand, hatte Katie einen guten Überblick über den ganzen Garten. Sam sah in seinem weißen Maßanzug ganz fremd aus. Er stand mit einer Gruppe Geschäftsleute aus dem Ort zusammen und unterhielt sich offenbar glänzend, aber vielleicht tat er auch nur so. Er hatte sich ein Glas Wein geholt, obwohl er, wie sie genau wußte, viel lieber Bier trank. Doch vermutlich hatte er das Gefühl gehabt, damit hier unangenehm aufzufallen.

Sie blickte sich suchend nach John Fletcher um, konnte ihn aber nirgends entdecken. John war immer freundlich, und ihm gegenüber kannte sie auch kaum Befangenheit, sie konnte mit ihm reden, aber es machte auch nichts, wenn sie schwieg. Stephen fand sie zwar anziehender, aber in Johns Gesellschaft fühlte sie sich wohler. Seit ihm seine Frau weggelaufen war, war er verändert, ernster als früher und verschlossener. Kate hatte Maureen Fletcher noch kennengelernt. Sie war eine schöne Frau, aber eitel, arrogant und offenbar jemand, der Aufregung brauchte. In Swainshead hatte sie es jedenfalls nicht lange ausgehalten. Katie fand, daß John eigentlich froh sein konnte, sie los zu sein, aber das würde sie ihm niemals sagen. Allerdings hatten sie auch nie über persönliche Dinge gesprochen, und ihr Gefühl, daß er hinter all seiner Trauer und Verbitterung ein guter, liebevoller Mann war, war rein intuitiv.

Es war kalt geworden. Die Sonne war jetzt ganz verschwunden, und der Himmel über Adam's Fell zeigte eine dunkelviolette Färbung. Durch das Dröhnen der Motown-Musik hindurch, die Stephen jetzt erneut aufgelegt hatte, weil einige Leute tanzen wollten, das Stimmengewirr, das Gelächter und das Gläserklirren drang aus dem Nachtdunkel der unheimlich klagende Ruf des Brachvogels zu ihr. Sie fröstelte. Sam hatte ihre Stola in Nicholas' Wohnung liegengelassen, und sie beschloß, sie zu holen. Und wenn sie schon einmal im Haus war, dann konnte sich sich auch gleich im Bad etwas frisch machen. In Nicholas' Wohnzimmer blieb sie einen Moment stehen und betrachtete bewundernd die Eichentäfelung und die alten Möbel. An den Wänden hingen Aquarelle mit den Porträts von Nelson und Wellington, und sie staunte wieder über die hohen Regale mit den unzähligen Reihen ledergebundener Bücher. Ob er die tatsächlich alle gelesen hatte? Auf einem kleinen Teakholztisch gleich neben dem Kamin entdeckte sie eine Bronzebüste. Die mußte er seit letztem Jahr neu erworben haben. Beim Näherkommen sah sie, daß im Fuß der Name Oscar Wilde eingeritzt war. Sie hatte ihn früher irgendwann einmal gehört, konnte sich aber nicht mehr daran erinnern, wer er war. Was für ein schöner Raum für einen so unangenehmen Mann, dachte sie, während sie gleichzeitig mit geübtem Blick die vielen Ecken und Winkel registrierte. «Aber bestimmt schwer sauberzumachen.»

Nach einigem Suchen fand sie schließlich das Bad. Es war moderner als die anderen Räume. Erleichtert schloß sie hinter sich ab und kippte als erstes ihren Wein in die WC-Schüssel. Sie würde sich ein wenig ausruhen hier, bevor sie wieder hinunterging. Neben der Badewanne lag ein Stapel *Yorkshire Life*, und sie nahm sich das oberste Heft herunter und begann darin zu blättern. Nach ein paar Minuten jedoch wurde sie unruhig. Sam würde sie bestimmt bald vermissen und dann anfangen, nach ihr zu suchen.

Als sie gerade hinuntergehen wollte, kam ihr Nicholas auf der Treppe entgegen. Er schwankte ein bißchen, und seine Augen blickten schon etwas glasig. Hinten am Kopf stand ein störrisches Haarbüschel in die Höhe, so daß sie unwillkürlich lächeln mußte. Er erinnerte sie fast an einen ungezogenen Schuljungen.

«Ah, Katie», sagte er schleppend, trat ihr in den Weg und umfaßte ihre Schultern. Sie sah, daß seine Wangen vom Alkohol gerötet waren. «Komm, laß uns eilen, deine Liebe ist viel süßer als Wein.»

Katie errötete und versuchte sich aus seiner Umklammerung zu lösen, doch als Nicholas ihr Widerstreben spürte, hielt er sie nur um so fester. Mit einem raschen Blick die Treppe hinunter versicherte er sich, daß niemand in der Nähe war. «Endlich eine Gelegenheit, dich zu küssen, du Blume auf den Wiesen des Sharon, du Lilie der Täler.»

Katie versuchte, seine Arme zur Seite zu drücken, aber er war zu stark. Er faßte sie im Nacken, so daß sie ihren Kopf nicht bewegen konnte, und drückte seinen Mund auf den ihren. Ihr ekelte vor seinen weichen, feuchten Lippen. Sein Atem stank nach einem Gemisch aus Alkohol, Knoblauch und Stiltonkäse, was ihr fast Übelkeit verursachte. Als er endlich ihren Mund freigab, schnappte sie erleichtert nach Luft, doch er ließ sie nicht gehen, sondern legte ihr seine rechte Hand auf den bloßen Rücken, während er die Linke in das Oberteil ihres Kleides schob.

«Deine Brüste sind wie Rehzwillinge», flüsterte er schwer atmend, «Katie, hier herein, ins Schlafzimmer.»

Sie war außer sich vor Angst und Ekel. «Nein!» rief sie. «Wenn Sie mich nicht sofort gehen lassen, schreie ich das ganze Haus zusammen.»

Nicholas lachte. «Ich mag es, wenn eine Frau Temperament zeigt.

Und nun komm schon, du wirst schreien, dafür werde ich sorgen, aber noch nicht jetzt.» Er legte ihr eine Hand auf den Mund und versuchte, sie den Korridor hinunterzudrängen. Plötzlich hörten sie schnelle Schritte. Nicholas' Griff lockerte sich. Katie drehte den Kopf. Hinter ihnen stand John Fletcher.

«Laß sofort die Hände von Katie, oder ...» sagte er drohend.

«Mach, daß du wieder nach unten kommst, was hast du hier oben überhaupt zu suchen», schrie Nicholas. Er schien jede Kontrolle über sich verloren zu haben. «Wie kommt jemand wie du dazu, mir zu sagen, was ich zu tun oder zu lassen habe? Du ... du bist doch nichts als ein dummer Bauernlümmel, der zufällig ...»

Fletcher holte aus und versetzte Nicholas einen kurzen, harten Schlag auf den Mund. Er war sofort still. Einen Moment lang starrten die beiden Männer einander haßerfüllt in die Augen, dann holte Nicholas langsam ein Taschentuch hervor, um sich das Blut von den Lippen und vom Kinn zu wischen. Sie hörten, wie unten im Garten ein Glas zerbrach und eine Frau schrill auflachte. Nicholas zischte etwas Unverständliches, dann bedeckte er seinen Mund mit einer Hand und ging mit unsicheren Schritten in Richtung Bad.

Fletcher rieb sich die Knöchel der rechten Hand. «Alles in Ordnung, Katie?» wollte er wissen.

Sie nickte. «Ich danke Ihnen, John.» Verlegen starrte sie vor sich auf den Boden. «Das Ganze ist mir schrecklich peinlich ... Heute war nicht das erstemal, daß er versucht hat, mich ... anzufassen, aber er ist bisher nie gewalttätig geworden.»

«Er ist betrunken», sagte Fletcher. Dann lächelte er. «Machen Sie sich keine Gedanken, ich habe ihm schon lange mal eins aufs Maul geben wollen.»

«Was, glauben Sie, wird er jetzt tun?» fragte sie unruhig. «Er sah so furchtbar wütend aus.»

«Oh, er wird sich schnell wieder beruhigen. Kommen Sie, lassen Sie uns zu den anderen gehen.»

Katie nickte und folgte ihm die Treppe hinunter zurück in den Garten. Dort dankte sie ihm noch einmal, dann entschuldigte sie sich und schlich um die Hausecke herum auf die Straße. Sie brauchte einfach etwas Zeit für sich allein, um sich wieder zu beruhigen. Ihr Herz klopfte heftig und unregelmäßig, und sie glaubte, noch immer Nicholas' Hände auf ihrem Körper zu spüren. Ihr schauderte.

Ringsum war kein Mensch zu sehen, auch die Brücke lag verlassen da. Im *White Rose* jedoch brannte noch Licht, und ab und zu drangen Stimmen und Gelächter zu ihr herüber. Der junge Polizeibeamte würde wohl jetzt auch noch dort sitzen, dachte sie. Und sie war die einzige, die seine wahre Identität kannte. Zum Gartenfest war er natürlich nicht eingeladen gewesen, so hatte er wenigstens an diesem Abend keine Gelegenheit gehabt, ihnen nachzuspionieren. Sie fragte sich, warum er überhaupt hergekommen war. Soweit sie wußte, hatte er niemandem irgendwelche Fragen gestellt, er war einfach nur da, hielt sich immer in Sichtweite auf.

Seufzend schlich sie sich in den Garten zurück. Stephen hatte gerade ein langsames Stück aufgelegt, und die tanzenden Paare hielten sich eng umschlungen. Plötzlich spürte sie, wie ihr jemand leicht auf den Rücken tippte, und sie zuckte erschrocken zusammen.

«Keine Angst, ich bin's ... Wollen wir tanzen?»

«Aber ich ... ich kann nicht ... ich ...»

«Unsinn», sagte Stephen Collier energisch, «es ist ganz einfach. Sie brauchen einfach nur dieselben Schritte zu machen wie ich.»

Sie hätte gerne abgelehnt, aber ihr blieb keine Wahl. Sam sah zu ihnen herüber und gab ihr durch ein Nicken zu verstehen, daß sie sich nicht so zieren solle. Sie ließ sich von Stephen auf die Tanzfläche führen, und gleich darauf begannen sie beide sich im Takt zu drehen, doch sie hatte das Gefühl, als ob die Musik sie gar nicht erreichte, als ob ihr Körper aus Holz oder irgendeinem anderen toten Material sei. Ihre Füße wollten ihr nicht gehorchen. Plötzlich wurde ihr schwindlig, und alles um sie herum versank in Dunkelheit.

«Na, so wild haben wir doch gar nicht getanzt, daß Sie gleich umkippen müßten», sagte Stephen scherzend und reichte ihr seinen Arm, damit sie sich auf ihn stützen konnte, während er sie von der Tanzfläche geleitete.

Doch Katie hatte ihr Gleichgewicht schon bald wiedergefunden. «Es tut mir leid», sagte sie, «ich habe ja gleich gewußt, daß ich nicht tanzen kann.»

«Also, wenn ich es nicht besser wüßte, würde ich denken, Sie hätten zuviel getrunken», sagte er.

Sie lächelte. «Nur einen einzigen Schluck, aber das reicht bei mir wohl schon.»

«Katie?» fragte er und sah sie plötzlich ernst an.

«Ja?»

«Ich wollte Ihnen noch sagen, daß ich unsere Unterhaltung neulich sehr schön fand. Es ist gut zu wissen, daß da noch jemand ... jemand anderer ist, mit dem man sprechen kann.»

«Jemand anderer?»

«Nun ja, jemand, der nicht zur Familie oder zur Firma gehört.»

Obwohl Katie wußte, daß Stephens überraschender abendlicher Besuch nur wenig mehr als einen Monat zurücklag, kam es ihr so vor, als wäre eine halbe Ewigkeit seitdem vergangen. In den Wochen danach waren sie sich einige Male über den Weg gelaufen, doch er hatte sie kaum beachtet. Und das konnte sie sogar verstehen. Denn sie selbst hatte an jene Begegnung auch keine besonders angenehmen Erinnerungen. Doch wie er jetzt so vor ihr stand und sie bittend ansah, rührte er sie. Er schien unter großem inneren Druck zu stehen, an seinem linken Augenlid hatte sich ein nervöser Tic entwickelt, es zuckte immerzu.

«Wissen Sie noch, worüber wir sprachen?» fragte er.

Sie nickte, obwohl sie sich nur noch sehr vage erinnerte.

Er blickte sich um, ob auch niemand in der Nähe war, der ihn hören konnte, und sagte dann mit gedämpfter Stimme: «Ich bin zu einem Entschluß gekommen. Ich denke, ich werde Swainshead verlassen.»

«Aber wieso denn?»

In diesem Augenblick bemerkte Stephen, daß zwei seiner Angestellten auf ihn zukamen. «Ich kann hier nicht reden, Katie. Können wir uns Freitag morgen sehen?»

«Sam fährt am Freitagmorgen immer nach ...»

«Ja, ich weiß», sagte Stephen, «Sam fährt am Freitagmorgen immer nach Eastvale. Ich will ja auch gerade nicht mit Sam sprechen, sondern mit Ihnen. Wir könnten einen Spaziergang zusammen machen.»

«Ich ... also, ich weiß nicht, ob das richtig wäre.»

Die beiden Männer waren jetzt bis auf wenige Schritte herangekommen, und er warf ihr einen bittenden Blick zu. «Na gut, einverstanden», sagte sie. «Machen wir also einen Spaziergang, aber nicht zu weit.»

Stephen schien aufzuatmen, selbst sein Augenzucken hatte für einen Moment aufgehört.

«Ah, hier stecken Sie», rief ihm einer der beiden, ein untersetzter

Mann namens Teaghe aufgekratzt entgegen. «Da haben Sie wohl das schönste Mädchen für sich selbst reserviert, was?» Er musterte Katie mit anerkennenden Blicken, so daß sie über und über rot wurde und sich schnell verabschiedete.

Sie wollte nicht dadurch auffallen, daß sie mit leeren Händen herumstand, deshalb holte sie sich ein neues Glas Wein und stellte sich damit in die Terrassentür. Vor dem massigen Hintergrund von Adam's Fell wirkten die Tänzer im Garten klein und zerbrechlich, der Garten selbst erschien ihr in seiner festlichen Beleuchtung als ein merkwürdiges Schattenreich mit geheimnisvollen und verborgenen Wegen.

Sie hatte sich nie für eine gute Zuhörerin gehalten, weil sie bei jedem Gespräch, wie sie fand, viel zu sehr in ihrer eigenen Schüchternheit befangen war, aber Stephen hatte sie offenbar als hilfreich erlebt, deshalb hatte er sie jetzt gebeten, einen Spaziergang mit ihm zu machen. Wollte er ihr von seinen Problemen erzählen, sie vielleicht sogar um ihren Rat bitten? Sam hatte das nie getan, alles, was er je von ihr gewollt hatte, war, daß sie tags für ihn arbeitete und ihm nachts im Bett gefügig war.

Sie vertraute Stephen, soweit sie überhaupt gelernt hatte, irgendeinem Mann zu vertrauen, denn er war ihr gegenüber nie zudringlich geworden, auch neulich an jenem Abend nicht, als sie beide allein gewesen waren. In den Wochen danach hatte er sie sogar ausgesprochen kühl behandelt. Warum bloß wollte er Swainshead verlassen? Und wieso schien er so nervös und auf dem Sprung? Hatte er Angst, wollte er vor etwas fliehen? Aber wenn er wirklich von hier weg wollte, dachte sie, und wenn er sie tatsächlich mochte, wie er gesagt hatte, dann bestand vielleicht die Chance, daß er sie mitnehmen würde.

Seinen Ehemann zu verlassen war natürlich eine Sünde, aber sie hatte wieder und wieder darüber nachgegrübelt und schließlich beschlossen, daß sie es trotzdem wagen wollte. Wer weiß, vielleicht würde Gott ihr sogar vergeben, denn ER würde doch wissen, was für ein verdorbener Mann Sam Greenock war, welche schmutzigen Wünsche und Phantasien er hatte. Sie war ja auch bereit zu sühnen, für Kranke und Bedürftige zu sorgen – was auch immer. Möglicherweise, wahrscheinlich sogar, würde auch Stephen eines Tages von ihr verlangen, daß sie sich ihm hingebe, aber wenigstens dabei würde sie keine neue Schuld auf sich laden, denn sie wußte, daß sie es nur erdulden und nicht genießen würde. Früher hatte sie immer gedacht, daß es an Sam liegen müsse, wenn sie bei der Liebe nichts empfand, doch mit Bernie war es ihr nicht anders ergangen, obwohl er sanfter und viel zärtlicher gewesen war.

Sie blickte hinaus zu den tanzenden Paaren. Sam hielt eine attraktive Brünette im Arm, vermutlich eine Angestelle von *Collier Food*. Auch Nicholas hatte sich wieder zu seinen Gästen gesellt, er stand am Brunnen und unterhielt sich mit einer Gruppe von Geschäftsleuten, Pendlern, die zwar in Swainshead ihre Häuser hatten, aber ihr Geld in Leeds und anderswo verdienten. Katie sah, daß seine Unterlippe so dick angeschwollen war, als wäre er dort von einer Biene gestochen worden. Als sich ihre Blicke zufällig einmal kreuzten, entdeckte sie in seinen Augen eine solche Mischung aus ungezügeltem Haß und nackter Gier, daß sie ein Zittern der Furcht durchfuhr und sie sich instinktiv den Schal enger um die Schultern zog.

II

Banks hatte sich inzwischen entschlossen, auf der Suche nach Anne Ralston auch ein wenig von Toronto kennenzulernen. Das Wetter war immer noch unerträglich heiß und feucht, und auch ein nächtliches Gewitter mit Sturmböen und Donnerkrachen hatte kaum Erfrischung gebracht.

Den Besuch des CN-Tower schenkte er sich und bummelte statt dessen lieber durch das Eaton Centre, ein beeindruckendes Gebäude aus Stahl und Glas, das in seinem Innern auf mehreren Stockwerken den unterschiedlichsten Geschäften Platz bot. Banks freute sich besonders über eine Skulpturengruppe am Eingang: eine Schar Wildgänse, die gerade zur Landung ansetzten.

Am Dienstag morgen stand er schon früh auf und nahm den Bus nach Kleinburg, um die McMichael Collection zu besichtigen, die bedeutendste Sammlung kanadischer Kunst im Land. Besonders die Malereien der Ureinwohner und Lawren Harris' Berglandschaften hätten Sandra gefallen, dachte er. Und endlich sah er nun auch das Original eines Gemäldes von Emily Carr, das Jenny Fuller, eine befreundete Psychologin, die er ab und zu bei schwierigen Fällen um Rat fragte, in ihrer Wohnung als Druck an der Wand hängen hatte. Sie war es auch gewesen, die ihn zu diesem Museumsbesuch ermuntert hatte.

Am Nachmittag setzte er über nach Ward's Island, bewunderte dort den Anblick von Torontos Skyline und unternahm anschließend noch einen geruhsamen Spaziergang über die Planken der Strandpromenade an der Südseite der Insel. Der Ontariosee glänzte in der Sonne und schien so unendlich wie ein Ozean. Im Sommengarten einer Kneipe direkt am Wasser bestellte er sich ein Carlsberg und sah den Yachten zu, deren weiße Segel langsam wie Messer in Melasse durch die klebrig feuchte Luft schnitten.

Nach Einbruch der Dunkelheit schlenderte er die Yonge und die Dundas Street hinunter und beobachtete die Huren und Straßenkinder, wie sie ihren jeweiligen Beschäftigungen nachgingen.

Die wichtigste Sehenswürdigkeit und für ihn ganz unverzichtbar aber waren die Niagarafälle. Und tatsächlich waren sie, aus der Nähe betrachtet, womöglich noch großartiger, als er erwartet hatte. Er bestieg eines der sechs Boote der Maid-of-the-Mist-Flotte, das direkt in die Horseshoe-Falls hineinschipperte. Das Boot hüpfte wie ein Korken, und als er den Kopf schräg legte, konnte er über der Wasserfläche einen Regenbogen erkennen. Doch dann spritzte ihm der Gischt in die Augen, so daß er nichts mehr sehen konnte, dafür jedoch das urzeitliche Donnern der Wassermassen um so intensiver erlebte.

In der übrigen Zeit besuchte er Pubs. Er veranschlagte für jeden ungefähr eine Stunde und ging immer nach demselben Schema vor. Zunächst nahm er am Tresen Platz und trank in Ruhe ein Bier, dann zog er die Fotografien heraus und erkundigte sich bei der Bedienung und den Gästen, ob sie Bernard Allen oder Anne Ralston schon einmal gesehen hätten.

Nach zwei Tagen hatte er das Gefühl, daß die vielen Pubbesuche seine Leber und Nieren doch ziemlich strapazierten, und versuchte, seinen Alkoholkonsum etwas zu kontrollieren. Um sich die ganze Aufgabe etwas interessanter zu gestalten – denn einsame Kneipenbummel waren eigentlich ganz und gar nicht nach seinem Geschmack –, probierte er systematisch die verschiedenen Faßbiere durch, und zwar sowohl die einheimischen wie die importierten. Die kanadischen Sorten, fand er, schmeckten alle recht ähnlich und waren ohne Unterschied ziemlich kohlensäurehaltig. Dem englischen Bier schien die

Reise nicht besonders gut zu bekommen. Mit *Double Diamond* und *Watney's* gab er sich hier allerdings gar nicht erst ab, die mied er ja zu Hause auch. Am besten schmeckten ihm, wie er bald merkte, die in Toronto gebrauten Sorten, die ihm auch schon Gerry Webb ans Herz gelegt hatte: *Arkell Bitter, Wellington County Ale, Creemore Springs Lager* und *Conner Bitter.* Sie waren weich und doch voll im Geschmack, hatten Gestalt und warteten, wenn man sie richtig zapfte, mit einer prachtvollen Blume auf.

Obwohl er Pubs eigentlich mochte, hingen sie ihm jetzt doch bald zum Hals heraus: er trank zuviel, rauchte zuviel und aß zuviel Fritiertes. Am Dienstag hatte er es nach seiner Rückkehr von Kleinburg im *Sticky Wicket,* dem *Madison* und dem *Duke of York* versucht, die alle drei in der Nähe der Universität lagen. Ohne Erfolg. Am Mittwoch dann war er gleich im Anschluß an seine Tour zu den Niagarafällen zum *Spotted Dick* aufgebrochen und hatte sich anschließend, der Yonge Street folgend, als erstes den *Artful Dodger,* dann den *Jack Russell* und zuletzt den *Hop and Grape* vorgenommen. Letzter befand sich im Erdgeschoß eines Bürogebäudes, das ganz in der Nähe des Toronto Community College lag. Am Fenster sitzend, hatte er einen schier endlosen Strom langhaariger junger Leute beobachtet, die freudig erregt einem Heavy-metal-Konzert im Maple Leaf Garden zustrebten. Banks war wie immer durchgeschwitzt, und seine Füße schmerzten, aber immerhin hatte er wenigstens ein bißchen Ruhe: die Angestellten, die nach Dienstschluß hereingeschaut hatten, waren schon wieder gegangen, und für die abendlichen Stammgäste war es noch zu früh. Er hatte nur noch zwei Tage, um Anne Ralston zu finden, und ihm war sehr deutlich bewußt, daß ihm die Zeit buchstäblich davonlief. Ziemlich frustriert war er an diesem Abend früh nach Hause gegangen und hatte sich gleich ins Bett gelegt.

Und dennoch: Er war fest davon überzeugt, daß die Überlegungen, die ihn ursprünglich nach Toronto geführt hatten, richtig waren. Bernard Allen war ein regelmäßiger Pubgänger gewesen, und er mußte im Laufe der Zeit eine ganze Menge Bekannte gefunden haben, die ihn jetzt vermutlich ziemlich vermißten.

Am Donnerstag stieg Banks nachmittags gegen drei im Osten der Stadt aus der Straßenbahn. Der Pub *The Feathers,* den er aufsuchen wollte, lag direkt gegenüber der Haltestelle. Das erste, was er sah, als er durch die Tür trat, waren zwei Dartsscheiben. Die Wand dahinter war mit grünem Flanell bespannt, der von vielen Fehlwürfen wie pokkennarbig aussah. Der Gastraum bestach durch dunkel glänzendes Holz, jede Menge poliertes Messing und mit prachtvollem dunkelroten Samt gepolsterte Stühle und Bänke. Er sah wirklich verblüffend britisch aus. Banks stellte erleichtert fest, daß es angenehm kühl war.

Die Wand gegenüber der Theke war mit Dutzenden von gerahmten Fotos bedeckt, die meisten zeigten charakteristische englische und schottische Landschaften. Es gab aber auch einige Aufnahmen englischer Pubs sowie anderer Gebäude. Banks identifizierte den *Old Star* in Wetherby bei Leeds und die Anlagen der Brauerei Theakston in Masham, an deren Hinweisschildern er immer vorbeikam, wenn er auf dem Weg nach Ripon war, und – höchst überraschend, fast schockierend – ein Foto des *Queen's Arms* am Marktplatz von Eastvale. Der vertrauten Ansicht so unverhofft hier zu begegnen berührte ihn merkwürdig. Eastvale lag fünftausend Kilometer entfernt und war doch auf einmal so nahe gerückt. Irgendwie fast unheimlich, fand er.

Der Pub war zu dieser Stunde nahezu leer, es waren überhaupt nur zwei Tische besetzt. An dem einen saß eine Gruppe von fünf Männern und lauschte einem weißhaarigen Mann mit faltigen Gesichtszügen, der heftig über die letzte Einkommenssteuererhöhung schimpfte. Es klang, als stamme er aus Lancashire. Am Tisch daneben saß ein einzelner junger Mann.

Banks stellte sich an den Tresen gleich neben einen großen, schlanken Mann mit Fassonschnitt, der, ohne seine Anwesenheit zur Kenntnis zu nehmen, weiter seine Pfeife rauchte und mit leicht überheblichem Lächeln ins Leere starrte, so als denke er über die Vergänglichkeit alles menschlichen Tuns nach. Direkt über der Kasse entdeckte Banks einen kleinen Union Jack, wohl eine Huldigung an die Gäste.

«Ein großes Creemore, bitte», sagte Banks, nachdem er auf einem der Zapfhähne das Logo entdeckt hatte.

Die junge Frau hinter der Theke nahm seine Bestellung freundlich lächelnd entgegen. Sie hatte krauses rötliches Haar, und ihre Augen blickten übermütig, fast schalkhaft. Als sie ans andere Ende der Theke mußte, um dort für die Bedienung ein paar Biere fertig zu machen, bemerkte Banks, daß sie einen abenteuerlich kurzen Rock trug. Doch er stand ihr.

«Ruhig hier», bemerkte er, als sie wieder zurückkam und das gefüllte Glas vor ihn hinstellte.

«Um diese Zeit immer», entgegnete sie. «Gegen fünf, wenn die Leute von der Arbeit kommen, dann wird's voll.»

Banks holte erst tief Luft, ehe er das Foto von Bernard Allen aus der Jackettasche zog – allmählich bekam es schon Eselsohren. Er war inzwischen so sehr an Enttäuschungen gewöhnt, daß kaum noch etwas von Erwartung in seiner Stimme lag, als er seine übliche Frage stellte: «Kennen Sie zufällig diesen Mann hier? Ist er vielleicht bei Ihnen einmal Gast gewesen?»

«Aber das ist doch Bernie!» rief sie. «Er ist vorigen Monat drüben in England ermordet worden. In der Zeitung stand eine kurze Meldung.»

Banks glaubte seinen Ohren nicht zu trauen.

«Ja, stimmt», sagte er. «Das heißt also, Sie kannten ihn?»

Die junge Frau sah plötzlich ganz ernst aus, das Lächeln war aus ihrem Gesicht verschwunden. «Er war hier Stammgast», sagte sie. «Ich würde nicht behaupten, daß ich ihn besonders gut gekannt hätte, aber wir haben uns ab und zu miteinander unterhalten, wie das eben so ist, wenn man hier hinterm Tresen steht – da ergeben sich häufig Gespräche mit den Gästen. Er war ein netter Mann, nie irgendwie unangenehm. Es ist furchtbar, was da mit ihm passiert ist.»

«War er gewöhnlich allein hier?»

«Nein, es gab da so eine Art Clique – Bernie, Glen, Barry und Ian. Sie haben immer in der Ecke da drüben gesessen.» Sie deutete zu einem runden Tisch gegenüber dem entfernten Ende des Tresens.

«Erinnern Sie sich, ob ab und zu vielleicht auch eine Frau dabei war?»

Sie nickte. «Ja, manchmal. Aber ich habe nie mit ihr gesprochen. Warum interessiert Sie das eigentlich alles? Sind Sie Polizist oder so etwas ähnliches?»

Banks entschloß sich, ehrlich zu sein. «Ja», sagte er, «aber ich gehöre der englischen Polizei an und bin hier als Privatmann. Ich und meine Kollegen zu Hause, wir denken, daß Bernard hier eine Freundin, die er schon von früher in England kannte, wiedergetroffen hat und daß diese Frau womöglich etwas weiß und uns helfen könnte, den Mord aufzuklären. Ich habe hier ein Foto von ihr...»

Die junge Frau nickte, legte ihre Ellbogen auf den Tresen und beugte sich vor, um das Bild genauer erkennen zu können.

«Das könnte sie sein – vielleicht, ich bin nicht sicher. Die Gesichtsform ist dieselbe, aber sonst sieht sie völlig anders aus. Ist das ein altes Foto?»

Banks nickte. «Aber Sie halten es immerhin für möglich, daß sie es ist?»

«Ja, ich denke schon. Aber hören Sie, ich kann hier nicht die ganze Zeit herumstehen und mich mit Ihnen unterhalten. Jack da drüben, der hat öfter mit Bernie zusammengesessen. Vielleicht kann der Ihnen mehr sagen.»

Sie deutete auf den Mann, der abseits der Gruppe allein an seinem Tisch saß und jetzt damit beschäftigt war, ein Kreuzworträtsel zu lösen. Er war untersetzt, hatte ein feingeschnittenes Gesicht und trug einen Schnurrbart. Er war schon grau, obwohl er höchstens Mitte Dreißig sein konnte.

«Vielen Dank für den Hinweis», sagte Banks, nahm sein Glas und trat an den Tisch des Mannes. Er stellte sich vor, und der Mann, der Jack hieß, forderte ihn auf, sich doch einen Stuhl heranzuziehen. Der Weißhaarige am Nebentisch zündete sich eine Zigarette an, und Banks hörte, wie er mit leicht schleppender Stimme sagte: «Jetzt trink' ich noch'n Gin Tonic, aber dann muß ich wirklich los.»

«Wir waren nicht direkt Freunde», antwortete Jack auf Banks' Frage, wie gut er Bernard Allen gekannt habe, «aber wir haben uns des öfteren sehr gut miteinander unterhalten.» Banks stellte an seinem Akzent überrascht fest, daß sein Gegenüber offenbar Kanadier war. Er hatte irgendwie angenommen, daß ausschließlich Engländer hierherkamen.

«Und über welche Themen?»

«Meistens über irgendwelche Bücher. Bernie war der einzige Mensch, den ich je in einem Pub getroffen habe, der Proust gelesen hatte.»

«Wer ist denn das?»

Jack sah ihn etwas entgeistert an. «Der größte Schriftsteller, der je gelebt hat. Der Autor von ‹Auf der Suche nach der verlorenen Zeit›.»

«Also das werde ich sofort auf meine persönliche Leseliste setzen», sagte Banks, nicht ganz sicher, worauf er sich da eingelassen hatte. Er versuchte, seinen freiwillig eingegangenen Verpflichtungen, bestimmte Bücher, die man ihm zu lesen empfohlen hatte, in der Regel zuverlässig nachzukommen, aber seine Freizeit war so knapp bemessen, daß er immer im Rückstand war.

«Tun Sie das», sagte Jack, «und wenn Sie fertig sind, dann kommen Sie wieder her, und dann können wir uns darüber unterhalten. Aber jetzt entschuldigen Sie mich bitte», sagte er, stand abrupt auf und ging zur Toilette.

Der Mann aus Lancashire gab einen verhaltenen Rülpser von sich und sagte zur Bedienung: «Einen Gin Tonic, bitte – aber ohne Obst.»

Banks betrachtete die Männer, die mit ihm am Tisch saßen: ein magerer junger Bursche mit einem Ohrring und einem Diamantstift im linken Ohr, daneben ein etwas größerer Mann, Ende Zwanzig mit hagerem Gesicht, Bürstenhaarschnitt und Nickelbrille, ihm gegenüber ein dunkelhaariger Mittdreißiger, der mit leicht irischem Akzent sprach. Sie alle lauschten wie gebannt den Witzen eines Walisers, der anscheinend jetzt gerade so richtig in Schwung kam.

Jack kam von Klo zurück, setzte sich und bestellte ein neues Glas *Black Label*. Die Bedienung, eine hübsch gebräunte Blondine mit strahlendem Lächeln, nahm auch Banks' Bestellung eines weiteren Glases *Creemore* entgegen und war im Handumdrehen mit den beiden Bieren zurück. Banks bezahlte und gab ihr reichlich Trinkgeld, denn das war, wie er inzwischen mitbekommen hatte, hier so üblich.

«Kennen Sie auch ein paar von Bernards Bekannten?» fragte Banks.

Jack schüttelte den Kopf. «Nein, jedenfalls nicht näher, das sind doch alles aufgeblasene Engländer, die reden immer so, als hätten sie die Wahrheit gepachtet. Und am schlimmsten sind die Lehrer. Die leiden alle unter einer sehr eingeschränkten Wahrnehmung, wenn Sie mich fragen. Bernie war da anders, der hatte sich irgendwie davon befreit und einen viel weiteren Gesichtskreis bekommen.»

«Um welche Zeit treffen Bernards Bekannte denn gewöhnlich so hier ein?» erkundigte sich Banks.

«Meistens gegen fünf.»

Banks sah auf die Uhr, es war erst kurz nach vier.

«Vielen Dank», sagte er. «Übrigens, sechs waagerecht ‹ein Tunnel droht ihm das Wasser abzugraben: bald steht der Hafen in der Kreide›, das muß DOVER heißen – ich habe eben, als Sie draußen waren, einen Blick drauf geworfen.» Jack stieß einen anerkennenden Pfiff aus und trug die Antwort ein.

In der folgenden Stunde waren sie beide damit beschäftigt, die noch fehlenden Wörter einzusetzen. Es wurde allmählich voll. Um Viertel nach fünf, sie grübelten gerade darüber nach, was gemeint sein mochte mit: ‹was Washington links liegenläßt, ist für Kanadier ein Grenzfall (5 Buchstaben)›, betraten zwei Männer, korrekt in Anzügen mit weißen Hemden und Krawatten, den Pub.

«Da kommen gerade zwei von Bernies Bekannten», sagte Jack. «Sie gestatten, daß ich hier sitzen bleibe?»

Banks lächelte und wies auf das Kreuzworträtsel. «Vielen Dank, daß ich mitmachen durfte.»

«Hat mir Spaß gemacht mit Ihnen», sagte Jack, und die beiden Männer schüttelten sich die Hände. «Aber natürlich: IDAHO», rief er auf einmal und strahlte Banks an. «Es ist wirklich erstaunlich, wie produktiv man ist, wenn man zu zweit über etwas nachdenkt.»

Banks gab ihm recht. Er hatte diese Erfahrung bei seiner Arbeit immer wieder gemacht, und wenn man ihm erlaubt hätte, noch jemanden mitzunehmen, so wäre das sicherlich eine große Hilfe gewesen, zwar nicht unbedingt Hatchley, der hatte vermutlich nicht genug Selbstkontrolle, um bei den Pubbesuchen eine saubere Trennungslinie zwischen Pflicht und Vergnügen zu ziehen, aber Richmond – den hätte er gerne dabeigehabt.

Als er zu den beiden Männern an den Tisch trat, hatten sie es sich bereits bequem gemacht, die dunklen Jacketts ausgezogen, die Krawatten gelockert und die Ärmel ihrer Hemden hochgekrempelt. Der eine der beiden war ziemlich groß und mager, mit einem kantigen Gesicht und dünnem blonden Haar, das er sich seitlich über den Kopf gekämmt hatte, um die beginnende Glatze zu kaschieren. Der andere, ein kleiner Pummeliger, der seinem Freund kaum bis zur Schulter reichen mochte, wie Banks schätzte, wurde auch schon kahl, das spärliche Haar stand wie ein Heiligenschein um seinen Kopf. Er hatte die irritierende Angewohnheit, in einem fort zu lächeln, und seine dunklen Augen bewegten sich blitzschnell von einem Punkt zum andern, ohne je irgendwo zu verweilen.

Banks stellte sich als Polizeibeamter aus England vor, der in Kanada inoffiziell über den Tod von Bernard Allen Nachforschungen anstelle.

«Mein Name ist Ian Grainger», erklärte der größere der beiden, «nehmen Sie doch bitte Platz.»

«Barry Clark», sagte der kleine Dicke, noch immer lächelnd und ohne Banks dabei anzusehen.

«Glen müßte auch bald kommen», sagte Ian. «Können wir Ihnen irgendwie helfen?»

«Das weiß ich selbst noch nicht, eigentlich bin ich auf der Suche nach Anne Ralston», sagte Banks.

Die beiden Männer runzelten die Stirn und sahen ihn fragend an.

«Sie kennen sie vermutlich als Julie.»

«Ach, Julie! Ja, natürlich, die kennen wir», sagte Barry. «Hat sie irgend etwas mit dem Mord an Bernie zu tun?» Man hörte ihm genau wie Ian an, daß er Engländer war, aber Banks hätte nicht sagen können, woher genau er kam.

«Nein, das glaube ich kaum», antwortete er. «Aber sie kann uns vielleicht etwas sagen, das uns hilft, den Täter zu finden.» Er berichtete ihnen von dem fünf Jahre zurückliegenden Mord an Addison und ihrem plötzlichen Verschwinden.

Kurz nachdem die Kellnerin die Getränke serviert hatte, traf auch Glen Tadworth ein, ein korpulenter junger Mann mit dunklem Bart und einem recht ausgeprägten Bierbauch. Er hatte wie viele Stubengelehrte eine leicht vornübergebeugte Haltung. Sein rotes Hemd wies unter den Armen und auf dem Rücken große Schweißflecken auf, und er wirkte erschöpft. Am Tisch angekommen, stellte er seufzend die prall gefüllte, schon ziemlich abgewetzt aussehende Aktentasche ab und ließ sich erleichtert auf einen Stuhl sinken.

«Meine Güte, sind diese Studenten dämlich», sagte er und fuhr sich mit der Hand durch die fettigen Haare, «man sollte meinen, ‹Dover Beach› sei nun wirklich ein Gedicht, das jedes Kind verstehen kann, oder – was meinen Sie?» Er blickte fragend zu Banks, obwohl ihm dieser nicht vorgestellt worden war. «Ein besonders aufgewecktes Bürschchen vertrat doch tatsächlich die Ansicht, Matthew Arnold habe darin seinen Katzenjammer nach einer durchzechten Nacht thematisiert. Und der Knabe hat sogar versucht, seine Ansicht durch eine bis ins einzelne gehende Interpretation zu belegen. Das ‹heisere Brüllen› ist seiner Meinung nach eine dichterische Umschreibung für Kotzen, na, und was er für die ‹lange Spur von Schaum› hält, das brauche ich wohl nicht weiter zu erläutern. Vielleicht sollte man ja dankbar sein, daß sie soviel Phantasie haben, aber irgendwie...» Er warf in einem Anfall von gespielter Verzweiflung die Arme in die Luft, langte dann blitzschnell über den Tisch und schnappte sich Ians Glas, bevor dieser es verhindern konnte.

«Sie brauchen kein Mitleid mit ihm zu haben», bemerkte Barry ironisch und schaffte es sogar, Banks für den Bruchteil einer Sekunde direkt in die Augen zu sehen, «er führt sich jeden Abend so auf, er muß immer klagen.» Dann stellte er die beiden Männer einander vor.

«Aus dem Swainsdale – so», sagte Glen. «Da denke ich gleich an frische Luft und weite, grüne Wiesen. Ach, gütiger Gott, was würde ich darum geben... das heißt, es müßte nicht unbedingt direkt das Swainsdale sein, obwohl ich glaube, daß ich es dort gut aushalten würde. Ich stamme allerdings aus dem West Country, aus Exeter, um genau zu sein. Ich nehme an, daß man es kaum noch hört, der Akzent hat sich in den letzten Jahren wohl ziemlich abgeschliffen.»

«Aber warum kehren Sie nicht zurück, wenn Ihnen soviel daran liegt?» fragte Banks und zündete sich eine Zigarette an. «Wenn man Sie so reden hört, könnte man meinen, Sie seien lebenslang in die Verbannung geschickt worden.»

«Das vielleicht nicht, aber ich bezweifle, daß es zu Hause besonderes Entzücken hervorrufen würde, wenn wir alle wieder zurückkämen. Die Leute daheim haben doch alle mehr oder weniger die Vorstellung, daß Engländer, die wie wir in den ehemaligen Kolonien oder sonstwo in Europa oder Asien leben, alle selbstzufriedene, pfeifenrauchende Tories sind, die sich jeden Tag neu darüber freuen, daß sie keine Einkommensteuer zu zahlen brauchen.»

«Ist diese Vorstellung denn so falsch?»

«Na, und ob! Aber erst mal möchte ich mir jetzt ein Bier... Ah, Stella, meine Liebe, ein großes *Smithwick*, bitte. Wo war ich stehengeblieben? Richtig – das wunderbare Leben im Ausland. Nun, soviel steht fest, falls die Regierung tatsächlich, wie bereits angekündigt, beschließen sollte, uns bei den nächsten Wahlen ein Stimmrecht per Briefwahl zu ermöglichen, dann wird sie eine böse Überraschung erleben. Die meisten von uns leben doch nicht freiwillig im Ausland, sondern weil bestimmte Kenntnisse und Fähigkeiten allem Anschein nach in England nichts mehr zählen, jedenfalls bekommt man damit keine Anstellung mehr. Hier in Kanada ist es auch nicht gerade einfach, Arbeit zu finden, aber irgendwie gelingt es dann meistens doch noch. Und die Bezahlung ist anständig. Obwohl ich sagen muß, daß ich sofort bereit wäre, drüben in England auch für sehr viel weniger Geld zu arbeiten. Es vergeht kaum ein Tag, an dem ich nicht überlege, ob es nicht doch irgendwie möglich wäre zurückzukehren.»

«Und wie dachte Bernard über diese Dinge?» wollte Banks wissen.

«Der hat wie Glen geredet, eher noch schlimmer», schaltete sich Barry ein, «jedenfalls in den letzten Monaten. Es ist übrigens eigentlich eher Nostalgie als Heimweh. Ein Flug über den Atlantik nützt in solchen Fällen gar nichts, Leute wie Glen möchten im Grunde eine Zeitreise antreten, zurück ins England der siebziger. Wenn man es recht betrachtet, so krankt unsere ganze Generation an dieser Sehnsucht, deshalb hören wir uns auch immer noch am liebsten die Beatles an und nicht Duran Duran.»

Banks mußte insgeheim zugeben, daß er selbst auch den Beatles den Vorzug vor Duran Duran gab, obwohl sein Sohn Brian vor einigen Monaten hartnäckig versucht hatte, ihn für diese Gruppe zu begeistern. Inzwischen hatte er allerdings schon wieder neue Idole. Banks war, ohne sich dessen bewußt zu sein, immer davon ausgegangen, daß seine musikalischen Vorlieben mit der Qualität der Musik zusammenhingen, aber vielleicht hatte Barry Clark recht, und was er für guten Geschmack gehalten hatte, war in Wirklichkeit nichts anderes als eine sentimentale Fixierung auf die Musik seiner Jugend. Sein Vater fiel ihm ein. Der hatte ihm immer Glenn Miller, Nat Gonella und Harry Roy ans Herz gelegt, während er Elvis Presley, The Shadows und Billy Fury hören wollte.

«Je länger man weg ist, um so mehr idealisiert man alles, was mit England zu tun hat», bemerkte Barry, und sein unsteter Blick wanderte durch den Raum. Es war inzwischen ziemlich voll geworden und dementsprechend laut. Vor dem Tresen standen die Leute drei Reihen tief. Jack hatte Gesellschaft bekommen, ihm gegenüber am Tisch saß jetzt eine zierliche junge Frau mit kurzen, dunklen Haaren, die sich wie eine Kappe um ihren Kopf schmiegten. Der Mann aus Lancashire und seine Zechkumpane waren, ohne daß Banks es gemerkt hatte, gegangen. «Den meisten ist gar nicht klar, daß sich England in den letzten Jahren bis zur Unkenntlichkeit verändert hat», fuhr Barry fort. «Für uns hier ist es noch immer gleichbedeutend mit der Weihnachtsansprache der Königin, der ‹Last Night of the Proms›, dem Derbytag, den großen internationalen Kricketausscheidungen bei Lords, dem Fußballpokalendspiel – natürlich ohne Blutvergießen! –, grünen Hügeln und schattigen Wegen, ein liebliches und liebenswertes Land, friedlich und ewiggleich. Doch die Realität sieht anders aus. Wenn wir heute zurückkehrten – wir wären Fremde im eigenen Land. Aber für manche meiner Landsleute hier besitzen ja selbst die ‹dunklen satanischen Fabriken› noch einen gewissen Charme, nur weil sie in England stehen.»

«Da hast du verdammt recht», sagte Glen. «Ich würde sofort in einer dieser verdammten Textilfabriken in Bingley anfangen, wenn ich nur wieder zu Hause sein könnte. Nun, wer weiß, eines Tages … Es ist die Sehnsucht, die uns zurücktreibt, Chief Inspector. Ein großes Thema in jeder Literatur, vor allem natürlich in der irischen.»

«Man könnte meinen, da redet Bernie», sagte Ian. «Sie hätten ihn mal hören sollen, wie er immer von Yorkshire geschwärmt hat … Die Schönheit der Dales, ihre Ursprünglichkeit, die Einsamkeit dort … als seien sie das reinste Paradies. Also ich selbst kann dieses Heimweh nicht nachempfinden, ich fühle mich sehr wohl in Kanada, ich finde, es ist ein tolles Land.»

«Ja», sagte Glen fast ein wenig giftig, «weil du Grundstücksmakler bist und dir hier eine goldene Nase verdienst. Ist Geld denn wirklich das einzige, was für dich zählt? Was ist mit deiner Herkunft, deiner Identität?»

«Ach, halt die Klappe, Glen, immer dieselben alten Phrasen – das langweilt uns.»

«Wenn Bernard in England Arbeit bekommen hätte, wäre er dann Ihrer Meinung nach zurückgegangen?» fragte Banks.

«Aber ja, auf der Stelle», antwortete Ian. Die beiden anderen nickten.

«Hat er irgendwann mal etwas davon verlauten lassen, daß er vielleicht eine Stelle in Aussicht hätte?»

«Nun ja, er hat mal angedeutet, daß es unter Umständen eine Möglichkeit für ihn gäbe zurückzukehren», sagte Glen. «Ich habe ihn damals ziemlich darum beneidet, obwohl ich mir nicht mal so ganz sicher war, ob ich ihm das glauben sollte oder nicht.»

«Und was war das für eine Möglichkeit?»

«Das hat er nicht gesagt. Die Einzelheiten wollte er offenbar noch für sich behalten.»

«Haben Sie eine Vermutung, wieso?»

Glen kratzte sich an der Schulter. Sein Hemd klebte ihm am Körper, und er zupfte ein wenig daran herum, um etwas mehr Luft zu haben. «Keine Ahnung. Wir hatten an dem Abend alle ein paar über den Durst getrunken, und plötzlich fing Bernard an, von irgendeinem

Plan zu erzählen, wie er wieder ganz nach England zurückkehren könne.»

«Aber etwas Genaues hat er Ihnen nicht gesagt?»

«Nein. Er sagte, wir würden das alles noch früh genug erfahren, und er würde uns alles erzählen, wenn er von seiner Reise zurück wäre.»

«Er hat also nicht davon gesprochen, daß er konkret eine Arbeit in Aussicht hätte?»

«Nein. Ich habe nur aus seinen Worten geschlossen, daß es so sein müsse – wovon hätte er sonst leben sollen?»

«Hat er gerne unterrichtet?»

«Irgendwie schon – mehr oder weniger», antwortete Glen. «Er hatte auch eine Begabung dafür. Aber eigentlich hätte er natürlich an die Universität gehört. Er besaß alle notwendigen Qualifikationen, aber die haben da schon seit Jahren keine Stellen mehr zu besetzen. Was ihm bei seinem Job als College-Dozent auf die Nerven ging, das waren vor allem die miesen Arbeitsbedingungen, und natürlich litt er ziemlich unter der Interesselosigkeit und Borniertheit der Studenten – wie die meisten Engländer, die hier unterrichten. Die jungen Leute an den Colleges in Kanada wissen in der Regel nichts, und vor allem, sie wollen auch nichts wissen, es sei denn, sie kriegen es auf Video vorgeführt. Sie lehnen sich zurück und erwarten von uns Lehrern, daß wir sie mit bestimmten Kenntnissen füttern, die sie dann gleich anschließend wieder ausspucken dürfen – das Ganze nennt sich dann Test. Und natürlich wollen sie alle eine Eins plus, ganz egal, wie viele orthographische Fehler sie gemacht haben, von ihrer Handschrift ganz zu schweigen. Ich könnte Ihnen Dinge erzählen, da ...»

«Wir alle wissen, daß du das könntest, Glen», unterbrach ihn Barry, «aber der Chief Inspector interessiert sich im Moment für ganz andere Sachen.»

Banks lächelte etwas gequält. «Also, um ganz ehrlich zu sein», bekannte er, «mir läuft allmählich die Zeit davon. Ich muß Julie finden – und zwar so schnell wie möglich. Wissen Sie, wo sie wohnt?»

«Nein», antwortete Ian. «Aber sie kommt jeden Freitag nach der Arbeit auf ein paar Drinks hier vorbei.»

«Sie muß irgendwo ganz hier in der Nähe wohnen», sagte Barry. «Sie hat mal erwähnt, daß sie sich zum Sonnenbaden öfter in die Kew Gardens setzt.»

«Kennen Sie den Nachnamen, den sie jetzt trägt?»

«Ich glaube, Culver», sagte Barry. «Oder war es Cleaver ... oder Carver – na, jedenfalls so ähnlich.»

Ian und Glen wußten es auch nicht.

«Hat sie mal gesagt, wo sie arbeitet?»

«In einem dieser Bürotürme an der Bucht», antwortete Ian. «Entweder im *TD-Centre* oder im *First Canadian Place*. Sie hat sich mal darüber beklagt, daß sie im Fahrstuhl immer so einen schmerzhaften Druck auf den Ohren bekommt.»

«Eine außerordentlich hilfreiche Information», kommentierte Glen bissig. «Weißt du eigentlich, wie viele hundert Firmen in diesen Gebäuden untergebracht sind?»

Ian zuckte die Achseln. «Tja, tut mir leid. Mit genaueren Angaben kann ich leider nicht dienen. Und ihr?»

Glen und Barry schüttelten den Kopf.

«Aber machen Sie sich mal keine Sorgen», sagte Barry beruhigend. «Morgen gegen sechs Uhr werden Sie sie bestimmt hier antreffen. Bisher hat sie noch nie einen Freitag ausgelassen.»

«Na hoffentlich», sagte Banks. «Hören Sie, würden Sie mir einen Gefallen tun? Falls sie vor sechs Uhr kommt oder ich mich aus irgendeinem Grund verspäte, dann sagen Sie ihr bitte nichts davon, daß ich mit ihr sprechen möchte. Womöglich ergreift sie sonst gleich die Flucht. Sie wissen ja, die Leute reagieren manchmal komisch, wenn sie das Wort Polizei hören.»

«Stimmt es denn wirklich, daß Sie sie nicht wegen irgendeines Vergehens suchen, sondern nur mit ihr reden wollen?»

«Ich brauche nur ein paar Informationen von ihr, das ist alles», antwortete Banks bestimmt.

«Na schön», sagte Glen. «Wenn es dazu beiträgt, Bernies Mörder zu stellen, dann werden wir natürlich alles tun, was in unseren Kräften steht, um Ihnen zu helfen.» Er hob sein Bierglas, um einen Toast auszubringen. «Auf Bernie! Und daß es uns allen ein Trost sein möge, daß er dort gestorben ist, wo er leben wollte!»

«Ja», nickte Banks. «So könnte man sagen.»

Alle vier tranken auf Bernie und darauf, dort zu sterben, wo man hätte leben wollen.

Kapitel elf

I

«John erzählte mir, daß Nick sich auf der Party neulich danebenbenommen hat», sagte Stephen Collier. «Das tut mir leid, aber ich sagte Ihnen ja, daß Sie sich möglichst von ihm fernhalten sollen.»

Katie starrte errötend vor sich auf den steinigen Weg. «Er kam plötzlich auf mich zu», sagte sie leise. Und dann, fast unhörbar: «Er ist ein Tier, ein richtiges Tier.»

Doch Stephen hatte ihre Worte gehört. «Ach Katie, reden Sie nicht so von ihm, er ist schließlich mein Bruder und der einzige Verwandte, den ich noch habe. Ich weiß, daß er manchmal ganz furchtbare Dinge tut, aber... Ich verspreche Ihnen, dafür zu sorgen, daß sich so etwas nicht noch einmal wiederholt.»

Die Frage Kains, wenn auch in ganz anderem Zusammenhang gestellt, fiel ihr ein: «Bin ich meines Bruders Hüter?» Konnte Stephen wirklich Tag für Tag auf Nicholas aufpassen? Schließlich konnte er ihn nicht einsperren. Sie sah ihn, während er neben ihr ausschritt, verstohlen von der Seite an. Er wirkte angespannt, fand sie, und das Zucken an seinem linken Auge schien schlimmer geworden zu sein.

Es war ideales Wetter, um einen Spaziergang oder eine Wanderung zu unternehmen: warm, aber nicht heiß und dazu ein strahlendblauer Himmel mit nur ein paar einzelnen weißen Wölkchen, die aber keinen Regen bringen würden. Sam war in Eastvale und wußte nichts davon, daß sie mit Stephen unterwegs war. Ihn hätte es sowieso nicht gestört, im Gegenteil. Er drängte sie ja geradezu, mit den beiden Brüdern Kontakt zu haben, so als hoffe er, durch sie Zutritt zu einem Bereich zu erhalten, der ihm allein unweigerlich verschlossen bliebe.

Sie befanden sich auf dem Pfad, der an der Seite des Swainshead Fell schrägt zur Quelle des Swain hinaufführte. Die Luft war frisch und klar, und binnen weniger Minuten zeigte Stephens blasses Gesicht schon etwas Farbe.

Nach gut einer Stunde waren sie am Ziel. Die Quelle war nicht besonders sehenswert, im Grund nichts weiter als ein großer nasser Fleck, dem ein dünnes Rinnsal entsprang. Das Gras ringsherum wuchs allerdings üppiger und schien auch grüner. Nur wenige Meter entfernt befand sich die Quelle eines anderen Flusses, des Gaiel, der dann unten im Tal jedoch einen scharfen Knick nach Norden machte und nach Cumbria floß. Stephen hatte eine Thermosflasche mit Kaffee dabei und eine Tafel Bitterschokolade. Sie setzten sich auf den trockenen Rasen oberhalb der Quelle und blickten hinunter auf das Dorf. Eine Lerche schraubte sich tirilierend in die Höhe, und sie sahen ihr nach, bis sie im lichten Blau verschwunden war.

«Möchten Sie etwas trinken?» fragte Stephen.

Katie nickte, und Stephen reichte ihr einen Plastikbecher mit schwarzem Kaffee. Eigentlich mochte sie ihn lieber mit viel Sahne und einem Teelöffel Zucker, aber sie sagte nichts. Sie brach sich ein paar Stücke Schokolade ab und ließ sie langsam im Munde zergehen.

«Ich sollte nicht mit Ihnen hier oben sein», sagte sie nach einer Weile gequält und strich sich nervös eine lose Haarsträhne aus der Stirn.

«Aber Katie, seien Sie doch nicht so ängstlich! Sam kann Sie nicht sehen, er ist weit weg in Eastvale.»

«Ich weiß, aber es geht mir auch gar nicht um Sam. Ich habe Angst vor den Leuten – sie werden reden.»

«Aber wieso? Und vor allem – worüber? Jeder im Ort weiß doch, daß wir befreundet sind. Also, was ist dabei, wenn wir hier oben am hellichten Tag zusammen gesehen werden? Manchmal sind Sie wirklich rührend altmodisch, Katie.»

Wieder wurde sie rot. «Ich kann es nicht ändern, ich bin so», flüsterte sie beschämt.

«Aber, Katie», begann Stephen erneut, «so überlegen Sie doch mal. Wir machen hier nichts als einen kleinen, harmlosen Spaziergang, was sollte daran verwerflich sein? Wir haben uns weder heimlich davongeschlichen, noch verstecken wir uns, und doch verhalten Sie sich, als ob wir irgendeine schreckliche Untat begingen.»

«Es ist bloß ... ich habe das Gefühl, daß es einfach nicht richtig ist», sagte Katie und lächelte zaghaft. «Aber lassen Sie sich durch mein Benehmen nicht irritieren. Ich will ja auch wirklich versuchen, mich zu ändern, es ist nur gar nicht so einfach. Ich tue mich irgendwie so schwer mit anderen Menschen.»

«Fühlen Sie sich denn in meiner Gesellschaft jetzt unwohl?»

Katie riß ein Stück Stanniolpapier in winzig kleine Stücke. «Ich weiß nicht genau», sagte sie, «wenigstens habe ich keine Angst vor Ihnen.»

Stephen lachte. «Na, das ist doch schon was. Aber jetzt mal ernsthaft, Katie, ab und zu habe ich das Gefühl, daß ich unbedingt mit jemandem reden muß. Ich sagte Ihnen ja neulich schon auf dem Gartenfest, daß ich eigentlich niemanden habe, dem ich mich anvertrauen kann. Nick hört nie richtig zu, und die Leute in der Firma – das sind eben Angestellte, aber keine Freunde.»

«Und die vielen Gäste auf Ihrer Party?»

«Die meisten hat Nick eingeladen, und die anderen waren alle Leute, die ich rein geschäftlich kenne. Wie ist denn das eigentlich bei Ihnen, Katie? Haben Sie nicht auch manchmal das Bedürfnis, mit irgend jemand zu sprechen? Gibt es keine Sorgen oder Probleme, die Sie bedrücken und die Sie jemandem mitteilen möchten, um sich zu erleichtern?»

Katie sah ihn ein wenig hilflos an. «Doch, schon, aber wie ich eben sagte, ich tue mich schwer mit anderen Menschen. Das ist sicherlich etwas, was mich an vielem hindert. Aber ich wüßte auch nicht, wo ich anfangen könnte, etwas daran zu ändern.»

«Fangen Sie bei Ihrem Leben an, Katie! Sind Sie glücklich?»

Sie zuckte die Achseln. «Sollte ich das sein?»

«Aber ja! Dazu lebt man doch – um sich zu freuen und zu genießen.»

«Oder zu leiden.»

«Leiden Sie denn?»

«Ich halte mich jedenfalls nicht gerade für glücklich.»

«Warum tun Sie dann nichts dagegen?»

Wieder zuckte sie die Achseln. «Was denn?»

«Aber es muß doch irgend etwas geben, was Sie tun können. Man kann alles ändern, wenn man nur will.»

«Ich sehe das nicht so. Was bleibt mir schon anderes übrig, als weiter hier in Swainshead zu bleiben und in der Pension zu arbeiten – sie ist mein Zuhause, wo sollte ich sonst hin? Ich kenne ja überhaupt nur zwei Orte, Swainshead und Leeds.» Sie spielte gedankenverloren mit ihrer Haarsträhne. «Ich glaube, in London oder einer anderen großen Stadt, da würde ich zugrunde gehen.»

«Städte haben einen schlechten Ruf, aber das liegt nur daran, daß sie im Fernsehen immer nur die schlimmen Bilder zeigen. Ich kenne eine Menge Leute, die sehr gern in der Stadt wohnen und dort ein ausgesprochen glückliches Leben führen.»

«Das mag schon sein», sagte Katie, «aber ich – ich wäre dort verloren.» Sie trank ihren Kaffee aus und wischte sich mit dem Handrükken über den Mund.

«Nur wenn Sie allein wären.»

«Was meinen Sie damit?» Sie hatte es gar nicht gemerkt, aber auf einmal saß Stephen dicht neben ihr und hielt ihre Hand. Sie spürte, wie sie sich innerlich verspannte. Aber sie wollte ihn nicht verletzen. Wenn er sie berühren wollte, dann würde sie es zulassen. In ihrem Innern krampfte sich alles zusammen, und das Blut rauschte ihr in den Ohren. Doch als er ihr den Arm um die Schulter legte, da war es eine so sanfte, fast geschwisterliche Geste, daß sie ihre Angst beinahe verlor.

«Ich weiß nicht genau, Katie, wie ich es erklären soll, vielleicht verstehe ich es auch selbst nicht ganz, aber ich muß fort. Ich kann hier nicht länger bleiben.»

«Aber wieso?»

Sie spürte, wie er zitterte, seine rechte Hand umklammerte ihren Oberarm. «Es gibt Dinge, von denen Sie nichts wissen, Katie. Sie sind so süß und so unschuldig...» Er streichelte ihr zart über die Wange, seine Finger fühlten sich kalt an.

Katie wäre gern ein bißchen von ihm weggerückt, aber sie wagte nicht, seinen Arm von ihrer Schulter zu nehmen. «Ich begreife nicht, wieso Sie das sagen», brach es aus ihr heraus. «Sam behauptet auch immer, daß ich nichts wisse und nichts verstünde. Woran liegt das? Ich bin doch nicht blind und auch nicht besonders dumm!» In ihren Augen standen Tränen.

«Nein», sagte Stephen und lächelte ein wenig traurig, «ganz bestimmt nicht. Weder blind noch dumm. Aber die Dinge sind oft nicht das, was sie scheinen, und auch Menschen können in Wirklichkeit ganz anders sein, als sie sich geben. Da braucht man dann unter Umständen schon einen besonders geübten Blick, um sich nicht täuschen zu lassen. Aber ich werde Ihnen jetzt etwas erzählen, Katie, was ich außer Ihnen noch keiner Menschenseele anvertraut habe...»

II

Die Frau, die Banks gegenüber in der Lounge von *The Feathers* saß, hatte nicht mehr viel Ähnlichkeit mit dem Mädchen auf Bernard Allens Foto, doch handelte es sich eindeutig um dieselbe Person. Ihr Haar war jetzt kurz und blond gefärbt, sie war perfekt geschminkt, und der offene, fröhliche Gesichtsausdruck von damals war einer gewissen Härte und resignativen Skepsis gewichen. Sie trug ein elegantes cremefarbenes Kostüm und rauchte lange Filterzigaretten, die sie zwischen dem ausgestreckten Zeige- und Mittelfinger hielt wie die Vamps in den Filmen der dreißiger Jahre. Zwischendurch klopfte sie immer wieder hektisch mit dem Ende der Zigarette auf den Rand des Aschenbechers, als wolle sie Asche abstreifen. Auf Banks wirkte sie sehr nervös.

Sie war, wie Glen vorausgesagt hatte, gegen sechs Uhr im Pub aufgetaucht, und nachdem Banks sich ihr vorgestellt hatte, war sie einverstanden gewesen, sich mit ihm in die Lounge zu setzen, weil sie dort mehr Ruhe hatten.

Die Kellnerin, eine zierliche Brünette mit lustigen Augen und einem kecken Lächeln, kam zu ihnen an den Tisch und brachte die Abendkarte.

«Möchten Sie schon etwas zu trinken bestellen?» fragte sie.

Julie nickte. Sie wollte einen *White Russian*, Banks entschied sich für ein Glas Rotwein. Immer nur Bier, das wurde ihm auf die Dauer langweilig.

«Ich würde gern von Ihnen wissen, warum Sie Swainshead damals so überstürzt verlassen haben», begann er.

«Ich bin mir nicht bewußt, etwas Verbotenes getan zu haben», entgegnete sie kühl. «England ist doch kein Polizeistaat – oder jedenfalls war es das damals nicht.»

«Ich kann Sie beruhigen, heute auch nicht. Aber der Zeitpunkt Ihres Weggangs hat uns eben auf Sie aufmerksam werden lassen.»

«So? Warum?»

«Nun, wir werden eben prinzipiell etwas mißtrauisch, wenn jemand spurlos verschwindet, kurz nachdem ein Mord begangen wurde.»

«Damit hatte ich nichts zu tun!»

«Da sind wir uns leider nicht so sicher. Wir sind der Meinung, daß

Sie entweder die Tat begangen haben oder aber etwas darüber wissen und deshalb selbst in Gefahr waren. Wir haben damals durchaus auch in Erwägung gezogen, daß Sie möglicherweise irgendwo tot im Schacht einer aufgelassenen Mine liegen, es gab ja wirklich niemanden, der uns hätte Auskunft geben können, wo Sie geblieben waren.»

«Und ich sage Ihnen noch einmal: Ich habe mit dem Mord nichts zu tun.»

«Wie erfuhren Sie denn überhaupt davon? Sie zeigten gerade eben, als ich zum erstenmal davon sprach, überhaupt kein Zeichen von Überraschung, dabei wurde die Leiche erst entdeckt, als Sie schon weg waren.»

Julie drückte ihre Zigarette im Aschenbecher aus. «Jetzt kommen Sie sich wohl so richtig schlau vor, was? Aber Ihre Tricks verfangen bei mir nicht. Ich lese Zeitung, falls Sie das interessiert, und so habe ich damals mitbekommen, was geschehen war.»

Die Bedienung kam mit den Getränken und fragte, ob sie jetzt Essen bestellen wollten. Banks bat sie, ihnen noch ein paar Minuten Zeit zu lassen, sie hätten sich noch nicht entschieden.

«Was würden Sie mir empfehlen?» fragte er.

Sie zuckte die Achseln. «Die Küche ist sehr gut hier, es hängt also davon ab, was Sie mögen. Heute bieten sie als Spezialgericht Rippenbraten mit Yorkshire-Pudding an, das könnten Sie nehmen, falls es Sie nicht zu sehr an zu Hause erinnert.»

Banks' Blick glitt über die dunkle Holztäfelung, den Messingtresen und die roten Samtpolster. «Ach, ich denke, das halte ich auch noch aus», sagte er lächelnd.

Die Kellnerin kam, um ihre Bestellung aufzunehmen.

«Wohin sind Sie denn damals eigentlich gegangen?» wollte Banks wissen, als sie wieder allein waren.

«Das geht Sie gar nichts an», sagte sie und nahm einen Schluck von ihrem Cocktail.

«Na schön. Ist auch nicht so wichtig», sagte er. «Wie Sie also bereits wissen, wurde eine Woche nach Ihrem Verschwinden in der Nähe von Swainshead die Leiche eines Privatdetektivs gefunden, sein Name war Raymond Addison. Er war umgebracht worden. Wir gehen nun davon aus, daß Sie uns etwas über diesen Mord sagen können.»

«Ich weiß nicht, wie Sie darauf kommen», sagte sie.

«Ich denke, das wissen Sie sehr genau», beharrte Banks. «Wenn Sie aber anfangen wollen, uns Schwierigkeiten zu machen, Miss Ralston...»

«Culver und Mrs., bitte. Mrs. Julie Culver. Und zwar ganz legal. Julie ist mein zweiter Vorname und Culver der Name meines Mannes, das heißt mittlerweile meines Exmannes.»

«Warum haben Sie Ihren Namen geändert, wenn Sie doch angeblich nichts zu verbergen hatten?»

Sie zuckte die Achseln. «Ich wollte neu anfangen, und ein neuer Name schien mir ein gutes Omen zu sein.»

«Das klingt nicht sehr überzeugend, finde ich, aber bitte, ich respektiere Ihren Wunsch. Also *Mrs. Culver,* ich muß Ihnen doch hoffentlich nicht erst erklären, daß die englischen und kanadischen Behörden sehr gut zusammenarbeiten. Zwischen beiden Staaten besteht ein Auslieferungsabkommen, darüber hinaus verfolgen sie seit Jahren eine Politik der wechselseitigen Information und Unterstützung. Das heißt, wenn ich will, kann ich jederzeit veranlassen, daß Sie nach England zurückgeschickt werden, um meine Fragen dort zu beantworten. Es wäre also durchaus in Ihrem Interesse, gleich jetzt und hier zu reden.»

Julie zündete sich eine neue Zigarette an. «Sie wollen mich nur einschüchtern. Ich bin seit meiner Heirat kanadische Staatsbürgerin, Sie können mir also gar nichts anhaben.»

«Da irren Sie sich, Mrs. Culver. Sie werden von uns in Verbindung gebracht mit einem Mord in England. Glauben Sie tatsächlich, daß Ihre Regierung unter diesen Umständen bereit sein wird, Ihnen Schutz vor strafrechtlicher Verfolgung zu gewähren?»

«Aber Sie haben doch nicht die Spur eines Beweises, daß mein ‹Verschwinden›, wie Sie es nennen, tatsächlich mit dem Mord in Zusammenhang steht, und wenn Sie die Wahrheit wissen wollen, es war wirklich nichts als ein merkwürdiger Zufall.»

«Ach ja? Und daß Sie damals gerade mit Stephen Collier befreundet waren – auch nur so ein Zufall?»

Julie wurde blaß. «Wieso fangen Sie jetzt davon an? Was hat Ihnen Stephen erzählt?»

«Nichts. Was hätte er uns denn Ihrer Meinung nach erzählen können?»

«Woher soll ich das wissen?»

Banks seufzte. «Mrs. Culver, vor ein paar Wochen ist, wie Sie wissen, ein zweiter Mord geschehen. Das Opfer war Bernard Allen, ein alter Freund von Ihnen. Er wurde im Hängetal oberhalb von Swainshead umgebracht.»

Julie nickte langsam. «Ich kenne das Tal», sagte sie mit leiser Stimme. «Bernie und ich, wir sind oft zusammen dort oben gewesen. Irgendwie wirkte es immer herbstlich – selbst im Frühjahr... Aber wieso bringen Sie mich mit seinem Tod in Verbindung? Ich war zu der Zeit, als das passiert ist, nicht einmal in England. Ich war hier. Vielleicht war der Mord die Tat eines Wahnsinnigen, oder der Mörder hatte es auf seine Sachen abgesehen. Heutzutage...»

Eine leichte Veränderung in ihrem Ton verriet Banks, daß sie in ihrer Ablehnung schwankend geworden war. «Ich will gerne alle Fakten, soweit sie uns bekannt sind, vor Ihnen ausbreiten», sagte er. «Also erstens, wir wissen, daß Sie Bernard gebeten hatten, niemandem davon zu erzählen, daß er Sie wieder getroffen hatte, was an sich schon ziemlich verdächtig ist. Hinzu kommt, daß – zweitens – Bernard entgegen Ihrer Bitte einer jungen Frau gegenüber erwähnt hat, daß er Sie in Toronto getroffen habe. Sie kennen sie übrigens. Es ist Katie Greenock. Die wiederum hat diese Information sofort an ihren Ehemann weitergegeben, und zwar, wie ich sie einschätze, durchaus nicht in böser Absicht. Aber Greenock, der ja nur nach einer Gelegenheit sucht, um sich bei den Colliers beliebt zu machen, hat ihnen natürlich sofort berichtet, was er von Katie erfahren hatte. Und drittens und letztens haben wir von mehreren Seiten erfahren, daß Bernard in den letzten Wochen wiederholt davon sprach, für immer nach England zurückzukehren, aber merkwürdigerweise hat er keinerlei Andeutungen gemacht, daß er da eine Stelle in Aussicht hätte. Und dann war er ein paar Tage in Swainshead, und dann wurde er umgebracht, und zwar genau zu dem Zeitpunkt, als er den Ort verlassen wollte. Wenn Sie jetzt einmal versuchen, das Ganze objektiv zu betrachten, zu welchen Schlußfolgerungen kommen Sie dann?»

«Schlußfolgerungen zu ziehen ist Ihre Aufgabe, Sie sind der Polizist», sagte sie unwillig und zog an ihrer Zigarette.

Banks beugte sich vor. «Na schön. Dann werde ich Ihnen sagen, wie ich das alles interpretiere. Ich gehe davon aus, daß Sie irgendwelche Informationen über den Mord an Raymond Addison besaßen. Informationen, die dazu hätten führen können, den Täter zu stellen. Ich weiß noch nicht genau, wer alles sonst in dem Fall drinhing, aber zumindest eine der involvierten Personen besaß Geld. Ich vermute mal, es war Stephen Collier. Ich denke, daß Sie Bernard, als Sie sich hier wieder getroffen hatten, irgendwann einmal erzählten, was Sie wußten, und daß Bernard dann in der Absicht nach Swainshead gefahren ist, eine bestimmte Person, über deren Identität ich im Moment nur spekulieren kann, mit den Informationen, die er von Ihnen hatte, zu erpressen, um so zu erreichen, was er sich am sehnlichsten wünschte: die Rückkehr nach Swainshead.»

«Mein Gott...! Machen Sie mich etwa verantwortlich für Bernies Tod?»

«Es steht mir nicht zu, moralische Urteile über Schuld oder Unschuld zu fällen, Mrs. Culver. Ich bin einzig und allein hier, um zu erfahren, was damals passiert ist, damit ich den Mörder von Raymond Addison und Bernard Allen dingfest machen kann.»

Man sah Julie an, daß sie angestrengt nachdachte. In ihrem Gesicht spiegelten sich in rascher Folge einander widerstreitende Emotionen. «Ich denke, ich trage keine Schuld», sagte sie schließlich. «Es gibt nichts, wovor ich mich zu fürchten brauchte. Und außerdem – ich glaube Ihnen nicht. Ich kannte Bernie, seit wir Kinder waren – er war nie und nimmer ein Erpresser.»

Die Kellnerin brachte ihnen ihr Essen. Bevor sie wieder ging, bestellten Banks und Julie jeder noch einen Drink. Banks, der jetzt erst merkte, wie hungrig er war, langte eifrig zu, während Julie in ihrem Salat fast nur herumstocherte, ohne etwas zu sich zu nehmen. Als Banks fertig war, den Teller beiseite schob und sich eine Zigarette anzündete, begann Julie:

«Hier mit Ihnen zu sitzen und mich an die Zeit damals zu erinnern, das ist schon sehr merkwürdig für mich», sagte sie zögernd. «Es liegt ja alles schon Jahre zurück, und seitdem sind so viele andere Dinge passiert, daß ich zwischendurch oft wochen-, manchmal monatelang gar nicht mehr an das alles dachte, was damals in Swainshead geschah.»

«Hatten Sie denn nicht ab und zu Sehnsucht nach der Heimat?»

«Nein, ich fühle mich eigentlich überall zu Hause, oder sagen wir mal, fast überall. Im Mittleren Osten zum Beispiel habe ich zugegebenermaßen nicht besonders gern gelebt.»

«Bernie soll sehr unter Heimweh gelitten haben, hat man mir gesagt.»

«Ja, er war eben eigentlich ein sehr bodenständiger Mensch. Wenn Sie ihn gekannt hätten, würden Sie wissen, was ich meine. Das Dorf und die Dales – da gehörte er hin, da hatte er seine Wurzeln. Selbst in Leeds, das ja wirklich nicht weit entfernt liegt, ist er nie richtig heimisch geworden. Ja, Bernie wollte unbedingt zurück. Jammerschade. Ich hatte irgendwie gehofft...»

«Daß Sie und Bernard noch einmal...?»

Sie zog erstaunt die Augenbrauen in die Höhe. «Sie wissen davon, daß wir ganz früher einmal zusammen waren?»

«Nun ja, solche Dinge bleiben in der Regel nicht unbemerkt.»

Sie nickte.

«Würden Sie mir jetzt erzählen, was damals vor fünf Jahren geschah, das Sie die Flucht ergreifen ließ?»

Die Bedienung kam, um die leeren Teller abzuräumen. Banks bestellte sich nun doch noch ein Bier, und Julie wollte Kaffee und einen doppelten Cognac. Alle Plätze waren inzwischen besetzt. Neben ihnen hatte eine Gruppe von acht Leuten zwei Tische aneinandergerückt, um zusammensitzen zu können.

«Es scheint, als wäre eine Ewigkeit seitdem vergangen», begann Julie, nachdem sie Kaffee und Cognac bekommen hatte. «Ich war damals, glaube ich, noch sehr jung und naiv. So richtig erwachsen wurde ich im Grunde erst, nachdem ich weggegangen war.»

Sie will Zeit gewinnen, dachte Banks, es fällt ihr offenbar schwer, von den damaligen Ereignissen zu sprechen. Vielleicht überlegt sie noch, ob sie mir wirklich die ganze Wahrheit erzählen soll oder nicht doch nur einen Teil. Das beste war vermutlich, ihr die Möglichkeit zu geben, auf ihre eigene Weise davon zu sprechen und nur ab und zu durch eine Bemerkung oder Frage vorsichtig zu versuchen, ihre Erinnerungen in die gewünschte Richtung zu lenken. «Wohin sind Sie denn damals nun eigentlich gegangen?» fragte er.

«Zuerst auf den Kontinent. Ich hatte schon seit langem regelmäßig etwas beiseite gelegt – das ersparte Geld bewahrte ich tatsächlich, ob Sie es glauben oder nicht, unter meiner Matratze auf –, alles für den Tag, an dem ich Swainshead verlassen würde, um nicht mehr zurückzukehren. Ich habe damals die Nachtfähre nach Holland genommen und blieb erst einmal ein paar Wochen in Amsterdam. Danach habe ich mich für eine Weile in Frankreich, Italien und Deutschland herumgetrieben, und irgendwann – ich kürze die Geschichte mal etwas ab – traf ich einen Mann, der mir gefiel. Er hieß Charles und war Kanadier. Damals war ich ungefähr ein Jahr aus Swainshead weg. Charles nahm mich mit zu sich nach Vancouver, und dort haben wir geheiratet.» Julie blies langsam den Rauch aus. «Eine ganze Zeitlang waren wir sehr glücklich miteinander... Bis er irgendwann fand, daß ich ihm nicht reiche. Nun, was du kannst, das kann ich schon lange, dachte ich... Bald danach waren wir miteinander am Ende.»

«Und wann nahmen Sie Kontakt auf zu Bernard?»

«Vor achtzehn Monaten, als ganz klar war, daß die Ehe zwischen Charles und mir nicht mehr zu retten war. Ich merkte ziemlich schnell, daß Bernie auch gerade heftige Probleme mit seiner Frau hatte – jedenfalls freute er sich sehr, von mir zu hören. Ich hätte durchaus auch schon früher Kontakt mit ihm aufnehmen können; ich wußte, daß er hier war, er hatte ja Swainshead vor mir verlassen. Aber ich spürte gewisse Hemmungen, mich bei ihm zu melden, und außerdem hatte ich damals, als ich wegging, beschlossen, radikal mit meiner Vergangenheit zu brechen.»

«Und wie kam es, daß Sie Ihre Meinung dann änderten?»

«Das lag an den Umständen. Ich bin freiberuflich als Werbeagentin tätig, das hatte sich in Vancouver so ergeben, die Arbeit machte mir Spaß, und ich hatte etwas zu tun und saß nicht allein zu Hause, wenn mein Mann wieder einmal... anderweitig beschäftigt war.» Sie klopfte mit ihrer Zigarette nervös auf den Rand des Aschenbechers. «Es stellte sich ziemlich schnell heraus, daß ich ein gewisses Geschick für diese Tätigkeit besaß und ein gutes Gespür für Trends und Entwicklungen hatte – kurz, ich hatte Erfolg, und so beschloß ich, in Toronto ein zweites Büro aufzumachen. Ich weiß nicht, wie gut Sie die Verhältnisse hier kennen, aber im allgemeinen ist draußen nicht bekannt, welchen besonderen Ruf Toronto hier im Land besitzt. Es ist, glaube ich, nicht übertrieben zu sagen, daß für die Kanadier diese Stadt der Mittelpunkt ihrer Welt ist. Ich wußte, daß Bernie seit Jahren hier lebte, und irgendwann dachte ich, daß es doch eigentlich albern sei, in derselben Stadt zu wohnen und sich nicht zu sehen. Und außerdem nahm ich an, daß der Ärger von damals inzwischen vermutlich verraucht sein würde, und wenn nicht, so würde ich das auch aushalten können.»

«Was für Ärger?»

«Na ja», sie lächelte halb beschämt, halb belustigt, «wie Sie wissen, war ich damals vor fünf Jahren schon seit längerer Zeit mit Stephen Collier befreundet gewesen, und Bernard war darüber sehr wütend. Ich hielt es deshalb nicht für völlig ausgeschlossen, daß er mich unter Umständen gar nicht würde sehen wollen.»

«Das verstehe ich nicht», sagte Banks. «Bernard war doch damals schon in Kanada. Da konnte er Ihnen doch wohl kaum Vorschriften machen, was Sie zu Hause zu tun und zu lassen hätten.»

«Nein, so war das auch nicht. Zwischen uns war ja sowieso nie mehr gewesen als eine Kinder- oder Jugendliebe, von daher konnte er also gar keine Ansprüche an mich stellen, aber wir waren eben sehr vertraut miteinander und standen uns sehr nahe – fast so wie Bruder und Schwester. Ich hatte, wie ich eben schon sagte, gehofft, daß sich das vielleicht hier ändern würde...» Sie seufzte. «Nein, Bernard war über meine Wahl vor allem deswegen so aufgebracht, weil Stephen eben ein Collier war.»

«Und Bernard war sehr klassenbewußt.»

Sie nickte. «Ja.»

«Das heißt, daß er sich unter Umständen von Ihnen verraten gefühlt haben konnte.»

Sie nickte wieder.

«Und – hat er?»

«Damals schon, glaube ich. Jedenfalls hat er mir, als er es erfuhr, einige ziemlich böse Briefe geschrieben. Als ich dann aus Swainshead wegging, haben wir über drei Jahre nichts mehr voneinander gehört, doch als wir uns dann wiedertrafen, da war von dem alten Groll bei ihm nichts mehr zu spüren. Das hatte ich eigentlich auch gehofft. Bernard war nämlich ein sehr einfühlsamer Mann. Man konnte ihm eine Menge erklären, wenn man sich nur Mühe gab. Deswegen glaube ich auch nicht, daß er ein Erpresser war, dafür war er viel zu freundlich und rücksichtsvoll.»

«Vielleicht ist meine Vermutung falsch, ich habe ja im Moment auch noch keinerlei Beweise dafür. Ich halte es genausogut für möglich, daß er vielleicht nur unvorsichtig oder nachlässig war und etwas gesagt hat, worüber er besser hätte schweigen sollen.»

Julie lächelte traurig. «So etwas kann ich mir bei ihm schon eher vorstellen.»

«Und was war mit Nicholas Collier?» wollte Banks wissen. «Hatten Sie zu ihm auch eine Beziehung?»

Julie sah ihn überrascht an und hob ein wenig spöttisch die Augenbrauen. «Sie denken anscheinend, ich hätte einen Mann nach dem anderen gehabt. Und ein bißchen mehr Geschmack bei der Auswahl meiner Freunde dürften Sie mir auch ruhig zubilligen. Nicky Collier hat mich, wenn Sie es wissen wollen, völlig kalt gelassen, auch wenn ich ein paarmal merkte, wie er mich mit Blicken geradezu verschlungen hat.»

«Ich bitte um Entschuldigung», sagte Banks, nicht wenig verlegen, «ich wollte mit meiner Frage wirklich nicht andeuten...»

«... daß ich eine Hure bin, ein Flittchen, eine Schlampe, ein leichtes Mädchen? Ach, wissen Sie, man hat mir schon Schlimmeres gesagt, glauben Sie mir.» In ihren Augen stand für einen Moment das alte vergnügte Lächeln. «Kennen Sie übrigens den Unterschied zwischen einer Schlampe und einem Miststück?»

Banks schüttelte den Kopf.

«Eine Schlampe ist eine Frau, die mit jedem schläft, ein Miststück eine, die mit jedem schläft, nur nicht mit Ihnen.»

Banks lachte. «Vom Standpunkt des Mannes aus, natürlich.»

«Natürlich.»

«Darf ich Sie leise daran erinnern, Mrs. Culver, daß Sie mir immer noch nicht erzählt haben, was damals genau geschehen ist, so daß Sie sich entschlossen, Swainshead bei Nacht und Nebel und ganz ohne Abschied zu verlassen?»

«Sie sind ein hartnäckiger Mensch, Mr. Banks, das muß man Ihnen lassen», sagte Julie, nicht ohne Anerkennung, und zündete sich eine neue Zigarette an. «Selbst durch meinen zugegeben ziemlich geschmacklosen Witz habe ich Sie nur vorübergehend ablenken können. Ich will ehrlich zu Ihnen sein, ich bin einfach noch immer unentschieden, ob ich Ihnen wirklich alles erzählen soll.»

Banks sah sie direkt an und hielt ihren Blick fest. «Mrs. Culver», sagte er eindringlich, «Bernard Allen – der Mann, mit dem Sie einmal, wie Sie eben selbst sagten, eine Kinder- und Jugendliebe verband –, ist ermordet worden. Jeder Mord ist heimtückisch und grausam, aber diese Tat war schon besonders verabscheuungswürdig. Erst hat der Mörder Bernard ein Messer ins Herz gestoßen, und anschließend hat er ihm mit einem großen Stein den Schädel zertrümmert, um sein

Gesicht unkenntlich zu machen. Als seine Leiche entdeckt wurde, hatte er fast zwei Wochen oben im Hängetal gelegen, und aus seinen Augenhöhlen krochen die Maden.»

Julie war totenblaß geworden und hielt ihr Glas so fest umklammert, daß ihre Knöchel weiß hervortraten und Banks fürchtete, sie würde es zerbrechen. Ein kleiner Muskel unter ihrem rechten Ohr zuckte unkontrolliert. «Dieses Schwein!» stieß sie mit zusammengepreßten Zähnen hervor.

Die Stille zwischen ihnen schien bodenlos. Banks hörte wie von ferne das belanglose Geplauder um sie herum, so als lausche er der Tonspur eines Films, der ihn nichts anging. Bruchstücke von Unterhaltungen drangen an sein Ohr, man sprach über Marathonläufe, Bier, Kricket, die Schulausbildung von Eskimokindern hoch im Norden, und das alles in einem unentwirrbaren Gemisch aus kanadischem Englisch, schottischem Englisch, Yorkshire-Dialekt und Londoner Slang. Es war, als habe Julie seine Anwesenheit völlig vergessen. Ohne ihn wahrzunehmen, starrte sie wie gebannt auf die Wand hinter ihm. Schließlich wandte er sich halb um, um zu sehen, was ihren Blick dort bannte. Es war das Foto eines idyllischen Tales mit einigen Bäumen, deren Blätter in einer Vielzahl von herbstlichen Gelb- und Rottönen gefärbt waren, angefangen von Rost über Orange bis hin zu Ocker.

Er zündete sich eine Zigarette an. Julie trank ihren Cognac aus, und die Farbe kehrte in ihr Gesicht zurück. Die Kellnerin trat an ihren Tisch, und sie bestellten jeder noch einmal dasselbe.

Nachdem die Bedienung die Getränke gebracht hatte und wieder gegangen war, sah Julie Banks einen Moment lang stumm an und schüttelte dann den Kopf. In ihren Augen stand Ablehnung, fast Haß. «Also Bernie zuliebe», sagte sie und begann: «An dem Abend, bevor ich, wie sich später herausstellen sollte, Swainshead verließ, war ich mit Stephen verabredet. Wir wollten im *Box Tree* in Ilkley gemeinsam zu Abend essen. Er kam eine halbe Stunde später als vereinbart. Ich merkte sofort, daß er wegen irgend etwas furchtbar aufgeregt war, und tatsächlich fuhren wir auch nur ein paar Kilometer, dann hielt er am Straßenrand an. Er sagte, es habe Ärger gegeben, und jemand sei verletzt worden. Daß der andere in Wahrheit tot war, hat er mir zu diesem Zeitpunkt noch verschwiegen. Er war in einem fürchterlichen Zustand, völlig aufgelöst. Irgendwann murmelte er etwas, daß die

Vergangenheit ihn eingeholt habe, und das Ganze sei die Folge von etwas, das vor Jahren in Oxford passiert wäre.»

«Während er dort studierte?»

Sie nickte. «Das nahm ich an. Ich wußte ja, daß er zum Studium in Oxford gewesen war. Er erzählte, daß am Nachmittag völlig überraschend ein Mann im Ort aufgetaucht sei, von dem er habe annehmen müssen, daß er ihm Schwierigkeiten bereiten wollte. Ein Privatdetektiv aus London. Zum Glück habe ihn Sam Greenock rechtzeitig vorgewarnt. Der war offenbar gleich mißtrauisch geworden, weil der Mann eine Menge Fragen über die Colliers gestellt hatte, aber keine Erklärungen dafür geben wollte. Offenbar hat er Sam gesagt, daß er einen kurzen Spaziergang das Tal hinauf machen wolle, und Stephen ist ihm dann nachgegangen. Stephen sagte, sie hätten miteinander geredet, und der Mann hatte den Versuch unternommen, ihn zu erpressen.»

«Wegen dieser alten, nicht näher bezeichneten Geschichte damals in Oxford?»

«Ja. Wie Stephen weiter erzählte, seien sie in Streit geraten, wären handgreiflich geworden, und dabei habe er den Mann verletzt – ziemlich schwer sogar. Ich sagte Stephen, er solle unbedingt einen Krankenwagen rufen.

Da wurde er richtiggehend wütend und schrie mich an, ich verstünde gar nichts. Und dann sagte er mir, daß der Mann tot sei. Es gebe jedoch nichts, was auf eine Verbindung zu ihm hindeute, Sam Greenock werde schweigen, wenn man ihn bei Laune halte, indem man ihm ein Gefühl von Wichtigkeit gebe. Ich glaube, Stephen mußte an diesem Abend einfach mit irgend jemandem sprechen, um sich diese ungeheure Last von der Seele zu reden, und außer mir gab es wohl niemanden, dem er sich hätte anvertrauen können.»

«Und wie haben Sie reagiert?»

Julie zündete sich am noch glühenden Ende ihrer Zigarette gleich die nächste an. «Ich werde versuchen, Ihnen Stephens Charakter zu erklären», sagte sie. «In vielerlei Hinsicht ist er ein sehr freundlicher, liebenswürdiger, sanfter und rücksichtsvoller Mensch. Aber er ist auch Geschäftsmann, und da hat er gelernt, wenn nötig, rücksichtslos und unter Umständen sogar skrupellos vorzugehen. Vor allem anderen aber ist er ein Collier, und das heißt, daß ihm der gute Name der Familie und ihr untadeliger Ruf über alles geht. Ich will nicht behaupten, daß ich ihn damals geliebt hätte, aber er bedeutete mir viel, und ich wollte ihn nicht leiden sehen. Natürlich gingen wir an diesem Abend nicht mehr essen. Wir hielten am nächsten Pub, an dem wir vorbeikamen, und tranken erst einmal jeder einen Whisky, bevor wir...» Sie hielt inne. «Was dann kam, ist für Sie nicht mehr von Interesse. Ich habe Stephen Collier nach dieser Nacht nicht wiedergesehen.»

«Am nächsten Morgen verließen Sie Swainshead. Warum? Hatte Stephen Ihnen das nahegelegt?»

«Nein, an dem Abend war er, glaube ich, sehr froh, daß er mich hatte.»

«Warum dann also?»

«Ich hatte meine eigenen Gründe. Erstens – und das war wahrscheinlich sogar ausschlaggebend – wollte ich ohnehin schon seit längerem weg aus Swainshead. Ich habe keine Familie. Mein Vater und meine Mutter waren zehn Jahre zuvor kurz hintereinander gestorben, und ich hatte damals in unserem kleinen alten Häuschen einfach so weitergelebt wie zuvor. Ich wußte nicht, was ich mit meinem Leben eigentlich anfangen sollte. Ich hatte keinen Ehrgeiz und keine besonderen Pläne. Meine Arbeit bei Collier fing an, mich zu langweilen, und ich war selbst damals schon zu illusionslos und zu nüchtern, als daß ich mir eingebildet hätte, eines Tages Mrs. Stephen Collier zu werden. Nein, Stephen würde mich nicht heiraten, und es hätte der abschätzigen Bemerkungen, die Nicholas dann und wann einfließen ließ, gar nicht bedurft – ich wußte auch so, daß ich nicht derselben gesellschaftlichen Schicht angehörte wie sie. Was dann an dem Februarabend passierte, beschleunigte, denke ich, nur eine Entscheidung, die im Grunde längst überfällig war. Hinzu kam, daß ich mir selbst nicht traute. Ich fürchtete, daß die Polizei zu mir kommen und mir Fragen stellen würde und daß man mir dann sofort anmerken würde, daß ich etwas verheimlichte. Ich bin keine gute Lügnerin, müssen Sie wissen, und früher oder später hätte ich ihnen alles erzählt. Das wollte ich verhindern.»

«Und gab es noch einen dritten Grund?»

Sie nickte. «Ich hatte Angst.»

«Vor Stephen?»

«Ja. Er hat, wie ich Ihnen eben zu erklären versuchte, einen sehr vielschichtigen und widersprüchlichen Charakter. Es gibt eine dunkle

Seite an ihm, die nicht oft zum Vorschein kommt – aber sie ist da. Einerseits ist er sehr empfindsam und verletzlich, andererseits robust und durchsetzungsfähig, gefühlvoll und auch wieder ganz zweckorientiert. Das kann mitunter eine wahrhaft angsteinflößende Mischung sein, glauben Sie mir. Irgendwo habe ich mal gelesen, daß niemand sentimentaler sei als die großen Mafiabosse. Angeblich sollen sie manchmal den Witwen ihrer Opfer Blumen schicken. Und bei den Nazis gab es, soviel ich weiß, auch diese unheilvolle Kombination von Gefühl einerseits und Unbarmherzigkeit und Brutalität auf der anderen Seite. Wie auch immer – ich kannte Stephen inzwischen gut genug, um zu wissen, daß er mir an einem Tag sein Herz öffnen und am nächsten an mir vorbeisehen konnte, als hätten wir uns nie gekannt. Stephen ertrug einfach keine Nähe – jedenfalls nicht auf Dauer. Er bemühte sich immer wieder darum, weil er wie alle Menschen ein Bedürfnis danach hatte, und eine seiner Möglichkeiten, Distanz zu überwinden, war, den anderen in sein Vertrauen zu ziehen. Aber spätestens am nächsten Tag tat es ihm schon wieder leid, und er verhielt sich kühl und abweisend. Was mich damals beunruhigte, das war die ungeheure Tragweite dessen, was er mir da gesagt hatte. Er hatte sich damit mehr oder weniger in meine Hand gegeben, und ich wußte nicht, ob er damit würde leben können. Vor allem, da ich in mancher Beziehung nicht sehr stark war.»

«Mit anderen Worten, Sie befürchteten, daß er Sie ebenfalls umbringen könnte», konstatierte Banks knapp.

Sie nickte zögernd. «Ich habe mich dafür gehaßt, daß ich jemandem, den ich mochte, so eine Tat zutraute – aber Sie haben völlig recht, genau das ging mir damals durch den Kopf. Unter diesen Umständen war es dann wirklich das einfachste, schnell und unauffällig zu verschwinden, zumal ich das ohnehin seit langem vorhatte. Und es gab ja niemanden, der sich um mich wirklich Sorgen gemacht hätte.»

«Welcher Art waren die Dinge, die er Ihnen früher anvertraut hatte?» wollte Banks wissen.

«Oh, nichts besonders Aufregendes. Zum Beispiel ein für ihn günstiger Geschäftsabschluß, bei dem nicht alles ganz mit rechten Dingen zugegangen war. Er freute sich jedesmal, wenn es ihm gelungen war, sein Gegenüber zu übervorteilen. Eine kleine, geschickte Korrektur der Bilanz; die Steuerbehörde haßte er geradezu irrational.»

«Und das war alles?»

«Bis dahin ja.»

Banks trank einen Schluck Bier, Julie nippte an ihrem Cognac. Um sie herum war lebhaftes Stimmengewirr. Banks hatte den Eindruck, als sei Juli erleichtert, daß sie ihre Geschichte nun endlich losgeworden war, jedenfalls war die Abneigung aus ihrem Blick verschwunden.

«Hat er über diesen Vorfall in Oxford an dem Abend noch irgend etwas gesagt?»

Julie schüttelte den Kopf. «Nein, nichts.»

«Sie haben also keine Ahnung, was damals geschehen sein könnte?»

«Nein, tut mir leid. Nach irgendwelchen Einzelheiten zu fragen wäre mir damals gar nicht eingefallen, es war auch so schon alles erschreckend genug.»

Banks seufzte. Er hatte noch immer nicht alle Fakten, er kannte noch immer nicht die ganze Geschichte, aber immerhin, er war einen entscheidenden Schritt weiter. Die Reise hatte sich auf alle Fälle gelohnt. Julie trank ihr Glas aus, nickte ihm zu und ging dann zurück zu den anderen. Banks stand bald nach ihr ebenfalls auf, verabschiedete sich von allen und verließ den Pub. Es war fast neun, und draußen war es unverändert heiß und feucht. Statt den Bus zu nehmen, überquerte er die Kingston Road und folgte einer kleinen Nebenstraße, die zum See hinunterführte. Nach ein paar hundert Metern fiel sie plötzlich steil ab, kreuzte eine belebte Hauptverkehrsstraße, auf der Straßenbahnen fuhren, und endete ungefähr dreißig Meter weiter ziemlich abrupt am Strand.

Banks beobachtete einige Paare, wie sie Hand in Hand die Promenade hinunterbummelten oder auf einer der Bänke saßen und hinunter aufs Wasser blickten. Er sah ein paar Jogger, die schnaufend und keuchend an ihm vorbeitrabten, und ab und zu einen älteren Herrn oder eine alte Dame mit einem Hund an der Leine bei einem geruhsamen Abendspaziergang. In einiger Entfernung entdeckte Banks eine Felsgruppe, die ein Stück weit in den See hinausragte. Er lief über den weichen Sand, kletterte vorsichtig hinauf und ließ sich ganz vorn an der Kante auf dem warmen Stein nieder. Gleich unter seinen Füßen plätscherte das Wasser, und er atmete ein paarmal tief durch. Über dem Horizont stand ein breites hellviolettes Band, der Himmel darüber war rosa mit lichten grauen Einsprengseln. Banks zündete sich eine Zigarette an und überlegte, ob der dunkle Strich in der Ferne schon die Küste der Vereinigten Staaten sei oder nur ein niedriger, schmaler Dunststreifen.

Er hatte die Informationen bekommen, um derentwillen er nach Kanada gereist war, aber noch immer fehlten ihm wichtige Details, um die ganze Geschichte rekonstruieren zu können. Sobald er zurück war, würde er Stephen Collier vernehmen, und diesmal würde er nicht lockerlassen, bis er die Antworten hatte, die er brauchte – da konnte der Deputy Chief Constable soviel toben, wie er wollte. Collier hatte Raymond Addison getötet und möglicherweise sogar auch Bernard Allen. Zwar hatte er dafür noch keine Beweise, aber wenn es sie gab, so würde er sie finden, und wenn er den Rest seines Lebens danach würde suchen müssen. Collier würde seiner gerechten Strafe zugeführt werden, mochte er auch noch soviel Einfluß haben, dafür würde er sorgen.

Als die Zigarette zu Ende war, hatte der Himmel seine Farbe verändert, und die Sonne ging schon fast unter. Der Horizont war jetzt grau, das hellviolette Band war in die Höhe gewandert. Auf der eisblauen Wasserfläche des Sees tanzten rosenfarbene Lichtpunkte. Banks stand auf, kletterte vorsichtig wieder den Felsen hinunter und machte sich auf den Weg zurück und zur nächsten Straßenbahnhaltestelle.

III

Zu Hause im Swainsdale saß Detective Constable Philip Richmond am frühen Vormittag unterhalb einer kleinen Anhöhe auf Adam's Fell. Er hatte ein wenig Hunger, und so packte er ein Sandwich mit Käse und Pickles aus, scheuchte die aufdringlichen Fliegen beiseite und goß sich aus der Thermoskanne etwas Kaffee ein. Es war ein strahlender Sommertag, die Luft war frisch und klar, und er freute sich an der Sonne und wie sie unten im Tal die Stahlfässer im Hof hinter dem *White Rose* aufglänzen ließ und die Fontäne im Brunnen des Collier-Gartens zum Funkeln brachte. Die alten Männer standen wie jeden Tag auf der Brücke beieinander, nur die Pension der Greenocks war heute ausnahmsweise verlassen.

Sam Greenock war gegen zehn zu seiner allwöchentlichen Einkaufsfahrt nach Eastvale aufgebrochen, und seine Frau unternahm zusammen mit Stephen Collier einen Spaziergang hoch zum Swainshead Fell. Richmond glaubte, sie, wenn er die Augen zusammenkniff, drüben etwas nordöstlich von hier unterhalb der Kuppe ausmachen zu können, gleich neben einem ausgedehnten Flecken Gras, dessen Grün besonders saftig wirkte.

Er nahm ein Schluck von seinem bitteren, schwarzen Kaffee und dachte daran, daß er Swainshead schon morgen wieder verlassen würde. Für Sonntag erwartete Gristhorpe seinen Bericht. Der Aufenthalt in dem kleinen Dorf hatte ihm gut gefallen, es war fast wie eine Woche Extraurlaub gewesen, aber jetzt freute er sich doch langsam wieder auf seine Kumpel in Eastvale. Morgen spielte ihre Rugby-Mannschaft gegen Skipton, das würde er wohl drangeben müssen, aber hinterher traf man sich immer noch im Pub und trank und sang zusammen, und bis dahin würde er wohl zurück sein. Es wäre ja ein Jammer, das auch noch zu verpassen. Jim Hatchley würde sicherlich auch da sein, der ließ sich nach Möglichkeit kein Besäufnis entgehen, besonders jetzt, da man ihn nach seinem Ausscheiden als aktiver Spieler zum Ehrenmitglied gemacht hatte. Aber er würde sich durch die Anwesenheit des Sergeant den Abend nicht verderben lassen: einige Gläser Bier, ein paar der alten Lieder, und wenn er Glück hatte, würde er Doreen herumkriegen, auf dem Nachhauseweg in einer Hausecke noch etwas mit ihm zu knutschen. Er renommierte bisweilen ein wenig damit, daß er ein Mann von schlichten, einfachen Bedürfnissen sei, und war gleichzeitig insgeheim stolz darauf, selbst alles andere als schlicht zu sein.

Er aß sein Sandwich auf, holte ein Kit-Kat hervor und wandte sich den ‹Drei Stigmata des Palmer Eldritch› zu, dem letzten der vier Bücher von Philip K. Dick, die er alle zum Lesen hierher mitgenommen hatte. Doch es gelang ihm nicht, sich zu konzentrieren. Wie schon in den Tagen zuvor sann er auch jetzt wieder darüber nach, wieso sich die ganze Woche über nichts getan hatte. War der Mörder sich sicher gewesen, daß Banks in Toronto nichts Entscheidendes erfahren würde? Oder bestand zwischen dem Mord an Addison und dem an Allen vielleicht doch keine Verbindung?

Anfang der Woche hatte er noch den Eindruck von unterdrückter Hektik gehabt, doch dann hatte sich alles sehr schnell wieder beruhigt und völlig normal gewirkt. War das die Ruhe vor dem Sturm, war die

Normalität nur Schein? Vielleicht hatte der Mörder längst irgendwie mitbekommen, daß er Polizist war, und benahm sich deshalb besonders vorsichtig. Aber es war auch durchaus möglich, daß ihm irgend etwas Wichtiges entgangen war, schließlich konnte er seine Augen nicht überall gleichzeitig haben.

Nachdenklich strich er sich mit dem Zeigefinger über den Schnurrbart und griff dann nach seinem Buch. Er hatte alles in seiner Macht Stehende getan, der Rest war Schicksal... Aber eine Verhaftung wäre natürlich schön gewesen und hätte sich auf eine eventuelle Beförderung sicher sehr positiv ausgewirkt. Am besten wäre natürlich gewesen, wenn es vorher noch eine Verfolgungsjagd gegeben hätte – entweder im Auto oder aber zu Fuß quer durch das Tal. Er stellte sich vor, wie er den Mörder dann in Handschellen gefesselt auf der Polizeistation präsentiert hätte und von Banks mit einem dicken Lob bedacht worden wäre. Doch dann mußte er plötzlich über sich selbst lachen, schlug nach einer lästigen Wespe und vertiefte sich endlich doch noch in seinen Philip K. Dick.

IV

Am Samstag, seinem letzten Tag in Toronto, ging Banks zu seinem ersten Baseballspiel. Die bewegliche Kuppel des SkyDome, der großen Sportarena in Toronto, stand offen, und eine frische Brise linderte etwas die Schwüle, obwohl es bei einer Temperatur von fast dreißig Grad noch immer sehr heiß war. Die *Toronto Blue Jays* und die *New York Yankees* waren nicht zu beneiden. In England würden die Leute bei solcher Hitze umfallen wie die Fliegen, dachte Banks.

Er und Gregson saßen auf der Tribüne, der Staff Sergeant hatte gerade für sie beide Hot dogs und Bier gekauft, das in leichten Plastikbechern ausgeschenkt wurde.

«Wir können froh sein, daß wir hier überhaupt Alkohol bekommen», sagte Gregson, als Banks, der lieber aus der Flasche getrunken hätte, sich beklagte: «Bis vor kurzem war jeglicher Alkoholausschank bei Ballspielen verboten, und es bedurfte ziemlich vieler Eingaben, bis sie es jetzt endlich erlaubt haben.»

Neben Banks saß ein fetter Junge, kaum älter als zwölf Jahre, der seit Beginn des Spiels unablässig Kartoffelchips mit Barbecue-

Geschmack in sich hineinschaufelte, eine Tätigkeit, die er nur gelegentlich unterbrach, um aufzustehen und gegen den Pitcher der *Yankees* mit Obszönitäten gespickte Todesdrohungen auszustoßen. Seine gleichfalls übergewichtige Mutter blickte dann jedesmal peinlich berührt zu Boden, unternahm aber nichts, um ihn zu stoppen.

Banks wünschte, sein Sohn Brian wäre jetzt bei ihm. Anders als sein vielbeschäftigter Vater hatte er im Laufe der Zeit auf Kanal Vier so viele Baseballspiele gesehen, daß er sich inzwischen mit den Regeln gut auskannte. Banks dagegen hatte, als er seinen Platz auf der Tribüne einnahm, von Baseball so gut wie keine Ahnung. Nur der Begriff ‹Home Run› hatte sich ihm aus irgendeinem Grunde eingeprägt. Doch im Laufe von drei Spieldurchgängen hatte er beträchtlich dazugelernt. Gregson hatte ihn aber auch mit Erklärungen geradezu überschüttet, so daß er jetzt bestens informiert war über *RBIs (Runs batted in), Designated Hitters, Knuckle Balls*, den *Bullpen, Bunting*, die *Balk Rule, Pinch Hitters* und zwischen verschiedenen Wurftechniken wie *Fastball, Slider* und *Curveball* zu unterscheiden wußte.

Nach gut zwei Stunden näherte sich das Spiel seinem spannenden Ende, und der fette Junge neben Banks kippte vor Aufregung alle seine Chips auf die Erde.

Die Fans der *Blue Jays* begannen zu rasen. Mit 4 : 5 zu Beginn des neunten Spieldurchgangs, zwei out und allen Bases besetzt, schlug der sechste *Blue Jay* einen *Home Run* und erreichte mithin ein *Grand Slam*, das Großartigste, was einem Batter passieren konnte, wie Gregson begeistert erläuterte. Damit stand es jetzt 8 : 5, und mit diesem Ergebnis ging das Spiel wenig später zu Ende.

Sie schoben sich mit der Menge langsam zum Ausgang und drängelten sich von dort durch zum Parkplatz. Gregson steuerte den Wagen geschickt durch das dichte Verkehrsgewühl hinauf nach Spadina und weiter nach Bloor. Dort hielt er vor dem *Madison*, um Banks zu einem Abschiedsdrink einzuladen.

«Und werden Sie versuchen, gegen die Culver etwas zu unternehmen?» wollte er von Banks wissen.

Banks nahm gemächlich einen Schluck von seinem *Conner Bitter*. Sie saßen im Freien in einem gepflegten Innenhof, und die späte Nachmittagssonne brannte ihnen auf die Schultern.

«Nein, warum?» sagte er nach einer Weile. «Sie hat ja schließlich nichts getan.»

«Na, so wie Sie es erzählten, klang es mir aber sehr danach, als ob sie wichtige Informationen, die zur Überführung des Mörders hätten beitragen können, verschwiegen hat. Eine Aussage von ihr hätte entscheidend sein können. Wenn sie geredet hätte, dann wäre der zweite Mord vermutlich nicht passiert.»

Banks nickte langsam. «Ja, das stimmt schon, aber so wie die Dinge lagen, hatte sie wohl keine andere Wahl. Um ihr Verhalten gerecht zu beurteilen, muß man die Verhältnisse dort berücksichtigen. Swainshead ist nicht Toronto. Es war ihr einfach nicht möglich zu sagen, was sie wußte. Sicher handelte sie zum Teil auch aus falsch verstandener Loyalität, vor allem aber wohl aus Furcht. Die Colliers sind sehr einflußreiche Leute. Wenn sie geblieben wäre, hätten wir es vermutlich irgendwann geschafft, von ihr zu erfahren, was sie wußte, vielleicht wäre sie aber auch vorher umgebracht worden.»

«Sie verschwand also, weil sie glaubte, in Gefahr zu sein?»

«Das würde ich so sehen, ja.»

«Und Sie meinen also, daß Collier Allen getötet hat, weil dieser zuviel wußte?»

«Nicht ganz. Ich denke, der ausschlaggebende Punkt für Collier war nicht, daß Allen etwas wußte, sondern wie er mit diesem Wissen umging. Ich kann es nicht beweisen, aber ich bin der Überzeugung, daß er Stephen Collier zu erpressen versuchte. Julie Culver sagte mir, daß sie ihm so etwas nicht zutraue; aber nach dem, was mir einer von Bernies Pubfreunden erzählte, sah er offenbar in den Wochen vor seiner Reise eine konkrete Möglichkeit, endgültig nach England zurückzukehren. Er hat jedoch merkwürdigerweise kein Wort verlauten lassen über eine Stelle, die er in Aussicht hätte. Ich denke deshalb, daß er entweder von Collier Geld verlangen wollte, so daß er in Swainshead praktisch von einer Art privaten Einkommen hätte leben können, oder aber ihn bitten wollte, ihm zu einer Stelle zu verhelfen. Colliers Bruder Nicholas unterrichtet an einer kleinen Public School, und vielleicht dachte Allen, Stephen könne Nicholas um Unterstützung bitten, damit er dort ebenfalls unterkäme. Wie auch immer – Stephen entschied sich statt dessen dafür, Allen loszuwerden, genau wie fünf Jahre zuvor Addison.»

«Verdammt», sagte Gregson, «ich hatte keine Ahnung, aber Toronto scheint ja so furchtbar zu sein, daß manche Leute nicht einmal vor Erpressung zurückschrecken, bloß um hier wegzukommen.»

Banks lachte. «Nein, das glaube ich nicht. Es liegt wohl eher daran, daß das Swainsdale so ein besonders schönes Fleckchen Erde ist und es viele deshalb immer wieder dorthin zurückzieht. Aber so genau weiß ich es auch nicht. Allen war jedenfalls in den letzten Monaten vor seinem Tod psychisch sehr angegriffen. Er hatte ja auch eine ganze Menge Belastungen gleichzeitig zu verkraften: die Scheidung, das Leben in einem fremden Land, die Enttäuschung darüber, nicht die Stelle zu bekommen, die seinen Fähigkeiten wirklich entsprach. Ein Kanadier in seinem Pub meinte, daß Allen insofern eine Ausnahme gewesen sei, als er nicht unter der für Engländer, insbesondere englische Lehrer, typischen eingeschränkten Wahrnehmung gelitten habe, sondern sich davon irgendwann befreit und einen weiteren Horizont gewonnen hätte. Die Frage ist, was hat ihm das genützt? Denn letztlich war er hier doch wieder gefangen, und zwar in einem nivellierenden Bildungssystem, das auf außergewöhnliche Leistungen keinen Wert legte und sie nicht nur nicht förderte, sondern geradezu Schranken gegen sie errichtete. Das Unterrichten war mühsam, weil die Studenten ungebildet und uninteressiert waren, seiner Meinung nach beides eine Folge der spezifisch kanadischen Furcht, sie durch zu hohe Ansprüche womöglich zu frustrieren. Ich glaube, daß Allen annahm, daß in England alles noch beim alten wäre – eben besser als hier. Vermutlich stand ihm noch seine eigene Schulzeit auf der Grammar School vor Augen, damals erhielten ja auch Kinder aus ärmeren Familien, wenn sie begabt waren, die Möglichkeit, Latein zu lernen. Er hatte wohl nicht mitbekommen, daß sich auch in England inzwischen so manches geändert hat. Möglicherweise war er sich gar nicht bewußt, daß er sich kriminell verhielt, wenn er Collier unter Druck setzte. Vielleicht war es ihm aber auch egal. Er hatte ja aus seiner Sicht gute Gründe, Collier gegenüber nicht besonders rücksichtsvoll zu sein.»

«Der Klassengegensatz?»

«Ja, zum Teil wohl schon. Es ist schwierig, Allen wirklich zu verstehen. In mancher Beziehung wirkt er auf mich wie ein anständiger Kerl, und dann wieder habe ich den Eindruck, daß er die ganze Zeit über an einer Art Neidkomplex gelitten haben muß und die Erpressungsgeschichte sich im Grunde ganz folgerichtig daraus ergab. Aber wir werden wohl nie genau wissen, was genau ihn bewegt hat.»

«Na, auf jeden Fall haben Sie Ihren Mörder.»

«Haben ist zuviel gesagt. Ich kenne ihn zwar, aber ich habe keinerlei Beweise gegen ihn in der Hand.»

«Er weiß, daß Sie hier in Toronto waren, um mit Julie Culver alias Anne Ralston zu sprechen?»

«Das ganze Dorf weiß es. Dafür haben wir gesorgt. Und dazu haben wir noch einen unserer Leute hingeschickt. Er hat sich unter falscher Identität in einer Pension dort einquartiert und soll beobachten, was passiert.»

«Sie hoffen darauf...»

Banks nickte.

«Wann geht Ihr Flug?»

«Um neun.» Banks sah auf die Uhr. «Oh, Mist, es ist ja schon sechs. Ich sehe besser zu, daß ich nach Hause komme, ich muß noch meine Sachen zusammenpacken.»

«Ich kann Sie mit dem Wagen zum Flughafen bringen», bot Gregson an. «Heute habe ich zum Glück frei, und die Fahrt dorthin kann mitunter sonst ziemlich nervig sein.»

«Wollen Sie das wirklich machen? Das wäre großartig!»

In Gerrys Haus angekommen, suchte er seine Sachen zusammen. Er stellte Gerry eine Flasche Scotch auf den Küchentisch und legte einen Zettel mit ein paar Dankeszeilen daneben. Fast stimmte es ihn ein wenig traurig, daß er das Haus und die nähere Umgebung, die ihm in den vergangenen sieben Tagen so vertraut geworden waren, nun schon wieder verlassen mußte: das Rattern der Straßenbahnen, der Anblick des nahegelegenen Tales mit seinen grünen Hängen und der Schnellstraße unten im Grund, die elegante Skyline der City, das rund um die Uhr geschäftige Chinesenviertel in Broadview und Gerrard – er würde das alles sicher noch ein paar Tage lang vermissen.

Der Lakeshore Boulevard, der sie zum Flughafenabzweig brachte, war nicht so verstopft, wie sie befürchtet hatten, und sie kamen so frühzeitig an, daß Banks vor dem Abflug noch reichlich Zeit blieb. Die beiden Männer notierten sich die jeweilige Adresse des anderen und sprachen wechselseitig Einladungen aus, doch bevor Banks sich anschickte, den Abflugbereich aufzusuchen, bat Gregson, sich verabschieden zu dürfen. Banks hatte Verständnis dafür. Er selbst hielt sich auch nicht gerne länger als nötig auf einem Flughafen auf.

Nachdem er eingecheckt, im Duty-free-Shop noch einige Kleinigkeiten besorgt, die Paßkontrolle und den Sicherheitscheck passiert hatte, war es dann doch schon Zeit, an Bord zu gehen. Als sie abhoben, blickte Banks aus dem Fenster und sah, wie in der Dämmerung die Stadt unter ihm die Lichter anzündete: leuchtende Raster und Schleifen in jeder Richtung, so weit er sehen konnte, bis auf den Süden, wo er so gerade eben noch schattenhaft den Umriß der Bucht und die mattgrau schimmernde Fläche des Ontariosees erkennen konnte.

Sobald sie ihre endgültige Flughöhe erreicht hatten, holte Banks seinen Walkman hervor – Kiri te Kanawas emporstrebende Arien schienen wie für diese Gelegenheit komponiert – und akzeptierte seinen ersten *Johnny Walker*, während er das angebotene Essen dankend ablehnte. Er war eben inzwischen, was das Fliegen anging, ein alter Hase. Der Film, der gezeigt wurde, war diesmal sogar erträglich. Ein Thriller zwar, doch ohne die üblichen Autojagden und Stunts, die ihm den Spaß an dieser Art von Filmen so oft vergällten, statt dessen eine einfühlsame psychologische Studie über den Täter und sein Opfer sowie den ermittelnden Kriminalbeamten.

Danach versuchte er ein wenig zu schlafen, was ihm jedoch kaum gelang. Beim Frühstück zwang er sich, wenigstens eines der altbackenen Brötchen herunterzuwürgen, und sah, als er aus dem Fenster blickte, daß sie sich schon über Irland befanden.

Gegen zehn Uhr Ortszeit hatte er den Zoll hinter sich und hielt auch seinen Koffer schon wieder in Händen. Sandra kam auf ihn zugelaufen, schlang ihre Arme um ihn und gab ihm einen langen Kuß.

«Ich habe Brian und Tracy gesagt, sie sollten mitkommen», berichtete sie und nahm ihm die Tragetasche aus dem Duty-free-Shop ab, «aber du weißt ja, wie gern sie sonntags immer länger schlafen.»

«Das bedeutet doch hoffentlich nicht, daß sie mich schon vergessen haben?»

Sie lachte. «Sei kein Dummkopf. Sie haben dich genauso vermißt wie ich – jedenfalls fast.»

Sie blieb stehen, um ihn noch einmal zu küssen, dann gingen sie zum Wagen.

«Dieser ganze Flughafen ist ein einziges Labyrinth», beklagte sie sich, «und für eine halbe Stunde Parken ziehen sie dir schamlos das Fell über die Ohren. Übrigens wäre ich fast nicht rechtzeitig hier gewesen. Ich bin unterwegs in zwei kleinere Staus gekommen, weil sie überall die Straßen aufreißen. Die Barton Bridge ist auch immer noch nicht fertig, und oben in den Pennines mußte ich langsam fahren, weil es dort noch ziemlich neblig war. Ach, ich rede und rede... Das kommt nur, weil ich so froh bin, daß du wieder da bist! Du bist sicher sehr müde, was?»

Banks unterdrückte ein Gähnen. «Da, wo ich herkomme, ist es jetzt erst fünf Uhr morgens, und ich kann in Flugzeugen immer so schlecht schlafen. Ist irgend etwas Wichtiges passiert, während ich weg war?»

Sandra zögerte einen Moment. «Ich wollte es dir eigentlich nicht gleich sagen», begann sie, «jedenfalls nicht, ehe du richtig zu Hause angekommen bist. Aber wenn du nun schon fragst – Gristhorpe hat heute morgen bei uns angerufen.»

«Am Sonntag morgen? Was wollte er?»

«Er sagte, du möchtest so schnell wie möglich zu ihm kommen. Ich habe ihm erklärt, daß du frühestens in anderthalb Stunden eintreffen und vermutlich ziemlich müde sein würdest. Er hat sich etwas entschuldigt, aber hin mußt du trotzdem.»

«Und wieso?» fragte Banks und zündete für sie beide eine Zigarette an, während Sandra den Cortina die spiralförmige Rampe des Parkhauses hinunterlenkte.

«Schlechte Nachrichten. In Swainshead hat es wieder einen Toten gegeben.»

Teil drei: Die Stadt der Glocken und Türme

Kapitel zwölf

I

«Tod durch Unfall! Finden Sie nicht, daß das doch ein bißchen zu glatt läuft?»

Sergeant Hatchley zuckte die Achseln, als wolle er deutlich machen, daß Banks, wenn er es denn für richtig hielt, sich eine ganze Woche lang in Kanada zu vergnügen, sich anschließend nicht zu wundern brauche, wenn in seiner Abwesenheit so etwas passierte. «Der Doc sagt, es könne auch Selbstmord gewesen sein», bemerkte er wie beiläufig.

Banks fuhr sich mit der Hand durch die Haare. Es war halb eins. Eine Stunde nach seiner Rückkehr saß er nun schon wieder in seinem Büro, die innere Uhr noch auf kanadische Zeit eingestellt und entsprechend zerschlagen und irgendwie überhaupt noch nicht ganz da. Dennoch hatte er sich gleich in die Arbeit gestürzt und sich nicht einmal Zeit genommen für einen Blick aus dem Fenster, hinunter auf den Marktplatz, den er so liebte. Die Luft im Büro war rauchgeschwängert, und auf seinem Schreibtisch stand dampfend eine heiße Tasse Kaffee. Superintendent Gristhorpe war, wie Hatchley ihm mitgeteilt hatte, zu einer Unterredung beim Deputy Chief Constable, der schon in der Vergangenheit sein persönliches Interesse an dem Fall bekundet hatte, was wieder einmal zeigte, für wie bedeutend manche Leute die Colliers hielten.

«Wo, zum Teufel, hat denn Richmond eigentlich gesteckt?» erkundigte sich Banks. «Er sollte doch während meiner Reise ein Auge auf die Verdächtigen haben.»

Hatchley nickte stumm.

«Und – wo war er, als es passierte?»

«Vermutlich in seinem Bett in der Pension Greenock. Schließlich konnte er ja die Colliers schlecht bitten, ihn bei ihnen übernachten zu lassen.»

«Das hat auch kein Mensch von ihm verlangt. Er hätte aber mitkriegen müssen, daß irgend etwas nicht stimmte. Schicken Sie ihn zu mir, ich möchte ihn sprechen.»

«Er hat sich gerade abgemeldet, Sir.»

«Dann holen Sie ihn eben zurück.»

Hatchley stapfte aus der Tür. Banks seufzte, zündete sich eine Zigarette an und trat ans Fenster. Den Marktplatz gab es noch, wie er befriedigt feststellte. Jetzt im Regen zeigte er sich zwar nicht von seiner attraktivsten Seite, aber die Hauptsache war, daß er überhaupt da war. Ein paar Touristen hatten sich vor dem bröckelnden Sockel des alten Marktkreuzes zu einem Gruppenfoto aufgestellt. In der Kirche, wenige Meter entfernt, fand gerade ein Gottesdienst statt. Das Portal stand offen, und Banks konnte hören, wie die Gemeinde drinnen «O Jerusalem» sang.

Er war wieder zurück. Doch zu Hause hatte er bisher nur gerade Zeit gehabt, Brian und Tracy kurz zu begrüßen, dann mußte er sofort ins Büro. Er hatte ihnen noch nicht einmal ihre Geschenke geben können: ein Sweatshirt mit dem Schriftzug *Toronto Blue Jays* für Brian, für seine Tochter Tracy, die einmal Historikerin werden wollte, eine illustrierte Geschichte Kanadas und für Sandra eine Monographie über die *Group of Seven* [um die Jahrhundertwende entstandener Zusammenschluß von sieben Malern, die in Anlehnung an den europäischen einen eigenen kanadischen Impressionismus entwickelten. Anm. d. Übers.] mit einer Vielzahl sehr guter Reproduktionen. Doch alle diese Geschenke lagen noch in seinem Koffer, der unausgepackt zu Hause im Flur stand.

Toronto war schon jetzt nur noch eine ferne Erinnerung, und im Rückblick erschien es ihm jetzt fast so unwirklich wie ein Traum – Baseball, das Community College, Kleinburg, die Niagarafälle, der CN-Tower und auch die riesigen schwarzen, weißen und goldfarbenen Bürotürme in der City. Doch Staff Sergeant Gregson, die Gäste im *The Feathers* und Julie Culver alias Anne Ralston waren für ihn zum Glück immer noch sehr real. Vor allem auch ihretwegen hatte die Reise sich gelohnt, doch war es schon ein ziemlicher Schock gewesen, als er jetzt nach seiner Rückkehr hatte erfahren müssen, daß Stephen Collier gestern nacht gestorben war.

Es war noch nicht sicher, ob es ein Unfall oder Selbstmord gewesen war. Er hatte allerdings keinen Abschiedsbrief hinterlassen, zumindest war bisher noch keiner aufgetaucht. Laut den Aussagen von Nicholas, John Fletcher und Sam Greenock, die alle mit ihm Samstag noch zu später Stunde im *White Rose* zusammengesessen hatten, war Stephen, der oft angespannt und rastlos war, an diesem Abend selbst für seine Verhältnisse besonders unruhig und nervös gewesen. Allen war aufgefallen, daß er auch sehr viel betrunkener war als gewöhnlich. Als sie dann schließlich aufbrachen – es war geraume Zeit nach der offiziellen Sperrstunde –, hatten sie ihn nach Hause bringen müssen, weil er nicht mehr in der Lage gewesen war, alleine zu gehen. Sie hatten ihn in seiner Wohnung angezogen aufs Bett gelegt, ihn zugedeckt und waren dann noch auf ein letztes Glas mit zu Nicholas hinübergegangen. Alle waren sie jedoch müde gewesen, und so hatten John Fletcher und Sam bald den Heimweg angetreten, Nicholas war zu Bett gegangen.

Am anderen Morgen, als er nach ihm sehen wollte, hatte er ihn, tot im Bett liegend, gefunden. Eine erste Untersuchung hatte ergeben, daß Stephen wahrscheinlich erstickt war. Dr. Glendenning vermutete, daß er irgendwann in der Nacht erbrochen hatte, ohne jedoch aufzuwachen, da er ganz offensichtlich ein starkes Schlafmittel genommen hatte, und das, obwohl er ziemlich betrunken gewesen war. Die Kombination von Alkohol mit Barbituraten war, wie Glendenning erläutert hatte, besonders tückisch und führte immer wieder zu tödlichen Zwischenfällen. Was man jetzt vor allem herauszufinden hatte, war die genaue Menge des in Stephens Körper befindlichen Barbiturats, und dazu würde man das Ergebnis der Autopsie abwarten müssen. Nicholas hatte angegeben, daß sein Bruder schon seit längerem unter Schlaflosigkeit gelitten habe und ihm deshalb vom Arzt *Nembutal* verschrieben worden sei.

Und wie hatte man sich den Hergang des Ganzen vorzustellen? Laut Hatchley mußte Stephen, nachdem die anderen gegangen waren, noch einmal aufgestanden sein, um wie üblich seine Schlaftabletten einzunehmen, dann war er nach unten gegangen und hatte eine Schallplatte aufgelegt – Nicholas fand am anderen Morgen Mozarts Jupitersinfonie auf dem sich noch immer drehenden Plattenteller –, sich offenbar noch einen Scotch eingeschenkt, das Glas hatte man, nicht ganz leer, auf dem Regal neben dem Plattenspieler gefunden, war dann offenbar wieder zurück nach oben gegangen und hatte dann noch eine zweite Dosis Schlaftabletten geschluckt. Und hier schieden sich die Geister. Die einen meinten, daß er infolge seines Alkoholkonsums ganz einfach vergessen hatte, daß er seine Tabletten bereits genommen hatte, die anderen nahmen an, daß er sich bewußt die zweite Dosis zugeführt habe. Die Frage war nicht zu entscheiden. Der einzige, der die Antwort darauf hätte wissen können, war Stephen selber.

Es war verdammt unbefriedigend, dachte Banks, aber alles schien darauf hinzudeuten, daß die Fälle Addison und Allen mit Stephen Colliers Tod ihren Abschluß gefunden hatten. Damals vor fünf Jahren hatte Stephen in einer schwachen Stunde Anne Ralston gestanden, daß er Addison getötet habe. Er hatte gewußt, daß Banks nach Toronto unterwegs gewesen war, um Anne dort ausfindig zu machen, und daß sie, wenn sie erst erfahren hatte, daß Bernard umgebracht worden war, alles erzählen würde, was sie wußte. Wahrscheinlich hatte er mehrere qualvolle Tage damit zugebracht, sich darüber klarzuwerden, was er tun wollte: fliehen, oder aber dableiben und versuchen, sich mit Arroganz und Verachtung zu wappnen und den Anschuldigungen zu trotzen. Schließlich gab es keinerlei Beweise, es würde Aussage gegen Aussage stehen. Doch offenbar war die Belastung zu groß für ihn gewesen, und so hatte er aus Versehen oder mit Absicht oder vielleicht auch mit versehentlicher, das heißt unbewußter Absicht dem allen ein Ende gemacht, nicht zuletzt möglicherweise, um so der Schande einer öffentlichen Anklage zu entgehen und wenigstens den guten Namen der Familie zu retten.

Banks hatte sich etwas beruhigt. Er zündete sich eine neue Zigarette an, trank seinen Kaffee aus und entschied, daß es ungerecht wäre, Richmond für das, was passiert war, die Hölle heiß zu machen. Schließlich hatte der Detective Constable nicht überall gleichzeitig sein können. Banks merkte, daß die Anstrengungen der Reise sich zunehmend deutlicher bemerkbar machten, er fühlte sich unausgeruht und kribbelig, und die Augen taten ihm weh. Zudem hatte er das merkwürdige und leicht verstörende Gefühl, einerseits einschlafen zu wollen, andererseits aber zu wissen, daß es nicht gelingen würde, selbst wenn er es versuchte. Als er zufällig sein Kinn berührte, fühlte er, daß er einen Stoppelbart hatte. Kein Wunder, dachte er. Das letztemal hatte er sich in Toronto rasiert.

Als Richmond eintraf, schlug Banks ihm vor, zum *Queen's Arms* hinüberzugehen. Am Vormittag hatte noch die Sonne geschienen, doch dann war es kühler geworden und hatte zu regnen begonnen. Banks empfand das wechselhafte Wetter nach dem dampfbadartigen Toronto als eine wahre Wohltat, er hob das Gesicht und genoß den Regen auf seiner Haut. Der Pub war recht voll, aber in einer Ecke fanden sie noch einen freien Tisch. Banks ging an den Tresen, um die Biere zu holen, und überredete Cyril, den Wirt, ihnen einige Sandwiches mit Schinken und Tomate zu machen.

«Hören Sie, Phil», sagte er und sah den Detective Constable freundlich an, «es tut mir leid, daß ich Sie heute noch einmal herkommen lassen mußte, aber es ist mir wirklich wichtig zu erfahren, was Sie beobachtet haben.»

«Sie meinen, an dem Abend im *White Rose*, Sir?»

Banks schüttelte den Kopf. «Nein, die ganze Woche über. Erzählen Sie mir, was Sie gesehen haben und wie Sie es beurteilen.»

«Eigentlich war alles ganz normal», sagte Richmond und berichtete Banks so detailliert wie möglich, was er in den sieben Tagen mitbekommen hatte.

«Also Katie Greenock hat mit Stephen Collier am Freitag vormittag einen Spaziergang unternommen, ist das richtig?»

«Ja. Zum Swainshead Fell hoch. Ich selbst bin auf dem Adam's Fell gewesen und habe sie die ganze Zeit über das Tal hinweg im Auge behalten.»

«Sind sie in Richtung auf das Hängetal gegangen?» wollte Banks wissen.

Richmond schüttelte den Kopf. «Nein. Die beiden sind unterhalb der Kuppe geblieben, ganz in der Nähe der Quelle dort. Sie liegt ungefähr auf halber Höhe, etwas nach Norden zu.»

Banks fragte sich, ob zwischen Katie Greenock und Stephen Collier etwas gewesen war. So scheu und gehemmt, wie sie sich benahm, schien es eigentlich ziemlich unwahrscheinlich, allerdings hatte sie sich ja auch Bernard Allen... nun ja, hingegeben, der Ausdruck schien ihm, gerade weil er so altmodisch war, hier genau zu passen. Ihm fiel wieder ein, wie er Katie wenige Tage vor seiner Reise nach Kanada unvermutet hier in Eastvale auf dem Marktplatz hatte stehen sehen. Sie war bis auf die Haut durchnäßt gewesen, und er erinnerte sich noch sehr genau, wie eigenartig und berührend ihr Anblick auf ihn gewirkt hatte. Sie braucht jemand, der sie beschützt, hatte er damals gedacht. So wie es aussah, würde es sich auf alle Fälle lohnen, noch einmal mit ihr zu reden. Sie würde Auskunft geben können, in welcher psychischen Verfassung Stephen Collier am Freitag, einen Tag bevor er starb, gewesen war, möglicherweise sogar zur Aufklärung seines Todes beitragen können.

«Was können Sie mir über den Samstagabend im *White Rose* sagen, Phil? Wie lange sind Sie überhaupt dagewesen?»

«Ungefähr von neun Uhr an und bis Metcalfe dichtmachte, Sir. Ich habe versucht, mich zu beherrschen und nicht zuviel zu trinken.»

Banks dachte an seine eigenen diesbezüglichen Bemühungen, während er in der vergangenen Woche die Torontoer Pubs durchstreift hatte, und mußte unwillkürlich grienen. «Gar nicht so einfach, was? Aber ich will Sie nicht vom Wesentlichen ablenken. Was ist Ihnen also am Samstag abend aufgefallen?»

«Wie ich schon dem Super und Sergeant Hatchley gesagt habe, Sir, eigentlich schien es mir ein ganz normaler Abend zu sein.»

«Sie hatten also nicht den Eindruck, daß Stephen Collier mehr als gewöhnlich trank?»

«Das kann ich schlecht abschätzen, Sir, weil ich nicht genau weiß, wieviel er so durchschnittlich zu sich nahm. Ich habe ihn in der Woche, in der ich da war, vorher an insgesamt drei Abenden im *White Rose* beobachtet, und gemessen daran, hat er am Samstag abend schon mehr getrunken. Aber samstags ist das ohnehin etwas anderes, da passen die meisten Leute nicht so genau auf, weil sie am nächsten Tag nicht arbeiten müssen.»

«Es sei denn, sie sind bei der Polizei», bemerkte Banks trocken.

Cyril rief in den Raum, wer noch etwas zu trinken haben wolle, müsse jetzt bestellen, da gleich Schluß sei, und Banks eilte zum Tresen, um noch zwei weitere Pints zu holen.

«Wie war denn so die Stimmung an ihrem Tisch?» fragte er, als er mit den vollen Gläsern zurückkam.

«Richtig, ein bißchen aufgekratzt, würde ich sagen.»

«Also kein Streit oder mürrisches Schweigen?»

«Nein. Alle schienen guter Laune. Eine Sache war da allerdings ...»

«Ja?»

«Nun, genau habe ich es nicht mitbekommen, weil Sam und Stephen sich so laut unterhielten, aber irgendwie hatte ich den Eindruck, als ob John Fletcher und Nicholas Collier an einem Punkt ziemlich aneinandergerieten.»

«Und wie kamen Sie darauf?»

«Durch den Ausdruck auf ihren Gesichtern, Sir. Nicholas schien wütend auf John Fletcher zu sein und machte ihm wohl auch irgendwelche Vorhaltungen, aber wie es aussah, ließ der ihn ganz schön auflaufen.»

«Haben die beiden anderen davon etwas mitgekriegt?»

«Nein, ich denke nicht. Wie ich schon sagte, sie haben sich laut unterhalten, es ging um Politik oder so etwas.»

«Und es war wirklich Nicholas, der John Fletcher Vorhaltungen machte, nicht Stephen?»

«Ja, Sir.»

«Merkwürdig. Und Stephen war also genau wie die anderen in guter Stimmung?»

«Ja, allerdings hat das zum Teil bestimmt am Alkohol gelegen. Nüchtern wirkte er eigentlich immer, als stehe er ziemlich unter Druck und als solle man ihn besser nicht reizen.»

«Was hat er getrunken?»

«Genau dasselbe wie die anderen – Bier.»

«Was schätzen Sie, wie viele Pints hatte er?»

Richmond wurde rot und drehte verlegen an seinem Schnurrbart. «Also ich habe nicht mitgezählt, Sir. Vielleicht hätte ich das tun sollen... Aber...»

Banks lächelte beruhigend. «Nein, Sie konnten ja nicht wissen, daß er am nächsten Morgen tot sein würde. Machen Sie sich also deswegen keine Vorwürfe. Stellen Sie sich Stephen an seinem Tisch in der Ecke einfach noch einmal vor, und dann versuchen Sie sich zu erinnern.»

Richmond schloß die Augen. «Also ich würde sagen, so fünf oder sechs, Sir.»

«Fünf oder sechs. Nicht besonders viel eigentlich, oder? Jedenfalls nicht für einen, der in Yorkshire aufgewachsen ist. Und trotzdem sagen alle, daß er sich am Ende nicht mehr allein auf den Beinen halten konnte. Merkwürdig.»

«Ja, das stimmt, Sir. Er war wirklich ziemlich betrunken. Aber vielleicht hat das an dem Wodka gelegen.»

«Welchem Wodka?» fragte Banks plötzlich ganz aufgeregt.

«Also ich bin mir da nicht ganz sicher, Sir, aber jetzt, wo Sie so genau danach fragen, erinnere ich mich, daß der Wirt an dem Abend irgendwann maulte, daß er extra noch eine neue Flasche öffnen müsse, weil einer vom Ecktisch gleich eine ganze Runde bestellt habe. Es war furchtbar voll, und er grummelte irgend etwas, daß er eigentlich acht Hände haben müßte.»

«Aber Sie haben nicht gesehen, wie Stephen ein Schnapsglas an den Mund gesetzt hat?»

«Nein, Sir, daran kann ich mich nicht erinnern.»

«Und einer von den anderen?»

«Auch nicht.»

«Das ist ja eigenartig, irgendwo muß der Wodka doch geblieben sein.»

«Vielleicht hat derjenige, der ihn bestellt hat, ihn gleich am Tresen getrunken.»

«Tja, das wäre natürlich möglich. Aber ungewöhnlich. Nun, lassen wir das mal beiseite, das können wir jetzt doch nicht klären. Ich habe noch eine andere Frage. Ist irgendwann im Laufe der Woche einmal der Name der Stadt Oxford gefallen?»

«Sie meinen, ob von der Universität die Rede war, Sir?»

«Nein, ganz allgemein: der Name Oxford.»

Richmond schüttelte den Kopf.

«Na schön, das wäre dann erst mal alles.» Banks rieb sich die müden Augen.

Zusammen mit den anderen Gästen traten sie hinaus auf die Straße, während Cyril hinter ihnen für den Nachmittag abschloß. Banks entschloß sich, erst einmal in Ruhe über alles nachzudenken. Irgendwie schien ihm, was er nach seiner Rückkehr gehört hatte, nicht ganz plausibel. Er hatte das Gefühl, etwas stimmte nicht. Der Fall war noch nicht abgeschlossen. Er entließ Richmond nach Hause und beschloß, einen kurzen Regenspaziergang zu machen, um sich etwas zu erfrischen, bevor er wieder in sein Büro zurückkehrte.

II

Katie Greenock stand am Fenster und beobachtete, wie der Regen die Bäche, die vom Swainshead Fell herunterkamen, immer mehr anschwellen ließ. Es wurde allmählich dunkel. Das gleichmäßige Rauschen des Wassers, das durch das halb geöffnete Fenster zu ihr ins

Zimmer drang, wirkte beruhigend auf sie. Den ganzen Tag über war sie fahrig und nervös gewesen. Sie sah auf die Uhr. Es war schon nach zehn, und Sam saß immer noch im *White Rose*, während sie über die Ereignisse der letzten Tage nachbrütete und sich mit Selbstvorwürfen quälte.

Wenn sie doch bloß Sam von ihrer Entdeckung erzählt hätte, daß der Gast, der sich bei ihnen als Schriftsteller ausgegeben hatte, in Wirklichkeit ein Polizist war, der sich vermutlich bei ihnen nur einquartiert hatte, um sie zu beobachten. Wie sie Sam kannte, hätte er es bestimmt allen weitererzählt, und vielleicht würde dann heute alles anders aussehen. So aber hatte Stephen sterben müssen, und auch diese Möglichkeit, ihrem elenden Leben zu entfliehen, war nun dahin. Ob der Polizist etwas gemerkt hatte? Sie glaubte eigentlich nicht, es war ja auch noch nichts gewesen. Seit sie am Morgen erfahren hatten, daß Stephen Collier in der Nacht gestorben war, liefen die Menschen in Upper Head wie betäubt umher. Die Frauen hatten nach der Kirche auf der Straße zusammengestanden, scheue Blicke auf die unnahbar wirkende Villa geworfen und langsam die Köpfe geschüttelt. Sie konnten es einfach nicht fassen. Mit gesenkten Stimmen hatten sie Erinnerungen an Stephen ausgetauscht, die alle von ihrer Ehrerbietung ihm gegenüber zeugten. Irgendwie war er in ihrer Vorstellung doch immer noch der Grundherr gewesen.

Nachdem die Polizei und der Arzt mit ihren Untersuchungen fertig waren, hatte man noch am selben Vormittag Stephen Colliers Leiche fortgebracht. Seitdem waren in der Villa alle Vorhänge zugezogen gewesen, wie um zu zeigen, daß Besuche nicht erwünscht seien. Drei oder vier Leute waren trotzdem erschienen, um Nicholas ihr Beileid auszusprechen. Auch John Fletcher war dagewesen und war von Nicholas, wie sich bald herumgesprochen hatte, mehr als unfreundlich empfangen worden. Nicholas benahm sich eben, wie er wollte, dachte Katie, selbst bei einem solchen Anlaß. Sam war natürlich, wie vorherzusagen gewesen war, der erste gewesen, der Nicholas, nachdem er die Nachricht gehört hatte, aufsuchte. Offenbar war ihm sehr daran gelegen, sich nun, da Nicholas allein das Sagen hatte, gleich gut mit ihm zu stellen, vor allem, da er wesentlich launischer und unzugänglicher war als sein Bruder. Und hinterher war der Kondolenzbesuch natürlich Anlaß für ihn gewesen, sich im *White Rose* wieder einmal so richtig zu betrinken. Sie seufzte. Eigentlich wäre es ihre Pflicht gewesen, selbst auch zu Nicholas zu gehen, aber so, wie er sich auf der Party benommen hatte, hatte sie sich nicht überwinden können, ihm allein gegenüberzutreten.

Der Regen war stärker geworden, und große Tropfen prasselten auf das Fensterbrett. Katie fuhr mit dem Zeigefinger darüber und malte gedankenversunken verschlungene Muster auf den weißen Lack. Doch sobald sie den Finger wegnahm, lief alles auseinander, und das Wasser formte sich zu einer Vielzahl kleiner Perlen. Ein leichter Wind hatte sich erhoben und brachte einen Duft von Sommer ins Zimmer, doch sie nahm ihn gar nicht wahr, fröstelnd zog sie ihre graue Lambswooljacke enger um die Schultern.

Einer der furchterregenden Aussprüche ihrer Großmutter kam ihr wieder in den Sinn: Alle deine Sünden werden dich eines Tages einholen, das ist so sicher wie das Amen in der Kirche. Sie erinnerte sich noch, was der Anlaß gewesen war: ein Jungenhaar, das ihre Großmutter auf ihrem Blusenkragen entdeckt hatte, nachdem sie von ihrem bisher ersten und einzigen Besuch im kirchlichen Jugendclub zurückgekommen war. Das Haar mußte im Gedränge der engen Garderobe an ihr hängengeblieben sein, doch ihre Großmutter hatte es ihr entgegengehalten als unwiderleglichen Beweis für ihr schlechtes und lüsternes Wesen. Anschließend hatte sie den ganzen Abend ‹in nackter Scham› mit dem Gesicht zur Wand in einer Ecke der Küche stehen müssen, sie meinte noch heute, den kalten Steinfußboden unter ihren Füßen zu spüren. Eigentlich war ihr zur Buße noch auferlegt worden, die ganze Zeit ohne Unterbrechung den Satz ‹Deine Sünden werden dich einholen, das ist so sicher wie das Amen in der Kirche› vor sich hin zu murmeln. Sie war es aber bald müde geworden und hatte einfach aufgehört – und somit wieder eine Sünde begangen: Ungehorsam. Der Pfarrer, der die Verantwortung für den Abend trug, hatte es mit der Großmutter zu tun gekriegt. Er stehe einem Haus der Schande vor, hatte sie erklärt, und verderbe die Jugend. Darüber nun hatte Katie sich gefreut, denn sie mochte ihn nicht, weil man, sobald er näher herankam, immer seinen fauligen Atem roch – und er kam meistens näher heran. So hatte sie sich an jenem Tag auch noch der Sünde der Schadenfreude schuldig gemacht.

Sie schloß das Fenster und zog sich aus, um ins Bett zu gehen. Es war schon nach halb elf. Sam würde bald zu Hause sein. Vielleicht, wenn sie sich schlafend stellte …

Sie wälzte sich unruhig von einer Seite auf die andere. Ihre Gedanken wanderten zu Stephen und wie behutsam seine Berührung gewesen war – beinahe wie die eines Bruders. Vielleicht hätte sie an seiner Seite die Möglichkeit zu einem schöneren Leben gehabt. Natürlich hätte auch er eines Tages von ihr verlangt, daß sie ihm ganz gehörte – das war sozusagen der Preis, den sie zu zahlen hatte –, aber er war ihr immer als ein freundlicher, rücksichtsvoller Mann erschienen, ähnlich wie Bernie, und vielleicht hätte er gar nicht viel von ihr gefordert und sie die meiste Zeit in Ruhe gelassen. Während sie langsam in den Schlaf sank, tauchten verschiedene Bilder aus der Vergangenheit vor ihrem inneren Auge auf, verschwammen und gingen ineinander über: ihre Großmutter mit wilden schwarzen Haaren und zornig funkelnden Augen, Bernard, wie er ihr schwer atmend den Rock hochstreifte... Sie hörte, wie die hintere Tür geöffnet und geräuschvoll wieder geschlossen wurde. Sam war zurück. Rasch drehte sie sich um und kroch tiefer unter die Bettdecke.

III

«Was halten Sie von der ganzen Angelegenheit, Alan?» fragte Gristhorpe. Es war schon spät am Sonntag abend, und die beiden Männer saßen zusammen am Eßzimmertisch, jeder mit einem Glas zollfreien Scotch, Marke *Bell's*, vor sich. Die Kinder waren schon längst im Bett, und Sandra saß nebenan in einem Sessel und sah sich das Buch über die «Group of Seven» an, das Banks ihr aus Toronto mitgebracht hatte. Am Nachmittag hatte er Gelegenheit gehabt, ein kleines Nikkerchen zu machen, und jetzt fühlte er sich wieder einigermaßen ausgeruht.

«Es riecht faul, wenn Sie mich fragen. Da fahre ich nach Toronto, mache Anne Ralston ausfindig, sie erzählt mir, daß Stephen Collier im Grunde mehr oder weniger gestanden habe, daß er Addison auf dem Gewissen hat, der ihm wegen irgendeiner längst vergessen geglaubten, offenbar sehr unangenehmen Geschichte in Oxford angeblich Ärger machen wollte, und dann, wenn ich zurückkomme und mir gerade vorgenommen habe, Collier in der Sache zu vernehmen, ist er plötzlich tot – ein Unfall zur rechten Zeit, wie praktisch... Nein, das ist mir alles zu glatt, verdächtig glatt.»

«Also ich kann Ihr Mißtrauen schon verstehen», sagte Gristhorpe und nahm einen Schluck von seinem Scotch. «Aber es könnte eben auch sein, daß es wirklich ein Unfall war. Es gibt ja manchmal die merkwürdigsten Zufälle. Trotzdem – nehmen wir einfach mal an, quasi als Arbeitshypothese, daß es kein Unfall war und auch kein Selbstmord. Was aber ist dann tatsächlich passiert?» Plötzlich blickte er Banks ein wenig verlegen an. «Oh, entschuldigen Sie, Alan, daß ich Sie hier so in Beschlag nehme. Sie müssen ja furchtbar müde sein nach der langen Reise. Wollen wir morgen weiterreden?»

Banks schüttelte den Kopf. «Nein, das ist schon in Ordnung...» Er zündete sich eine Zigarette an. «Tja, was könnte tatsächlich passiert sein? Um ehrlich zu sein, ich weiß es nicht. In Toronto dachte ich noch, daß ich jetzt endlich die ganze Geschichte auf die Reihe bekäme, aber inzwischen habe ich immer mehr den Eindruck, daß die einzelnen Dinge, die wir wissen, irgendwie alle nicht zueinander passen und alles ein einziges großes Durcheinander ist. Ich weiß ja selbst, daß es im Grunde gar nicht so unwahrscheinlich ist, wenn Collier es vorgezogen hätte, Selbstmord zu begehen, statt sich den Fragen zu stellen, die unweigerlich auf ihn zukamen, sobald ich wieder zurück war. Vielleicht hat sich die Angst davor in den letzten Tagen mehr und mehr aufgebaut, und dann kam es am Samstag eben zu dieser Kurzschlußreaktion. Andererseits ist auch nicht auszuschließen, daß gar nicht er es war, der Allen getötet hat. Vielleicht hat er nur den Täter gekannt, und der wiederum fürchtete, daß Stephen unter Druck zusammenbrechen und seinen Namen preisgeben würde. Das wäre ein sehr plausibles Mordmotiv, finden Sie nicht?»

Gristhorpe nickte.

«Ich glaube, das beste wäre, ich fahre so schnell wie möglich selbst nach Oxford und versuche, mich da ein wenig umzuhören. Vielleicht gelingt es mir ja, etwas auszugraben. Ein Freund von mir arbeitet übrigens bei der dortigen Kriminalpolizei. Sein Name ist Ted Folley. Wir waren zusammen in der Ausbildung, er wird mir bestimmt helfen, wenn er kann.»

Gristhorpe nickte. «Ich sehe da kein Problem.»

«Was mich interessieren würde, ist, ob Addison wirklich versucht hat, Collier zu erpressen», sagte Banks.

«Wir haben damals Erkundigungen über ihn eingezogen», sagte Gristhorpe. «Er hatte einen absolut untadeligen Ruf.»

«Na ja, aber so ein Privatdetektiv, der dauernd in anderer Leute schmutzigen Geschichten herumstochert, gerät vielleicht doch einmal in Versuchung, besonders wenn er allein arbeitet. Bernard Allen war ja sicher auch ein ganz anständiger Kerl, und trotzdem hat er versucht, wenn unsere Informationen stimmen, Collier zu erpressen.»

Gristhorpe kratzte sich nachdenklich sein bärtiges Kinn. «Möglich, daß Sie recht haben, Alan. Jetzt, wo Stephen Collier tot ist, werden wir es wohl nie mehr erfahren. Es ist aber vielleicht auch nicht so wichtig. Für uns hat jetzt jedenfalls erst mal die Frage Vorrang, wer ermordete Stephen Collier – wenn sich denn herausstellen sollte, daß er tatsächlich umgebracht wurde.»

Banks nickte.

«Wenn ich es recht sehe, haben wir wieder denselben Kreis von Verdächtigen, oder?» bemerkte Gristhorpe.

Banks nickte. «Es sieht so aus. Fragt sich nur, wie unser Mr. X es angestellt hat. Ist er mitten in der Nacht, als Stephen allein war, noch einmal zurückgekommen – die großen Terrassentüren standen, wie alle wußten, im Sommer immer offen – und hat Stephen vielleicht noch zu einem weiteren Drink überredet, den er dann mit einer Dosis Schlafmittel versetzt hat? Oder hat ihm vielleicht bereits im Pub jemand ein paar Nembies ins Bier praktiziert? Stephen war ja so sturzbetrunken, daß er den bitteren Geschmack wohl gar nicht bemerkt hätte.»

«Ein ziemlich riskantes Unternehmen», kommentierte Gristhorpe.

Banks nickte. «Ja. Aber Mord ist immer riskant.»

Gristhorpe nickte.

«Und dann ist da noch diese Sache mit dem Wodka. Ich muß unbedingt mit Freddie Metcalfe reden, ob er sich nicht vielleicht genauer erinnert.»

«Was für Wodka?»

«Irgend jemand aus der Gruppe der Verdächtigen hat gestern abend, gerade als der Trubel am größten war, am Tresen eine Runde Wodka bestellt, aber Richmond hat merkwürdigerweise nicht gesehen, daß auch nur einer von den vieren einen Schnaps getrunken hätte.»

«Sie meinen, daß der Wodka heimlich in Stephens Bier gekippt worden sein könnte, um ihn so richtig betrunken zu machen?»

«Ja, wäre jedenfalls möglich. Wodka in Bier – das ist mit Sicherheit geschmacklos.»

«Ja», sagte Gristhorpe mit Überzeugung, «und zwar in mehr als einer Beziehung.»

«Das Dumme ist nur», fuhr Banks fort, «daß es, wie meistens samstags, sehr lebhaft zuging und sich vermutlich niemand mehr erinnern wird, wer die Bestellung aufgegeben hat – Sam Greenock, John Fletcher oder Nicholas Collier. Jeder von den dreien käme in Frage.»

Gristhorpe warf einen Blick auf die Uhr. «Gütiger Himmel», rief er entsetzt, «so spät schon! Ich glaube, ich mache schleunigst, daß ich hier wegkomme. Und, Alan – lassen Sie sich morgen ruhig etwas Zeit, es schadet nichts, wenn Sie erst gegen Mittag zum Dienst kommen.»

«Vielen Dank», sagte Banks, «aber das wird nicht gehen. Ich möchte gleich früh nach Swainshead, um dort mit einigen Leuten zu sprechen, und anschließend habe ich vor, direkt nach Oxford weiterzufahren. Wäre es Ihnen recht, wenn ich Sergeant Hatchley mitnehmen würde? Wahrscheinlich brauche ich jemanden, der mir dort ein paar Gänge abnimmt, und Richmond könnte dann hierbleiben und sich um alles kümmern, was in meiner Abwesenheit hier anfällt. Ich habe das Gefühl, er ist sehr zuverlässig.»

«Ja, eine gute Idee. Nehmen Sie Hatchley mit, wenn Sie ihn brauchen. Er wird sich zwar in Oxford wie ein Fisch auf dem Trockenen fühlen, aber die Erfahrung wird ihm guttun, erweitert seinen Horizont.»

Banks lachte. «Ich fürchte, Sergeant Hatchleys Horizont beschränkt sich schon seit längerem auf vier feststehende Bereiche: Bier, Nichtstun, Sport und Sex – in dieser Reihenfolge. Aber trotzdem sollte man es zwischendurch vielleicht immer mal mit ihm versuchen.»

Gristhorpe trank sein Glas aus und verabschiedete sich. Banks ging zu Sandra hinüber und betrachtete mit ihr zusammen einige der farbigen Reproduktionen, aber nach kurzer Zeit spürte er einen stechenden Schmerz in den Augen. Er hatte, während er mit dem Superintendent am Tisch saß, einen Augenblick lang überlegt, ob er ihm sagen solle, daß sein Neffe seinen Vornamen ausgeplaudert hatte, doch dann hatte er es lieber gelassen. Die Kenntnis seines Namens gab einem immer ein Stück Macht über den andern. Und Gristhorpe wollte ja offenbar nicht, daß sein Vorname allgemein bekannt würde. Den Kollegen in Eastvale würde er deshalb sein Wissen verschweigen, aber um es ganz für sich zu behalten, dazu war es wieder zu schön.

«Weißt du», sagte er und legte den Arm um Sandras Schulter, «daß ich in Toronto etwas Interessantes über den Super erfahren habe?»

«Ich habe überhaupt den Eindruck, daß du der einen Woche ziemlich viel Interessantes erfahren hast, oder täusche ich mich?» sagte sie und hob fragend eine schwarze Augenbraue, deren Farbe in einem aparten Gegensatz stand zum Naturblond ihrer Haare. Banks war, als er sie kennenlernte, dieser Farbkontrast als erstes ins Auge gefallen, und er fand ihn bis heute sehr aufregend.

«Nun red schon», sagte sie, «spann mich nicht auf die Folter!»

«Ich habe dich vermißt», begann Banks und rückte dabei näher an sie heran, «ich glaube, ich erzähle es dir lieber erst im Bett – hinterher.»

«Ich dachte, du wärst müde?»

«Ich nicht – nur meine Augen.»

«Und lohnt es sich, es zu erfahren?»

«Absolut.»

«Na dann los», lachte Sandra und wandte sich ihm zu. «Laß uns nicht noch Zeit und Energie verschwenden, indem wir erst die Treppe hochsteigen. Es ist schließlich eine ganze Woche her.»

IV

Es war schön, wieder zu Hause zu sein, dachte Banks, während er den Cortina das Tal hinaufsteuerte. Die Sonne strahlte von einem wolkenlos blauen Himmel, der Bach neben der Straße glitzerte wie flüssiges Silber, die Berghänge leuchteten in lebhaftem Grün, und von der Kassette tönten die Beatles mit ‹And Your Bird Can Sing›. Er zünderte sich eine Zigarette an und verlangsamte seine Fahrt, weil er gerade einen bunten Haufen Wanderer passierte. Sie hielten im hohen Gras neben einer Trockenmauer Rast und winkten ihm ausgelassen hinterher.

Wen sollte er zuerst aufsuchen, das war die große Frage. Es war erst halb elf Uhr, da war es vielleicht besser, den Besuch bei Freddie Metcalfe noch etwas hinauszuschieben, bis der Pub in einer halben Stunde öffnete, und zunächst bei Nicholas vorzusprechen – von allen Gesprächen, die er heute morgen führen wollte, sicherlich das unangenehmste.

Er fuhr also am Pub vorbei und hielt kurze Zeit später auf dem Rasenstreifen vor der Collier-Villa. Nicholas öffnete gleich nach dem ersten Klingeln.

«Chief Inspector Banks», sagte er. «Lange nicht gesehen. Kommen Sie herein.» Er sah müde aus. Sein sonst lebhafter Blick war matt, und er hatte Tränensäcke unter den Augen. Er ging Banks voran ins Wohnzimmer.

«Bitte, nehmen Sie Platz.» Er deutete auf einen Ledersessel neben der offenen Terrassentür. Mir ist heute nicht danach zumute, draußen in der Sonne zu sitzen, aber ich habe das Gefühl, daß ich doch wenigstens wissen sollte, daß es sie gibt.»

«Es tut mir leid, was da passiert ist», sagte Banks. «Ich hatte gehofft, nach meiner Rückkehr mit Ihrem Bruder sprechen zu können.»

Nicholas wandte sich ab und blickte schweigend in den Garten hinaus. Banks glaubte, neben seinem rechten Mundwinkel einen jetzt schon verblassenden Bluterguß zu erkennen. «Ich hoffe, Sie haben nicht vor, die ganzen Fragen, die ich ohnehin schon beantwortet habe, noch einmal durchzugehen», sagte Nicholas und nahm sich eine Zigarette aus dem Porzellankästchen auf dem niedrigen Tisch. «Polizisten scheinen die Angewohnheit zu haben, den Leuten immer wieder dieselben Fragen zu stellen.»

«Dafür haben sie einen guten Grund, Mr. Collier», sagte Banks ruhig. «Manchmal fällt nämlich jemandem beim zweitenmal noch etwas mehr ein. Meistens irgendwelche kleinen Sachen, die sie ursprünglich für unwichtig gehalten haben.»

«Das mag ja alles sein, aber ich glaube trotzdem nicht, daß ich Ihnen viel helfen kann.»

«Es würde mich interessieren zu erfahren, ob Sie wußten, daß Ihr Bruder Probleme hatte.»

«Stephen soll Probleme gehabt haben? Nein, ich muß sagen, das war mir nicht bekannt. Allerdings kam er mir in der letzten Woche ein wenig nervös und gereizt vor, so als habe er irgendwelche Sorgen.»

«Haben Sie ihn darauf angesprochen?»

«Nein.» Er sah Banks an. «Überrascht Sie das? Nun, dafür gibt es eine Erklärung. Stephen gehörte nicht gerade zu den besonders mitteilsamen Leuten. Wenn er reden wollte, dann tat er das, und zwar mit jedem, der ihm gerade irgendwie als Zuhörer geeignet schien. Aber wenn man ihn von sich aus ansprach, dann machte er dicht. Ich jedenfalls habe in solchen Situationen nie eine Antwort von ihm bekommen.»

«Ich verstehe. Sie haben zwar bemerkt, daß Ihr Bruder sich Sorgen machte, wußten aber nicht, worüber.»

Nicholas nickte. «Die Firma gehört Stephen allein, deshalb habe ich von geschäftlichen Dingen keine Ahnung. Hatte er vielleicht irgendwelche finanziellen Probleme?»

«Nicht, daß ich wüßte. Nein, sein Problem war, soweit wir in Erfahrung bringen konnten, daß er vor über fünf Jahren vermutlich einen Mann tötete, der ihn wegen irgendeiner alten Sache in Oxford aufsuchen wollte. Und außerdem besteht der Verdacht, daß er den Mord an Bernard Allen beging.»

«Stephen soll ein Mörder gewesen sein? Das ist doch wohl nicht Ihr Ernst, Chief Inspector?»

Banks sah ihn ruhig an. «Leider doch. Wann hat Ihr Bruder in Oxford studiert?»

«Er hat vor neun Jahren dort angefangen. Aber soweit ich weiß, ist in der Zeit, die er da war, nichts irgendwie Außergewöhnliches vorgefallen.» Er hielt inne und warf Banks einen durchdringenden Blick zu. «Ich hoffe, Chief Inspector, Sie sind nicht hergekommen, um hier irgendwelche dummen Witze zu machen.»

Banks schüttelte den Kopf. «Ich fürchte nicht.»

«Nun, was soll ich dazu sagen? Ihre vorsichtige Ausdrucksweise scheint anzudeuten, daß das alles nur mehr Annahmen sind und daß Sie keine Beweise haben.»

«Wir haben die Aussage von Anne Ralston.»

«Das ist doch diese Person, mit der Stephen damals eine Zeitlang befreundet war und die dann gewissermaßen über Nacht das Weite suchte?»

«Ja. Ich konnte sie in Toronto ausfindig machen.»

«Und nur auf das Wort einer Nutte hin verdächtigen Sie meinen Bruder als Mörder?»

«Sie ist keine Nutte, und sie hatte keinen Grund zu lügen», sagte Banks bestimmt.

Nicholas lächelte ein wenig verächtlich. «Wie Sie meinen. Sie war auf jeden Fall keine Frau, die ich mir als Schwägerin gewünscht hätte. Haben Sie übrigens einmal an die Möglichkeit gedacht, daß sie selbst in die Sache verstrickt sein könnte? Schließlich verschwand sie damals genau einen Tag, nachdem der Mann umgebracht worden war.»

Banks nickte.

«Wenn sie selbst die Tat begangen hat, würde das auch erklären, wieso sie versucht, den Verdacht auf Stephen zu lenken.»

«Das wäre möglich, ja. Aber da lassen Sie den Mord an Bernard Allen außer Betracht. Und als der getötet wurde, war sie gar nicht hier, sondern in Toronto.»

«Es tut mir leid, Chief Inspector, aber ich vermag Ihren Überlegungen nicht ganz zu folgen. Wer sagt Ihnen denn, daß beide Männer von ein und derselben Person umgebracht wurden? Die Morde liegen Jahre auseinander. Wie kommen Sie überhaupt darauf, daß zwischen beiden eine Verbindung besteht?»

«Weil beide in Swainshead begangen wurden, Mr. Collier – darum.» Er zündete sich eine Zigarette an. «Und außerdem gibt es einfach zu viele sogenannte Zufälle, als daß ich sie noch dafür halten könnte. Ich will Ihnen zwei Beispiele nennen: Anne Ralston wußte, daß Ihr Bruder den Londoner Privatdetektiv getötet hatte, Jahre später trifft sie in Toronto Bernard Allen und erzählt ihm, was sie weiß. Und als Allen zu einem Besuch nach Swainshead kommt, wird er umgebracht – Zufall? Dann fliege ich nach Kanada, um mich mit Anne Ralston zu unterhalten – dank Sam Greenocks unstillbarem Mitteilungsbedürfnis dürfte das jedem hier im Ort bekannt gewesen sein –, und als ich gestern am Sonntag zurückkehre und mit Ihrem Bruder reden will, da erfahre ich, daß er gerade in der Nacht zuvor gestorben ist – noch so ein Zufall.»

«Gegen diese Art von Logik komme ich nicht an, Chief Inspector. Natürlich gibt es in dieser Geschichte ein paar Zufälligkeiten, das will ich nicht bestreiten. Aber sie sind meiner Meinung nach eben auch genau das – Zufälligkeiten. Nicht mehr und nicht weniger. Und Sie haben ja auch für Ihre ganzen Vermutungen nicht die Spur eines Beweises.»

«Ihr Bruder hat sich Ihnen also nicht anvertraut?»

«Nein, wie ich Ihnen schon sagte, er war kein besonders mitteilungsfreudiger Mann. Und davon abgesehen, hatten wir auch nicht viele Gemeinsamkeiten. Sie brauchen sich ja nur unsere völlig unterschiedlich eingerichteten Wohnungen anzusehen. Das einzige, was uns verband, war, daß wir derselben Familie angehörten. Selbst wenn also Stephen zwei Morde begangen haben sollte – was ich selbstverständlich nicht einen Moment lang annehme –, so wäre er bestimmt nicht zu mir gekommen, um sein Gewissen zu erleichtern. Am wahrscheinlichsten wäre sowieso gewesen, daß er alles für sich behalten hätte.»

«Anne Ralston hat er es erzählt.»

«Sagt Sie! Ich kann nur noch einmal meine Ansicht wiederholen, daß sie lügt, um ihre eigene Haut zu retten.» Er beugte sich vor, um seine Zigarette im Aschenbecher auszudrücken, und blieb dann in dieser Haltung sitzen. «Im übrigen, Chief Inspector», sagte er und faltete die Hände im Schoß, «hoffe ich doch, daß Sie dafür Sorge tragen werden, daß von diesen Anschuldigungen gegen meinen Bruder nichts nach außen dringt. Schließlich haben Sie keinerlei Beweise. Dem Ruf meiner Familie würde, wenn etwas davon bekannt wird, nicht wiedergutzumachender Schaden zugefügt werden – ganz zu schweigen davon, daß es auch Auswirkungen haben würde auf meine Tätigkeit als Lehrer in Braughtmore.»

«Sie können ganz beruhigt sein, Mr. Collier. Ich pflege nicht mit unbewiesenen Behauptungen in der Öffentlichkeit hausieren zu gehen.»

«Und lassen Sie mich hinzufügen», fuhr Nicholas fort, «daß, selbst wenn Stephen diese Taten begangen haben sollte, er meiner Meinung nach durch seinen Tod doch wohl inzwischen genug gebüßt haben dürfte und kein nachvollziehbares Interesse mehr daran bestehen kann, noch weiter in seinen Privatangelegenheiten herumzuschnüffeln.»

«Ich fürchte, in diesem Punkt bin ich etwas anderer Ansicht als Sie, Mr. Collier», entgegnete Banks. «Ich bin kein Richter und entscheide nicht über Schuld oder Unschuld, ich versuche lediglich, die Wahrheit ans Tageslicht zu bringen. Und solange ich auf bestimmte Fragen noch keine Antworten habe, bleibt die Akte Stephen Collier offen – auch wenn Ihr Bruder nicht mehr vor ein irdisches Gericht gestellt werden kann.» Nicholas öffnete den Mund, um zu protestieren, doch Banks redete einfach weiter: «Und noch eins. Es ist mir völlig gleichgültig, wer Sie sind oder was Sie versuchen werden, gegen mich zu unternehmen. Sie können drohen, Sie können Ihren Einfluß geltend machen, was auch immer – ich werde diesen Fall aufklären.» Er stand auf und ging zur Tür. Nicholas blieb demonstrativ sitzen und blickte ihn haßerfüllt an.

«Eine Frage noch», sagte Banks, «wer von Ihnen hat am Samstag abend im *White Rose* Wodka getrunken?»

«Wodka?» wiederholte Nicholas. «Keiner von uns, soweit ich weiß. Ich persönlich rühre dieses Zeug sowieso nicht an.»

«Und Ihr Bruder hat auch keinen Wodka getrunken?»

Nicholas stand auf, ging an Banks vorbei und öffnete die Tür. «Nein, hat er nicht. Stephen verabscheute klare Schnäpse genau wie ich. Wenn ich Sie jetzt bitten dürfte zu gehen ... Ihr Besuch hier wird für Sie übrigens noch ein Nachspiel haben, soviel kann ich Ihnen jetzt schon versprechen.»

Hatte wirklich keiner Wodka getrunken, oder log Nicholas? Banks konnte es nicht sagen. Leute mit seiner Herkunft, das wußte er aus Erfahrung, bekamen so viel Selbstbewußtsein und Arroganz mit auf den Weg, daß sie ohne Schwierigkeiten in der Lage waren, auch Unwahrheiten überzeugend vorzutragen.

«Eines würde mich noch interessieren, Mr. Collier. Worum ging es eigentlich bei Ihrem Streit mit John Fletcher?»

«Ich weiß nicht, von welchem Streit Sie sprechen», sagte Nicholas ungehalten.

«Ich spreche von dem Wortwechsel, den Sie miteinander hatten.»

Nicholas machte eine wegwerfende Handbewegung. «Ach ja, richtig, kann sein. Ich weiß nicht einmal mehr, worum es ging. Irgendeine unwichtige Kleinigkeit, nehme ich an. Und jetzt ...» Er machte eine herrische Kopfbewegung in Richtung auf die Zufahrt.

Banks blieb nichts anderes übrig, als zu gehen.

Das war nun wirklich alles andere als zufriedenstellend gewesen, dachte er und fluchte leise, während er zu seinem Wagen ging. Er hätte Nicholas viel härter anfassen sollen. Aber die Gelegenheit dazu würde noch kommen, er hatte Zeit, viel Zeit. Vielleicht würde der Besuch in Oxford ihn einen Schritt weiterbringen, und da waren ja auch noch Katie Greenock und Metcalfe, die er befragen wollte. Er blickte auf die Uhr und machte sich auf den Weg zum *White Rose*.

«Ich hab gehört, Sie wär'n unter die Globetrotter gegang'n», sagte Freddie Metcalfe, während er ihm ein Marston's Pedigree zapfte.

«Stimmt, ich komme gerade zurück aus der Neuen Welt», antwortete Banks und zählte ihm das Geld passend auf das feuchte Bartuch.

«Ich kann ja nich' so mit den Amis», sagte Freddie und verzog ein wenig abschätzig den Mund. «Hab ja jedes Jahr 'ne ganze Menge von denen hier. Verlang'n immer so merkwürdige Sachen – Bourbon mit Leitungswasser und so was. Und die alten Weiber, die bestell'n immer Perrier. Mit'm Stück Zitrone drin. Warum hab'n die bloß alle diese blauen Haare? Ob die glaub'n, daß man se denn für jünger hält?» Er schnaubte verächtlich und trollte sich mit dem Geld zur Kasse.

Banks überlegte, ob er ihn darauf aufmerksam machen solle, daß er nicht in den USA, sondern in Kanada gewesen sei, ließ es dann aber, weil er unversehens einen guten Anknüpfungspunkt hatte, um unauffällig sein eigentliches Anliegen zur Sprache zu bringen. «Aber im allgemeinen machen Sie doch sicher mehr Umsatz mit alkoholischen Getränken als mit Softdrinks, oder?» fragte er.

Metcalfe nickte. «Ja, könnt' man sagen. Die meisten Fremden, die herkomm', sind Wanderer, und die trink'n Bier, wie sich das gehört. Nur die Mädchen nich', die nehm' oft lieber 'n Brandy oder 'ne kleine Flasche Sekt oder auch 'n Cherry B. Aber inzwischen gibt's auch 'ne ganze Menge, die trink'n Bier genau wie die Männer.»

«Und was ist mit Wodka?»

«Was soll damit sein?»

«Wird der viel verlangt?»

«Nee, zum Glück nich'. Verdammtes Russkigesöff, kann ich nich' ausste'n. Was öfter mal vorkommt, iss, daß 'n Gast 'n schön'alt'n Scotch will, aber Wodka, nee.»

«Letzten Samstag aber doch.»

«Sie war'n doch gar nich' da, woher woll'n Se'n das wiss'n?»

«Egal. Ja oder nein?»

Metcalfe kratzte sich mit gekrümmtem Zeigefinger an seinen Koteletten. «Also jetz', wo ich drüber nachdenke, kann ich mich, glaub' ich erinnern, daß ich die Flasche wechseln mußte. Denn hab'n Se wohl recht. Denn hat da wohl doch einer 'n Wodka bestellt, sonss wär' die alte Flasche ja nich' leer geword'n.»

«Und wer war das, Freddie? Versuchen Sie sich zu erinnern!» sagte Banks mit kaum unterdrückter Erregung.

«Also, das weiß ich nu' wirklich nich' mehr, tut mir leid», sagte Freddie. «Womöglich hab ich 'n ja gar nich' selber bedient, kann mich jed'nfalls nich' dran erinnern. Letztes Wochenende sind 'ne Menge Leute hergekomm', weil so schönes Wetter war. Samstag abend war's hier rappelvoll, so was habn Se noch nich' geseh'n. Und die Frau aus Gratly, diese blöde Kuh, hat mich doch einfach versetzt, die sollte mir nämlich hinter der Theke helf'n. Nee, tut mir wirklich leid, hat auch kein' Zweck, daß ich drüber nachdenke. Das einzige, was ich weiß, iss, daß ich die Flasche ausgewechselt hab', aber sonss ... Ich wußte ja an dem Abend gar nich', wo mir der Kopf stand. Ich hab ja praktisch immer vier Bestellung'n auf einmal fertig gemacht. An solch'n Abenden wie Samstag, da brauchste eig'ntlich acht Hände, sach' ich immer. Nur mit Betty – das iss fast nich' zu schaff'n.»

«Gab es irgendwelchen Streit an dem Abend?»

Freddie stieß sein keckerndes Lachen aus. «Na klar, das wär' doch sonss auch kein Samstag – ohne 'n paar hitzige Worte, nich?»

«Nun, wahrscheinlich haben Sie recht», sagte Banks. «Und am Tisch der Colliers – gab es da auch Krach?»

«Also, das weiß ich nu' nich' mehr so genau. Billy Black und Les Stott hab'n sich in die Haare gekriegt weg'n irgendwelcher Rennhunde, das hab' ich mitbekomm'. Hätt'n sich fast geprügelt die beiden, und Wally Grimes – Wally hat 'ne Farm weiter oben im Tal –, also der hatte 'ne kleine Meinungsverschied'nheit mit'n paar Wanderern. Ging natürlich um das Wegerecht über Farmland. Aber sonss ...» Er schüttelte den Kopf.

«Und ob Nicholas Collier und John Fletcher eine Auseinandersetzung hatten, können Sie mir also nicht sagen?»

«Nee, aber würd' mich nich' wundern, und wär' ja auch nich' das erstemal. John und Mister Stephen – die beiden, die kam' gut mit'nander aus, aber der Nicholas konnte John noch nie leid'n, schon damals nich', als er noch'n Junge war.»

«Aber von einem Streit haben Sie nichts mitbekommen?»

«Nee, war ja aber auch viel zu laut. Die ander'n Sach'n hab' ich ja auch nur gehört, weil die alle hier direkt vor mir am Tresen gestand'n hab'n.»

«Wer hat die Tische hinterher abgeräumt?» wollte Banks wissen. «Sie selbst?»

«Nee, das war Betty.» Metcalfe deutete auf ein vollbusiges, rotwangiges junges Mädchen, das dabei war, einige Gläser zu spülen.

«Könnte ich mich mal einen Moment mit ihr unterhalten?»

«Na klar. – Betty, Mädchen, komm doch mal gerade her. Der Inspekter will ma'n paar Worte mit dir red'n.»

Das Mädchen wurde über und über rot und wischte sich verlegen die Hände an der Schürze ab. Sie trat auf Banks zu und blieb dann mit gesenktem Kopf vor ihm stehen wie ein Schulmädchen, das man zum Direktor zitiert hatte.

«Sie brauchen keine Angst zu haben, Betty», sagte Banks freundlich, «ich möchte Ihnen nur ein paar Fragen stellen zu Samstag abend, als Sie hier gearbeitet haben.»

Sie nickte stumm und blickte ihn scheu von unten her an.

«Wissen Sie noch, Betty, ob Sie am Samstag Mr. Stephen oder einen anderen aus der Gruppe am Ecktisch bedient haben?» fragte Banks.

Sie nickte langsam. «Ja», sagte sie, «ich meine, nein...», sie blickte ihn verlegen an und wurde wieder rot, «Ich wollte sagen, ja, ich habe sie bedient, aber es war so viel zu tun, daß ich mich nicht mehr erinnern kann, was die einzelnen bestellt haben.»

«Und als Schluß war, haben Sie überall die Gläser abgeräumt?»

«Ja.»

«Standen auf dem Tisch von Mr. Collier außer den Biergläsern vielleicht auch noch Schnapsgläser?» wollte er wissen.

Betty legte die Stirn in Falten und dachte angestrengt nach, so daß Banks das Gefühl hatte, er könne förmlich hören, wie es in ihrem Kopf arbeitete. Doch nach einer Weile zuckte sie ein wenig hilflos mit den Achseln. «Ich glaube nicht. Ich erinnere mich aber noch, daß ich oben am Ende der Theke ein paar Schnapsgläser eingesammelt habe. Ich weiß aber nicht, wer sie getrunken hat.»

«Standen Sie an dem Ende der Bar, wo die Colliers und ihre Freunde am Samstag ihre Biere geholt haben?»

Metcalfe mischte sich ein. «Die Colliers und die andern am Tisch lass'n sich immer an dem Ende da oben bedien'.»

«Aber keiner von Ihnen beiden kann mir sagen, wer von der Gruppe den Wodka bestellt hat?»

Sie sahen ihn etwas betreten an und schüttelten beide gleichzeitig die Köpfe.

Banks seufzte, trank etwas resigniert sein Bier aus und zündete sich anschließend eine Zigarette an.

«Warum woll'n Se das eigentlich alles so genau wiss'n?» fragte Metcalfe.

«Was? Ach, das ist jetzt nicht so wichtig», sagte Banks. «Vielleicht war das Ganze auch nur so eine fixe Idee von mir.»

«Ich fand', sie war'n an diesem Abend alle besonders guter Stimmung», bemerkte Metcalfe plötzlich.

«Wer? Die Gruppe am Collier-Tisch?»

Metcalfe nickte. «Ja, besonders Mister Stephen. Der war ja richtig ausgelassen.»

«Was meinen Sie, hatte er mehr intus als die anderen?»

Freddie schüttelte den Kopf. «Kann ich nich' sag'n, glaub' ich aber eig'ntlich nich'. Sie hab'n ja immer nur Runden bestellt. Es sei denn...» In seinem großen, roten Gesicht leuchtete es plötzlich auf, als er begriff. «Es sei denn, er hätte außer dem Bier noch zusätzlich Wodka getrunk'n.»

«Und – hat er?»

Freddie schüttelte wieder den Kopf. «Weiß ich wirklich nich', tut mir leid.»

Betty, welche die ganze Zeit stumm daneben gestanden hatte und nur darauf gewartet zu haben schien, wieder zu ihrer Arbeit zurückzukehren, hob plötzlich den Kopf. «Mir ist was eingefallen», rief sie aufgeregt. «Mir ist gerade was eingefallen.»

«Was denn, Betty», fragte Banks.

«Daß es nicht Mister Stephen gewesen sein kann, der den Wodka geholt hat», erklärte sie bestimmt.

«Aber Mädchen – warum denn nich'?» fragte Freddie erstaunt.

«Weil... Ja, wissen Sie», vor lauter Aufregung geriet sie ins Stottern, «weil... Mister Stephen, der hat mir immer, wenn er mich gesehen hat, guten Abend gesagt, der war ein richtiger Gentleman. Und dann hat er gefragt, wie es mir geht. Am Samstag war er wohl gerade auf dem Weg zum Klo und wäre beinahe mit mir zusammengestoßen... und ich mit dem großen Tablett mit den ganzen leeren Gläsern drauf...»

«Mädchen, nu' komm endlich zur Sache», blaffte Metcalfe ungeduldig. «Am liebss'n würd'ste dem Inspektor wohl deine ganze Lebensgeschichte erzähl'n.»

Betty warf ihm einen bösen Blick zu und verkündete: «Er hatte seine Brieftasche vergessen.»

«Er hatte – was?»

«Mister Stephen... Also, er gibt mir immer zwischendurch mal ein Pfund – so als Trinkgeld», sagte sie. «Aber am Samstag hat er auf seine Taschen geklopft und gesagt, es täte ihm leid, aber er hätte kein Geld dabei, er hätte seine Brieftasche zu Hause vergessen. Er müsse sich heute auf die Großzügigkeit seiner Freunde verlassen.» Sie wandte sich zu Banks. «Genau das waren seine Worte: ‹die Großzügigkeit meiner Freunde›. Ich glaube, er hatte da wohl schon ziemlich einen in der Krone...»

«Vielen Dank, Betty», sagte Banks. «Sie haben mir sehr geholfen. Haben Sie an dem Abend vielleicht zufällig etwas mitbekommen von einem Streit zwischen Nicholas Collier und John Fletcher?»

Betty schüttelte den Kopf. «Nein. Ich war nur zwischendurch mal an ihrem Tisch, um die leeren Gläser abzuräumen, aber da war alles friedlich. Dieser Streit – war der wichtig?»

Banks hob die Schultern. «Vielleicht.» Wenn Stephen Collier am Samstag abend keine Runden ausgeben konnte, weil er sein Geld zu Hause vergessen hatte, und wenn Betty genau an dem Ende des Tresens, wo die vom Collier-Tisch gewöhnlich ihre Bestellungen abgaben und bedient wurden, vier leere Schnapsgläser hatte stehen sehen, dann hatte er vielleicht tatsächlich recht mit seiner Hypothese: Irgend jemand hatte Stephen Colliers Bier mit Wodka versetzt. Obwohl natürlich immerhin noch die Möglichkeit bestand, daß die Gläser auf dem Tresen von irgendwelchen anderen Gästen stehengelassen worden waren. Trotzdem – seine Hypothese war durch den Besuch hier eher gestützt als widerlegt worden, das mußte ihm vorerst genügen.

Freddie schickte Betty zurück zum Gläserspülen und wandte sich Banks zu. «Na», sagte er, «war das nu' 'ne Hilfe?»

«Ich hoffe.»

«Ich auch», sagte Metcalfe mit Nachdruck. «Se sind ja nu' auch schon ziemlich lange dran an dem Fall, find'n Se nich'? Hab' ich Ihn' übrig'ns schon von dem Yankee erzählt, der da neulich bei mir reinschneite...»

Banks ließ ihn einfach stehen und wäre, als er den Pub verließ, in der Tür fast mit Katie Greenock zusammengestoßen.

«Ah, Mrs. Greenock», sagte er. «Ich wollte gerade zu Ihnen.»

Sie drehte sich wortlos um und lief hinaus.

«Was ist denn los?» rief Banks ihr nach. Es war deutlich zu sehen, daß sie Angst hatte.

Sie wandte sich halb um. «Nichts», sagte sie. «Wirklich. Ich suche nur Sam.» Er sah, daß ihr eine Träne die Wange hinunterlief.

«Mrs. Greenock, möchten Sie mir vielleicht etwas sagen?» fragte Banks und ging ihr nach.

Nach ein paar Schritten hatte er sie eingeholt und legte ihr behutsam die Hand auf die Schulter. «Mrs. Greenock?»

Sie fuhr erschrocken herum. «Warum lassen Sie mich nicht in Ruhe?» rief sie, drehte sich um und lief die leere Straße hinunter. Banks überlegte einen Augenblick, dann rannte er ihr nach. Nach etwa zwanzig Metern wurde sie langsamer und blieb dann plötzlich wie benommen stehen.

«Mrs. Greenock», sagte er. «Wir sollten miteinander reden.» Er bot ihr seinen Arm an, um sie zu stützen. Sie lehnte ab, folgte ihm aber ohne Widerspruch zu seinem Auto. Er sah, daß sie zitterte.

«Möchten Sie einen Drink?» schlug er vor.

Sie schüttelte den Kopf.

«Dann lassen Sie uns eine kleine Autofahrt machen.»

Sie stieg neben ihn in den Cortina, und er fuhr aus Swainshead hinaus Richtung Norden. Vielleicht würde Musik ihr etwas helfen, sich zu entspannen, dachte er, nahm die Beatles-Aufnahme aus dem Kassettenrekorder und steckte statt dessen Vivaldis ‹Vier Jahreszeiten› hinein. Vorsichtshalber, um sie nicht zu erschrecken, drehte er die Lautstärke etwas zurück.

«Ich habe gelogen», platzte Katie plötzlich heraus. Sie passierten gerade die Brücke, über die man zu John Fletchers Farm gelangte. Er sah sie kurz von der Seite an und hörte, wie sie etwas kurz vor sich hin murmelte, es klang wie ‹den Mund mit Seife auswaschen›.

«Gelogen – das müssen Sie mir erklären», sagte er.

«Es stimmt nicht, was ich gesagt habe, daß ich Sam suchen würde», sagte sie. «Ich bin Ihretwegen dort gewesen, ich habe Sie hineingehen sehen. Ich habe Sie auch schon vorher gesehen, als Sie aus Nicholas Colliers Haus kamen. Ich habe versucht, meinen Mut zusammenzunehmen.»

«So schlimm?» fragte er. «Möchten Sie nicht vielleicht doch einen Drink?»

«Nein, ich bin Alkohol nicht gewöhnt.»

«Worüber möchten Sie denn mit mir sprechen, Mrs. Greenock? Was ist los?»

«Sie müssen mir helfen», sagte sie und starrte vor sich hin. «Ich habe es getan… Ich habe sie getötet… Alle beide.»

Kapitel dreizehn

I

Als Banks rechts an der Straße ein überladenes graues Kalksteingebäude auftauchen sah, wurde ihm plötzlich bewußt, daß er von Braughtmore zwar schon viel gehört, aber die Schule noch nie gesehen hatte. Sie war Mitte des neunzehnten Jahrhunderts nach einem Brand neu wieder aufgebaut worden. Der erste Stock prunkte mit unzähligen Erkern. Darüber lagen zwei Stockwerke mit hohen Fallfenstern, und aus dem roten Ziegeldach sprang eine Reihe von Gauben hervor. Die Schule befand sich am Eingang eines Tales, das durch einen Nebenfluß des Gaiel ausgeschnitten worden war. Rings um den Bau lagen Rugby- und Cricketplätze.

Banks hielt direkt gegenüber der Schule an einer Ausweichstelle, zündete sich eine Zigarette an und wandte sich dann zu Katie. «Und jetzt erzählen Sie mir alles», sagte er.

«Ich habe es getan», sagte sie. «Ich habe die beiden getötet.»

«Wen?»

«Bernie und Stephen.»

«Und warum?»

«Weil ich... weil sie... Es war eine Strafe Gottes.»

«Eine Strafe Gottes – wofür?»

«Für meine Sünden.»

«Weil Sie mit ihnen geschlafen haben?»

Katie sah ihn aus weit aufgerissenen Augen verzweifelt an. «Weil sie mich mitnehmen wollten», sagte sie mit tränenerstickter Stimme, «fort von hier und von meinem Mann.»

«Ich weiß, daß Sie mit Bernard geschlafen haben, Mrs. Greenock», sagte Banks vorsichtig. «Mit Stephen Collier auch?»

Sie ging auf seine Frage nicht ein. «Bernie wollte mich. Ich durfte mich nicht wehren, es war eben der Preis. Er hat gesagt, daß er mich nachkommen lassen würde, sobald er wieder drüben wäre.»

Banks hatte nicht das Herz, ihr zu sagen, daß Bernie gar nicht vorgehabt hatte, in Kanada zu bleiben, vielmehr um jeden Preis nach Swainshead hatte zurückkommen wollen.

«Und was war mit Stephen?» versuchte er es noch einmal.

«Er... er hat mich nur geküßt. Ich wußte, daß er eines Tages mehr verlangen würde – irgendwann einmal. Und jetzt...»

«Haben Sie ihn getötet, weil Sie Angst hatten vor seinen Wünschen?»

Katie schüttelte den Kopf. «Er wollte mich mit sich fortnehmen – genau wie Bernie. Deshalb mußte er sterben.»

«Wie haben Sie ihn getötet?»

Sie blickte ihn verständnislos an. «Jeder, der mir helfen will, stirbt», sagte sie mit tonloser Stimme.

«Wie, Mrs. Greenock?» wiederholte er. «Sie müssen es mir sagen, wie haben Sie ihn getötet?»

«Ich weiß nicht mehr, ich kann mich nicht erinnern.»

«Mrs. Greenock, es stimmt nicht, Sie haben Bernard und Stephen nicht getötet. Oder?»

«Sie mußten meinetwegen sterben. Die Rache des Herrn hat sie erreicht. Das mit Nicholas – das war auch Sein Werk. Um mir mein sündhaftes Wesen zu offenbaren.»

«Nicholas? Was war mit ihm?»

«Er hat mich angefaßt. Mit seinen schmutzigen Händen. Er ist ein Tier...»

«Wann war das? Und wo?»

«Bei ihm zu Hause. Auf der großen Party. Ich wollte nicht hingehen, ich habe es Sam gesagt, aber er hat mich gezwungen. Ich wußte, daß es nicht recht war, daß ich ging.»

«Und was haben Sie gemacht? Haben Sie um Hilfe gerufen?»

Sie schüttelte den Kopf. «John kam. Er hat Nicholas einen Schlag ins Gesicht versetzt.»

Das erklärte vielleicht, dachte Banks, warum die beiden am Samstag im Pub aneinandergeraten waren. «Hat Sam etwas davon mitbekommen? Hat er Nicholas zur Rede gestellt?»

Katie schüttelte den Kopf. «Nein, Sam weiß gar nichts davon. Aber er hätte sowieso nichts gesagt. Wenn es um die Colliers geht, entschuldigt Sam alles.»

«Sie haben niemanden getötet, nicht wahr, Mrs. Greenock?».

Plötzlich schluchzte Katie auf und legte den Kopf auf die Knie. Banks beugte sich zu ihr hinüber und wollte ihr den Arm um die Schulter legen, doch sofort spürte er, wie sie sich steif machte und weg von ihm zur Tür rückte. Sie legte ihre Wange an die Fensterscheibe und blickte das Tal hinauf.

«Geht es Ihnen vielleicht in Wahrheit darum, Sam zu schützen, Mrs. Greenock? Glauben Sie, daß er die beiden umgebracht hat, weil sie sich Ihnen genähert hatten?»

«Ich habe die beiden getötet, das habe ich Ihnen doch schon gesagt», beharrte sie müde.

«Vielleicht denken Sie, daß Sie die Verantwortung tragen für das, was passiert ist, Mrs. Greenock, aber Sie haben niemanden umgebracht. Es ist ein großer Unterschied, ob man sich für etwas schuldig fühlt oder tatsächlich jemanden getötet hat. Sie müssen versuchen, das zu begreifen.»

«Ich wollte weg von meinem Mann.»

«Er ist brutal, er schlägt Sie.»

«Aber wir sind verheiratet.» Sie fing wieder an zu weinen. «Ich muß ihm gehorchen und dienen. Das ist meine Pflicht. Und was sonst bleibt mir übrig? Ich schaffe es nicht, einfach wegzugehen und allein irgendwo zu leben. Ich würde mich nicht zurechtfinden.»

Banks drehte das Fenster herunter und warf den Zigarettenstummel hinaus.

«Wollen wir einen Spaziergang machen?» schlug er vor.

Katie nickte, und sie stiegen aus. Gegenüber der Schule gab es einen ausgetretenen Pfad hoch zu einer Bergkuppe, den sie langsam begannen hochzusteigen. Auf halber Höhe suchten sie sich zwischen dem Kalksteingeröll einen Platz, setzten sich in das warme Gras und betrachteten die unter ihnen liegende Idylle. Das Schulgebäude schimmerte im Sonnenlicht wie Perlmutt, und die Ziegel leuchteten in strahlendem Rot. Auf dem Kricketplatz nahe einem bereits abgeernteten Feld bewegten sich einige elegante weiße Gestalten, und weiter hinten konnte man auf der Aschenbahn des Sportplatzes einen Trupp Schüler in Hemden und kurzen Sporthosen sehen, wie sie, dirigiert von einem Lehrer, ihre Runden liefen. Viel körperliche Ertüchtigung und jeden Tag kalt duschen, dachte Banks. Oder auch Geländelauf und das Übersetzen fremder Texte ins Lateinische, das alles galt vermutlich heute noch als das beste Rezept gegen das Überborden sexueller Wünsche und Begierden. Doch Banks glaubte nicht, daß das alles letztlich viel bewirkte. Trotzdem würde nachts im Schlafsaal onaniert werden, und im Fahrradschuppen und versteckt hinter Büschen würden sie miteinander ihre ersten erotischen Erfahrungen machen.

Er wandte seinen Blick Katie zu. Sie riß nervös einen Grashalm nach dem anderen aus, um ihn dann gleich wieder fallen zu lassen.

«Erzählen Sie mir von dem Spaziergang, den Sie am Freitag mit Stephen gemacht haben», sagte Banks.

«Wir sind hochgelaufen zu den Quellen. Er hat gesagt, daß er sich entschlossen habe wegzugehen. Ich habe gehofft, daß er mich vielleicht mitnehmen würde, wenn ich zuließe, daß er mich küßt.»

«Was hat er sonst noch gesagt? Sie haben doch sicher unterwegs miteinander geredet?»

«Ja, schon.» Katies Stimme klang abwesend, als sei sie mit ihren Gedanken weit weg.

«Warum wollte er fortgehen?»

«Er sagte, er habe von Swainshead genug, er könne es hier nicht mehr aushalten. Und dann sprach er noch davon, daß er seine Vergangenheit und das, was er gewesen sei, hinter sich lassen wolle.»

«Was genau hat er damit gemeint?» fragte Banks. «Hat er Ihnen das gesagt?»

Katie blickte ihn zum erstenmal direkt an. Ihre Augen waren immer noch geschwollen vom Weinen, aber das warme Braun war unverändert so, wie Banks es von seinem ersten Besuch her in Erinnerung hatte. Er spürte, wie sie ihn anzog. Einerseits war da der Impuls, sie zu schützen, gleichzeitig aber fühlte er auch das Bedürfnis, sie zu berühren, ihr die Haare zurückzustreichen, den weißen Hals zu küssen und die sanften Wölbungen und Kurven ihres Körpers zu erkunden. Ihm war deutlich, daß sie selbst sich ihrer Wirkung nicht bewußt war, so als fehle ihr das Organ, die natürlichen sexuellen Instinkte, die die Menschen zueinander zogen, zu verstehen. Sie wußte, was Männer wollten, das ja, aber sie verstand nicht, warum. Deren Wünsche und Begierden waren ihr fremd. Sie war seltsam unberührt – und ganz und gar unerreichbar.

«Was er damit gemeint hat?» wiederholte sie mit etwas Verzögerung und brach damit den Zauber. «Daß er frei sein und nicht sein Leben lang in der Falle sitzen wollte, die er sich selbst – oder vielleicht auch Gott für ihn – gebaut hat. Im Grunde nichts anderes, als was alle Menschen wollen, glaube ich.»

«Ich kann eigentlich nichts so Schreckliches daran finden, wenn Sie versuchen, aus einer unglücklichen Ehe zu entkommen, Mrs. Greenock», sagte Banks. Er merkte sofort, daß er nicht den richtigen Ton getroffen hatte, er wußte einfach nicht, wie er mit ihr reden sollte. Alles, was er sagte, klang gegen seine Absichten immer irgendwie übertrieben fürsorglich und von oben herab.

«Es ist die Pflicht einer Ehefrau, ihr Kreuz anzunehmen», sagte Katie trostlos.

«Als Stephen Ihnen sagte, daß er alles hinter sich lassen wolle, hat er da vielleicht meinen Namen erwähnt, Mrs. Greenock?» fragte Banks.

Sie sah ihn überrascht an. «Nein», sagte sie, «von Ihnen hat er nicht gesprochen. Nur von dem Leben, das er bisher geführt habe, er sei ein schlechter Mensch gewesen.»

«Und inwiefern?»

«Ich weiß es nicht. Er hat so viel geredet... Ich habe nicht alles verstanden. Und ich habe auch nicht die ganze Zeit zugehört. Die Quelle rieselte so schön, und das Gras ringsum war so tiefgrün und glänzend.»

«Können Sie sich vielleicht doch noch an Einzelheiten erinnern? An irgend etwas?!» sagte er drängend.

Sie überlegte einen Moment. «Er erwähnte Oxford und daß vor vielen Jahren dort einmal etwas passiert sei.»

«Hat er gesagt, was?»

Sie nickte. «Ja. Eine junge Frau sei gestorben.»

«Und haben Sie erfahren, wie?»

«Nein. Er hat nur gesagt, daß mit ihrem Tod damals alles angefangen habe. Der ganze Alptraum.»

«Mit einer jungen Frau, die in Oxford starb?»

«Ja.»

«In was für einer Beziehung stand er zu ihr?»

«Das weiß ich nicht. Aber er hat davon gesprochen, daß ihr Tod sein ganzes Leben verändert habe.»

«Und daß er jetzt fortgehen wolle, um etwaigen Folgen, die ihn vielleicht noch einholen könnten, auszuweichen?»

Katie nickte beinahe automatisch, doch dann sah sie ihn plötzlich scharf an. «Aber niemand schafft es wirklich, den Folgen seines Tuns zu entgehen, oder? Das sieht man an Bernie und auch an Stephen. Und ich werde die Folgen meines Handelns auch noch zu spüren bekommen.»

«Würden Sie sagen, daß Stephen unglücklich war?»

Sie zuckte die Achseln. «Ich glaube eher, bedrückt und in Sorge.»

«Halten Sie es für möglich, daß er Selbstmord beging?»

Sie schüttelte den Kopf. «Nein, das hätte er nie getan. Jedenfalls nicht zu diesem Zeitpunkt. Er steckte so voller Zukunftspläne. Wir wollten zusammen weggehen... Und nun hat seine Zukunft ihn umgebracht», schloß sie düster.

«Ich dachte, seine Vergangenheit?» bemerkte Banks mit sanfter Ironie.

«Ich bin schuld», sagte sie ruhig, «was Sie auch dagegen sagen, ich weiß, daß ich ihn getötet habe.»

«Aber Mrs. Greenock, das ist doch einfach nicht wahr. Wenn ich Sie doch bloß von diesem Gedanken abbringen könnte!» Er zog eine Packung Zigaretten aus der Tasche und hielt sie ihr hin. Sie schüttelte stumm den Kopf und riß immer weiter Grashalme aus der Erde.

«Ich verstehe nicht, warum er nicht viel früher weggegangen ist», sagte Banks. «Er hatte mehr Zeit als genug und jede Menge Möglichkeiten.»

«Vielleicht lag es daran, daß er sich vor allem anderen als Collier fühlte», sagte sie nachdenklich. «Der Name der Familie, das Haus, die Firma – ich glaube, das alles war ihm sehr wichtig... Er hat wohl die Jahre gebraucht, um sich davon zu lösen und einen völligen Bruch zu wagen – genau wie ich. Ich habe ihm übrigens nichts erzählt, falls Sie das denken sollten.»

«Was denn erzählt, um Himmels willen?» fragte Banks verblüfft.

«Daß Sie uns heimlich einen Polizisten ins Haus geschickt haben, der uns alle beobachten sollte. Ich war neulich in Eastvale, und da habe ich Sie zusammen mit ihm gesehen, daher wußte ich Bescheid. Aber ich habe Stephen nichts gesagt, wirklich nicht.»

«Aber Sam?!»

«Nein.» Sie schüttelte heftig den Kopf. «Diesmal nicht!»

Banks stellte sich vor, wie Stephen mit sich gekämpft haben mochte, ob er sich entziehen oder dableiben und es durchstehen sollte. Vermutlich hatte er sich ausgerechnet, daß die Polizei keine handfesten Beweise gegen ihn haben konnte, sondern nur die Aussage einer Zeugin, deren Wissen auf Hörensagen beruhte. Es wäre eine Pattsituation gewesen – Anne Ralstons Aussage gegen seine.

«Wenn er fortgegangen wäre», sagte Katie, als habe sie seine Gedanken gelesen, «dann wäre das fast wie ein Eingeständnis seiner Schuld gewesen, nicht wahr?»

«Ja, vielleicht.» Banks erhob sich und klopfte sich die losen Grashalme von der Hose. «Kommen Sie.» Sie ergriff seine ausgestreckte Hand, ließ sie jedoch, kaum daß sie stand, gleich wieder los. Schweigend gingen sie hinunter zum Wagen.

II

«Und was hat sie sonst noch gesagt?» fragte Sergeant Hatchley, während der weiße Cortina mit dem Chief Inspector am Steuer die M1 hinunterraste.

«Nichts», antwortete Banks. «Ich sagte ihr dann, daß sie sich mit uns in Verbindung setzen solle, falls ihr noch etwas einfällt, und fuhr sie nach Hause. Sie sagte beim Aussteigen nicht einmal auf Wiedersehen. Ich mache mir, ehrlich gesagt, richtig Sorgen um sie. Sie wirkt so unselbständig, und ich habe das Gefühl, daß sie kurz vor einem Zusammenbruch steht. Sie braucht wirklich Hilfe.»

Hatchley zuckte gleichmütig die Achseln. «Na, wenn ihr Nest ihr nicht gefällt, kann sie doch jederzeit wechseln.»

«Das ist für manche Menschen nicht so einfach; sie haben nie gelernt, für sich selbst zu sorgen, und dann bleiben sie eben irgendwann irgendwo hängen. Ich könnte mir vorstellen, daß es bei Katie Greenock so gelaufen ist.»

Sie näherten sich Sheffield und sahen schon von weitem die hoch aufragenden Kühltürme, die gigantischen Fischbeinkorsetts ähnelten, und obwohl sie vorsichtshalber alle Fenster geschlossen hatten, stank es jetzt im Auto nach jenem durchdringenden Schwefelgeruch, wie er überall dort zu finden ist, wo Stahl produziert wird.

«Weswegen genau fahren wir jetzt eigentlich nach Oxford?» wollte Hatchley wissen.

«Wir werden versuchen, dort etwas über einen ganz bestimmten Vorfall in Erfahrung zu bringen», antwortete Banks. «Es geht um den

Tod einer jungen Frau vor ungefähr neun Jahren, vielleicht zwei, höchstens aber drei Jahre später. Ein einfaches Studium ohne Promotion dauert in der Regel drei Jahre, das zu wissen ist sehr praktisch für uns, denn so haben wir einen einigermaßen verläßlichen Zeitrahmen, an dem wir uns orientieren können.»

«Es sei denn, Collier war, als es damals geschah, gar kein Student mehr.»

«Das ist es, was ich so an Ihnen schätze, Sergeant, Sie sind immer so aufbauend», bemerkte Banks sarkastisch. «Aber zu Ihrer Beruhigung, falls wir bei unserer Suche nicht weiterkommen, werde ich diese Möglichkeit mit in Betracht ziehen.»

«Wie ist sie denn umgekommen?» fragte Hatchley.

«Tja, das weiß ich nicht. Ich denke, wir sollten uns für den entsprechenden Zeitraum die Akten mit den ungeklärten Verbrechen ansehen und auch die mit Unfällen, bei denen die näheren Umstände nicht ganz aufgehellt werden konnten. Eine Überdosis Drogen etwa oder ein Unfall mit Fahrerflucht... Eben alles, was in dieser Richtung liegt.»

«Und dann? Wer immer diese junge Frau gewesen ist, sie steht uns als Zeugin nicht mehr zur Verfügung.»

«Da bin ich mir selbst noch nicht so ganz sicher», gab Banks freimütig zu. «Ich suche vor allem nach einer Verbindung zwischen ihr und Stephen Collier.»

«Und wenn sich eine solche Verbindung nicht nachweisen läßt?»

Banks seufzte, tastete nach seinen Zigaretten und wich gerade noch in letzter Sekunde einem niederländischen Schwerlastzug aus, der vor ihnen auf der mittleren Fahrspur plötzlich ins Schlingern geraten war. «Sie sind so negativ heute, Hatchley», sagte er. «Was ist los? Hatten Sie heute abend schon etwas anderes vor? Waren Sie mit Carol verabredet und müssen jetzt befürchten, daß sie Ihnen böse ist, weil Sie absagen mußten?»

«Nein, ganz und gar nicht. Carol hat größtes Verständnis für meine Arbeit», sagte Hatchley nicht ohne Stolz. «Und ich habe überhaupt nichts gegen einen kleinen Ausflug. Im Gegenteil, ich versuche eigentlich nur, alle Eventualitäten in Betracht zu ziehen. Und seit Samstag habe ich mich zwischendurch schon ein paarmal gefragt, ob wir überhaupt noch einen Fall haben. Collier ist tot, ob nun durch Unfall oder Selbstmord, das kann uns eigentlich egal sein.»

«Ja, es ist wirklich alles ziemlich undurchsichtig», stimmte Banks ihm zu. «Aber gerade deswegen glaube ich, daß wir dem Ganzen noch nicht auf den Grund gekommen sind. Und deshalb fahren wir heute nach Oxford. Ich hoffe, was wir dort in Erfahrung bringen, wird letztlich Licht in die Geschichte bringen und die Lösung des Falls vereinfachen.»

«Ah, ich verstehe», sagte Hatchley befriedigt und kurbelte sein Fenster etwas herunter. Da sie beide rauchten, herrschte im Auto buchstäblich dicke Luft, und ihm tränten schon die Augen. «Laufen die in Oxford wirklich alle mit Barett und im Talar herum?» erkundigte er sich ein wenig verlegen.

«Kann schon sein, ich weiß das selbst nicht so genau», antwortete Banks. «Ich bin noch nie dort gewesen. Aber es soll in Oxford auch eine Menge ganz normaler Arbeiter geben.»

«Ja, vielleicht früher mal. Die Autofabriken, die es da mal gab, die haben doch inzwischen fast alle dichtgemacht. Aber sie haben da ein paar sehr hübsche alte Gebäude von berühmten Architekten. Christopher Wren und Nicholas Hawksworth. Ich habe neulich eine Fernsehsendung darüber gesehen.»

«Verdammt, Jim, da hatten Sie wohl wieder BBC 2 eingeschaltet, was? Aber ich muß Sie enttäuschen, wir werden kaum Zeit haben zu irgendwelchen Besichtigungstouren. Sie werden sich damit begnügen müssen, sich das anzusehen, was sozusagen auf unserem Weg liegt. Übrigens, der Architekt, den Sie eben erwähnten, der heißt nicht Hawksworth, sondern Nicholas Hawksmoor.»

Plötzlich wurde ihm klar, daß er soeben den Sergeant zum erstenmal mit seinem Vornamen angesprochen hatte. Er blickte Hatchley kurz von der Seite an, aber der schien sich darüber gar nicht zu wundern.

Sie schwiegen eine Weile, und Banks konzentrierte sich auf den Verkehr. Es war kurz nach fünf, und auf den Autobahnabschnitten, die an städtischen Siedlungsgebieten vorbeiführten, herrschte lebhafter Feierabendverkehr. Wenn sie in Oxford ankämen, würden sie kaum noch zu mehr Zeit haben, als sich auf der Polizeistation zu melden, Ted Folley zu begrüßen und ihm vielleicht bei einem Glas Bier den Fall zu erläutern. Und dann müßten sie vermutlich auch schon bald schlafen gehen. Banks hatte in einem kleinen Hotel, das Folley ihm am Telefon empfohlen hatte, zwei Zimmer vorbestellt. Morgen früh würde es dann mit der Arbeit gleich richtig losgehen. Das Lenkrad nur mit der Linken haltend, kramte Banks seine Kassetten durch. Er suchte eine ganz bestimmte. «Mögen Sie eigentlich Musik?» fragte er den Sergeant. Komisch, dachte er, von Gristhorpe hatte er gleich nach vier Wochen gewußt, daß er absolut unmusikalisch war und Bach nicht von den Beatles unterscheiden konnte, aber die musikalischen Vorlieben von Hatchley waren ihm völlig unbekannt. Endlich hatte er gefunden, was er suchte: The Small Faces – Greatest Hits.

«Ja, doch, kommt allerdings drauf an, was es ist», antwortete Hatchley nach einigem Nachdenken vorsichtig. «Für eine gute Blaskapelle zum Beispiel kann ich mich schon begeistern, aber ab und zu höre ich auch gern mal Country & Western-Musik.»

Banks lächelte leicht gequält. Blaskapellen und Countrymusik waren ihm total zuwider. Er zündete sich eine Zigarette an und drehte die Lautstärke auf. Zu den mitreißenden Akkorden von ‹All or Nothing› bog er in der Höhe von Northampton auf die Landstraße nach Oxford ab. Die Musik trug ihn unmittelbar zurück in den Sommer des Jahres 1966, im darauffolgenden Herbst hatte sein letztes Schuljahr begonnen. Er verspürte so etwas wie Wehmut. Ein sicheres Zeichen, daß er alt wurde, dachte er. Ein kurzer Seitenblick auf Hatchley zeigte ihm, was er vermutet hatte: Der Sergeant hielt ihn für völlig übergeschnappt.

III

Am nächsten Morgen, als Banks und Hatchley die High Street hinuntergingen, zeigte sich, daß Barette und Talare im Straßenbild von Oxford doch eher selten waren. Die meisten Leute, die ihnen entgegenkamen, legten jenes merkwürdig widersprüchliche Verhalten – Muße einerseits, Zielstrebigkeit andererseits – an den Tag, das sie unschwer als Touristen erkennen ließ. Banks und Hatchley hielten Ausschau nach einem Café oder etwas ähnlichem, wo sie noch schnell ein Frühstück einnehmen konnten, bevor sie sich auf der Polizeistation einfanden.

Nach ungefähr einem halben Kilometer deutete Hatchley schräg über die Straße. «Da drüben ist ein *McDonald's*. Die bieten gutes Frühstück an... Fand ich jedenfalls immer.» Er blickte ein wenig besorgt zu Banks, als befürchte er, der Chief Inspector könne sich womöglich urplötzlich als Gourmet erweisen. Aber bei Leuten aus dem Süden, die im Auto groß aufgedreht Musik aus den Sechzigern hörten, mußte man auf alles gefaßt sein. Und obwohl sie schon so manches Mal zusammen im *Golden Grill* gesessen hatten, und Banks sich genau wie Hatchley Fleischpastete oder Teekuchen hatte kommen lassen, hielt er es nicht für völlig ausgeschlossen, daß der Chief Inspector unter Umständen auf Froschschenkeln mit Anchovissauce zum Frühstück bestehen könnte.

Banks warf einen Blick auf die Uhr und runzelte ärgerlich die Stirn. «Na schön», sagte er, «wenigstens geht's da schnell. Also auf zu einem Egg McMuffin!»

Erfreut stapfte Hatchley hinter dem Chief Inspector durch das goldfarbene Eingangsportal. Fast überall, wo Banks während seines Aufenthalts in Toronto gegessen hatte, war die Bedienung schnell und vor allem sehr zuvorkommend gewesen, das war er aus England so nicht gewöhnt, und es hatte ihn nahezu beeindruckt. Doch bei *McDonald's* herrschten wieder die vertrauten Zustände. Offenbar gelang es selbst einem amerikanischen Management nicht, wirksam gegen die angeborene Trägheit und notorische Übellaunigkeit der Angestellten im englischen Gaststättengewerbe vorzugehen. Der Blick, den ihnen das in die Firmenuniform gekleidete Mädchen hinter dem Tresen zuwarf, machte ihnen sofort unzweideutig klar, wie lästig es ihr war, gleich auch noch ihre Bestellung ausführen zu müssen. Und natürlich mußten sie ziemlich lange warten, bis sie an die Reihe kamen. Ihr Abscheu gegenüber den Gästen zeigte sich selbst noch in der Art und Weise, wie sie ihnen schließlich das fertige Essen vorknallte.

Sie setzten sich ans Fenster und beobachteten, wie die Leute gegenüber bei *W. H. Smith* ihre Morgenzeitungen kauften. Hatchley langte kräftig zu, doch Banks stocherte in seinem Rührei nur herum, schob es schließlich ganz beiseite und begnügte sich mit einer Tasse schwarzen Kaffees und einer Zigarette.

«Ganz sympathisch, dieser Ted Folley», bemerkte Hatchley, während er an einem Stück Wurst kaute, «ich war angenehm überrascht.»

«Was hatten Sie denn erwartet?»

«Oh, ich weiß nicht so genau, irgend so einen aufgeblasenen Wichtigtuer, nehme ich an. Aber dieser Folley, der war ja richtig umgänglich, kein bißchen von oben herab. Obwohl – anziehen tut er sich ja wie ein Fatzke. Wenn er so im *Oak* auftaucht... Also die Leute würden sich ja auf die Schenkel schlagen vor Lachen.»

«Im *Queen's Arms* vermutlich auch», bemerkte Banks realistisch.

«Ja, stimmt.»

Sie hatten am Abend zuvor tatsächlich noch etwas Zeit übriggehabt, um mit Folley ein paar Bier zu trinken, bevor sie ins Hotel zurückkehrten, wo sie eine ruhige Nacht verbrachten. Banks überlegte, ob es Ted Folleys Großzügigkeit oder aber sein reicher Schatz an Anekdoten war, der Hatchley so für ihn eingenommen hatte. Ted war ein mittelgroßer Mann mit dunklem, vollem Haar, das er mit *Brylcreem* in Form zu bringen pflegte, und trug mit Vorliebe Nadelstreifenanzüge mit Weste und dazu grellfarbige Fliegen. Er sah stets aus wie aus dem Ei gepellt. Gestern abend hatte er sie in einen Pub an der belebten Broad Street geführt und sie dort mit Geschichten über das süße Leben einiger verwöhnter Oxforder Studentinnen und Studenten unterhalten. Besonders amüsiert hatte Hatchley Folleys Bericht über eine Razzia bei einer Semesterende-Party. «Und da stand sie nun, die Debütantin des Jahres», hatte Folley genüßlich berichtet, «mit heruntergerutschtem Schlüpfer und noch jede Menge weißen Pulvers um ihr Aristokratennäschen, das sie sonst immer so hoch trug.» Der Sergeant hatte so sehr gelacht, daß er am Ende einen Schluckauf bekommen hatte, der ihn auch den Rest des Abends zwischendurch immer mal wieder heimgesucht hatte. Abgesehen davon hatte er wieder einmal unter Beweis gestellt, welch ungeheure Mengen Bier (er hatte dem örtlichen Ale großzügig bescheinigt, daß es von ‹brauchbarer Qualität› sei) er innerhalb kürzester Zeit zu trinken imstande war.

«Nun beeilen Sie sich doch mal ein bißchen, Jim», sagte Banks. Er wurde langsam ungeduldig. «So toll ist das Essen hier doch nun wirklich nicht, als daß Sie jeden Bissen einzeln genießen müßten.»

Hatchley nickte stumm, schob mit leicht gekränkter Miene die letzten Happen in den Mund und trank seinen Kaffee aus. Zehn Minuten später standen sie in Ted Folleys Büro in St. Aldates.

«Ich hab euch die in Frage kommenden Akten schon herausgesucht», begrüßte sie Folley. «Falls ihr nichts findet, dann kommt zu mir und sagt Bescheid. Aber ich denke, wonach ihr sucht, müßte eigentlich dabeisein. Das sind jetzt alle ungeklärten Verbrechen einschließlich der Unfälle mit Fahrerflucht, bei denen junge Frauen zu

Tode gekommen sind und die in die Dreijahres-Spanne fallen, die du mir genannt hast, Alan.»

«Na, zum Glück sind es ja nicht besonders viele», sagte Banks mit Blick auf den niedrigen Stapel.

«Ja», erwiderte Folley, «darüber sind wir auch sehr froh. Die Studenten halten uns ziemlich auf Trab, aber mysteriöse Todesfälle sind sehr selten. Und wenn, dann sind meistens irgendwie Drogen mit im Spiel.»

«Trifft das auch auf die Fälle zu, die du uns hier hingelegt hast?»

«Ja, auf einige. Ihr könnt übrigens das Büro dort drüben benutzen», er deutete auf einen kleinen, durch Glasscheiben abgetrennten Raum, «der Kollege, der da sonst sitzt, ist zur Zeit auf Urlaub, ihr seid also völlig ungestört.»

Die meisten Fälle konnten sie sehr schnell ausschließen. Banks oder Hatchley riefen die in der Akte angegebenen Nummern an und fragten bei Verwandten oder Freunden der Toten nach, ob ihnen der Name Stephen Collier etwas sage. Um ganz sicher zu gehen, erkundigten sie sich auch noch, ob vor ungefähr fünf Jahren ein Privatdetektiv namens Raymond Addison von ihnen mit Nachforschungen beauftragt worden sei. Bei den Fällen, wo sie keine Nummer hatten oder die Angehörigen inzwischen verzogen waren, schlugen sie im Telefonbuch nach oder baten Ted um Hilfe.

Am frühen Nachmittag waren zwei Fälle übrig, denen sie würden nachgehen müssen. Sie warfen eine Münze, wer wohin gehen solle. Banks hatte Kopf, und das bedeutete, er würde die Familie ohne Telefon in Jericho aufsuchen, Hatchley den gelähmten Vater in Woodstock.

Das Stadtviertel Jericho liegt eingezwängt zwischen der Walton Street und dem Kanal. Es besteht aus einem Gewirr kleiner Straßen mit Reihenhäusern, die ursprünglich im neunzehnten Jahrhundert als Wohnungen für die Gießerei- und Kanalarbeiter gebaut worden waren. Die meisten Straßen waren nach Schlachten oder nach Kriegshelden benannt.

Banks fuhr langsam die Great Clarendon Street hinunter, bog dann nach links ab und parkte seinen Wagen vor der Nummer 5. Als er ausstieg, kamen zwei etwas verwahrlost aussehende Kinder auf ihn zu, stellten sich ihm als Polizisten vor und erklärten ihm, daß er für das Auto 50 Pence zu zahlen habe, sie würden es dann ‹beschützen›.

Hinter der Tür mit dem abgeblätterten blauen Lack blieb, nachdem Banks geklingelt hatte, zunächst alles still. Doch dann hörte er drinnen ein leises Geräusch, die Tür wurde geöffnet, und aus einem alten, hageren Gesicht starrten ihn mißtrauisch zwei Augen an, denen man ansah, daß sie mehr Unglück als Glück gesehen hatten. Banks vermochte nicht zu entscheiden, ob es sich um eine Frau oder einen Mann handelte, bis eine rauhe Baßstimme ihn barsch fragte, was er wolle.

«Ich bin von der Polizei», sagte Banks. «Ich komme wegen Ihrer Tochter Cheryl. Darf ich vielleicht reinkommen?»

Der Mann blickte verwirrt, als müsse er sich erst besinnen, und öffnete dann die Tür einen Spaltbreit weiter. Drinnen roch es nach gekochten Rüben und kaltem Pfeifenrauch.

«Unsere Cheryl ist jetzt über sechs Jahre tot», sagte der Mann. «Damals hat keiner was unternommen, und jetzt plötzlich wollen Sie alles wieder aufrollen?»

«Wenn wir vielleicht drinnen weiterreden könnten...» bat Banks.

Der Mann sagte nichts, trat aber beiseite, um ihn einzulassen. Es gab keinen Flur, so daß er gleich im Wohnzimmer stand. Die Vorhänge an den Fenstern waren halb zugezogen. Der Raum lag im Dämmerlicht, die Luft war heiß und stickig. Banks sah sich flüchtig um. Es war nicht schmutzig, aber auch nicht sauber und gepflegt. Vor dem leeren Kamin saß im Rollstuhl eine grauhaarige alte Frau mit einer Decke über den Knien. Als Banks hereinkam, drehte sie ihm langsam den Kopf zu und begrüßte ihn mit einem vagen Lächeln.

«Er ist wegen Cheryl gekommen», sagte der Mann und griff nach seiner Pfeife.

«Ich habe es gehört.»

«Ich weiß, daß das alles schon sehr lange zurückliegt, Mrs. Duggan», sagte Banks und setzte sich auf die Sofalehne, «aber es könnte sein, daß wir auf eine neue Spur gestoßen sind.»

«Sie wissen also jetzt, wer sie umgebracht hat?»

«Vielleicht. Allerdings steht ja immer noch nicht ganz eindeutig fest, ob ihr Tod tatsächlich auf Fremdverschulden zurückzuführen ist. Um das herauszufinden, brauche ich Ihre Hilfe.»

Er hatte die Umstände ihres Todes, soweit sie in der Akte festgehalten waren, parat. Cheryl Duggan war vor nunmehr gut sechs Jahren an einem nebligen Sonntag morgen im Dezember auf der Höhe der

Magdalen Bridge, unweit vom St. Hilda's College tot aus dem Cherwell geborgen worden. Die Leichenschau hatte ergeben, daß sie ertrunken war, doch einige unerklärliche Quetschungen an Schläfen und Hals deuteten darauf hin, daß ihr Kopf gewaltsam unter Wasser gedrückt worden sein konnte. Sie hatte kurz vor ihrem Tod sexuellen Verkehr gehabt, und die Blutanalyse ergab, daß sie in den Stunden vor ihrem Tod reichlich Alkohol zu sich genommen hatte. Angesichts dieser Sachlage erging ein ‹Open Verdict› [Wahrspruch, der das Vorliegen einer Straftat feststellt, jedoch ohne Nennung des Täters. Anm. d. Übers.], und es wurde eine polizeiliche Untersuchung angeordnet.

Die Ermittlungen erwiesen sich insofern als schwierig, als Cheryl Duggan sich seit ihrem sechzehnten Lebensjahr als Gelegenheitsprostituierte betätigt hatte. Bei ihrem Tod war sie gerade siebzehn. Man sei bei den Untersuchungen damals möglicherweise nicht mit aller gebotenen Sorgfalt und Gründlichkeit vorgegangen, gab Folley zu, was daran gelegen hätte, daß man völlig überlastet gewesen sei, vor allem wegen der Ermittlungen in bezug auf den Drogentod einer jungen Frau aus bester Gesellschaft, Tochter eines Peers, die sich in der Hauptsache gegen einen jungen Mann, ebenfalls aus bester Gesellschaft und Erbe eines riesigen Brauereivermögens gerichtet hätten, der als ‹Pusher› verdächtigt wurde.

«Vielleicht war es ja doch ein Unfall», gab Banks zu bedenken.

Mrs. Duggan schüttelte den Kopf. «Das war kein Unfall, glauben Sie mir, Mr. Banks», sagte sie überraschend entschieden.

«Aber in ihren Lungen fand sich Wasser», wandte er etwas hilflos ein.

Mr. Duggan schnaubte verächtlich durch die Nase. «Wir haben immer gesagt, unsere Cheryl, die könnte eine Nixe sein, so wie die sich im Wasser bewegt hat.»

«Aber sie hatte getrunken. Und Alkohol bewirkt...»

«Wir haben nie behauptet, daß sie ein Unschuldsengel gewesen sei.»

«Hat sie Ihnen gegenüber irgendwann einmal den Namen Stephen Collier erwähnt?»

Mr. Duggan schüttelte langsam den Kopf. «Nein.»

Die Duggans umgab eine Aura von so völliger Hoffnungslosigkeit und Resignation, daß Banks in dem halbdunklen, muffigen Raum plötzlich ein Gefühl von Beklemmung spürte. Ihre Stimmen waren flach und unmoduliert, als hätten sie ihre Geschichte schon Hunderte von Malen vor gleichgültigen Zuhörern erzählt und wiederholten sie jetzt nur noch mechanisch. Ihre Gesichter hatten eine ungesund graugelbliche Farbe, aber am schwersten war es, den Blick in ihre Augen auszuhalten, die weit aufgerissen, stumm von einem Zustand ewigen Schreckens sprachen. Dante fiel ihm ein: ‹Ihr, die ihr hier eintretet, lasset alle Hoffnung fahren.› In diesem Haus hatten damals vor sechs Jahren Niederlage und Apathie Wohnung genommen.

Banks atmete ein paarmal tief durch. «Ich würde gern wissen», sagte er, «ob Sie vielleicht jemanden engagiert haben, um über Cheryls Tod Nachforschungen anzustellen. In den Akten wurde an einer Stelle angedeutet, daß Sie die polizeilichen Untersuchungen für unbefriedigend gehalten hätten.»

Mr. Duggan spuckte verächtlich in den kalten Kamin. Seine Frau sah ihn stirnrunzelnd von der Seite an. «Warum interessiert Sie das?» wollte sie wissen.

«Es könnte unter Umständen wichtig sein.»

Sie zuckte die Achseln. «Ja, wir haben damals jemanden beauftragt herauszufinden, was wirklich passiert ist. Einen Privatdetektiv aus London. Seinen Namen hatten wir aus dem Branchenadreßbuch in der Stadtbücherei. Wir waren damals sehr verzweifelt. Die Polizei hatte seit mehr als einem Jahr nichts mehr unternommen, außer über Cheryl schlimme Dinge zu behaupten. Wir hatten noch ein paar Ersparnisse, die haben wir abgehoben.»

«Und dann?»

«Der Mann, dieser Privatdetektiv, kam aus London angereist und hat dann alles mögliche von uns wissen wollen: mit wem Cheryl befreundet gewesen sei, wohin sie gegangen sei, um sich zu amüsieren... Und dann hat er uns versprochen, er wolle versuchen, den tatsächlichen Grund für ihren Tod aufzudecken.»

«Er hat sich nie wieder hier blicken lassen», warf Mr. Duggan ein.

«Sie sind natürlich davon ausgegangen, er hätte Ihr Geld genommen und Sie anschließend vergessen, nehme ich an», sagte Banks.

«Er wollte nur eine Anzahlung von uns», sagte Mrs. Duggan. «Ich fand das sehr anständig.»

«Ja, aber mit der hat er sich dann aus dem Staub gemacht. Sieh doch endlich der Wahrheit ins Gesicht, Jesse!» sagte er. «Er hat uns reingelegt. Der hat nicht im Traum daran gedacht, irgendwelchen Spuren nachzugehen, der hat genommen, was er kriegen konnte, und zugesehen, daß er wegkam. Wir waren zu vertrauensselig.»

«Wie lautete denn sein Name?»

«Weiß ich nicht mehr», sagte er mürrisch.

«Doch, Alfred, natürlich», rief Mrs. Duggan. «Raymond Addison hat er geheißen. Den Namen werde ich bis zu meinem Lebensende nicht vergessen.»

«Und Sie – was haben Sie getan, als Sie merkten, daß er sich nicht wieder bei Ihnen meldete?»

«Was konnten wir schon tun?» fragte sie zurück. «Er hatte einen großen Teil unserer Ersparnisse, einen zweiten Ermittler konnten wir uns deshalb nicht leisten. Die Polizei hatte kein Interesse, den Fall weiter zu untersuchen... Irgendwann haben wir dann angefangen, uns zu bemühen, das alles zu vergessen.» Sie zog sich die Decke bis zu den Hüften hoch.

«Habe ich Sie richtig verstanden, daß Mr. Addison Sie einmal aufsuchte und es danach keine Verbindung mehr gab?»

Mr. Duggan nickte. «Ja, das stimmt.»

«Wissen Sie vielleicht noch das Datum, an dem er damals hier war?»

Der alte Mann schüttelte den Kopf.

«Nicht auf den Tag genau», sagte Mrs. Duggan, «aber es war irgendwann im Februar, fünfzehn Monate nachdem Cheryl umgebracht worden war. Die Polizei hatte uns gesagt, daß sie die Akte jetzt vorläufig schließen würde, bis sich eventuell neue Hinweise ergäben... Wir wußten nicht, an wen wir uns hätten wenden können, und so kamen wir auf die Idee mit dem Privatdetektiv... Aber der hat uns dann ja wohl auch im Stich gelassen...»

«Nein, keineswegs, Mrs. Duggan», sagte Banks. «Vielleicht ist es Ihnen ein Trost zu erfahren, daß Raymond Addison sich sehr wohl um Ihre Angelegenheit gekümmert hat.»

«Wieso haben wir dann nie wieder...?»

«Er wurde ermordet, und zwar vermutlich nur zwei oder drei Tage nach seinem Besuch hier. Es ist oben in Yorkshire passiert. Sein Tod war der Grund, daß er sich nicht mehr bei Ihnen gemeldet hat – und nicht, daß er sich mit Ihrem Geld absetzen wollte.»

«In Yorkshire? Was wollte er denn da bloß?» fragte Mrs. Duggan erstaunt.

«Ich vermute, er hatte irgendeine Spur, die ihn dorthin führte. Irgend etwas, was die hiesige Polizei offenbar übersehen hat. Es ist leider so, Mrs. Duggan, daß wir einfach nicht genug Leute haben, um jedem einzelnen Fall unbegrenzte Zeit widmen zu können. Ich weiß nicht, wie die Kollegen bei ihren Ermittlungen vorgegangen sind, vielleicht haben sie es wirklich an der nötigen Sorgfalt und Gründlichkeit fehlen lassen. Aber daß jeder Mord am Ende tatsächlich aufgeklärt wird – das gibt es sowieso nur in Büchern. Mr. Addison hatte nur diesen einen Fall. Wahrscheinlich hat er sich an jedem Ort, den Cheryl an jenem Abend hätte aufsuchen können, umgehört, mit allen nur möglichen Leuten gesprochen und hat auf diese Art und Weise etwas entdeckt, das ihm offenbar wichtig genug schien, um dafür im Februar nach Yorkshire zu fahren. Nun, wie wir jetzt wissen – er fuhr in den Tod.»

Mrs. Duggan biß sich auf die Fingerknöchel und begann leise zu weinen. Ihr Mann trat zu ihr und legte ihr tröstend den Arm um die Schultern.

«Man soll die Vergangenheit ruhen lassen, sie wieder aufzurühren richtet nur Schaden an», fuhr er Banks an. «Sehen Sie, wie Sie sie aufgeregt haben.»

«Ich kann verstehen, Mr. Duggan, daß Sie wütend sind und daß es belastend ist, sich wieder zu erinnern, aber ich halte es für gut möglich, daß wir jetzt den Mörder Ihrer Tochter kennen.»

Duggan blickte zur Seite. «Und – was nützt uns das jetzt noch?»

«Womöglich wirklich nicht mehr viel», antwortete Banks, «aber vielleicht bedeutet es Ihnen etwas zu wissen, daß Addison Sie nicht, wie Sie die ganzen Jahre über angenommen hatten, betrogen hat. Er fand einen Hinweis und ist ihm nachgegangen, leider ohne Ihnen Bescheid zu sagen, aber vermutlich wollte er handeln, solange die Spur noch heiß war. Ich denke, Sie schulden ihm postum eine Art Abbitte dafür, daß Sie in all diesen Jahren so schlecht von ihm gedacht haben.»

«Ja, vielleicht», sagte Duggan, «aber ich kann nur noch einmal sagen, was nützt uns das jetzt? Nun sind also zwei Menschen tot – und wozu?»

«Mehr als zwei, Mr. Duggan», sagte Banks. «Er mußte noch ein weiteres Mal töten, um seine Spuren zu verwischen. Das Opfer war ein junger Mann.»

«Und das alles wegen Cheryl?» fragte Mrs. Duggan und wischte sich die Augen.

Banks nickte. «Ja, es sieht so aus, als ob alles anfing mit dem Mord an Ihrer Tochter. Können Sie mir noch irgend etwas sagen, das mir weiterhelfen könnte? Hat Cheryl irgendwann einmal davon gesprochen, daß sie jemanden aus Yorkshire kennengelernt hätte? Einen Studenten vielleicht?»

Sie schüttelten beide den Kopf. Mrs. Duggan lachte bitter auf. «Sie hat immer gesagt, daß sie eines Tages einen Studenten heiraten würde, den Sohn eines Lords oder eines Ministers. Es war eine richtig fixe Idee von ihr. Ich glaube, sie hatte einfach zuviel Phantasie und war zuwenig ernsthaft. Wenn sie sich doch bloß an das gehalten hätte, was ich ihr immer geraten habe, und wäre mit dem zufrieden gewesen, was sie hatte. Aber sie wollte immer etwas Besseres sein.»

«War sie viel mit Studenten zusammen?»

«Sie ging in dieselben Pubs, die die Studenten auch besuchten», sagte Mr. Duggan.

«Die Polizei hat behauptet, sie sei eine Prostituierte, sie habe sich gegen Geld an Männer verkauft. Ich habe davon nichts mitbekommen, und ich weiß auch nicht, ob ich das wirklich von ihr glauben soll. Manchmal hat sie sich natürlich schon ein bißchen sehr auffällig zurechtgemacht, wenn sie ausging, aber das tun fast alle Mädchen in ihrem Alter heutzutage. Und eigentlich war sie natürlich noch viel zu jung, um Alkohol zu trinken, aber was will man machen...? Man kann sie ja schließlich nicht einsperren. Sie hat uns immer davon erzählt, wie lustig es mit den Studenten sei und daß sie bestimmt bald einen netten jungen Mann fände. Was sollten wir tun? Wir haben ihr geglaubt. Unserer Cheryl hat man alles abgenommen, wenn sie es darauf angelegt hat. Jeden Morgen ist sie mit einem Lächeln auf dem Gesicht aufgewacht, und das ist keine Übertreibung. Sie war der glücklichste Mensch, den man sich vorstellen kann. Sagen Sie mir, Mr. Banks, was haben wir falsch gemacht?»

Banks wußte darauf keine Antwort. Er trat zum Kamin, bückte sich, warf seinen Zigarettenstummel hinein und ging dann zur Tür. «Wenn Ihnen noch irgend etwas einfallen sollte», sagte er, «dann melden Sie sich bitte bei der örtlichen Polizei.»

«Warten Sie einen Moment», sagte Mrs. Duggan und blickte ihn an, «wollen Sie es uns nicht sagen?»

«Was denn?»

«Wer es getan hat. Wer unsere Cheryl ermordet hat.»

«Ach», sagte Banks. «Das ist, glaube ich, jetzt nicht mehr wichtig. Es sieht so aus, als ob ihr Mörder inzwischen selbst tot ist.» Leise zog er die Tür hinter sich ins Schloß.

IV

«Es tut mir wirklich sehr leid, das mußt du mir glauben», erklärte Ted Folley, nachdem Banks ihm von seinem Besuch bei den Duggans berichtet hatte. «Ich sagte dir ja schon, es war nicht die gründlichste Untersuchung damals. Wir haben zwar ein paar routinemäßige Ermittlungen angestellt, aber die verliefen sehr schnell im Sande. Wir waren eigentlich ziemlich überzeugt, daß sie ertrunken sein müsse. Sie hatte an dem Abend reichlich Alkohol getrunken, und in ihren Lungen fand sich Wasser. Die Quetschungen an der Schläfe und am Hals konnten von irgendeinem Freier stammen, die gehen ja manchmal ganz schön zur Sache. Sie war Gelegenheitsprostituierte, und das heißt, sie hatte keinen Zuhälter, den hätten wir sonst natürlich als erstes in die Mangel genommen.»

Banks nickte und blies ein paar Rauchringe vor sich in die Luft. «Ja», sagte er, «und wir sind mit dem Fall Addison damals auch steckengeblieben. Wir haben einfach nicht herausbekommen, was er in Swainshead wollte, und bis vor kurzem gab es ja auch nicht den geringsten Hinweis auf Oxford. Ich wüßte gerne, was er hier fand.»

«Das kann alles mögliche gewesen sein», antwortete Folley. «Vielleicht hat er den Pub entdeckt, in dem sie an jenem Abend zuletzt war, oder er hat irgendwelche Informationen von einem Pusher, der sofort das Weite gesucht hätte, wenn er einen Polizisten auch nur gerochen hätte.»

«Nahm sie Drogen?»

«Zu der Zeit, als sie starb, jedenfalls nicht. Früher hatte sie mal einschlägig Ärger, aber es war nichts besonders Ernstes, es ging um Aufputschtabletten. Wenn Addison sich tatsächlich die Mühe gemacht haben sollte, alle Orte, an denen sie sich des öfteren blicken ließ, aufzusuchen, dort vielleicht ein Foto von ihr herumgezeigt und womöglich noch mit einem Zehner gewinkt hat... Du weißt so gut wie ich, Alan, daß diese Typen, die etwas jenseits der Legalität arbeiten, oft viel bessere Chancen haben, etwas herauszukriegen als wir. Irgend jemand hat dann den Namen dieses Mannes in Swainshead erwähnt, und Addison ist hingefahren, um ihn zu befragen.»

«Ja, so wird es gewesen sein», sagte Banks. «Es ist ein Jammer, daß Addison nicht ein bißchen umsichtiger und ordentlicher war.»

«Was meinst du damit?»

«Wenn er vor seinem Aufbruch nach Yorkshire noch einmal bei den Duggans vorbeigeschaut hätte, um sie vom laufenden Stand seiner Ermittlungen zu informieren... Oder wenn er wenigstens in London eine Akte von dem Vorgang angelegt hätte...»

«Er scheint ganz versessen darauf gewesen zu sein, schnell Erfolg zu haben», sagte Folley. «Solche Leute soll's ja geben.»

In diesem Moment kam Hatchley zur Tür herein. «Verdammte Zeitverschwendung», schimpfte er. «Den Weg nach Woodstock hätte ich mir wirklich sparen können.» Er ließ sich auf einen Stuhl fallen und zündete sich eine Zigarette an.

«Nichts erreicht?» fragte Banks scheinheilig.

«Nein, nichts», antwortete Hatchley. «Aber Ihrem zufriedenen Gesicht nach haben Sie bei Ihrem Besuch in Jericho ins Schwarze getroffen, stimmt's?»

Banks nickte. «Ja.» Er erzählte Hatchley von seinem Gespräch mit den Duggans.

«Dann hätten wir's jetzt also?»

«Sieht ganz danach aus. Stephen Collier muß sich mit dem Mädchen, dieser Cheryl Duggan, getroffen haben und ist dann vermutlich zuerst mit ihr in einen Pub und dann anschließend mit ihr auf die Flußwiesen gegangen, um dort mit ihr zu schlafen. Der November war in dem Jahr ungewöhnlich warm. Vielleicht ist er in seiner Erregung ein bißchen zu brutal geworden, sie hat sich gewehrt, und er hat sie ertränkt. Oder sie ist – angetrunken wie sie war – aus Versehen in den Fluß gefallen, und er hat noch versucht sie zu retten und sie dabei hart angefaßt. Dann wäre es nichts als ein Unfall gewesen, aber die Situation war so, daß es ihm sehr geschadet hätte, wenn sein Name in Zusammenhang mit ihrem Tod genannt worden wäre. Aber genausogut wäre denkbar, daß er überhaupt nichts für die Quetschungen konnte, sie können ihr auch von einem Freier zugefügt worden sein. Wer weiß, vielleicht hat er sie sogar besonders rücksichtsvoll behandelt, sich für sie verantwortlich gefühlt und versucht, sie auf den rechten Weg zurückzuführen. Wir werden es vermutlich nicht mehr klären können, und welcher Version man zuneigt, hängt wahrscheinlich davon ab, wie man ihn als Menschen einschätzt. *Ein* Fehler, *ein* schrecklicher Fehler – und drei Menschen mußten sterben. Ach, Herrgott noch mal, am Ende war das Ganze vielleicht nicht mehr als ein dummer Studentenjux.»

«Glauben Sie, daß er Selbstmord begangen hat?» wollte Hatchley wissen.

Banks hob die Schultern. «Ehrlich gesagt, ich weiß es nicht. Wenn er die ganze Zeit Schuldgefühle wegen ihres Todes mit sich herumgeschleppt hat und der innere Druck allmählich immer größer geworden ist, war er vielleicht in einer Geistesverfassung, wo die Grenze zwischen Selbstmord und Tod durch Unfall, sprich Versehen, gar nicht mehr so klar zu ziehen ist – jedenfalls wenn Schlaftabletten die Todesursache sind. Er hing vielleicht nicht mehr am Leben, und so wurde er nachlässig. Katie Greenock sagte, er habe vorgehabt, Swainshead zu verlassen. Nun, vielleicht war es ihm egal, auf welche Weise das geschah.»

«Und was tun wir jetzt als nächstes?» erkundigte sich Hatchley.

Banks sah auf die Uhr. «Es ist jetzt halb vier», sagte er. «Ich würde vorschlagen, wir machen einen Besuch bei Stephens altem Tutor, vielleicht kann er uns sagen, ob Stephen damals irgendwie aufgefallen ist, weil er sich mit jungen Prostituierten abgegeben hat. Unter Umständen kann er uns sogar einen Hinweis geben, was damals wirklich passiert ist oder wer für die Sache verantwortlich gewesen sein könnte. Und anschließend machen wir uns gleich auf den Heimweg. Wenn wir uns beeilen, können wir vielleicht noch vor neun Uhr zu Hause sein.» Er wandte sich zu Folley und gab ihm die Hand. «Vielen Dank noch einmal für alles, Ted. Du hast uns wirklich sehr geholfen. Und wenn ich dir mal einen Gefallen tun kann ...»

Folley lachte. «Bei dir oben im Swainsdale? Na, ich glaube, das ist wohl eher unwahrscheinlich. Aber trotzdem vielen Dank für das Angebot. Wenn du Lust hast, komm doch mal privat wieder vorbei. Ein paar Tage auf der Themse Boot zu fahren, das wäre doch bestimmt genau das Richtige für deine Frau und die Kinder.»

«Vielen Dank, ich werd drüber nachdenken», sagte Banks. «Kommen Sie, Jim, wir müssen los.»

Hatchley rappelte sich von seinem Stuhl hoch, verabschiedete sich von Folley und folgte Banks hinaus auf St. Aldates.

«Na bitte», sagte Banks, als sie bei Blackwell's [berühmte Buchhandlung und wissenschaftlicher Verlag in Oxford. Anm. d. Übers.] in der Broad Street vorbeikamen. «Barette und Talare, wohin das Auge blickt.» Und tatsächlich, überall waren Studenten zu sehen, bummelnd, radfahrend oder in Grüppchen zusammen stehend und schwatzend.

Sie betraten das Collegegelände, erkundigten sich beim Pförtner, wo Dr. Barber zu finden sei, und gelangten durch einen Innenhof zu seinen Räumen.

«Darf ich Ihnen einen Sherry anbieten, meine Herren?» fragte er, nachdem man sich bekannt gemacht hatte.

Banks nahm an, weil er trockenen Sherry mochte, Hatchley, weil er es einfach nicht übers Herz brachte, einen kostenlosen Drink abzulehnen. Barbers Studierzimmer war vollgestopft mit Büchern, Zeitschriften und allen möglichen anderen Papieren. Banks warf einen neugierigen Blick auf seinen überladenen Schreibtisch und entdeckte ganz zuoberst das Referat eines Studenten mit dem Titel ‹Die Auflösung der Klöster im Lichte zeitgenössischer Quellen›. Darunter, halb versteckt, lugte die Ecke eines grünen Penguinkrimis hervor: ‹Der wandernde Spielzeugladen› von Edmund Crispin. Banks kannte weder Autor noch Titel, aber es war ganz und gar nicht das, was er in der Gelehrtenklause eines Oxforder Professors erwartet hätte.

Während Dr. Barber den Sherry eingoß, trat Banks ans Fenster und betrachtete über den gepflegten Rasen des Innenhofes hinweg bewundernd die lichte Eleganz der hellen Sandsteinfassade des Gebäudes.

Barber reichte ihnen ihre Gläser und zündete sich eine Pfeife an. Gleich darauf durchzog ein angenehm würziges Aroma den Raum. Mit Rücksicht auf seine Gäste öffnete er jedoch einen Spaltbreit das Fenster, und die frische Luft von draußen nahm den Rauch mit sich fort. Mit seinen weißen Haaren und dem freundlichen Gesicht hätte Dr. Barber genausogut ein älterer Geistlicher sein können. Der schwache Duft nach *Pears* Seife, den er verströmte, paßte dazu. Banks überlegte einen Moment, an wen ihn Barber erinnerte, und fand dann, er habe eine gewisse Ähnlichkeit mit dem Schauspieler Wilfrid Hyde-White.

«Stephen Collier – das muß dann ja schon ein paar Jahre her sein», sagte Barber, nachdem Banks ihm sein Anliegen erklärt hatte. «Da sehe ich wohl besser in meinen Unterlagen nach, meine Aufzeichnungen gehen übrigens mehr als zwanzig Jahre zurück. Ich finde, es zahlt sich immer aus zu wissen, wer alles früher einmal durch unsere heiligen Hallen gewandelt ist. Und als Historiker lege ich natürlich ohnehin größten Wert darauf, alles schriftlich festzuhalten und zu dokumentieren. Nun, wir wollen mal sehen... Stephen Collier – hier ist er. Kam aus Yorkshire. Braughtmore. Das ist er doch? Ja? Ich kann mich an ihn erinnern. Er hat keine besonders herausragenden Leistungen gezeigt, aber er war ein netter Junge. Was hat er angestellt?»

«Wir sind gerade dabei, das herauszufinden», antwortete Banks. «Er ist vor ein paar Tagen gestorben, und wir möchten wissen, warum.»

Barber setzte sich erschrocken und griff nach seinem Sherryglas. «Großer Gott! Er wurde doch hoffentlich nicht ermordet?»

«Wie kommen Sie darauf?»

Barber lächelte ein wenig. «Nun ja, man bekommt nicht alle Tage Besuch von der Polizei aus Yorkshire – oder überhaupt von der Polizei.»

«Wir sind uns über die genaue Todesursache noch nicht ganz im klaren», sagte Banks. «Es könnte ein Unfall gewesen sein oder auch Selbstmord.»

«Selbstmord? Das täte mir leid. Collier war ein sehr ernsthafter junger Mann – vielleicht etwas zu ernsthaft, wenn ich mich recht entsinne. Aber Selbstmord?!»

«Es besteht die Möglichkeit, ja.»

«So ein paar Jahre können einen Menschen natürlich sehr verändern», sagte Barber nachdenklich, während er sich die Pfeife neu anzündete. «Damals, als er hier war, habe ich ihn als einen soliden und zuverlässigen jungen Mann kennengelernt. Ganz und gar nicht der Typ, von dem ich angenommen hätte, daß er sich eines Tages umbringen würde... Aber wer vermag schon die Tiefen der menschlichen Seele wirklich auszuloten? *Fronti nulla fides.*»

«Es gibt, glaube ich, gar keinen ‹Typ des Selbstmörders›», bemerkte Banks. «Jeder Mensch, wenn man ihn zu sehr in die Enge treibt, kommt irgendwann an den Punkt...»

«Ich vermute, dann gehören Sie auch zu jenen Kriminalbeamten, die die Auffassung vertreten, jeder Mensch sei fähig, einen Mord zu begehen, vorausgesetzt, die Umstände sind entsprechend.»

Banks nickte.

«Ich fürchte, da kann ich Ihnen nicht zustimmen», sagte Barber. «Ich bin natürlich kein Psychologe, aber meine Überzeugung ist, daß man schon gewisse Voraussetzungen mitbringen muß, um zum Mörder zu werden. Nehmen Sie mich zum Beispiel. Ich könnte mir eine solche Tat niemals auch nur vorstellen. Allein der Gedanke, wenn ich gefaßt würde, ins Gefängnis zu müssen, erschreckt mich zutiefst. Ich denke, ich würde das auch gar nicht durchhalten. Als Kind habe ich einmal im Pausenladen in der Schule eine Zitronenschnitte gestohlen, während Mrs. Higgins hinten mit irgend etwas anderem beschäftigt war. Als ich sie dann in der Hand hielt, spürte ich plötzlich, wie ich vom Kopf bis zu den Füßen über und über rot wurde. Nein, Chief Inspector, ich glaube, ich zum Beispiel würde mich als Mörder ganz und gar nicht eignen.»

«Das freut mich zu hören», sagte Banks, «dann kann ich es mir ja wohl sparen, nach Ihrem Alibi zu fragen.»

Barber blickte ihn einen Moment lang völlig verunsichert an und lächelte dann verlegen.

«Wir waren bei Stephen Collier», erinnerte Banks.

«Ja, ja, richtig. Entschuldigen Sie, ich werde allmählich alt und neige dazu abzuschweifen. Also Stephen Collier. Er war jemand, der wirklich hart arbeiten mußte, um einigermaßen gute Ergebnisse zu erzielen. Es gibt ja eine Menge Studenten, die setzen sich erst am Abend zuvor hin und geben am nächsten Morgen trotzdem eine gute Erörterung ab. Collier dagegen brachte, wenn eine größere Arbeit erwartet wurde, die ganze vorhergehende Woche in der Bibliothek zu. Er war sehr gewissenhaft.»

«Wie kam er mit seinen Kommilitonen aus?»

«Soweit ich weiß, gut. Er war allerdings schon ein bißchen einzelgängerisch. Blieb viel für sich. Nun, ich brauche Ihnen ja wohl nicht zu erzählen, Chief Inspector, daß wir hier eine ganze Reihe junger Leute haben, die vor allem darauf aus sind, Unfug zu treiben. Das ist schon immer so gewesen, seit damals im dreizehnten Jahrhundert die ersten Studenten hier anfingen. Und seit damals gibt es auch so eine Art ständiges Gerangel zwischen den Bürgern der Stadt und der Universitätsleitung: *town and gown* [Stadt und Talar, Anm. d. Übers.] – um es auf den Punkt zu bringen. Damit Sie es recht verstehen, die Studenten sind nicht bösartig, nur eben übermütig und voller Schabernack. Und manchmal richten sie mehr Schaden an, als sie beabsichtigt haben.»

«Und Collier?»

«Der hielt sich von solchen Dingen fern. Wenn es irgendwelche unangenehmen Vorfälle gegeben hätte, so stünde das hier in meiner Beurteilung.»

«Hat er viel getrunken?»

Dr. Barber schüttelte den Kopf. «Diesbezüglich gab es nie Ärger.»

«Drogen?»

«Mein lieber Chief Inspector», sagte Barber langsam, «mir ist bewußt, daß der Ruf dieser Universität in der letzten Zeit wegen Berichten über Drogenmißbrauch und andere Dinge ziemlich gelitten hat, und zweifellos hat es ein paar derartige Vorfälle gegeben, aber Sie dürfen wirklich nicht alles glauben, was in den Medien berichtet wird. Stephen Collier ist jedenfalls, soweit ich weiß, während er hier war, mit Drogen überhaupt nicht in Berührung gekommen. Ich erinnere mich, daß wir damals gerade Ärger hatten mit einem Studenten, der auf dem Gelände Cannabis verkaufte – eine peinliche Geschichte –, aber es gab eine gründliche Untersuchung, und der Student wurde relegiert. Der Name Collier tauchte in diesem Zusammenhang nicht auf.»

«Sie würden also sagen, daß Stephen Collier ein vorbildlicher Student war, wenn auch vielleicht nicht ganz so brillant wie manche seiner Studienkameraden?»

Dr. Barber nickte. «Ja, auch wenn das vielleicht aus Ihrer Sicht heute schwer zu glauben ist. Er war so ruhig, daß man ihn die meiste Zeit gar nicht wahrnahm. Ich merke übrigens gerade, daß ich große Schwierigkeiten habe zu verstehen, worauf Sie eigentlich hinauswollen. Sie sagten vorhin, daß es sich bei Stephen Colliers Tod um Selbstmord oder um einen Unfall gehandelt haben könnte. Aber – entschuldigen Sie, wenn ich das sage – Ihre Fragen scheinen mir eher darauf abzuzielen, Hinweise dafür zu finden, daß Collier sich während seiner Studienzeit hier irgendwelcher Vergehen schuldig gemacht hat. Verdächtigen Sie ihn womöglich, vor seinem Tod irgendwelche kriminellen Handlungen begangen zu haben?»

Banks runzelte die Stirn und blickte aus dem Fenster. Gerade in diesem Augenblick schob sich eine Wolke vor die Sonne, und der Innenhof versank in Schatten. Er trank seinen Sherry aus und zündete sich eine Zigarette an. Hatchley, der etwas abseits auf einem Stuhl in der Ecke saß, drehte schon seit geraumer Zeit sein leeres Glas zwischen Daumen und Zeigefinger, in der Hoffnung, daß der Professor irgendwann einmal zu ihm herübersehen und anbieten würde nachzuschenken. Das tat er jetzt auch, und beide Männer nahmen dankend einen zweiten Sherry an. Banks mochte es, wie sich bei dem herben Getränk seine Geschmacksnerven zusammenzogen.

«Er steht unter Verdacht, ja», sagte er. «Ich fürchte, mehr kann ich Ihnen nicht sagen. Wir haben keinerlei Beweise, daß er tatsächlich schuldig ist, aber wir halten es für wahrscheinlich.»

«Ist es denn noch wichtig», fragte Barber, «jetzt wo er tot ist?»

«Ja, durchaus. Wenn er der Schuldige war, dann ist der Fall mit seinem Tod abgeschlossen. Wenn nicht, dann sind wir immer noch auf der Suche nach dem Täter.»

«Ich verstehe. Aber ich glaube, ich werde Ihnen da wohl kaum weiterhelfen können. Meiner Einschätzung nach war Stephen Collier ein ruhiger, freundlicher, hart arbeitender, vielleicht etwas farbloser Student, nicht mehr und nicht weniger.»

«Und Sie erinnern sich wirklich nicht an irgendein besonderes Vorkommnis? Vor sechs Jahren, im November? Stephen Collier war da in seinem dritten Studienjahr.»

Barber zog nachdenklich die Augenbrauen zusammen. «Ich kann mich im Moment nicht erinnern ... Das heißt, warten Sie mal ...» Er sprang auf, ging zu seinem Aktenschrank und blätterte ein paar Papiere durch. «Hier, ich wußte es doch», rief er schließlich. «Stephen Collier hat kein Examen gemacht.»

«Wie?»

«Er hat sein Studium nicht beendet. Hat sich entschieden, daß Geschichte nichts für ihn sei, und sich nach dem zweiten Jahr abgemeldet. Ich glaube, er wollte in die Firma seines Vaters eintreten, wenn ich mich recht erinnere. Wenn Sie das wünschen, kann ich zur Sicherheit noch einmal bei der Verwaltung nachfragen, aber eigentlich sind meine eigenen Unterlagen hier durchaus zuverlässig.»

«Soll das heißen, Stephen Collier war im November vor sechs Jahren gar nicht hier in Oxford?»

«Ja, genau. Könnte es sein, daß Sie ihn vielleicht mit seinem Bruder Nicholas verwechselt haben? Der ist damals gerade in sein zweites Studienjahr gekommen. Ich erinnere mich gut an ihn. Also, wenn Sie den meinen sollten – mit dem war das eine ganz andere Geschichte.»

Kapitel vierzehn

I

Katie betrachtete im dunklen Glas der Küchenscheibe ihr Spiegelbild, während sie die Kristallgläser abwusch, weil sie nicht in die Spülmaschine gestellt werden durften. Aus dem kleinen Transistorradio auf dem Tisch ertönte klassische Musik, doch so leise, daß sie daneben noch das Plätschern des Baches hinterm Haus hören konnte.

Jetzt, da Stephen tot war und sie Banks alles anvertraut hatte, fühlte sie sich wie leer. Es war eine angenehme Empfindung. Endlich einmal hatte sie Ruhe vor den Sprüchen ihrer Großmutter, die ihr während der letzten Wochen ständig ungebeten in den Sinn gekommen waren, und auch der Ring um ihre Brust, der ihr fast das Herz zerdrückt hätte, schien gelockert, überrascht bemerkte sie, daß um ihren Mund die Andeutung eines Lächelns spielte, wie sie es zuvor an sich noch nicht gesehen hatte.

Der Chief Inspector hatte ihr beim Abschied gesagt, daß sie sich mit ihm in Verbindung setzen solle, falls ihr noch etwas einfiele. Aber sosehr sie auch grübelte, sie konnte sich an nichts erinnern, das für ihn hätte wichtig sein können. Wenn sie jetzt auf die Jahre in Swainshead zurückblickte, so wurde ihr klar, daß es immer mal wieder Anzeichen dafür gegeben hatte, daß nicht alles in Ordnung war, daß Dinge vor sich gingen, von denen sie nichts wußte. Aber es hatte sich daraus für sie kein zusammenhängendes Bild ergeben. Sams Verhalten an dem Tag, als dieser Raymond Addison unvermutet im Dorf aufgetaucht war, fiel ihr wieder ein. Sie hatte nicht mitbekommen, worum es bei dem Gespräch der beiden gegangen war, aber unmittelbar danach hatte Sam die Pension verlassen und war zu den Colliers hinübergelaufen. Wenig später hatte Addison das Haus verlassen, um einen Spaziergang zu machen. Er war davon nicht wieder zurückgekehrt. Eine Woche später wurde seine Leiche gefunden, und Sam war danach mehrere Tage ungewöhnlich still und bedrückt gewesen.

Jetzt, wo sie darüber nachdachte, erinnerte sie sich auch wieder, wie Bernie an dem Morgen, als er zu seiner Wanderung aufbrach, innegehalten und einen langen Blick zur Collier-Villa hinübergeworfen hatte. Und an einem der Abende zuvor, ziemlich bald nach seiner Ankunft, hatte sie, als sie zufällig aus dem Fenster geblickt hatte, gesehen, wie er den Brüdern einen Besuch abgestattet hatte. Sie hatte es etwas eigenartig gefunden, weil er doch sonst über die beiden herzog wegen ihres Reichtums und ihrer Privilegien.

Aber sie hatte das alles nicht einzuordnen und zu deuten gewußt. Das lag sicher auch daran, daß sie nach Schlechtigkeit nur bei sich selbst suchte und nicht bei anderen. Und außerdem hatte sie so viel Arbeit und dazu jede Menge persönlicher Probleme, daß sie diese kleinen Merkwürdigkeiten bald wieder vergaß. Selbst jetzt ergab das alles für sie noch keinen Sinn. Als sie Banks gesagt hatte, daß sie Bernie und Stephen umgebracht habe, da hatte sie das zwar nicht buchstäblich so gemeint, sondern in übertragener Bedeutung, aber es war ihr trotzdem ernst gewesen. Sie wußte, daß sie auf irgendeine Weise Schuld trug an ihrem Tod.

Manchmal kam es ihr vor, als ob bestimmte Dinge, an die sie sich erinnerte, gar nicht ihr selbst passiert seien. Wenn sie daran dachte, wie Bernard seine Lust an ihr gestillt hatte, während sie selbst, innerlich widerstrebend, aber nach außen hin nachgiebig, unter ihm gelegen hatte, so hatte sie ein Gefühl von Fremdheit und Distanz, als sähe sie sich selbst in einem Film. Und auch die Erinnerung an Stephens behutsamen Kuß löste bei ihr jetzt nur so etwas wie freundliche Verwunderung aus. Neulich abend hatte Sam sie wieder brutal und rücksichtslos gezwungen, mit ihm zu schlafen, aber statt Furcht oder Haß hatte sie das Empfinden, inmitten der Demütigung auch ein Stück weit Macht, sogar Triumph zu erleben. Dieses Gefühl war ebenso neu wie unerwartet, und sie wußte instinktiv, daß sie geduldig sein, es zulassen mußte, um zu erfahren, was es damit auf sich hatte. Es war, dachte sie, als habe er zwar ihren Körper besessen, aber nicht ihre Seele. Die war von dem allen unberührt und damit rein geblieben, und diese Qualität war es, die sich ihr nun allmählich offenbarte. Irgendwie, das wußte sie, hingen diese neuen inneren Erfahrungen zusammen mit ihrem Gefühl, verantwortlich zu sein für den Tod von Bernie und Stephen. Sie hatte Blut an ihren Händen, sie war erwachsen geworden.

Über ihre Zukunft war sie sich noch nicht im klaren. Vermutlich würde das Leben erst einmal so weitergehen wie bisher: sie würde Zimmer saubermachen, Mahlzeiten zubereiten, Sam im Bett gefügig sein, ganz allgemein tun, was er von ihr forderte, und versuchen, ihn nicht zu reizen. An der Oberfläche würde es so aussehen, als sei alles unverändert, aber sie wußte, daß da in ihr neue, ungeahnte Kräfte wuchsen. Wenn sie in Ruhe abwartete, würde irgendwann der Wandel von selbst eintreten. Sie brauchte sich nicht dazu zu zwingen, etwas zu tun, es würde sich von selbst ergeben.

Jetzt, in dieser Stunde, war sie die Ruhe selbst, nichts berührte sie, keine Störung drang zu ihr durch. Ganz in ihre Gedanken versponnen, ließ sie eines der teuren Kristallgläser fallen, daß es auf dem Küchenfußboden zersprang. Es war ihr gleichgültig. Mit nachsichtigem Lächeln musterte sie die vielen Scherben und ging dann, um Besen und Kehrblech zu holen. Als sie sich bückte, um aufzufegen, vernahm sie hinten im Hof ein Geräusch. Sie eilte zum Fenster und sah draußen einen dunklen Schatten vorbeihuschen. Im nächsten Moment, noch bevor sie die unverschlossene Tür erreicht hatte, hörte sie ein kleines, beiläufiges Klopfen. Die Tür öffnete sich, und Nicholas Collier kam herein. «Guten Abend, Katie», sagte er lächelnd. «Ich komme Sie besuchen.»

II

Die Sonne stand wie eine blutrote Kugel am westlichen Horizont und tauchte die Landschaft Süd-Yorkshires in ein unwirklich rotviolettes Licht, das die Silhouetten der stillgelegten Fördertürme wie urzeitliche schwarze Riesen erscheinen ließ und die düsteren Schlackenhalden zum Glühen brachte. Von der Kassette erklang Nick Drakes ‹Northern Sky›.

Den größten Teil des Weges hatten Banks und Hatchley schweigend zurückgelegt. Sie mußten die Information, die sie in Oxford erhalten hatten, erst verarbeiten. Schließlich aber brach es aus Hatchley heraus: «Wie können wir dieses Schwein bloß kriegen?»

«Ich weiß es nicht», antwortete Banks. «Wir haben keine Beweise.»

«Die ließen sich kriegen. Warum verhaften wir ihn nicht und nehmen ihn dann abwechselnd so lange in die Mangel, bis er weich ist und gesteht», knurrte Hatchley.

Banks schüttelte den Kopf. «Sie dürfen nicht vergessen, Jim, der ist gerissen.» Der Gebrauch von Hatchleys Vornamen bereitete Banks nach anfänglichen Schwierigkeiten jetzt keinerlei Probleme mehr. «Überlegen Sie doch bloß mal, wie lange er es geschafft hat, sich aus allem herauszuhalten. Der bricht nicht zusammen, bloß weil wir ihn eine Weile mal auf die brutale, mal auf die sanfte Tour unter Druck setzen. Der lacht uns höchstens aus. Er weiß nämlich genau, daß unsere einzige Möglichkeit, gegen ihn vorzugehen, darin besteht, ein Geständnis von ihm zu bekommen. Und das gibt ihm eine starke Position. Außerdem ist er ein ganz abgebrühter Bursche und hat jede Menge Einfluß im Tal. Wenn wir ihn wirklich festsetzen würden, dann können Sie sicher sein, daß innerhalb kürzester Zeit irgendein Staranwalt auftauchen und uns zwingen würde, ihn wieder laufenzulassen.»

«Ah, aber ich würde es wirklich liebend gern versuchen», sagte Hatchley und schlug zornig mit der Faust gegen das Armaturenbrett. «Oh, Entschuldigung – es ist nichts passiert», rief er und lächelte ein wenig verlegen. «Es macht mich einfach wütend, daß so ein arroganter Mistkerl ganz ohne Strafe davonkommen soll. Wie viele Leute hat er umgebracht?»

«Drei, vielleicht vier – wenn wir Stephen mitzählen. Und noch hat er es nicht geschafft. Das Problem ist, daß wir eben gar nicht genau wissen, ob er außer Cheryl Duggan noch jemand getötet hat. Und selbst da haben wir keinen Beweis. Was Dr. Barber uns über ihn erzählt hat – daß er in dem Ruf stand, sich unwiderstehlich zu proletarischen Mädchen hingezogen zu fühlen –, erlaubt noch lange nicht den Schluß, daß er ein Mörder ist. Und für eine Anklage reicht es schon gar nicht.»

«Aber es war der Tod von Cheryl Duggan, dessentwegen Addison nach Swainshead gekommen ist», rief Hatchley empört.

«Ja, aber auch das ist nur ein Umstand, der möglicherweise in Zusammenhang mit anderen Dingen gegen ihn sprechen kann, aber kein Beweis an sich.»

«Wer hat Ihrer Meinung nach Addison und Allen getötet?»

«Ich vermute, Stephen, und zwar, um seinen Bruder und den Ruf seiner Familie zu schützen. Aber wir wissen es nicht, und wir werden es auch nie erfahren, wenn Nicholas nicht doch noch redet. Ich könnte mir vorstellen, daß er ungeachtet all seiner zur Schau getragenen Überheblichkeit im Grunde schwach ist. Wahrscheinlich hätte er nie die Nerven gehabt, kaltblütig jemanden umzubringen. Vielleicht ist er ja sowohl bei dem Mord an Addison als auch an Allen dabeigewesen, aber die Tat ausgeführt hat Stephen.»

«Und was meinen Sie, ist mit der kleinen Duggan passiert?»

Banks wechselte die Spur, um einen Lastwagen zu überholen. «Ich glaube, er hat sie an dem Abend im Pub getroffen und überredet, mit ihm zum Fluß hinunter zu gehen. Er hatte vermutlich nicht viele Skrupel, sie war ja nichts weiter als eine kleine Gelegenheitsprostituierte, ein Mädchen aus einfachen Verhältnissen. Vielleicht hat er sie in seiner Erregung und Gier brutal behandelt, ihr vielleicht weh getan, so daß sie protestierte, auch anfing zu schreien. Da ist er in Panik geraten und hat sie ertränkt. Entweder so – oder aber er hat sie getötet, weil es ihm Lust bereitete, sie sterben zu sehen.»

Die Musik war zu Ende. Banks tastete im Dunkeln nach einer neuen Kassette und griff die erstbeste, die er zu fassen bekam. Nach den ersten Tönen wußte er, was er eingelegt hatte. Es war die Aufnahme mit den Songs aus den Sechzigern, die er mit nach Toronto genommen hatte. Die erste Nummer waren Traffic mit ‹No Face, No Name, and No Number›.

«Ich glaube, Addison war ein sehr engagierter und gewissenhafter Privatdetektiv», fuhr Banks fort. «Er führte all die vielen kleinen Ermittlungsschritte durch, die die Polizei unterlassen hatte. Dabei stieß er offenbar auf die Verbindung zwischen Cheryl Duggan und Nicholas Collier. Vielleicht hatte jemand beobachtet, wie sie den Pub zusammen verließen, oder irgendeine Bekannte von Cheryl hatte mitbekommen, daß es da einen Mann namens Collier gab, mit dem sie sich öfter traf. Wie auch immer – Addison hatte jetzt einen Anhaltspunkt und machte sich sofort auf den Weg nach Swainshead, ohne vorher irgend jemanden zu informieren, daß er eine Spur hatte. Nicht einmal Cheryls Eltern sagte er Bescheid. Das war sein erster Fehler.

Sein zweiter war, sich ausgerechnet bei Sam Greenock nach Nicholas zu erkundigen. Dessen ganzes Sehnen und Trachten war allein darauf gerichtet, von den Leuten, die im Ort zählten, akzeptiert zu werden, und als da an jenem Februarnachmittag plötzlich dieser Fremde aus London vor ihm stand und einen Haufen Fragen über

Nicholas Collier stellte, da kam ihm das merkwürdig vor, und er nutzte die erste sich bietende Gelegenheit, um zu den Brüdern hinüberzulaufen und ihnen von seinem neuen Gast zu erzählen. Es ist anzunehmen, daß seine Nachricht sie in völlige Panik versetzt hat. Der Tod des Mädchens lag schon fünfzehn Monate zurück, und wahrscheinlich hatten sie inzwischen angenommen, daß Nicholas noch einmal davongekommen sei. Was dann genau geschah, wissen wir nicht. Ob die beiden Brüder den Mordanschlag allein geplant haben oder aber vielleicht Sam Greenocks Hilfe dabei in Anspruch nahmen, wir wissen es nicht. Nur eins steht für mich fest. Daß es Stephen war, der schließlich den tödlichen Schlag ausführte. Das würde auch erklären, wieso er so völlig aufgelöst war, als er später am Abend Anne Ralston traf.»

«Und Bernard Allen?» fragte Hatchley.

«Der hatte, wie wir wissen, in Toronto Anne Ralston wiedergetroffen und von ihr erfahren, daß Stephen Collier Addison umgebracht hatte, weil dieser ihm wegen irgendeines Vorkommnisses in Oxford Schwierigkeiten hätte machen können. Ich denke, es ist als sicher anzunehmen, daß Allen versucht hat, mit diesem Wissen Stephen Collier zu erpressen. Ich bin noch nicht dazu gekommen, Ihnen ausführlich von meiner Torontoreise zu berichten, Jim, aber ich habe dort einige Leute getroffen, die übereinstimmend sagten, daß Bernard Allen sich nichts sehnlicher gewünscht hatte, als wieder nach Hause zurückkehren zu können. Seine Schwester wußte das übrigens auch, während Sam es mir gegenüber herunterspielte – aus gutem Grund. Katie Greenock allerdings wußte nichts davon. Bernard hatte ihr erzählt, wie gern er in Kanada lebe, und ihr sogar versprochen, er würde sie nachkommen lassen, sobald er wieder zurück sei. Aber das war nur ein mieser Trick, um sie ins Bett zu kriegen.

Wir werden wohl nie erfahren, was Allen von Collier als Gegenleistung für sein Schweigen verlangte. Sollte Stephen seinen Einfluß geltend machen, um ihm eine Stelle als Lehrer zu besorgen, oder vielleicht eine gewisse Summe Geld zahlen? Nun, im Grunde ist es auch egal. Fest steht, sein Erpressungsversuch brachte ihm den Tod. Offenbar war den Colliers das Risiko zu hoch, daß er irgendwann doch noch reden würde, und so beschlossen sie, ihn zu töten. Es war allgemein bekannt, daß Bernard das Hängetal sehr liebte, und Nicholas und Stephen rechneten sich aus, daß er dort auf seiner Wanderung vorbeikommen würde. Also hat einer von ihnen, oder auch beide, ihm dort aufgelauert...»

«Und wieso hat Nicholas dann auch noch Stephen umgebracht?»

«Stephen drohte die Nerven zu verlieren. Nicholas sah, daß es nur eine Frage der Zeit war, bis er zusammenbrechen würde. Der Mord an Allen hat ihm wohl sehr zu schaffen gemacht. Außerdem war Nicholas klar, daß ich, falls es mir gelungen war, Anne Ralston zu treffen, nach meiner Rückkehr aus Toronto Stephen würde vernehmen wollen. Das konnte er auf keinen Fall zulassen, da Stephen, wenn er den Mord an Addison gestanden hätte, natürlich nach seinem Motiv für diese Tat gefragt worden wäre. Dann wäre die Sache in Oxford zur Sprache gekommen und Nicholas ganz direkt involviert gewesen.

Was Nicholas tat, war zugegeben sehr riskant, aber es stand für ihn eben auch alles auf dem Spiel, nicht nur der gute Name der Familie, sondern sein Heim, seine Karriere und, nicht zuletzt, seine Freiheit. Er mußte Stephen töten, um selbst so weiterleben zu können wie bisher. Sein Plan war übrigens ausgesprochen raffiniert – wenn er geglückt wäre. So hätte man Stephens Tod entweder als Selbstmord eines Schuldigen oder aber als Unfalltod eines Verstörten gedeutet.»

Banks mußte sich einen Augenblick konzentrieren, um sich nach der Autobahnabfahrt auf die A1 östlich von Leeds einzufädeln. Die Cream sangen ‹Strange Brew›, und Hatchley schien in tiefes Nachdenken versunken.

Es beunruhigte Banks, daß er noch längst nicht alles verstand. Stephen hatte getötet, um zu retten, was ihm wichtig war, aber Nicholas' Motive vermochte er nicht zu ergründen. Es schien Banks inzwischen ziemlich sicher, daß er Cheryl Duggan ertränkt hatte. Was ihn quälte, war die Frage, warum. Hatte er es aus Lust getan, oder weil er in Panik geraten war? Und trug er auch die Verantwortung für die Quetschungen, die man an den Schläfen und am Hals der Toten gefunden hatte? Dr. Barber hatte ihnen berichtet, daß Nicholas zwei-, dreimal Ärger gehabt hatte, weil herausgekommen war, daß er sich mit Prostituierten abgab und Arbeitermädchen Geld angeboten hatte, falls sie mit ihm schliefen. Banks hätte gerne gewußt, was Nicholas zu diesem Verhalten getrieben hatte oder vielleicht noch trieb. Er stammte aus wohlhabender Familie und war gebildet – wieso hatte er sich nicht an die jungen Frauen gehalten, die seiner eigenen gesellschaftlichen Schicht angehörten?

«Lassen Sie uns erst noch auf der Dienststelle vorbeischauen», sagte Banks, als sie sich dem Abzweig zu der Nebenstraße näherten, die über das Hochmoor nach Helmthorpe führte und von der aus man direkt auf die kleine Straße gelangte, die das Swainsdale hinaufführte. «Vielleicht hat sich ja, während wir weg waren, etwas Neues ergeben. Falls nicht, können wir immer noch nach Swainshead weiterfahren.» Er blickte auf die Uhr. «Es ist noch nicht spät, erst kurz vor neun.»

Hatchley nickte, und Banks fuhr am Abzweig vorbei weiter in Richtung Eastvale.

Auf der Polizeistation war alles ruhig, es waren während ihrer Abwesenheit keine neuen Straftaten gemeldet worden. Trotzdem war es gut, daß sie hereingesehen hatten, denn John Fletcher hatte gegen siebzehn Uhr eine Nachricht hinterlassen. Er bat, Banks möge ihn so schnell wie möglich aufsuchen, die Angelegenheit sei wichtig und stehe in Zusammenhang mit dem Tod von Stephen Collier. Er sei den ganzen Abend über zu Hause zu erreichen.

Außerdem fand Banks einen vorläufigen Bericht Glendennings über die Autopsie von Stephen Colliers Leiche vor. Der Pathologe hatte im Körper des Toten eine Barbituratkonzentration festgestellt, die in etwa fünf Tabletten *Nembutal* entsprach – für sich genommen, keine tödliche Dosis, aber potentiell lebensgefährlich, falls Alkohol hinzukam. Und genau das war hier der Fall gewesen. Interessant war in diesem Zusammenhang, daß Colliers Blutalkohol deutlich höher lag, als nach fünf oder sechs Halben zu erwarten gewesen wäre. Es sah also sehr danach aus, als ob Banks recht hätte mit seiner Vermutung, daß Stephen Colliers Bier am Samstag abend im Pub mit Wodka versetzt worden war.

«Sollen wir jetzt gleich zu Fletcher fahren oder erst morgen früh, was meinen Sie?» wandte sich Banks an Hatchley.

Unter normalen Umständen wäre zu erwarten gewesen, daß der Sergeant es vorgezogen hätte, den Abend frei zu machen, um noch ein Bier trinken zu gehen oder aber das traute Zusammensein mit Carol Ellis zu genießen, doch heute war das anders. Hatchley drängte darauf, Fletcher gleich aufzusuchen.

«Es wäre doch möglich, daß er eine wichtige Information für uns hat», sagte er. «Und außerdem – wenn wir es aufschieben, wird er vielleicht noch ermordet, bevor wir mit ihm gesprochen haben. Am liebsten würde ich hinterher gleich weiterfahren und mir diesen Scheißkerl von Nicholas Collier vorknöpfen.»

III

«Gehen Sie!» rief Katie und sprang nach vorn, um die Tür von innen zuzudrücken.

Aber Nicholas hatte seinen Fuß dazwischengestellt. «Laß mich rein, Katie», sagte er. «Ich möchte mit dir über Stephen reden. Er hat dich sehr gemocht, weißt du?»

«Er ist tot», antwortete sie, während sie die Schulter weiter gegen die Innenseite preßte. Aber Nicholas war zu stark für sie, und als die Tür mit einem Ruck aufflog, warf es sie nach hinten, gegen den Küchentisch. Nicholas kam langsam auf sie zu.

«Keine Angst, ich tu dir nichts», sagte er. «Ich weiß, daß du und Stephen euch am Tag vor seinem Tod miteinander unterhalten habt, und was ich wissen möchte, ist, ob er irgendwelche Dummheiten erzählt hat. Er war nämlich krank.» In einer blitzschnellen Bewegung streckte er die Hand aus und packte Katie, die gerade hatte weglaufen wollen, unerbittlich am Arm. «Ich habe doch gesagt, du brauchst keine Angst vor mir zu haben», wiederholte er und lockerte seinen Griff ein wenig. «Lauf nicht vor mir weg, dir passiert nichts. Ich möchte nur mit dir reden.»

«Wieso sagen Sie, daß Stephen krank gewesen sei?» wollte sie wissen. «Ich habe nichts davon gemerkt.»

«Er hatte in letzter Zeit Sorgen und war ziemlich bedrückt. Ich könnte mir vorstellen, daß er dir Dinge gesagt hat, die er nicht wirklich meinte.»

«Was für Dinge?»

«Wenn ich das wüßte, hätte ich ja nicht herzukommen brauchen, du blöde Schlampe!» brüllte Nicholas plötzlich, um im nächsten Moment mit gedämpfter Stimme fortzufahren: «Erzähl mir einfach, worüber ihr miteinander geredet habt. Aber vorher möchte ich erst noch was zu trinken.»

«Ich habe nichts im Haus.»

«Lügnerin!» Nicholas lachte verächtlich und ging zielstrebig auf den kleinen Schrank zu, in dem Sam die Getränke verwahrte, und schenkte einen großen Gin ein. «Ich war schon ein paarmal hier, wenn ich Sam besuchte. Das hast du wohl vergessen?» Er hielt ihr das Glas hin. «Komm, nimm auch einen Schluck! Du magst doch Gin, oder?»

Katie schüttelte den Kopf und hob abwehrend die Hände. Nicholas trat auf sie zu, ergriff mit der rechten Hand ihren Hals und hielt ihn zwischen Daumen und Zeigefinger wie in einem Schraubstock, während er ihr gleichzeitig mit der anderen Hand das Glas an den Mund setzte und sie zu trinken zwang. Der leicht süßlich riechende Schnaps rann ihr aus dem Mund, das Kinn hinunter und vorne auf ihr Kleid. Ihre Kehle brannte, und sie mußte würgen.

«Hören Sie auf!» schrie sie hustend und spuckend und stieß ihn beiseite.

Nicholas lachte und ging erneut hinüber zu dem kleinen Barschrank. Diesmal holte er sich einen Scotch.

«Was hat Stephen dir erzählt?» fragte er drängend.

«Nichts, gar nichts», sagte sie und fuhr sich mit dem Handrücken über die Lippen.

«Aber irgend etwas muß er doch gesagt haben», beharrte Nicholas. «Ich wette, er hat dir sein Herz ausgeschüttet. Mein lieber Bruder hatte einen unglückseligen Hang, sich immer den falschen Leuten anzuvertrauen – meistens Frauen. Ich habe dich übrigens gestern mit diesem Polizisten reden sehen. Wo ist er jetzt? Was hat er vor?»

«Ich weiß es nicht. Ich habe ihn seither nicht mehr gesehen.»

«Was wollte er von dir wissen, und was hast du ihm geantwortet?» fragte er.

«Nichts. Ich habe ihm gar nichts gesagt.»

«Hör auf mit dem Lügen, Katie! Hast du's mit ihm getrieben – so wie mit all den anderen?»

Katie wurde blaß. «Was meinen Sie damit?»

Nicholas grinste anzüglich. Eine Strähne seines schwarzen Haares hing ihm ins Gesicht, und seine Wangen waren hektisch gerötet. «Ach komm, Katie, spiel nicht die Jungfräuliche. Du hast es mit Stephen gemacht und mit jeder Menge anderer Männer. Und diesen Polizisten, Katie, hast du den auch drübergelassen? Sag's mir!»

«Nein!»

«Ach, tu doch nicht so keusch und zurückhaltend. Bei dir dürfen doch alle, oder etwa nicht? Du bist doch nichts weiter als eine Schlampe! Eine schmutzige Hure! Komm, Katie, sag's mir! Sag, daß du eine schmutzige Hure bist!»

«Ich bin keine Hure!» Verzweifelt stürzte sie zur Tür, die zum Flur führte, doch Nicholas kam ihr zuvor.

«Es bringt dir nichts, da hinauszulaufen, Katie», sagte er. «Deine Gäste sitzen alle im *White Rose*, und Sam ist wieder bei einer seiner vielen Geliebten. Du und ich, wir sind beide ganz allein im Haus.»

«Bei einer seiner Geliebten?» fragte sie mit tonloser Stimme.

«Ja, hast du das etwa nicht gewußt? Immer wenn er nach Leeds oder Eastvale fuhr, hat er irgendwelche Frauen besucht. Was hat er dir denn immer erzählt? Daß er bei Freunden ist?» Er lachte höhnisch. «Hast du nicht gemerkt, daß er nach einer anderen roch, wenn er abends zurückkam? Oder hast du's vielleicht sogar genossen, daß er mit dir schlief, nachdem er vorher gerade mit ihr zusammengewesen war? Magst du es, wenn an seiner Haut noch der Duft seiner Geliebten hing?»

Katie hielt sich die Ohren zu. «Hören Sie auf, hören Sie endlich auf!» schrie sie ganz außer sich. «Sie sind der Teufel.»

Nicholas applaudierte leise. «O Katie, welch ein Auftritt.»

Sie ließ hilflos die Hände sinken – «Was haben Sie vor?»

«Nun, ich werde dich von hier fortbringen. Ich traue dir nämlich nicht, Katie, und es ist für mich nicht abzuschätzen, wieviel du weißt und was du alles weiterquatschen kannst.»

«Aber ich weiß nichts, wirklich gar nichts», rief sie verzweifelt.

«Oh, doch. Stephen hat dir doch bestimmt davon erzählt, oder etwa nicht?»

«Wovon?»

«Na, von dieser dummen Geschichte damals in Oxford.»

Sie wußte nicht, was sie sagen sollte.

«Siehst du, wie du rot wirst», rief Nicholas, «du weißt alles, nicht wahr? Ich spüre, daß du Bescheid weißt.»

Plötzlich durchfuhr sie jäh eine Ahnung.

«Sie haben ihn umgebracht», sagte sie ganz ruhig. «Sie haben Stephen getötet.»

Nicholas zuckte gleichmütig die Achseln. «Man konnte ihm nicht mehr trauen», er sprach in völlig kaltem Ton, «er war dabei, die Nerven zu verlieren.»

Katie fröstelte plötzlich. Sie fühlte sich wie ein Tier in der Falle. «Was wollen Sie jetzt tun?» fragte sie angstvoll.

«Das habe ich doch schon gesagt», antwortete er. «Ich werde dich von hier fortbringen, sehr weit fort. Aber vorher will ich noch von dir wissen, was Stephen von der Sache in Oxford ausgeplaudert hat.»

«Nichts», wiederholte sie. «Gar nichts, so glauben Sie mir doch!»

«Hat er das Mädchen erwähnt, dieses dämliche kleine Miststück?»

Katie schüttelte den Kopf.

«Aber er hat dir doch die ganze Geschichte erzählt, oder etwa nicht?»

«Nein, er hat mir nichts erzählt. Gar nichts.»

Nicholas lehnte sich gegen den Küchentisch. Seine Augen glänzten unnatürlich, und sein Atem kam kurz und stoßweise. Er sieht aus wie ein Wahnsinniger, dachte Katie. Ein unberechenbarer, gefährlicher Wahnsinniger.

«Sie war nur eine billige Nutte, Katie», sagte er. «Ein verkommenes kleines Luder, das es für Geld mit jedem gemacht hat. Und als ich sie dann ... Als ich sie mir dann vornahm, da war ich ihr auf einmal zu brutal, und sie hat protestiert, ich solle aufhören. Aber das konnte ich nicht, das wollte ich nicht. Und ich wußte ja auch, daß das genau das war, was sie brauchte. Ein gewöhnliches Flittchen wie sie – und wie du, Katie.»

«Ich bin kein Flittchen», sagte Katie empört.

«Doch, bist du. Ich hab dich all die Jahre immer im Auge gehabt. Du hast es mit jedem getrieben, der wollte. Was mich interessieren würde – hast du Geld dafür genommen, Katie, oder hast du's umsonst getan?»

«Ich weiß nicht, wovon Sie sprechen.»

«Ich will, daß du es sagst, Katie. Sag, daß du ein dreckiges Flittchen bist.»

Sie schüttelte nur stumm den Kopf.

«Wieso nicht? Warum willst du's nicht sagen, wenn du's doch bist? Bestimmt hast du auch den Polizisten drübergelassen, nicht wahr? Katie ... ich bin besser als alle anderen ... Komm, sag es schon ...»

«Nein.»

Er sprach plötzlich mit so leiser Stimme, daß sie kaum verstand, was er sagte. «Ich will, daß du jetzt vor mir auf die Knie gehst, Katie, und sagst, daß du ein dreckiges Flittchen bist und daß ich es dir besorgen soll ... So richtig besorgen wie einer läufigen Hündin. Und jetzt heb den Rock hoch, und kriech vor mir auf dem Boden ...»

Er bewegte sich auf sie zu und schien sie mit seinen Blicken geradezu zu hypnotisieren, so daß sie sich ganz kraftlos fühlte. Sie machte einen Schritt nach hinten und spürte, wie sie mit den Schulterblättern gegen den Kamin stieß. Weiter konnte sie nicht mehr zurück. Aber Nicholas kam unaufhaltsam näher. Und als er dicht genug heran war, streckte er seine Hand aus und packte sie vorne am Kleid.

IV

Banks fuhr mit hoher Geschwindigkeit durch das dunkle Tal entlang dem Swain, passierte Helmthorpe und gelangte in die berggesäumte Gegend jenseits davon. In Swainshead bog er mit quietschenden Reifen scharf nach rechts ab und setzte seinen Weg das Tal hinauf fort bis Upper Head. Als sie an der Collier-Villa vorüberkamen, nahm er ein wenig das Gas weg, um einen kurzen Blick darauf zu werfen. Alle Fenster waren dunkel.

«Ich hoffe, daß der Kerl nicht abgehauen ist», sagte Hatchley hitzig.

«Nein, dazu ist er zu arrogant und überheblich, er glaubt ja, daß er klüger sei als wir. Aber wir kriegen ihn schon noch, keine Sorge.»

Der schwache Lichtschimmer oben am Hang, ungefähr drei Kilometer nördlich des Dorfes, stammte von Fletchers Gehöft. Im Dunkeln war der Weg zu ihm hinauf schwierig, doch schließlich gelangten sie sicher vor dem massiven, aus meterdicken Steinquadern gebauten Haus an. Fletcher hatte sie vorfahren hören, er stand schon an der Tür und führte sie wie bei ihrem ersten Besuch wieder in das schmucklose Wohnzimmer mit seinen kahlen, verputzten Wänden, dem schweren Eichentisch und dem Foto im Messingrahmen auf dem Kaminsims.

Man merkte Fletcher an, daß ihm unbehaglich zumute war. Er vermied es, die beiden Männer anzusehen, und brauchte auffallend lange, ehe er mit den Biergläsern an den Tisch kam. Hatchley stellte sich ans Fenster und blickte in das dunkle Tal hinunter, Banks nahm am Tisch Platz.

«Nun, worum geht es?» fragte er, als Fletcher sich ihm gegenüber hingesetzt hatte.

«Um Stephens Tod», sagte Fletcher leise. «Er war mein Freund. Die Grenze ist jetzt überschritten, weit überschritten.»

Banks nickte. «Ich glaube, ich weiß, wovon Sie sprechen. Sie hatten schon immer Vorbehalte gegenüber Nicholas, nicht wahr?»

«Das hat man Ihnen also erzählt? Ja, es stimmt, ich hatte nie viel für ihn übrig. Aber Mr. Walter war wie ein Vater zu mir, und Stephen habe ich eigentlich immer als eine Art jüngeren Bruder betrachtet.»

Banks bot ihm eine Zigarette an.

«Samstag nacht», brach es plötzlich aus Fletcher hervor, «als er an der Theke stand, um die Runde zu bestellen, da habe ich beobachtet, wie er Schnaps in Stephens Bierglas kippte. Ich habe mir nicht viel dabei gedacht und hielt es einfach für einen von Nicholas' dummen Scherzen... Ich hatte an dem Abend das Gefühl, daß Stephen eigentlich sehr niedergedrückt war – weswegen, wußte ich nicht – und daß er das durch aufgesetzte Albernheiten zu überspielen suchte. Außerdem schien er es geradezu darauf anzulegen, sich zu betrinken. Ich habe einen Moment lang überlegt, ob ich ihm etwas von dem Schnaps sagen sollte, aber dann dachte ich, ach, halt lieber den Mund, wozu unnötig Ärger machen.

Ich glaube, Chief Inspector, es ist an der Zeit, Ihnen zu sagen, daß die Familie Collier irgendein dunkles Geheimnis hütet. Stephen hat mir gegenüber ab und zu Andeutungen gemacht, und ich glaube, es hat mit Nicholas' Verhältnis zu den Frauen zu tun. Wußten Sie übrigens, daß er vor ein paar Jahren eine junge Frau vergewaltigt hat? Ihr Name ist Molly Stark. Sie wohnt in der Richtung nach Relton.»

Banks schüttelte den Kopf. «Nein.»

«Man hat das Ganze damals vertuscht – gründlich und effizient –, wie so vieles, was Nicholas über die Jahre angestellt hat.»

«Gab es nicht auch mal Ärger mit einem Dienstmädchen? Ich glaube, der alte Mr. Walter war damals noch am Leben», fragte Banks.

«Ja», sagte Fletcher. «Er hat sie geschwängert. Mr. Walter hat ihr Geld gegeben, und daraufhin hat sie den Mund gehalten. Es wurde dann alles arrangiert – auf die Kosten kam es ja nicht an –, und dann hat sie es sich wegmachen lassen. Nicholas scheint eine verhängnisvolle Vorliebe für junge Mädchen zu haben, die, wie man so schön sagt, unter seinem Stand sind. Arbeiterinnen, Dienstmädchen, Mägde... Und letzte Woche auf dem Sommerfest bin ich dazugekommen, wie er Katie Greenock gegen ihren Willen festhielt.»

Für Banks ergab auf einmal vieles einen Sinn. Nicholas Collier zog es also offenbar zu Mädchen einer niedrigeren sozialen Schicht: Cheryl Duggan, Esther Haines, Katie Greenock, Anne Ralston, jenes Dienstmädchen, Molly Stark – sie alle standen gesellschaftlich unter ihm. Und obzwar die Kategorie in den vergangenen Jahren sehr an Bedeutung eingebüßt hatte, konnte man in diesem Falle schon davon sprechen, daß alle diese Mädchen aus der Arbeiterklasse stammten. Dieser Punkt schien für Collier das Wichtige, ihre eigene Individualität dagegen war offenbar uninteressant für ihn. Vermutlich, dachte Banks, spukte in seinem Kopf noch das alte viktorianische Vorurteil von den proletarischen Schichten als einer brodelnden, gintrinkenden, wahllos Unzucht treibenden, sich unkontrolliert vermehrenden Masse. Nicholas glaubte, aufgrund seiner Herkunft aus wohlhabendem Haus, sich ihnen ungefragt aufdrängen zu dürfen, und wenn sie Widerstand leisteten, wurde er gewalttätig. Wie bei den meisten Perversionen kreiste auch bei ihm das zwanghafte Handeln vor allem um Macht und Demütigung.

«Daß etwas Schlimmes vor sich ging, das wußte ich eigentlich schon nach dem Mord an dem Privatdetektiv und natürlich erst recht, als Bernard Allen umgebracht worden war», fuhr Fletcher fort und füllte ihre Biergläser nach. «Das Problem war, ich wußte zwar, daß, aber nicht, was, wenn Sie verstehen, was ich meine. Stephen machte immer dicht, wenn ich ihn darauf ansprach, oder aber er sagte, ich solle mit dem Fragen aufhören, es sei besser für mich, bestimmte Dinge nicht zu wissen.» Er nahm einen Schluck Bier. «Ich mache mir Vorwürfe, daß Stephen vielleicht noch am Leben wäre, wenn ich energischer nachgehakt hätte... übrigens glaube ich keine Sekunde, daß er Selbstmord begangen hat. Es ist mir sehr wichtig, Ihnen das zu sagen. Ich sah, wie Nicholas ihm etwas in sein Bier schüttete, und als Metcalfe die Sperrstunde ausrief, da war er wirklich völlig betrunken, viel schlimmer, als er es nach fünf oder sechs Pints Bier hätte sein dürfen. Sie wissen ja, daß wir ihn sogar nach Hause bringen mußten, weil er sich nicht mehr alleine auf den Beinen halten konnte. Am nächsten Morgen erfuhr ich dann, daß er tot sei. An einer Überdosis gestorben. Ich wußte, daß er seit geraumer Zeit Schlaftabletten nahm, aber daß er sich damit umgebracht haben soll – ich glaube es einfach nicht.»

«Es war nicht das Schlafmittel allein, Mr. Fletcher, es war die Kombination von Barbituraten mit einer ziemlich großen Menge Alkohol – das ist fast immer eine tödliche Mischung.»

«Dann war es also Mord? Dieses Schwein hat seinen Bruder umgebracht.»

«Ich glaube schon, aber wir müssen sehr vorsichtig sein mit dieser Behauptung, wir haben nämlich keinerlei Beweise», mahnte Banks.

«Aber ich bin jederzeit bereit auszusagen, was ich gesehen habe», rief Fletcher erregt. «Ich will alles tun, damit Nicholas endlich hinter Gitter kommt. Gott ist mein Zeuge.»

Banks schüttelte den Kopf. «Eine solche Aussage von Ihnen wäre natürlich eine Hilfe, aber sie allein reicht nicht aus. Nicholas hat also seinem Bruder heimlich Wodka ins Bier geschüttet – na und? Wie Sie eben schon sagten, das kann einer von seinen üblichen dummen Scherzen gewesen sein, und genau damit wird er sich auch herausreden. Alles, was wir haben, sind Mutmaßungen und Annahmen, was wir aber tatsächlich brauchten, wären Beweise oder ein Geständnis.»

«Dann fahre ich jetzt eben hin und prügle es aus ihm heraus», rief Fletcher und sprang auf.

«Ganz ruhig, Mr. Fletcher», sagte Banks, «nun setzen Sie sich erst mal wieder hin. Was Sie da vorhaben, bringt uns nun wirklich erst recht nicht weiter.»

«Was wollen Sie denn dann unternehmen?»

«Ich weiß es, ehrlich gesagt, noch nicht», antwortete Banks. «Möglicherweise bekämen wir sogar so viel belastendes Material zusammen, daß es für eine Anklage reichen würde. Vor allem, wenn Anne Ralston bereit wäre auszusagen, aber ich möchte dieses Risiko trotzdem nicht eingehen. Denn selbst wenn wir die Anklagebehörde überzeugen können, heißt das noch nicht, daß er dann im Prozeß auch wirklich verurteilt wird, und was ich auf keinen Fall möchte, ist, daß er freigesprochen wird. Mit dem knappen Belastungsmaterial, was wir bis jetzt gegen ihn in der Hand haben, könnte uns aber unter Umständen genau das passieren.»

«Ich mache mir Vorwürfe, daß ich nicht eher mit Ihnen gesprochen habe», sagte Fletcher. «Eigentlich habe ich schon sehr lange gewußt, daß etwas nicht stimmt. Wenn ich zu Ihnen gekommen wäre, bevor Sie nach Toronto geflogen sind, dann hätten Sie etwas gehabt, um Stephen unter Druck zu setzen. Und vielleicht wäre er dann mit der

Wahrheit herausgerückt. Er war ja schon längere Zeit am Rande eines Zusammenbruchs und hätte einer Befragung sicherlich nicht lange standgehalten. Das war ja wohl auch der Grund, warum Nicholas meinte, ihn umbringen zu müssen.»

«Ja, ich denke, was Nicholas' Motiv angeht, da haben Sie vollkommen recht», sagte Banks. «Aber noch können wir ihm die Tat eben nicht beweisen. Ich finde übrigens, Sie sollten sich nicht zu sehr mit Selbstvorwürfen herumschlagen, Mr. Fletcher. Sie haben das alles doch nur getan beziehungsweise unterlassen, weil Sie befürchteten, daß Sie Stephen sonst in Schwierigkeiten gebracht hätten. Ich denke, Sie haben einfach versucht, ihn zu schützen, stimmt's?»

Fletcher nickte. «Ich glaube, ja. Ihn – und die Erinnerung an seinen Vater.»

«Um uns dabei zu helfen, Nicholas zu überführen, hätten Sie Stephen verraten müssen, dem es eigentlich genau wie Ihnen darum ging, den guten Ruf seines verstorbenen Vaters zu bewahren – und darüber hinaus natürlich seinen Bruder dem Zugriff der Polizei zu entziehen.»

«Was wird jetzt mit mir geschehen? Werden Sie Strafanzeige gegen mich stellen?»

«Mit welcher Begründung?»

«Für das Verschweigen von Informationen, die zur Ergreifung des Täters hätten führen können? Oder wegen Begünstigung einer Straftat?»

Banks lachte. «Sie haben, glaube ich, bitte nehmen Sie mir das nicht übel, Mr. Fletcher, nur eine recht begrenzte Kenntnis der Gesetze. Natürlich hätte es uns geholfen, wenn Sie eher geredet hätten – das gilt ja nicht nur für Sie, sondern für eine ganze Reihe anderer Leute, die Stephen Collier kannten, genauso. Aber man muß gerechterweise auch sehen, daß Stephen alles tat, um die Menschen seiner Umgebung im dunkeln zu lassen, so daß es kaum etwas zu sagen gab. Es waren eben alles nur Vermutungen oder bestimmte Verdachtspunkte. Und damit zur Polizei zu gehen, davor scheuen die meisten Leute zurück. Sie wollen sich eben nicht blamieren, so ganz ohne Beweise.»

«Mir passiert also nichts?»

Banks stand auf und bedeutete Hatchley, daß es an der Zeit sei zu gehen. «Nein. Sie haben uns geholfen, soweit das in Ihren Kräften stand. Jetzt ist es an uns, Fakten für eine Anklage zusammenzubekommen oder aber ihm eine Falle zu stellen.»

«Wenn ich irgendwie von Nutzen sein kann...» sagte Fletcher. «Warum lassen Sie nicht durchsickern, daß ich etwas weiß, und lauern ihm dann auf, wenn er versucht, mich umzubringen?»

«Also, ich hoffe doch sehr, daß ich auf dieses Angebot nicht werde zurückkommen müssen, Mr. Fletcher, aber trotzdem – vielen Dank.»

Sie verabschiedeten sich von Fletcher und gingen zum Wagen zurück. Banks fuhr jedoch noch nicht gleich los, sondern zündete sich erst noch eine Zigarette an. Rings um sie war alles dunkel, nur weit unten im Tal glitzerten die Lichter von Swainshead wie eine Allee von Sternen.

«Wie hart wollen wir Collier zusetzen?» fragte Hatchley.

«Wir werden ihm gar nicht zusetzen», antwortete Banks. «Jedenfalls nicht gleich jetzt beim erstenmal. Ich sagte Ihnen ja schon, er ist intelligent und gerissen. Er weiß bestimmt, daß wir im Grunde ziemlich machtlos ihm gegenüber sind.»

«Was wollen wir also tun?»

«Wir konfrontieren ihn mit dem, was wir wissen, und achten darauf, ob er sich in irgendwelche Widersprüche verwickelt. Wenn er dazu zu geschickt ist, und ich fürchte, damit müssen wir rechnen, dann werden wir diese Verhöre wiederholen – immer und immer wieder.» Er startete den Motor.

«Seine Kaltblütigkeit verdient fast schon Bewunderung, finden Sie nicht?» meinte Hatchley. «Wenn nun Fred Metcalfe oder Richmond zufällig hergesehen hätten, während er den Wodka in Stephens Glas kippte?»

«Dann hätte er nur zu sagen brauchen, das alles sei nur ein Scherz gewesen, genau wie Fletcher es ja auch zunächst tatsächlich angenommen hat. Einem Bier heimlich einen Schuß Schnaps zuzusetzen ist nicht strafbar. Wie die Dinge jetzt liegen, steht ohnehin Fletchers Aussage gegen die von Nicholas, und ein guter Strafverteidiger wird schnell versuchen zu beweisen, daß jener allen Grund hatte, Nicholas etwas anhängen zu wollen. Er wird zum Beispiel zur Sprache bringen, daß Fletcher auf der Gartenparty Nicholas ins Gesicht schlug. Katie Greenock könnte natürlich erklären, warum. Aber können Sie sie sich im Zeugenstand vorstellen?»

Hatchley schüttelte den Kopf. «Nein. Die sieht immer so aus wie durch den Wind geschossen, als ob sie nicht weiß, ob sie kommt oder geht.»

Aus irgendeinem Grund spürte Banks bei dem Gedanken an Katie plötzlich Unbehagen, fast Angst. Wenn sie nun mehr wußte, als sie gesagt hatte? Und was, wenn Nicholas Collier auf dieselbe Idee gekommen wäre? Es war schließlich gut möglich, daß er mitbekommen hatte, daß Katie und Stephen am Freitag morgen zusammen einen Spaziergang gemacht hatten. Und außerdem war Katie genau der Typ Frau, der bei Nicholas Aggressivität und Sadismus herauskitzelte.

Banks wendete und fuhr in Richtung Swainshead. Noch immer lag die Villa der Colliers im Dunkeln. Er hielt direkt vor der Tür und ließ Hatchley aussteigen. Doch sein Klopfen und Rufen blieb ohne Antwort.

«Versuchen wir's im Pub», schlug Banks vor.

Man merkte, daß Hatchley die Idee gefiel. Bei allem dienstlichen Einsatz und Eifer, den er an den Tag legte, so ganz hatte er seine eigentlichen Prioritäten doch nicht aus den Augen verloren.

«Na, wenn das nich der Chief Inspekter iss – und Sergeant Hatchley, stimmt's? Was darf's'n sein?»

Banks bestellte zwei halbe *Pedigree* und zündete sich eine *Silk Cut* an. Vielleicht würde ein wenig Alkohol ja seine aufgeregten Nerven etwas beruhigen, dachte er.

«War Nicholas Collier heute schon hier?» erkundigte er sich bei Metcalfe.

«Nee, heut noch nich», antwortete Freddie. «Sind Se denn nu insswisch'n wenigst'ns bissch'n weiter mit dem Mord?»

«Wir nähern uns langsam, aber sicher dem Ziel», antwortete Banks.

«Jaja, und wenn meine Oma Räder hätte, wär se 'n Auto», bemerkte Freddie patzig und reichte ihnen ihr Bier.

«Noch keiner von den Stammgästen dagewesen heute?» wollte Banks wissen.

«Nee. Tote Hose, seit ich heute nachmittag aufgemacht hab», antwortete Freddie mißmutig und bewegte sich dann zum anderen Ende des Tresens, um dort einen Jungen in Wanderstiefeln zu bedienen.

«Wissen Sie, Jim», sagte Banks, «ich habe gerade nachgedacht, was wir als nächstes tun könnten, und dabei ist mir eingefallen, daß es ja noch jemanden gibt, bei dem es sich vielleicht lohnen könnte, ihn ein wenig unter Druck zu setzen.»

«Sam Greenock?» fragte Hatchley.

«Ja. Drohen Sie ihm, ihn wegen Beihilfe zu verhaften, das öffnet ihm möglicherweise den Mund. Er tritt frech und anmaßend auf, aber er ist längst nicht so kühl und raffiniert wie Nicholas. Stephen Collier ist tot. Wenn wir Sam davon überzeugen können, daß es mit Nicholas' Stellung und Einfluß bald nicht mehr weit her sein wird, läßt er sich vielleicht dazu herbei, mit uns zusammenzuarbeiten.»

«Das wäre vielleicht eine Möglichkeit, ja», sagte Hatchley.

«Und Greenock ist zwar brutal, aber im Grunde ein schwacher Typ. Männer, die ihre Frauen schlagen, lassen sich, wenn man ihnen gegenüber fest auftritt, meist sehr leicht einschüchtern.»

«Ich glaube, so allmählich fange ich richtig an, mich auf die Begegnung mit ihm zu freuen», sagte Hatchley und grinste.

«Gut, dann nichts wie los!»

«Was? Jetzt gleich? Wir haben doch noch nicht ausgetrunken.»

«Ich bin ein bißchen unruhig, ich kann auch nicht erklären, warum. Wir können ja hinterher noch mal zurückkommen, aber lassen Sie uns erst zu Greenock fahren und sehen, ob er da ist.»

Sie verließen das *White Rose* und gingen über die Brücke. Auf der anderen Seite in der Pension war alles dunkel.

«Er scheint noch weg zu sein», sagte Hatchley. «Was halten Sie davon – wollen wir gleich zurück in den Pub und dann später noch einmal wiederkommen?»

«Es sieht so aus, als sei überhaupt niemand da», sagte Banks langsam. «Das gefällt mir nicht.» Das dunkle, stille Haus wirkte auf ihn irgendwie bedrohlich, ohne daß er hätte sagen können, warum, aber er hatte in seinen vielen Jahren bei der Polizei inzwischen gelernt, auf solche Gefühle zu achten. «Nein», sagte er, «wir gehen jetzt noch nicht zurück zum Pub, ich will versuchen, da reinzukommen.»

Hatchley seufzte und folgte ihm. «Die Tür ist bestimmt verschlossen...»

Sie hatten gerade das Tor zur Einfahrt geöffnet, da hörten sie hinter sich das Geräusch eines herannahenden Wagens. Es war Sam in seinem Landrover. Er hielt auf der anderen Seite des Swain vor dem Pub, da es diesseits der Brücke nur einen Fußweg gab, und kam auf sie zugelaufen.

«Guten Abend, meine Herren», rief er ihnen von weitem zu, «was kann ich für Sie tun ...?»

Im Näherkommen erkannte er, wen er vor sich hatte. «Oh, Sie sind es», sagte er.

«Das klingt, als seien Sie enttäuscht», sagte Banks. «Sie sollten sich freuen, uns zu sehen. Wer weiß, vielleicht können wir ja etwas für Sie tun.»

«Wieso?» Auf Sams unreifem Jungengesicht malte sich Erstaunen. Er strich sich über seine kurzen, lockigen Haare. «Aber wenn Sie meinen ... Lehne nie einen Gefallen von einem Polizisten ab – das ist meine Devise.»

«Können wir hineingehen?»

«Natürlich. Ich werde der Frau Bescheid sagen, daß sie uns Tee kochen soll.» Er suchte in seiner Hosentasche nach dem Schlüssel, fand ihn und steckte ihn ins Schloß. Nach einigem Hinundherdrehen wandte er sich stirnrunzelnd zu Banks um: «Das ist ja komisch. Es war noch offen. Katie schließt sonst immer um Punkt zehn Uhr ab, unsere Gäste haben alle ihre eigenen Schlüssel. Außerdem – es ist ja überhaupt kein Licht an. Wir lassen im Flur immer eine Lampe brennen ... Ich verstehe das nicht.»

Banks und Hatchley folgten Sam in den Flur. Dort knipste er das Licht an. Er warf einen kurzen Blick in den Spiegel und strich sich noch einmal über das Haar.

«Katie!» rief er. Doch alles blieb still. Er ging in den Speiseraum und knipste auch hier das Licht an. «Verdammt!»

Banks war ihm gefolgt. «Was ist?» Der Raum schien ihm wie immer. Die lackierten Holztische glänzten dunkel in dem schwachen Licht.

«Sie hat für das Frühstück morgen noch nicht gedeckt. Nicht mal die Decken sind aufgelegt», sagte Sam. Er schien nur ärgerlich und gar nicht verwundert, daß Katie nicht da war.

Am Fuß der Treppe blieb er stehen, blickte nach oben und rief einige Male ihren Namen. Doch wieder blieb er ohne Antwort. «Sieht so aus, als sei sie nicht da», sagte er verwundert. «Ich kann mir gar nicht vorstellen, wo sie um diese Zeit sonst sein könnte.»

«Vielleicht hat sie Sie verlassen», sagte Banks.

«Ach, Unsinn! Wohin sollte sie schon gehen?! Und überhaupt – warum sollte sie von mir weg wollen?»

Sie gingen zu der Tür, hinter der die Privaträume der Greenocks lagen.

«Katie!» rief Sam noch einmal, die Hand auf dem Türknauf.

Noch immer keine Antwort. Die absolute, undurchdringliche Stille des Hauses ließ Banks frösteln. Er spürte, wie sich ihm die Nackenhaare sträubten.

Sam öffnete die Tür, und sie gingen einen kurzen Flur hinunter, der so schmal war, daß sie von den Mänteln und Jacken, die zu beiden Seiten hingen, gestreift wurden. Am Ende des Ganges schimmerte schwach ein Licht.

«Na, wenigstens hat sie's hier angelassen», bemerkte Sam.

Das Licht drang durch die Milchglasscheiben der Wohnzimmertür. Sam rief noch einmal Katies Namen, doch wieder blieb alles ruhig. Er betrat den Raum und blieb wie angewurzelt stehen.

«O Gott!» stieß er hervor, taumelte einen Schritt zurück und glitt dann, die Hände vor den Augen, wie in Zeitlupe an der Wand hinunter zu Boden. Banks schob sich an ihm vorbei ins Zimmer. Gleich hinter ihm kam Hatchley. Beide blieben wie Sam abrupt stehen, als sie des grauenhaften Anblicks vor sich gewahr wurden.

Der ganze Raum war über und über mit Blut bespritzt, auf dem Teppich, dem Sofa, dem Kamin und der Wand dahinter – überall war Blut. Nicholas lag in merkwürdig verrenkter Haltung halb auf dem Sofa, halb auf dem Teppich, sein Gesicht eine einzige blutige Masse. Banks hätte ihn nicht erkannt, wenn nicht in dem vor Schmerz und Schock weit aufgerissenen Mund seine vorstehenden gelben Zähne sichtbar gewesen wären.

Katie saß reglos auf der Lehne des Sofas und hielt noch immer das schwere Holzkreuz ihrer Großmutter in der Hand. Ihre schönen braunen Augen sahen durch sie alle hindurch. Die Vorderseite ihres Kleides war an einer Seite aufgerissen, und auf ihrer blassen, zart blaugeäderten Brust glänzten ein paar Blutstropfen.